魯迅

루쉰전집

6

루쉰전집 6권 이심집 / 남강북조집

초판 1쇄 발행 _ 2014년 2월 15일
지은이 · 루쉰 | 옮긴이 · 루쉰전집번역위원회(이주노, 공상철)

펴낸곳 · (주)그린비출판사 | 등록번호 · 제313-1990-32호
주소 · 서울시 마포구 동교로 17길 7, 4층(서교동, 은혜빌딩) | 전화 · 702-2717 | 팩스 · 703-0272

ISBN 978-89-7682-231-4 04820 978-89-7682-222-2(세트)
이 도서의 국립중앙도서관 출판시도서목록(CIP)은 서지정보유통지원시스템 홈페이지(http://seoji.
nl.go.kr)와 국가자료공동목록시스템(http://www.nl.go.kr/kolisnet)에서 이용하실 수 있습니다.(CIP
제어번호: CIP2014001179)

1930년 9월 25일 상하이에서 촬영한 50세 생일 기념 사진.

魯迅::二心集

1932년 10월에 상하이(上海)의 허중서점(合衆書店)에서 출간된 초판 『이심집』(二心集)(왼쪽). 이 문집은 4쇄를 발행한 이후 국민당 정부에 의해 발행금지 처분을 받았고, 이후 허중서점이 도서심사기관의 심사를 거쳐 38편 중 16편만을 모아 『습영집』(拾零集)으로 재출간했다(위).

南腔北調集 魯迅

1934년 3월에 출판된 『남강북조집』(南腔北調集). 이 문집은 루쉰이 1932년에서 1933년까지 쓴 잡문 51편을 수록하고 있다.

러우스(柔石, 1902~1931)는 루쉰의 제자이자 동료로서 중국자유
운동대동맹과 좌익작가연맹 등 언론·출판 운동을 함께하였다. 그
러나 1931년 1월 17일 좌련 소속 작가 리웨이썬, 후예핀, 펑겅, 인
푸와 함께 국민당 당국에 체포된 뒤 2월 7일 상하이 룽화(龍華)에
서 비밀리에 총살당했다. 자세한 정황은 『이심집』의 「러우스 약전」
과 『남강북조집』의 「망각을 위한 기념」 등을 참조.
루쉰은 『북두』가 창간되었을 때 케테 콜비츠의 「희생」(위 그림)이라
는 목판화를 고르며 "어느 어머니가 슬픔에 가득 찬 모습으로 자식
을 바치고 있는 것인데, 내 마음속에 남아 있는 러우스에 대한 기
념이다"라고 말했다.

1933년 9월 출판된 마세릴(Frans Masereel)의 『어느 한 사람의 수난』(Die Passion eines Menschen). 글 없이 판화 25점으로만 이루어져 있는 이 작품은 다음과 같은 내용을 담고 있다. 사생아로 태어난 주인공이 거리의 난봉꾼으로 성장(왼쪽 위), 배고픔을 채우기 위해 빵을 훔치다가 경찰에게 체포된다(오른쪽 위). 감옥에 들어갔다가 출소한 뒤 도로 보수 일을 얻게 되지만(왼쪽 아래), 종일 곡괭이를 휘두르느라 피로에 찌들어 다시 나쁜 친구들 무리에 들어가게 된다. 그러나 이내 회한이 일어 공장에 들어가 노동자가 될 작심을 하고 독학을 시작한다. 이런 환경 속에서 그는 진정으로 사랑하는 동지를 만나게 되고, 이 와중에 노사 간에 충돌이 일어나 연대하여 자본가에 맞서 싸울 것을 소리 높여 호소한다(오른쪽 아래). 그리하여 프락치에게 사찰을 당하고 군경에게 탄압을 당하다가 체포되어 결국 사형을 당한다(『남강북조집』에 실린 루쉰의 번역본 서문 참조).
루쉰은 이런 이야기그림(連環畵 혹은 連續畵)을 미래의 문예를 이을 대안으로 여겼고, 실제로 이는 오늘날 만화와 카툰을 비롯한 다양한 시각예술의 모태가 되었다.

1933년 2월 17일 중국민권보장동맹 총회에서 찍은 사진(상하이 중산). 왼쪽부터 아그네스 스메들리(Agnes Smedley), 조지 버나드 쇼(George Bernard Shaw), 쑨원의 미망인 쑹칭링(宋慶齡), 차이위안페이(蔡元培), 루쉰이다. 미국의 작가이자 주중기자인 스메들리는 국민당에 대항하기 위해 마련된 이 총회의 선언문을 국외로 알렸고, 세계일주 중이었던 버나드 쇼는 2월 12일 홍콩을 들러 17일 상하이에 도착했다.

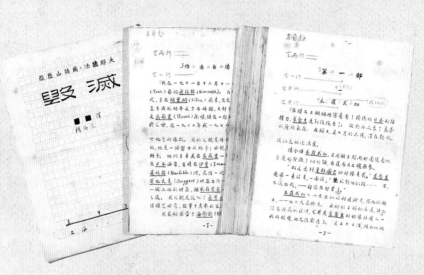

파데예프(Aleksandr Fadeyev)의 장편소설 『훼멸』(Razgrom, 1926)의 중국어판 표지(왼쪽)와 루쉰의 번역 수고(위). 이 책은 1930년 1월부터 『맹아월간』에 '궤멸'(潰滅)이라는 제목으로 연재하였고, 1931년에 제목을 '훼멸'(毀滅)로 바꾸어 단행본 으로 출판하였다.

루쉰전집

6

이심집 二心集
남강북조집 南腔北調集

루쉰전집번역위원회 옮김

B
그린비

| 일러두기 |

1 이 책은 중국에서 출판된 『魯迅全集』 1981년판과 2005년판(이상 北京: 人民文學出版社) 등을 참조하여 번역한 한국어판 『루쉰전집』이다.

2 각 글 말미에 있는 주석은 기존의 국내외 연구성과를 두루 참조하여 옮긴이가 작성한 것이다.

3 단행본·전집·정기간행물·장편소설 등에는 겹낫표(『 』)를, 논문·기사·단편·영화·연극·공연·회화 등에는 낫표(「 」)를 사용했다.

4 외국의 인명이나 지명, 작품명은 〈국립국어원〉에서 펴낸 '외래어 표기법'에 근거해 표기했다. 단, 중국의 인명은 신해혁명(1911년) 때 생존 여부를 기준으로 현대인과 과거인으로 구분하여 현대인은 중국어음으로, 과거인은 한자음으로 표기했으며, 중국의 지명은 구분을 두지 않고 중국어음으로 표기하는 것을 원칙으로 했다.

『루쉰전집』을 발간하며

루쉰을 읽는다, 이 말에는 단순한 독서를 넘어서는 어떤 실존적 울림이 담겨 있다. 그래서 루쉰을 읽는다는 말은 루쉰에 직면直面한다는 말의 동의어가 되기도 한다. 그런데 루쉰에 직면한다는 말은 대체 어떤 입장과 태도를 일컫는 것일까?

2007년 어느 날, 불혹을 넘고 지천명을 넘은 십여 명의 연구자들이 이런 물음을 품고 모였다. 더러 루쉰을 팔기도 하고 더러 루쉰을 빙자하기도 하며 루쉰이라는 이름을 끝내 놓지 못하고 있던 이들이었다. 이 자리에서 누군가가 이런 말을 던졌다. 『루쉰전집』조차 우리말로 번역해 내지 못한다면 많이 부끄러울 것 같다고. 그 고백은 낮고 어두웠지만 깊고 뜨거운 공감을 얻었다. 그렇게 이 지난한 작업이 시작되었다.

혹자는 말한다. 왜 아직도 루쉰이냐고. 이에 대해 우리는 이렇게 대답할 수밖에 없다. 아직도 루쉰이라고. 그렇다면 왜 루쉰일까? 왜 루쉰이어야 할까?

루쉰은 이미 인류의 고전이다. 그 없이 중국의 5·4를 논할 수 없고 중국 현대혁명사와 문학사와 학술사를 논할 수 없다. 그는 사회주의혁명 30년 동안 누구도 건드릴 수 없는 성역으로 존재했으나 동시에 사회주의 이데올로기의 금구를 타파하는 데에 돌파구가 되었다. 그의 삶과 정신 역정은 그가 남긴 문집처럼 단순하지만은 않다. 근대이행기의 암흑과 민족적 절망은 그를 끊임없이 신新과 구舊의 갈등 속에 있게 했고, 동서 문명충돌의 격랑은 서양에 대한 지향과 배척의 사이에서 그를 배회하게 했다. 뿐만 아니라 1930년대 좌와 우의 극한적 대립은 만년의 루쉰에게 선택을 강요했으며 그는 자신의 현실적 선택과 이상 사이에서 끝없이 방황했다. 그는 평생 철저한 경계인으로 살았고 모순이 동거하는 '사이주체'間主體로 살았다. 고통과 긴장으로 점철되는 이런 입장과 태도를 그는 특유의 유연함으로 끝까지 견지하고 고수했다.

한 루쉰 연구자는 루쉰 정신을 '반항', '탐색', '희생'으로 요약했다. 루쉰의 반항은 도저한 회의懷疑와 부정否定의 정신에 기초했고, 그 탐색은 두려움 없는 모험정신과 지칠 줄 모르는 창조정신에서 비롯되었다. 또한 그의 희생정신은 사회의 약자에 대한 순수하고 여린 연민과 양심에서 가능했다.

이 모든 정신의 가장 깊은 바닥에는 세계와 삶을 통찰한 각자覺者의 지혜와 존재하는 모든 것들에 대한 허무 그리고 사랑이 있었다. 그에게 허무는 세상을 새롭게 읽는 힘의 원천이자 난세를 돌파해 갈 수 있는 동력이었다. 그래서 그는 굽힐 줄 모르는 '강골'强骨로, '필사적으로 싸우며'(쩡자掙扎) 살아갈 수 있었다. 그랬기에 '철로 된 출구 없는 방'에서 외칠 수 있었고 사면에서 다가오는 절망과 '무물의 진'無物之陣에 반항할 수 있었다. 그는 자신을 둘러싼 모든 것과 대결했다. 이러한 '필사적인 싸움'의 근저에는 생명과 평등을 향한 인본주의적 신념과 평민의식이 자리하고 있다. 이것이 혁명인으로서 루쉰의 삶이다.

우리에게 몇 가지 『루쉰선집』은 있었지만 제대로 된 『루쉰전집』 번역본은 없었다. 만시지탄의 감이 없지 않지만 이제 루쉰의 모든 글을 우리말로 빚어 세상에 내놓는다. 게으르고 더딘 걸음이었지만 이것이 그간의 직무유기에 대한 우리 나름의 답변이 될 수 있기를 희망해 본다.

번역저본은 중국 런민문학출판사에서 출판된 1981년판 『루쉰전집』과 2005년판 『루쉰전집』 등을 참조했고, 주석은 지금까지의 국내외 연구성과를 두루 참조하여 번역자가 책임해설했다. 전집 원본의 각 문집별로 번역자를 결정했고 문집별 역자가 책임번역을 했다. 이 과정에서 몇 년 동안 매월 한 차례 모여 번역의 난제에 대해 토론을 벌였고 상대방의 문체에 대한 비판과 조율의 과정을 거쳤다. 그러므로 원칙상으로는 문집별 역자의 책임번역이지만 내용상으론 모든 위원들의 의견이 문집마다 스며들어 있다.

루쉰 정신의 결기와 날카로운 풍자, 여유로운 해학과 웃음, 섬세한 미학적 성취를 최대한 충실히 옮기기 위해 노력했지만 많이 부족하리라 생각한다. 독자 제현의 비판과 질정으로 더 나은 번역본을 기대한다. 작업에 임하는 순간순간 우리 역자들 모두 루쉰의 빛과 어둠 속에서 절망하고 행복했다.

2010년 11월 1일
한국 루쉰전집번역위원회

| 루쉰전집 전체 구성 |

• 남강북조집(南腔北調集)

1932년

1933년

이심집 二心集

魯迅··二心集

『이심집』(二心集)은 루쉰이 1930년부터 1931년까지 쓴 잡문 37편을 수록하고 있으며, 권말에 「현대영화와 부르주아」라는 번역문 1편을 덧붙였다. 1932년 10월에 상하이(上海)의 허중서점(合衆書店)에서 초판이 발행되었으며, 1933년 8월 제4판이 출간된 후 국민당 정부에 의해 발행금지 처분을 받았다. 이후 1934년 10월 허중서점은 국민당의 도서심사기관의 심사를 거친 16편만을 『습영집』(拾零集)으로 묶어 출간했다. 이 문집은 허중서점의 초판과 동일하다.

서언[1]

이것은 1930년과 31년 이태 동안의 잡문을 모은 것이다.

30년에는 기간물이 이미 차츰 보기 드물어지고, 어떤 것은 제때에 출판되지 못하였는데, 아마 날로 죄어드는 압박을 받아서였으리라. 『위쓰』[2]와 『분류』[3]는 늘 우체국에 압류되고 지방에서 금지당하여 끝내 아무래도 유지할 수 없게 되었다. 당시 내가 기고할 수 있는 곳이라곤 『맹아』[4] 한 곳뿐이었는데, 이마저 5기까지 내고는 역시 금지당하더니, 이어 『신지』新地를 한 차례 냈을 뿐이다. 그래서 요 일 년 사이에 나는 이곳에 실려 있는 10편 미만의 짧은 평론밖에 쓰지 못했다.

이밖에도 학교에서 두세 차례 강연을 한 적[5]이 있지만, 당시 기록한 이가 없어 무엇을 이야기했는지 지금은 나 자신조차 기억나지 않는다. 다만 어느 대학에서 강연했던 제목이 「상아탑과 달팽이집」이었던 것만 기억날 따름이다. 대략의 의미는 이러하다. 상아탑[6] 속의 문예는 장차 중국에 결코 나타나지 않을 터이니, 환경이 서로 달라 이곳에는 상아탑을 벌여 놓을 장소조차 벌써 사라져 버렸기 때문이며, 오래지 않아 나타날 수 있는 것은 아마도 기껏해야 몇 개의 '달팽이집'[7]밖에 없으리라. 달팽이집이란 삼국시대의 은자인 초선이 일찍이 묵었던 그런 풀집으로, 대체로 지금의 강북 가난뱅이들이 손수 세운 초막과 흡사하지만 훨씬 작아서 그 속에 납작 엎드린 채 나가지도 움직이지도 않고, 입지도 먹지도 입을 뻥긋하지도 않는다. 당시는 군벌이 혼전하여 멋대로 죽이고 빼앗는 시절인지라, 마음 속으로 영 달갑지 않은 사람은 그저 이렇게 해야만 구차하나마 남은 목숨을 이을 수 있었다. 하지만 달팽이 세계에 어찌 문예가 있을 수 있을까 보냐. 이렇게 하다가는 중국에는 문예가 사라져 버릴 것이 뻔한 일이다. 이런 이야기야 참으로 달팽이 냄새가 물씬 풍긴다고 할 수 있으련만, 뜻밖에도 얼마 후 용감한 젊은이가 정부기관인 상하이 『민국일보』에서 나를 비평하기를, 나의 그런 이야기 탓에 몹시 깔보게 되었는데, 나에게는 공산당에 관한 이야기를 할 만한 용기가 없기 때문이라는 것이다.[8] 곰곰이 생각해 보니, '청당' 이후 당국[9]에서 공산주의를 떠들어 댄다는 건 대역죄를 저지르는 셈인데 잡아 죽이는 그물이 온 중국에 좌악 깔려 있고, 떠들어 대지 않으면 또한 당국의 충성스럽고 용감한 젊은이에게 경멸을 당하는 꼴이라니. 이러니 참으로 진짜 달팽이로 변해야만 "간신히 죄를 면하는"[10] 행복을 누리게 되리라.

이 무렵 좌익작가들이 소련의 루블[소련 화폐]을 챙겼다는 소문이 이른바 '대형 신문'과 타블로이드 신문에서 분분히 선전되었다. 한편, 신월사의 비평가 역시 곁에서 아주 온 힘을 다해 거들었다.[11] 일부 신문들은 이전에 창조사파의 몇몇 사람이 타블로이드 신문에 기고했던 이야기까지 끄집어내 내가 '투항'했노라 비웃었으며, 어떤 신문은 「문단 이신전」文壇貳臣傳[12]을 실었는데 그 첫번째가 바로 나였지만, 후에 더 이상 계속되지는 않은 듯하다.

　루블의 소문은 나의 귀에 익은 것이었다. 아마 6, 7년 전, 『위쓰』가 베이징에서 천위안陳源 교수와 다른 '정인군자'들을 들어 이야기했을 때, 상하이의 『징바오』에 '현대평론사의 주역'인 탕유런唐有壬 선생의 편지가 발표된 적이 있었는데, 우리의 언동 모두가 모스크바의 명령에 의한 것이라고 하였다.[13] 이 또한 바로 조상 대대로 전해져 온 상투적인 수법으로, 송 말에는 이른바 '통로'通虜가 있었고, 청초에도 이른바 '통해'通海가 있었으니,[14] 이제껏 이런 구실을 붙여 수많은 사람들을 해쳐 왔던 것이다. 그리하여 피를 머금어 남에게 내뿜는 짓이 중국의 군자 나으리들의 일상이 되었는데, 이는 참으로 그들만의 식견이 아니니, 세상 일체 모두가 금전의 위력에 의지하고 있음을 엿볼 수 있을 따름이다. '이신'貳臣설이라면 그래도 매우 흥미로운데, 되돌이켜 보매 시사에 대해 설사 붓을 든 적은 없을지라도 때로 어쩔 수 없이 마음속으로 비방하기는 하였으니, "신의 죄 죽어 마땅하오니, 천왕은 성명聖明하시나이다",[15] 마음속으로 비방하는 짓은 결코 충신의 할 일이 아니다. 그러나 어용문학가가 내게 이러한 멋진 칭호를 주는 것으로 보아, 그들의 '문단'에 황제가 있음을 알 수 있다.

　작년에 우연히 메링[16]의 글 몇 편을 보았는데, 대략의 의미는 무너져 가는 낡은 사회에 누군가 조금이나마 상이한 의견을 품고서 딴마음을 지니고 있다면 틀림없이 엄청난 고통을 맛보리라는 것이었다. 그런데 가장 사납게 모함하는 자는 그 자와 같은 계급의 인물이다. 그들은 이것이 제일 가증스러운 반역이며, 다른 계급의 노예가 반역하는 것보다 훨씬 가증스럽다 여기기에, 반드시 그를 없애 버리려고 한다. 나는 이제야 동서고금에 이렇지 않은 경우가 없다는 것을 깨달았으니, 진정 책을 읽어 수양할 수 있게 되어서인지 이전처럼 "현 상태에 불만을 품지"[17]는 않게 되었다. 아울러『삼한집』의 예를 본떠 그 뜻을 슬쩍 틀어 이 점을 집어 들어서 이 책의 이름으로 삼기로 하였다. 하지만 이건 결코 내가 프롤레타리아임을 증명하고자 함은 아니다. 하나의 계급에서도 최후에 이르면 흔히 스스로 소란을 피우는 법이니, 곧『시경』에서 말한 "형제가 울안에서 다투는" 그 꼴인데, 하지만 나중에 반드시 "밖에서는 깔보일까 봐 감싸주지"는 않는 다.[18] 예컨대 군벌이기는 마찬가지인데, 일 년 내내 서로 치고받으니, 설마 다른 한쪽이 프롤레타리아인 건 아니겠지? 게다가 나는 자주 자신의 일을 이야기하면서 어찌하여 "벽에 머리를 부딪쳤다"느니 어찌하여 달팽이 노 릇을 하고 있다느니 하여, 마치 전 세계의 고민을 한 몸에 모아 대중을 대 신하여 시달리고 있는 양하니, 이 또한 바로 중산中産의 지식계급의 나쁜 버릇이다. 단지 이전에는 속속들이 알고 있는 자신의 계급을 증오하고 그 계급의 궤멸을 추호도 아쉬워하지 않았건만, 후에는 다시 사실의 교훈으 로부터 오직 신흥하는 프롤레타리아만이 미래가 있으며, 이는 틀림없다 고 여기게 되었다.

1931년 2월부터 나는 전년에 비해 훨씬 많은 글을 썼지만, 게재하는 간행물이 약간 다르고 글이 반드시 간행물들과 어울려야 하는지라,『열 풍』처럼 간략한 것은 거의 쓰지 않았으며, 아울러 나를 비평하는 글을 보 고서 경험을 얻었는데, 평론이 지나치게 간단하면 무의미한 오해나 의도 적인 곡해를 사기가 너무 쉬운 듯하다. 게다가 앞으로 다시는『무덤』과 같 은 평론집과『벽하역총』壁下譯叢과 같은 역문집을 엮어 낼 생각이 없으므 로, 이번에는 꽤 긴 글일지라도 이 안에 수록하였으며, 역문으로는「현대 영화와 부르주아」現代電影與有産階級를 골라 맨 끝에 덧붙였는데, 영화가 중국에서 일찍이 성행하였지만 이처럼 요점을 찌르는 글은 보기 드문지라, 세상사에 주의를 기울이는 사람이라면 참으로 한번 읽어 볼 필요가 있으리라. 통신도 실려 있는데, 한쪽만 있다면 독자들이 흔히 쉽게 이해하지 못할 터이니, 중요하다 싶은 몇 통의 답신도 내 뜻대로 함께 집어넣었다.

1932년 4월 30일 밤, 엮기를 마치고서 쓰다

주)_____

1) 원제는 「序言」.

2) 『위쓰』(語絲)는 문예주간으로 최초에는 쑨푸위안(孫伏園) 등의 편집으로 1924년 11월 17일 베이징에서 창간되었다. 1927년 10월 펑톈파(奉天派) 군벌 장쭤린(張作霖)에 의해 폐쇄되었다가 상하이로 이전하여 속간했으며, 1930년 3월 10일 제5권 제52기까지 출간한 뒤 정간되었다. 루쉰은 이 잡지의 주요 기고자이자 지원자였다. 『삼한집』(三閑集)의 「나와 『위쓰』의 처음과 끝」(我和 『語絲』的始終)을 참조하시오.

3) 『분류』(奔流)는 문예월간으로 루쉰, 위다푸(郁達夫)가 편집하였으며, 1928년 6월에 상하이에서 창간되어 1929년 12월 제2권 제5기까지 출간하고 정간되었다.

4) 『맹아』(萌芽)는 문예월간으로 루쉰, 펑쉐펑(馮雪峰)이 편집하였으며, 1930년 1월 상하이에서 창간되어 제1권 제3기부터 '좌련'의 기관물 중 하나가 되었다. 1930년 5월 제1권 제5기까지 출간한 후 국민당 정부에 의해 출간이 금지되었으며, 제6기는 『신지월간』(新地月刊)으로 명칭을 바꾸었으나 한 기만 출간하고 정간되었다.

5) 1930년에 루쉰이 상하이의 여러 대학에서 행한 강연은 그의 일기에 따르면, 2월 21일, 3월 9일 잇달아 중화예술대학(中華藝術大學)에서, 3월 13일에는 다샤대학(大夏大學)에서, 3월 19일에는 중국공학분원(中國公學分院)에서, 8월 6일에는 하기문예강습회에서 있었다. 각각의 강연 원고는 모두 보존되어 있지 않다. 당시의 언론매체에 실린 소식과 참석했던 이들의 회고에 따르면, 앞의 네 차례 강연은 「회화잡론」(繪畫雜論), 「예술에서의 사실주의 문제」(美術上的寫實主義問題), 「상아탑과 달팽이집」(象牙塔與蝸牛盧), 「미의 인식」(美的認識)이라는 제목이었으며, 마지막 강연의 제목은 알려져 있지 않다.

6) 원래 프랑스의 문예비평가인 생트뵈브(Charles Augustin Sainte-Beuve, 1804~1869)가 동시대의 낭만주의 시인인 비니(Alfred Victor de Vigny, 1797~1863)를 비평한 용어인데, 후에 현실생활에서 벗어난 문예가의 좁은 세계를 비유하는 데에 쓰였다.

7) 『삼국지』「위서(魏書)·관녕전(管寧傳)」에 배송지(裴松之)가 주해를 달면서 인용한 『위략』(魏略)에 따르면, 동한 말년 은사(隱士)인 초선(焦先)은 "직접 달팽이집을 지어 그 안을 깨끗이 쓸고 나무를 엮어 침상을 만들고 풀로 만든 거적을 그 위에 깔았는데, 날이 추워지면 불을 지펴 따뜻하게 한 채, 신음하면서 중얼거렸다." 또한 『삼국지』「위서·관녕전」에 배송지가 주해를 달면서 인용한 『고사전』(高士傳)에 따르면, 초선은 "한나라 왕실이 쇠퇴한 것을 보고서 스스로 입을 닫고 말을 하지 않았다. 위나라가 제위를 선양 받자, 황허의 물가에 풀을 엮어 오두막을 짓고 홀로 그 안에서 지냈다. 겨울이나 여름이나 늘 옷을 입지 않았으며, 누울 때는 자리도 펴지 않고 풀 거적도 없이 맨몸을 흙에 댔으므로, 그의 몸은 더러운 때가 진흙이나 옻칠과 같았으며 …… 간혹 며칠 동안 한 끼만 먹고 …… 며칠 동안 밥을 먹지 않은 때도 있었다. …… 입으로 말한 적도 없었다."

8) 상하이의 『민국일보』(民國日報)에 실린 단문을 가리킨다. 1930년 3월 18일 『민국일보』 '각오'(覺悟)에는 「오호라, '자유운동'은 사기꾼 집단의 수작이다」라는 제목 아래, 디톈(敵天; 다샤대학 '문과에 재학중인' 학생이라 자처하였다)이라는 이름으로 쓰인 원고가 실려 있는데, 루쉰의 강연을 비판하고 있다. 그 가운데 "공공연히 반동적 선전을 하지만, 사실상 그럴 용기도 없으니, 문예강연이라는 그럴듯한 이름을 빌려 이른바 '중국자유운동대동맹'이라는 조직을 제창하고 있으나, 태도는 분명치 않고 행동은 뚜렷하지 않으니, 이게 진정한 혁명지사란 말인가?"라는 대목이 있다. 『민국일보』는 1916년 1월에 상하이에서 창간되었고, 1924년 국민당 제1차 전국대표대회 후에 국민당의 기관지로 되었으며, 1925년 말에는 서산회의파에 의해 좌지우지되어 국민당 우파의 간행물로 변모하였다.

9) 당국(黨國)은 국민당(國民黨) 정부를 가리킨다. 국민당은 '당으로써 국가를 다스리다'(以黨治國)라는 구호를 내세워 국가를 일당의 천하로 간주하였다.

10) "간신히 죄를 면하다"(庶幾免於罪戾)는 『좌전』(左傳) '문공(文公) 18년'의 "庶幾免於戾乎"에서 비롯되었다.

11) 신월사(新月社) 성원인 량스추(梁實秋)가 이러한 말을 퍼뜨렸다. 이 문집의 「'집 잃은' '자본가의 힘없는 주구'」를 참조하시오. 신월사는 영미(英美)에 유학한 지식인들이 중심이 된 문학적·정치적 단체이며, 1923년에 베이징에서 성립되었다. 이름은 인도 시인 타고르(R. Tagore)의 『신월집』(新月集)으로부터 취했다. 주요 성원은 후스(胡適), 쉬즈모(徐志摩), 천위안(陳源), 원이둬(聞一多), 량스추, 뤄룽지(羅隆基) 등이다. 이 단체는 1926년 여름 베이징의 『천바오 부간』(晨報副刊)의 지면을 빌려 『시전』(詩鐫; 주간) 11기를 내었고 신격률시(新格律詩) 창작을 제창했다. 1927년에 이 단체의 성원이 대부분 남하하여 상하이에서 신월서점을 설립했고, 1928년 3월에 종합잡지 『신월』 월간을 발간하여 '영국식' 민주정치를 선양했다.

12) 1930년 5월 7일 『민국일보』에 난얼(男兒)이라는 이름으로 실린 「문단에서의 이신전

(文壇上的貳臣傳) ─ 1. 루쉰은 루쉰과 좌익문예운동을 공격하였다. 이를테면 "루쉰은 공산당에게 굴복당하였다", "이른바 자유운동대동맹의 경우는 루쉰의 이름이 제일 먼저 올라 있고, 이른바 좌익작가연맹의 경우는 루쉰이 강연을 마구 해대고 있는데, 예전에는 백 번 담금질한 강철이더니 이제는 손가락에 휘어지고, 노련하고 기세등등하더니 손바닥에서 가지고 노는 열여덟 어린애가 되어, 무조건 굴복하고 말았다" 등이다. 여기서 '백 번 담금질한 강철'과 '손가락에 휘어지다'는 표현은 진(晉)나라 유곤(劉琨)의 「중증노심」(重贈盧諶)이라는 시에, "어찌 뜻했으랴 백 번 담금질한 강철이 손가락에 휘어질 만큼 부드러워질 줄을"(『문선』文選 수록)이라는 시구에서 비롯되었다.

13) 탕유런(唐有壬, 1893~1935)은 후난(湖南) 류양(瀏陽) 사람으로 국민당 정부의 외교부 차장을 역임하기도 한 유명한 친일파 인물이며, 당시 『현대평론』 주요 기고자이다. 상하이 『신주일보』(神州日報)의 부간이었다가 1919년 단독으로 출판된 『징바오』(晶報)는 1926년 5월 12일 「현대평론이 매수되었는가?」라는 짧은 뉴스를 실었는데, 거기에서 『현대평론』이 돤치루이(段祺瑞)의 보조금을 받았다는 것을 폭로한 『위쓰』의 글을 인용한 적이 있다. 이에 탕유런은 곧 같은 달 18일 『징바오』에 서신을 보내 강력하게 해명하고, 또 날조하여 이렇게 말했다. "『현대평론』이 매수되었다는 소식은 러시아 모스크바에서 기원한다. 작년 봄에 나의 한 친구가 모스크바에서 편지를 보내와 나에게 알리면서 요사이 중국인들에게 널리 알려진 『현대평론』은 돤치루이가 운영하는 것이며 장스자오(章士釗)의 손을 거쳐 매월 3천 위안의 보조금을 지급받는다고 말했다. 당시 우리는 듣고서 공산당이 날조한 상투적인 수단에 불과하여 이상할 것도 없다고 여겼다." 『징바오』가 이 편지를 발표할 때 「현대평론의 주역 탕유런이 본보에 보내온 편지」(現代評論主角唐有壬致本報書)라고 제목을 달았다.

14) '통로'(通虜)와 '통해'(通海)는 모두 '적과 내통하다'의 의미이다. 송대의 '로'(虜)는 요나라, 금나라, 서하 등을 가리키며, 청초의 '해'(海)는 당시 대만에서 항청(抗淸)운동을 꿋꿋이 벌였던 정성공(鄭成功)을 가리킨다.

15) 원문은 '臣罪當誅兮天王聖明'이며, 당나라 한유(韓愈)의 「구유조(拘幽操) ─ 문왕유리작(文王羑里作)」에 있는 글귀이다.

16) 메링(Franz Mehring, 1846~1919)은 독일의 맑스주의자로서 역사학자이자 문예비평가이다. 저서로는 『레싱 전설』(Die Lessing-Legende), 『독일 사회민주당사』 등이 있다.

17) 이 글귀는 량스추가 『신월』(新月) 월간 제2권 제8기(1929년 10월)에 발표한 「'현 상태에 불만을 품고서', 그렇다면 어떻게 해야 하는가?」라는 글에서 인용한 것이다.

18) 『시경』(詩經)은 중국 최초의 시가집으로, 305편의 시를 수록하고 있다. 대체로 주나라 초부터 춘추시대 중기까지의 작품이며, 공자의 산정(刪訂)을 거쳤다고 전해진다. 원문 "兄弟鬩於墻, 外禦其務"는 『시경』의 「소아(小雅)·상체(常棣)」에 보인다.

'경역'과 '문학의 계급성'[1]

1.

듣자 하니 월간 『신월』 그룹[2] 사람들 말로는 요즘 판로가 좋아졌다고 한다. 아마 정말일 텐데, 나처럼 교제가 극히 드문 사람조차도 두 명의 젊은 벗의 손에서 제2권 6·7호의 합본을 본 적이 있으니 말이다. 본 김에 넘겨보았더니 '언론자유'를 외치는 글[3]과 소설이 대부분을 차지하고 있다. 끄트머리 가까이에 량스추 씨의 「루쉰 씨의 '경역'에 관하여」라는 글이 실려 있는데, "죽은 번역에 가깝다"[4]고 여기고 있다. 아울러 "죽은 번역의 풍조는 결단코 조장해서는 안 된다"고 하면서 나의 번역글 세 대목, 그리고 『문예와 비평』[5] 후기에서 말한 다음의 글을 인용하고 있다. "그러나 역자의 능력 부족과 중국 글자 본래의 결점으로 말미암아, 번역을 끝내고 살펴보니 애매하고 어렵거나 심지어 이해하기 힘든 곳조차 참으로 많은데, 그렇다고 주술구[6]를 짧게 끊자니 또 원래의 맛이 사라져 버린다. 나로서는 그래도 이렇게 경역하는 외에는 팔짱을 끼고 가만히 있을 수밖에 없으며, 나의 유일한 바람은 그저 독자가 억지로라도 꿋꿋이 읽어 주는 것뿐이다." 이 말에는 세심하게도 글자에 동그라미 방점을 찍고, 게다가 '경역'이라는 두 글자 옆에 겹동그라미를 찍고서는, '엄숙'하게 '비평'을 내렸다. "우리는 '억지로라도 꿋꿋이 읽었'지만 얻는 게 없었다. '경역'과 '죽은 번역'에 무슨 차이가 있는가?"라고.

신월사가 밝힌 글[7]에는 조직 따위는 없다고 말하고, 논문에서도 프롤레타리아식의 '조직'이나 '집단'과 같은 말을 몹시 싫어하는 듯하지만, 사실은 조직을 갖추고 있으니, 적어도 정치에 관한 논문은 이 합본에서 서로 '조응'하고 있으며, 문예에 관해서라면 이 글은 위에 실린, 같은 비평가가 지은 「문학은 계급성을 지닌 것인가?」文學是有階級性的嗎?라는 글의 잔물결이다. 이 글에는 이런 대목이 있다. "…… 하지만 몹시 불행하게도 이런 유의 책 가운데 내가 읽어 이해할 수 있는 책은 한 권도 없다. …… 나를 가장 곤혹스럽게 만든 것은 문자인데, …… 솔직히 읽기가 천서[8]보다도 훨씬 어렵다. …… 현재 중국인이 보아 이해할 수 있는 문자로 프롤레타리아 문학이론이 도대체 어떤 것인지 말해 주는 글을 쓴 중국인은 아직 없다." 이 글에도 동그라미 방점이 찍혀 있지만, 인쇄에 번거로울까 봐 그대로 하지는 않음을 양해해 달라. 요컨대 량씨는 모든 중국인의 대표로 자처한 채, 이 책들은 자신이 이해하지 못할뿐더러 다른 모든 중국인도 이해하지 못하니, 중국에서 그 생명이 끊어져야 마땅하다고 여겨, 그래서 "이러한 풍조는 결단코 조장해서는 안 된다"고 밝힌 것이다.

다른 '천서'의 역저자의 의견을 내가 대표할 수는 없지만, 나 개인적으로 본다면 사정은 이렇게 간단치가 않다. 첫째, 량씨는 스스로 '억지로라도 꿋꿋이 읽었'고 여기지만, 도대체 정말 그러했는지, 또 그렇게 할 수 있었는지의 여부가 문제이다. 꿋꿋하다고 하지만 실은 솜처럼 부드러운 게 바로 신월사의 특색이다. 둘째, 량씨가 스스로 모든 중국인을 대표하였지만, 도대체 전국에서 가장 우수한가의 여부 또한 문제이다. 이 문제는 「문학은 계급성을 지닌 것인가?」라는 글에서 풀어낼 수 있다. Proletary[9]라는 이 단어는 꼭 음역할 필요 없이 의역하는 게 이치에 맞다. 그러나 이 비평가님은 이렇게 말한다. "사실 사전을 뒤적여 보면, 이 글자의 함의는 결코 아름답다고는 할 수 없으니, 『웹스터 대사전』에 따르면 이렇다. A citizen of the lowest class who served the state not with property, but only by having children.[10] …… 프롤레타리아는 국가에서 그저 아이를 낳을 줄 아는 계급이다! (적어도 로마시대에는 이러했다.)" 사실 '아름다움'을 따질 필요도 없으니, 아마 조금이라도 상식이 있는 사람이라면 현재를 로마시대로 여기지 않을 것이며, 현재의 프롤레타리아를 로마인으로 간주하지는 않을 것이다. 이는 바로 Chemie를 '사밀학'[11]으로 번역하더라도, 독자들은 틀림없이 이집트의 '연금술'과 혼동하지 않을 것이며, '량'씨가 쓴 글에 대해서도 어원을 조사하여 '외나무다리'가 쓴 글이라고 오해할 리가 없는 것과 마찬가지이다. "사전(『웹스터 대사전』!)을 뒤적여 보아"도 "얻는 게 없"겠지만, 중국인이 모두 그렇다고는 할 수 없다.

2.

그러나 내가 가장 흥미로웠던 것은 앞 절에서 인용한 량씨의 글 속에서 두 곳이나 '우리'를 사용하고 있다는 점인데, 자못 '다수'와 '집단'의 냄새가 난다. 물론 작자가 단독으로 글을 썼더라도 뜻 맞는 사람이 결코 한 사람만은 아닐 터이니 '우리'라고 말하는 것이 그르지는 않을 것이며, 또한 남 보기에도 제법 힘차 보일뿐더러 혼자서 책임을 떠안아야 하는 일도 없을 것이다. 하지만 '사상이 통일되지 못할' 때, '언론이 자유로워야 할' 때, 바로 마치 량씨가 자본제를 비판하듯 역시 '병폐'가 나타난다. 즉 '우리'가 있는 이상 우리 이외의 '저들'이 있기 마련이고, 그래서 신월사의 '우리'가 비록 나의 "죽은 번역의 기풍은 결단코 조장해서는 안 된다"고 생각할지라도, 달리 나의 글을 읽고서 "얻는 게 없"지 않은 독자가 존재할 터이니, 나의 '경역'은 바로 '저들' 사이에서 생존할 것이며, "죽은 번역"과도 구별될 것이다.

나 역시 신월사의 '저들' 중 한 명이니, 나의 번역이 량씨가 요구하는 조건과 전혀 다르기 때문이다.

「경역에 관하여」라는 글의 첫머리에서는 오역이 죽은 번역보다 나음을 이렇게 밝히고 있다. "한 권의 책이 온통 곡역曲譯일 수는 절대로 없으며 …… 일부의 곡역이 설사 오류이고 끝내 그대에게 오류를 안겨 주어, 이 잘못이 아마 정말로 남에게 몹시 해를 끼칠지라도, 그대가 읽는 순간에는 필경 상쾌함을 안겨 줄 것이다." 맨 끝의 두 문장은 동그라미를 쳐도 좋을 법하지만, 난 이제껏 이런 짓을 해본 적이 없다. 나의 번역은 본래 독자에게 '상쾌함'을 얻게 하기 위함이 아니라, 흔히 불편함을 안겨 주고, 심지어 답답함과 증오, 분노를 느끼게 하기 위함이다. 읽고서 '상쾌해'질 거리라면, 신월사 사람들의 역서나 저서, 이를테면 쉬즈모 씨의 시, 선충원과 링수화 씨[12]의 소설, 천시잉(즉 천위안) 씨의 한담,[13] 량스추 씨의 비평, 판광단 씨의 우생학,[14] 그리고 배빗 씨의 인문주의[15] 등이 있다.

그래서 량씨는 뒤이은 글에서 "이런 책은 마치 지도를 보듯이, 손가락으로 짚어 구문의 앞뒤 위치를 찾아내야만 한다"고 말한다. 이런 말은 내가 느끼기에 말 안 하느니만 못한, 쓸데없는 말이다. 맞는 말이다. 내가 보기에 '이런 책'은 마치 지도를 보듯이, '손가락으로 짚어 구문의 앞뒤 위치'를 찾아야만 한다. 지도를 보는 건 「양귀비가 목욕을 마치고 나오는 그림」楊妃出浴圖이나 「세한삼우도」歲寒三友圖를 보는 것만큼 '상쾌'하지는 않으며, 심지어 손가락으로 짚어야 할지도 모르겠지만(사실 이건 아마 량씨 자신이야 그렇겠지만, 지도 보는 데에 익숙한 사람이라면 눈으로만 보아도 된다), 지도는 결코 죽은 그림이 아니다. 따라서 '경역'에 동일한 수고가 든다 할지라도, 위의 일례와 마찬가지로 '죽은 번역'과는 '무언가 구별'이 있는 법이다. ABCD를 아는 이가 새로운 학문을 안다고 자처하더라도, 여전히 화학 방정식과는 아무 관련이 없으며, 주판을 잘 놓을 줄 아는 이가 수학자인 양 자처하더라도, 붓으로 계산된 연산을 보면 역시 얻는 바가 없다. 오늘날은 원래 학자이기만 하면 모든 일과 연관이 있는, 그런 시대가 아니다.

그렇지만 량씨는 "아마 위아래 글이 없기 때문에 뜻을 제대로 알 수는 없다"는 것을 잘 알면서도, 실례로서 나의 역문 세 대목을 예로 들었다. 「문학은 계급성을 지닌 것인가?」라는 글에서도 비슷한 수법으로 두 수의 역시[16]를 들면서 "아마 위대한 프롤레타리아 문학은 아직 출현하지 않았을 테니, 그렇다면 나는 기다리고 기다리련다"라고 총평하였다. 이런 방법은 물론 아주 '상쾌'하겠지만, 나는 월간 『신월』에 실린 창작 ── 창작이에요! ──「이사」搬家의 8페이지에서 한 대목을 들어 보기로 하겠다.

"병아리는 귀가 있어요?"

"병아리의 귀는 들어 본 적이 없는걸."

"그럼 내가 부르는 걸 어떻게 듣지요?" 그녀는 그제 쓰포四婆가, 귀로는 소리를 듣고 눈으로는 물건을 본다고 알려 주던 말이 생각났다.

"이 알은 흰 닭이 될까요, 검은 닭이 될까요?" 즈얼枝兒은 쓰포가 아무 말이 없자 일어나 알을 만지면서 물었다.

"지금이야 알 수 없지. 병아리로 부화되어야 알지."

"완얼婉兒 언니 말로는 병아리가 커서 닭이 된다던데, 이 병아리들도 닭이 되나요?"

"잘 먹이면 커지겠지. 이 닭도 사 왔을 땐 이렇게 크지 않았잖아?"

이걸로 충분하다. '문자'는 이해할 수 있고, 손가락으로 짚어 가면서 구문의 앞뒤를 찾을 필요도 없지만, 나는 '기다리'지 않으며, 이 대목을 보건대 '상쾌'하지도 않고 불창작不創作과 아무 구별이 없다고 생각한다.

끄트머리에서 량씨는 또 이렇게 따져 물었다. "중국 글과 외국 글은 다르다. …… 번역의 어려움은 바로 여기에 있다. 만약 두 가지 글의 문법이나 구문, 어휘의 쓰임이 똑같다면, 번역을 힘이 드는 일이라 하겠는가? …… 우리가 구문을 바꾸어 독자가 이해할 수 있도록 만드는 것이 가장 중요한 일일 터이니, '억지로라도 하는 것'은 유쾌한 일이 아니며, '경역' 역시 '원래의 세련된 뉘앙스'를 보존할 수 있다고는 할 수 없기 때문이다. 만약 '경역'으로도 '원래의 세련된 뉘앙스'를 보존할 수 있다면, 그건 정말 기적일 테니, 그렇다면 중국 글에 '결점'이 있다고 말할 수 있을까?" 나는 중국 글과 똑같은 외국 글을 찾거나 '두 가지 글의 문법이나 구문, 어휘의 쓰임이 '똑같'기를 바랄 만큼 어리석다고는 생각지 않는다. 나는 그러나, 문법이 복잡한 국어는 외국 글을 번역하기에 좀 쉽고, 어계語系가 가까워도 번역하기 좀 낫긴 하지만, 그래도 힘이 드는 일이라고 생각한다. 네덜란드어를 독일어로, 러시아어를 폴란드어로 옮기는 것, 이것이 전혀 힘이 들지 않은 일과 아무 차이가 없다고 말할 수 있을까? 일본어는 구미와 아주 '다르지'만, 그들은 차츰 새로운 구문을 늘려, 옛 글에 비해 본다면 번역하기에 훨씬 편하면서도 원래의 세련된 뉘앙스를 잃지 않는데, 처음에는 '구문의 앞뒤 위치를 찾아야' 하는지라 사람들에게 '유쾌'하지 못함을 안겨 주었지만, 찾고 익숙해지다 보니 이제는 이미 동화되어 자신의 것으로 되었다. 중국의 문법은 일본의 옛 글보다 훨씬 갖추어져 있지 않다. 그러나 일부 변모하기도 하였으니, 이를테면 『사기』와 『한서』는 『서경』[17]과 다르고, 현재의 백화문은 또 『사기』, 『한서』와 다르다. 또한 더해지기도 하였으니, 이를테면 당대의 불경 번역이나 원대의 조칙詔勅 번역[18]이 그러한 일례인데, 당시에는 '문법과 구문, 어휘의 쓰임'이 약간은 생경하였지만, 익혀 사용하다 보니 손가락으로 짚을 필요도 없이 금방 이해할 수 있게 되었다. 그리고 이제 또 '외국 글'이 왔으니, 수많은 문장을 새로이 만들지 않으면, 아니 조금 고약하게 말하자면 억지로라도 만들지 않으면 안 된다. 나의 경험에 따르면 이렇게 번역하는 편이 몇 문장으로 쪼개는 것보다 원래의 세련된 뉘앙스를 훨씬 더 잘 보존할 수 있겠지만, 새로이 만들어야 하므로 원래의 중국 글에는 결함이 있는 셈이 된다. 무슨 '기적'이라느니, 무슨 '말할 수 있을까?'의 문제가 아니라는 것이다. 하지만 '손가락으로 짚어' '억지로라도' 하는 것은 일부 사람들에게 '유쾌한 일은 아님'이 물론이다. 그러나 나는 애초에 '상쾌함'이나 '유쾌함'을 그분들에게 바칠 생각은 없었으며, 다만 몇몇 독자들이 얻을 수 있는 게 있다면 그뿐, 량스추 씨‘들’의 고락이나 ‘얻을 게 없음’은 솔직히 ‘나에게는 뜬구름과 같도다’[19]이다.

그런데 량씨는 본래 프롤레타리아 문학이론의 도움을 빌릴 필요도 없이, 제대로 알지 못하는 구석이 있으니, 이를테면 그는 이렇게 말한다. “루쉰 씨가 몇 년 전에 번역한 문학, 이를테면 구리야가와 하쿠손[20]의 『고민의 상징』은 그런대로 읽어 이해할 수 없는 정도는 아니었는데, 최근에 번역한 책은 풍격이 변한 듯하다.” 조금이라도 상식이 있는 사람이라면 ‘중국 글과 외국 글은 다르’며, 같은 외국 글일지라도 작가 나름의 글쓰기에 따라 ‘풍격’과 ‘구문의 앞뒤 위치’도 사뭇 다를 수 있음을 알고 있다. 문장이 번잡할 수도, 간단할 수도 있고, 명사가 평범할 수도, 전문적일 수도 있으니, 한 가지 외국 글이라고 해서 이해할 수 있는 난이도가 똑같을 수는 결코 없다. 내가 번역한 『고민의 상징』 역시 지금과 마찬가지로 하나하나 구의 순서대로, 심지어 글자의 순서대로 번역하였는데, 량스추 씨는 뜻밖에도 그런대로 이해할 수 있었다니, 이건 원문 자체가 이해하기 쉽고, 또한 량스추 씨가 중국의 새로운 비평가가 되었던 데다가, 그 속에 억지로라도 만든 구문이 제법 눈에 익었기 때문이다. 만약 궁벽한 시골에서 『고문관지』古文觀止[21]만 읽은 학자들이라면, 어찌 ‘천서’보다 훨씬 난해하다 여기지 않겠는가.

3.

그런데 ‘천서보다 훨씬 어려운’ 이번 프롤레타리아 문학이론의 역서들은 량씨에게 적잖은 영향을 끼쳤다. 읽어도 이해하지 못하는데 영향을 끼칠 수 있다는 게 우스꽝스럽기는 하지만, 사실이다. 이 비평가님은 「문학은 계급성을 지닌 것인가?」에서 "지금 내가 이른바 프롤레타리아 문학이론을 비평하는 것 또한 내가 이해할 수 있는 약간의 자료에 근거했을 따름이다"[22]라고 말한다. 다시 말해, 따라서 이 이론에 대한 지식은 지극히 불완전하다는 것이다.

하지만 이 죄과에 있어서는 우리('천서'의 번역자 모두를 포함하기에 '우리'라고 한다) 역시 일부의 책임을 질 수밖에 없으나, 일부는 작자 자신의 어리석음이나 나태함의 탓이다. '루나차르스키, 플레하노프 따위'의 책은 내가 알지 못하지만, '보그다노프류'의 논문 세 편[23]과 트로츠키의 『문학과 혁명』[24]의 절반은 분명히 영어로 번역된 것이 있다. 영국에는 '루쉰 씨'가 없을 테니, 역문은 틀림없이 이해하기 쉬울 터이다. 량씨는 위대한 프롤레타리아 문학의 산생에 대해 '기다리고 기다리겠다'는 인내와 용기를 이미 보여 준 바에야, 어찌하여 조금만 더 기다렸다가 찾아보고 나서 말하지 않았을까? 있다는 것을 알지 못해 구하지 않음은 어리석음이요, 있다는 것을 알면서도 구하지 않음은 나태함이며, 만약 그저 입을 다물고 가만히 앉아 있으면, 이렇게 해도 '상쾌'하긴 하겠지만 입을 열면 찬 기운을 들이마시기 십상이다.

이를테면 그 「문학은 계급성을 지닌 것인가?」라는 고상한 글에서 계급성은 없다고 결론지었다. 계급성의 말살로 보자면, 가장 철저한 건 우즈후이[25] 씨의 "마르크스[=맑스]니 소르크스[26]니 따위"라는 말과 아무개 씨의 "세상에는 계급성이란 건 결코 없다"는 학설이라고 나는 생각한다. 이렇게만 된다면 온갖 떠들썩한 소리가 사라지고 천하는 태평해질 것이다. 그렇지만 량씨는 '맑스 따위'에 얼마쯤 중독이 되어, 지금 여러 곳이 자본제이며, 이 제도 아래에 프롤레타리아가 있음을 인정해 버렸다. 그러나 이 "프롤레타리아는 본래 계급적 자각이 없다. 동정심이 넘치고 태도가 과격한 몇몇 우두머리가 이 계급관념을 그들에게 전수하여"[27] 그들의 단결을 촉구하고 투쟁의욕을 북돋우려 한다는 것이다. 맞는 말이지만, 내 생각에는 전수자는 분명코 동정이 아니라, 세계를 개조하려는 사상에서 비롯되었을 것이다. 하물며 '본래 존재하지도 않은' 것이니 자각할 수도, 북돋울 수도 없으며, 자각하고 북돋울 수 있다면 그건 원래 존재하는 것임을 알 수 있다. 원래 존재하는 것이라면 감춘다고 오래가지도 않을 터이니, 곧 갈릴레이[28]의 지동설이든 다윈[29]의 생물진화론이든 애초에는 종교가들에게 화형을 당할 뻔하거나 혹은 보수파의 공격을 심하게 받지 않았던가? 그러나 지금 사람들이 이 두 학설을 이상하다고 여기지 않는 것은, 바로 지구가 결국 돌고 있으며 생물이 진화하고 있기 때문이다. 존재를 인정하면서도 없다고 감추려는 짓은 기막힌 재주를 가지고 있지 않고서는 불가능한 일이다.

하지만 량씨는 투쟁을 없애 버릴 방법을 지니고 있으니, 루소가 말했듯이 "재산은 문명의 기초"[30]이기에, 따라서 "자본제를 공격하는 것은 곧 문명에 반항하는 것"이며, "프롤레타리아로서 만약 싹수가 있는 자라면 뼈 빠지게 부지런히 평생 일하기만 하면, 틀림없이 상당한 재산을 모을 수 있다. 이야말로 정당한 생활투쟁의 수단이다"라고 여긴다. 내 생각에는, 루소가 세상을 떠난 지 벌써 백오십 년이 되었지만, 과거와 미래의 문명이 온통 재산을 기초로 한다고까지는 여기지 않았을 것이다. (경제관계를 기초로 한다고 여기는 거라면 물론 옳은 말이다.) 그리스나 인도에도 모두 문명이 있었지만, 융성했을 때는 자본제사회가 아니었음을 그는 아마 알고 있었으리라. 몰랐다면 그건 그의 잘못이다. 프롤레타리아는 마땅히 '뼈 빠지게' 부르주아로 기어올라야 한다는 '정당'한 방법은, 중국의 부자 나으리가 기분 좋을 때 가난뱅이 노동자에게 가르치는 낡은 훈계인데, 실제로 지금도 '뼈 빠지게 부지런히' 위로 기어오르고 있는 '프롤레타리아'는 여전히 많다. 그러나 이건 '이 계급관념을 그들에게 전수할' 사람이 없을 때의 일이다. 일단 전수되고 나면, 그들은 한 사람 한 사람씩 기어오르려 하지 않은 채, 마치 량씨가 말했듯이 "그들은 하나의 계급이 되어, 조직을 가지려 하고, 하나의 집단이 될 터이니, 그리하여 그들은 관례를 무시한 채 단번에 뛰어올라 정권과 재산권을 빼앗고, 지배계급이 될 것이다." 그렇지만 '뼈 빠지게 부지런히 평생 일하기만 하면, 틀림없이 상당한 재산을 모을 수 있'으리라고 여기는 프롤레타리아가 여전히 있을까? 물론 있을 것이다. 그러나 그는 '아직 부자가 되지 못한 부르주아'인 셈이다. 량씨의 충고는 장차 프롤레타리아에게는 욕지기가 솟게 하고, 그저 어르신과 어울려 서로 칭찬을 주고받는 꼴이 되고 말 것이다.

그렇다면 앞으로는 어찌될까? 량씨는 걱정할 만한 일이 아니라고 생각한다. "이러한 혁명적 현상은 영원하지 않으며, 자연진화를 거치고 나면 우승열패의 법칙이 다시 증명할 터이니, 여전히 지능이 남보다 뛰어난 사람은 우월한 지위를 차지하고, 프롤레타리아는 여전히 프롤레타리아일" 테니까. 하지만 프롤레타리아는 아마도 "반문명의 세력은 머잖아 문명의 세력에 의해 정복될 것"임을 알고 있으며, 따라서 "이른바 '프롤레타리아 문화'를 세우려 하는데, 여기에는 문학예술도 포함된다."[31]

이후로 이제야 문예비평의 본제에 들어섰다.

4.

량씨는 먼저 프롤레타리아 문학이론의 오류는 "계급의 속박을 문학에 가한 점에 있다"고 여기는데, 한 사람의 자본가와 한 사람의 노동자는 서로 다른 점도 있지만, 서로 같은 점도 있으며, "그들의 인성(이 두 글자에는 원래 겹동그라미의 방점이 찍혀 있다)에는 결코 차이가 없으"니, 이를테면 누구나 희노애락을 지니고 있고, 연애(단 "말하는 것은 연애 자체이지 연애의 방식이 아니다")의 감정을 지니고 있으며, "문학은 바로 이러한 가장 기본적인 인성을 표현하는 예술"[32]이기 때문이다. 이 말은 모순되며 또한 공허하다. 문명이 재산을 기초로 하고, 가난뱅이는 온 힘을 다해 기어오르는 것이 '싹수가 있는' 것이라면, 기어오르는 것은 인생의 요체요, 부자 나으리는 인류의 지존이며, 문학 역시 부르주아를 표현하기만 하면 충분할 텐데, 왜 구태여 이처럼 '동정심이 넘쳐' '못나서 패배할' 프롤레타리아를 한데 싸안으려 하는가? 게다가 '인성' 그 자체는 어떻게 표현되는 것인가? 예컨대 원소 혹은 화합물의 화학적 성질에는 화합력이 있고, 물리학의 성질에는 경도硬度가 있는데, 이 화합력과 경도를 나타내려면 두 가지 물질을 사용하여 나타내지 않으면 안 되니, 만약 물질을 사용하지 않고서도 화합력과 경도 그 '자체'를 나타내려 한다면, 이런 기막힌 방법은 존재하지 않지만, 물질을 사용하기만 하면, 이 현상은 곧바로 물질에 따라 달라진다. 문학 또한 사람을 빌리지 않고서는 '인성'을 나타낼 수 없으며, 사람을 사용하고 게다가 계급사회이기만 하면, 절대로 소속된 계급성에서 벗어날 수 없으니, '속박'을 가할 필요도 없이, 사실은 필연에서 비롯되는 것이다. '희노애락이 인지상정'임은 물론이지만, 가난뱅이는 거래소에서 본전을 날릴까 봐 걱정하는 일이 결코 없고, 석유왕이 베이징의 석탄 찌꺼기를 줍는 할머니가 겪는 고생을 어찌 알겠으며, 굶주림에 시달리는 지역의 이재민은 아마 부자 나으리처럼 난꽃을 가꾸지 않을 것이고, 가부賈府의 초대焦大 역시 임대옥林黛玉을 연모하지는 않을 것이다. '기적소리여!', '레닌이여!'는 물론 결코 프롤레타리아 문학이 아니지만, '모든 사람이여', '기쁜 일이 일어나 사람들이 기뻐하네!' 또한 '인성' '자체'를 나타내는 문학은 아니다. 가장 평범한 인성을 나타내는 문학을 최고로 여긴다면, 가장 보편적인 동물성 — 영양, 호흡, 운동, 생식 — 을 나타내는 문학, 혹은 '운동'을 빼고 생물성을 나타내는 문학이 훨씬 그 위에 놓여야 마땅하다. 만약 우리가 사람이기에 인성을 나타낸다는 제한을 둔다면, 프롤레타리아는 프롤레타리아이기에 프롤레타리아 문학을 하고자 한다.

다음으로, 량씨는 작가의 계급은 작품과 무관하다고 말한다.[33] 톨스토이는 귀족 출신임에도 빈민을 동정하였지만, 계급투쟁을 주장하지는 않았다.[34] 맑스는 결코 프롤레타리아 출신이 아니었으며, 평생토록 가난하게 살았던 존슨 박사는 행동거지나 말투가 귀족보다 훨씬 더했다.[35] 그러므로 문학의 평가는 작품 자체를 보아야지, 작가의 계급과 신분에 얽매여서는 안 된다는 것이다. 그러나 이러한 예 역시 문학의 무계급성을 증명하기에는 부족하다. 귀족 출신인 톨스토이는 낡은 성향을 깡그리 씻어내지 못했기에, 빈민을 동정하면서도 계급투쟁을 주장하지 않았다. 맑스는 원래 정말로 프롤레타리아 출신이 아닌 데다가, 문학작품도 쓰지 않았다. 그렇다고 그가 만약 붓을 들었다면 틀림없이 '묻지마 방식'의 연애 그 자체[36]를 표현했으리라고 가정해서는 안 된다. 존슨 박사가 평생토록 곤궁하게 지내면서도 행동거지나 말투가 왕후보다 훨씬 귀족적이었다지만,

나는 사실 그 까닭을 알지 못한다. 영국문학과 그의 전기를 알지 못하기 때문이다. 아마도 그는 "뼈 빠지게 부지런히 평생 일하기만 하면, 틀림없이 상당한 재산을 모을 수 있다"고 생각하고서, 귀족계급으로 기어오르려 했을 텐데, 뜻밖에도 끝내 "못나서 패배하"여 상당한 재산조차도 모으지 못했다. 그래서 그저 거드름을 피워 댔으니, 퍽이나 '상쾌'했겠지.

이어 량씨는 이렇게 말한다. "뛰어난 작품은 영원히 소수의 독점물이며, 대다수는 영원히 어리석으며 영원히 문학과는 인연이 없"으나, 감상력의 있고 없음은 계급과는 무관하니, "문학의 감상 역시 타고난 복", 곧 프롤레타리아 속에도 이렇게 '타고난 복'을 지닌 사람이 있을 수 있기 때문이다.[37] 이 추론에 따르면, 이처럼 '복' 있는 사람은 가난하여 교육을 받지 못하고 일자무식일지라도 월간 『신월』을 감상하여 '인성'과 문예 '자체'에 원래 계급성이 없다는 증거로 삼을 수 있다. 그러나 량씨 역시 이러한 복을 타고난 프롤레타리아는 많지 않음을 잘 알고 있기에, 그들에게 보여 줄 만한 것(문예?)으로 "이를테면 통속적인 희극, 영화, 탐정소설 따위"를 달리 정하였으니, "일반 노동자·농민은 오락, 아마 약간의 예술적 오락을 원하고 있기" 때문이다. 이렇게 보면, 문학은 확실히 계급에 따라 달라지는 듯하지만, 이것은 감상력의 높고 낮음에 따라 정해지는 것이며, 이러한 역량의 수양은 경제와 아무 관련이 없으니, 곧 하느님이 내려 주신 — '복'이다. 그러므로 문학가는 자유로이 창조해야 하는바, 황제와 귀족에게 고용되거나 프롤레타리아에게 협박당하여 공덕을 찬양하는 글을 지어서는 안 된다. 이건 옳은 말이다. 하지만 내가 보았던 프롤레타리아 문학이론에서도 어느 계급의 문학가는 황실 귀족에게 고용되어서는 안 되지만 프롤레타리아의 협박을 받아 송덕을 찬양하는 글을 지어야 한다고 말했던 글은 본 적이 없으나, 문학에는 계급성이 있으며, 계급사회에서는 문학가가 스스로는 '자유'롭고 계급을 초월한다고 여기더라도, 무의식적으로는 끝내 자기 계급의 계급의식에 지배받고 있으며, 그러한 창작은 결코 타계급의 문화가 아니라고 말할 따름이다. 에컨대 량씨의 이 글은 원래 문학상의 계급성을 부정하고 진리를 널리 퍼뜨리려는 의도를 담고 있다. 그러나 재산을 문명의 기원으로 여기고 가난뱅이를 못나서 패배한 찌꺼기로 여기고 있으니, 흘끗 보기만 해도 부르주아의 투쟁의 '무기' ──아니, '글'임을 알 수 있다. 프롤레타리아 문학이론가들은 '전인류', '초계급'을 주장하는 문학이론을 부르주아를 돕는 것으로 간주하는데, 바로 이것이 뚜렷한 증거인 셈이다. 청팡우成仿吾 씨처럼 "그들은 틀림없이 승리할 것이며, 따라서 우리는 그들을 지도하고 위로한다"는 말이 끝나기가 무섭게 자신들 바깥의 '그들'을 내쫓는 프롤레타리아 문학가는, 말할 나위도 없이 량씨와 마찬가지로 프롤레타리아 문학이론을 '제멋대로 왜곡하는' 잘못을 저지르고 있다.

다음으로, 량씨가 가장 미워하는 것은 프롤레타리아 문학이론가가 문예를 투쟁의 무기, 즉 선전물로 여기는 점이다. 그는 "누구라도 문학을 이용하여 다른 목적을 달성하는 것에 반대하지 않"지만, "선전식의 글이 곧 문학이라고는 인정할 수 없다"[38]고 말한다. 이건 자가당착적인 이야기라고 나는 생각한다. 내가 보았던 그러한 이론들에 따르면, 문예는 반드시 선전하는 내용이 있어야 한다고 말했을 뿐, 선전식의 글이기만 하면 문학이라고 주장하는 이는 아무도 없었다. 물론 재작년 이래 중국에 구호와 표어를 집어넣은 시가나 소설을 프롤레타리아 문학이라 자처한 일이 많았던 것은 틀림없다. 하지만 그건 내용과 형식 모두 프롤레타리아 냄새가 나지 않은지라 구호와 표어를 사용하지 않으면 '신흥'을 드러낼 길이 없었던 탓이지, 실제로는 결코 프롤레타리아 문학이 아니다. 올해 유명한 '프롤레타리아 문학 비평가'인 첸싱춘 씨는 『척황자』에서 루나차르스키의 말을 인용하면서, 루나차르스키가 대중이 이해할 수 있는 문학을 높이 평가하였음을 볼 때, 구호와 표어의 사용을 눈감아 주었음을 엿볼 수 있다고 그들 '혁명문학'을 변호하였다.[39] 그러나 나는 그것 역시 량씨와 마찬가지로 의식적이든 무의식적이든 곡해라고 생각한다. 루나차르스키가 말한 바의, 대중이 이해할 수 있는 것이란, 톨스토이가 농민에게 나누어 준 팸플릿에 쓴 문체로서, 노동자와 농민이 보기만 해도 금방 이해할 수 있는 말투, 노래, 재담을 가리킴에 틀림없다. 데미얀 베드니(Demian Bednii)[40]가 시가로써 적기 훈장을 받았지만, 그의 시 속에는 결코 표어나 구호를 쓰지 않았음을 보기만 해도 알 수 있다.

마지막으로, 량씨는 상품의 품질을 보자고 한다. 옳은 말이고, 가장 적절한 방법이지만, 번역시 두 수만을 뽑아낸 건 조리돌림인 셈으로 옳지 않다. 『신월』에는 「번역의 어려움에 관하여」論飜譯之難라는 글[41]이 실린 적이 있는데, 하물며 번역한 글이 시임에랴. 내가 읽은 글로써 말한다면, 루나차르스키의 『해방된 돈키호테』, 파데예프의 『궤멸』,[42] 글랏코프의 『시멘트』[43]에 비견될 만한 작품은 중국에 최근 십 년 동안 나오지 않았다. 이건 부르주아 문명의 덕을 입고 충심으로 이 문명을 옹호하는 작가들인 '신월사' 부류를 가리켜 하는 말이다. 자칭 프롤레타리아 작가의 작품에서도 나는 그럴듯한 성과를 꼽을 수 없다. 하지만 첸싱춘 씨는 신흥계급은 문학적 재능 면에서 유치하고 단순할 수밖에 없으니, 그들에게 당장 뛰어난 작품을 요구하는 것은 '부르주아'의 악의[44]라고 변호하기도 하였다.

이 말은 노동자와 농민에게라면 지극히 옳다. 이러한 무리한 요구는 마치 오랫동안 그들을 추위에 떨고 굶주리게 해놓고서 왜 부자 나으리처럼 살이 찌지 않았느냐고 탓하는 것과 다름없다. 하지만 중국의 작가 가운데에는 지금 막 호미와 도끼를 내려놓은 이는 결코 없으며, 대다수는 학교를 나온 지식인이고, 일부는 일찍이 이름깨나 떨친 문인이니, 설마 자신의 프티부르주아 의식을 극복한 후 이전의 문학적 재능까지 함께 사라져 버린 건 아니겠지? 그럴 리 없다. 러시아의 노작가 알렉세이 톨스토이와 베레사예프, 프리시빈[45]은 지금까지도 뛰어난 작품을 내고 있다. 중국에 구호는 있으되 그에 따르는 실증이 없는 것은, 내 생각에, 그 병근은 결코 '문예를 계급투쟁의 무기로 여기는' 데에 있는 것이 아니라, '계급투쟁을 빌려 문예의 무기로 삼는' 데에 있으며, '프롤레타리아 문학'이라는 깃발 아래 재주넘기를 하는 자들을 많이 끌어모은 데에 있다. 작년의 신간 광고를 한번 보라, 혁명문학이 아닌 책이 거의 한 권도 없다. 비평가들은 또한 그저 변호하는 것을 '청산'이라 여기니, 곧 문학을 '계급투쟁'의 비호 아래 앉혔다. 이리하여 문학은 스스로 힘쓸 필요가 없어졌으며, 따라서 비평가들은 문학과 투쟁 두 방면과의 관계가 모두 느슨해지고 말았다.

그러나 중국의 현재의 일시적 현상은 물론 프롤레타리아 문학의 신흥을 반증하기에 조금도 부족하지 않다. 량씨도 알고 있기에, 그는 끄트머리에서 한 발 양보하여 이렇게 말한다. "만약 프롤레타리아 혁명가가 꼭 선전문학을 프롤레타리아 문학으로 부르고 싶다면, 어쨌든 그건 일종의 신흥문학인 셈이고, 문학의 세계에서의 새로운 수확인 셈인데, 부르주아 문학을 타도하여 문학의 영역을 탈취하고자 할 필요가 없으니, 문학의 영역은 너무나 넓고 새로운 것은 늘 그 나름의 위치가 있으니 말이다."[46] 하지만 이건 마치 '중일친선, 공존공영'의 주장과 매우 흡사하니, 아직 깃털도 나지 않은 프롤레타리아의 입장에서 본다면 속임수이다. 이렇게 되길 바라는 '프롤레타리아 문학자'도 지금 아마 있기는 하겠지만, 이건 량씨가 말하는 "싹수가 있는", 부르주아로 기어오르고 싶어 하는 '프롤레타리아' 부류이며, 이들의 작품은 가난뱅이 수재가 장원에 급제하기 전의 불평인지라, 처음부터 기어오르기까지, 그리고 그 이후에도 결코 프롤레타리아 문학이라 할 수는 없다. 프롤레타리아 문학은 스스로의 힘으로 자신의 계급, 나아가 모든 계급을 해방시키기 위하여 투쟁하는 일익이며, 바라는 것은 전부이지, 한 구석의 지위가 아니다. 문예비평을 들어 비유하자면, '인성'이란 '예술의 궁전'[47](청팡우 씨에게서 잠시 빌려 와 쓰자)에 호랑이 가죽을 깐 안락의자 두 개를 남쪽을 향해 늘어놓고, 량스추 씨와 첸싱춘 씨 두 사람을 나란히 앉히고서, 한 사람은 오른손에 '신월'을, 다른 한 사람은 왼손에 '태양'[48]을 들게 한다면, 이야말로 '노동자와 자본가'가 아름다움을 겨루는 모습이라 할 수 있다.

5.

여기에서 다시 나의 '경역'으로 돌아가 보자.

미루어 생각건대, 틀림없이 따라 생겨날 문제가 있다. 즉 프롤레타리아 문학이 선전을 중시하는 바에야, 선전은 다수가 이해할 수 있어야 할 텐데, 그렇다면 당신의 이 '경역'으로 이해하기 어려운 이론인 '천서'를 도대체 무엇 때문에 번역한 것인가? 번역하지 않은 것과 다름없지 않은가?

나의 대답은 이렇다. 나 자신을 위하여, 프롤레타리아 문학비평가를 자처하는 몇몇 사람들을 위하여, 그리고 일부 '상쾌'함을 꾀하지 않고 곤란을 두려워하지 않으면서, 조금이나마 이 이론을 알고 싶어 하는 독자를 위해서라고.

재작년 이래 나 개인에 대한 공격은 대단히 많아졌는데, 간행물마다 거의 모두 '루쉰'의 이름이 보일 지경이며, 작가의 말투는 언뜻 보기에 대체로 혁명문학가처럼 보인다. 나는 몇 편을 읽어 보고서 쓸데없는 말이 너무 많다는 걸 차츰 깨달았다. 메스는 살결을 찌르지 못하고, 탄환도 비껴 나가고 말았다. 이를테면 내가 속한 계급만 하더라도 지금까지 판정을 내리지 못하였으니, 프티부르주아라고 했다가 '부르주아'라기도 하고, 어떤 때에는 '봉건의 잔재'로 승격되었으며, 또 성성이와 같다[49]고도 하였으며 (『창조월간』에 실린 '도쿄통신'東京通信을 보라), 언젠가 한번은 이빨 색깔에 대해 꾸지람을 들은 적도 있다. 이런 사회에서 봉건 잔재가 주제넘게 나서는 일이야 충분히 가능하겠지만, 봉건 잔재는 곧 성성이라는 건 어느 '유물사관'에도 설명되어 있지 않으며, 이빨의 색깔이 누렇다고 해서 프롤레타리아 혁명에 해롭다는 근거 역시 찾을 길이 없다. 나는 그래서, 참고할 만한 이러한 이론이 너무 적기에 사람들이 흐리멍덩하다고 생각했다. 적에 대해 해부하고 깨물어 씹는 것은 지금으로서 피할 도리가 없지만, 해부학이나 조리법에 관한 책이 있어서 이에 따라 처리한다면 구조가 한결 분명해지고 맛도 좋아질 것이다. 사람들은 흔히 신화 속의 프로메테우스[50]를 혁명가에 비유하는데, 불을 훔쳐 사람에게 가져다준 바람에 제우스에게 모진 시달림을 받았으나 후회하지 않았으니, 그의 박애와 인고의 정신이 똑같다고 할 수 있다. 그렇지만 내가 외국에서 불을 훔쳐 온 것은 자신의 살을 삶기 위한 것이니, 맛이 더 좋아진다면 아마도 깨물어 씹는 자 역시 이로운 점이 더 많아질 것이고, 나 역시 육신의 수고를 허비하지 않은 셈이리라 여겼던 것이다. 출발점은 전적으로 개인주의적인 생각에서 비롯되었으며, 여기에 소시민의 허영심, 그리고 천천히 메스를 꺼내어 반대로 해부자의 심장 속을 찌르는 '복수'의 기분도 섞여 있었다. 량씨는 "그들은 복수하려 한다!"고 말하였으나, 사실 어찌 '그들'뿐이겠는가! 이런 사람은 '봉건 잔재' 중에도 아주 많다. 그러나 나 역시 사회에서 쓸모가 있기를 바라니, 관객이 보는 결과는 여전히 불과 빛이리라. 이렇게 하여 맨 먼저 손을 댄 것이 『문예정책』[51]인데, 이 안에 여러 파의 의견이 포함되어 있었기 때문이다.

정보치[52] 씨는 지금은 서점을 열어 하웁트만과 그레고리 부인[53]의 극본을 출판하였지만, 당시에는 그도 혁명문학가였는데, 자신이 편집하던 『문예생활』[54]에서 내가 이 책을 번역한 것은 몰락이 내키지 않아서였지만 아쉽게도 남이 선수를 치고 말았다고 비웃었다. 책 한 권을 번역하기만 하면 뜰 수 있다니, 혁명문학가가 되는 건 참으로 쉬운 일인 모양이지만, 나는 절대로 그렇게 생각지 않는다. 어느 타블로이드판 신문은 나의 『예술론』 번역을 '투항'[55]이라고 했다. 그렇다, 투항하는 일은 세상에 늘 있는 일이다. 그러나 당시 청팡우 원수께서는 이미 일본의 온천에서 기어 나와 파리의 여관에 묵고 계셨는데, 그렇다면 이곳에서 누구에게 투항해야 할꼬? 올해에는 논조가 또 바뀌었으니, 『척황자』와 『현대소설』에서는 온통 '방향전환'[56]이라 말하고 있다. 일본의 몇몇 잡지에서, 이 네 글자가 이전의 신감각파인 가타오카 뎃페이[57]에게 좋은 의미로 덧붙여져 있는 것을 보았다. 사실 이런 말 많고 어지러운 이야기는 명칭만을 볼 뿐 생각조차 하지 않으려는 낡은 병폐일 뿐이다. 프롤레타리아 문학에 관한 책을 한 권 번역했다고 해서 방향을 증명할 수는 없으며, 만약 곡역曲譯이 있다면 도리어 해가 될 수도 있다. 나의 역서 역시 속단하는 이들 프롤레타리아 문학비평가들에게 바치려 하니, 이들은 '상쾌'함을 탐하지 말고 참을성 있게 이러한 이론을 연구할 의무가 있으니까.

다만 나는 일부러 곡역한 적은 없다고 확신하는데, 내가 탄복하지 않는 비평가의 상처를 찌르고 때에는 씩 웃고 나의 상처를 찔릴 때에는 꾹 참으면서 절대로 늘이거나 줄이려 하지 않았으니, 이 역시 시종 '경역'으로 일관한 이유이다. 물론 세상에는 '곡역'하지도 않을뿐더러 '딱딱'硬하거나 '죽'死지 않은 글로 번역할 수 있는 꽤 괜찮은 번역가도 있을 터이니, 그때 나의 역본은 도태되어야 마땅하며, 나는 그저 이 '없음'에서 '꽤 괜찮은'의 공간만 메울 따름이다.

하지만 세상에는 종이는 많은 편이나 문학 동호회의 인원은 적으며, 뜻은 크되 힘은 버거워 가지고 있는 종이를 다 메우지 못한다. 이리하여 동호회 내에서 적을 무찌르고 벗을 도우며 이단을 소탕하는 업무를 맡은 비평가는 남이 종이에 써갈기는 걸 보기만 하면, 한숨을 푹 내쉬면서 흥분한 나머지 자기도 모르게 머리를 흔들고 발을 구른다. 상하이의 『선바오』는 사회과학의 번역자를 '어중이떠중이'[58]라고 일컬을 정도로 몹시 분개하였다. "중국 신흥문학의 지위에서 일찍이 독자에게 널리 알려진" 장광즈[59] 씨는 병 요양차 일본에 갔다가 구라하라 고레히토[60]를 만나, 일본에 너무나 뒤떨어진 번역이 많아, 원문보다 훨씬 읽기 어렵다고 말했다. ······ 그는 웃음을 짓더니 이렇게 대꾸했다. "······ 중국의 번역계는 훨씬 더 뭐가 뭔지 모르겠어요. 요즘 중국에는 일본어에서 번역된 서적이 많이 있던데, 일본인이 유럽인의 어느 나라 작품을 약간 틀리거나 생략했다면, 일본어에서 중국어로 번역될 경우 이 작품은 이상한 모습으로 변하지 않을까요?……"[61](『척황자』를 보라) 이 역시 번역에 대한 불만, 특히 중역重譯에 대한 불만을 드러내고 있다. 다만 량씨는 책명과 잘못된 부분을 거론하는 데 반해, 장씨는 그저 벙긋 지은 웃음 한 번으로 남김없이 싹쓸이한 셈이니, 참으로 대단하기도 하다. 구라하라 고레히토 씨는 러시아어에서 직접 수많은 문예이론과 소설을 번역해 온 사람으로, 내게도 많은 도움을 주었다. 중국에도 한두 사람이라도 이렇게 러시아어를 열심히 번역하여 계속 좋은 책을 번역해 내기를 바란다. '이런 바보'라고 나무라기만 하면 혁명 문학가의 책임을 다했다고 여기지만 말고.

그렇지만 지금은 어떤가? 이런 것쯤이야 량스추 씨는 번역하지 않고, 남을 '어중이떠중이'라 일컫는 위인들도 번역하지 않는다. 러시아어를 배운 장씨가 원래는 가장 적격이지만, 애석하게도 요양한 후에 고작 『일주일』[62]을 한 권 냈을 뿐인데, 이 작품은 일본에서 이미 두 종류의 역서가 있다. 중국에서는 일찍이 다윈과 니체를 떠들어 대다가, 유럽대전이 일어나자 그들을 한바탕 크게 나무랐지만, 다윈의 저작에 대한 역서는 지금까지 고작 한 종류뿐이고,[63] 니체는 고작 반 권뿐이니,[64] 영어와 독일어를 배운 학자나 문호는 되돌아볼 겨를이 없었는지 아니면 되돌아볼 가치가 없었는지 한쪽으로 밀쳐 두었다. 그러므로 당분간은 남의 비웃음과 질책을 받더라도 일본어에서 중역하거나, 원문을 구해 일본어 역본과 대조하여 직역하는 수밖에 없을 듯하다. 나는 이렇게 할 작정이며, 더 많은 사람들이 이렇게 하여 속속들이 고상한 담론 중의 공허를 메워주기를 바라나니, 우리는 장씨처럼 '웃음을 터뜨릴' 수 없으며, 량씨처럼 '기다리고 기다'려서는 안 되기 때문이다.

6.

나는 이 글의 첫머리에서 "꼿꼿하다고 하지만 실은 솜처럼 부드러운 게 바로 신월사의 특색"이라고 말했었는데, 여기에서 몇 마디 간략히 보충을 하면서 이 글을 마치려 한다.

『신월』은 창간되자마자, '엄정한 태도'[65]를 주장하였지만, 남을 욕하는 자에게는 욕으로, 남을 비웃는 자에게는 비웃음으로 되받았다. 이것은 잘못이 아니며, 바로 "상대의 방식대로 상대에게 되돌려 주"는 것이니, 일종의 '복수'이기는 해도 스스로를 위한 것은 아니다. 제2권 제6, 7호의 합본의 광고에서는 "우리는 '관용'의 태도를 지키며(단 '불관용'의 태도는 관용할 수 없다), 우리는 온건하고 합리적인 학설을 환영한다"고 밝히고 있다. 위의 두 마디 역시 옳은 말이며, '눈에는 눈, 이에는 이'라는 태도가 처음과 마찬가지로 일관되어 있다. 그렇지만 이 길을 따라 쭉 가다 보면, 틀림없이 '폭력으로 폭력에 맞서'는 상황에 부닥칠 테니, 이건 신월사 여러분이 좋아하는 '온건함'과도 양립할 수 없게 된다.

이번에 신월사의 '자유언론'은 억압을 당했는데, 여태까지의 방법대로라면 억압자에게 억압을 가해야 마땅할 터이나, 『신월』이 보여 준 반응은 「언론의 자유를 억압하는 자에게 고함」_{告壓迫言論自由者}[66]이라는 글이었는데, 먼저 상대방의 당의[67]를 인용한 다음, 외국의 법률을 인용하고, 끝으로 동서양의 역사적 사례를 들어, 자유를 억압하는 자는 흔히 멸망에 빠지고 만다고 했으니, 상대방을 배려한 경고였던 것이다.

따라서 신월사의 '엄정한 태도', '눈에는 눈'이라는 방법은 결국 오직 힘이 서로 비슷하거나 못한 사람에게만 적용되는 것이지, 만약 힘센 자에

게 얻어맞아 눈이 부어오르면 전례를 깬 채 그저 손을 들어 자신의 얼굴을
감싸면서 이렇게 외칠 따름이다. "너, 눈 조심해!"

주)_____

1) 원제는 「'硬譯'與'文學的階級性'」, 1930년 3월 상하이의 『맹아월간』(萌芽月刊) 제1권 제
   3기에 발표되었다. '경역'(硬譯)은 축자식(逐字式)의 딱딱한 직역투를 의미하는데, 여기
   에서는 원문 그대로 '경역'으로 번역하였다.
2) 『신월』 그룹은 신월사(新月社)를 가리킨다.
3) 월간 『신월』의 제2권 제6, 7호 합권(1929년 9월)에 실린 후스의 「신문화운동과 국민당」
   (新文化運動與國民黨), 뤄룽지(羅隆基)의 「언론자유를 억압하는 자에게 고함」(告壓迫言論
   自由者)과 편자의 「독자에게 삼가 알림」(敬告讀者) 등을 가리킨다. 후자는 동인의 이름
   으로 "우리는 '사상의 자유'를 믿고, 우리는 '언론출판의 자유'를 주장하며, 우리는 '관
   용'의 태도를 지키고(단 '불관용'의 태도는 관용할 수 없다), 우리는 온건하고 합리적인 학
   설을 환영한다"고 하였다.
4) 량스추(梁實秋)는 『신월』의 제2권 제6, 7호 합권에 발표한 「루쉰 씨의 '경역'에 관하여」
   (論魯迅先生的'硬譯')에서 이렇게 말했다. "곡역(曲譯)은 물론 해서는 안 되니, 원문에 너
   무 불충실하여 정수를 찌꺼기로 번역하기 때문이다. 그러나 한 권의 책이 온통 처음부
   터 끝까지 완전히 곡역일 수는 절대로 없으니, 한 페이지에 곡역한 곳이 몇 군데 있을지
   라도 필경 곡역이 없는 곳도 있을 것이며, 일부의 곡역이 설사 오류이고 끝내 그대에게
   오류를 안겨 주어, 이 잘못이 아마 정말로 남에게 몹시 해를 끼칠지라도, 그대가 읽는
   순간에는 필경 상쾌함을 안겨 줄 것이다. 죽은 번역은 다르다. 죽은 번역은 반드시 처음
   부터 끝까지 죽은 번역이며, 읽어 보았자 읽지 않은 것과 다름없으니, 시간과 정력을 허
   비할 뿐이다. 하물며 곡역의 결함을 저지름과 동시에 죽은 번역의 결함을 저지를 수는
   없으나, 죽은 번역은 때로 동시에 곡역일 수 있음에랴. 그러므로 곡역은 참으로 우리가
   몹시 싫어하는 것이지만, 죽은 번역의 기풍 또한 결단코 조장해서는 안 된다."
5) 『문예와 비평』(文藝與批評)은 루쉰이 번역한 소련 문예비평가 루나차르스키(Анатолий
   Васильевич Луначарский, 1875~1933)의 논문집이다. 1929년 10월 상하이의 수이모(水
   沫)서점에서 출판되었다.
6) 원문은 특구(仂句). 어법의 술어로서, 하나의 긴 문장 중에 있는 작은 문장을 가리키는
   데, 지금은 흔히 '주술구'라고 일컫는다.

7) 『신월』 창간호(1928년 3월)에 실린 「신월의 태도」(新月的態度)를 가리키는데, 이 글에서
이렇게 말했다. "우리 이곳의 몇몇 벗들은 이 월간 자체 외에는 어떤 조직도 없고, 문예
와 학술에서의 노력 외에는 어떤 결합도 없으며, 몇 가지 공동의 이상 외에는 어떤 합치
도 없다."

8) 천서(天書)는 제왕의 조서 혹은 도가에서 원시천존(元始天尊)이 말씀하신 경전을 가리
키는데, 흔히 알아보기 힘든 문자나 이해하기 까다로운 글을 비유한다.

9) Proletary는 무산자이다. 본문의 '普羅列塔利亞'(프롤레타리아)는 영어 Proletariat의 음
역으로, '무산계급'을 의미한다.

10) 미국의 웹스터(Noah Webster, 1758~1843)가 편집한 대형 영어사전으로, 1828년에
초판이 출간되었다. 영어는 "프롤레타리아는 최저층의 공민으로, 이들은 재산이 아니
라 아이를 낳는 것만으로 국가에 이바지한다"는 뜻이다.

11) 사밀학(舍密學)은 화학을 의미한다. 사밀(舍密)은 독일어인 Chemie의 음역으로, 그리
스어 Chemeie에서 비롯되었으며, '연금술'이라는 뜻이다.

12) 선충원(沈從文, 1902~1988)은 후난 평황(鳳凰) 출신의 작가이다. 링수화(凌叔華, 1900~
1990)는 광둥(廣東) 판위(番禺) 출신의 소설가이다. 이들은 당시 『신월』에 자주 소설을
발표하였다. 나중에 언급하는 「이사」(搬家)는 링수화가 지은 단편소설이다.

13) 천시잉(陳西瀅)이 『현대평론』(現代評論)의 「한담」(閑話)이라는 칼럼에 발표한 글이며,
훗날 『시잉 한담』(西瀅閑話)으로 모아 1928년 3월 신월서점에서 출판하였다.

14) 판광단(潘光旦, 1899~1967)은 장쑤(江蘇) 바오산(寶山; 지금의 상하이시上海市) 출신의
사회학자로서, 신월사 성원이다. 그는 몇몇 관료가문의 가보에 근거하여 유전을 해석
하고 우생학을 선전하였다. 저서로는 『명청 양대 자싱의 명망대가』(明淸兩代嘉興的望
族) 등이 있다. 우생학은 영국의 유전학자 골턴(Francis Galton, 1822~1911)이 1883년
에 제기한 '인종개량' 학설이다. 이에 따르면, 인간 혹은 인종의 생리와 지력(智力)은
유전에 의해 결정되며, '우등한 인간'을 발전시키고 '열등한 인간'을 도태시켜야만 사
회문제가 해결될 수 있다고 한다.

15) 배빗(Irving Babbitt, 1865~1933)은 미국 근대의 '신인문주의'(新人文主義) 운동의 지
도자 중 한 사람이며, 하버드대학 교수였다. 량스추는 『신월』에서 배빗의 인문주의 이
론을 자주 소개하였으며, 우미 등이 번역한 배빗의 논문을 『배빗과 인문주의』(白璧德
與人文主義)라는 책으로 엮어 1929년 1월에 신월서점에서 출판하였다.

16) 궈모뤄(郭沫若)가 번역한 소련의 마린호프(Анатолий Мариенгоф, 1897~1962)의 「시
월」(十月; 1929년 상하이 광화光華서국에서 출판된 『신러시아 시선』新俄詩選을 보라)과, 쑤
원(蘇汶)이 번역한 소련의 사모비트닉(Алексей Маширов-Самобытник, 1884~1943)의
「새로운 동지에게」(給一個新同志; 1929년 수이모서점에서 출판한 보그다노프Александр
Богданов의 『신예술론』新藝術論 중 「프롤레타리아 시가」無産階級詩歌를 보라)를 가리킨다. 사

모비트닉의 「새로운 동지에게」는 원래 1913년 『프라우다』(Правда)에 실렸던 시이다.

17) 『사기』(史記)는 서한의 사마천(司馬遷)의 저작이고, 『한서』(漢書)는 동한의 반고(班固)의 저작이다. 『서경』(書經), 즉 『상서』(尙書)는 중국 상고시대의 역사 문건과 일부 고대 사적을 돌이켜 기술한 저작의 총집이다.

18) 중국은 동한대부터 불경의 번역 사업을 시작하여 당대에 이르러 새로운 발전을 이루었는데, 이 가운데 가장 유명한 것이 현장(玄奘)이 주도하여 번역한 불경 75부, 1335권이다. 원대의 통치자들은 조령(詔令), 주장(奏章)과 관청의 문서를 반드시 몽고어로 쓰되 한문의 역문을 덧붙이도록 강제적으로 규정하였다. 당대와 원대의 이러한 번역은 대부분 직역으로, 원문의 어법과 구조를 보존하고 있으며, 일부 단어는 한어(漢語)로 음역하였는데, 당시 및 후대의 한어의 어휘와 어법에 적잖은 영향을 끼쳤다.

19) 원문은 '於我如浮雲'. 『논어』(論語) 「술이」(述而)의 "의롭지 않으면서 부귀함은 내게 뜬 구름과 같도다"(不義而富且貴, 於我如浮雲)에서 비롯되었다.

20) 구리야가와 하쿠손(厨川白村, 1880~1923)은 일본의 문예평론가이다. 미국에 유학했으며, 귀국한 후 교토제국대학(京都帝國大學) 교수를 지냈다. 저서로는 문예논문집인 『상아탑을 나와』(象牙の塔を出て)와 『고민의 상징』(苦悶の象徵) 등이 있다.

21) 청대 강희(康熙) 연간에 오초재(吳楚材), 오조후(吳調侯)가 골라 펴낸 고문 독본으로, 선진(先秦)시대부터 명대에 이르기까지의 산문 222편을 싣고 있다.

22) 량스추의 이 대목의 원문은 다음과 같다. "나는 프롤레타리아 문학이론 방면의, 중국어로 번역된 책은 이미 십여 가지 보았고, 전문적으로 이러한 것을 선전하는 잡지도 두세 가지 보았다. 나는 있는 힘껏 그들의 뜻을 이해하고자 하였지만, 대단히 불행하게도 이런 유의 책 가운데 내가 읽어 이해할 수 있는 책은 한 권도 없다. 내용이 심오하다면 아마 심오하겠지만, 나의 배움이 짧은 탓이다. 그러나 이런 선전용 책, 이를테면 루나차르스키, 플레하노프, 보그다노프 따위가 나를 가장 곤혹스럽게 만들었던 것은 문자이다. 그 문법의 난삽함, 구법(句法)의 번잡함은 솔직히 읽기가 천서보다 훨씬 어렵다. 프롤레타리아 문학이론을 선전하는 책인데도 이렇게 이해하기 어렵다면, 아마 선전물의 자격조차도 결여하고 있으니, 현재 중국인이 보아 이해할 수 있는 문자로 프롤레타리아 문학이론이 도대체 어떤 것인지 말해 주는 글을 쓴 중국인은 아직 없다. 지금 내가 이른바 프롤레타리아 문학이론을 비평하는 것 또한 내가 이해할 수 있는 약간의 자료에 근거했을 따름이다."

23) 보그다노프(Александр Александрович Богданов, 1873~1928)는 소련 철학자이다. 볼셰비키에 가입한 적이 있으며, 1918년에 '프롤레타리아 문화'를 제창하였다. 그의 「프롤레타리아 시가」(無産階級詩歌), 「프롤레타리아예술의 비평」(無産階級藝術的批評), 「종교, 예술과 맑시즘」(宗敎, 藝術與馬克斯主義) 등의 세 편의 논문은 영어로 번역되어 영국 런던의 『노동월간』(勞動月刊)에 실렸으며, 나중에 쑤원이 중국어로 번역한 뒤, 화

스(畵室)가 번역한 「'프롤레타리아 문화' 선언」('無産者文化'宣言)을 덧붙여 『신예술론』(新藝術論)으로 엮어 1929년에 수이모서점에서 출판되었다.

24) 『문학과 혁명』(文學與革命)은 1925년 미국 뉴욕의 국제출판사에서 영문판으로 출판되었으며, 후에 리지예(李霽野), 웨이쑤위안(韋素園)이 중국어로 번역하여 1928년 2월에 베이징의 웨이밍사(未名社)에서 출판되었다.

25) 우즈후이(吳稚暉, 1865~1953)는 이름이 징헝(敬恒)이며 장쑤 우진(武進) 사람으로, 일찍이 동맹회에 참가하였으며, 훗날 국민당 중앙감찰위원, 중앙정치회의 위원 등을 역임하였다. 여기에 인용된 그의 발언은 1927년 5월 왕징웨이(汪精衛)에게 보낸 편지에 보인다.

26) 원문은 '馬克斯牛克斯'.

27) 량스추의 이 대목은 「문학은 계급성을 지닌 것인가?」라는 글에 보인다. "프롤레타리아는 본래 계급적 자각이 없다. 동정심이 넘치고 태도가 과격한 몇몇 우두머리가 이 계급관념을 그들에게 전수한 것이다. 계급관념은 프롤레타리아의 단결을 촉구하고, 프롤레타리아의 투쟁의욕을 고취하고자 한다. 프롤레타리아로서 만약 싹수가 있는 자라면 뼈 빠지게 부지런히 평생 일하기만 하면, 틀림없이 상당한 재산을 모을 수 있다. 이야말로 정당한 생활투쟁의 수단이다. 그러나 프롤레타리아가 단결한 후 그들은 하나의 계급이 되어 조직을 가지려 하고 하나의 집단이 될 터이니, 그리하여 그들은 관례를 무시한 채 단번에 뛰어올라 정권과 재산권을 빼앗고 지배계급이 될 것이다. 그들은 복수하려 한다! 그들의 유일한 복수 수단은 바로 많은 사람과 큰 세력에 의지하는 것이다! '다수', '대중', '집단', 이것이 바로 프롤레타리아가 폭동을 일으키는 무기이다."

28) 갈릴레이(Galileo Galilei, 1564~1642)는 이탈리아의 물리학자이자 천문학자이다. 1632년 그는 『세계의 두 체계에 관한 대화』(Dialogo sopra i due massimi sistemi del mondo)를 발표하여, 교회가 신봉하는 프톨레마이오스(Claudius Ptolemaeus)의 지구중심설에 반대하였으며, 지구가 태양을 둘러싸고 회전한다는 코페르니쿠스(Nicolaus Copernicus)의 '태양중심설'을 증명하고 발전시켰다. 이로 인해 1633년 로마교황청의 종교재판에 회부되어 생을 마칠 때까지 연금상태에 놓였다.

29) 다윈(Charles Darwin, 1809~1882)은 영국의 생물학자로서, 진화론의 창시자이다. 그는 1859년에 출판한 『종의 기원』(On the Origin of Species)에서, 자연선택을 기초로 하는 진화학설을 제창하여 갖가지 관념론적 창조론, 목적론과 종불변론(種不變論)을 깨트림으로써 종교신학에 엄청난 타격을 안겨 주었다. 이로 인해 교권파(敎權派)와 파리과학원에게 배척과 차별을 당하였다.

30) 인권평등설을 제창한 루소는 사유제가 사회불평등의 근원이라고 여겼지만, 사유제의 소멸을 주장하지는 않고, 법률을 통해 재산의 대량집중을 제한하기를 바랄 뿐이었다.

"재산은 문명의 기초"라는 말은 1755년에 『프랑스백과전서』를 위해 지은 「정치경제론」에 실려 있는데, "재산은 문명사회의 진정한 기초"라고 번역해야 마땅하다. 루소의 이 말은 량스추가 펴낸 의론 「문학은 계급성을 지닌 것인가?」에 실려 있다.

31) 이 말은 「문학은 계급성을 지닌 것인가?」에 보인다. "프롤레타리아가 폭동을 일으키는 주요인은 경제적인 것이다. 지난날의 통치계급의 부패, 정부의 무능, 참다운 우두머리의 부재 역시 프롤레타리아의 흥기를 불러온 원인이다. 이러한 혁명적 현상은 영원하지 않으며, 자연진화를 거치고 나면 우승열패의 법칙이 다시 증명할 터이니, 여전히 지능이 남보다 뛰어난 사람은 우월한 지위를 차지하고, 프롤레타리아는 여전히 프롤레타리아이다. 프롤레타리아는 아마도 이 사실을 잘 알고 있으며, 현재의 경제적 충족에만 의지해서는 자신의 계급의 승리를 결코 영원히 담보할 수 없음 또한 잘 알고 있다. 반문명의 세력은 머잖아 문명의 세력에 의해 정복될 것이다. 그래서 프롤레타리아는 최근 '자본가 타도'를 소리 높여 외치는 한편, 새로운 일을 갖게 되었으니, 그들은 이른바 '프롤레타리아 문화'를 세우려 하는데, 여기에는 문학예술도 포함된다."

32) 이 말은 「문학은 계급성을 지닌 것인가?」에 보인다. "문학의 영역은 대단히 광범하여, 근본적으로, 그리고 이론적으로 경계가 없으며, 더욱이 계급의 경계가 없다. 한 사람의 자본가와 한 사람의 노동자, 이들에게는 다른 점이 있으니, 유전이 다르고, 교육이 다르며, 경제 환경이 다르고, 따라서 생활상태 역시 다르지만, 그들에게는 같은 점도 있다. 그들의 인성에는 결코 차이가 없으니, 그들은 누구나 생로병사의 무상함을 느끼고, 사랑의 욕망을 지니며, 연민과 공포의 정서를 지니고, 사람이 지켜야 할 도덕관념을 지니며, 심신의 안락을 바란다. 문학은 바로 이러한 가장 기본적인 인성을 표현하는 예술이다. 프롤레타리아의 삶의 고통은 물론 묘사할 만한 가치가 있지만, 이 고통이 진정 심오한 것이라면 틀림없이 하나의 계급에 속하는 것은 아니리라. 인생의 현상에는 계급을 뛰어넘는 면이 수없이 많다. 예를 들면, 연애(내가 말하는 것은 연애 자체이지 연애의 방식이 아니다)의 표현에 계급의 차이가 있는가? 산수와 화초의 아름다움을 노래함에 계급이 차이가 있는가? 없다. 만약 문학이 생활현상의 외표적 묘사일 뿐이라면, 그렇다면 우리는 문학이 계급성을 지닌 것이라 인정할 수 있으며, 프롤레타리아 문학이 그 나름의 이론적 근거를 갖고 있다고 이해할 수도 있다. 그렇지만 문학은 이처럼 천박한 것이 아니다. 문학은 사람의 마음속 가장 깊은 곳에서 울려 나오는 소리이다. 만약 '굴뚝이여!', '기적소리여!', '엔진이여!', '레닌이여!'라는 것이 프롤레타리아 문학이라면, 프롤레타리아 문학은 무슨 이론이 쓸모 있겠는가? 될 대로 되라고 내버려둘밖에. 나는 문학의 제재를 하나의 계급의 생활현상의 범위 안에 제한하는 것은 참으로 문학을 너무 천박하고 너무 협소하게 보는 것이라고 생각한다."

33) 량스추는 「문학은 계급성을 지닌 것인가?」에서 이렇게 말한다. "문학가는 다른 사람보다 감정이 풍부하고 감각이 예민하며, 상상력이 발달하고 예술이 완미한 사람이다.

그가 부르주아에 속하든 프롤레타리아에 속하든, 그게 그의 작품과 무슨 관계가 있단 말인가? 톨스토이는 귀족 출신임에도 불구하고, 평민에 대한 그의 동정심은 정말이지 한정이 없었지만, 그는 결코 계급투쟁을 주장하지 않았다. 수많은 이들이 신처럼 떠받 드는 맑스는 결코 무슨 프롤레타리아에 속한 사람이 아니며, 평생 곤궁하게 지낸 존슨 박사는 행동거지와 말투의 우아함이 귀족보다 심했으면 심했지 덜하지는 않았다. 우 리가 문학의 성질과 가치를 평가하는 것은 문학작품 자체를 놓고 따져야지, 작가의 계 급 및 신분과 연관시켜서는 안 된다."

34) 톨스토이(Алексей Николаевич Толстой, 1883~1945)는 귀족 신분의 지주가정에서 태 어났다. 그의 작품은 차르제도와 자본주의 세력의 갖가지 죄악을 무정하리만큼 드러 냄과 동시에, 도덕의 자아완성과 '사악함에 대한 비폭력의 저항'을 널리 펼쳤다.

35) 새뮤얼 존슨(Samuel Johnson, 1709~1784)은 영국의 작가이자 문학비평가이다. 서적 상 가정에서 태어난 그는 어린 시절부터 글을 팔아 생계를 유지하였다. 훗날 혼자서 영어 단어에 영어로 뜻풀이를 하고 그 예문을 보인 역사상 첫번째 사전 『영어사전』(A Dictionary of the English Language, 1755)을 편찬하여 황실의 칭찬을 받고 정부의 연 금을 받게 되었다. 이로부터 '명사'가 되어 상류사회에 들어서게 되었다.

36) 이곳의 '방식'과 '자체'는 앞의 주 32)의 량스추의 글에서 가져온 것이다.

37) 여기에 인용된 글 역시 「문학은 계급성을 지닌 것인가?」에 실려 있으며, 원문은 다음 과 같다. "뛰어난 작품은 영원히 소수의 독점물이며, 대다수는 영원히 어리석으며 영 원히 문학과는 인연이 없다. 그러나 감상력의 있고 없음은 계급과는 무관하니, 귀족 자본가 가운데에도 문학이 무엇인지 알지 못하는 사람이 있으며, 프롤레타리아 가운 데에도 문학을 감상할 수 있는 사람이 있다. 문학을 창조하는 것은 참으로 천재요, 문 학의 감상 역시 타고난 복이다. 그러므로 문학의 가치는 결코 독자의 숫자의 많고 적 음에 따라 정해질 수 없다. 일반 노동자·농민은 오락, 아마 약간의 예술적 오락, 이를 테면 통속적인 희극, 영화, 탐정소설 따위를 원하고 있다. 대다수 사람에게 읽혀지는 문학은 반드시 대중에 영합하기 마련이고, 몸을 낮추어 복종하기 마련이며, 천박하기 마련이다. 그래서 우리는 문학가에게 이러한 투기매매를 책임지고 하라고 해서는 안 된다.…… 황실의 귀족은 시시껄렁한 문인들을 고용하여 공덕을 찬양하는 시문을 짓 게 하나 역겨움만을 안겨 주니, 이러한 문학은 허위적이요 거짓으로 꾸며낸 것이기 때 문이다. 하지만 프롤레타리아의 협박 아래 프롤레타리아의 공덕을 찬양하는 문학 또 한 마찬가지로 허위적이고 역겹지 않은가? 문학가는 정신을 집중하여 창작할 줄만 알 뿐,…… 그가 어느 계급에 속해 있든, 그를 이해해 줄 수 있는 이는 누구이며, 그의 지 음(知音)은 누구인가?"

38) 여기에 인용된 글 역시 「문학은 계급성을 지닌 것인가?」에 실려 있으며, 원문은 다음 과 같다. "프롤레타리아 문학이론가들은 늘 우리에게 말한다. 문예는 그들의 투쟁의

'무기'라고. 문학을 '무기'로 간주하다니! 이것의 의미는 분명하다. 문학을 선전물로 여기고, 계급투쟁의 수단으로 여긴다는 것이다. 우리는 누구라도 문학을 이용하여 다른 목적을 달성하는 것에 반대하지 않으니, 이건 문학 자체에 해를 끼치지는 않지만, 선전식의 글이 곧 문학이라고는 인정할 수 없다."

39) 첸싱춘(錢杏邨, 1900~1977)은 필명은 아잉(阿英)이며, 안후이(安徽) 우후(蕪湖) 출신의 문학가로서, 태양사(太陽社)의 주요 성원이다. 그는 『척황자』(拓荒者) 제1기(1930년 1월)에 실린 「중국 신흥문학 중의 몇 가지 구체적인 문제」(中國新興文學中的幾個具體的問題)라는 글에서 이렇게 밝혔다. "이러한 문학(표어·구호식의 문학을 가리킴)은 비록 각 방면에서 매우 유치하지만, 때로 그것은 대중을 충분히 고무할 수 있다. 루나차르스키는 이렇게 말한다. '복잡하고 존귀한 사회적 내용을, 수많은 사람들을 감동시킬 수 있는 예술의 단순함으로 표현해 낼 수 있는 작가, 그에게 영광이 있기를 바라노라. 설사 꽤나 단순하고 초보적인 내용이라 할지라도, 수많은 대중들을 감동시킬 수 있는 작가, 그에게 영광이 있기를 바라노라. 이러한 작가를, 맑스주의 비평가들은 대단히 높게 평가하지 않으면 안 된다.'(「과학적 문예비평의 임무에 관한 개요」) 부르주아에게 모멸을 받은 '구호·표어 문학'이 유치하다는 것을 인정하지 않을 수 없는 한편, 우리는 합당한 평가를 내리지 않으면 안 된다."
『척황자』는 문예월간으로 장광츠(蔣光慈)가 편집을 맡아 1930년 1월 상하이에서 창간되었으며, '좌련'(左聯)이 성립된 후에는 '좌련'의 기관지의 하나가 되었다가, 1930년 5월 제4, 5기 합간호를 출간한 후 국민당에 의해 출판을 금지당하였다.

40) 데미얀 베드니(Демьян Бедный, 1883~1945)는 소련의 시인이다. 소련의 내전기에 그는 혁명을 찬양하고 적을 풍자하는 정치시를 많이 지었다. 1923년 4월 전러시아 중앙집행위원회 주석단은 그에게 적기 훈장을 수여하였다.

41) 이 글은 『신월』 제1권 제11기(1929년 1월)에 실린 후스의 「번역을 논함」(論翻譯)을 가리키는데, 이 글에 "번역은 대단히 어려운 일이니, 누구나 오류를 저지르지 않을 수 없다"는 말이 있다.

42) 파데예프(Александр Александрович Фадеев, 1901~1956)는 소련의 작가이며, 장편소설 『훼멸』(Разгром, 1926), 『젊은 근위대』(Молодая гвардия, 1945) 등을 남겼다. 『훼멸』은 루쉰이 중국어로 번역하여 1930년 1월부터 『맹아월간』에 '궤멸'(潰滅)이라는 제목으로 연재하였으며, 1931년에 '삼한서옥'(三閑書屋) 명의로 제목을 『훼멸』(毀滅)로 바꾸어 단행본으로 출판하였다.

43) 글랏코프(Фёдор Васильевич Гладков, 1883~1958)는 소련의 소설가이다. 『시멘트』(Цемент, 1925)는 소련의 경제부흥을 묘사한 장편소설이다.

44) 첸싱춘은 「중국 신흥문학 중의 몇 가지 구체적인 문제」라는 글에서, 루쉰, 마오둔(茅盾) 등의 구호·표어 문학에 대한 비평을 '중국의 부르주아 작가'의 '프롤레타리아 문

단'에 대한 '악의적 조소'라고 말하였다.

45) 알렉세이 톨스토이, 베레사예프(Викентий Викентьевич Вересаев, 1867~1945)와 프리시빈(Михаил Михайлович Пришвин, 1873~1954)은 모두 10월혁명 전에 이미 명성을 날렸으며, 혁명 후에도 창작활동을 지속했던 작가이다.

46) 이 인용문은「문학은 계급성을 지닌 것인가?」에 실려 있다.

47) 청팡우는『창조』(創造) 계간 제2권 제2기(1924년 1월)에 실린「『무덤』에 대한 평론」('吶喊'的評論)에서, 루쉰의 역사소설「부저우산」(不周山 ; 후에「하늘을 땜질한 이야기」補天로 개명,『새로 쓴 옛날이야기』에 수록)을, "비록 불만족스러운 점이 있기는 하지만", 작가가 "순문예의 궁정에 들어서려"는 것을 보여 준 '걸작'이라고 말하였다.

48) 장광츠, 첸싱춘 등이 조직한 문학단체 태양사(太陽社)를 가리킨다.

49) 성성이에 관한 발언은『창조월간』(創造月刊) 제2권 제1기(1928년 8월)에 두취안(杜荃 ; 즉 궈모뤄)이 지은「문예전선상의 봉건 잔재」(文藝戰線上的封建餘孽)를 보라. 이 글에서는 과거에 루쉰이 천시잉, 가오창홍(高長虹)과 치른 논전을 '성성이와 성성이의 싸움'이라고 말했다. 아래의 '이빨 색깔에 대한 꾸지람'은『삼한집』「혁명 커피숍」주 8)을 참조.

50) 프로메테우스(Prometheus)는 그리스신화 가운데 인류에게 복을 가져다준 신이다. 그는 제우스 신에게서 불씨를 훔쳐 인간에게 주었으며, 이로 인해 제우스의 벌을 받아 코카서스 산의 바위에 못 박힌 채 독수리에게 간을 쪼아 먹혔다.

51) 루쉰이 1928년에 번역한, 소련의 문예정책에 관한 글모음집으로,「문예에 대한 당의 정책에 관하여」(關於對文藝的黨的政策 ; 1924년 5월 볼셰비키 중앙이 개최한 문예정책에 관한 토론회의 기록),「이데올로기 전선과 문학」(觀念形態戰線和文學 ; 1925년 1월 제1차 프롤레타리아작가대회의 결의), 그리고「문예 영역에서의 당의 정책에 관하여」(關於文藝領域上的黨的政策 ; 1925년 6월 볼셰비키 중앙의 결의)의 세 글이 포함되어 있다. 일본의 소토무라 시로(外村史郎)와 구라하라 고레히토(藏原惟人)가 번역한 일본어 번역본에 따라, 월간『분류』(奔流)에서 연재하였으며, 1930년 6월 수이모서점에서 루쉰과 펑쉐펑이 주편하는 '과학적 예술론 총서'의 하나로 출판되었다.

52) 정보치(鄭伯奇, 1895~1979)는 산시(陝西) 창안(長安) 출신의 작가로서, 창조사의 성원이다. 당시 그는 상하이에서 문헌서옥(文獻書屋)을 운영하고 있었다.

53) 하웁트만(Gerhart Johann Robert Hauptmann, 1862~1946)은 독일의 극작가이다. 그레고리(Isabella Augusta Gregory, 1852~1932) 부인은 아일랜드의 극작가이다.

54)『문예생활』(文藝生活)은 창조사 후기의 문예주간이다. 정보치가 편집을 담당하여 1928년 12월에 상하이에서 창간되었으며, 모두 4기를 출간하였다.

55) '투항'이란 발언은 1929년 8월 19일 상하이의 타블로이드판 신문인『전바오』(眞報)에 실린 상원(尙文)의「루쉰과 베이신서국의 결렬」(魯迅與北新書局決裂)이란 글에 보인다.

이 글에서는 루쉰이 창조사에게 '비판'을 당한 후, "올해에는 붓을 들어 혁명예술론을 한 권 번역하여 투항의 뜻을 나타냈다"고 하였다.

56) 『척황자』 제1기(1930년 1월)에 실린 첸싱춘의 「중국 신흥문학 중의 몇 가지 구체적인 문제」에서는 "…… 바로 현재 '전환 중인' 루쉰이리라. 그는 '문필의 졸렬함은 신문의 뉴스만도 못하다'(『위쓰』 제5권을 보라)는 식의 풍자를 쓰기도 하였다"고 말하고 있다. 『현대소설』(現代小說) 제3권 제3기(1929년 12월)에 실린 강궈룬(剛果倫)의 「1929년 중국문단의 회고」(一九二九年中國文壇的回顧)에서도 "루쉰이 우리에게 준 것은 오직 그가 방향을 전환한 이후의 프롤레타리아 문예에 관한 번역물뿐이다"라고 말하고 있다.

57) 가타오카 뎃페이(片岡鐵兵, 1894~1944)는 일본의 작가이다. 그가 1924년에 창간한 잡지 『문예시대』(文藝時代)는 '신감각파'의 문예운동에 종사하였다. 그는 1928년 이후에 다시 진보적 문예진영으로 전향하였다.

58) 원문은 '阿狗阿猫'이다. 1930년 1월 8일 『선바오』(申報) 「예술계」(藝術界; 국민당 관료인 주잉펑朱應鵬이 주편함)의 '여화'(餘話)라는 칼럼에 천제(陳潔)의 「사회과학서적의 전염병」(社會科學書籍的瘟疫)이란 글이 실렸는데, 맑스주의 이론의 번역과 전파를 공격하여, "어중이도 사회과학 이론을 들고 나오고, 떠중이도 사회과학 대강을 들고 나오며, 차츰 어중이떠중이가 한데 모여 사회과학 대전을 하더니, 이리하여 제멋대로 어지러운 사회과학 서적은 염병이 났다"고 말하였다. 또한 1월 16일 동 간행물에 티란(倜然)의 「창작 수종」(創作數種)에도 이와 비슷한 발언이 있다. "어중이떠중이들이 자신도 제대로 알지 못하는 사회과학적 책을 번역하고 있는 걸 보니, 우리는 이제 사회과학시대가 되었음을 확신한다." 『선바오』에 대해서는 이 문집의 「상하이 문예의 일별」 및 주 2)를 참조하시오.

59) 장광Z는 장광츠(蔣光慈)를 가리킨다.

60) 구라하라 고레히토(藏原惟人, 1902~1991)는 일본의 문예평론가이자 정치가이다.

61) 장광츠의 이 발언은 『척황자』 제1기(1930년 1월)에 발표한 자신의 「동경의 나그네」(東京之旅)에 보인다.

62) 『일주일』(Неделя)은 소련 내전을 제재로 한 중편소설로서, 소련의 리베딘스키(Юрий Николаевич Либединский, 1898~1959)가 지은 것이다. 장광츠가 번역하여, 1930년 1월 상하이 베이신서국에서 출간하였다.

63) 다윈의 학술저작은 당시 중국에는 마쥔우(馬君武)가 번역한 『종의 기원』(物種原始) 한 가지가 1920년 상하이 중화서국에서 출판되었을 따름이다.

64) 니체의 저작은 당시 중국에는 궈모뤄가 번역한 『차라투스트라는 이렇게 말했다』(查拉圖司屈拉鈔)의 제1부만이 1928년 6월 창조사에서 출판되었을 따름이다.

65) '엄정한 태도'란 신월사가 『신월』 제1권 제1호(1928년 3월)의 발간사 「신월의 태도」(新月的態度)에서 밝힌 태도이다. 그들은 이른바 '건강'과 '존엄'이라는 '양대 원칙'을 제

기하면서, 당시의 모든 진보적이고 혁명적인 문예는 그들이 "내거는 양대 원칙 ── 건강과 존엄 ── 과 서로 어울리지 않는다"고 여겼다. 또한 같은 간행물 제2권 제6, 7 합간호(1929년 9월)의 「독자에게 알림」(敬告讀者)에서는 "우리의 주장을 내세우는 태도가 엄정한 지경에 이를 수 있기를 바란다"고 하였다.

66) 이 글은 뤄룽지가 지은 것으로, 『신월』 제2권 제6, 7 합간호에 실려 있다.

67) 상대방의 당의(黨義)란 국민당의 당의를 가리킨다. 『신월』 제2권 제4호(1929년 6월)에 후스의 「알기는 어렵고, 행하기 또한 쉽지 않다」(知難, 行亦不易)가 실렸는데, 이 글은 쑨원(孫文)의 "행하기는 쉬워도 알기는 어렵다"(行易知難行易)라는 주장에 이의를 제기하고 총리를 모욕한 것으로 간주되어, 후스는 국민당 중앙상임위원회의 결의에 따라 교육부의 경고를 받았다. 이후 국민당 중앙상임위원회는 '전국 각급 학교교직원의 당의 연구 임시 조례'(各級學校敎職員硏究黨義暫行條例)를 제정하여, 전국의 교직원들에게 매일 30분간 당의를 연구하도록 하고, 연구의 내용과 범위를 정하였다. 여기에서 '당의'란 쑨원의 저술을 비롯한 당의 기본 문헌에 제시된 원칙들을 가리킨다.

습관과 개혁[1]

체질과 정신이 죄다 딱딱해진 인민은 극히 조그마한 개혁에 대해서도 저항하지 않은 적이 없는데, 겉으로는 자신에게 불편할까 봐 그런 듯하나 실은 자신에게 불리할까 봐 그런 것임에도, 들이대는 핑계는 흔히 공정하고도 당당한 듯이 보인다.

올해에 사용이 금지된 음력[2]은 원래 중요한 것과는 관계없는 자질구레한 일이지만, 상가商家는 물론 끊임없이 비명을 질러 대고 있다. 이뿐만 아니라, 상하이의 실업자, 회사의 임시직 직원도 늘상 한숨을 푹 쉬면서, 이게 농사꾼이 농사짓기에 무척 불편하다거나 혹은 선박이 물때를 맞추기가 몹시 불편하다고들 말한다. 그들은 뜻밖에도 이로 인해 오랫동안 아무 관련도 없었던 시골의 농사꾼이나 바다의 뱃사공을 떠올린다. 이건 정말 박애가 넘치는 듯하다.

음력 12월 23일이 되면, 폭죽소리가 곳곳에서 요란하게 터져나온다. 나는 어느 가게의 점원에게 물어보았다. "올해는 음력설을 지내도 괜찮지만, 내년에는 꼭 양력설만 지내야 하나요?" 점원은 이렇게 대꾸했다. "내

년이야 또 내년의 일이니, 내년이 되어 보아야지요.” 그는 내년에는 양력
설을 지내지 않으면 안 된다는 것을 결코 믿지 않았다. 하지만 달력에는
물론 음력이 지워져 있지만, 절기만 남아 있을 뿐이다. 하지만 다른 한편
으로 신문지상에는 「백이십년 음양합력」[3]의 광고가 나왔다. 그래, 그들은
증손, 현손 시대의 음력조차도 벌써 다 준비해 놓았다. 백이십년이란다!

량스추梁實秋 씨들은 다수라는 것을 끔찍이 싫어하지만, 다수의 힘은
위대하고 중요하니, 개혁에 뜻을 둔 이가 만약 민중의 마음을 제대로 파
악하여 법을 마련해 잘 이끌고 개선하지 않는다면, 어떠한 고매한 의론도,
낭만적인 것도 고전적인 것도[4] 그들과는 아무 관련이 없으며, 그저 몇몇
사람이 글방에서 서로 칭찬하면서 스스로의 만족을 얻는 데 그칠 따름이
다. 설사 ‘호인정부’[5]가 나와 개혁령을 내린다 해도, 얼마 지나지 않아 그
들에 의해 옛 길로 끌려가 버릴 것이다.

참된 혁명자는 독자적인 견해를 지니고 있으니, 이를테면 울리야노
프 씨는 ‘풍속’과 ‘습관’을 ‘문화’ 속에 포함시키면서, 이것들의 개혁은 대
단히 힘들다고 여겼다.[6] 생각건대, 이것들을 개혁하지 않는다면 이 혁명
은 곧 성공하지 않은 것과 마찬가지여서, 마치 모래 위의 누각처럼 금방
무너지고 말 것이다. 중국 최초의 배만혁명排滿革命이 쉽게 호응을 얻을 수
있었던 것은 구호가 ‘구물舊物의 광복’, 즉 ‘복고’이기에 보수적인 인민들
의 동의를 얻기가 쉬웠기 때문이었다. 하지만 나중에 끝내 역사에 늘 있게
마련인 개국 초의 융성도 이루지 못한 채, 그저 헛되이 변발 한 가닥을 없
애 버렸을 뿐, 곧 모든 이의 불만을 사고 말았다.

이후의 꽤 새로운 개혁은 하나하나 실패로 돌아가고 말아, 개혁이 한
량이라면 반동은 열 근이었으니, 이를테면 위에서 말했듯이, 한 해의 달력

에 음력을 써넣어서는 안 된다고 했는데 오히려 「음양합력 백이십년」이 나오고 말았던 것이다.

이러한 합력은 많은 사람들의 환영을 받을 게 틀림없으니, 이것은 풍속과 습관이 옹호하고, 그렇기에 풍속과 습관의 후원을 받고 있기 때문이다. 다른 일도 이와 마찬가지여서, 민중의 광범한 층 속으로 파고들어가 그들의 풍속과 습관을 연구하고 해부하며, 옳고 그름을 분별하여 남겨 둠과 없앰의 기준을 세우고, 남겨 두든 없애든 시행 방법을 신중히 선택하지 않으면, 어떤 개혁이라도 습관이라는 바위에 부딪혀 깨지거나 혹은 그저 겉으로만 한때를 떠돌 따름이다.

지금은 글방에서 책을 받쳐든 채 종교, 법률, 문예, 미술 등등을 고상하게 떠들어 댈 때는 이미 아니다. 설사 이런 것들을 떠들어 댈지라도, 먼저 습관과 풍속을 알고 이들의 어두운 면을 직시할 용기와 기백을 지니지 않으면 안 된다. 똑똑히 보지 못하면 개혁할 길이 없기 때문이다. 단지 미래의 광명만을 부르짖는 것은 사실 태만한 자신과 태만한 청중을 속이는 짓이다.

주)_____

1) 원제는 「習慣與改革」, 1930년 3월 1일 『맹아월간』 제1권 제3기에 발표됨.
2) 1929년 10월 7일 국민당 당국은 통지를 공포하여 "상가의 회계, 민간의 계약서 및 일체의 서명서는 민국 19년(즉 1930년) 1월 1일부터 일률적으로 양력을 사용하고, 만약 음력을 덧붙여 사용하면 법률적으로 효력이 발생하지 않는다"고 규정하였다.
3) 「백이십년 음양합력」(一百二十年陰陽合曆)은 중화학예사(中華學藝社)에서 펴내고 상하이 화통서국(華通書局)에서 출간한 「백이십년 음양력 대조표」(一百二十年陰陽曆對照表)를 가리킨다.

4) 량스추는 『낭만적과 고전적』(浪漫的與古典的)이란 논문집을 출판하여 배빗의 신인문주의를 선전한 적이 있다.

5) 호인정부(好人政府)는 후스 등이 1922년 5월에 제기한 정치적 주장으로서, 『노력주보』(努力週報) 제2기에 발표한 「우리의 정치주장」(我們的政治主張)이란 글에 보인다. "우리는 이제 정치를 논하지 않으면 그뿐이라고 생각한다. 만약 정치를 논한다면, 절실하고도 명료한, 누구나 이해할 수 있는 목표를 갖지 않으면 안 된다. 우리는 국내의 엘리트는 그들이 이상이라 꿈꾸는 정치조직이 무엇이든 …… 이제 차분히 격을 낮추어 '호정부'(好政府)라는 목표를 인정하여, 현재 중국의 정치를 개혁할 최소한의 요구로 삼아야 한다고 생각한다." "오늘날 정치개혁의 첫걸음은 호인(好人)이 분투 정신을 지녀야 함에 달려 있다. 무릇 사회의 엘리트는 자신을 지키기 위한 계책, 국가사회를 위한 계책을 내어 악의 세력과 분투해야 한다." 1930년을 전후하여 후스, 뤄룽지 등은 다시금 『신월』에 이 주장을 제창하였다.

6) 울리야노프(Владимир Ильич Ульянов)는 레닌(Владимир Ильич Ленин, 1870~1924)을 가리킨다. 그는 「공산주의운동에서 '좌익'소아병」(共産主義運動中的'左翼'幼稚病)에서 이렇게 말한 적이 있다. "프롤레타리아 독재는 낡은 사회의 세력과 전통에 대해 진행하는 완강한 투쟁이며, 피 흘리는 또는 피 흘리지 않는, 폭력적인 또는 평화적인, 군사적인 또는 경제적인, 교육적인 또는 행정적인 투쟁이다. 수천수백만 명의 습관의 힘이야말로 가장 두려운 힘이다. 쇠와 같은, 투쟁 속에서 단련된 당이 없다면, 해당 계급의 모든 성실한 사람에게 신뢰받는 당이 없다면, 대중의 정서를 살피고 대중의 정서에 영향을 미치는 데에 뛰어난 당이 없다면, 이러한 투쟁을 순조롭게 진행할 수 없다."

비혁명적인 급진 혁명론자[1]

무릇 대부대의 혁명군은 반드시 모든 전사의 의식이 정확하고 분명해야 참된 혁명군이라 할 수 있으며, 그렇지 않으면 거들떠볼 것도 없다고 해보자. 이 말은 처음 얼핏 듣기에는 지극히 타당하고 철저한 듯 보이지만, 이것은 불가능한 난제이고, 허망한 탁상공론이며, 혁명을 해치는 달콤한 미약이다.

　이를테면 제국주의의 지배 아래에서 대중 개개인이 '인류애'를 갖도록 훈련시킨 다음, 빙긋 웃으면서 두 손을 맞잡아 '대동세계'[2]로 변모시킬 수는 없듯이, 혁명가들이 맞서 싸우는 세력의 아래에서 언론이나 행동을 통하여 대다수 사람들이 모조리 정확한 의식을 얻게 할 수도 없다. 그러므로 각각의 혁명부대가 튀어나왔을 즈음, 전사들은 대개 현상에 반항한다는 의미에서 거의 같았을 뿐, 최종 목적은 사뭇 달랐다. 혹자는 사회를 위하여, 혹자는 소집단을 위하여, 혹자는 연인을 위하여, 혹자는 자신을 위하여, 혹자는 그야말로 스스로 죽기 위한 경우도 있다. 그렇지만 혁명군은 여전히 앞으로 나아갈 수 있다. 진군하는 도중에, 적에게 개인주의자가 쏜 탄환도 집단주의자가 쏜 탄환과 마찬가지로 운명의 열쇠를 쥘 수 있으며, 어느 전사라도 부상을 입거나 죽음을 당하면 혁명군의 전투력을 떨어뜨리는 것은 둘 다 마찬가지이기 때문이다. 다만 궁극적인 목적이 다르기에 진군 중에 때로 낙오하는 이, 도망가는 이, 풀이 죽는 이, 배반하는 이가 나오는 게 당연하지만, 진군에 지장을 주지 않는 한, 시간이 흐를수록 이 대오는 더욱 순수하고 정예로운 대오가 된다.

내가 전에 예융친葉永蓁 군의 『짧은 십 년』을 위해 머리말[3]을 써서, 사회를 위해 자그마한 힘이나마 다하였다고 여겼던 것은 바로 이러한 뜻에서였다. 작품 속의 주인공은 드디어 전선에 나가 보초병(총을 쏘는 법도 아직 배우지 못했지만)이 되는데, 그저 무릎을 껴안은 채 서글피 노래하고 붓을 쥔 채 개탄할 줄만 아는 문호들에 비해 정말이지 훨씬 피부에 와닿는 느낌이 들었다. 만약 현재의 전사들에게 의식이 정확할 뿐 아니라 강철보다 굳은 전사이기를 요구한다면, 이는 유토피아의 공상일뿐더러 정리에서 벗어난 가혹한 요구이다.

그런데 나중에 『선바오』에서 훨씬 엄격하고 훨씬 철저한 비평[4]을 보았으니, 작품 속의 주인공이 종군한 동기가 자신을 위한 것이기에 심히 불만스럽다는 것이었다. 『선바오』는 평화를 가장 원하고 혁명을 제일 부추기지 않는 신문이기에, 얼핏 보기에는 아주 어울리지 않는 듯한 느낌이 들었다. 나는 여기에서 겉모습은 철저한 혁명가이지만 사실은 조금도 혁명적이지 않거나 혹은 혁명을 해치는 개인주의적 논객을 들어, 그 비평의 영혼과 신문의 육체를 서로 합치시키고자 한다.

그 하나는 퇴폐자인데, 자신은 일정한 이상을 갖지 않은 채 무력하기에 찰나의 향락을 구하여 떠돌아다닌다. 일정한 향락은 또다시 그를 싫증나게 만들기에, 늘상 새로운 자극을 찾아 나서는데, 이 자극 또한 강렬해야만 쾌감을 느끼게 된다. 혁명은 바로 이 퇴폐자의 새로운 자극의 하나이니, 마치 식도락가가 미식에 물려 입맛이 없어지고 식욕이 떨어지면 이마에 송골송골 땀이 맺힐 정도로 후추와 고추 따위를 먹어야 겨우 반 그릇의 밥을 먹어치울 수 있는 것과 같다. 이런 사람은 혁명문예에 대해서 철저하고도 완전한 혁명문예를 요구하여, 시대의 결함을 반영하는 내용이 있기만 하면 눈살을 찌푸린 채 거들떠볼 것도 없다고 여긴다. 사실과 동떨어지는 것이야 상관없으며, 오로지 상쾌하기만 하면 그만이다. 프랑스의 보들레르는 누구나 알고 있듯이 퇴폐적인 시인이지만, 그는 혁명을 기꺼이 받아들였으며, 혁명이 그의 퇴폐적인 생활에 지장을 줄 때에야 혁명을 증오했다.[5] 그러므로 혁명 전야의 종이 위의 혁명가, 더욱이 지극히 철저하고도 격렬한 혁명가는 혁명이 임박해 오자 이전까지의 가면 —— 스스로 의식하지 못하던 가면을 벗어던질 수 있는 것이다. 이러한 역사적 사례는, 사소하기 짝이 없는 장애에 부닥치거나 조그마한 지위(혹은 보잘것없는 돈)가 생기자마자 동쪽의 도쿄로 달아나고 서쪽의 파리로 도망치는 청팡우와 같은 '혁명문학가'에게도 바쳐야 마땅할 것이다.

다른 하나는 뭐라 부를지 이름을 아직 정하지 못했다. 요컨대 일정한 견해는 눈곱만큼도 없는지라, 따라서 세상에는 모든 게 틀려먹었고, 오직 자기만이 옳다고 여기며, 결국에는 그래도 현상이 제일 낫다는 사람들이다. 그는 비평가로서 나타나 말을 할 때에는 닥치는 대로 끌어와 상반되는 것을 반박한다. 호조설[6]을 반박할 때에는 생존경쟁설을 들이대고, 생존경쟁설을 반박할 때에는 호조설을 들이댄다. 평화론을 반대할 때에는 계급투쟁설을 들먹이고, 계급투쟁설을 반대할 때에는 인류애를 주장한다. 논적이 관념론자이면 그의 입장은 유물론이고, 유물론자와 논쟁을 벌이면 다시 관념론자로 된다. 요컨대 영국의 잣대로 러시아의 리里를 재는가 하면, 또 프랑스의 잣대로 미터를 재는, 서로 합치되는 게 하나도 없음을 드러내는 사람이다. 다른 모든 것이 서로 합치되는 게 하나도 없으니, 그래서 영원히 자신만이 "진실로 그 중中을 붙잡는다"[7]고 느끼고 언제나 자기만족을 얻을 수 있다. 이러한 사람들의 비평이 가리키는 대로라면, 불완전하고 결함이 있기만 하면 안 된다. 하지만 지금 사람이든 일이든 완전무결한 게 어디 있을까? 만전을 기하려면 꼼짝도 하지 않는 수밖에 없다. 그렇지만 꼼짝도 하지 않은 채 아무것도 하지 않는 것 역시 큰 잘못이다. 요컨대 사람된 도리는 대단히 성가신 일이며, 혁명가가 되는 건 물론 말할 나위도 없다.

『선바오』의 비평가들은 『짧은 십 년』에 대해 철저한 혁명적 주인공을 요구하였지만, 사회과학의 번역에 대해서는 혹독한 냉소를 퍼부었다.[8] 따라서 그 영혼은 후자의 부류이면서도, 인생에 대해 무료한지라 고추를 먹어 식욕을 돋우려는 퇴폐자의 기미를 약간은 띠고 있다.

주)_____

1) 원제는 「非革命的急進革命論者」, 1930년 3월 1일 『맹아월간』 제1권 3기에 발표되었다.
2) 대동세계(大同世界)는 원래 고대인이 상상한 평등하고 안락한 사회인데, 훗날 이상세계를 가리키게 되었다. '대동'이란 말은 『예기』(禮記) 「예운」(禮運)에서 비롯되었다.
3) 『삼한집』의 「예융친의 『짧은 십 년』 머리말」(葉永蓁作 『小小十年』 小引)을 참조하시오.
4) 여기에서 언급한 『선바오』의 비평은 1929년 11월 19일 『선바오』 「예술계」의 '신서월평'(新書月評)이란 칼럼에 티란(偶然)이 『짧은 십 년』을 평한 글을 가리킨다. 이 글에서 "우리의 주인공은 수많은 혁명적 젊은이와 마찬가지로, 처음에는 그저 혁명을 상상할

수 없을 만큼의 수많은 방법 가운데 하나로 여겼을 뿐이고, 그 허울 좋은 혁명의 이유는 거의가 나중에야 알게 되고 나중에야 입에 올린 것이다." "작품 속에 강렬하게 암시되어 있듯이, 현재 혁명적 젊은이들의 마음속의 '혁명'은 민족의 부흥을 구함이 아니라 개인의 출로를 모색하기 위함일 따름이다"라고 말하면서, "『짧은 십 년』과 같은 작품은 귀중하다고는 할 수 없다"라고 단정하고 있다.

5) 보들레르(Charles Baudelaire, 1821~1867)는 프랑스 시인이다. 그는 1848년의 2월혁명에 참여하여 『사회생활보』(*Le Salut Public*)를 편집하였으며, 6월의 시가전에 참여하였다. 그러나 이 혁명이 실패로 막을 내린 후 사회진보에 대한 믿음을 상실한 채 날로 퇴폐적으로 되었다. 이러한 병태적인 심리를 묘사하고 죽음을 찬미한 시집 『악의 꽃』(*Les Fleurs du mal*)은 비관적이고 염세적인 정서로 가득 차 있다.

6) 호조설(互助說) 즉 상호부조론은 러시아의 무정부주의자 크로포트킨(Пётр Алексеевич Кропоткин, 1842~1921)의 학설이다. 이 학설은 생물 및 인류의 생존과 진화는 서로 간의 도움에 의한 것이라 여기고, 이를 통해 사회모순을 해결하고자 하였다.

7) 원문은 "允執厥中". 『상서』 「대우모」(大禹謨)에서 비롯된 말이며, 한쪽에 치우치지 않는다는 뜻이다.

8) 여기에서 말하는 냉소에 대해서는 이 문집의 「'경역'과 '문학의 계급성'」 주 58)을 참조하시오.

장쯔핑 씨의 '소설학'[1]

듣기로 장쯔핑 씨는 '가장 진보적'인 '프롤레타리아 작가'라고 하는데, 여러분이 아직 '맹아'하거나 '척황'하고 있음에 반해, 그는 이미 수확하고 있다.[2] 이것이 바로 진보이니, 발걸음을 내딛어 날듯이 달려가는지라, 먼지만 바라볼 뿐 따라갈 수가 없다. 하지만 그대가 뒤쫓아가 보면, 그가 '러촨서점'[3]으로 뛰어드는 것이 보이리라.

장쯔핑 씨는 이전에 삼각연애소설의 작가였는데, 여성이 남성보다 성욕을 참기 힘들어 남자를 쫓아다니는 걸 보면서, 천하도다, 천하도다, 고생해도 싸지 뭐, 이런 투였다. 이건 물론 프롤레타리아 소설이 아니다. 그런데 방향을 전환하였으니, 한 사람이 득도하면 닭과 개도 날아오르는 법.[4] 하물며 신선이 남겨 놓은 허물이니, 『장쯔핑 전집』은 그래도 꼭 보아야 하리라. 이건 수확이라고, 알겠소?

수확은 또 있다. 『선바오』는 다샤大夏대학의 학생들이 '젊은이들의 숭배를 받는 장쯔핑 선생'을 모셔 '소설학'을 강의해 달라고 했다는 소식을 전했다. 중국의 선례에 따르면, 영어 선생은 반드시 외국사를 가르칠 줄 알고, 국어 선생은 윤리학을 가르칠 줄 아는데, 하물며 소설 선생임에랴, 물론 뱃속에 소설학이 가득할 터. 그렇지 않다면야 소설을 지어낼 수 있겠는가? 우리가 호메로스[5]에게 '사시史詩 작법'이 없고, 셰익스피어[6]에게 '희극학 개론'이 없다고 장담할 수 있겠는가?

오호라, 강의를 듣는 학생들에게 복 있을진저! 앞으로 어떻게 삼각이 되고, 어떻게 연애를 하는지 알게 되리라. 여자 생각이 나는가? 뜻밖에도 여성의 성욕 충동이 남성보다 강하니, 스스로 달려들 것이다. 벗들이여, 기다려 보라. 하지만 애석한 점은, 상하이에 있지 않아 그저 멀리서 '숭배' 할 수밖에 없는 채, 몸을 담과 문에 들여놓기 어려운[7] 젊은이들이 끝내 이 위대한 '소설학'을 공손히 들을 수 없다는 사실이다. 이제 나는 『장쯔핑 전집』과 '소설학'의 정수를 아래에 추출하여 멀리서 이들 숭배자들에게 바치니, '매실을 생각하며 갈증을 푸는'[8] 셈이 될 것이다.

그것은 바로 이것이다 ── △

2월 22일

<hr />

주)_____

1) 원제는 「張資平氏的'小說學'」, 1930년 4월 1일 『맹아월간』 제1권 제4기에 황지(黃棘)라는 필명으로 처음 발표되었다.

2) 장쯔핑(張資平, 1893~1959)은 광둥 메이현(梅縣) 사람으로, 창조사의 초기 성원이며, 항일전쟁기에는 왕징웨이 괴뢰정부의 농광부(農礦部) 기정(技正)과 일제 괴뢰정부의 '흥아건국운동'(興亞建國運動)의 '문화위원회' 주석을 역임하였다. 그는 삼각연애소설을 대량으로 지었는데, 혁명문학논쟁 중에 '방향을 전환하였다'고 자처하였다. 그는 자신이 편집장으로 있었던 월간 『러췬』(樂群) 제2권 제12기(1929년 12월)의 「편집후기」에서 『척황자』(拓荒者), 『맹아월간』 등의 간행물을 공격하여 이렇게 말했다. "스스로 겸손히 '척황'하고 '맹아'한다고 하는 이들이 있는데, 어쩌면 그러한 탐구가 너무 이르다고

여기고 있는 모양이지만, 자신의 발이 전족이라고 하여 다른 사람들에게 길 위에 멈추어 서서 기다려 달라고 해서는 안 된다. 우리는 더욱 힘껏 발걸음을 재촉해야지, '수확'을 '척황'과 '맹아'의 상태로 되돌리고, 심지어 '파종'의 단계로 되돌려서는 안 된다! 자신이 따라오지 못한다고 해서 남이 멀어지는 것을 멍하니 바라보면서 너무 이르고 너무 빠르다고 투덜대서는 안 된다."

3) 러췬서점(樂群書店)은 장쯔핑이 1928년 상하이에 열었던 서점이다. 1929년에 『쯔핑 소설집』(資平小說集)을 출판하였으며, 월간 『러췬』에 '전집을 편찬·출판하여 독자에게 바침'이라는 광고를 싣기도 하였다.

4) 원문은 '一人得道, 鷄犬飛升'. 동진(東晉)의 갈홍(葛洪)이 지은 『신선전』(神仙傳) 4권의 기록에 따르면, 한나라 회남왕(淮南王) 유안(劉安)이 선약을 먹고 신선이 되었다. "떠날 때에 약그릇을 안마당에 남겨 두었는데, 닭과 개가 약그릇을 핥고 쪼아 먹더니 모두 하늘로 오를 수 있었다." 여기에서는 이로써 장쯔핑이 혁명으로 '전향'했다고 떠벌렸던 기회주의적 행위를 풍자하고 있다. 그는 반월간 『러췬』 제1권 제2기(1928년 10월)의 「편집후기 및 답변」에서 이렇게 밝혔다. "나의 작품을 논하자면, 1926년 말에 「최후의 행복」(最後的幸福)을 지은 후, 다시는 그런 부류의 작품을 짓지 않았다. 이전에 얼마나 낭만적인 작품을 발표했든, 앞으로는 오로지 방향을 전환하여 전진하고자 한다."

5) 호메로스(Homeros)는 기원전 9세기에 고대 그리스의 눈먼 유랑시인으로, 『일리아스』와 『오디세이아』의 작자라고 전해진다.

6) 셰익스피어(William Shakespeare, 1564~1616)는 유럽 문예부흥시기의 영국의 희극가이자 시인이다. 저서로는 『한 여름밤의 꿈』(A Midsummer Night's Dream), 『로미오와 줄리엣』(Romeo and Juliet), 『햄릿』(Hamlet) 등 37종이 있다.

7) 원문은 '難以身列門墻'. 문장(門墻)은 『논어』(論語) 「자장」(子張)의 "선생님의 담은 몇 길이나 되기에 문을 들어서지 못하면 종묘의 아름다움과 백관의 풍부함을 보지 못하는 데다가, 문을 들어설 수 있는 이는 적습니다"라는 말에서 비롯되었다. 후에 '문장'으로써 교사가 강학하는 곳을 가리키게 되었다.

8) 원문은 '望梅止渴'. 『세설신어』(世說新語)에 조조(曹操)가 행군 시에 군사들이 몹시 목말라하는 것을 보고 "앞에 새콤달콤한 매실 숲이 있다"고 거짓말을 하자 군사들이 침을 흘리며 갈증을 면했다는 기록이 있다.

좌익작가연맹에 대한 의견[1]
―3월 2일 좌익작가연맹[2] 창립대회에서의 강연

많은 일이 있는 데다 다른 분께서 이미 상세하게 말씀하셨기에, 저는 더 이상 말씀드리지 않겠습니다. 현재 '좌익'작가는 아주 쉽사리 '우익'작가로 된다고 저는 생각합니다. 왜일까요? 첫째, 실제의 사회투쟁과 접촉하지 않은 채 그저 유리창 안에 갇혀 글을 쓰고 문제를 연구한다면, 그것이 아무리 과격하고 '좌'일지라도 손쉽게 해낼 수 있는 일이지만, 막상 실제에 부닥치면 금방 산산이 깨지고 맙니다. 방안에 틀어박힌 채 철저한 주의를 떠들어 대는 건 아주 쉽지만, '우경'으로 되기도 아주 쉽습니다. 서양에서 'Salon 사회주의자'라고 일컬어지는 것이 바로 이걸 가리키는 겁니다. 'Salon'은 응접실을 의미하니, 응접실에 앉아 사회주의를 이야기하는 게 아주 고상하고 멋지지만, 결코 실천을 염두에 두지는 않습니다. 이러한 사회주의자는 털끝만큼도 믿을 수 없습니다. 아울러 지금은 넓은 의미의 사회주의사상을 조금이라도 지니지 않은 작가나 예술가, 즉 노농대중은 반드시 노예가 되어야 하고 학살당해야 하며 착취당해야 한다고 말하는 작가나 예술가는 거의 없어졌습니다. 무솔리니[3]만 제외하고 말입니다만, 무솔리니는 문예작품을 쓴 적이 결코 없으니까요. (물론 이런 작가가 전혀 없다고 할 수도 없지요. 중국의 신월파의 여러 문학가, 그리고 방금 이야기했던 무솔리니가 총애한 단눈치오[4]가 바로 그런 예이지요.)

둘째, 혁명의 실제 상황을 제대로 알지 못하면, 역시 쉽사리 '우익'으로 변모합니다. 혁명은 고통이고, 그 속에는 어쩔 수 없이 더러움과 피가 섞일 수밖에 없으니, 시인이 상상하듯 재미있고 아름다운 일이 결코 아닙니다. 혁명은 더욱이 현실의 일이고, 갖가지 천하고 성가신 일을 요구하니, 시인이 상상하듯 낭만적인 일이 결코 아닙니다. 혁명은 물론 파괴가 따르지만, 건설을 더욱 필요로 하며, 파괴는 통쾌하지만, 건설은 성가신 일입니다. 그러므로 혁명에 대해 낭만적인 환상을 품고 있는 사람은, 혁명에 가까이 다가서고 혁명이 진행되자마자 금방 실망하고 맙니다. 듣자 하니, 러시아의 시인인 예세닌도 처음에는 10월혁명을 몹시 반기면서 당시에는 "천상과 지상의 혁명 만세!" "나는 볼셰비키라네!"라고 외쳤다지요. 하지만 혁명이 도래한 후 실제의 상황이 그가 상상하던 것과 딴판이자, 마침내 실망한 나머지 퇴폐적으로 되었다가 나중에 자살하고 말았는데, 이 실망이 자살의 원인 가운데 하나라고 합니다.[5] 또한 필냐크와 예렌부르크 역시 똑같은 예입니다.[6] 우리의 신해혁명 때에도 똑같은 예가 있는데, 당시 수많은 문인들, 이를테면 '남사'[7]에 속한 사람들은 처음에는 대체로 대단히 혁명적이었지만, 이들은 환상을 품고 있었지요. 만주인을 몰아내기만 하면, 모든 게 '한대 관리의 예의제도'[8]를 회복하여, 사람들은 소매가 넓은 옷에 오뚝한 관을 쓰고 넓은 허리띠를 맨 채 거리를 활보할 거라는 환상 말입니다. 만청의 황제가 내쫓긴 후 민국이 성립하였는데, 상황이 전혀 딴판일 줄이야 뉘 알았겠습니까? 그래서 그들은 실망하였고, 나중에 일부 사람들은 심지어 새로운 운동의 반동자가 되기도 하였습니다. 그렇지만 우리 역시 혁명의 실제 상황을 제대로 알지 못하면, 그들과 똑같아지기 십상입니다.

아울러 시인이나 문학가가 다른 모든 사람보다 지위가 높고, 그의 일이 다른 모든 일보다 고귀하다고 여기는 것 역시 잘못된 관념입니다. 이를테면 예전에 하이네는 시인은 가장 고귀하고 하나님은 가장 공평한지라, 시인은 죽은 후에 하나님이 계신 곳에 가서 하나님을 둘러싸고 앉으며, 하나님께서 사탕을 주실 것이라고 생각했습니다. 지금이야 하나님이 사탕을 주신다는 일을 믿을 사람이 물론 없겠지만, 시인이나 문학가가 지금 노동대중을 위하여 혁명하고 있으니, 장차 혁명이 성공하면 노동계급이 틀림없이 듬뿍 사례하고 특별히 우대하여 그를 특등차에 태워주고 특별 요리를 대접하거나, 노동자가 버터빵을 바치면서 "우리의 시인이여, 드시옵소서!"라고 말하리라 기대한다면, 이 또한 틀린 생각입니다. 실제로 이런 일은 절대로 없을 것이며, 아마 그때는 지금보다 훨씬 어려워져 버터빵은커녕 흑빵조차 없을지도 모르니, 러시아혁명 후의 한두 해의 상황이 바로 그 예입니다. 만약 이러한 상황을 제대로 알지 못한다면, 역시 쉽사리 '우익'으로 변모할 것입니다. 사실 노동자 대중은 량스추가 말한 "싹수 있는"[9] 자가 아니라면, 지식계급을 특별히 존중할 리 없습니다. 내가 번역한 『훼멸』 속의 메치크(지식계급 출신)가 오히려 갱부에게 조롱당하듯이 말입니다. 말할 나위도 없이, 지식계급은 지식계급으로서 해야 할 일이 있으니 특별히 얕잡아보아서도 안 되지만, 노동계급이 특별히 예외적으로 시인이나 문학가를 우대해야 할 의무는 없습니다.

이제 우리가 앞으로 관심을 기울여야 할 몇 가지 것들을 말씀드리겠습니다.

첫째, 구사회 및 구세력에 대한 투쟁은 꿋꿋이 쉬지 않고 지속되어야 하며 실력을 중시해야 합니다. 구사회의 뿌리는 원래 대단히 견고하여, 새로운 운동이 훨씬 커다란 힘을 지니지 않으면 아무것도 뒤흔들 수 없습니다. 더욱이 구사회는 새로운 세력을 타협으로 끌어당기는 묘수를 지니고 있지만, 자신은 절대로 타협하지 않습니다. 중국에서도 새로운 운동이 많았지만, 매번 새로운 것이 낡은 것을 당해 내지 못했습니다. 그 이유는 대체로 새로운 쪽이 굳건하고 광대한 목적을 갖지 못한 채, 요구하는 것이 아주 적어서 쉽게 만족했기 때문입니다. 백화문운동을 예로 들면, 애초에 구사회는 필사적으로 저항하였지만, 얼마 지나지 않아 백화문의 존재를 용인하고서 약간의 초라한 지위를 부여한 덕에, 신문의 구석 등지에서 백화로 쓴 글을 볼 수 있게 되었지요. 이건 구사회가 보기에, 새로운 게 별것이 아니고 두려워할 만한 게 아닌지라, 그래서 존재하도록 내버려 두었는데, 새로운 쪽 역시 만족한 채 백화문은 이미 존재의 권리를 획득했다고 여기게 되었습니다. 또 최근 한두 해 사이의 프롤레타리아 문학운동 역시 거의 마찬가지입니다. 구사회는 역시 프롤레타리아 문학을 용인하였는데, 프롤레타리아 문학이 사납기는커녕, 오히려 그들도 프롤레타리아 문학을 만지작거리고 가져다가 장식으로 삼으니, 마치 응접실에 수많은 골동 자기를 늘어놓으면서 노동자가 사용하는 투박한 그릇 하나를 놓는 것도 아주 색다른 맛을 풍기는 것과 같지요. 그런데 프롤레타리아 문학가는 어떻습니까? 문단에 작으나마 지위도 생겼겠다, 원고도 팔 수 있게 되었으니 더 이상 투쟁할 필요가 없어졌으며, 비평가 역시 "프롤레타리아는 승리했다!"라고 개선가를 부르고 있습니다. 하지만 개인의 승리를 제외하고 프롤레타리아 문학을 논한다면, 도대체 얼마만큼 승리한 걸까요? 하물며 프롤레타리아 문학은 프롤레타리아 해방투쟁의 일익으로서, 프롤레타리아의 사회적 세력의 성장과 더불어 성장하는데, 프롤레타리아의 사회적 지위가 매우 낮은 때에 프롤레타리아 문학의 문단지위가 도리어 높다는 것, 이건 프롤레타리아 문학자가 프롤레타리아를 벗어나 구사회로 되돌아가 버렸음을 입증해 줄 따름입니다.

둘째, 전선을 확대해야 한다고 나는 생각합니다. 재작년과 작년에 문학상의 전쟁이 있었습니다만, 그 범위가 정말 너무나 협소한 나머지 모든 낡은 문학과 낡은 사상이 새로운 일파의 사람들의 주목을 받지 못한 채, 오히려 한 구석에서 새로운 문학자들끼리 다투고 구파의 사람들은 한가로이 옆에서 구경하는 꼴이 되고 말았습니다.

셋째, 우리는 대량의 새로운 전사를 양성해 내야 합니다. 현재의 일손이 참으로 너무나 적기 때문입니다. 이를테면 우리는 여러 종류의 잡지[10]를 내고 있고 단행본도 적잖게 출판하고 있습니다만, 글을 쓰는 이는 늘 몇 사람뿐인지라, 내용이 빈약해지지 않을 수 없습니다. 한 사람이 한 가지 일에 전념하지 못한 채 이것저것 손을 대어, 번역도 해야 하고, 소설도 써야 하고, 비평도 해야 하고, 시도 지어야 하니, 이렇게 해서야 어떻게 제대로 해낼 수 있겠습니까? 이건 모두 사람이 너무 적은 탓이니, 사람이 많아지면 번역하는 사람은 번역에만 전념할 수 있고, 창작하는 사람은 창작에만 전념할 수 있으며, 비평하는 사람은 비평에만 전념할 수 있습니다. 적과 맞서 싸울 때에도 군세가 웅장하고 풍부해야 쉽게 이길 수 있지요. 이 점에 관해 한 가지 더 곁들여 말씀드리겠습니다. 재작년에 창조사와 태양사가 저를 공격했을 때, 그 역량은 참으로 빈약하여, 나중에는 저조차도 약간 무료해진 느낌이 들어 반격할 마음이 사라져 버렸는데, 나중에 적군이 '공성계'空城計[11]를 쓰고 있다는 걸 눈치 챘기 때문이었습니다. 당시 저의 적은 허풍을 떠는 데에만 신경을 쓰느라 장병을 모집하여 훈련시키는 걸 소홀히 하였습니다. 저를 공격하는 글은 물론 아주 많았지만, 모두 필명을 바꾸어 쓴 것으로, 이것저것 욕을 늘어놓으나 결국 몇 마디 똑같은 말임을 한눈에도 알 수 있었습니다. 저는 그때 맑스주의 비평의 사격술을 터득한 사람이 저를 저격해 주기를 기다렸으나, 그런 사람은 끝내 나타나지 않았습니다. 오히려 제 쪽에서 줄곧 새로운 청년전사의 양성에 주의를 기울여 여러 개의 문학단체[12]를 꾸렸지만, 효과는 신통치 않았지요. 그렇지만 이제부터는 이 점에 주의를 기울이지 않으면 안 됩니다.

우리는 시급히 대량의 새로운 전사를 양성해야 하지만, 동시에 문학전선에 몸을 담은 사람은 '끈질기'지 않으면 안 됩니다. 끈질김이란 곧 이전의 청대에 팔고문을 짓는 '문 두드리기용 벽돌'과 같은 방식이어서는 안 됩니다. 청대의 팔고문은 원래 '과거에 합격'[13]하여 관리가 되기 위한 수단인데, '기승전합'[14]을 잘 하여 그 덕에 '수재와 거인'에 들어서고 나면, 팔고문을 내던져 버린 채 평생 다시는 사용하지 않아도 되기에 '문 두드리기용 벽돌'이라 일컫지요. 이건 마치 벽돌로 문을 두드리다가 문이 열리면, 벽돌은 내던져 버린 채 더 이상 몸에 지닐 필요가 없는 것과 마찬가지입니다. 이 방식은 지금도 사용하고 있는 이가 많이 있으니, 한두 권의 시집이나 소설집을 낸 뒤에 영영 보이지 않는 사람들을 자주 보는데, 대체 어디로 갔을까요? 한두 권의 책을 낸 덕에 크건 작건 이름을 얻게 되고, 교수나 다른 어떤 지위를 갖게 되면 공을 이루고 이름이 난 셈이니, 더 이상 시와 소설을 지을 필요가 없어진지라 영원히 모습을 보이지 않는 것이겠지요. 이러한 까닭에 중국에는 문학이든 과학이든 변변한 게 없습니다만, 우리는 그게 꼭 필요합니다. 그것이 우리에게 쓸모 있기 때문입니다. (루나차르스키는 러시아의 농민미술을 보존하자고 주장하기도 하였습니다.[15] 그걸 만들어 외국인에게 팔면 경제적으로 도움이 된다고 말입니다. 저는 만약 우리의 문학이나 과학에 다른 사람에게 끄집어내어 줄 만한 게 있다면, 제국주의의 압박에서 벗어나기 위한 정치운동에도 도움이 되리라 생각합니다.) 하지만 문화 면에서 성과를 내려면, 끈질기지 않으면 안 됩니다.

마지막으로, 연합전선에는 공동의 목표를 갖는 게 필수조건이라 생각합니다. 이런 말을 들었던 기억이 납니다. "반동파조차도 이미 연합전선을 결성하였는데, 우리는 아직 단결하지 못하고 있다!" 사실 그들도 의식적으로 연합전선을 결성한 건 아닙니다. 단지 그들의 목적이 서로 같기에 행동이 일치되었는데, 우리에게는 연합전선처럼 보일 뿐입니다. 우리의 전선이 통일되지 못함은 곧 우리의 목적이 일치되지 못하여, 작은 단체를 위하거나 혹은 사실상 개인만을 위하고 있음을 입증하는 것입니다. 만약 목적이 노농대중에 있다고 한다면, 전선은 당연히 통일될 것입니다.

주)_____

1) 원제는 「對於左翼作家聯盟的意見」, 이 글은 1930년 4월 1일 『맹아월간』 제1권 제4기에 처음 발표되었다.

2) 좌익작가연맹, 즉 중국좌익작가연맹('좌련'이라 약칭)은 중국공산당이 이끄는 혁명문학 단체이다. 1930년 3월 상하이에서 창립되었으며(잇달아 베이핑, 톈진 등지 및 일본 도쿄에 분회가 설립됨). 지도적 구성원에는 루쉰, 샤옌(夏衍), 펑쉐펑, 펑나이차오(馮乃超), 저우양(周揚) 등이 있다. 좌련의 창립은 중국의 혁명문학이 새로운 단계에 접어들었음을 보여 주었다. 좌련은 조직적이고 체계적으로 맑스주의 문예이론의 선전과 연구에 힘을

쏟고, 갖가지 그릇된 문예사상을 비평하는 한편, 혁명문학의 창작을 제창하고 문예대
중화의 토론을 진행하며, 일군의 혁명문예공작자를 길러 냄으로써, 혁명문학운동의 발
전을 촉진시켰다. 좌련은 국민당의 통치구역 안에서 혁명문학공작자와 진보적 작가를
이끌면서, 국민당의 문화 '위초'(圍剿)에 꿋꿋하게 맞서 싸움으로써 '위초'를 분쇄하는
데 중요한 역할을 담당하였다. 그러나 당시 공산당 내의 '좌'경노선의 영향을 받았기에,
좌련의 일부 지도자들은 사업을 진행하는 과정에서 교조주의와 종파주의적 경향을 지
니고 있었으며, 이에 대해 루쉰은 원칙에 입각한 비판을 가하였다. 좌련 결성대회에서
의 그의 이 강연은 당시 좌익문예운동에 중대한 의의를 지닌 글이었다. 좌련은 국민당
정부의 백색테러의 잔혹한 억압 아래에 있는 데다 지도사업에서의 종파주의적 영향으
로 말미암아, 시종 협소한 단체에 머물러 있었다. 1935년 말, 항일구국운동의 새로운
형세에 발맞추기 위해, 좌련은 스스로 해산하였다.

3) 무솔리니(Benito Mussolini, 1883~1945)는 이탈리아의 독재자이자 파시스트당 당수로
서, 제2차 세계대전의 원흉 중 한 사람이다.

4) 단눈치오(Gabriele D'Annunzio, 1863~1938)는 이탈리아의 유미주의 작가이다. 저서로
는 소설 『죽음의 승리』(*Trionfo della morte*, 1894) 등이 있다. 만년에 민족주의자가 되
어 무솔리니의 총애를 받아 '친왕'(親王)이라는 칭호를 받았다. 무솔리니는 상금을 걸
어 그의 전기를 공모하기도 하였다(1930년 3월 『맹아월간』제1권 제3기에 실린 「국내외 문
단소식」(國內外文壇消息) 참조).

5) 예세닌(Сергей Александрович Есенин, 1895~1925)은 농촌의 전원생활을 묘사한 소
련의 서정시인으로, 작품은 우울한 정조를 띠었다. 이미지파 문학단체에 참가했고, 10
월혁명 시기에는 혁명에 참가하며 「소비에트 러시아」 등과 같은 시를 창작했으나, 혁
명 후에는 권태와 우울증에 빠져 마침내 자살했다. 본문에서 인용한 시구는 각각 그가
1918년에 지은 「천상의 고수(鼓手)」와 「요단강의 비둘기」에 있다.

6) 필냐크(Борис Андреевич Пильняк, 1894~1938)는 소련 혁명 초기의 '동반자' 작가이다.
1929년 그는 국외의 백러시아의 신문에 장편소설 『마호가니』(Красное дерево)를 발표
하였는데, 소비에트의 현실을 왜곡하였다고 하여 비판을 받았다.
예렌부르크(Илья Григорьевич Эренбург, 1891~1967)는 소련 작가로서 10월혁명 후 그
의 작품이 사회주의 현실을 왜곡하였다는 비판을 받았다. 『삼한집』 「오늘날의 신문학
개관」의 주11)을 참조하시오.

7) '남사'(南社)는 1909년에 리유야즈(柳亞子, 1887~1958), 가오톈메이(高天梅) 등이 중심
이 되어 쑤저우(蘇州)에서 설립되었다. 세력을 떨칠 때는 구성원이 천 명이 넘었다. 그
들은 시와 문장으로 반청혁명을 고취했다. 신해혁명 후에 갈라지기 시작하여, 어떤 이
는 위안스카이에 협조했고, 어떤 이는 안복계(安福系; 베이양군벌 시기 환계군벌 수장인
돤치루이를 중심으로 결성된 관료와 정객집단), 연구계(研究系) 등의 정객단체에 가입했

고, 극히 소수만 진보적 입장을 견지했다. 이 단체는 부정기 간행물인 『남사』를 발행하여 구성원의 시와 문장 등을 발표했고, 22집까지 출판되었다. 1923년에 해산했다.

8) 원문은 '漢官威儀'이며, 한대에 숙손통(叔孫通)이 제정한 예의제도를 가리킨다.

9) 이 글귀는 량스추의 「문학은 계급성을 지닌 것인가?」(『신월』 제2권 제6, 7 합간호)에서 비롯되었다.

10) 당시 출판하고 있던 『맹아월간』, 『척황자』(拓荒者), 『대중문예』(大衆文藝), 『문예연구』(文藝研究) 등을 가리킨다.

11) 공성계(空城計)는 『삼국지』의 「촉서(蜀書)·제갈량전(諸葛亮傳)」에 나오는 전술이다. 사마의(司馬懿)의 대군과 맞서 싸우던 제갈량은 자신의 군세의 허약함을 감추기 위해 성을 비운 채 성문을 활짝 열어 두었는데, 사마의는 복병이 있을까 의심하여 군대를 퇴각시켰다.

12) 망위안사(莽原社), 웨이밍사(未名社), 조화사(朝花社) 등을 가리킨다.

13) 원문은 '進學'이다. 명대와 청대의 과거제도에 따르면, 동생(童生)은 맨 처음 현(縣)의 시험을 치르고, 부(府)의 시험을 치르고 나서, 다시 학정(學政)이 주관하는 원고(院考; 도道의 시험)를 치르고, 시험에 합격한 자의 이름은 부학(府學)과 현학(縣學)에 들어가는데, 이것을 '진학'이라 일컬으며, '수재'(秀才)가 된다.

14) 팔고문(八股文)은 명대와 청대의 과거제도에서 규정된 일종의 공식화된 문체이다. 편마다 파제(破題), 승제(承題), 기강(起講), 입수(入手), 기고(起股), 중고(中股), 허고(虛股), 속고(束股)의 여덟 부분으로 나누어지는데, 뒤쪽의 네 부분이 주체이고, 각 부분마다 대구로 이루어진 글귀가 두 고(股)씩 있기에 '팔고문'이라 일컫는다.

'기승전합'(起承轉合)은 팔고문을 짓는 공식의 일종으로서, "기(起)는 평이하게 제기함을 요구하고, 승(承)은 여유 있음을 요구하며, 전(轉)은 변화를 요구하고, 합(合)은 심오함을 요구한다"는 것이다.

15) 러시아의 농민미술을 보존하자고 주장한 루나차르스키의 관점은 루쉰이 번역한 루나차르스키 논문집 『문예와 비평』에 수록된 「소비에트 국가와 예술」(蘇維埃國家與藝術)에 보인다.

우리에게는 비평가가 필요하다[1]

대체적인 상황을 보건대(우리는 여기에서 정확한 통계를 구할 수 없다), 작년부터 '혁명적'이란 간판을 내건 창작소설의 독자는 이미 줄어들었고, 출판계의 추세는 이미 사회과학으로 돌아섰다. 이것은 좋은 현상이라고 하지 않을 수 없다. 처음에 젊은 독자들은 광고식 비평의 부적에 미혹되어 '혁명적' 창작을 읽으면 출로가 있어 자신과 사회 모두 구원될 수 있다고 여긴 나머지, 손 가는 대로 뽑아 들어 넙죽넙죽 집어삼켰는데, 뜻밖에도 많고 많은 것들이 영양분이 아니라 새 부대에 담은 시큼한 술과 붉은 종이로 싼 썩은 고기인지라, 먹고 난 후 속이 메슥거려 토할 것만 같았다.

이러한 고통스러운 교훈을 얻은 후에, 돌아서서 근본적이고 실질적인 사회과학에서의 문제를 해결하고자 하는 것은 물론 정당한 전진이다.

그러나 대부분은 시장의 수요이기 때문에, 사회과학의 역서와 저서가 마구 쏟아져 나와 꽤 볼 만한 것과 보아서는 안 될 것이 함께 노점에 진열되는 바람에, 정확한 지식을 갓 찾기 시작한 독자들은 이미 어찌할 바를 모르게 되었다. 하지만 새로운 비평가들은 입을 다물고 있으며, 비평가

를 흉내 내는 부류는 이 기회를 틈타 '어중이떠중이'라고 몽땅 부정하고 있다.[2]

이러한 상태에서 우리가 필요로 하는 것은 그래도 굳건하고 명석하며 사회과학 및 그 문예이론을 제대로 알고 있는 비평가 몇 사람이다.

중국에 비평가가 나온 지는 이미 매우 오래되었다. 어느 문학단체에나 대개 문학적 인물이 있기 마련이다. 적어도 시인 한 사람, 소설가 한 사람, 그리고 자기 단체의 영광과 공적을 선전하는 데에 힘을 쏟는 비평가 한 사람은 꼭 있다. 이러한 단체들은 저마다 개혁에 뜻을 두고서 낡은 요새에 공세를 취한다고 말하지만, 도중에 낡은 요새 아래에서 어지러이 드잡이하다가 기진맥진해져서야 손을 놓는데, '드잡이'한 것에 지나지 않은지라 상처는 대수롭지 않은 채 숨을 씨근거릴 따름이다. 숨을 씨근거리면서 제각기 승리했다고 개가를 부르고 있다. 낡은 요새 위에서는 수비병을 세울 필요도 없이 그저 팔짱을 낀 채 고개 숙여 이들 새로운 적들 자신이 연출하는 희극을 굽어보기만 하면 그만이다. 그들은 아무 말이 없지만, 승리한 사람은 그들이다.

최근 이태 동안 대단히 뛰어난 창작은 없다지만, 내가 보았던, 책으로 찍어 낸 것만 해도 리서우장의 『험한 길을 가는 이들』,[3] 타이징눙의 『땅의 아들』,[4] 예융친의 『짧은 십 년』의 전반부, 러우스의 『2월』과 『구시대의 죽음』,[5] 웨이진즈의 『편지 일곱 통의 자전』,[6] 류이멍의 『실업 이후』[7] 등과 같은 창작은 그래도 우수한 작품이다. 아쉽게도 우리의 이름난 비평가이신 량스추 씨는 여전히 천시잉과 호응하고 있는데, 여기에서 언급하지 않아도 될 것이고, 청팡우 씨는 창조사의 지난날의 영광을 그리워한 후 '석후생'[8]으로 한 번 변신하였다가 이어 다시 유성처럼 사라져 버렸으며,

첸싱춘 씨는 최근 다시 『척황자』에서 구라하라 고레히토를 도와 한 대목 한 대목 마오둔과 실랑이하고 있을 따름이다.[9] 문학단체 이외의 작품마다 이처럼 분망하거나 혹은 쓸쓸한 싸움터에서 '추방되'거나 혹은 묵살되고 말았다.

이번에 독서계가 사회과학으로 기울어진 것은 옳고도 정당한 전기로서, 다른 방면에 도움될 뿐 아니라 문예에 대해서도 정확한 전진의 길로 향하도록 재촉할 수 있다. 다만 출품된 작품의 난잡함과 방관자의 냉소 속에 시들어 버리기 쉬우니, 그러므로 지금 무엇보다도 필요로 하는 것은 역시—

굳건하고 명석하며 사회과학 및 그 문예이론을 제대로 알고 있는 비평가 몇 사람이다.

주)_____

1) 원제는 「我們要批評家」, 1930년 4월 1일 『맹아월간』 제1권 제4기에 처음 발표되었다.

2) 이 문집의 「'경역'과 '문학의 계급성'」 주 58)을 참조하시오.

3) 리서우장(李守章, 1905~1993)은 자가 쥔민(俊民)이며, 장쑤 난퉁(南通) 사람이다. 『험한 길을 가는 이들』(跋涉的人們)에는 4편의 단편소설이 수록되어 있으며, 1929년에 베이신서국에서 출판되었다.

4) 타이징눙(臺靜農, 1902~1990)은 안후이 훠추(霍丘) 출신의 작가로서, 웨이밍사의 성원이다. 『땅의 아들』(地之子)에는 14편의 단편소설이 수록되어 있으며, 1928년에 웨이밍사에서 출판되었다.

5) 러우스(柔石, 1902~1931)는 이 문집의 「러우스 약전」 및 관련 주석을 참조하시오.

6) 웨이진즈(魏金枝, 1900~1972)는 저장(浙江) 성셴(嵊縣; 지금의 성저우嵊州) 출신의 작가이다. 『편지 일곱 통의 자전』(七封信的自傳)에는 6편의 단편소설이 수록되어 있으며, 1928년에 상하이의 인간서점에서 출판되었는데, 원제는 『七封書信的自傳』이다.

7) 류이멍(劉一夢, ?~1931)은 원명이 류쩡룽(劉增容)이며, 산둥(山東) 이수이(沂水) 사람이

다. 공산청년당 산둥성위원회 서기, 『제남일보』(濟南日報)의 부간인 주간 『효풍』(曉風)의 주필을 역임하였으며, 후에 한푸쥐(韓復榘)에게 살해당했다. 『실업 이후』(失業以後)에는 8편의 단편소설이 수록되어 있으며, 1929년에 상하이 춘야(春野)서점에서 출판되었다.

8) 석후생(石厚生)은 청팡우의 필명이다.

9) 여기에서 언급한, "첸싱춘은 마오둔과 실랑이하고 있다"는 것은 첸싱춘이 『척황자』 제1기에 실은 「중국신흥문학 중의 몇 가지 구체적인 문제」(中國新興文學中的幾個具體的問題)에서 구라하라 고레히토의 「프롤레타리아 사실주의를 다시 논함」, 「프롤레타리아 예술의 내용과 형식」 등의 글을 거듭 인용하여, 마오둔의 작품을 평론하고 마오둔의 「구링에서 도쿄까지」(從牯嶺到東京)에 제기된 견해를 반대한 것을 가리킨다.

'호정부주의'[1]

량스추 씨는 이번에 『신월』의 '자질구레함'이란 칼럼에서 "현상에 불만스럽다"[2]는 점에 찬성하기는 하였다. 그러나 그의 생각에 따르면, "현재 지식이 있는 사람(특히 평소 '선구자', '권위', '선진' 등의 아름다운 칭호를 지니고 있는 사람), 이들의 책임은 비꼬고 조롱하여 '현상에 불만스럽다'는 잡감을 발표하는 것만이 아니니, 이들은 마땅히 한 걸음 더 나아가 '현상'을 적극적으로 치유할 처방을 진지하게 추구해야 한다."

왜인가? 병이 있으면 약을 쓰지 않으면 안 되기 때문이니, "삼민주의도 약의 하나이고, ── 량스추 씨의 말에 따르면 ── 공산주의도 약의 하나이고, 국가주의[3]도 약의 하나이며, 무정부주의[4]도 약의 하나이고, 호정부주의도 약의 하나"인데, 현재 "모든 처방을 한 푼어치의 가치도 없다고 비난하여 여지없이 빈정댄다면 …… 이건 무슨 심보인가?"

이러한 심보는 참으로 비난받아 마땅하다. 그러나 실제로 나는 이러한 잡감을 본 적이 없는데, 이를테면 동일한 작자이면서도, 삼민주의자는 영국과 미국의 자유를 위배했다느니, 공산주의자는 러시아의 루블을 받았다느니, 국가주의는 너무 협애하다느니, 무정부주의는 지나치게 공허하다느니…… 라고 여기고 있다. 따라서 량씨의 '자질구레함'은 그가 본 잡감의 죄상을 과장하고 있는 것이다.

사실은, 어느 하나의 주의의 근거가 지니고 있는 결점, 혹은 이로 말미암아 생겨난 폐단을 지적하는 것은 어느 주의자가 아니더라도 나쁠 거야 없다. 억눌리다 못해 아파서 비명을 지르는 것처럼, 훨씬 좋은 주의를 생각해 내기 전에 반드시 이를 악물어야 할 필요는 없다. 그렇지만 물론 훨씬 좋은 주장을 가질 수 있다면, 모양새는 더욱 좋을 것이다.

하지만 나는, 량씨가 겸손히 끄트머리에 내놓은 '호정부주의'는 아무래도 더욱 겸손히 예외로 놓아야 한다고 생각한다. 삼민주의에서 무정부주의에 이르기까지 이것들의 성질이 춥든 따뜻하든, 처방한 것은 결국 석고나 계수나무 따위와 같은 약이름이기 때문이다.──복용한 후 약이 될지 독이 될지는 또 다른 문제이다. 오직 '호정부주의'라는 이 '약'만을 따진다면, 처방전에 씌어져 있는 것은 약이름이 아니라, '좋은 약재'라는 커다란 글자요, 구시렁구시렁 명의의 티를 내는 '주장'일 뿐이다. 그렇다, 어느 누구도 병의 치료에 나쁜 약재를 써야 한다고 말할 수는 없지만, 이 처방은 꼭 의사만 고개를 가로젓는 게 아니라, 누구나 그것을 '한 푼어치의 가치도 없다고 비난'('포'釁는 '칭찬'을 뜻하는데, 여기에서의 쓰임은 '통하지 않을'뿐더러 '포'라는 글자를 알지 못함을 입증하고 있지만, 이건 량씨의 원문이니 잠시 그대로 두자)할 것이다.

만약 이 의사가 부끄럽고 분한 나머지 화를 벌컥 내어 "나의 좋은 약재주의를 비웃는다면, 그대의 처방을 내보라!"고 호통을 친다면, 이야말로 더욱 가소롭기 짝이 없는 '현상'의 하나일 테니, 설사 무슨 주의에 근거하지 않더라도 잡감을 불러일으킬 것이다. 잡감의 무궁무진함은 바로 이러한 '현상'이 너무 많은 탓이다.

1930. 4. 17.

주)_____

1) 원제는「好政府主義」, 이 글은 1930년 5월『맹아월간』제1권 제5기에 처음 발표되었다. '호정부주의'는 이 문집의「습관과 개혁」주 5)를 참조하시오.

2) 여기에서 언급한 "현상에 불만스럽다"와 아래에 인용한 량스추의 말은 모두『신월』제 2권 제8기(1929년 10월)에 실린「'현상에 불만스럽다'면 어떻다는 건가?」('不滿於現狀', 便怎樣呢?)라는 글에 보인다.

3) 국가주의는 19세기에 유럽에서 유행하기 시작한 부르주아 민족주의 사상이다. 국가의 계급 본질을 말살한 채, '국가지상'의 구호로써 인민을 속이고 지배계급의 이익에 따르게 하며, '민족우월론'을 선전하여 확장주의를 고취하는 한편, '조국 보위'라는 미명 아래 침략전쟁을 선동한다. 중국의 국가주의파는 1923년에 '중국국가주의청년단'을 결성한 후, '중국청년당'으로 개칭하였다. 1924년에『성사주보』(醒獅週報)를 창간하였기에, '성사파'(醒獅派)라고도 일컬어진다. 대표적인 인물로는 쩡치(曾琦), 리황(李璜), 쭤순성(左舜生), 천치톈(陳啓天) 등이 있다.

4) 무정부주의는 19세기 전반기에 유행하기 시작한 사조로, 일체의 권력을 '인류의 지혜와 심령을 도살'하는 죄악이라 여겼고, 국가에 대해서도 죄악을 낳는 근원이라 여겨 반대했다. 대표적인 인물로는 슈티르너(Max Stirner, 1806~1856), 프루동(Pierre Joseph Proudhon, 1809~1865), 바쿠닌(Михаил Александрович Бакунин, 1814~1876), 크로포트킨(Пётр Алексеевич Кропоткин, 1842~1921) 등이 있다. '5·4'를 전후하여 중국의 무정부주의자들은 '민성사'(民聲社), '진화사'(進化社) 등의 소그룹을 조직하여 잡지와 소책자를 출판하여 이 사상을 선전하였다.

'집 잃은' '자본가의 힘없는 주구'[1)]

량스추 씨는 『척황자』에서 자신을 '자본가의 주구'라고 일컬은 일[2)]로 '나
는 화내지 않는다'[3)]라는 글을 한 편 썼다. 그는 먼저 『척황자』 제2기 672
쪽의 정의[4)]에 따라 "나 자신도 약간은 프롤레타리아의 한 사람인 듯한 느
낌이 든다"고 한 다음, '주구'에 대해 "무릇 주구 노릇을 하는 자는 모두 주
인의 환심을 사서 약간의 은혜를 얻고자 한다"고 정의하고서, 이로 인해
의문이 든다면서 이렇게 말했다.

『척황자』는 나를 자본가의 주구라고 하였는데, 어느 자본가 한 사람인
가, 아니면 자본가 모두인가? 나의 주인이 누구인지 나는 아직 모르는
데, 만약 안다면 틀림없이 몇 부의 잡지를 주인에게 가져가 공을 자랑할
터이고, 혹 얼마간의 파운드나 루블을 상으로 받기도 하리라. …… 나는
그저 쉬지 않고 일하면 돈을 벌어 생계를 유지할 수 있다는 것만 알고 있
을 뿐이니, 어떻게 해야 주구가 될 수 있고, 어떻게 해야 자본가의 경리
에게 가서 파운드를 타낼 수 있으며, 어떻게 해야 ××당에 가서 루블을

받을 수 있는지, 어찌 알 수 있겠는가? ……

이야말로 '자본가의 주구'의 참모습이다. 무릇 주구란 설사 어느 한 자본가가 길러 낸 것일지라도 사실은 모든 자본가에게 속하기에, 부자들만 보면 꼬리를 치다가도 가난뱅이만 보면 미친 듯이 짖어 대는 법이다. 누가 자기의 주인인지 모르는 것은 바로 부자들만 보면 꼬리를 치는 까닭이며, 모든 자본가에게 속해 있다는 증거이기도 하다. 기르는 사람이 없어 앙상하게 여윈 채 들개가 되었을지라도, 여전히 부자들만 보면 꼬리를 치고 가난뱅이만 보면 미친 듯이 짖어 댄다. 그렇지만 이쯤 되면 누가 제 주인인지 더욱 알지 못하게 된다.

량씨는 자신이 마치 '프롤레타리아'(즉 량씨가 전에 말했던 '못난 패배자')처럼 얼마나 고생하는지를 서술하면서도, '주인이 누구인지' 알지 못한다고 하였는데, 그건 후자의 부류에 속하는 것이며, 더 적절하게 말하기 위해 몇 글자를 덧붙여 '집 잃은' '자본가의 주구'라고 일컬어야 할 것이다.

하지만 이 호칭에도 아직 결점이 좀 있다. 량씨는 어쨌든 유식한 교수이니, 평범한 사람들과는 다르다. 그는 끝내 '문학은 계급성을 지닌 것인가?'를 밝히지 않은 채, 「루쉰 씨에게 답함」[5]이란 글에서 전봇대 위에 '무장하여 소련을 보위하자'라고 쓰거나 신문사의 유리를 깨트린다는 글귀를 아주 교묘하게 집어넣고, 또 윗글에서 인용한 대목에서도 "××당에 가서 루블을 받는다"는 글을 썼는데, 일부러 감춘 두 개의 ×는 누구나 알아차릴 수 있는 '공산'이란 두 글자이다. 무릇 '문학에는 계급성이 있다'고 주장하여 량씨의 미움을 산 사람은 모두 '소련을 옹호'하거나 '루블을 받는' 짓을 하고 있음을 가리키고 있으니, 이는 돤치루이의 호위병이 학생을 쏘아 죽이자[6] 『천바오』[7]에서 학생들이 루블 몇 닢 때문에 목숨을 버렸다고 하고, 자유대동맹[8]에 나의 이름이 있자 『혁명일보』[9]의 통신에서 "금빛 찬란한 루블에 매수되었다"고 하는 것과 마찬가지의 수법이다. 량씨에게야 아마 주인을 위해 비적의 부류('학계의 비적'[10])의 냄새를 맡는 것이 곧 '비평'이겠지만, 그러나 이 직업은 '망나니'보다도 훨씬 천한 짓이다.

아직도 기억하고 있거니와, '국공합작' 시절에는 통신과 연설에서 소련을 칭찬하는 것이 대단히 유행하였는데 지금은 자못 달라졌으니, 신문의 보도에 따르면 전봇대에 글을 쓰는 자나 '공산당'을 붙잡느라 경찰이 온 힘을 다하고 있다고 한다. 그렇다면 자신의 논적을 '소련을 옹호한다'거나 '××당'으로 손가락질하는 것도 물론 시류에 맞는 일이며, 혹여 주인의 '약간의 은혜'를 얻게 될지도 모른다. 그러나 량씨가 '은혜'나 '파운드'를 얻으려고 그랬다고 한다면, 그건 억울하고, 절대로 이런 일은 있을 수 없으며, 다만 이로써 보잘것없는 힘을 보태 '문예비평'의 곤궁함을 보충하려 했을 따름이리라. 그러므로 '문예비평' 면에서 볼 때, '주구' 앞에 '힘없는'이라는 형용사를 하나 더 붙여야 하리라.

1930. 4. 19

주)_____

1) 원제는 「'喪家的'資本家的乏走狗」, 이 글은 1930년 5월 1일 『맹아월간』 제1권 제5기에 처음 발표되었다.

2) 『척황자』 제2기(1930년 2월)에 수록된, 펑나이차오(馮乃超)의 「문예이론강좌(제2회)」:

계급사회의 예술」(文藝理論講座第2會·階級社會的藝術)을 가리킨다. 이 글에서는 량스추의 「문학은 계급성을 지닌 것인가?」라는 글 가운데의 몇 가지 관점을 비판하면서 이렇게 말하였다. "프롤레타리아는 그들의 투쟁의 경험 속에서 이미 자신의 계급의 존재를 자각한 이상, 더 나아가 자신의 역사적 사명을 자각하고 있다. 그러나 량스추는 도리어 설교하고 있다——이른바 '정당한 생활투쟁의 수단'을. '프롤레타리아더라도 그가 만약 싹수가 있다면, 뼈 빠지게 부지런히 평생(!) 일하기만 하면, 틀림없이 상당한 재산을 모을 수 있다'라고. 이렇게 한다면 자본가는 착취 수단을 더욱 편안히 쥘 수 있으며, 천하는 태평해질 것이다. 이렇게 설교하는 자에게 우리는 '자본가의 주구'라는 칭호를 붙이고자 한다."

3) 량스추가 말한 '나는 화내지 않는다' 및 이 글에 인용된 그의 말은 모두 1929년 11월 『신월』 제2권 제9기에 실린 「자본가의 주구」(資本家的走狗)라는 글에 보인다(펑나이차오의 글이 1930년 2월에 발표되었으므로 량스추의 글은 그 이후로 추정된다).

4) 여기에서 말한 정의란 펑나이차오의 「계급사회의 예술」에서 인용한, 엥겔스의 프롤레타리아에 대한 정의를 가리킨다. 즉 "프롤레타리아란 무엇인가? 그것은 '노동을 파는 외에는 생계를 유지할 방법이 전혀 없으며, 따라서 어떠한 종류의 자본의 이윤에도 의존하지 않는 사회계급이다. …… 요컨대 프롤레타리아계급은 19세기(지금도 그렇지만)의 노동계급이다.'(엥겔스)" 이 대목은 엥겔스의 『공산주의 원리』에서 비롯되었으며, 현재는 다음과 같이 번역되고 있다. "두번째 문제 : 무엇이 프롤레타리아인가? 답 : 프롤레타리아란 어떤 종류의 자본의 이윤에 의지하지 않고, 오로지 자신의 노동을 팔아 생활의 자료를 획득하는 사회계급이다. …… 한마디로 프롤레타리아 혹은 프롤레타리아계급은 19세기의 노동계급이다."

5) 「루쉰 씨에게 답함」(答魯迅先生)이라는 글은 『신월』 제2권 제9기에 보인다. 량스추는 이 글에서 이렇게 말했다. "나 자신에 대해 말하자면, 혁명을 나는 함부로 하지 못하고, 전봇대 위에 '무장하여 소련을 보위하자'고 쓰는 일일랑은 하지 못하며, 신문사 문앞에 가서 5~600위안씩이나 하는 커다란 유리를 한두 장 깨부수는 일 역시 나는 하지 못한 채, 지금 나는 책이나 보고 글이나 쓰는 일밖에 하지 못한다."

6) 3·18참사를 가리킨다. 1926년 3월 18일, 베이징의 애국학생 및 대중이 중국의 주권에 대한 일본 등 제국주의 국가의 침략에 항의하기 위해 돤치루이 정부의 청사 앞에서 청원을 하자, 돤치루이는 호위병에게 사격 명령을 내렸는데, 47명이 죽고 200여 명이 다쳤다.

7) 『천바오』(晨報)는 량치차오(梁啓超), 탕화룽(湯化龍) 등이 조직한 정치단체 연구계(硏究系)의 기관지이다. 1918년 2월에 베이징에서 창간되었으며, 1928년 6월에 정간되었다.

8) 자유대동맹(自由大同盟)은 중국자유운동대동맹(中國自由運動大同盟)의 약칭이다. 중국 공산당이 지원하고 이끄는 대중단체로서, 1930년 2월 상하이에서 창설되었다. 언론,

출판, 집회, 결사 등의 자유의 쟁취, 국민당의 독재정치에 반대함을 종지로 하였다. 루쉰은 이 단체의 발기인 가운데 한 사람이었다.

9) 『혁명일보』(革命日報)는 국민당 내의 왕징웨이 개조파(改組派)의 신문으로서, 1929년 말에 상하이에서 창간되었다.

10) 원문은 '學匪'. 1925년 12월 30일 국가주의파 잡지인 순간 『국혼』(國魂)의 제9기에 장화(姜華)의 「학계의 비적과 학벌」(學匪與學閥)이란 글이 실렸는데, 베이징여자사범대학 사건에서 진보적인 학생을 지지한 루쉰, 마위짜오(馬裕藻) 등을 '학계의 비적'이라 매도하였다. 당시의 현대평론파 역시 루쉰 등에게 이러한 공격을 퍼부었다.

『진화와 퇴화』서언[1]

이 책은 역자가 십여 년간 번역했던 백 편 가까운 글 가운데에서, 그다지 전문적이지 않으면서도 모든 이들이 볼 만한 글을 골라 한데 모았기에, 널리 읽혀지리라 기대하고 있다. 첫째로는 최근의 진화학설의 상황을 엿볼 수 있고, 둘째로는 중국인의 장래의 운명을 엿볼 수 있다.

진화학설이 중국에 수입된 것은 꽤 이르며, 멀리 옌푸[2]가 헉슬리[3]의 『천연론』을 번역했던 일로 거슬러 올라간다. 그러나 끝내는 공허한 명사로만 남겨진 채 유럽대전 때에는 논객에게 완전히 오해되더니, 이제는 이름조차도 간들간들 숨이 끊어질 지경이 되어 버렸다. 그 사이에 학설은 몇 번인가 변화를 겪었으니, 드 브리스[4]의 돌연변이설이 흥하였다가 쇠하고, 라마르크[5]의 환경설이 사라졌다가 다시 소생하였는데, 우리는 자연 속에서 살고 있으면서도 이러한 자연의 대법칙에 대한 연구에 그다지 주의를 기울이지 않았다. 이 책의 맨 앞과 끝의 각 두 편은 신新라마르크주의[6]에 입각하여 논하고 있으니, 대강의 내용을 엿보아 결함을 대략이나마 보충할 수 있을 것이다.

그러나 가장 중요한 것은 마지막의 두 편의 글[7]이다. 사막이 차츰 남쪽으로 이동하고 있다는 점, 영양의 유지가 이미 어려워졌다는 점 등은 모두 중국인에게 대단히 중요하고도 절박한 문제이며, 해결하지 않으면 장차 파멸의 결과밖에 얻지 못할 것이다. 중국 고대사를 탐구하기 어려운 원인을 밝혀내고, 중국인이 참을성이 강하다는 오류를 깨트렸다는 점은 부차적인 수확에 지나지 않는다. 삼림을 남벌하고 하천과 호수를 고갈시킨다면, 장래에 물 한 방울은 혈액과 똑같은 가치를 지니게 될 것이니, 만약이 일이 현재와 미래의 젊은이들에게 기억될 수 있다면, 이 책에서 얻는 수확도 대단히 크리라.

그렇지만 자연과학이 언급하는 범위는 여기까지이고, 그것이 제시하는 해결책 또한 치수와 조림에 지나지 않는다. 이것은 얼핏 보기에 지극히 단순하고 쉬운 일인 듯하지만, 사실은 결코 그렇지 않다. 그 증거로 스메들리[8] 여사가 「중국 농촌생활 단편」에 쓴 두 대목을 인용해 보자.

그녀(하녀)는 다음 날 난위안[9]에 가서 자신의 친척을 풀어 달라고 옥리에게 부탁하려 한다고 말했다. 그 자는 남녀를 합쳐 예순 명의 다른 마을 사람들과 함께 삼월 전에 붙잡혀 갇혔는데, 달리 살아갈 길이 없어지자 나뭇가지를 베거나 나무껍질을 벗겨 냈기 때문이었다. 그들이 이렇게 했던 것은 소란을 피우기 위해서가 아니라, 그저 나무를 팔아 식량을 살수 있기 때문이었다.

······ 난위안의 백성들은 수확도 없고 양식도 없으며 할 일도 없으니, 이두 마지기 밭을 가진다 한들 무슨 쓸모가 있겠는가? ······ 사소한 소란을 만나기만 해도, 수많은 사람을 이재민의 대열 속으로 밀어 넣었다. ······

난위안에는 그 당시(군벌이 혼전을 벌일 때) 나무 외에는 아무것도 없었으며, 마을 사람이 나무에 손을 대면, 경찰이 그들을 붙잡아 가두어 버렸다. (『맹아월간』 5기, 177쪽)

따라서 이러한 나무보호법은 결국 나무껍질을 벗겨 내고 풀뿌리를 파내는 백성들을 증가시켜, 오히려 사막의 출현을 촉진시킨다. 그러나 이 책은 자연과학을 범위로 삼고 있기에, 이 점을 언급하지는 않았다. 자연과학이 논하고 있는 이 사실에 뒤이어, 한 걸음 더 나아가 해결을 꾀하는 것은 사회과학이다.

1930년 5월 5일

주)＿＿＿＿

1) 원제는 「『進化和退化』小引」, 『진화와 퇴화』는 저우젠런(周建人)이 번역하여 엮은 것으로, 생물과학에 관한 여덟 편의 글을 수록하여, 1930년 7월에 상하이의 광화(光華)서국에서 출판되었다. 이 글은 이 문집에 처음으로 수록되었다.

2) 옌푸(嚴復, 1854~1921)는 자가 유링(又陵) 또는 지다오(幾道)이며, 푸젠(福建) 민허우(閩侯; 지금의 푸저우福州) 사람으로, 청말의 계몽사상가이자 번역가이다. 1895년에 헉슬리(Thomas H. Huxley)의 『진화와 윤리』(Evolution and Ethics)의 전반부 두 편을 번역하여 1898년에 『천연론』(天演論)이라는 이름으로 출판하였다. 후에도 영국의 애덤 스미스(Adam Smith)의 『국부론』(國富論, The Wealth of Nations), 몽테스키외(Charles-Louis Montesquieu)의 『법의』(法意, De l'esprit des lois) 등의 책을 번역하여, 당시 중국사상계에 커다란 영향을 미쳤다.

3) 헉슬리(1825~1895)는 영국의 생물학자로서, 다윈학설을 적극적으로 지지하고 선전하였다. 주요 저작으로는 『자연에서의 인간의 위치』, 『진화와 윤리』 등이 있다.

4) 드 브리스(Hugo Marie de Vries, 1848~1935)는 네덜란드의 식물학자이자 유전학자이다. 그는 달맞이꽃의 유전실험 결과에 근거하여 1911년에 돌연변이설을 발표하여, 생물의 진화가 돌연변이에 기인한다고 여겼다.

5) 라마르크(Jean-Baptiste Lamarck, 1744~1829)는 프랑스의 생물학자로서, 생물진화론의 선구자이다. 1809년 그는 『동물철학』(*Philosophie zoologique*)이란 책에서 '직접순응설'(즉 '환경설')을 제창하여, 생물진화의 주요 원인은 환경의 적접적인 영향을 받기 때문에, 기관은 사용하면 진화하고 그렇지 않으면 퇴화하며, 후천적으로 획득한 성질은 유전될 수 있다고 여겼다. 이 학설은 종교의 '신조론'(神造論)과 '종불변설'(種不變說)을 강력히 반대하여, 과학적으로 다윈학설의 탄생에 기초를 제공하였다.

6) 신(新)라마르크주의는 19세기 말에 흥기한 진화학설의 하나로서, 영국의 철학자인 스펜서(Herbert Spencer, 1820~1903) 등에 의해 제기되었다. 이 학설은, 변이는 방향성을 지니며, 생물은 획득된 성질의 유전을 통하여 진화한다고 여기면서, 생물의 진화과정에서 자연선택의 중요한 역할을 부정한다.

7) 헝가리의 잉글랜더(A. L. Englaender)가 쓴 「사막의 기원과 성장 및 그 화북으로의 침입」, 그리고 미국의 아돌프(W. H. Adolph)가 쓴 「중국의 영양과 대사작용의 상황」을 가리킨다.

8) 스메들리(Agnes Smedley, 1892~1950)는 미국의 작가이자 기자이다. 당시 그녀는 독일의 『프랑크푸르트 자이퉁』(*Frankfurt Zeitung*)의 주중기자이자, 미국의 잡지인 『신군중』(*New Masses*)의 특약기고자로서 상하이에 머물러 있으면서 루쉰과 밀접하게 교제하였다. 저서로는 자전체 장편소설인 『대지의 딸』(*Daughter of Earth*, 1929), 제2차 세계대전 실록인 『중국의 전가(戰歌)』(*Battle Hymn of China*, 1943), 주더(朱德)의 혁명 경력을 소개한 보고문학인 『위대한 길』(*The Great Road: The Life and Times of Chu Teh*, 1956) 등이 있다.

9) 난위안(南苑)은 베이징 남쪽 교외의 지명이다. 원대 이후 역대 제왕들의 수렵장이었다.

『예술론』역본의 서문[1]

1.

플레하노프(George Valentinovitch Plekhanov)는 1857년에 탐보프 주州의 어느 귀족 집안에서 태어났다.[2] 출생 이후 성년에 이르는 기간은 바로 러시아혁명운동사에서 지식계급이 제창한 민중주의[3]가 흥성하였다가 몰락에 이르는 시기이다. 그의 당초의 견해에 따르면, 러시아의 민중, 즉 대다수의 농민은 이미 사회주의를 이해하고 있고, 정신적으로 비자각적 사회주의자가 되어 있으며, 따라서 민중주의자의 사명은 오직 '민중 속으로' 나아가는 것이며, 그들에게 그 상황을 설명하고 지주와 관리에 대한 그들의 증오를 잘 이끌기만 하면, 농민은 스스로 궐기하여 자유로운 자치제, 즉 무정부주의의 사회조직을 실현하게 되리라는 것이었다.

그러나 농민은 거의 민중주의자의 선동에 귀를 기울이기는커녕 이들 진보적인 귀족 자제에게 불만을 품고 있었다. 황제 알렉산드르 2세[4]의 정부가 그들에게 혹독한 형벌로 대처하자, 마침내 그들의 일부는 시선을 농민에게서 거두어, 서구 선진국을 본받아 부르주아가 향유하는 일체의 권리를 위하여 투쟁하게 되었다. 이리하여 '토지와 자유'당에서 인민의지당[5]이 분열되어 정치투쟁에 나섰지만, 그 수단은 일반적인 사회운동이 아니라, 단독으로 정부와 투쟁하고 테러수단——암살에 온 힘을 기울였다.

젊은 플레하노프 역시 대체로 이러한 사회사조 아래에서 혁명활동을 시작하였다. 다만 분열에 즈음하여, 그는 여전히 농민사회주의의 근본적인 견해를 고수하면서 테러리즘에 반대하고 정치적 공민으로서의 자유 획득에 반대하여 따로 '토지재분배당'[6]을 조직하였으며, 오직 농민의 반란에 기대를 걸었다. 그러나 그는 이미 독자적인 견해를 품고 있던바, 지식계급이 단독으로 정부와 맞서 싸워서는 혁명이 성공하기 어려우며, 농민은 본래 사회주의적 경향을 많이 지니고 있으나, 노동자 역시 중요하다고 여겼다. 그는 「혁명운동에서의 러시아 노동자」라는 글에서, 노동자는 우연히 도시로 와서 공장에 나타난 농민이라고 말하였다. 사회주의를 농촌 속에 전파하려면, 이 농민 출신의 노동자야말로 가장 알맞은 매개자이다. 농민이 그들 노동자의 말을 믿는다는 것, 바로 이 점에서 지식계급보다 낫기 때문이다.

사실 또한 그의 예상을 결코 크게 뛰어넘지는 않았다. 1881년에 테러리스트가 온 힘을 기울여 알렉산드르 2세의 암살을 결행하였음에도, 농민은 궐기하지 않았고, 공민 역시 자유를 얻지 못하였으며, 결과적으로 유력한 지도자가 살해되거나 투옥됨으로써 인민의지당은 거의 궤멸되고 말았던 것이다. 이 파에 속해 있지는 않았지만 사회주의에 기울어져 있던 플레하노프 등도 정부의 탄압으로 말미암아 외국으로 망명하지 않으면 안 되었다.

이 즈음에 그는 서구의 노동운동에 가까워져 맑스의 저작을 연구하기 시작하였다.

맑스의 이름은 러시아에서 일찍부터 알려져 있었으며, 『자본론』 제1권 역시 다른 나라보다 일찍 번역되어 나왔다. 인민의지당의 많은 사람들은 맑스와 개인적으로 알고 지내는 사이였으며, 편지를 주고받기도 하였다. 그러나 그들이 존경해마지 않던 맑스의 사상은 그들에게 있어서 단지 순수한 '이론'일 뿐 러시아의 현실과는 부합하지 않으며, 러시아인과는 아무 관계가 없는 것이라 여겨지고 있었다. 러시아에는 자본주의가 없으며, 러시아의 사회주의는 장차 공장이 아니라 농촌에서 생겨나리라 여기고 있었기 때문이다. 그러나 플레하노프는 페테르부르크에서의 노동운동을 회고하던 중에 농촌에 관한 의문을 품고 있었는데, 원서를 통해 맑스주의 문헌을 꼼꼼히 살펴보면서 이러한 의문을 더욱 강하게 품게 되었다. 그리하여 그는 당시의 모든 통계자료를 수집하여 진정한 맑스주의적인 방법으로 그것을 연구하여, 마침내 자본주의가 정말로 러시아에 군림하고 있음을 확신하기에 이르렀다. 1884년에 그는 『우리의 대립』[7]이라는 책을 발표하였는데, 이 책은 민중주의의 오류를 지적하고 맑스주의의 정확함을 입증하는 명저였다. 이 책에서 그는 대중으로서의 농민은 현재 이미 사회주의의 기둥이 될 수 없음을 밝혔다. 당시 러시아에는 도시 공업이 발달하고 있으며, 자본주의 제도가 이미 형성되어 있었다. 필연적으로 이에 따라 발흥하는 것은 자본주의의 적, 즉 자본주의를 파멸할 프롤레타리아였다. 그러므로 러시아에서도 서구와 마찬가지로 프롤레타리아는 정치적 개조에서 가장 의미 있는 계급이었다. 그 경우에서 본다면, 굳세고 조직적인 혁명에 있어서, 이미 다른 계급보다 훨씬 커다란 재능을 지니고 있으며, 장래의 러시아혁명의 사격병으로서도 가장 알맞은 계급이었다.

　이후 플레하노프는 그 자신이 위대한 사상가가 되었을 뿐만 아니라, 러시아 맑스주의자의 선구이자, 각성된 노동자의 교사·지도자가 되었다.

2.

그러나 프롤레타리아에 대한 플레하노프의 특별한 업적은 대다수 그가 발표한 이론적인 글이며, 그 자신의 정치적 견해는 자주 동요하였다.

　1889년 사회주의는 제1회 국제회의를 파리에서 개최하였는데, 플레하노프는 회의에서 "러시아의 혁명운동은 노동자의 운동에 의지해야만 승리할 수 있으며, 이외에는 해결의 길이 없다"고 말했을 때, 유럽의 유명한 수많은 사회주의자들조차 이 말에 전적으로 반대했다. 하지만 오래지 않아 그의 업적은 드러났다. 글로는 『역사상의 일원적 관찰의 발전』[8](혹은 『사적 일원론』이라고 약칭함)이 1895년에 출판되었는데, 철학 영역에서 민중주의자와 맞서 싸워 유물론을 옹호하였지만, 맑스주의의 전 시대 역시 이 글에서 가르침을 받았으며, 이로써 전투적 유물론의 토대를 이해하였다. 물론 후대의 학자들은 이러쿵저러쿵 비판을 가하기도 하지만, 지노비예프[9]는 "이 대단히 주목할 만한 책을 새로운 시대의 사람들에게 설명하고 풀이해 주는 편이 실로 훨씬 멋진 일이다"라고 말했다. 이듬해 실제로 그의 제자들이 민중주의자와 맞서 싸운 결과, 마침내 페테르부르크에서 삼만 명의 방적공장 노동자에게 동맹파업을 일으키게 하여, 러시아의 역사에 신기원을 이룩하였다. 러시아 프롤레타리아의 혁명적 가치는 비로소 모든 이에게 인식되었으며, 당시 런던에서 열리고 있던 사회주의자의 제4차 국제회의 역시 이에 대해 크게 경탄하고 환영하였다.

그렇지만 플레하노프는 끝내 이론가였다. 19세기 말, 레닌이 활동을 시작하고 그보다 젊었는데도, 두 사람 사이에는 암묵적인 분업이 자연스럽게 행해졌다. 그는 이론 면에서 수완을 발휘하여 적에 대한 철학적 논전을 맡았다. 레닌은 최초의 저작 이래 사회정치적 문제나 당과 노동계급의 조직에 전력을 기울였다. 이 당시 이들이 상호의존[10]의 형태로 편집, 발행했던 신문이 Iskra(『불꽃』[11])인데, 기고자 가운데에는 불순분자도 꽤 있었지만, 당시에는 중요한 역할을 담당하여 노동자와 혁명가의 어느 층을 이로써 떨쳐 일어나게 하고, 민중주의파의 지식인을 동요시켰다.

특히 중요한 것은 그 문필 활동 및 실제 활동이었다. 당시(1900년부터 1901년까지) 혁명가들은 자신의 조그마한 울타리에 몸을 감추는 데 익숙해진 채 전국적인 전망에 어두웠다. 그들은 무언가를 달성할 수 있으려면 전국적인 전망에 의지해야 한다는 것을 깨닫지 못했으며, 얼마나 커다란 세력을 기울여야 어떠한 성과를 얻을 수 있을지 정확히 계산하지도, 생각해 보지도 못했다. 이러한 시대에 중앙집권적인 당을 시도하여, 모든 프롤레타리아의 모든 러시아 정치조직의 관념을 통일하고자 했던 것은 참신하면서도 어려운 일이었다. 하지만 『불꽃』은 단지 논설에서 이러한 관념을 밝혔을 뿐만 아니라, '불꽃'이란 단체를 조직하여 당시 쟁쟁한 혁명가 백 명에서 백오십 명에 달하는 '불꽃'파를 이 단체에 가담케 함으로써, 플레하노프가 신문에서 글의 형식으로 전개한 계획을 실행하기도 했다.

그러나 1903년 러시아의 맑스주의자가 볼셰비키(다수파)와 멘셰비키(소수파)로 분열되었을 때, 레닌은 전자의 지도자가 되었으나, 플레하노프는 후자였다. 이후 두 사람은 반목과 협력을 거듭하였는데, 1904년

러일전쟁에서 차르가 패전하기를 바랐을 때, 그리고 1907년부터 1909년에 이르기까지의 당의 수난 시기에 플레하노프는 레닌과 뜻을 함께하였다. 특히 후자의 경우, 볼셰비키 세력의 대부분은 이미 국외로 망명하지 않을 수 없는 터에, 곳곳마다 타락과 스파이가 넘쳐 나 모두들 서로 감시하고 두려워하며 의심하였다. 문학에서는 에로문학이 성행하였는바, 『사닌』[12]이 출현한 것은 바로 이때였다. 이러한 분위기는 모든 혁명권 안에까지 침투하였다. 당원은 사방으로 흩어져 소그룹으로 변모하고, 멘셰비키의 청산파[13]는 일찌감치 볼셰비키의 만가를 불렀다. 이때 청산주의를 깨부수어야 한다고 큰소리로 외치면서 볼셰비키를 지지하였던 이는 멘셰비키의 권위의 신분이었던 플레하노프였으며, 그는 각종 신문이나 국회에서 용기 있는 지원을 아끼지 않았다. 그래서 멘셰비키의 다른 일파는 "그는 노쇠한 몸으로 지하실의 가수가 되어 버렸다"고 비웃었다.

혁명의 부흥을 꾀하여 새로이 조직된 신문은 1910년에 발행하기 시작한 즈베즈다(Zvezda, 『별』)[14]이며, 플레하노프와 레닌 모두 국외에서 투고하여 두 파가 합작한 기관지였기에 정치적 방침을 명확하게 제시하지는 못했다. 그러나 이 신문과 정치운동의 관계가 긴밀해지자 차츰 제휴의 성격을 잃어버려 플레하노프 일파는 마침내 완전히 모습을 감춘 채 신문은 볼셰비키의 전투적 기관으로 되었다. 1912년 두 파는 다시 프라우다(Pravda, 『진리』)[15]를 공동 발행했지만, 사건이 진전되자 플레하노프파는 다시 극히 단기간에 모두 배제된 채 즈베즈다와 같은 운명을 걷고 말았다.

유럽대전이 일어나자 플레하노프는 독일제국주의를 유럽문명과 노동계급의 가장 위험한 적이라 여겨, 제2인터내셔널의 지도자들과 마찬가지로 애국적 입장에 서서 가장 증오하는 독일과 맞서 싸우기 위해 끝내 본국의 부르주아 및 정부와의 제휴와 타협을 마다하지 않았다. 1917년 2월 혁명 후에 그는 본국으로 돌아와 '협동'[16]이라 일컬어지는 사회주의적 애국자 단체를 조직하였다. 그렇지만 러시아 프롤레타리아의 아버지인 플레하노프의 혁명적 감각은 이때 이미 러시아 노동자를 움직일 만한 힘을 갖지 못했으며, 브레스트 강화[17] 이후 완전히 노농러시아에서 잊혀진 채, 마침내 1918년 5월 30일 당시 독일군에게 점령당해 있던 핀란드에서 고독하게 세상을 떠났다. 임종 즈음의 헛소리로 이렇게 의문을 던졌다고 한다. "노동자계급은 나의 활동을 알아차리고 있을까?"

3.

그가 세상을 떠난 후, Inprekol[18](제8년 제54호)에 「G. V. 플레하노프와 프롤레타리아운동」이란 글이 실려 있는데, 그의 평생의 공과를 간략히 이렇게 논평하고 있다.

사실 플레하노프는 그러한 의문을 품을 만하였다. 왜일까? 젊은 노동자계급은 그에 대해 애국적 사회주의자, 멘셰비키 당원, 제국주의의 추수자, 혁명적 노동자와 러시아 부르주아의 지도자인 밀류코프[19]의 상호타협을 주장한 사람으로 알고 있기 때문이다. 노동자계급의 길과 플레하노프의 길은 확연히 멀어져 있었기 때문이다.

그러나 우리는 추호의 망설임도 없이 플레하노프를 러시아 노동자계급의, 아니 국제노동자계급의 최대의 은사들 속에 포함시킨다.

왜 이렇게 말하는가? 결정적인 계급전에 즈음하여, 플레하노프는 방어선의 저쪽에 있지 않았던가? 그렇다, 틀림없이 그러했다. 그러나 그 결정적인 전투 훨씬 이전의 활동, 그의 이론상의 여러 노작勞作은 플레하노프의 유산 가운데에서 귀중한 것이 되고 있다.

생각건대 정확한 계급적 세계관을 위한 투쟁은 계급전의 여러 형태 중에서 가장 중요한 하나이다. 플레하노프는 그 이론상의 노작에 의해 여러 세대에 걸쳐 수많은 노동자 혁명가들을 길러 냈다. 그는 또한 이로써 러시아 노동자계급의 정치적 자주의 면에서 빼어난 역할을 다했다.

플레하노프의 위대한 업적은 무엇보다도 인민의지당, 즉 이전 세기의 70년대에 러시아의 발달은 특별한, 곧 비非자본주의의 길을 걷고 있다고 믿었던 지식계급의 일파에 대한 그의 투쟁이다. 그 70년대 이후 수십 년 동안 러시아에서 자본주의의 당당한 발전상황은 인민의지당 사람들의 견해의 오류와 플레하노프의 견해의 정확함을 얼마나 분명하게 보여 주고 있는가?

1884년에 플레하노프에 의해 지어진 '노동해방을 목적으로 하는' 단체 (노동자해방단[20])의 강령은 바로 러시아 노동자당의 최초의 선언이자, 1878년부터 79년에 걸친 노동자의 동요에 대한 직접적인 해답이기도 하였다.

그는 이렇게 말했다.

"오로지 온 힘을 다해 신속히 노동자당을 결성하는 것만이 지금의 러시아의 경제적 및 정치적인 모든 모순을 해결하는 유일한 수단이다."

1889년에 플레하노프는 파리에서 열린 국제사회주의당 대회에서 이렇게 말했다.

"러시아의 혁명운동은 오직 혁명적 노동자운동에 의지해서만 승리를 거둘 수 있다. 우리에게는 이것 외에 해결의 길이 달리 없으며, 있을 수도 없다."

플레하노프의 이 유명한 말은 결코 우연한 것이 아니다. 플레하노프는 그 위대한 천재성으로 시민적 민중주의의 혁명에서의 프롤레타리아의 이 주도권을 옹호하였는바, 수십 년의 오랜 기간에 이르렀다. 동시에 그는 제제帝制와의 투쟁 속에서 끝내 비겁하게도 첩자가 되고 우유부단하기 그지없는 것이 되어 버린 자유주의적 부르주아 사상 또한 발표하였다. 플레하노프는 레닌과 함께 『이스크라』의 창간 지도자였다. 러시아에서의 정당 조직체를 창립하기 위한 투쟁에서 『이스크라』가 맡았던 위대한 조직상의 임무는 사람들에게 널리 알려져 있다.

1903년부터 1917년까지의 플레하노프는 여러 차례 대동요를 일으켰지만, 끝내 혁명적 맑스주의를 배신한 채 멘셰비키로 나아가고 말았다. 그로 하여금 혁명적 맑스주의를 배신하게 만든 여러 문제는 대체 무엇이었을까?

우선, 농민층의 혁명적 잠재력에 대한 과소평가이다. 플레하노프는 인민의지당 사람들의 해로운 측면에 대한 투쟁 속에서 끝내 농민층의 갖가지 혁명적 노력을 발견하지 못했다.

다음으로, 국가의 문제이다. 그는 시민적 민중주의의 본질을 이해하지 못했다. 즉 그는 어떤 일이 있더라도 부르주아의 국가기관을 분쇄할 필요성을 이해하지 못했다.

마지막으로, 그는 자본주의 최후의 단계로서의 제국주의 문제 및 제국주의 전쟁의 성질의 문제를 이해하지 못했다.

요컨대, 플레하노프는 레닌이 강점을 보이는 데에 약점을 지니고 있었다. 그는 '제국주의와 프롤레타리아 혁명시대의 맑스주의자'가 되지 못했다. 그래서 맑스주의자로서의 그는 여지없이 종말을 맞이하고 말았다. 플레하노프는, 로자 룩셈부르크[21]가 말했듯이 한 걸음 한 걸음 '존경할 만한 화석'으로 변하고 말았다.

러시아의 맑스주의 건설자인 플레하노프는 결코 단지 맑스와 엥겔스의 경제학, 역사학 및 철학의 단순한 매개자가 아니었다. 그는 이들의 전 영역에 걸쳐서 뛰어난 독자적인 노작을 바쳤다. 러시아의 노동자와 지식계급에게 맑스주의야말로 인류의 사색의, 온 역사를 통해 최고의 과학적 완성임을 확실히 알게 해준 점에서 플레하노프는 대단히 뛰어났다. 생각건대 플레하노프의 갖가지 이론상의 연구는 의심할 여지없이 그의 이데올로기 방면의 유산 가운데 가장 귀중한 것이다. 레닌은 일찍이 적절하게 플레하노프의 책을 연구하라고 자주 젊은이들에게 권하였다.──"만약 이것(철학에 관한 플레하노프의 서술)을 연구하지 않는다면, 아무도 의식적인, 참된 공산주의자가 결코 아닐 것이다. 이것이 국제적인 모든 맑스주의 문헌 가운데 가장 **빼어난** 저작이기 때문이다."[22]──라고 레닌은 말했다.

4.

플레하노프는 맑스주의 예술이론에 대해서도 기초를 닦았다. 그의 예술론은 정연한 체계를 이루고 있지는 않지만 방법과 성과를 포함하고 있고, 그가 남긴 저작은 후인의 연구대상일 뿐만 아니라 맑스주의의 예술이론을 수립한 사회학적 미학의 고전적 문헌이라 일컫기에 모자람이 없다.

여기에서 언급한 세 편의 서간체의 논문은 이러한 그의 저작의 편린에 지나지 않는다.

첫번째의 「예술을 논함」에서는 우선 '예술이란 무엇인가?'의 문제를 제기하여 톨스토이의 정의[23]를 바로잡으면서, 예술의 특질을 감정과 사상의 구체적·형상적 표현이라고 단정하고 있다. 여기에서 한 걸음 더 나아가 예술 역시 사회현상이므로 고찰할 때에는 유물사관의 입장에 서지 않으면 안 됨을 밝히고, 아울러 이에 위배된 유심사관(St.-Simon, Comte, Hegel)[24]에 비판을 가하고, 이에 상대되는, 생물의 미적 취향에 관한 다윈의 유물론적 견해를 소개하기도 하였다. 그는 여기에서 반대자가 생물학에서 미감의 기원을 찾으려는 제의를 주장한다고 가정하고서, 다윈 자신의 말을 인용하여 "미의 개념은 …… 다양한 인류 종족 가운데에서 갖가지이며, 동일 인종의 각각의 국민 속에서도 다를 것이다"라고 설명하였다. 이 의미는 곧 "문명인에게 있어서 이러한 감각은 각종 복잡한 관념 및 사상의 연쇄와 결합되어 있다"는 것이다. 다시 말해 "문명인의 미적 감각은…… 분명히 갖가지 사회적 원인에 의해 한정되어 있다"는 것이다.

이리하여 '생물학에서 사회학으로 나아가'지 않으면 안 되며, 인류를 '종'種으로 여기는 다윈의 영역의 연구에서, 종의 역사적 운명의 연구로 나아가지 않으면 안 된다. 단지 예술에 대해서만 이야기한다면, 인류의 미적 감정의 존재의 가능성(종의 개념)은 이로 인해 현실로 이행될 조건(역사적 개념)에 의해 높아진다. 이 조건은 물론 해당 사회의 생산력의 발전단계이다. 그런데 플레하노프는 여기에서 이것을 중요한 예술생산의 문제로 여기고서, 생산력과 생산관계의 모순 및 계급 간의 모순이 어떠한 형식으로 예술에 작용하는지, 그리고 해당 생산관계에 입각한 사회의 예술이 또한 어떻게 각기 다른 형태를 취하고 다른 사회의 예술과 차이를 드러내는지를 해명하였다. 그래서 다윈의 '대립의 근원적인 역할'이란 말을 사용하여 널리 예를 들면서, 미적 감정의 형식에 대한 사회적 조건의 관계, 그리고 사회의 생산기술과 운율, 조화, 균정均整법칙과의 상관관계를 설명하고, 아울러 근대 프랑스 예술론의 발전(Staël, Guizot, Taine)[25]을 평하였다.

생산기술과 생활방법이 예술현상에 가장 밀접하게 반영된 것은 원시민족의 때이다. 플레하노프는 이러한 원시민족의 예술을 명쾌하게 밝힘으로써 맑스주의 예술론의 난제를 마주하고자 하였다. 두번째의 「원시민족의 예술」은 먼저 인류학자와 여행가 등이 실제로 보았던 이야기에 근거하여 부시맨, 베다, 인디언[26] 및 다른 민족에게서 그들의 생활, 수렵, 농경, 재산의 분배 등을 예로 들어, 원시수렵민족이 공산주의적 결합임을 입증하고, 아울러 뷔허[27]의 견해가 근거 없음을 밝혔다. 세번째의 「원시민족의 예술을 다시 논함」은 유희 본능이 노동보다 앞선다고 주장하는 사람들의 오류를 비판하고, 풍부한 실증과 엄정한 논리로 유용대상의 생산(노동)이 예술생산에 앞선다는 유물사관의 근본적 명제를 규명했다. 자세히 말하자면, 플레하노프가 규명한 것은 사회적 인간이 사물과 현상을 볼 때 처음에는 공리적 관점에서 출발하여 나중에야 심미적 관점으로 옮겨 간다는 점이었다. 모든 인류가 아름답다고 여기는 것은 바로 그들에게 유용한 것 —— 생존하기 위해 자연 및 다른 사회의 인간과의 투쟁에서 의미가 있는 것이다. 공용功用은 이성에 의해 인식되지만, 미美는 직관적 능력에 의해 인식된다. 미를 향유하고 있을 때에는 공용에는 거의 생각이 미치지 않지만, 과학적 분석에 의해 발견될 수 있다. 그러므로 미적 향유의 특수성은 곧 그 직접성에 있지만, 미적 쾌락의 근저에 공용이 숨어 있지 않다면 그 사물 역시 아름답게 보이지 않을 것이다. 사람이 아름다움을 위하여 존재하는 것이 아니라, 아름다움이 사람을 위하여 존재하는 것이다.——이 결론은 바로 플레하노프가 관념사관을 지닌 이들이 극도로 혐오하는 사회, 종족, 계급 등의 공리주의적 견해를 예술 속에 끌어들인 것이다.

　세번째 글의 결말을 읽어 보면, 플레하노프가 뒤이어 논할 작정이었던 것은 인종학상의 낡은 분류가 실제에 합치되는가의 여부였다. 그러나 끝내 써지지 않았기에, 여기에서도 이쯤에서 마치는 수밖에 없다.

5.

이 책이 저본으로 삼은 책은 일본의 소토무라 시로外村史郎의 번역본이다. 이미 린바이슈[28] 씨의 번역이 있으니 새삼스럽게 번역할 필요는 없었지만, 총서의 목록이 일찌감치 결정되어 있었기에 하는 수 없이 헛수고에 가까운 품을 팔 수밖에 없었다. 번역할 때에도 린씨가 번역한 책을 자주 참고하여, 일본어 번역보다 더 나은 명사들을 채택했다. 때로 구문도 아마 영향을 받았을 터인 데다, 앞선 번역을 거울삼아 자주 오역을 피할 수 있었으니, 크게 감사드려야 마땅하리라.

　서언의 네 절 가운데 제3절이 온통 번역이라는 것을 제외하고, 그 나머지는 지노비예프의 『러시아 사회민주노동당사』, 야마우치 후스케山內当介의 『러시아혁명운동사』와 『프롤레타리아 예술 교정』의 부록 「플레하노프와 예술」에서 여기저기 따온 것이다. 급히 서두르다 보니 착오를 피할 수 없는 노릇, 그저 거칠고 소략한 해설일 수밖에 없다. 가장 중요한 예술 전반에 관해서는 여기에서 미처 언급하지 못했다. 이전에 이미 볼로프손[29]의 「플레하노프와 예술문제」가 『소련의 문예논전』('웨이밍총간'[30]의 하나)의 뒤에 부록으로 붙어 있고, 머잖아 레시네프의 『문예비평론』과 야코블레프[31]의 『플레하노프론』(모두 본 총서[32]의 하나)이 출판될 터인데, 간명하든 광박하든 역자의 능력이 그 만 분의 일에도 미치지 못하는지라 언급하지 않는 편이 낫겠다. 독자들께서 이들의 글을 살펴보시기 바란다.

마지막 편은 구라하라 고레히토가 번역한 「계급사회의 예술」을 번역한 것으로, 『춘조월간』[33]에 실린 적이 있다. 이 중에 플레하노프가 문예에 대한 견해를 직접 서술한 부분이 있는데, 이 책의 첫번째 편과 서로 참조할 수 있기에 책 말미에 부록으로 덧붙였다.

하지만 역문을 돌이켜 보면, 이번에도 역시 '경역'硬譯임은 능력이 이 정도밖에 되지 않은 탓이니, 독자들께서는 마치 지도를 보듯이, 손가락으로 짚어 구문의 앞뒤 위치를 찾아내지 않으면 안 되리라. 참으로 미안하기 짝이 없다.

1930년 5월 8일 밤

루쉰이 상하이 자베이閘北의 거처에서 교정을 마치고서 쓰다

주)_____

1) 원제는 「『藝術論』譯本序」, 이 글은 1930년 6월 1일 『신지월간』(즉 『맹아월간』 제1권 제6기)에 처음으로 발표되었다. 『예술론』은 플레하노프의 논문 네 편, 즉 「예술을 논함」, 「원시민족의 예술」, 「원시민족의 예술을 다시 논함」과 「논문집 『이십 년간』 제3판 서」를 포함하고 있으며, 1930년 7월에 '과학적 예술론 총서'(科學的藝術論叢書)의 하나로 상하이의 광화서국에서 출판되었다.

2) 플레하노프(Георгий Валентинович Плеханов)는 1856년 12월 11일(율리우스력으로는

11월 29일)에 탐보프 주(Тамбовская область)에서 태어나 1918년 5월 30일(율리우스력으로는 5월 17일)에 세상을 떠났다.

3) 민중주의(民衆主義)는 민수주의(民粹主義) 혹은 나로드니키(Народники)라고 한다. 19세기 6, 70년대에 러시아의 지식인으로 이루어진 정치파벌로서, 민중이 정수임을 자처하였기에 '민수파'라 일컬어진다. 그들은 지식인이 이끄는 농민을 혁명의 주요 역량으로 여겼으며, '민중 속으로'(브 나로드)를 주장하여 농민을 계발하고, 농민의 '농촌공동체'(미르mir)를 발전시켜 곧장 사회주의로 이행할 것을 주장하였다.

4) 알렉산드르 2세(Александр II, 1818~1881)는 러시아의 차르이다. 1855년에 즉위하였으며, 후에 페테르부르크에서 민수파의 비밀단체인 인민의지당 당원에게 폭사당하였다.

5) '토지와 자유'당(Земля и воля)은 민수파의 조직으로서, 플레하노프와 미하일로프(Александр Михайлов, 1855~1884) 등이 1876년에 페테르부르크에서 결성하였다. '인민의지당'(Народная воля)은 민수파의 정치조직으로서, 1879년 가을에 페테르부르크에서 결성되었으며, 몇몇 도시에 분회를 설립하였다. 이들은 암살을 수단으로 삼아 차르 전제제도에 반대하였다. 1881년 3월 알렉산드르 2세를 폭사시켜 차르 정부에 의해 가혹하게 진압당했다.

6) 원문은 '均田黨'. '토지평분사'(土地平分社, Чёрный передел)라고도 일컫는다. 1879년에 '토지와 자유'당이 분열한 후에 설립되었으며, 주요 성원으로는 플레하노프, 악셀리로드(Павел Борисович Аксельрод, 1850~1928), 자술리치(Вера Ивановна Засулич, 1849~1919) 등이 있다.

7) 『우리의 대립』(Наши разногласия)은 중국에서 『我们的分歧』라고 옮기기도 한다.

8) 『역사상의 일원적 관찰의 발전』(К развитию монистического взгляда на историю)은 중국에서 『论一元论历史观的发展』이라고 옮기기도 한다.

9) 지노비예프(Григорий Евсеевич Зиновьев, 1883~1936)는 소련 공산당의 지도자로서, 레닌과 함께 혁명을 이끌었다. 스탈린의 일국사회주의론에 반대하였다가 당에서 제명당했으며, 훗날 숙청당했다.

10) 원문은 '輔車相依'. 『좌전』 '희공(僖公) 5년'에서 비롯되었다. 사물이 서로 의존함을 비유한다. 보(輔)는 광대뼈이고, 차(車)는 잇몸이다.

11) 『이스크라』(Iskra, Искра, 불꽃)는 레닌이 창간한 전러시아 최초의 맑스주의 비밀신문이다. 1900년 12월 24일 독일의 라이프치히에서 창간된 후, 뒤이어 뮌헨, 런던, 제노바에서 출판되었다. 레닌과 플레하노프는 모두 편집부의 일에 참여했다. 레닌의 지도 아래 『이스크라』는 러시아사회민주노동당의 당 강령 초안을 작성·발표하는 한편, 국내의 각 도시에 이스크라파의 조직을 결성하는 등 실질적으로 러시아사회민주노동당의 영도기구가 되었다. 제52기부터 멘셰비키가 장악하자, 1903년 11월 레닌은 편집부를 몰아냈다. 이 신문은 112기로 정간되었다.

12) 『사닌』(Санин)은 러시아 작가 아르치바셰프(Михаил Арцыбашев)가 지은 장편소설로
서, 1907년에 발표되었다. 주인공 사닌은 도덕과 사회이상을 부정한 채 자신의 욕망
충족을 주장하는 인물이다.

13) 멘셰비키의 청산파는 러시아 제1차 부르주아민주혁명(1905년)이 실패한 후 러시
아사회민주노동당 내에 형성된 멘셰비키 기회주의파이다. 이들은 당시의 백색테러
에 겁먹고서 당의 강령과 전략을 방기한 채 당의 엄격한 조직과 비밀혁명활동을 '청
산'하여, 당을 느슨한 단체로 만들어 합법적인 존재로 바꾸자고 주장하였다. 이 파는
1912년 사회민주노동당 프라하대표회의에서 당으로부터 제명되었다. 플레하노프는
당시 멘셰비키에서 갈라져 나온 '멘셰비키 당옹호파'를 이끌면서, 볼셰비키와 연맹을
결성하여 멘셰비키 청산파에 반대하였다.

14) 『즈베즈다』(Zvezda, Звезда)는 볼셰비키의 신문이다. 1910년 12월부터 1912년 5월까
지 페테르부르크에서 발간되었으며, 레닌이 국외에서 이 일을 지도하였다. 1911년 6
월 이전에 플레하노프 등의 '멘셰비키 당옹호파'는 이 신문에 투고했다.

15) 『프라우다』(Правда)는 『진리보』(眞理報)라고도 한다. 1912년 5월 5일 페테르부르크에
서 창간되었으며, 1917년 3월 볼셰비키의 중앙기관지가 되었다. 1913년 3월부터 6월
까지 플레하노프는 멘셰비키 청산파에 반대하는 글을 이 신문에 썼다.

16) '협동'(Единство)은 흔히 '통일파'(統一派)로 번역되며, 플레하노프를 우두머리로 하
고 『통일보』를 핵심으로 하는 멘셰비키 호국파 집단이다.

17) 1918년 3월 소련과 독일 등이 브레스트(Brest)에서 맺은 강화조약을 가리킨다. 이는
레닌이 영도하는 신생 소비에트정권이 제국주의전쟁에서 빠져나와 10월혁명의 승리
를 공고히 하기 위해 취한 혁명적 타협이었다.

18) 『국제통신』(國際通信)의 약칭으로서, 코민테른이 출판한 간행물이다.

19) 밀류코프(Павел Николаевич Милюков, 1859~1943)는 러시아의 부르주아 사상가로서,
입헌민주당의 우두머리이다.

20) 노동자해방단은 노동해방사(勞動解放社)로서, 1883년 플레하노프가 제네바에서 조직
한 러시아 최초의 맑스주의 단체이다. 맑스주의의 전파에 있어서 수많은 일을 해냈으
며, 민수주의자에게 심각한 타격을 입혔다.

21) 로자 룩셈부르크(Rosa Luxemburg, 1871~1919)는 국제노동자운동 활동가이다. 폴란
드에서 태어나 1893년에 폴란드 사회민주당에 가입하였다. 1897년 이후 독일로 이주
하여 독일사회민주당과 제2인터내셔널 좌파의 지도자가 되었다.

22) 이 인용문은 레닌의 「노동조합, 현재의 정세 및 트로츠키 동지와 부하린 동지의 오류
를 다시 논함」에 실려 있으며, 지금은 다음과 같이 번역되어 있다. "나는 여기에서 덧
붙여 젊은 당원에게 한 가지 지적하지 않으면 안 된다고 생각한다. 즉 플레하노프가
쓴 모든 철학 저작을 연구——바로 연구이다——하지 않으면, 자각적이고 진정한 공

산주의가 될 수 없다. 이들 저작은 모든 국제적인 맑스주의 문헌 가운데에서 뛰어난
저작이기 때문이다."

23) 플레하노프의 글 가운데에 인용된, 예술에 관한 톨스토이의 견해는 다음과 같다. "예
술이란 인간 사이에 교통하는 하나의 수단이다. …… 이 교통, 그리고 언어에 의지하
는 교통의 특수성은, 언어에 의지할 때 사람은 자신의 사상을 남에게 전하지만, 예술
을 이용할 때에는 서로 자신의 감정을 전달한다는 점이다."

24) 생시몽(Comte de Saint-Simon, 1760~1825)은 프랑스의 공상적 사회주의자이고, 콩
트(Auguste Comte, 1798~1857)는 프랑스의 철학자이며, 헤겔(Georg W. F. Hegel,
1770~1831)은 독일의 철학자이다.

25) 스타엘 여사(Germaine de Staël, 1766~1817)는 프랑스의 작가이자 문예평론가이
다. 기조(François Guizot, 1787~1874)는 프랑스의 역사학자이자 정치활동가이다. 텐
(Hippolyte Taine, 1828~1893)은 프랑스의 문예이론가이다.

26) 부시맨(Bushman)은 남서아프리카의 원시민족이다. 베다(Vedda)는 스리랑카의 원시
민족이다. 인디언(Indian)은 아메리카의 토착민족이다.

27) 뷔허(Karl Bücher, 1847~1930)는 독일의 경제학자이다.

28) 린바이슈(林柏修), 곧 린보슈(林伯修, 1889~1961)는 원명이 두궈샹(杜國庠)이고 필명이
린보슈이며, 광둥성 청하이(澄海) 사람으로 철학자이다. 일찍이 일본에서 유학을 하였
고, 베이징대학·베이징중국대학 등지에서 교편을 잡았으며, 좌익문화운동에 참여하
였다. 그가 번역한 플레하노프의『예술론』은 1929년 상하이 난장(南強)서국에서 출판
되었으며, 역자의 서명은 린바이(林柏)이다.

29) 볼로프손(Мирон Борисович Вольфсон, 1880~1932)은 소련의 저작가이다. 저서로는
『소비에트연방과 자본주의세계』,『소비에트연방의 경제형상』 등이 있다.

30) '웨이밍총간'(未名叢刊)은 루쉰이 편집한 총서로서 번역저작만을 실었다. 원래 베이신
서국에서 출판되다가, 1925년 웨이밍사가 성립된 뒤에는 웨이밍사에서 출판되었다.

31) 야코블레프(Александр Степанович Яковлев, 1886~1953)는 소련의 소설가로, 러시아
10월혁명 이전에 소설을 창작하기 시작하여 '세라피온 형제들'의 동인으로 활동했다.
대표작으로는 중편소설『자유민』과『10월』, 장편소설『사람과 사막』등이 있다.

32) 본 총서는 '과학적 예술론 총서'를 가리키며 루쉰, 펑쉐펑이 편집을 담당하였다. 1929
년 6월부터 수이모서점과 광화서국에서 각각 출판되었다. 글 속에서 언급한『문예비
평론』과『플레하노프론』의 중국어 역본은 이 총서의 기획에 들어가 있었지만 출판되
지 못했다.

33)『춘조월간』(春潮月刊)은 문예잡지이다. 샤캉눙(夏康農), 장유쑹(張友松)이 편집을 담당
하였으며, 상하이의 춘조서점에서 출판되었다. 1928년 11월 창간되었다가 이듬해 9
월에 정간되어 모두 9기를 발행했다.

고문을 짓는 비결과 착한 사람이 되는 비결[1]
— 밤에 쓴 글夜記 5

작년 이래 일 년 반 사이에 우리에 대한 이른바 비평문 가운데에서 나에게 가장 언짢고 우스꽝스러운 기분을 안겨 주었던 것은 창옌성常燕生 씨가 『장야』長夜라는 월간지에서 짐짓 공명정대한 얼굴로, 나의 작품이 적어도 십 년간은 더 생명력이 있다고 한 말이었다.[2] 몇 년 전 『광풍』이 정간을 당했을 때에도 동시에 이 창옌성 씨가 글[3]을 발표했던 기억이 나는데, 루쉰을 공격한 『광풍』을 이제 서점이 출판하고 싶지 않다는 것은 루쉰이 서점 주인에게 사바사바하여 박해를 가한 게 아닐지 어찌 알겠느냐(!)는 게 대강의 뜻이었다. 이어 베이양군벌의 도량이 넓다고 극구 찬양하였다. 나는 그런대로 기억력이 좋은 편인지라, 이번의 공명정대한 얼굴에도 여전히 단단히 벼린 글이 가시처럼 박혀 있는 것을 희미하나마 보고 말았다. 한편으로 또 천위안 교수의 비평법,[4] 즉 우선 약간의 장점을 들어 자신의 공평함을 과시하지만, 어마어마한 죄상 ── 공평한 평가로서 얻은 대죄상이 이어진다는 것이 떠올랐다. 벌을 받아 죄를 씻더라도 결국에는 '학비' 學匪이니, 당연하게도 목이 베어 '정인군자'의 깃발 아래 매달린 채 뭇사람의 구경거리가 되어야 할 터이다. 그래서 나의 경험으로는 비방당하는 거야 괜찮지만 칭찬받는 건 두려우며, 때로 대단히 "위태롭기"[5]까지 하다. 하물며 이 창옌성 씨가 온 몸에 오색기[6]의 분위기를 물씬 풍기면서, 나의 작품이 불멸하리라고 인가해 주시니, 내게는 마치 선통 황제[7]께옵서 홀연 기분이 몹시 흐뭇하시어 내가 죽은 후 '문충'文忠이라는 시호를 하사하신 듯함에랴. 뱃속 가득 답답한 중에 우스꽝스러운 나머지, 그저 황공하옵기 그지없어 특별히 모자를 벗고 허리 굽혀 절하면서 '불민하여 감당치 못하겠나이다'라고 하는 수밖에 없다.

하지만 같은 『장야』의 다른 호에 류다제 씨의 글[8] ──이 글은 『중국의 문예논전』中國的文藝論戰에는 실려 있지 않은 듯하다── 이 있어서 감격스럽게 다 읽어 보았는데, 아마 작자가 말했듯이 나와는 전혀 아는 사이가 아닌 데다가 사적인 은원이 그 사이에 개입되어 있지 않기 때문이리라. 그러나 내게 도움이 된다는 느낌을 더욱 주었던 것은, 이처럼 사방으로 포위되어 공격당하는 중에는 차라리 붓을 내려놓고 잠시 외국에 나가는 게 낫지 않겠는가라고, 작자가 나를 위해 대책을 강구해 주었다는 점이다. 아울러 그는 한 사람의 생활사에 몇 장의 백지가 남겨지기로소니 그게 뭐 대수이겠냐고 내게 충고해 주었다. 고작 한 사람의 생활사에 백지가 몇 장 있거나 혹은 전부가 백지이거나 혹은 전부가 까맣게 칠해진다 해도 이로 인해 지구가 폭발할 리 없음은 나도 진즉 알고 있었다. 이번에 뜻밖에 얻은 수확은, 삼십 년 동안 깨달은 듯했지만 간명하고 요령 있게 요점을 집어내지 못했던, 고문을 짓고 착한 사람이 되는 방법에 대해, 이로 인해 불현듯 그 실마리를 찾게 되었다는 점이다.

그 비결은 이렇다. 고문을 짓고 착한 사람이 되려면, 한바탕 해보되

변함없이 한 장의 백지와 같지 않으면 안 된다는 것이다.

　예전에 우리에게 글짓기를 가르쳤던 선생님은 무슨 『마씨문통』이나 『문장작법』[9] 따위를 전수하였던 것이 아니라, 하루 종일 그저 읽고 짓고 읽고 짓기만 하게 하였다. 제대로 짓지 못하면 다시 읽고 다시 지었다. 선생님은 어디가 잘못되었다든가, 글짓기는 어떠해야 한다는 등은 결코 말씀하지 않으셨다. 어두운 골목길을 스스로 더듬더듬 찾아가되, 빠져나갈 수 있는가의 여부는 천명에 맡기는 것이다. 그런데 우연히, 어찌된 까닭인지 알 수 없지만—정말 '우연히', 그리고 '어찌된 까닭인지 알 수 없이'—답안지의 글에 뜻밖에도 고쳐진 부분이 줄어들고, 원래대로 남아 있는 곳에 동그라미가 그려진 부분이 늘어나게 된다. 이리하여 학생은 기쁨에 넘쳐 그대로—참으로 자신도 뭐가 뭔지 알 수 없지만 '그대로'—계속해 나가는데, 세월이 오래 흐른 후에 선생님은 더 이상 글을 고쳐 주시지 않은 채, 그저 글 끄트머리에 "내용과 표현력이 좋고, 간결하고 유려하다"는 등의 평만 달아 주신다. 이쯤 되면 '깨치기'를 이룬 셈이다.—물론 고등 비평가인 량스추 씨에게 말씀하시라 하면 아마 깨치지 못했다고 하겠지만, 나는 세속 일반에 대해 이야기하는 것이니 잠시 세속을 따르겠다.

　이러한 부류의 글은 물론 주제가 명확하지 않으면 안 되며, 의견이 어떤가는 그 다음이다. 예를 들어 "장인이 자신의 일을 잘 하려면, 반드시 먼저 자신의 도구를 예리하게 해야 한다를 논함"[10]을 짓는다고 치자. 정면에서 "그 도구가 날카롭지 않으면 장인의 일은 잘 되지 않는다"라고 하여도 물론 괜찮고, 반대의 측면에서 일부러 "장인은 기술을 우선으로 삼으니, 기술이 온전하지 않으면 도구가 비록 날카롭더라도 일이 잘 되지 않는다"라고 하여도 안 될 것은 없다. 황제에 관한 일일지라도 "천황은 성명하시니 신의 죄 죽어 마땅하옵니다"라고 하여도 물론 괜찮고, 황제가 시원치 않으니 단칼에 죽여 버려야 한다고 해도 안 될 것은 없으니, 우리의 맹孟 선생님께서 일찍이 "일개 지아비인 주紂를 죽였다는 말은 들었어도, 임금을 시해했다는 말을 듣지는 못했다"[11]고 말씀하셨으며, 현재 우리의 성인을 따르는 무리 역시 이와 생각이 똑같기 때문이다. 요컨대 처음부터 끝까지 차근차근 말하면서, 천황은 성명한지, 단칼에 죽일지 분명히 해야 한다. 혹 어느 것이나 모두 찬성하지 않는다면, 결국 이렇게 밝혀도 좋다. "음란하고 가혹한 권세가 극에 달할지라도 끝내 군신의 구분이 있는 법, 군자는 지나치게 심한 일은 하지 않으니,[12] 이 이치를 사방의 끝까지 적용[13]하여도 좋으리라 생각합니다"라고. 이런 식으로 하더라도 아마 선생님은 꼭 그르다고 여기지는 않을 것이다. 왜냐하면 '중용'[14]도 우리 옛 성현의 가르침이니까.

그러나 이상은 청대 말기의 이야기이다. 만약 청대 초기라면, 만약 누군가에게 밀고를 당한다면 멸족滅族을 당할지도 모르며, '사방의 끝까지 적용한다'고 주장할 수도 없을 터이니, 이런 경우 그 사람은 그대에게 맹자나 공자 따윈 꺼내지도 않을 것이다. 혁명이 바야흐로 성공을 거두는 지금, 상황은 대체로 청대의 개국 초기와 흡사하다. (미완)

위의 글은 '야기'夜記 5의 반절이다. '야기'란 내가 1927년부터 우연히 떠오른 감상을 등불 아래에서 적어 두었다가 책으로 내려고 하였던 것인데, 그 해에 두 편[15]을 발표했다. 상하이에 와서 살육의 잔혹함에 느낀 바가 있어, 또 한 편 반 정도를 써서 「학살」이란 제목을 붙였는데, 우선 일본의 막부가 기독교도를 찢어 죽였던 일,[16] 그리고 러시아 황제가 혁명당에게 저질렀던 잔학행위 등을 거론하였다. 그런데 얼마 지나지 않아 인도주의를 매도하는 풍조[17]가 일어나자, 나 역시 이것을 구실로 게을러져 더 이상 쓰지 않았으며, 지금은 원고조차도 보이지 않게 되었다.

재작년에 어느 서점에서 잡지[18]의 편집을 맡게 된 러우스가 나를 찾아와, 보기에 골치 아프지 않을 정도의 글을 되는대로 써 달라고 부탁했다. 그날 밤 나는 다시 '야기'를 지었던 일을 떠올리고서 이런 제목을 붙였다. 말하고자 한 대의는 이렇다. 중국에서 글을 짓고 사람노릇을 하는 법은 옛날부터 있어 왔다. 다만 글 전체를 그대로 베껴서는 안 되므로, 여기저기서 끌어다가 이음새가 보이지 않게 이어 붙여야 최상이라 할 수 있다. 그래서 한바탕 지어 봐야 짓지 않는 것과 마찬가지이지만, 비평가는 그것을 뛰어난 글입네, 훌륭한 사람입네라고 말한다. 사회의 모든 것이 아무것도 진보하지 않는 병근은 바로 여기에 있다. 그날 밤 다 쓰지 못한 채 잠자리에 들고 말았다. 이튿날 러우스가 찾아오자 써놓은 것을 그에 보여 주었더니, 그는 눈살을 찌푸리면서 지나치게 장황스러운 데다가 편폭을 너무 잡아먹을까 염려했다. 그래서 나는 그에게 따로 짧은 글을 번역해 주겠노라고 약속하고는 이 글은 내버려 두고 말았다.

이제 러우스가 살해된 지 벌써 1년여가 되었는데, 우연히 폐지더미 속에서 이 원고를 찾아내 보니, 참으로 비통한 마음을 금할 길이 없다. 전문을 보완하고 싶었으나 끝내 마무리짓지 못했으니, 막 붓을 대려는 순간 곧 다른 일이 생각나고 말았던 것이다. 이른바 "사람과 거문고가 함께 죽었다"[19]는 건 아마 이런 경우를 말하는 것이리라. 이제 이 반 편의 글을 여기에 부록으로 덧붙여, 러우스의 기념으로 삼으련다.

1932년 4월 26일 밤에 적다

1) 원제는 「倣古文和倣好人的秘訣」, 이 글은 이 문집에 실리기 전에는 신문이나 잡지에 발표된 적이 없다.

2) 창옌성(常燕生, 1898~1947)은 이름은 나이더(乃德), 산시 위치(楡次) 출신으로 광풍사에 참가한 국가주의파 구성원이다. 그는 『장야』(長夜)의 단골 기고자인데, 이 잡지의 제3기(1928년 5월)에 발표한 「아Q의 시대를 지난 이후」(越過了阿Q的時代以後) 가운데에서 이렇게 말했다. "루쉰 및 그의 추종자들은 모두 사상이 낙후되었다." "루쉰 및 그의 추종자들은 앞으로 십 년 동안은 물론 그 나름의 위치를 차지하고 있을 것임에 틀림없다." 『장야』는 문예 반월간지로서, 국가주의파인 쩌순성(左舜生) 등이 주관하였는데, 1928년 4월에 상하이에서 창간되었다가 같은 해 5월에 정간되어 모두 4기를 발행했다.

3) 창옌성의 「광풍을 애도하며」(挽狂飆)라는 글을 가리킨다. 『삼한집』의 「애도와 축하」(弔與賀)를 참고하시오.

4) 『삼한집』의 「나의 태도와 도량, 나이」(我的態度氣量和年紀) 및 주8)을 참고하시오.

5) 원문은 '汲汲乎殆哉'이다. 이 말은 『맹자』 「만장상」(萬章上)의 "천하가 몹시 위태롭구나!"(天下殆哉, 岌岌乎!)에서 비롯되었다.

6) 오색기는 1911년에서 1927년까지 중화민국의 국기로 홍, 황, 남, 백, 흑 다섯 가지 색을 가로로 배열한 것이다.

7) 선통 황제(宣統皇帝)는 청대 마지막 황제인 애신각라(愛新覺羅) 푸이(溥儀, 1906~1967)를 가리킨다. 그는 1911년에 일어난 신해혁명으로 제위에서 물러났다.

8) 류다제(劉大杰)의 글은 「외침과 방황과 들풀」(吶喊與彷徨與野草)로서, 『장야』 제4기(1928년 5월)에 실렸는데, 이 글에서 그는 이렇게 말했다. "루쉰이 『들풀』(野草)을 발표하였는데, 창작의 노년기에 들어선 듯이 보인다. 작가가 삶을 바꾸고 싶어 하지 않는다면, 앞으로 아마 보다 뛰어난 작품을 쓰기가 더욱 어려울 것이다. 판에 박은 듯한 삶을 버리고 (서점을 열거나 교수를 하지는 말고) 가방을 싸 들고 국외로 여행을 떠나, 자신의 생활사에 몇 쪽의 공백을 남기기를 간절히 바란다." 류다제(1904~1977)는 호남성 웨양(岳陽) 출신의 문학가로, 당시 『장야』의 주요 기고자였다.

9) 『마씨문통』(馬氏文通)은 청대에 마건충(馬建忠)이 저술한, 중국 최초로 중국어 어법을 비교적 체계적으로 연구한 책이다. 『문장작법』(文章作法)은 샤몐쭌(夏丏尊)과 류쉰위(劉薰宇)가 함께 펴낸 책으로, 1926년 상하이의 카이밍서점(開明書店)에서 출판되었다.

10) 원문은 '工欲善其事, 必先利其器'이며, 『논어』 「위령공」(衛靈公)에서 비롯되었다. 과거를 치르던 시대에는 늘 사서(四書)와 오경(五經)의 구문을 시제(試題)로 삼았다.

11) 원문은 '聞誅獨夫紂矣, 未聞弑君也'이며, 『맹자』 「양혜왕하」(梁惠王下)에서 비롯되었다. '獨夫'는 원래 '一夫'로 되어 있다.

12) 원문은 '君子不爲已甚'. 『맹자』 「이루하」(離婁下)의 "공자는 지나치게 심한 일은 하지

않았다"(仲尼不爲已甚者)에서 비롯되었다.

13) 원문은 '放諸四裔'. 이와 비슷한 말로 '投諸四裔'이 있는데, 『좌전』 '문공 18년'에 다음과 같은 대목이 있다. "순이 요의 신하가 되었을 때, 사방의 문을 열어 천하의 인재를 손님처럼 맞아들이고, 네 흉족을 내쫓았으며, 혼돈·궁기·도올·도철 등을 사방의 끝까지 추방하여 악귀를 막았다."(舜臣堯, 賓于四門, 流四凶族, 渾敦·窮奇·檮杌·饕餮, 投諸四裔, 以御螭魅.)

14) '중용'(中庸)은 『논어』 「옹야」(雍也)의 "중용의 덕은 지극하도다!"(中庸之爲德也, 其至矣乎!)라는 구절에서 비롯되었다. 송대 주희(朱熹)의 주석에 따르면, "중(中)은 넘치지도 않고 모자라지도 않음을 가리킨다. 용(庸)은 평범함이다. …… 정자(程子)는 '치우치지 않음을 중(中)이라 하고, 바뀌지 않음을 용(庸)이라 한다. 중이란 천하의 정도요, 용이란 천하의 정리(定理)이다'라고 말하였다."

15) 『삼한집』에 수록된 「어떻게 쓸 것인가?」(怎麽寫)와 「종루에서」(在鐘樓上)의 두 편을 가리킨다.

16) 천주교는 16세기에 일본에 전해진 이후, 신속히 전국으로 전파되었다. 당시 일본을 통치하던 에도 막부(江戶幕府, 1603~1867)는 천주교도가 단합하여 반항할까 두려워하여, 1611년에 금령을 내림과 아울러, 선교사와 천주교도들을 잔혹하게 살해했다. 1637년에 시마바라(島原)의 천주교도가 난을 일으키자, 막부는 십여만 명의 군대를 동원하여 진압하고 만여 명을 살해했다.

17) 1928년 상반기에 창조사가 주관하는 『문화비판』(文化批判), 『창조월간』(創造月刊)에 「예술과 사회생활」(藝術與社會生活), 「인도주의자는 어떻게 스스로를 방어하는가?」(人道主義者怎樣地防衛着自己?), 「루쉰의 '배제한다'를 '배제'한다!」('除掉'魯迅的'除掉'!), 「결국 취한 눈에 거나할 따름」(畢竟是醉眼陶然罷了) 등의 글이 잇달아 발표되었는데, 루쉰을 '인도주의자'로 여겨 그릇된 비판을 가하였다.

18) 상하이의 명일(明日)서점을 가리킨다. 여기에서 언급한 잡지는 훗날 출판되지 않았다.

19) 원문은 '人琴俱亡'. 진대(晉代)의 왕휘지(王徽之; 자는 자유子猷)가 왕헌지(王獻之; 자는 자경子敬)를 추도한 이야기는 『세설신어』(世說新語) 「상서」(傷逝)에 다음과 같이 나타나 있다. "왕자유와 왕자경 모두 병이 중하였는데, 자경이 먼저 세상을 떠났다. 자유는 곁에 있는 사람들에게 '어찌하여 통 소식이 들리지 않던데, 이미 죽었는가?'라고 물었다. 말해 주자 슬퍼하지 않은 채 곧바로 수레를 구해 빈소로 달려갔는데, 전혀 울지 않았다. 자경은 평소 거문고를 좋아했는데, 자유는 곧바로 들어가 관 위에 앉더니, 자경의 거문고를 꺼내들어 타 보았다. 그런데 거문고가 소리를 내지 않자 바닥에 내던지면서 말했다. '자경아, 자경아, 사람과 거문고가 함께 죽었구나!' 그리하여 오래도록 애통해하더니 한 달여 만에 그 역시 세상을 떠나고 말았다."

『당삼장취경시화』의 판본에 관하여[1]
— 카이밍서점 중학생 잡지사에 부치다

편집자께

이 편지가 『중학생』[2]에 실릴 수 있을지 모르겠군요.

　드릴 말씀은 다음과 같습니다.

『중학생』 신년호에 정전둬[3] 선생의 대작 「송인화본」宋人話本 가운데에 『당삼장취경시화』[4]에 관하여 아래와 같은 대목이 있습니다.

　　이 화본의 시대는 알 수 없으나, 왕궈웨이[5] 씨는 책 말미의 "중와자의 장씨 찍어 냄"中瓦子張家印이라는 몇 글자에 근거하여 이 책이 송대의 참본槧本[6]이라 단정하였는데, 자못 믿을 만하다. 따라서 이 화본 역시 당연히 송대의 산물임에 틀림없지만, 의심을 품고 있는 사람도 있다. 하지만 원대의 오창령의 잡극 『서유기』[7]를 한번 읽어 보면, 이 원시적인 취경取經고사가 분명코 오씨의 잡극 『서유기』보다 훨씬 이전에 탄생했음을 알 수 있다. 바꾸어 말하면, 원대 이전인 송대임에 틀림없다. 아울러 '중와

자'라는 몇 글자는 바로 이것이 남송의 임안臨安 성내에서 제작되었음을 실증하니, 의심의 여지가 전혀 없다.

내가 이전에 『중국소설사략』中國小說史略을 지을 적에 이 책이 원대의 참본이 아닐까 의심한 적이 있었습니다. 이에 대해 소장자인 도쿠토미 소호 씨는 심히 불만스러웠던지 글을 써서 오류를 파헤쳤는데, 후에 나 역시 약간의 답변을 덧붙여 잡감집 속에 수록했습니다.[8] 그러므로 정전둬 선생의 대작 가운데에서 언급한 '사람'[9]은 사실 '루쉰'이니, 내치면서도 은근히 감싸 주는 후의에 부끄러움과 함께 한없는 감격으로 몸 둘 바를 모르겠습니다. 그러나 고증이란 참으로 제멋대로여서는 안 되지만, 그렇다고 자신의 의견을 끝까지 고집해서도 안 되는 것이며, 세상의 허다한 일은 상식에 비추어 보기만 하면 확실해진다고 저는 생각합니다. 장서가야 소장한 판본이 오래되었기를 바라지만, 역사가는 그렇지 않습니다. 그러므로 고서에 대해 결필[10]로써 시대를 정하지는 않습니다. 이를테면 유로遺老 가운데에는 지금도 의儀라는 글자의 마지막 획을 생략하는 일이 있지만,[11] 지금은 분명코 중화민국입니다. 또한 지명만으로 시대를 정하지도 않습니다. 이를테면 나는 사오싱에서 태어났지만, 남송의 사람은 아닙니다.[12] 지명의 상당수가 왕조를 따라 바뀌지는 않기 때문입니다. 아울러 글의 의미의 화려함과 질박함, 공교로움과 서투름에만 근거하여 시대를 정하지도 않습니다. 작가가 문인인지 평민인지에 따라 작품에 엄청난 차이가 있기 때문입니다.

그러므로 적극적인 증거가 없다면, 『당삼장취경시화』는 여전히 원대의 참본이라 의심을 품어도 좋을 것입니다. 예컨대 정전둬 선생이 근거로 삼고 있는 똑같은 '왕궈웨이 씨'를 보면, 그에게는 따로이 민국 11년에 지은 서序가 붙어 있는 『양절고간본고』 두 권[13]이 유저遺著의 제2집에 수록되어 있습니다. 그 상권의 '항저우부 간판'杭州府刊版의 '신辛, 원잡본元雜本' 항목 아래에 다음의 두 종이 들어 있습니다──

『경본통속소설』[14]
『대당삼장취경시화』 3권

『취경시화』를 원대의 참본으로 정하고 있을 뿐만 아니라, 『통속소설』을 원대의 판본으로 여기고 있습니다. 『양절고본고』는 결코 벽서僻書는 아닙니다만, 중학생 여러분은 문학사를 전문적으로 다루지 않기에 아마 섭렵할 틈이 없을 것입니다. 그래서 베껴 써서 귀 잡지사에 보내 실어 주기를 바라는바, 첫째로 견문을 넓히는 데 도움을 주고, 둘째로 어설픈 증거로는 어느 역사적 사실을 '틀림없다'고 하기에는 어려우며 늘 '의심의 여지'가 남는다는 것을 보여 주기 위함입니다.

그럼 이만 줄입니다.

건승을 빕니다.

1월 19일 밤, 루쉰 삼가 씀

주)_____

1) 원제는 「關於『唐三藏取經詩話』的版本」, 1931년 2월 상하이의 『중학생』(中學生) 잡지 12호에 발표했다.

2) 『중학생』은 중고등학생을 대상으로 하는 종합잡지이다. 샤몐쭌, 예성타오(葉聖陶) 등이

편집하였으며, 1930년 1월 상하이에서 창간되고 카이밍서점에서 출판되었다.

3) 정전둬(鄭振鐸, 1898~1958)는 푸젠성 창러(長樂) 사람으로, 작가, 문학사가, 문학연구회의 주요 성원으로 활동했다. 『소설월보』를 편집하였으며, 단편소설집 『계공당』(桂公塘), 『삽도본 중국문학사』(揷圖本中國文學史) 등을 남겼다.

4) 『당삼장취경시화』(唐三藏取經詩話)는 『대당삼장취경시화』(大唐三藏取經詩話) 혹은 『대당 삼장법사 불경 취득기』(大唐三藏法師取經記)라고도 하며, 3권에 17절로 이루어져 있다. 당나라 스님이 불경을 가져오는 신마(神魔)고사 가운데 가장 이른 추형이다. 작자는 알려져 있지 않다.

5) 왕궈웨이(王國維, 1877~1927)는 저장 하이닝(海寧) 출신으로, 자는 정안(靜安)이고 호는 관당(觀堂)이다. 역사와 고고학, 희곡 등을 연구하였으며, 『송원희곡사』(宋元戲曲史), 『인간사화』(人間詞話) 등의 저서를 남겼다.

6) 참(槧)은 글자를 새긴 판목(板木)을 의미하며, 참본(槧本)은 이 판목에서 찍어 낸 판본을 가리킨다.

7) 오창령(吳昌齡)은 다퉁(大同; 지금은 산시山西에 속함) 출신으로, 원대의 희곡가이다. 작품으로는 잡극 『동파몽』(東坡夢), 『당삼장서천취경』(唐三藏西天取經; 현재 곡사曲詞 2절折만 남아 있음)을 남겼다. 잡극 『서유기』(西遊記)의 작자는 원말의 양눌(楊訥)이며, 이전에는 오창령이라 여겼다.

8) 도쿠토미 소호(德富蘇峰, 1863~1957)는 일본의 작가, 역사학자, 평론가이다. 후쿠자와 유키지(福澤諭吉)를 뒤이은 사상가로서 군국주의적 팽창론을 고취했으며, 패전 후 'A급 전범'으로 기소되었다. 그는 1926년 11월 14일 도쿄 『국민신문』(國民新聞)에 「루쉰 씨의 『중국소설사략』」이라는 글을 발표하여, 『대당 삼장법사 불경 취득기』의 간행 연대에 대한 루쉰의 견해에 반대했다. 이에 루쉰은 「『삼장법사 불경 취득기』 등에 대해서」(關於『三藏取經記』等)를 써서 답변했는데, 이 글은 『화개집속편』에 수록되어 있다.

9) 위의 인용문 가운데 '의심을 품고 있는 사람'을 가리킨다.

10) 결필(缺筆)이란 당나라에서 시작된 일종의 피휘(避諱) 방식으로, 당대의 왕조의 황제나 웃어른의 이름을 쓰거나 새길 때에 마지막 획을 생략하는 것을 가리킨다.

11) 청나라의 마지막 황제인 선통제(宣統帝)의 이름이 푸이(溥儀)이기에, 의(儀)를 피휘하여 마지막 획을 생략하는 것이다.

12) 사오싱(紹興)은 예전의 사오싱부(紹興府)를 가리킨다. 남송 소흥(紹興) 원년(1131년)에 월주(越州)를 부로 승격할 때 연호를 도시의 명칭으로 삼았다.

13) 『양절고간본고』(兩浙古刊本考)는 왕궈웨이가 집록하고 고증한, 송대와 원대에 걸쳐 저장의 항저우부(杭州府)와 자싱부(嘉興府)에서 간행된 각종 판본의 서목이다.

14) 『경본통속소설』(京本通俗小說)은 송대 사람의 화본집이다. 원서의 권수는 알 수 없으며, 현재 남아 있는 것은 제10권부터 제16권까지의 7권이다.

러우스 약전[1]

러우스는 원명이 핑푸平復, 성은 자오趙이며, 1901년 저장성 타이저우台州 닝하이寧海현의 스먼터우市門頭에서 태어났다. 그의 선대는 수대에 걸쳐 독서인이었지만, 그의 부친대에 이르러 가세가 기운 바람에 자질구레한 장사를 하지 않을 수 없었다. 그래서 그는 열 살이 되어서야 소학교에 입학할 수 있었다. 1917년 항저우로 간 그는 제일사범학교에 입학하였으며, 한편으로 항저우 신광사晨光社[2]의 일원으로서 신문학운동에 참여했다. 졸업한 후 그는 츠시慈溪 등지에서 소학교 교사를 지내면서 창작활동에 뛰어들었으며, 단편소설집 『미치광이』[3]를 닝보寧波에서 출간했는데, 이것이 그의 작품이 발간된 시초였다. 그는 1923년에 베이징으로 가서 베이징대학의 방청생이 되었다.

고향에 돌아온 후인 1925년 봄, 그는 전하이鎭海중학의 교무주임을 지내고, 베이양北洋군벌의 압박에 힘껏 맞섰다. 가을에는 각혈을 했지만, 계속해서 닝하이 청년들을 도와 닝하이중학을 창립하고, 이듬해에 자금을 모금하여 교사校舍를 세웠다. 이와 함께 교육국 국장에 임명되어 현 전체의 교육을 개혁했다.

1928년 4월, 농촌에서 폭동이 일어났으나 실패로 돌아가자, 곳곳에서 반동의 움직임이 일어나 새로운 것이라면 죄다 파괴되었다. 닝하이중학은 해산되었고, 러우스 역시 홀몸으로 피신하여 상하이에서 기거하면서 문예를 연구했다. 12월 『위쓰』의 편집자가 되고, 다시 벗들과 함께 조화사朝華社[4]를 설립하여 창작 외에 외국문예, 특히 북유럽과 동유럽의 문학 및 판화를 소개하는 데에 힘을 쏟았다. 출판물로는 『조화』[5] 주간 20기, 순간 12기 및 '예원조화'藝苑朝華[6] 5권 등이 있다. 이후 판매대리인이 대금을 지불하지 않은 바람에 유지되지 못한 채 끝내 중단되고 말았다.

1930년 봄, 자유운동대동맹[7]이 발족되기에 이르러, 러우스는 발기인의 한 명이 되었다. 오래지 않아 좌익작가연맹이 성립하자, 그 역시 기본 구성원의 한 사람으로서 프로문학운동에 힘을 쏟았다. 처음에는 집행위원으로 피선되었으며, 이어 상무위원 편집부주임에 임명되었다. 5월에는 좌익작가연맹 대표의 자격으로 전국소비에트지역대표대회에 참가하였으며, 대회를 마친 후 「어느 위대한 인상」[8]을 써냈다.

1931년 1월 17일에 체포되어 경찰유치장에서 특별법정을 거쳐 룽화의 경비사령부로 이감되었다가, 2월 7일 밤 비밀리에 총살되었는데, 몸에 10발의 총탄을 맞았다.

러우스에게는 아들 둘과 딸 하나가 있는데, 모두 어리다. 문학사의 업적으로는 창작에 시극詩劇 『인간의 희극』(미발표), 소설 『구시대의 죽음』, 『세 자매』, 『2월』, 『희망』 등[9]이 있고, 번역에는 루나차르스키의 『파우스트와 도시』,[10] 고리키의 『아르타모노프 가의 사업』 및 『덴마크 단편소설집』 등이 있다.

1) 원제는 「柔石小傳」, 1931년 4월 25일 상하이의 『전초』(前哨. 전사자 기념특집호)에 발표했다.

1931년 1월 17일 좌익작가연맹 소속의 작가인 리웨이썬(李偉森), 러우스, 후예핀(胡也頻), 펑경(馮鏗), 인푸(殷夫) 등 다섯 명이 국민당 당국에 체포되어, 2월 7일 상하이 룽화(龍華)에서 비밀리에 처형당했다. 국민당의 이러한 만행을 폭로하기 위해, 루쉰은 주도적으로 좌련의 비밀간행물인 『전초』(전사자 기념특집호)를 발행하고, 「러우스 약전」과 「중국 프롤레타리아 혁명문학과 선구자의 피」 등의 글을 쓰는 한편, 「국민당에 의한 혁명작가의 대량 학살에 대한 중국좌익작가연맹의 선언」을 기초했다.

이 글이 씌어진 당시에는 조건의 제약으로 인해 사실과 다른 점이 몇 군데 있다. 러우스는 1902년에 저장 하이닝에서 태어났으며, 1917년에 타이저우로 가서 저장성립 제6중학에 다녔다. 1918년 항저우의 저장성립 제일사범학교에 입학하여 1923년에 졸업했다. 1925년 봄에 베이징으로 가서 베이징대학의 방청생이 되었으며, 이듬해에 저장으로 돌아와 전하이중학의 교원이 되었으며, 후에 교도주임을 담당했다. 1927년에 하이닝중학에서 교편을 잡았으며, 이듬해 초에 현의 교육국장을 담당했다. 1928년 5월 닝하이 팅팡(亭旁)의 농민폭동이 실패하자, 위협을 느낀 러우스는 상하이로 피신했다. 1930년 5월 중국공산당에 가입했다.

2) 1921년 항저우에서 설립된 문학단체이다. 주요 성원은 러우스, 펑쉐펑, 판모화(潘漠華), 웨이진즈 등이 있으며, 주쯔칭(朱自清), 예성타오는 고문을 지냈으며, 『신광』 주간을 발행했다.

3) 단편소설집으로 6편의 소설을 싣고 있으며, 필명은 자오펑푸(趙平復)라 되어 있다.

4) 루쉰, 러우스 등이 1928년 11월 상하이에서 설립한 문예단체이다. 조화사(朝花社)라고도 한다.

5) 문예주간인 『조화』(朝花)를 가리킨다. 1928년 12월 6일에 창간된 이래 1929년 5월 16일까지 총 20기를 발간했다. 6월 1일부터 『조화순간』(朝花旬刊)으로 개칭하여 발간하다가, 1929년 9월 21일 제12기를 발간한 후 정간되었다.

6) 조화사에서 출판한 미술총간으로, 루쉰, 러우스가 편집을 담당했다. 1929년부터 1930년 사이에 5권의 외국미술작품집을 출판했는데, 곧 『근대목각선집』(近代木刻選集) 1집과 2집, 『후키야 고지 화선』(蕗谷虹兒畵選), 『비어즐리 화선』(比亞玆萊畵選)과 『소련화선』(新俄畵選) 등이다. 후키야 고지(蕗谷虹児, 1898~1979)는 일본의 화가로서, 삽화로 유명하다. 비어즐리(Aubrey Vincent Beardsley, 1872~1898)는 영국의 삽화가이다. 이 문집의 「암흑 중국의 문예계의 현상」과 「상하이 문예의 일별」 참조.

7) 1930년 2월 12일 루쉰, 러우스, 위다푸, 톈한(田漢), 샤옌 등이 발기하여 조직한 단체로서, 자유대동맹이라 약칭하기도 한다. 성립선언서에 따르면, 중국자유운동대동맹은 언

론·출판·결사·집회의 자유를 쟁취하고, 난징국민정부의 통치에 반대함을 내세우고 있다. 1931년 2월 자유대동맹의 주석인 룽다다오(龍大道)가 상하이 룽화(龍華)에서 처형된 후 해산되었다.

8) 1930년 9월에 간행된 『세계문화』(世界文化) 창간호에 류즈칭(劉志淸)이란 필명으로 게재된 통신이다.

9) 『구시대의 죽음』(舊時代之死)은 장편소설로, 1929년 10월 베이신서국(北新書局)에서 출판되었다. 『세 자매』는 중편소설로, 1929년 4월 수이모서점에서 출판되었다. 『2월』은 중편소설로, 1929년 11월 상하이 춘조서국(春潮書局)에서 출판되었다. 『희망』은 단편소설집으로, 1930년 7월에 상하이 상우인서관(商務印書館)에서 출판되었다.

10) 『파우스트와 도시』(浮士德與城)는 루나차르스키의 극본으로, 러우스의 번역본은 1930년 9월 상하이 신주국광사(神州國光社)에서 '현대문예총서'의 하나로 출판되었다. 루쉰은 이 번역본을 위해 「후기」를 쓰는 한편, 「작자 약전」(作者小傳)을 번역했다(이 두 편의 글은 각각 『집외집습유』集外集拾遺와 『루쉰 역문집』魯迅譯文集 제10권에 수록되어 있다).

중국 프롤레타리아 혁명문학과 선구자의 피[1]

중국의 프롤레타리아 혁명문학은 오늘과 내일의 갈림 속에서 발생하고 모멸과 압박 속에서 성장하여, 가장 컴컴한 어둠 속에서 마침내 우리 동지의 선혈로써 최초의 글을 써냈다.

우리의 노고대중은 역대로 오직 극심한 억압과 착취를 당할 뿐, 글자를 깨치는 교육의 혜택마저도 받지 못한 채, 그저 묵묵히 온몸으로 살육과 멸망을 겪어 왔다. 번잡하고 어려운 상형문자는 또한 그들이 스스로 깨칠 기회를 주지 못했다. 지식 있는 젊은이들은 자신의 선구적 사명을 깨닫고서 맨 먼저 나가 싸우자고 외쳤다. 이 외침은 노고대중 자신의 반역의 함성과 마찬가지로 통치자를 공포로 몰아넣었으며, 곧바로 앞잡이 문인들이 떼 지어 일어나 공격을 가했다. 어떤 이는 헛소문을 지어내고, 어떤 이는 몸소 정탐꾼이 되었다. 그러나 이 모두는 남몰래 행해졌고 익명으로 이루어졌으니, 그들 자신이 어둠의 동물임을 증명했음에 지나지 않는다.

앞잡이 문인들이 프롤레타리아 혁명문학을 당해 낼 수 없음을 통치자들도 알고 있었다. 그래서 서적과 신문을 금지하고 출판사를 폐쇄하며 출판 악법을 공포하고 작가에 대한 체포령을 내리는 한편, 최후의 수단으로 좌익작가를 체포, 구금하여 비밀리에 사형에 처해 놓고도 지금까지 공표하지 않았다. 이는 물론 그들이 멸망하고 있는 어둠의 동물임을 증명하고 있는 한편, 중국 프롤레타리아 혁명문학 진영의 역량을 실증하고 있다. '약전'²⁾에 나열되어 있듯이, 살해당한 우리 몇몇 동지의 연령과 용기, 특히 평소의 작품 성과가 모든 앞잡이들로 하여금 미친 듯이 짖어 댈 수 없게 하기에 충분하기 때문이다.

그러나 우리의 이 몇몇 동지들은 이미 암살당하고 말았다. 이는 물론 프롤레타리아 혁명문학의 약간의 손실이요, 우리의 커다란 슬픔이다. 하지만 프롤레타리아 혁명문학은 여전히 성장하고 있다. 왜냐하면 이것은 광대한 혁명적 노고대중에 속한 것이며, 대중이 단 하루라도 존재하고 단 하루라도 자라나면 프롤레타리아 혁명문학 역시 그만큼 성장하기 때문이다. 우리 동지의 피는, 프롤레타리아 혁명문학이 혁명적 노고대중과 똑같이 억압당하고 똑같이 학살당하며 똑같이 싸우고 똑같은 운명을 지니고 있으며, 혁명적 노고대중의 문학임을 이미 증명해 주었다.

지금 군벌의 보고는 예순 살의 노파조차도 '사설'邪說에 중독되어 있다고 전하고 있으며, 조계의 순사는 초등학교 어린아이까지도 때때로 검사하고 있다. 장차 그들은 제국주의로부터 얻어 낸 총기와 앞잡이 몇 놈 외에는 아무것도 가진 게 없어질 것이다. 가진 것이라곤 오직 늙거나 어린—젊은이는 말할 나위도 없다—적들뿐이다. 그런데 그들의 이 적들은 모두 우리 편이다.

우리는 지금 깊이 애도하고 마음 깊이 새김으로써 우리의 전사자를 기념한다. 이는 바로 중국 프롤레타리아 혁명문학 역사의 첫 페이지가 동지들의 붉은 피로 기록되었으며, 영원토록 적의 비열한 흉포를 드러내고 우리의 끊임없는 투쟁을 계시하고 있음을 잊지 말고 기억하고자 함이다.

주)_____

1) 원제는「中國無産階級革命文學和前驅的血」, 1931년 4월 25일『전초』(前哨. 전사자 기념 특집호)에 발표했다. 필명은 L.S..

2) 약전(略傳)은『전초』(전사자 기념특집호)에 실린 좌익작가연맹의 다섯 열사의 약전을 가리킨다. 다섯 열사는 다음과 같다.

리웨이썬(李偉森, 1903~1931)은 후베이(湖北) 우창(武昌) 사람으로, 원명은 리궈웨이(李國緯) 혹은 리추스(李求實)이다. 역서로『도스토예프스키』(朵思退夫斯基)와『동란 속의 신러시아 농촌』(動蕩中的新俄農村) 등이 있다.

러우스는 앞에 실린「러우스 약전」을 참고하시오.

후예핀(胡也頻, 1903~1931)은 푸젠 푸저우 사람으로, 작품으로는『모스크바로 가다』(到莫斯科去)와『광명은 우리 앞에 있다』(光明在我們的前面) 등의 소설이 있다.

펑겅(馮鏗, 1907~1931)은 광둥 차오저우(潮州) 사람으로, 원명은 링메이(嶺梅)이다. 작품으로는『최후의 출로』(最後的出路)와『붉은 일기』(紅的日記) 등의 소설이 있다.

인푸(殷夫, 1909~1931)는 저장 샹산(象山) 사람으로, 원명은 쉬쭈화(徐祖華)이고 필명은 바이망(白莽), 쉬바이(徐白) 등이다. 작품으로는『해아탑』(孩兒塔)과『볼가의 검은 파도』(伏爾加的黑浪) 등의 신시가 있으나, 생전에는 출판되지 못했다.

이들은 모두 중국공산당 당원이었다. 체포될 당시 리웨이썬은 중국공산당 중앙선전부에서 일하고 있었으며, 나머지 네 사람은 좌익작가연맹의 성원이었다. 1931년 1월 17일, 이들은 상하이 둥팡뤼사(東方旅社)에서 열린 당내 모임에 참가했다가 체포되었으며, 2월 7일 국민당 당국에 의해 룽화에서 비밀리에 살해당했다.

암흑 중국의 문예계의 현상[1]
— 미국의 『신군중』[2]을 위하여

현재 중국에서는 프롤레타리아의 혁명적 문예운동이 사실 유일한 문예운동이다. 왜냐하면 이것은 거친 들판에 튼 새싹이며, 이것 외에 중국에는 다른 문예가 전혀 존재하지 않기 때문이다. 통치계급에 속한 이른바 '문예가'는 진즉 썩어 문드러져, 소위 '예술을 위한 예술'은커녕 '퇴폐'적인 작품조차도 생산해 내지 못하는 지경에 이르렀다. 현재 좌익문예를 저지하는 것은 오직 비방, 압박, 구금과 살육뿐이며, 좌익작가와 맞서는 자 또한 건달, 밀정, 앞잡이와 망나니뿐이다.

이 점은 지난 이태 동안의 사실이 여실히 증명해 주고 있다.

재작년에 플레하노프(Plekhanov)와 루나차르스키(Lunacharsky)의 문예이론을 최초로 중국에 소개했을 때, 맨 먼저 배빗 선생(Mr. Prof. Irving Babbitt)의 제자인, 감각이 예민한 '학자'를 분개시켰다. 그는 문예란 원래 프롤레타리아의 것이 아니며, 프롤레타리아가 문예를 창작하거나 감상하려면 우선 부지런히 돈을 모아 부르주아에 기어오를 일이지, 모두들 남루한 차림으로 꽃밭에 와서 시끄럽게 떠들어서는 안 된다고 했다.

게다가 중국에서 프롤레타리아 문학을 주장하는 사람은 소련의 루블을 받았다는 헛소문을 지어냈다.[3] 이 방법이 전혀 효과가 없었던 것은 아니었다. 상하이의 수많은 신문기자들은 때때로 뉴스를 날조하여, 루블의 액수까지 게재한 적도 있었다. 그러나 사리에 밝은 독자들은 결코 그걸 믿지 않았다. 종이 위에 쓰인 뉴스보다도, 그들은 사실을 통해 오직 제국주의 국가에서만 프롤레타리아를 학살할 총기를 들여온다는 것을 더욱 절실하게 깨달았기 때문이다.

통치계급의 관료들은 학자보다 감각이 약간 굼뜨긴 하지만, 작년에는 그들 역시 날로 탄압을 강화했다. 그들은 기간물을 금하고 서적을 금했다. 내용이 조금이라도 혁명성을 띤 것은 물론, 표지에 붉은 글자가 찍히거나 작자가 러시아인이라면 세라피모비치(A. Serafimovitch), 이바노프(V. Ivanov)와 오그네프(N. Ognev)는 말할 것도 없고, 체호프(A. Chekhov)와 안드레예프(L. Andreev)의 일부 소설조차도 금서 대열에 올랐다.[4] 그리하여 출판사에서는 수학교과서나 동화, 이를테면 Mr. Cat과 Miss Rose의 한담이나 봄이 얼마나 사랑스러운지 찬탄하는 따위를 출판하는 수밖에 없었다.──추어 뮐렌(H. Zur Mühlen)[5]이 지은 동화의 번역본도 이미 금지되었기에 온 힘을 다해 봄을 찬탄할 수밖에 없었던 것이다. 그런데 이제 또 어느 장군께서 노발대발하면서, 동물이 말을 하고 게다가 Mr.라고 일컫는 것은 인류의 존엄을 잃어버리는 짓이라고 말씀하셨다.[6]

금지하는 것만으로는 아무래도 근본적인 방법이 아니었다. 그래서 올해에는 다섯 명의 좌익작가가 실종되었다. 가족들이 탐문한 끝에 경비 사령부에 있다는 것을 알아냈지만, 면회할 수가 없었다. 보름 후에 다시 가서 물어보니, 이미 '해방'──이건 '사형'을 조롱하여 하는 말이다──했다고 말했다. 그런데 상하이의 중국어 혹은 외국어의 신문 어디에도 전혀 보도되지 않았다. 뒤이어 신간 서적을 출판했거나 대리판매했던 서점들이 문을 닫았다. 많을 때에는 하루에 다섯 곳이나 되었다.──그런데 이제 다시 잇달아 영업을 재개하고 있다. 어찌된 일인지 영문을 몰랐는데, 서점의 광고를 보니 영중대조본, 이를테면 스티븐슨(Robert Stevenson), 와일드(Oscar Wilde) 등[7]의 글을 힘껏 출판하고 있음을 알 수 있었다.

그러나 통치계급 역시 문예에 대해 적극적인 건설이 없었던 것은 결코 아니다. 한편으로는 몇몇 서점의 원래 주인과 점원을 쫓아내고, 자신들이 시키는 대로 잘 따르는 사람들로 남몰래 바꿔치기했던 것이다. 그러나 이건 금방 실패하고 말았다. 왜냐하면 안에 앞잡이들로만 가득 찬 이 서점은 흡사 삼엄한 관청 같았는데, 중국의 관청은 인민이 가장 두려워하고 가장 싫어하는 곳인지라 자연 찾아가는 사람이 없었기 때문이다. 그래도 즐겨 드나드는 자들은 몇몇 빈둥거리는 앞잡이뿐이었다. 이렇게 해서야 어찌 와글와글 문전성시를 이룰 수 있겠는가? 그러나 다른 한편으로, 글을 쓰고 잡지를 발행하여 금지된 좌익 간행물을 대신했는데, 지금까지 벌써 열 가지나 된다. 하지만 이 역시 실패하고 말았다. 가장 큰 장애요인은 '문예'를 주관하는 자들이 상하이시의 정부위원과 경비사령부의 수사대장[8]이었다는 점, 그리고 '해방'에 능한 그들의 명성이 '창작'보다 훨씬 높았다는 점이다. 그들이 만약 '살육법'이나 '정탐술'을 쓴다면 혹시 볼 사람이 있을지 모르겠지만, 불행히도 그들은 기어이 그림을 그리고 시를 읊겠다고 한다. 이는 참으로 미국의 헨리 포드(Henry Ford)[9]가 자동차에 대해 이야기하는 게 아니라 모두들 앞에서 노래를 부르겠다는 것처럼, 사람들에게 의아스러움을 느끼게 한다.

관료의 서점에는 오는 사람이 없고, 간행물은 보는 사람이 없다. 구제할 방법은 유명하기는 하지만 명확히 좌익으로 기울어지지 않은 작가들에게 글을 쓰라고 강요하여 자신들의 간행물의 확장을 돕게 하는 것이다. 그 결과 오직 한두 명의 멍청이가 꾐수에 넘어갔을 뿐, 대다수는 지금까지도 붓을 들지 않았으며, 어느 한 사람은 겁을 집어먹은 나머지 어디론가 자취를 감추고 말았다.

현재 그들 속에서 가장 귀중하게 여겨지는 문예가란, 좌익문예운동이 아직 박해를 받지 않고 혁명적 젊은이들에게 옹호를 받고 있던 초기에 좌익이라 자처하다가, 지금은 그들의 칼 아래에 기어들어가 오히려 좌익 작가를 박해하고 있는 몇몇 사람들이다.[10] 그들에게 귀중하게 여겨지는 까닭은 무엇일까? 그들이 일찍이 좌익이었기에 그들의 일부 간행물 속에 일부나마 시뻘건 색이 남아 있기는 하지만, 그 속의 농민과 노동자의 삽화가 모두 비어즐리(Aubrey Beardsley)[11]의, 하나하나 환자 같은 그림으로 바뀌어져 있기 때문이다.

이러한 상황 속에서 이제껏 구식의 강도소설이나 신식의 색정소설을 애독하던 독자들은 별다른 불편을 느끼지 않는다. 그러나 조금이나마 진보적인 젊은이들은 읽을 만한 책이 없다고 느낀다. 그들은 어쩔 수 없이 쓸데없는 말만 많고 내용은 극히 보잘것없는——이래야 금지당하지 않는다——책을 보면서 잠시나마 허기를 달래는 수밖에 없다. 왜냐하면 그들은 구역질나게 하는 관변의 독약을 사느니, 차라리 빈 잔을 마시는 게 적어도 해를 입지 않는 것임을 알고 있기 때문이다. 그러나 대다수의 혁명적인 젊은이들은 여하튼 좌익문예를 열렬히 요구하고 옹호하며 발전시키고 있다.

그러므로 관변이나 그 앞잡이들이 운영하는 간행물 외에, 다른 서점의 기간물에서는 갖가지 방법으로 그런대로 급진적인 작품을 몇 편이나마 집어넣지 않을 수 없었다. 그들도 그저 빈 잔만 팔아서는 장사가 오래 지속되기 어렵다는 것을 알고 있었던 것이다. 좌익문예에는 혁명적 독자 대중의 지지가 있기에, '미래'는 이쪽 편에 속해 있다.

이리하여 좌익문예는 계속 성장하고 있다. 그러나 물론 커다란 바위 밑에 눌린 어린 싹처럼 꼬불꼬불 성장하고 있다.

아쉬운 점은 좌익작가 가운데 아직 농민과 노동자 출신의 작가가 없다는 것이다. 그것은 첫째, 농민과 노동자는 지금까지 억압받고 착취당하여 조금이라도 교육을 받을 기회가 없었기 때문이다. 둘째, 중국의 상형——이제는 변하여 형태조차도 닮지 않은——네모문자로 말미암아 농민과 노동자가 십 년을 공부한다 해도 뜻대로 자신의 의견을 써낼 수 없기 때문이다. 이러한 사정이 칼을 쥔 '문예가'들을 기쁘게 한다. 그들에 따르면, 교육을 받아 능히 글을 쓸 수 있는 자라면 적어도 프티부르주아임에 틀림없으며, 프티부르주아라면 마땅히 자신의 자그마한 자산이라도 꽉 껴안아야 할 터인즉, 현재 거꾸로 프롤레타리아에 기울어져 있다면 그건 분명코 '허위'에 지나지 않는다. 오직 프롤레타리아 문예에 반대하는 프티부르주아 작가만이 '참된' 마음에서 우러나온 것이다. '참됨'은 '거짓'보다 나으므로, 따라서 좌익작가에 대한 그들의 비방, 압박, 구금과 살육이 훨씬 뛰어난 문예라는 것이다.

그러나 칼을 휘두르는 이 '훨씬 뛰어난 문예'는 사실상 증명해 주었다. 좌익작가들이 똑같이 억압받고 살육당하고 있는 프롤레타리아와 동일한 운명을 지니고 있음을, 오직 좌익문예만이 현재 프롤레타리아와 함께 수난(Passion)을 겪고 있으며, 장차 물론 프롤레타리아와 함께 떨쳐 일어날 것임을. 단지 사람을 죽이기만 하는 것은 결국 문예가 아니다. 그들은 따라서 아무것도 가진 게 없음을 스스로 선포하기도 한다.

주)_____

1) 원제는 「黑暗中國的文藝界的現狀」, 이 글은 당시 중국에 있던 미국인 벗 스메들리와의 약속에 따라 미국 잡지인 『신군중』을 위해 지은 것이다. 집필 시기는 대충 1931년 3, 4월쯤이며, 당시 국내의 간행물에는 발표되지 않았다.

2) 『신군중』(New Masses)은 맑스주의 성향의 미국 잡지로서, 카몬(Walt Carmon), 체임버스(Whittaker Chambers) 및 골드(Michael Gold) 등이 주편을 맡았다. 1926년에 창간된 이 잡지는 1929년 대공황 시절에 대중문화에 커다란 영향력을 행사했으며, 1948년에 폐간되었다.

3) 여기에서 언급한 배빗의 제자인 '학자'는 량스추를 가리킨다. 이 문집에 실린 「경역」과 '문학의 계급성'과 「'집 잃은' '자본가의 힘없는 주구'」 및 관련 주석을 참고하시오.

4) 세라피모비치(Александр Серафимович Серафимович, 1863~1949)의 작품으로는 장편소설 『철의 흐름』(Железный поток)이 있고, 이바노프(Всеволод Вячеславович Иванов, 1895~1963)의 작품으로는 중편소설 『철갑열차 14-69』(Бронепоезд 14-69)가 있다. 오그네프(Николай Огнев, 1888~1938)의 작품으로는 『신러시아 학생일기』가 있고, 체호프(Антон Павлович Чехов, 1860~1904)의 작품으로는 「6호 병실」(Палата № 6) 등의 단편소설들과 『갈매기』(Чайка), 『벚꽃동산』(Вишнёвый сад) 등의 극본이 있다. 안드레예프(Леонид Николаевич Андреев, 1871~1919)의 작품으로는 중편소설 『붉은 웃음』(Красный смех)이 있다. 이들은 모두 러시아 작가이다.

5) 뮐렌(Hermynia Zur Mühlen, 1883~1951)은 독일의 작가이다. 이 작가에 대한 상세한 설명은 『삼한집』에 실린 『『어린 피터』 번역본 서문』을 참고하시오. 뮐렌이 지은 『어린 피터』는 쉬광핑(許廣平)이 쉬샤(許霞)라는 필명으로 번역하고 루쉰이 교정을 보아 출판되었다. 이 작품의 여섯번째 편인 「파설초 이야기」(破雪草的故事)에는 착취계급과 착취제도를 겨울에 비유하여 저주하는 내용이 나온다.

6) 어느 장군이란 당시 후난의 군벌인 허젠(何鍵, 1887~1956)을 가리킨다. 그는 후난 리링(醴陵) 사람으로, 당시 후난성 주석에 재임 중이었다. 그는 1931년 2월 23일 국민당 정부 교육부에 보낸 '자문'(咨文)에서, 교과서에서 동물을 인류에 비유하는 것을 금지하

자고 주장하면서 이렇게 말했다. "요즘 교과서에서는 자주 개가 말하고 돼지가 말하고 오리가 말하며, 고양이 아가씨, 개 형님, 소 할아버지 등의 말들이 행간에 넘치고 있다. 금수가 사람의 말을 할 수 있고 짐승들에게 존칭을 붙이고 있으니, 비속하고 황당무계하기가 이루 말할 수 없다."

7) 스티븐슨(Robert Louis Stevenson, 1850~1894)은 스코틀랜드 출신의 영국 소설가이자 시인이다. 그의 작품으로는 『보물섬』(*Treasure Island*), 『지킬 박사와 하이드 씨』(*The Strange Case of Dr. Jekyll and Mr. Hyde*) 등이 있다. 와일드(Oscar Wilde, 1854~1900)는 아일랜드 출신의 영국 시인이자 극작가이다. 그의 작품으로는 극본 『살로메』(*Salome*)가 있다.

8) 정부위원은 주잉펑(朱應鵬, 1895~1966)을 가리킨다. 그는 저장 항저우 사람으로, 당시 국민당 상하이 시구당부(市區黨部) 위원, 상하이시 정부위원, 『전봉월간』(前鋒月刊) 주편 등을 맡고 있었다. 수사대장은 판정보(范爭波, 1901~?)를 가리킨다. 그는 허난(河南) 슈우(修武) 사람으로, 당시 국민당 상하이 시당부 상무위원, 쑹후(淞滬) 경비사령부 수사대장 겸 군법처장, 『전봉월간』 편집자 등을 맡고 있었다. 이들은 모두 '민족주의문학운동'의 발기인이었다.

9) 헨리 포드(Henry Ford, 1863~1947)는 미국의 사업가로서 포드 자동차 회사의 창설자이다. 그는 1890년 에디슨 조명회사에 기사로 근무하던 중 내연기관을 완성하여 1892년 자동차를 만들었으며, 1903년 세계 최초로 포드 모델을 양산했다.

10) 1931년 4, 5월에 좌익작가연맹 상임위원회는 「저우취안핑, 예링펑, 저우위잉을 제명하는 통지」(開除周全平, 葉靈鳳, 周毓英的通告)를 공포하여, 이들이 '민족주의문학운동'을 추종하거나 참여하는 등의 행위를 했다고 폭로했다(『문학도보』文學導報 제1권 제2기를 참고). 여기에서 작자가 전향했다고 언급한 몇몇 사람은 이들을 가리킨다.

11) 비어즐리는 영국의 삽화가이다. 일본의 목판화의 영향을 받아 검은 잉크로 그려진 그의 그림은 그로테스크풍, 퇴폐성 및 관능미를 강조하고 있다. 그의 그림 속의 인물은 흔히 마르고 야윈 모습으로 묘사되어 있다.

상하이 문예의 일별[1]
―8월 12일 사회과학연구회에서의 강연

상하이의 지난날의 문예는 『선바오』[2]에서 시작되었습니다. 『선바오』에 대해 말하자면 60년 이전으로 거슬러 올라가야 하겠지만, 그때 일들은 나는 알지 못합니다. 내가 기억할 수 있는 것이라곤 30년 이전으로, 당시의 『선바오』는 여전히 중국의 죽지[3]에 단면인쇄를 했는데, 여기에 글을 싣는 이들은 대부분 타지에서 온 '재자'才子들이었습니다.

당시의 선비들은 대체로 두 부류, 즉 군자와 재자로 나눌 수 있습니다. 군자는 오로지 사서오경만 읽고 팔고문만 지었으며 대단히 점잖았지요. 반면 재자는 이밖에도 『홍루몽』 같은 소설도 보고, 과거에 소용되지 않는 고체시와 근체시 따위도 지어야 했습니다. 그렇다면 재자는 내놓고 『홍루몽』을 보았다는 말이겠지요. 그러나 군자가 『홍루몽』을 몰래 보았는지 어쨌는지 나는 도통 알 길이 없습니다. 상하이에 조계 —— 당시에는 '양장'洋場 또는 '이장'夷場이라 일컬었는데, 나중에 명칭 때문에 말썽이 생길까 봐 흔히 '이장'彝場이라 적었지요[4] —— 가 생기자, 일부 재자들이 상하이로 몰려왔습니다. 왜냐하면 재자는 자유분방한지라 어디나 다니기 때문입니다. 반면 군자는 외국인의 것이라면 늘 마땅찮게 여기고 바른길에서 공명을 얻으려 하였기에 절대로 경솔히 싸다니지 않았습니다. 공자께서 "도가 행해지지 않으면, 뗏목을 타고 바다를 떠다니겠다"[5]고 하셨는데, 재자들이 보기에 이 말에는 재자의 기氣가 있어 보이기에, 그래서 군자들의 행실이 재자에게는 '물정에 어둡다'고 보였던 것이겠지요.

재자는 원래 걱정도 많고 병도 많아, 닭 울음소리를 듣고도 성을 내고 달을 보고도 마음 아파합니다. 이런 마당에 상하이에 와서 기녀를 만나게 되었습니다. 기생집에 가서는 열 명 스무 명의 꽃다운 아가씨들을 한데 불러 모을 수 있었으니, 그 광경이 흡사 『홍루몽』 같았겠지요. 그리하여 그는 자신이 가보옥賈寶玉인 양 느껴졌습니다. 자신이 재자라면, 기녀는 물론 가인佳人일 터. 이리하여 재자가인의 책이 만들어지게 되었습니다. 내용은 대부분 이렇습니다. 오직 재자만이 풍진 세상에 영락한 가인을 가련히 여기고, 오직 가인만이 때를 만나지 못해 뜻을 이루지 못한 재자를 알아주며, 천신만고 끝에 드디어 멋진 짝이 되거나 모두 신선이 된다는 것입니다.

그들은 선바오관申報館을 도와 명청대의 소품문 서적을 찍어 팔고, 스스로 문학결사를 만들기도 했는데, 꽃등에 붙인 수수께끼를 내어 입선된 사람에게 이런 책을 증정하였기에 대단히 널리 유통되었습니다. 이밖에 『유림외사』,[6] 『삼보태감서양기』,[7] 『쾌심편』[8] 등의 두꺼운 책도 있지요. 지금도 간혹 옛 서점에서 첫 페이지에 '상하이선바오관방취진판인'上海申報館仿聚珍板印[9]이란 글자가 새겨진 소책자를 볼 수가 있는데, 이게 다 그런 책들입니다.

재자가인의 책이 성행한 지 오래되자, 후배급 재자의 생각이 차츰 바

꿰었습니다. 그들은 가인이 '재자를 목 타듯 간절히 사랑'하여 기녀노릇을 한 게 아니라, 오로지 돈 때문이었음을 발견했던 겁니다. 하지만 가인이 재자의 돈을 우려내는 건 당치 않은 일이지요. 그래서 재자는 기녀를 굴복시킬 갖가지 묘책을 생각해 내어, 꾐에 빠지기는커녕 그녀들에게서 잇속을 차렸습니다. 이러한 수단을 서술한 소설이 나타나 사회적으로 크게 유행했습니다. 왜냐하면 유흥학의 교과서로 삼아 읽을 만했기 때문이지요. 이들 책 속의 주인공은 더 이상 재자+(더하기) 바보가 아니라, 기녀의 세계에서 승리를 거머쥔 영웅호걸이며 재자+건달이었습니다.

이에 앞서 진즉 『점석재화보』[10]라는 화보가 나왔었습니다. 이 화보는 오우여[11]가 주필을 맡았는데, 신선인물이나 국내외의 뉴스 등 그리지 않는 것이 없었습니다. 하지만 외국 사정에 대해 그는 별로 아는 게 없었습니다. 이를테면 군함을 그린다면서 상선의 갑판에 야전포를 벌여놓고, 격투장면을 그린다면서 예복 차림의 두 군인이 응접실에서 긴 칼을 빼들고 서로 찌르는데, 그 바람에 떨어져 깨진 꽃병까지 그려져 있습니다. 그렇지만 '기녀를 학대하는 기생어미'나 '건달의 갈취' 등은 정말 잘 그린 것인데, 그가 너무 많이 본 탓이라 생각합니다. 지금도 우리는 상하이에서 그가 그린 것과 똑같은 얼굴을 자주 봅니다. 이 화보의 세력은 당시 대단하여 각 성에서 널리 유행했는데, '시무'時務 ── 그 당시 이 명칭은 지금의 이른바 '신학'新學과 같은 것이었습니다 ── 를 알려는 사람들의 이목인 셈이었습니다. 몇 년 전에 『오우여묵보』라는 이름으로 복제되었는데, 이것이 후세에 미친 영향 역시 막대했습니다. 소설에서의 수상[12]은 말할 나위 없고, 교과서의 삽화에서도 모자를 삐딱하게 쓴 채 눈을 흘겨 뜬 험상궂은 몰골의, 불량기 가득한 아이를 그린 그림을 자주 볼 수 있었습니다. 지금은 새로운 건달화가로 예링펑[13] 선생이 나타났는데, 예선생의 그림은 영국의 비어즐리(Aubrey Beardsley)를 그대로 베껴 온 것입니다. 비어즐리는 '예술을 위한 예술'파이며, 그의 그림은 일본의 '유키요에'(Ukiyoe)[14]의 영향을 매우 많이 받았습니다. 유키요에는 민간예술이긴 하지만, 그려진 것은 대부분 기녀와 배우이며, 풍만한 몸집, 흘겨보는 눈——색정적인(Erotic) 눈이었지요. 하지만 비어즐리가 그린 인물은 몹시 여위었는데, 이는 그가 퇴폐파(Decadence)였기 때문입니다. 퇴폐파 사람들은 대부분 비쩍 마르고 의기소침하기에, 튼튼한 여인을 보면 멋쩍어서 그런지 별로 좋아하지 않습니다. 우리 예선생의 새로운 사시화斜視畵는 바로 오우여의 낡은 사시화와 합류하고 있으니, 물론 틀림없이 수년이나 유행할 것입니다. 그러나 그는 건달만 그리지도 않았으며, 한때는 프롤레타리아를 그린 적도 있습니다. 하지만 그가 그린 노동자 역시 눈을 흘겨 뜨고 유난히 커다란 주먹을 내밀고 있었지요. 그렇지만 나는 프롤레타리아를 그릴 경우 반드시 사실 그대로 노동자의 원래 모습을 그려야지 주먹을 머리보다 훨씬 크게 그려서는 안 된다고 생각하지는 않습니다.

지금의 중국 영화는 여전히 '재자＋건달'식의 영향을 많이 받고 있습니다. 영화 속의 영웅, '착한 사람'으로서의 영웅일지라도 죄다 교활하기 그지없어서, 상하이에서 오래도록 살면서 '차이사오', '카이유', '댜오방쯔'[15]를 밥 먹듯 저지르는 젊은 불량배와 다를 바가 하나도 없습니다. 이런 걸 보고 나면, 이제 영웅이나 착한 사람 노릇을 하려면 건달이 되지 않으면 안 되겠다는 생각이 듭니다.

그러나 재자＋건달의 소설도 차츰 쇠퇴했습니다. 그건 내 생각에, 첫째, 기녀는 돈을 우려내고 유객은 수단이나 부리는 뻔한 틀이라 원래 쓸

거리가 떨어지지 않을 수 없었기 때문이며, 둘째, 쑤저우蘇州 사투리, 이를 테면 倪=나, 耐=너, 阿是=그렇잖아 따위를 사용하고 있어서, 상하이 토박이나 장쑤와 저장 사람들 외에는 아무도 알아볼 수 없었기 때문입니다.

하지만 재자+가인의 책으로서 당시 한때를 진동시켰던 소설이 나왔는데, 영문에서 번역한 『가인소전』(H. R. Haggard : *Joan Haste*)[16]이 바로 그것입니다. 다만 상권밖에 없었습니다. 역자에 따르면, 원본은 고서점에서 구했는데, 아주 좋기는 하나 안타깝게도 하권을 찾을 수 없어 어쩔 도리가 없었다는 것입니다. 아나나 다를까 이 책은 재자가인들의 애틋한 마음을 감동시켜 널리 크게 유행했습니다. 나중에는 린친난[17] 선생마저 감동하여 전문을 번역했으나, 책 이름은 여전히 『가인소전』이라 했습니다. 그런데 동시에 먼저 번역했던 이에게서 호된 야단을 맞았습니다.[18] 그가 괜히 전문을 번역하는 바람에 조안(Joan)의 가치를 떨어뜨려 독자에게 불쾌감을 주었다는 것입니다. 그제야 비로소 이전에 절반만 번역했던 것은 사실 원본이 없어서가 아니라, 조안이 사생아를 낳은 내용이 기술되어 있기에 역자가 일부러 번역하지 않았다는 것을 알게 되었습니다. 사실 그다지 길지도 않은 이런 책을 외국에서 두 권으로 나누어 출판할 리가 없었을 것입니다. 하지만 이 한 가지만으로도 당시 중국에서 혼인에 대해 어떻게 여기고 있었는지 엿볼 수 있습니다.

이때 새로운 재자+가인소설이 다시 유행하기 시작했습니다. 하지만 가인은 이미 양갓집 여자가 되어 재자와 한 쌍의 나비나 원앙처럼 서로 떨어지지 않은 채 버드나무 그늘이나 꽃 아래에서 애틋한 사랑을 나눕니다. 그러나 때로는 엄격한 아버지로 인해, 혹은 사나운 팔자로 인해 역시 비극적인 결말을 맞지만, 더 이상 신선이 되지는 않습니다.──이건 사실 일대 진보라 하지 않을 수 없습니다. 최근 들어 얼굴에 바를 수도 있는 가루치 약을 제조한 천허아생天虛我生 선생이 펴낸 월간잡지 『미어』[19]가 나타났을 때가 원앙호접파의 전성기였습니다. 훗날 『미어』는 금지당했지만, 세력은 결코 사그라들지 않다가 『신청년』[20]이 성행되고서야 타격을 받았습니다. 이때 입센의 극본이 소개되고, 후스즈胡適之 선생의 「종신대사」[21]가 그와는 다른 형태로 출현했습니다. 이 바람에 비록 고의는 아니었지만 원앙호접파가 목숨처럼 여겨 온 혼인문제 역시 노라(Nora)처럼 도망가고 말았습니다.

그후 새로운 재자파인 창조사가 출현했습니다. 창조사는 천재를 존중하고 예술을 위한 예술을 행하며 오로지 자아를 중시했습니다. 그들은 창작을 숭상하고 번역을 싫어했으며, 특히 중역重譯을 미워하면서 같은 시기의 상하이의 문학연구회와 대립했습니다. 세상에 모습을 드러낸 첫 광고[22]에서 문단을 '독점'하고 있는 자가 있다고 했는데, 바로 문학연구회를 가리킨 것이었습니다. 문학연구회는 이와 정반대로 인생을 위한 예술을 주장하고 창작하는 한편 번역 또한 중시했으며, 피압박민족의 문학을 소개하는 데에 주의를 기울였습니다. 그런데 이들 모두가 작은 나라이고 그들의 문자를 아는 이가 없는지라 거의 모두 중역을 했습니다. 아울러 일찍이 『신청년』을 성원한 적이 있어 옛 적에 새로운 적까지 합쳐졌기에, 문학연구회는 당시 세 방면에서 공격을 받았습니다. 한 방면은 창조사였습니다. 천재의 예술을 내세우는 그들의 눈에, 인생을 위한 예술을 행하는 문학연구회는 쓸데없는 짓을 하고 '속된' 티를 면치 못하고 무능하기 짝이 없었습니다. 그래서 오역이라도 한 군데 발견되면, 때로 특별히 그것만을 다룬 장편의 논문[23]을 쓰기까지 했습니다. 다른 한 방면은 미국 유학을 다녀온 신사파紳士派였습니다. 이들은 문예란 나리들과 마님들에게 보이기 위한 것이므로, 주인공은 나리나 마님 외에는 오직 문인, 학사, 예술가, 교수, 아씨만이 그 자격이 있으며, Yes와 No를 할 줄 알아야 신사의 위엄을 갖출 수 있다고 여겼습니다. 당시 우미[24] 선생은 글을 발표하여, 왜 하류사회를 묘사하기 좋아하는 사람들이 있는지 도무지 알 길이 없다고 한 적이 있습니다. 또 다른 방면은 앞에서 말한 적이 있는 원앙호접파입니다. 나는 그들이 무슨 수를 썼는지 알 수 없지만, 결국 서점 주인으로 하여금『소설월보』[25]를 편집하고 있던 문학연구회 회원 한 명을 해고하고, 또『소설세계』[26]를 발간하여 자기네 글을 유포하도록 했습니다. 이 잡지는 작년에야 정간되었습니다.

창조사의 이번 싸움은 겉으로 보기엔 승리를 거두었습니다. 많은 작품들이 당시 재자를 자처하던 사람들의 심정에 잘 들어맞은 데다가 출판업자의 도움까지 받아 세력이 커졌지요. 세력이 커지자, 상우인서관과 같은 대형 상점에서도 창조사 성원의 역서와 저서 — 이는 궈모뤄와 장쯔핑 두 선생의 원고를 말합니다 — 를 출판하게 되었습니다. 그 이후 내 기억으로는, 창조사 역시 더 이상 상우인서관 출판물의 오역된 곳을 조사하여 특별 논문을 쓰는 일이 없었습니다. 생각건대 이러한 점 또한 약간은 재자＋건달식이었습니다. 그러나 '새 상하이'는 '옛 상하이'를 당해 낼 수 없었지요. 창조사 성원들은 개선가 속에서 마침내 깨달았습니다. 자신들이 출판업자의 상품 노릇을 하고 있으며, 자신들의 갖가지 노력이 주인의 눈에는 안경점 쇼윈도의 종이인형의 윙크와 같은 것으로서, '손님을 끄는 것'에 지나지 않는다는 것을. 독립하여 출판하고자 했을 때에는 상점 주인으로부터 소송을 당하게 되었습니다. 끝내 독립하여 모든 서적을 대대적으로 개정하고 다시 인쇄하여 새로이 개업한다고 하였지만, 옛 주인은 변함없이 옛 판을 그대로 이용하여 그저 인쇄하여 팔기만 했으며, 해마다 뭔가 기념한다면서 바겐세일을 해댔습니다.

상품 노릇은 물론 하고 싶지 않고, 독립해도 살아 나갈 수가 없었습니다. 창조사 사람들의 갈 길은 당연히 그래도 희망을 품을 수 있는 '혁명의 책원지策源地'인 광둥이었습니다. 이리하여 광둥에 '혁명문학'이라는 명사가 나타났지만, 작품은 아무것도 없었습니다. 상하이에서는 아직 이런 명사조차도 없었지요.

재작년에 이르러서야 '혁명문학'이라는 이름이 성행하기 시작했습니다. 이를 주장했던 이들은 '혁명의 책원지'에서 돌아온 몇몇 창조사 원로와 약간의 신인이었습니다. 혁명문학이 성행했던 까닭은 물론 사회적 배경으로 말미암아 일반 대중과 젊은이들에게 이러한 요구가 생겨났기 때문입니다. 광둥으로부터 북벌을 시작했을 때, 적극적인 젊은이들은 모두 실제 사업에 뛰어들었지만, 당시에는 아직 눈에 띄는 혁명문학운동은 없었습니다. 정치환경이 돌변하여 혁명이 좌절을 겪고 계급적 분화가 분명해졌으며, 국민당이 '청당淸黨'이란 이름으로 공산당 및 혁명대중을 대량 학살하고, 살아남은 젊은이들이 다시 억압받는 처지에 들어가게 되었습니다. 이때 비로소 혁명문학이 상하이에서 강렬한 활동을 보였던 것입니다. 그러므로 혁명문학의 성행은 표면적으로는 다른 나라와 달리 혁명의 고양에 따른 것이 아니라, 혁명의 좌절로 말미암은 것이었습니다. 그 가운데에도 옛 문인이 지휘도指揮刀를 풀어놓은 채 예전의 문필업으로 되돌아간 경우도 있었고, 몇몇 젊은이들이 실제 사업에서 밀려나 어쩔 도리 없이 이걸로 생계를 유지하는 경우도 있었습니다. 그렇지만 확실히 사회적 기초를 지니고 있었기에 신인들 사이에는 대단히 굳건하고 정확한 사람들이 아주 많았습니다. 하지만 당시의 혁명문학운동은, 내가 보기에 정연한 계획이 마련되어 있지 않았으며 그릇된 점도 많았습니다. 예를 들면 첫째, 중국사회에 대해 그들은 세밀한 분석을 가하지 않은 채 소비에트정권 아래에서나 운용될 수 있는 방법을 기계적으로 운용했습니다. 나아가 그들은, 특히 청팡우 선생은 혁명을 일반 사람들이 대단히 무시무시한 일로 이해하도록 만들었으며, 극좌의 흉악한 몰골을 지어, 마치 혁명이 닥치면 모든 비非혁명자는 죄다 죽임을 당하는 양, 사람들에게 혁명에 대한 공포심을 안겨 주었습니다. 사실 혁명은 사람을 죽이는 것이 아니라 사람을 살리는 것입니다. 이렇게 사람들에게 '혁명의 사나움을 알려' 주면서 자신은 뺑뺑 큰소리치는 태도 역시 재자+건달에 중독되어 있는 것입니다.

금방 과격해지는 자는 누그러지기도 금방이며, 심지어 퇴폐해지는 것도 금방이지요. 문인의 경우라면, 늘 경전이나 전고를 들어 자신의 변화의 이유를 변호합니다. 예컨대 남의 도움을 바랄 때에는 크로포트킨의 상호부조론을 들먹이고, 남과 다툴 때에는 다윈의 생존경쟁설을 꺼내들지요. 고금을 막론하고 일정한 이론이 없거나 주장의 변화에 그 나름의 실마리도 없이, 수시로 각종 각파의 이론을 가져다 무기로 삼는 사람은 모두 건달이라 할 수 있습니다. 이를테면 상하이의 건달이 한 쌍의 시골남녀가 길을 가고 있는 것을 보고, "이봐, 당신들 그 꼴은 풍기 문란이야. 당신들은 법을 어겼어!"라고 말합니다. 이건 중국의 법률을 사용한 겁니다. 그런데 시골사람이 길가에서 소변 보는 것을 보고, "이봐, 이러면 안 돼. 법을 어겼으니 경찰서로 잡아가야겠어!"라고 말합니다. 이때에는 외국의 법률을 사용한 거지요. 그러나 법이고 뭐고 그 자에게 몇 푼 뜯기기만 하면, 그걸로 끝입니다.

중국에서 작년의 혁명문학자는 재작년과 약간 달라졌습니다. 이건 물론 경우의 변화로 말미암은 것이지만, 일부 '혁명문학자' 자체 내에도 저지르기 쉬운 병근이 숨어 있기 때문입니다. '혁명'과 '문학'은 떨어질듯 말듯 마치 가까이 붙어 있는 두 척의 배와 같은데, 한 척은 '혁명'이고 다른 한 척은 '문학'입니다. 그런데 작가는 두 배에 한 발씩을 딛고 서 있습니다. 환경이 제법 좋을 때 작가는 혁명이란 배를 힘주어 내딛습니다. 혁명가의 모습이 역력하지요. 혁명이 탄압받는 때가 되면 문학이란 배를 힘주어 내딛습니다. 그는 변하여 문학가에 지나지 않습니다. 그러므로 재작년에는 비非혁명문학은 모조리 쓸어버려야 한다고 격렬하기 짝이 없는 주장을 펴던 사람이, 작년에는 레닌이 곤차로프(I. A. Gontcharov)[27]의 작품을 즐겨 보았다는 이야기를 떠올리고서, 비혁명문학도 매우 의미심장하다고 느낍니다. 또한 가장 철저한 혁명문학자인 예링펑 선생도 있습니다. 그가 묘사한 혁명가는 변소에 갈 때마다 나의 『외침』으로 뒤를 닦을 정도로 철저합니다.[28] 그런데 지금은 어찌된 영문인지 민족주의문학가의 꽁무니를 따라다니고 있습니다.

비슷한 예로 상페이량[29] 선생을 들 수 있습니다. 혁명이 차츰 고양될 때 그는 매우 혁명적이었습니다. 그는 전에 젊은이는 울부짖어야 할 뿐만 아니라 이리처럼 이빨을 드러내야 한다고 말한 적이 있었습니다. 이건 물론 나쁠 건 없지만, 그래도 조심하지 않으면 안 됩니다. 이리는 개의 조상으로, 일단 사람에게 길들여지면 금방 개로 변해 버리기 때문이지요. 상페이량 선생은 지금 인류의 예술을 제창하고 있습니다. 그는 계급이 있는 예술의 존재에 반대하고, 인류 속에서 착한 사람과 못된 사람을 가려냅니다.

그의 예술은 '선과 악의 투쟁'의 무기입니다. 개 역시 두 종류로 나뉩니다. 자기를 길러 주는 주인과 같은 부류는 착한 사람이고, 다른 가난뱅이나 거지는 개의 눈에 못된 사람이니, 짖든지 그렇지 않으면 물어뜯습니다. 그러나 이 또한 그래도 나쁜 편은 아닙니다. 어쨌든 야성이 조금이나마 남아 있기 때문이지요. 만약 더 변하여 발바리가 되면, 마치 상관없는 일에 참견하지 않는 듯하지만 사실은 주인을 위해 직책을 다하고 있는 것입니다. 그건 바로 지금 세속의 일에는 상관하지 않는다고 자처하는 예술을 위한 예술의 명인들처럼 대학 교실의 장식물이 되는 수밖에 없습니다.

이처럼 공중제비를 넘는 프티부르주아는 설사 혁명문학가가 되어 혁명문학을 쓰고 있을 때에도 혁명을 왜곡하기 마련입니다. 왜곡해서 쓴다면 오히려 혁명에 해롭지요. 그래서 그들의 전변은 조금도 안타까울 게 없습니다. 혁명문학운동이 발흥하자, 수많은 프티부르주아 문학가들이 갑자기 변해 넘어왔습니다. 당시 이 현상을 설명하기 위해 쓰여진 것이 돌연변이설이었습니다. 하지만 모두 알고 있다시피 돌연변이란 A가 B로 변하는 데에 몇 가지 조건이 이미 갖추어져 있는데, 다만 한 가지가 부족할 때 이 조건이 나타나는 순간 B로 변하는 것을 말합니다. 예를 들면 물이 얼기 위해서는 온도가 0도에 이르러야 하지만, 동시에 공기의 진동이 꼭 있어야 합니다. 만약 이것이 없으면, 설사 0도에 이르더라도 얼지 못합니다. 이때 공기가 진동하는 순간, 비로소 돌변하여 얼음이 되는 것입니다. 그러므로 겉보기에는 마치 돌변한 듯하지만, 사실은 돌연한 일이 결코 아닙니다. 만약 갖춰야 할 조건을 갖추지 못했다면, 그건 설사 자기 입으로는 이미 변했다고 말할지라도 실제로는 변함이 없는 것입니다. 그래서 느닷없이 하룻밤 사이에 돌변하여 넘어왔다고 자처하던 프티부르주아 혁명문학가가 오래지 않아 돌변하여 넘어갔던 것입니다.

작년에 좌익작가연맹이 상하이에서 성립되었던 일은 중요한 사실입니다. 왜냐하면 당시 이미 플레하노프, 루나차르스키 등의 이론이 수입되어 모두들 서로 토론하고 연구한 덕분에 더욱 힘차고 튼튼해졌기 때문입니다. 그러나 또한 바로 더욱 힘차고 튼튼해진 탓에 동서고금에 보기 드문 탄압과 박해를 당하게 되었습니다. 이러한 탄압과 박해가 있었기에, 당시 좌익문학은 명망이 드높아지고, 작가는 노동자가 바친 버터 바른 빵을 먹게 되리라던 이른바 혁명문학가들은 즉시 정체를 드러내어, 어떤 이는 반성문을 쓰고 어떤 이는 뒤돌아 좌련을 공격함으로써 올해 자신의 식견이 한 걸음 더 나아갔음을 과시하고 있습니다. 이는 비록 좌련이 직접 일으킨 일은 아니더라도 일종의 소탕인 셈입니다. 이런 작가들은 변하든 변치 않든 어쨌든 좋은 작품을 써내지 못합니다.

그렇다면 현존하는 좌익작가들은 뛰어난 프롤레타리아 문학을 써낼 수 있을까요? 역시 매우 어렵다고 저는 생각합니다. 그건 현재의 좌익작가들이 모두 선비-지식계급이어서 혁명의 실제를 써내는 것이 대단히 어렵기 때문입니다. 일본의 구리야가와 하쿠손은, 작가가 묘사하는 것은 반드시 자신이 경험한 것이어야 하는가라는 문제를 제기한 적이 있습니다. 그는 체찰體察할 수 있으므로 그럴 필요가 없다고 답했습니다.[30] 그러므로 도둑질을 쓰기 위해 작가가 몸소 도둑질할 필요는 없으며, 간통을 쓰기 위해 몸소 간통할 필요는 없습니다. 그렇지만 이건 작가가 구사회에서 성장하여 구사회의 사정을 잘 알고 구사회의 인물을 익히 보아 왔기에 체찰할 수 있으리라 생각합니다. 반면 이제껏 아무 관계도 없었던 프롤레타리아의 사정과 인물에 대해서는 무능하거나 혹은 그릇된 묘사를 할 수도 있습니다. 따라서 혁명문학가라면 적어도 혁명과 생명을 같이 하거나, 혁명의 맥박을 깊이 느낄 수 있는 사람이어야만 합니다. (최근 좌련이 '작가의 프롤레타리아화'라는 구호를 제기했는데, 이건 이 점을 매우 정확하게 이해한 것입니다.)

현재의 중국과 같은 사회에서 나타나리라 가장 쉽게 기대할 수 있는 것은 배반한 프티부르주아가 반항하거나 폭로하는 작품입니다. 그는 멸망해 가고 있는 계급 속에서 성장했기 때문에 깊이 이해하고 커다란 증오를 품고 있으며, 그것을 찌르는 칼 또한 그지없이 치명적이고 강력합니다. 물론 겉보기에 혁명적인 작품도 있습니다만, 이 또한 자신의 계급 혹은 부르주아를 타도하려는 것은 결코 아니며, 오히려 그들이 개량할 수도 없고 자신들의 지위를 좀더 오래도록 유지할 수도 없다는 것에 대해 증오하거나 실망하는 것이니, 프롤레타리아의 관점에서 본다면야 "형제가 울안에서 다투는" 것에 지나지 않으며, 양쪽 어느 쪽이나 적대자이긴 마찬가지입니다. 다만 결국에는 이들도 혁명의 물결 속에서 물거품이 되어 버리겠지요. 이러한 작품에 대해서는 프롤레타리아 문학이라 일컬을 필요가 전혀 없으며, 작자 역시 장래의 명예를 고려하여 프롤레타리아 작가라 자처할 필요가 없다고 생각합니다.

그러나 단지 구사회를 공격했을 뿐인 작품이더라도 결점을 제대로 알지 못하고 병의 근원을 파헤치지 못한다면, 역시 혁명에 해를 끼칩니다. 그런데 유감스럽게도 현재의 작가들은 혁명적 작가와 비평가조차도 현실 사회를 정시할 능력이 없거나 용기가 없으며, 그 내막, 특히 적의 내막을 간파할 능력이 없거나 용기가 없습니다. 생각나는 대로 실례를 들어 보지요. 예전의 『레닌청년』[31]에 중국문학계를 평론한 글이 실렸는데, 중국문학계를 세 파로 나누었습니다. 첫째는 창조사이며, 프롤레타리아 문학파로서 아주 길게 서술되어 있습니다. 다음은 위쓰사語絲社이며, 프티부르주아 문학파로서 짧게 서술되어 있습니다. 셋째는 신월사新月社이며, 부르주아 문학파로서 훨씬 짧게 서술되어 한 페이지도 채 안 됩니다. 이것은 이 젊은 비평가가 적이라고 여기는 것일수록 할 말이 없다는 것, 말하자면 그만큼 눈여겨보지 않았다는 것을 잘 보여 줍니다. 물론 우리가 책을 볼 때, 반대파의 것을 읽을 경우 같은 파의 것을 볼 때만큼 편안하고 상쾌하며 유익하지는 않습니다. 그러나 전투자라면 혁명과 적을 이해함에 있어서, 오히려 당면한 적을 더 많이 해부하지 않으면 안 된다고 생각합니다. 문학작품을 쓰고자 할 때에도 마찬가지로 혁명의 실제를 알아야 할 뿐만 아니라, 적의 정세와 현재의 각 방면의 상황 또한 잘 파악하여 혁명의 전도를 판단하지 않으면 안 됩니다. 오직 낡은 것을 제대로 알고서 새로운 것을 보고, 과거를 이해하고서 미래를 내다보아야만, 우리의 문학은 발전할 희망이 있습니다. 이는 현재의 환경에 처해 있는 작가들이 힘쓰기만 한다면 해낼 수 있다고 생각합니다.

현재, 앞에서도 언급했듯이, 문예는 보기 드문 탄압과 박해를 받아 기근상태가 널리 나타나고 있습니다. 문예는 혁명적인 것은 물론 약간 불평의 색채를 띠는 것조차, 현상을 지적하는 것은 물론 지난날의 폐단을 공격하는 것조차 자주 박해를 당하고 있습니다. 이러한 상황은 곧 지금까지의 통치계급의 혁명이 낡은 의자를 쟁탈하는 것에 지나지 않았음을 말해 줍니다. 밀어낼 때에는 마치 이 의자가 가증스러워 보이지만, 일단 빼앗아 손에 넣게 되면 보배로 느껴짐과 동시에, 자신이 이 '낡은 것'과 한 패라고 느낍니다. 20여 년 전에 주원장(명 태조)[32]을 민족의 혁명가라고 말했는

데, 사실은 결코 그렇지 않습니다. 그는 황제가 된 후 몽고 왕조를 '대원'大
元이라 칭했으며, 몽고인보다 더욱 혹심하게 한인漢人을 살해했습니다. 노
비가 주인이 되면 결코 '나으리'라는 칭호를 없애려 하지 않으며, 그의 뽐
내는 태도는 아마 그의 주인보다 훨씬 심하고 우스꽝스럽습니다. 이는 바
로 상하이의 노동자가 돈을 몇 푼 벌어 자그마한 공장을 차리면, 노동자를
대하는 게 오히려 흉포하기 그지없는 것과 같습니다.

어느 옛 필기소설 ──책명은 잊어버렸습니다만 ──에는 이런 이야
기가 실려 있습니다. 명나라 때에 어느 무관이 이야기꾼을 불러 이야기를
시켰더니, 단도제檀道濟 ──진晉나라 때의 장군 ──에 관한 이야기를 들려
주었습니다. 이야기가 끝나자 그 무관은 이야기꾼을 한바탕 때려 주라고
명령했습니다. 사람들에게 그에게 무슨 까닭이냐고 묻자, 그는 "저 놈이
나에게 단도제 이야기를 했으니, 단도제에게는 틀림없이 내 이야기를 할
것이다"라고 말했습니다.[33] 현재의 통치자 역시 이 무관만큼이나 신경이
쇠약해져 무엇이든 두려워합니다. 그래서 출판계에도 이전보다 훨씬 진
보적인 건달들을 풀어놓고서, 사람들이 건달의 형체를 간파하지 못하도
록 하면서 광고나 모략, 공갈을 일삼고 있습니다. 심지어 건달을 아버지로
모시면서 안전과 이익을 꾀하는 문학자도 몇몇 있습니다. 따라서 혁명적
문학자는 정면의 적을 조심해야 할 뿐만 아니라, 자기 편 안에서 자주 변
하는 밀정도 방비하지 않으면 안 됩니다. 이는 단순히 문예를 이용한 투쟁
에 비해 대단히 힘들며, 따라서 문예에도 영향을 미치게 됩니다.

현재 상하이에서는 여전히 이른바 문예잡지가 대량으로 출판되고 있
습니다만, 사실은 있으나 마나입니다. 영업을 목적으로 하는 서점에서 출
판되는 것들은 재앙을 입을까 봐 가능한 한 아프지도 가렵지도 않은 글

들, 이를테면 "혁명은 하지 않아도 안 되지만, 너무 지나쳐서도 안 된다"는 따위의 글들을 가려 뽑습니다. 이런 글의 특색은 처음부터 끝까지 보아도 결국은 보지 않은 것과 다름없다는 점입니다. 관변에서 운영하거나 관변의 비위를 맞추는 잡지들의 경우, 작자는 죄다 오합지중이며, 이들의 공통된 목적은 원고료나 몇 푼 챙기겠다는 것뿐입니다. "영국 빅토리아조의 문학"입네, "루이스가 노벨상금을 받음을 논함"입네 떠들어 대지만, 자신조차도 자기가 말한 의론을 믿지 않고 자신이 쓴 글을 중시하지 않습니다. 그래서 상하이에서 출판되는 문예잡지는 있으나 마나 하다고 말한 거지요. 혁명자의 문예는 물론 탄압을 받고 있지만, 탄압하는 자가 꾸리는 문예잡지 역시 문예라 할 만한 것이 없습니다. 그러나 탄압하는 자에게 정말 문예가 없을까요? 있기야 있지요. 다만 제가 말씀드린 그런 것들이 아니라, 공개 전보, 고시, 뉴스, 민족주의 '문학', 법관의 판결문 등입니다. 이를테면 며칠 전 『선바오』에는 남편에게 계간을 강요당하고 피부에 멍이 들도록 얻어맞아 남편을 고소한 여인의 사건이 실렸습니다만, 재판관의 판결문에서는 남편이 아내를 계간하는 것을 금지한 명문이 없으며, 얻어맞아 피부에 멍이 든 것도 생리적 기능을 훼손한 것으로 볼 수 없으므로 여인의 고소는 성립하지 않는다고 했습니다. 현재 그 사내가 오히려 여인의 '무고'를 고소하고 있습니다. 법률은 잘 알지 못하지만, 생리학에 대해서는 조금 배운 적이 있습니다. 얻어맞아 피부에 멍이 들면 폐나 간, 위장의 생리적 기능은 물론 훼손되지 않습니다만, 멍이 든 피부의 생리적 기능은 훼손된 것입니다. 이런 일은 현재의 중국에서 흔히 볼 수 있으니 그다지 드문 일이 아니지만, 이 일로부터 사회의 일부 현상이 한 편의 평범한 소설이나 장시長詩보다 낫다는 것을 똑똑히 알 수 있다고 저는 생각합니다.

지금까지 말했던 것 외에, 이른바 민족주의문학, 그리고 떠들썩한 지이미 오래인 무협소설 따위에 대해서도 상세히 분석하지 않으면 안 될 것입니다. 하지만 이제 시간이 별로 없으니, 다음 기회로 미룰 수밖에 없군요. 오늘은 이만 마치겠습니다.

주)_____

1) 원제는「上海文藝之一瞥」, 이 글은 1931년 7월 27일과 8월 3일 상하이『문예신문』(文藝新聞) 제20기와 제21기에 발표하였고, 이 문집에 수록할 때 약간 수정이 가해졌다. 루쉰의 일기에 따르면, 강연 날짜는 1931년 7월 20일이므로, 부제에 8월 12일이라 적은 것은 잘못이다.

2)『선바오』(申報)는 역사가 가장 오래된 중국 근대의 종합성 신문으로서, 1872년 4월 30일 상하이에서 창간되어 1909년 이후 수차례 주인이 바뀌었다가 1949년 5월 26일 정간되었다. 이 신문의 초기 내용은 국내외의 소식과 기사 외에도, 죽지사(竹枝詞), 속어(俗語), 등미(燈謎; 잘 다듬어진 글을 꽃등이나 벽 위에 붙여 푸는 수수께끼 형식의 전통 오락활동), 시문의 창화(唱和) 등을 게재했다. 이러한 작품의 투고자들은 대부분 당시의 이른바 '재자'(才子)들이었다.

3) 죽지(竹紙)는 여린 대나무를 원료로 하여 만든 종이이다. 죽지의 주요 산지는 중국의 쓰촨(四川)성 자장(夾江)현과 저장성 푸양(富陽)시이다.

4) '양장'(洋場)은 외국인의 거류지구를 의미한다. '이장'(夷場)은 외국인에 대한 반감으로 인해 야만적인 외국인의 거류지구라는 의미로 사용되었으며, '이장'(彝場)은 '이'(夷)가 지닌 노골적인 배외의식을 꺼려 발음이 같은 '이'(彝)를 사용한 것이다.

5) 원문은 "道不行, 乘桴浮於海"이며,『논어』「공야장」(公冶長)에 실려 있다.

6)『유림외사』(儒林外史)는 청대에 오경재(吳敬梓)가 지은 장편소설로 55회로 이루어져 있다. 이 작품은 과거제도와 봉건예교의 폐습과 부패, 사대부의 무능과 허위, 관리의 탐욕과 지주의 착취 등 당시 중국사회의 어두운 현실을 적나라하게 반영하고 있다. 중국 풍자문학의 극치라 할 수 있으며, 청말의 견책소설(譴責小說)에 지대한 영향을 미쳤다.

7)『삼보태감서양기』(三寶太監西洋記)는 명대에 나무등(羅懋登)이 지은 장편소설『삼보태감서양기통속연의』(三寶太監西洋記通俗演義)이며, 20권 100회로 이루어져 있다. 작품명 가운데의 삼보태감은 원명이 마삼보(馬三寶)인 정화(鄭和)를 가리킨다. 이로써 알 수 있듯이, 이 작품은 명대 영락(永樂) 연간에 정화가 일곱 차례에 걸쳐 서양에 사신으로 다

녀왔던 역사적 사실에 기반하여 지은 신마소설(神魔小說)이며, 명대의 군신이 왜구와 용감히 맞서 싸워 국위를 떨치기를 바라는 의도를 담고 있다.

8) 『쾌심편』(快心編)은 청초에 천화재자(天花才子)라는 필명으로 엮어 청말에 널리 읽혀졌던 세태소설로서, 3집 32회로 이루어져 있다. 석(石)·유(柳)·릉(凌)·장(張) 등의 네 쌍의 청춘남녀의 연애고사를 중심으로, 청초의 사회생활을 다채롭게 반영하고 있다.

9) 이 말은 상하이의 선바오관이 귀중한 판본을 모아 이를 본떠 인쇄하여 간행한다는 의미이다.

10) 『점석재화보』(點石齋畵報)는 중국 최초의 순간(旬刊) 화보로서, 상하이의 선바오관에서 발행했으며, 매 기마다 8폭의 그림을 실었다. 1884년에 창간되어 1898년 정간하기까지 4천여 폭의 작품을 발표했다. 이들 작품은 대체로 19세기 말 제국주의 열강의 침략과 이에 맞서는 중국인의 영웅적인 투쟁, 청조의 무능과 부패는 물론 당시의 시사와 뉴스 등을 그려 냄으로써 당시의 사회상을 여실히 반영하고 있다. 당시 회화 창작에 참여했던 화가는 오우여(吳友如), 왕조(王釗), 김섬향(金蟾香), 장지영(張志瀛), 주모교(周慕橋) 등 17명이었다.

11) 오우여(?~1893)는 장쑤 우(吳)현 사람으로, 청말의 유명한 화가이다. 원명은 오유(吳猷) 혹은 오가유(吳嘉猷)이고 우여(友如)는 자이다. 그는 『점석재화보』의 주편을 맡았으며, 훗날 이 화보집에 실렸던 자신의 작품을 묶어 『오우여묵보』(吳友如墨寶)를 출판했다.

12) 수상(繡像)은 명청대 통속소설의 책머리에 그려진 책중 인물의 소묘를 가리킨다.

13) 예링펑(葉靈鳳, 1904~1975)은 장쑤 난징(南京) 사람으로, 원명은 예원푸(葉蘊璞)이다. 상하이미술전문학원을 졸업했으며, 1925년에 창조사에 가입했다. 1926년부터 이듬해 초까지 상하이에서 반월간 『환주』(幻洲)를 발간하면서 '새 건달주의'를 고취했다.

14) 유키요에(浮世畵)는 일본의 도쿠가와막부시대(1603~1867)에 유행했던 민간판화의 일종으로, 대부분 하층 시민사회의 생활을 소재로 하였다. 18세기 말에 이르러 차츰 쇠퇴했다.

15) '차이사오'(拆梢), '카이유'(揩油), '댜오방쯔'(吊膀子)는 모두 상하이 사투리이다. '차이사오'는 남을 속여 갈취하는 것을 의미하고, '카이유'는 여성에 대한 외설적 행위를 가리키며, '댜오방쯔'는 아녀자를 꾀는 것을 의미한다.

16) 『가인소전』(迦茵小傳)은 영국의 소설가 해거드(Henry Rider Haggard)가 지은 장편소설 『Joan Haste』이다. 이 책은 맨 처음 반계자(蟠溪子; 양쯔린楊紫麟)라는 필명으로 출판된 번역본이 있었으나, 원저의 전반부만을 번역한 것이었다. 이 번역본은 1903년 상하이 문명서국(文明書局)에서 출판되어 당시 널리 유행했다. 나중에 린수(林紓; 린친난)가 웨이이(魏易)의 구술을 받아 전문을 옮긴 번역본이 1905년 상우인서관에서 출판되었다.

17) 린친난(林琴南, 1852~1924)은 푸젠 민(閩)현 사람으로, 원명은 린수(林紓)이고 호는 웨이루(畏廬)이다. 그는 외국어에 능통한 다른 사람의 구술을 받아 적어 구미의 문학작품 100여 종을 번역·소개함으로써 중국문학의 현대화에 기여했다.

18) 인반생(寅半生)이 지은 「『가인소전』의 두 번역본을 읽고서」(讀迦茵小傳兩譯本書後)(1906년 항저우에서 출판된 『유희세계』游戱世界 제11기에 실림)를 가리킨다. 이 글에는 다음과 같이 씌어 있다. "반계자는 여러모로 망설이고 헤아린 끝에 조안을 위해 임신과 관련된 장절을 빼버렸다. …… 그런데 뜻밖에도 린웨이루(林畏廬)라는 자는 조안과 무슨 원수가 졌길래, 반계자가 조안을 위해 갖은 수를 다해 이리저리 꾸미고 가린 부분을 들추어내어 추한 모습을 훤히 드러내고 말았다. …… 오호라! 조안은 다행히도 반계자를 만나 단점이 가려지고 장점이 두드러져 이 책을 읽는 독자 모두가 조안에게 마음이 끌렸는데, 불행히도 린웨이루를 만나 그 행위가 까밝혀지고 추함이 드러나 독자 모두가 조안을 멸시하게 되었다." 인반생(1865~?)은 저장 샤오산(蕭山) 사람으로, 원명은 종준문(鍾駿文)이며, 당시 『유희세계』의 편집인이었다.

19) 천허아생(天虛我生)은 원앙호접파 작가로 유명한 천쉬(陳栩, 1879~1940)이다. 그는 저장 첸탕(錢塘) 사람으로, 원명은 천서우쑹(陳壽嵩), 자는 접선(蝶仙)이며, 천허아생은 별호이다. 9·18사변 이후 일본상품에 대한 배척운동이 전국적으로 일어났을 때, 그가 경영하는 가정공업사(家庭工業社)에서는 일본의 '금강석'(金剛石)표 가루치약을 대체하는 '무적'(無敵)표 가루치약을 제조·판매하여 막대한 재부를 쌓았다. 천허아생은 1920년에 『선바오』「자유담」(自由談)을 편집한 적은 있으나, 『미어』를 주편한 일은 없다. 『미어』(眉語)는 원앙호접파의 월간지로서, 가오젠화(高劍華)가 주편을 맡았다. 1914년 10월에 창간하였다가 1916년 제18기를 끝으로 정간되었다.

20) 『신청년』(新靑年)은 5·4신문화운동을 이끌었던 종합 월간지이다. 1915년 9월 상하이에서 『청년잡지』(靑年雜誌)라는 이름으로 창간되었으며, 천두슈(陳獨秀)가 주편을 맡았다. 1916년 9월부터는 『신청년』으로 개명하고 1917년 초에 편집부를 베이징으로 옮겼으며, 1927년 9월에 휴간되었다.

21) 「종신대사」(終身大事)는 혼인문제를 다룬 극본으로, 『신청년』 제6권 제3호(1919년 3월)에 발표되었다.

22) 『창조계간』(創造季刊)의 출판을 알리는 광고로서, 1921년 9월 29일자 『시사신보』(時事新報)에 실렸다. 이 광고에는 "문화운동이 일어난 후 우리나라 신문예는 한두 우상에 의해 독점되고 있다"는 내용이 담겨 있다.

23) 오역을 비평한 논문은 청팡우가 『창조계간』 제2권 제1기(1923년 5월)에 발표한 「'아테네주의'」(雅典主義)를 가리킨다. 이 글에서 페이웨이(佩韋; 선옌빙沈雁氷)의 「올해 기념하는 몇몇 문학가」(1922년 12월 『소설월보』에 실림)라는 글 가운데 무신론(Atheism)을 '아테네주의'로 오역한 것을 비평했다.

24) 우미(吳宓, 1894~1978)는 산시(陝西) 징양(涇陽) 사람으로, 자는 우승(雨僧)이다. 미국 유학을 다녀왔으며, 나중에 둥난(東南)대학 교수를 지냈다. 1921년에 메이광디(梅光迪), 후셴쑤(胡先驌) 등과 함께 『학형』(學衡)을 창간하여 복고주의를 제창했다.

25) 『소설월보』(小說月報)는 1910년 상하이에서 창간되었으며, 상우인서관에서 발행되었다. 처음에는 왕원장(王蘊章)과 윈톄차오(惲鐵樵)가 잇달아 주편을 맡았으며, 토요일파(禮拜六派)의 주요 간행물 중 하나였다. 1921년 1월 제12권 제1기부터 선옌빙이 주편을 맡아 내용이 크게 혁신되었는데, 이로 인해 토요일파로부터 공격을 받았다. 1923년 1월 제14권부터 정전둬가 주편을 맡았다. 1931년 12월 제22권 제12기를 끝으로 정간되었다.

26) 『소설세계』(小說世界)는 원앙호접파가 혁신된 『소설월보』에 대항하기 위해 창간한 주간지이다. 1923년 1월 상하이에서 창간되었으며 상우인서관에서 발행되었다. 1929년 12월에 정간되었다.

27) 곤차로프(Иван Александрович Гончаров, 1812~1891)는 러시아의 소설가이며, 대표작으로는 장편소설 『오블로모프』(Обломов, 1859)가 있다. 레닌은 「소비에트공화국의 국내외 형세를 논함」이란 글 등에서 여러 차례 '오블로모프'라는 예술형상에 대해 언급한 적이 있다.

28) 예링펑의 소설 「가난에 쪼들린 자전」(窮愁的自傳)을 가리키며, 이 작품은 1929년 11월 『현대소설』 제3권 제2기에 발표되었다. 소설 속의 주인공 웨이르칭(魏日靑)은 다음과 같이 말했다. "평소 해왔던 대로 아침에 일어난 후 나는 동전 열두 푼을 주고 고물상에서 사온 『외침』을 석 장 찢어 변소에 가서 똥을 누었다."

29) 샹페이량(向培良, 1905~1959)은 후난 쳰양(黔陽) 사람으로, 광풍사(狂飆社)의 주요 성원이다. 그는 『광풍』(狂飆) 제5기(1926년 11월)에 실린 「고독자를 논함」(論孤獨者)이라는 글에서 다음과 같이 말했다. 젊은이들은 "분노하고 울부짖으며, 마치 쫓기는 이리처럼 고개를 돌려 이빨을 드러내 놓는다.……" 1929년 상하이에서 『청춘월간』(靑春月刊)의 주편을 맡은 그는 '민족주의문학'과 '인류의 예술'을 제창했다. 그의 저서 『인류의 예술』(人類的藝術)은 1930년 5월 국민당 난징 바티(拔提)서점에서 출판되었다.

30) 구리야가와 하쿠손의 말은 모두 그의 『고민의 상징』 제3부에 실린 「단편 '목걸이'」(短篇'項鍊')에 나온다. 여기에는 창작에 있어서 직접경험과 간접경험의 문제에 관한 논의가 나오지만, '체찰'(體察)에 해당하는 단어는 보이지 않는다. '체찰'은 원래 '체험과 관찰' 혹은 '몸소 겪은 바'를 의미하므로 직접경험에 가깝지만, 이 글의 전체적인 맥락에서는 상상력에 의한 경험을 의미한다고 본다.

31) 『레닌청년』(列寧靑年)은 중국공산주의청년단의 기관지로서, 1923년 10월에 상하이에서 창간되어 1932년에 정간되었다. 원명은 『중국청년』(中國靑年)이었으나, 1927년 11월 『무산청년』(無産靑年)으로 개칭했다가 1928년 10월에 다시 『레닌청년』으로 개칭

했다. 여기에서 언급한 평론은 이 잡지의 제1권 제11기(1929년 3월)에 발표된 더자오 (得釗)의 「1년간의 중국문예계 술평」(一年來中國文藝界述評)이다.

32) 주원장(朱元璋, 1328~1398)은 하오저우(濠州) 중리(鍾離; 지금의 안후이 펑양鳳陽) 사람 이다. 원말에 일어난 농민기의군 우두머리 가운데 한 사람으로, 명나라의 초대 황제가 되었다. 자는 국서(國瑞), 연호는 홍무제(洪武帝)이고, 묘호는 태조(太祖)이다. 신해혁 명 전야에 동맹회(同盟會) 기관지인 『민보』(民報)는 그의 초상화를 싣고, 그를 '중국 대 민족의 혁명위인', '중국혁명의 영웅'이라 일컬었다.

33) 여기에서 말한 단도제는 한신(韓信)임에 틀림없다. 송대에 강소우(江少虞)가 지은 『사 실류원』(事實類苑)에 다음과 같은 이야기가 실려 있다. "당진(黨進)은 일자무식이었다. …… 저자를 지나다가 난간에서 연극을 노는 것을 보고서 말을 세우고 무슨 이야기를 하고 있느냐고 물었다. 배우가 '한신에 대한 이야기입니다'라고 대답하자, 당진은 크 게 화를 내면서 '네가 내 앞에서 한신 이야기를 했으니, 한신을 만나면 틀림없이 내 이 야기를 할 것이다. 이 아첨쟁이 녀석아'라고 말하면서 곤장을 때리라고 명령했다."

이바이사의 습작전람회의 서문¹⁾

현재 스스로 견식이 많다고 여기는 사람이 '인류를 위한 예술'²⁾을 떠들어
대고 있다. 그러나 이러한 예술은 현재 사회에서 단연코 존재하지 않는다.
보라, '인류를 위한 예술'을 떠들어 대는 이 사람들마저 인류를 옳은 자와
그른 자, 혹은 착한 자와 못된 자로 나누고, 이른바 그른 자와 못된 자에게
으르렁거리고 물어뜯고 있다.

  그러므로 현재의 예술은 어쨌든 한편으로 멸시와 냉대, 박해를 받지
만, 다른 한편으로는 동정과 옹호, 지지를 받고 있다.

  이바이사 역시 장차 이러한 예에서 벗어날 수 없으리라. 왜냐하면 이
것은 이 낡은 사회에서 새롭고 젊으며 진보적이기 때문이다.

  최근 중국에는 사실 예술가라 할 만한 자가 없다. '예술가'라 일컫는
자들이 그 이름을 얻는 것은 예술에 의해서라기보다는, 오히려 그들의 경
력과 작품의 제목——일부러 선정적으로, 종잡을 수 없게, 기괴하게, 무언
가 심오한 듯 가져다 붙인——에서 비롯되었다. 속이고 을러대어 사람들
에게 마치 대단한 것인 양 느끼게 만든 것이다. 그렇지만 시대는 쉬지 않

고 나아간다. 이제 새롭고 젊은 이름 없는 작가의 작품이 여기에 선 채, 맑게 깨어난 의식과 끈기 있는 노력으로써 무성한 풀숲 속에서 날마다 자라나는 튼실한 새싹을 드러내고 있다.

물론 이 새싹은 가냘프고 조그맣다. 그러나 가냘프고 조그맣기에 희망은 바로 이쪽에 있다.

내가 위에서 한 말 역시 이쪽에게 말한 것일 따름이다.

1931년 5월 22일

주)_____

1) 원문은 「一八藝社習作展覽會小引」, 1931년 6월 15일 『문예신문』 제14기에 발표했다. 이바이사(一八藝社)는 1929년 항저우 예술전과학교의 일부 학생들이 조직한 목각예술 단체이다. 이 단체의 일부 성원이 상하이에서 예술활동에 종사할 때, 루쉰의 지도와 도움을 받았다.
2) 「상하이 문예의 일별」의 주 29)를 참조하시오.

문예신문사의 물음에 답함[1]
— 일본이 동삼성[2]을 점령한 의미

이것은 한편으로 일본제국주의가 자신의 노예 —— 중국의 군벌 —— 를 '응징'[3]한 것이며, 또한 중국 민중을 '응징'한 것이기도 하다. 왜냐하면 중국 민중은 군벌의 노예이므로. 다른 한편으로는 소련에 쳐들어가는 시작이며, 세계의 노고대중에게 영원히 노예의 고통을 안겨 주기 위한 방침의 첫 걸음이다.

9월 21일

주)_____

1) 원문은「答文藝新聞社問」, 1931년 9월 28일『문예신문』제29기에 발표했다.

『문예신문』은 좌익작가연맹의 주간지로서, 1931년 3월에 상하이에서 창간되었으며, 1932년 6월에 정간되었다. 9·18사변 이후 이 주간지는 상하이 문화계의 저명인사에게 9·18사변에 대한 설문조사를 실시했는데, 이 설문조사에 답한 것이 이 글이다.

2) 동삼성(東三省)은 동북삼성(東北三省)의 약칭으로 중국 최북단의 러시아와의 접경지역을 가리킨다. 3성은 헤이룽장성(黑龍江省), 지린성(吉林省), 랴오닝성(遼寧省)이다.

3) 일본 군벌은 9·18사변을 일으킨 후 자신들의 중국 침략행위를 '응징'이라 강변했다.

'민족주의문학'의 임무와 운명[1]

1.

식민정책은 꼭 건달을 보호하고 길러 내기 마련이다. 제국주의의 눈으로 본다면, 오직 그들만이 가장 요긴한 노예이자 쓸모 있는 앞잡이로서, 식민지 인민이 다하지 않으면 안 될 임무, 즉 제국주의의 폭력에 의지하는 한편 본국의 전통의 힘을 이용하여 '무리를 해치는 말馬'[2]과 본분을 지키지 않는 '불순분자'를 제거하는 임무를 수행할 수 있다. 그러므로 이 건달은 식민지에 와 있는 외국 나으리의 총아──아니 총견이며, 그의 지위는 상전의 아래이지만, 어쨌든 다른 피통치자보다는 위에 있다.

상하이도 물론 예외일 수 없다. 순경은 비밀결사[3]에 들지 못하니, 소상인은 소자본을 가지고 있더라도 따로 건달 하나를 물색하여 채권자로 모시고 후한 이자를 주지 않는 바에야 발붙이기가 몹시 어렵다. 작년에는 문예계에도 '양아버지를 모시는' '문학가'가 나타났다.

그러나 이건 가장 노골적인 사실에 지나지 않는다. 사실은 설사 비밀결사의 패거리가 아니더라도, 그들의 이른바 '문예가'라는 수많은 자들은 이제껏 '총견'의 직분을 다해 왔던 것이다. 비록 표방하는 구호가 예술지상주의네, 국수주의네, 민족주의네, 인류를 위한 예술이네 등 갖가지로 다르지만, 이는 마치 순경의 손에 들려 있는 총이 전장총이든, 후장총이든, 라이플총이든, 모제르총이든[4] 아무리 다를지언정, 그 궁극적 목적은 단 하나, 제국주의를 반대하는, 즉 정부를 반대하는, 다시 말해 '혁명을 반대하'거나 조금이라도 불평을 품은 인민을 쏘아 죽이는 것이라는 점과 마찬가지이다.

이들 총견파 문학 가운데에서 꽹과리와 징을 가장 떠들썩하게 울려 댄 것은 이른바 '민족주의문학'[5]이다. 그러나 밀정, 순사와 망나니들의 뚜렷한 공적에 비한다면, 상당히 초라한 편이다. 그건 이들이 그저 짖어 댈 뿐 직접 물어뜯지는 못하는 데다가 대체로 건달들만큼 사납지 못하여, 둥둥 떠돌아다니는 시체에 지나지 않기 때문이다. 그렇지만 이 또한 바로 '민족주의문학'의 특색이며, 그렇기에 그 '총애'를 유지하고 있는 것이다.

이들의 간행물을 펼쳐 보라. 예전에 갖가지 주의를 표방했던 각종 인간들이 뜻밖에도 한데 모여 있다. 이것은 '민족주의'라는 거인의 손이 이들을 붙잡아 온 것인가? 결코 그렇지 않다. 이것들은 본래 상하이탄上海灘에 오랫동안 가라앉았다 떠올랐다 하면서 떠돌던 시체로서 원래 곳곳에 흩어져 있던 것인데, 풍랑이 일자 한곳에 모여들어 무더기를 이루고, 게다가 각자의 부패로 말미암아 지독한 악취를 풍기고 있다.

이들의 '짖는 소리'와 '악취'는 상당히 멀리까지 퍼지는 특색이 있어서, 제국주의에는 도움이 된다. 이것이 "왕을 위하여 앞장서 달린다"[6]는 것이며, 따라서 시체문학은 장차 건달정치와 함께 존재하게 될 것이다.

2.

그렇다면 위에서 말한 풍랑은 무엇인가? 그것은 프롤레타리아의 흥성으로 말미암아 일어난 자그마한 풍랑이다. 이전의 이른바 일부 문예가들은 원래 반의식적 혹은 무의식적으로 자신이 붕괴하리란 것을 느끼지 않은 적이 없었다. 그리하여 스스로를 속이고 남을 속이는 갖가지 미명으로 수식하여 고일高逸입네, 방달放達(신식말로 한다면 '퇴폐')입네 하면서, 그리는 것은 나체 여인이나 정물, 죽음이요, 쓰는 것은 꽃과 달, 성지聖地, 불면, 술, 여인이었다. 낡은 사회의 붕괴가 더욱 분명해지고, 계급투쟁이 더욱 첨예해지자, 그들 역시 자신의 불구대천의 원수, 즉 장차 새로운 문화를 창조하고 낡아 빠진 오물을 쓸어버릴 프롤레타리아를 목도하게 되었으며, 자신이 바로 이 오물이며, 장차 위에 있는 지배자와 운명을 같이하리라는 것을 느끼게 되었다. 그래서 그들은 필연적으로 제국주의 지배를 받고 있는 온순한 백성順民이 일으켜 세운 '민족주의문학'이란 깃발 아래 모여들어 상전과 함께 마지막 발악을 해보려는 것이다.

그러므로 비록 뒤죽박죽 부스러기의 떠도는 시신이라 할지라도 그 목표만은 똑같다. 즉 상전과 마찬가지로 온갖 수단을 다하여 프롤레타리아를 탄압함으로써 꺼져 가는 목숨을 연장시켜 보려는 것이다. 하지만 끝내 뒤죽박죽 부스러기인 데다 이전에 남겨진 살갗과 터럭이 꽤 붙어 있기에, 선언을 발표한 이래 선명한 작품은 하나도 보이지 않는다. 선언[7]은 얼마 안 되는 무리가 뒤죽박죽 엉망으로 모인 부스러기이기에 근거로 삼기에는 턱없이 모자란다.

그러나 『전봉월간』[8] 제5호는 우리에게 명백한 작품 한 편을 보여 주었다. 편집자의 말에 따르면, 이것은 "옌시산·펑위샹 토벌전[9]에 참가한 실제의 묘사"라고 한다. 전투를 묘사한 소설이야 결코 신기할 게 없지만, 특이한 점은 '젊은 군인'인 작자가 스스로 서술한 싸움터에서의 심리이다. 이것은 '민족주의문학가'의 자화상이니 자못 정중하게 인용할 만한 가치가 있다.

> 매일 밤 깜빡이는 뭇별 아래에 서서 손에 기병총을 든 채 풀벌레 울음소리를 듣는다. 사방에는 모기가 무수히 날아다닌다. 이 모든 게 아프리카의 사막에서 아라비아인과 싸우며 피 흘리는 프랑스 '외인부대'의 생활을 떠올리게 한다. (황전샤, 「룽하이선상에서」)

알고 보니, 중국 군벌의 혼전이 '젊은 군인'과 '민족주의문학가'의 눈에는 같은 나라의 인민을 내몰아 서로 죽이게 하는 것이 아니라, 외국인이 다른 외국인을 치고 있는 것으로 보이는 모양이다. 두 나라, 두 민족으로서 싸움터에서 밤을 맞으면, 절로 우쭐한 기분에 피부색이 하얘지고 콧날이 오뚝해져 라틴족[10]의 전사가 되어 야만적인 아프리카에 서 있는 듯한 느낌이 드는 것이다. 그러니 주위의 백성들을 모두 적으로 여겨, 하나하나 쳐 죽이려는 게 전혀 이상한 일이 아니다. 민족주의의 관점에서 본다면, 프랑스인이 아프리카의 아라비아인을 아낄 필요는 전혀 없다. 이 사소한 대목은, 조금 크게는 중국 군벌이 왜 제국주의의 발톱과 엄니가 되어 중국 인민을 해치고 도살하는지 그 까닭을 설명해 준다. 그것은 그들 자신이 '프랑스의 외인부대'라고 여기기 때문이다. 또한 조금 작게는 중국의 '민족주의문학가'가 근본적으로 외국의 상전들과 이해관계를 함께하면서도, 왜 '민족주의'라 일컬어 독자를 헛갈리게 하는지 그 까닭을 설명해 준다. 그것은 그들 스스로 때로는 라틴족이나 튜턴족[11]인 양 느껴지기 때문이다.

3.

황전샤 선생의 글이 이처럼 솔직담백한 걸 보면, 여기에서 말한 심경은 물론 진실할 것이다. 그러나 그의 소설 속에 드러나 있는 지식으로 추측하건대, 결코 모르지 않는데도 일부러 말하지 않은 가식이 약간 엿보인다. 이건 그가 '프랑스의 안남병'[12]을 두루뭉술하게 '프랑스의 외인부대'라 바꿔 놓은 것을 가리킨다. 이 때문에 '실제 묘사'로부터 한참 멀어졌으며, 게다가 위의 절에서 말한 시비를 초래했던 것이다.

그러나 작자는 머리가 좋은 사람이다. 그는 "벗인 푸옌창傅彦長 군의 평소 이야기"를 많이 들은 적이 있으며, "…… 다방면에 걸쳐 기탄없이 그의 훈도를 받았다".[13] 아울러 국내외의 역사와 전기를 고증한 후, 이어 '민족주의'라는 제목에 제법 어울리는 극시劇詩를 지었는데, 이번에는 프랑스인을 들먹이지 않았다. 「황인종의 피」黃人之血(『전봉월간』 7호)가 그것이다.

이 극시가 다루고 있는 일은 황인종의 서방 정벌이며, 주장主將은 칭기즈 칸의 손자인 바투[14] 원수元帥로서 진정한 황인종이다. 정복한 곳은 유럽이었지만, 사실은 오로지 러시아였다. 이것은 작자의 목표이다. 연합군의 구성은 한족, 타타르족, 여진족, 거란족으로 이루어졌다. 이것은 작자의 계획이다. 연합군은 줄곧 승리를 거두었지만, 아쉽게도 훗날 이 네 민족이 '우의'의 중요성과 '단결의 힘'을 알지 못한 채 서로 죽이는 바람에,

끝내는 백인종 무사에게 정복되고 말았다. 이것은 작자의 풍유이자 비애이다.

그렇지만 우리는 잠시 이 황인종 군대의 위용과 악랄함을 살펴보기로 하자.

......

두려워라, 주검을 지지는 펄펄 끓는 기름

무서워라, 곳곳에 나뒹구는 썩은 해골은 얼마나 흉측한가

죽음의 신이 백인 처녀를 으스러지게 껴안고

미인의 고왔던 얼굴은 징그러운 해골이 되었네

야수 같은 야만인이 옛 궁궐에서 치고받으며 싸운다

십자군 전사의 얼굴에는 애수가 넘쳐흐르고

천년 묵은 관에서는 메스꺼운 악취가 풍겨 나온다

쇠발굽은 부서진 뼈를 짓밟고, 낙타의 울음소리는 괴이한 비명이 된다

하느님은 이미 달아나고, 마귀는 불채찍을 휘둘러 복수한다

황화가 왔다! 황화가 왔다!

아시아의 용사들이 사람을 잡아먹은 피 묻은 입을 쩍 벌린다.

독일 황제 빌헬름[15]이 "독일, 독일은 그 무엇보다도 으뜸"임을 고취하고자 부르짖었던 '황화',[16] "아시아의 용사들이 쩍 벌린" "사람을 잡아먹은 피 묻은 입"을, 우리의 시인은 '러시아', 즉 현재 프롤레타리아가 독재하는 최초의 나라로 향하게 함으로써 프롤레타리아의 모범을 소멸하려 한다.─이것이 '민족주의문학'의 목표이다. 그러나 결국 식민지의 온

순한 백성의 '민족주의문학'이므로, 우리의 시인이 수령으로 떠받드는 것은 몽고인 바투이지 중화인인 조구[17]가 아니며, '사람을 잡아먹은 피 묻은 입'을 쩍 벌린 이는 '아시아의 용사들'이지 중국의 용사들이 아니며, 바라는 것은 바투의 통치 아래의 '우의'이지 각 민족 간의 평등한 우애가 아니다. 이것이야말로 이른바 '민족주의문학'의 노골적인 특색이지만, 젊은 군인인 작자의 비애이기도 하다.

4.

바투는 죽었다. 아시아의 황인종 가운데 현재 당시의 몽고와 견줄 수 있는 것은 오직 일본밖에 없다. 일본의 용사들 역시 소련을 몹시 미워하지만, 그렇다고 중화의 용사들을 예쁘다고 쓰다듬어 주지는 않으며, '일지친선' 日支親善을 부르짖어 '우의'를 주장하는 것과 일치하기는 하지만, 사실은 입으로 하는 말과는 부합되지 않는다. 중국의 '민족주의문학'의 입장에서는 이미 비애로 느껴지기에, 이에 대해 풍유가 가해지는 것은 본시 필연적인 결과이니, 그리 놀랄 만한 일은 아니다.

　　과연 시인의 비애의 예감은 실증된 듯하다. 게다가 사태가 훨씬 심각하다. '불채찍을 휘둘러' '러시아'를 막 불사르려는 순간, 바투 당시의 결말처럼 조선인이 중국인을 마구 죽이고,[18] 일본인이 '사람을 잡아먹은 피 묻은 입을 쩍 벌려' 동삼성을 삼켜 버린 것이다. 그들은 푸옌창 선생의 훈도를 받지 못해 '단결의 힘'의 중요성을 몰랐기에, 끝내 중국의 '용사들'까지 아프리카의 아라비아인으로 간주했던 것은 아닐까?!

5.

이건 참으로 커다란 타격이었다. 군인인 작자는 용감하고 씩씩한 고함을 미처 지르지도 못했는데, 우리가 지금 목도하는 것은 '민족주의'의 깃발 아래의 신문에 실려 있는 작은 용사들의 분격과 절망이다. 이 역시 필연적인 결과이니 조금도 놀랄 만한 일이 아니다. 이상과 현실은 본래 충돌하기 쉬운 법이며, 이상일 적에 이미 비애가 깃들어 있으니, 현실이 되면 물론 절망할 것이다. 그리하여 작은 용사들은 싸우려 한다──

> 싸우자, 마지막 결단을 내리자
> 우리의 적을 쓸어버리자
> 보라, 적의 총포가 울리나니
> 어서 나가자, 우리의 육체로 장성을 쌓자
> 머리 위에서는 우레가 포효하고
> 발밑에서는 파도가 울부짖는다.
> 뜨거운 피 가슴에서 타오르나니
> 우리는 전선으로 달려나간다.
> (쑤펑蘇鳳의 「전가」戰歌, 『민국일보』에 실림)

> 가자, 싸움터로
> 우리의 뜨거운 피는 끓어오른다
> 우리의 육신은 미치광이와 같다
> 우리 뜨거운 피로 적의 총구를 녹슬게 하고

우리 육신으로 원수의 포구를 틀어막자.

가자, 싸움터로

우리의 용기에 의지하여

우리의 순정한 넋에 힘입어

원수를 몰아내자

아니 원수를 몰살하자.

(간위칭甘豫慶의 「싸움터로 가자」去上戰場去, 『선바오』에 실림)

동포여, 깨어나라

약자의 마음을 차 버리고

약자의 머리를 차 버려라.

보라, 보라, 보라

동포의 피 솟구치는 것을

동포의 살 찢기는 것을

동포의 주검 매달린 것을.

(샤오관화邵冠華의 「깨어나라 동포여」醒起來罷同胞, 위와 같음)

이들 시에서 두드러지는 것은 어느 작자나 무기가 없음을 잘 알고 있다. 그렇기에 어쩔 수 없이 '육체'를, '순정한 넋'을, '주검'을 사용할 수밖에 없다. 이것이 바로 「황인종의 피」 작자의 이전의 비애이며, 그래서 바투 원수를 뒤따르면서 '우의'를 주장했던 이유이다. 무기는 상전에게서 사들인 것이고, 프롤레타리아는 이미 자신의 적이다. 만약 상전이 그 충정을 몰라준 채 '응징'을 가하려 한다면, 그 유일한 길은 실로 죽음뿐이다——

우리는 갓 훈련받은 부대

굳은 의지와

끓어오르는 뜨거운 피로

강포한 악한 무리를 물리치자.

동포여, 사랑하는 동포여

어서 일어나 싸움을 준비하자

싸우다 죽음은 우리의 살 길.

(사산沙珊의 「학도병」學生軍, 위와 같음)

하늘은 울부짖고

땅은 진동한다

사람은 돌진하고 야수는 으르렁거린다

온누리의 모든 것이 포효한다

벗이여,

우리의 목이 적에게 잘릴 걸 각오하자.

(쉬즈진徐之津의 「위대한 죽음」偉大的死, 위와 같음)

한 무리는 의기충천하고, 다른 한 무리는 비분강개하다. 써 보는 거야 물론 괜찮지만, 정말로 이렇게 하려 한다면 '민족주의문학'의 자세한 의미를 너무나 모른다고 하지 않을 수 없다. 하지만 그렇더라도 '민족주의문학'의 임무는 다한 것이다.

6.

『전봉월간』에 커다란 활자로 제목을 붙인 「황인종의 피」의 작자 황전샤 시인은 진즉 우리에게 이상적인 원수 바투에 대해 알려 주지 않았던가? 이 시인께서는 푸엔창 선생의 훈도를 받고 국내외의 역사와 전기를 조사했으며, "중세기의 동유럽은 세 가지 사상의 충돌점"[19]이란 것도 알고 있었으니, 어찌 조가[20] 말엽의 중국이 몽고인의 강간과 약탈의 무대였음을 모를 리 있겠는가? 바투·원수의 할아버지인 칭기즈 칸 황제는 중국을 침략했을 적에 이르는 곳마다 부녀를 강간하고 가옥을 불살랐다. 산둥의 취푸曲阜에 이르러 공자 선생의 상을 보자, 원나라 병사들조차 손가락질하며 "'오랑캐에게 군주가 있음이, 중화 여러 나라에 군주가 없음만 못하다'[21]고 한 자가 바로 네가 아니냐?"고 욕하면서 머리를 짓누른 채 화살을 한 대 날렸다. 이것은 송나라 사람의 필기[22]에 눈물을 흘리면서 씌어져 있는 것인데, 바로 지금 신문에 자주 보이는 눈물 어린 글과 같은 것이다.

　　황 시인이 묘사한 러시아의 그 "죽음의 신이 백인 처녀를 으스러지게 껴안는다……"라는 멋드러진 문장은 사실 당시 중국에 나타났던 정경이다. 그렇지만 그의 손자대에 이르러 그들은 손을 맞잡고 '서정'西征에 나서지 않았던가? 현재 일본군이 동삼성을 '동정'東征했는데, 이야말로 '민족주의문학가'가 이상으로 여기는 '서정'의 첫걸음이며, "아시아의 용사들이 사람을 잡아먹은 피 묻은 입을 쩍 벌리는" 서막이다.

　　그러나 우선 중국에서 한 입 물어뜯지 않으면 안 된다. 왜냐하면 당시 칭기즈 칸 황제 역시 러시아에 대해서와 마찬가지로, 먼저 중국인을 노예로 만든 다음에 그들을 내몰아 싸우게 했지, 결코 '우의'를 가지고 청첩장을 보내 정중히 초빙하지는 않았다. 그러므로 이번 선양사건[23]은 '민족주의문학'과 털끝만큼도 충돌하지 않을 뿐만 아니라, 그들의 이상향을 실현한 것이다. 만약 이러한 자세한 의미를 알지 못한 채 억지로 목숨을 바치게 하여 '아시아의 용사'를 줄게 한다면, 이는 참으로 안타깝기 그지없는 일이다.

그렇다면 '민족주의문학'에는 오호라, 아이구, 죽네 사네 등의 곡조가 있어서는 안 된단 말인가? 삼가 대답하건대, 있어야 한다. 그들에게도 꼭 있어야 한다. 그렇지 않으면 무저항주의니, 성하지맹[24]이니, 국토 할양이니 하는 등의 수작이 조용한 가운데에서는 더욱 노골적으로 드러나게 된다. 그러므로 반드시 큰소리로 울부짖고 주먹을 불끈 쥐지 않으면 안 된다. 그래야 사람들이 이 떠들썩한 소란에 어리둥절하여, 슬픈 노래에 눈물을 글썽거리고 장엄한 노래에 격분할 것이다. 이리하여 '동정', 즉 '서정'의 첫걸음을 아무도 몰래 내딛게 된다. 장송의 대열에는 비애의 울음소리도 있고 장엄한 군악소리도 있는데, 그 임무는 죽은 사람을 땅속에 묻을 때 떠들썩함으로 이 '죽음'을 가려 버리고, 이어 사람들에게 '망각'을 주려는 데에 있다. 현재 '민족주의문학'의 의기충천하거나 비분강개한 글은 바로 똑같은 임무를 다하고 있는 것이다.

그러나 이후 '민족주의문학자'는 그의 애수에 더욱 가까워진다. 왜냐하면 하나의 문제가 더욱 가까이 다가오기 때문이다. 그것은 곧 장차 상전이 바투 원수의 전철을 밟지 않고, 충성스럽고 용감한 노예, 아니 용사들을 신뢰하고 우대해 줄 것인가의 여부이다. 이것은 참으로 중요하고도 두려운 문제이며, 상전과 노예가 '공존공영'할 수 있는지 없는지의 관건이다.

역사는 우리에게 말해 주고 있다. 그것은 불가능한 일이라고. '민족주의문학자'조차 이미 알고 있듯이, 그건 결코 있을 수 없는 일이다. 그들은 장차 장송의 임무를 다하고, 영원히 상전을 그리는 애수에 잠겨 있을 따름이다. 프롤레타리아 혁명의 풍랑이 사납게 일어나 강산을 휩쓸 때가 되어서야, 그 침체되고 비열하며 썩어 빠진 운명에서 벗어날 수 있을 것이다.

주)_____

1) 원문은 「民族主義文學'的任務和運命」, 1931년 10월 23일 상하이의 『문학도보』(文學導報) 제1권 제6,7기 합간에 옌아오(晏敖)라는 필명으로 발표했다.

2) 원문은 '害群之馬'이며, 난폭한 말 한 필이 말 무리 전체를 혼란에 빠뜨린다는 뜻으로, 사회나 집단을 위험에 빠뜨리는 사람을 의미한다. 『장자』「서무귀」(徐無鬼)에 다음과 같은 말이 있다. "천하를 다스리는 일이 말을 먹이는 일과 무엇이 다르겠습니까? 그저 말을 해치는 것을 제거해 주기만 하면 될 뿐입니다."(夫爲天下者, 亦奚以異乎牧馬者哉, 亦去其害馬者而已矣)

3) 비밀결사의 원문은 패거리를 의미하는 '방'(幫)이다. 당시 상하이에는 '청방'(青幫)과 '홍방'(紅幫)이라는 2대 비밀결사가 있었다.

4) 전장총(前裝銃)은 탄약을 총구로 재는 구식 소총이며, 후장총(後裝銃)은 탄약을 약실에 재는 소총이다. 라이플총(rifle)은 총신 내부에 나선형 강선을 깎아 만든 소총이며, 모제르(Mauser)총은 19세기 말 독일인 마우저(Peter-Paul Mauser)에 의해 개발된, 공간식 구조를 가진 소총이다.

5) 민족주의문학(民族主義文學)은 1930년 3월에 결성된 좌익작가연맹에 맞서기 위해, 1930년 6월에 국민당 당국의 주도로 설립된 문학운동이다. 발기인은 판궁잔(潘公展), 판정보, 주잉펑, 푸옌창, 왕핑링(王平陵) 등 국민당 관리와 문인들이다. 『전봉주보』(前鋒週報), 『전봉월간』(前鋒月刊) 등을 출판하여 '민족주의'를 중심의식으로 삼을 것을 고취하고, 프롤레타리아 혁명문학에 반대했다. 9·18사변 이후에는 장제스(蔣介石)의 무저항정책을 널리 선전했다.

6) 원문은 '爲王前驅'이며, 『시경』의 「위풍(衛風)·백혜(伯兮)」에서 비롯되었다. 여기에서는 '민족주의문학'이 "외적을 물리치려면 우선 국내를 안정시켜야 한다"(攘外必先安內)는 국민당의 대일투항주의를 위한 여론 조성을 가리킨다.

7) 1930년 6월 1일에 발표한 「민족주의 문예운동 선언」을 가리키며, 이 선언은 『전봉주보』 제2기와 제3기(1930년 6월 29일과 7월 6일)에 실렸다. 이 선언에서는 이른바 '문예의 중심의식', 즉 파시즘의 '민족의식'을 수립하여 '민족의식으로 계급의식을 대체'할 것을 고취함으로써 맑스주의의 계급투쟁설에 반대했다.

8) 『전봉월간』(前鋒月刊)은 민족주의문학의 주요 간행물이다. 주잉펑, 푸옌창 등이 편집을 맡았으며, 1930년 10월 상하이에서 창간되어 1931년 4월에 제7기를 마지막으로 정간되었다. 이 잡지의 제5호에는 「룽하이선상에서」(隴海線上)가 실렸는데, 작자인 황전샤(黃震遐, 1907~1974)는 광둥 난하이(南海) 출신의 민족주의문학의 작가로서, 『다완바오』(大晩報) 기자와 항저우젠차오(杭州筧橋) 공군학교 교관을 지냈다.

9) 장제스가 펑위샹(馮玉祥), 옌시산(閻錫山)과 룽하이(隴海)철로 및 진푸(津浦)철로를 따라 벌인 군벌전쟁을 가리킨다. 이 전쟁은 1930년 5월에 시작되어 10월에 끝났으며, 양측의 사상자는 30여만 명에 달했다.

10) 라틴족(Latins)은 라틴어계에 속하는 이탈리아, 프랑스, 스페인, 포르투갈 등의 나라 사람들을 두루 가리킨다.

11) 튜턴족(Teutons)은 게르만어계에 속하는 독일, 영국, 스위스, 네덜란드, 덴마크, 노르웨이 등의 나라의 사람들을 두루 가리킨다. 튜턴족은 원래 고대 유틀란트 반도에 거주했던 테우토니족을 가리킨다. 테우토니족은 남하하여 킴브리족과 함께 로마를 공격했지만, 로마군에 패하여 일부가 갈리아 북부에 정착했다. 튜턴족은 흔히 게르만족을 대표하여 쓰이고 있다.

12) 안남(安南)은 프랑스 지배하의 베트남을 가리킨다. 안남이란 명칭은 당나라 고종(高宗) 조로(調露) 원년(679) 당시 지금의 하노이에 안남도호부(安南都護府)를 설치하면서 처음으로 사용되었으며, 주로 베트남의 북부 및 중부 지방을 가리켰다. 베트남인들은 프랑스 식민지 시절에도 안남이란 용어를 사용한 적이 없는데, 프랑스인들은 주로 베트남의 중부지방을 안남이라 일컬었다.

13) 이 인용문은 황전샤의 「황인종의 피 앞에 쓰다」(寫在黃人之血前面)라는 글의 일부이다. 원문은 다음과 같다. "끝으로 밝혀 감사의 마음을 표해야 할 점이 있는데, 바로 벗인 푸옌창 군이 평소에 해주었던 수많은 이야기이다. 푸군은 역사 면모를 잘 알고 있는 학자이다. 나의 이 글은 그의 가르침을 직접 받았다고 할 수는 없지만, 은연중에 다방면에 걸쳐 기탄없이 그의 훈도를 받았다."(1931년 4월 『전봉월간』 제1권 제7기 참고)

14) 칭기즈 칸(成吉思汗, 1162~1227)은 고대 몽고족의 우두머리로서, 이름은 테무친이다. 13세기 초에 몽고족 각 부락을 통일하여 몽고 칸국을 수립하여 왕으로 추대된 후 칭기즈 칸이라 일컬었다. 그의 손자 바투(1209~1256)는 1235년부터 1244년까지 부대를 거느리고 서방을 정벌하여 러시아와 유럽 일부 국가를 정복했다.

15) 빌헬름 2세(Friedrich Wilhelm Victor Albert, 1859~1941)는 독일 제국의 황제 겸 프로

이센의 왕으로서, 1888년 독일 제국의 3대 황제로 즉위했다. 1914년 러시아에 선전포고함으로써 오스트리아 측에 서서 제1차 세계대전에 참가했으며, 독일혁명으로 말미암아 1918년 11월 퇴위했다.

16) 황화론(黃禍論)은 19세기 후반에 유럽에서 일어났던, 장래 황인종이 흥기하여 백인종에게 해를 가하리라는 논리이다. 19세기 말 독일의 지리학자이자 중국 전문가인 리히트호펜(Ferdinand von Richthofen), 영국 태생의 역사가이자 교육학자인 피어슨(Charles Pearson), 미국의 역사가인 애덤스(Henry Brooks Adams) 등이 황화론을 제창하였다. 빌헬름 2세 역시 1895년에 그린 「황화의 소묘」에 "유럽의 각국 인민이여, 여러분의 가장 신성한 재산을 보위하라!"라는 제사(題詞)를 써서, 왕공, 귀족 및 외국의 국가 지도자들에게 뿌렸다. 1907년에는 또다시 "황화, 이것은 내가 일찍이 인식했던 위험이다. 실제로 '황화'라는 말을 창조한 사람은 바로 나다"라고 밝혔다(1918년 런던에서 출판된 데이비스Arthur Newton Davis의 『내가 알고 있는 독일 황제』*The Kaiser as I know him*를 보라). 황화론은 애초에는 중국을 겨냥했지만, 청일전쟁과 러일전쟁에서 일본이 승리를 거둔 이후에는 차츰 일본이 황화론의 경계대상이 되었다.

17) 조구(趙構, 1107~1187)는 송대의 고종(高宗), 즉 남송의 초대 황제이다.

18) 이는 1931년 7월 초 만주의 지린(吉林)성 창춘(長春)현 산싱바오(三姓堡)의 완바오산(萬寶山)에서 한국인과 중국인 사이에 일어난 유혈사태, 그리고 이 사건의 여파로 한국 내에서 일어난 중국인 배척운동을 가리킨다. 완바오산 지역에서는 당시 일본의 술책으로 인해 한국인 농민과 중국인 농민 사이에 수로(水路) 문제를 둘러싼 충돌 및 유혈사태가 발생했다. 이와 관련하여 한국인 다수가 살상되었다는 허위사실이 국내 신문에 보도되면서, 인천과 경성을 비롯하여 평양, 부산, 대전, 천안 등지에서 중국인 배척운동이 일어나 수많은 사상자가 발생했다. 이는 한국과 중국의 항일운동세력을 분열시키려는 일본의 치밀한 음모였으며, 이후 일본은 1931년 9월 18일 만주사변을 일으켜 대륙침략의 야욕을 노골적으로 드러냈다.

19) 이 말은 "황인종의 피 앞에 쓰다』에 다음과 같이 나와 있다. "중세기의 동유럽은 세 가지 사상의 충돌점이었다. 이 세 가지 사상은 헤브라이, 그리스와 유목민족의 사상인데, 이들 사상은 늘 한데 섞여 있으면서도 끊임없이 충돌하고 있다."

20) 조가(趙家)란 황제의 성이 조(趙)씨인 송대(宋代)를 가리킨다.

21) 원문은 "夷狄之有君, 不如諸夏之無也"이다. 이것은 "논어』 「팔일」(八佾)에서 비롯되었으며, 그 원문은 "夷狄之有君, 不如諸夏之亡也".

22) 송대의 장계유(莊季裕)가 지은 "계근편』(鷄肋編)을 가리키며, 이 책의 중권(中卷)에 다음과 같은 내용이 쓰여 있다. "정강(靖康; 북송의 흠종欽宗의 연호, 1126~1127) 이후 금나라 병사들이 중국에 쳐들어와 풍속과 습관이 달라, 지나는 곳마다 불길에 휩싸였다. 예컨대 취푸(曲阜)의 옛 성현의 옛집은 …… 금나라 병사들이 이르자 곧바로 잿더미

로 변했다. 성현의 상을 가리키면서 '너는 오랑캐에 군주가 있다고 한 놈이다!'라고 욕설을 퍼부었다. 중원의 재난은 문자가 있은 이래 일찍이 없었던 일이었다." 루쉰은 이 글에서 원나라 병사라고 했는데, 금나라 병사의 오기이다.

23) 선양사건(沈陽事件)은 1931년 9월 18일 일본제국주의가 중국의 동북지방을 무력 침공한, 이른바 9·18사변을 가리킨다.

24) 성하지맹(城下之盟)은 『좌전』 '환공(桓公) 12년'에 나온다. 성 아래까지 쳐들어온 적군의 협박을 이기지 못해 맺은 굴욕적인 조약을 의미하며, 나중에는 흔히 투항을 가리키게 되었다.

찌꺼기가 떠오르다[1]

일본이 동삼성을 점령한 이후 상하이 일대의 반응을 신문에서는 '국난의 외침 속에서'라고 하였다. 이 '국난의 외침 속에서', 마치 오랫동안 고여 있던 못을 막대기로 휘저은 양, 온갖 묵은 찌꺼기와 새로운 찌꺼기가 곤두박질치며 떠올라, 물 위에서 한 바퀴 빙글 돌면서 그 틈에 자신의 존재를 과시하고 있다.

지금 싸울 수 있노라고 큰소리칠 만큼 자신 있는 사람들은 오랫동안 생각해 본 적도 없는 서양식 소총을 훈련해 보려 한다. 하지만 지금도 싸우자고 말하고 싶지 않은 사람들도 있다. 그들은 유럽대전 당시의 독일제국의 예를 본받아 '두뇌를 동원'하여 '국민의 한 사람'으로서의 의무를 다하려 하고 있다. 『당서』를 조사하여 일본의 옛 이름이 '왜노'倭奴라고[2] 말하는 이가 있는가 하면, 자전을 뒤적여 왜倭는 왜소하다는 뜻이라고 말하는 이도 있고, 문천상, 악비, 임칙서[3]의 이름을 기억해 내는 이도 있다.——그러나 더욱 적극적인 것은 물론 새로운 문예계이다.

먼저 다른 일에 대해 이야기해 보자. 그것은 '평화의 외침 속에서'이다. 이러한 외침 속에서 '후잔탕 선생'이 상하이에 왔다. 들리는 말로, 그는 젊은이들에게 '힘'을 기르고 '기분'氣에 치우치지 말라고 훈계했다고 한다.[4] 신통한 묘약이 나온 것이다. 이튿날 신문에 이런 광고가 나왔다. "후한민[=후잔탕] 선생은 대일외교에는 굳건한 원칙을 확정해야 된다고 말함과 아울러, 청년들에게 힘을 기르고 기죽지 말라고 격려했다. 힘을 기르는 것은 곧 몸을 튼튼히 하는 것이며, 기가 죽는 것은 비관하는 것이다. 몸을 튼튼히 하고 비관을 없애려면, 먼저 기쁨이 넘쳐 한바탕 통쾌하게 웃어야 한다." 그런데 이토록 귀중한 보배는 무엇일까? 그것은 바로 탐험을 익살스럽게 극화하여 소시민의 웃음을 자아낸 미국의 낡은 영화「두 사돈의 아프리카 여행」이다.

참으로 '국난의 외침 속에서의 흥분제'라면, 그건 '애국 가무의 공연'[5]인데, 스스로 "이야말로 민족성의 약동이며 가무계의 정수로서, 최후의 승리를 거두도록 동포의 노력을 촉구하는" 것이라고 말한다. 이러한 기막힌 공로를 세울 수 있는 대스타가 누구인지 아는가? 왕런메이, 쉐링셴, 리리리 등[6]이다.

그러나 마침내 '상하이 문예계는 대단결'했다. 『초야』[7](6권 7호)는 그 성대한 상황을 다음과 같이 적고 있다. "상하이 문예계의 동인들은 평소 연락하는 일이 드물었지만, 심각한 때에는 각자 다른 단체의 사업에 참가하면서도 셰류이, 주잉펑, 쉬웨이난[8] 세 사람의 발기에 의해 …… 모여 토론했다. 10월 6일 오후 3시에 속속 둥야東亞식당에 도착하여 …… 다과를 약간 든 뒤 곧바로 시작된 토론은 자못 활발히 전개되었으며, …… 마침내 상하이문예구국회[9]라 명명했다."

'활발히 전개되었다'는 게 어떤 것인지 우리는 알 길이 없지만, 눈앞에서 행해지는 방법을 보건대 우선 「두 사돈의 아프리카 여행」을 보고서 힘을 기르고, '애국 가무의 공연'을 보고 흥분한 다음, 『일본소품문선』[10]과 『예술삼가언』[11]을 보고 다과를 약간 들면서 활발히 전개되었으리라. 이렇게 하여 중국은 구원받은 것이다.

아니, 그렇지 않다. 이건 아마 문학 청년은 말할 나위도 없고, 문학 꼬맹이조차도 믿을 리가 없다. 뾰족한 수가 없으니 두 가지 다른 기쁜 소식을 보태는 수밖에 없다. 바로 지금의 애국문예가들이 주재하는 『선바오』에 발표된 글들이다——

10월 5일자의 「자유담」에서 예화蘂華 여사는 다음과 같이 말했다. "뾰족한 수가 없는 국민에게 어찌 뾰족한 수가 있는 정부가 있겠는가? 국제연맹은 기대할 게 없다. …… 이처럼 위급한 때를 맞아 전국의 국민은 저마다 뜻을 세우고 자신의 능력을 다하며 각자의 견해를 피력해야 마땅하다. 나 역시 재주 없지만, 삼가 군견軍犬 문제에 대해 국민 여러분과 의논하고자 한다. …… 여러 군견 가운데에서 독일 군견이 가장 유능하므로, 우리나라에서도 이 군견을 택하여 작전에 쓸 것을 극력 주장한다. ……"

같은 달 25일자의 「자유담」에도 '쑤민이 한커우에서 보냄'蘇民自漢口 寄이라는 다음과 같은 글이 실려 있다. "며칠 전 상하이의 벗 왕중량王仲良에게 보낸 편지에서 나의 병세를 이야기하면서 의용군에 투신하지 못함이 못내 유감스럽다고 했다. 왕군은 …… 묘약 한 포를 보내주면서, 페이성培生제약회사에서 제조된 익금초益金草인데, 폐결핵이나 각혈의 치료에 효험이 있으니 써 보라고 했다. …… 즉시 시험 삼아 복용해 보았더니, 과연 각혈이 멎었으며 20일이 지난 후에는 기력이 차츰 회복되었다. 그래서 …… 일단 나라에 일이 생기면 반드시 군대에 뛰어들어 평생의 장한 뜻을 펼쳐 적을 단숨에 해치우리라[12] 마음 먹었는바, 행군 날짜가 거의 다가왔다.……"

그렇다면 환자조차도 즉각 군대에 갈 수 있고 군견도 애국에 협력할진대, 애국 문예가의 지도 아래에서는 '적을 단숨에 해치울' 테니 참으로 낙관하여도 좋으리라. 다만 안타깝게도 문학 청년은 차치하고 문학 꼬맹이조차도 한 대목 한 대목 읽노라면, '광고'라 일컫고 있지는 않더라도 고물을 팔아 치우기 위한 새로운 광고에 지나지 않으며, '국난의 외침'이나 '평화의 외침'을 틈타 더 많은 이익을 가로채 자신의 주머니를 채우려는 것에 지나지 않다는 걸 깨닫게 될 것이다.

이렇기 때문에 이 시기에 시세에 편승하여 스타, 문예가, 군견, 묘약 등등이 표면으로 떠오르고 있으며, 또한 시세에 편승하는 까닭에 떠오르는 데에 별로 힘이 들지 않는다. 그러나 떠오르는 것은 찌꺼기이고, 찌꺼기는 어디까지나 찌꺼기에 지나지 않기에, 이렇게 떠오르고 나면 그들의 참모습이 한결 또렷해질 터이며, 최후의 운명 또한 여전히 가라앉고 말 것이다.

10월 29일

주)_____

1) 원제는 「沈滓的泛起」, 1931년 12월 11일 상하이의 『십자가두』(十字街頭) 제1기에 타인(它音)이란 필명으로 발표했다.

2) 『당서』(唐書)는 『신당서』(新唐書)와 『구당서』(舊唐書)를 포괄하는데, 각각 후진(後晉)의 류구(劉昫) 등 및 송대의 구양수(歐陽修) 등이 편찬했다. 두 책의 「동이전」(東夷傳)에 '왜노'(倭奴)에 관한 기록이 실려 있다.

3) 문천상(文天祥, 1236~1283)은 지저우(吉州) 지수이(吉水 ; 지금은 장시江西에 속함) 사람으로, 자는 송서(宋瑞) 혹은 이선(履善)이고 호는 문산(文山)이다. 남송 말기의 재상을 지낸 그는 원나라에 대해 시종 강경책을 주장했으며, 남송이 멸망한 후 도종(度宗)의 큰아들인 익왕(益王)을 도와 남송 회복에 힘썼지만, 포로로 붙잡혀 처형당했다.

악비(岳飛, 1103~1142)는 샹저우(相州) 탕인(湯陰 ; 지금은 허난에 속함) 사람으로, 남송의 명장이다. 금나라에 맞서 싸우기를 주장했기에, 화친파인 고종(高宗)과 진회(秦檜)에게 살해당했다.

임칙서(林則徐, 1785~1850)는 푸젠 민허우 사람으로, 청나라의 정치가이자 학자이다. 그는 아편전쟁(鴉片戰爭)에서 영국의 침략에 맞서 싸웠으며, 이후 조정에 의해 신장(新疆)으로 유배당했다.

4) 후잔탕(胡展堂, 1879~1936)은 광둥 판위 사람으로, 원명은 후한민(胡漢民)이고 잔탕은 자이다. 국민당 지도자 가운데 한 사람으로서, 일찍이 동맹회에 참여했으며, 광둥혁명정부 대리 대원수, 국민당 중앙정치회의 주석 등을 역임했다. 그는 광둥군벌과 월파(粤派) 세력을 결성하여 장제스의 난징 중앙정부와 맞섰다. 1931년 10월, 양측은 '다함께 국난에 대처하자'라는 기치 아래 상하이에서 담판을 진행했다. 그는 14일 시국에 대한 견해를 발표하면서 다음과 같이 말했다. "학생들은 물론 백성들의 선봉의 정신으로 힘써야 마땅하지만, 힘의 준비에 많은 주의를 기울여야 하지, 그저 기(氣)만을 발설해서는 안 된다."

5) '애국 가무의 공연' 및 이하의 인용문은 1931년 10월『선바오』「본부증간」(本埠增刊)에 연속으로 실렸던, 황금대희원(黃金大戱院)의 광고이다.

6) 왕런메이(王人美, 1915~1987)는 후난 창사(長沙) 출신으로, 원명은 왕수시(王庶熙)이다. 1930년대에 활약했던 여배우로서, 1931년에「들장미」(野玫瑰)의 주연을 맡아 두각을 나타냈으며, 그녀가 주연한「어광곡」(漁光曲)은 1935년에 소련국제영화제에서 영예상을 받았다.

쉐링셴(薛玲仙, ?~1944)은 중국의 가무계와 영화계의 스타로서, 1920년대 말 명월가무단(明月歌舞團)에서 활약했다. 당시 왕런메이, 리리리 및 후자(胡笳)와 함께 사대천왕으로 일컬어졌다.

리리리(黎莉莉, 1915~2005)는 저장 우싱(吳興) 사람으로, 원명은 첸친친(錢蓁蓁)이다. 1920, 30년대에 활약했던 여배우로서「장난감」(小玩意),「한길」(大路) 등의 영화에 출연했다.

7)『초야』(草野)는 왕톄화(王鐵華)와 탕쩡양(湯增敭)이 편집을 맡은 반월간 잡지로, 후에 주간으로 바뀌었으며, '문학 청년의 간행물'을 자처했다. 1929년 9월 상하이에서 창간되었으며, 1930년부터 '민족주의문학'을 제창했다. 루쉰이 아래의 글에서 언급한 '문학 청년', '문학 꼬맹이' 등은 모두 이들에 대한 풍자이다.

8) 셰류이(謝六逸, 1896~1945)는 구이저우(貴州) 구이양(貴陽) 사람으로, 문학연구회 성원이며, 이 당시 푸단(復旦)대학 교수였다.

주잉펑에 대해서는 이 문집의 「암흑 중국의 문예계의 현상」의 주8)을 참조하시오.

쉬웨이난(徐蔚南, 1900~1952)은 장쑤 우(吳)현 사람으로, 당시 세계서국(世界書局)의 편집을 맡고 있었다.

9) 상하이문예구국회(上海文藝救國會)는 '민족주의문학'파가 '항일'과 '구국'의 깃발을 내걸고 조직한 문예단체이다. 소수의 중도파 인사들도 여기에 참가했으며, 1931년 10월 6일에 상하이에서 창설되었다.

10) 『일본소품문선』(日本小品文選), 즉 『근대일본소품문선』은 셰류이가 선역하여 1929년 상하이 대강서포(大江書鋪)에서 출판되었다.

11) 『예술삼가언』(藝術三家言)은 푸옌창, 주잉펑, 장뤄구(張若谷)의 공저로서, 1927년 상하이 량유(良友)도서공사에서 출판되었다.

12) 원문은 '滅此朝食'이며, 『좌전』 '성공(成公) 2년'의 다음과 같은 말에서 비롯되었다. "제나라 왕은 '과인이 단숨에 이들을 섬멸하고 나서 아침 식사를 하겠다'고 하고서, 말에 갑옷도 입히지 않은 채 진나라의 군대 속으로 돌격했다."(齊侯曰 '余姑翦滅此而朝食.' 不介馬而馳之) 흔히 적을 섬멸하고 싶은 다급한 심정과 필승의 자신감을 나타낸다.

발로 나라에 보답하다[1]

올해 8월 31일자의 『선바오』「자유담」에서 '지핑'喬萍이란 필명으로 쓰인
「양만화[2] 여사의 유럽 유람 잡감」이란 글을 보았다. 그런데 이 가운데 한
대목이 무척 흥미로워 아래에 그대로 베껴 적는다.

> 어느 날 우리는 벨기에의 어느 마을에 이르렀다. 수많은 여인들이 다투
> 어 나의 발을 보러 왔다. 내가 발을 내밀어 그들에게 보여 주고서야, 그
> 들의 호기심 어린 의혹을 풀어 줄 수 있었다. 어느 여인이 이렇게 말했
> 다. "우리도 이제껏 중국인을 본 적이 없어요. 하지만 중국인에게는 꼬
> 리(즉 변발)가 있고, 모두 첩을 들이고, 여인들은 죄다 발이 작아 뒤뚱뒤
> 뚱 길을 걷는다고 어렸을 적부터 들어 왔어요. 오늘에야 이런 말이 틀렸
> 다는 걸 알게 되었네요. 우리의 오해를 용서해 주세요." 또 어떤 사람은
> 동아시아의 정세를 잘 알고 있다면서 비웃는 투로 이렇게 말했다. "중국
> 의 군벌은 횡포하기 그지없고 곳곳에서 비적이 날뛰어, 인민은 지옥 같
> 은 삶을 지내고 있다면서요?" 그럴듯하지만 터무니없는 이런 이야기를

잔뜩 늘어놓았다. 나는 "그런 풍문은 전혀 근거가 없습니다"라고 말했다. 동행한 이 역시 익살스러운 말로 되받았다. "나라를 세운 지 수천 년이나 되는 대중화민국을 여러분들이 어찌 알겠습니까? 우리의 혁명이 성공한 후에 현미경으로 여러분의 벨기에를 비춰 보아야겠습니다." 이리하여 모두들 미소를 머금은 채 흩어졌다.

우리의 양 여사는 자신의 발로 벨기에 여성을 정복하여 나라를 위해 영광을 더했지만, 두 가지 '오해'를 지니고 있다. 하나는, 우리 중국인은 확실히 꼬리(즉 변발)를 지니고 전족을 한 적이 있으며, 첩을 들인 적이 있고 지금도 들이고 있다는 점이다. 또 하나는, 유학한 여학생이 중국의 모든 여성을 대표할 수 없듯이, 양 여사의 발이 모든 중국 여인의 발을 대표할 수 없다는 점이다. 유학생은 대다수 집안이 풍족하거나 정부에서 파견되었으며, 그 목적은 장차 가족과 국가의 영광을 빛내기 위함이었으니, 궁핍하고 교육받지 못한 여인들과 어찌 함께 논할 수 있겠는가? 그러므로 지금도 전족을 한 조그마한 발로 '뒤뚱뒤뚱 길을 걷는' 여인이 사실 적지 않다.

곤궁함이야 이러쿵저러쿵 말할 필요가 없다. 똑같은 『선바오』를 살펴보기만 해도, '평화를 호소하는' 전문電文, 긴급 구휼금을 모금한다는 광고, 군 내부의 반란과 납치 기사 등이 얼마나 많이 실려 있는가? 외국에 유학하고 있는 도련님이나 아씨들은 너무나 멀리 떨어져 있어 모른다고 할 수있지만, 기왕 현미경을 사용하는 데에 생각이 미친다면, 어찌 망원경의 사용에는 생각이 미치지 못할쏜가? 게다가 군이 망원경을 사용할 필요가 뭐있겠는가? 똑같은 「양만화 여사의 유럽 유람 잡감」에는 다음과 같은 글이또한 실려 있다.

…… 듣자 하니, 재외공관의 궁핍함이 오늘로부터 시작된 것은 아니지만, 최근 몇 년 사이에 더욱 심해지고 있는 추세라고 한다. 예를 들면, 우리나라의 국경절이나 중대한 기념일을 맞으면, 관례에 비추어 외국의 빈객을 초대하여 성대한 기념행사를 행하도록 되어 있다. 그 의미는 국운의 융성을 경축함과 아울러 각 우방과의 우의를 돈독히 하는 것이다. 이전에 재외공관에서는 반드시 성대한 연회를 개최하여 귀한 손님을 환대했다. 그런데 작년에는 경비 부족으로 말미암아 다과회로 대신했다. 현재의 상황으로 추측하건대, 앞으로는 아마 다과회조차도 열지 못하게 될지도 모른다. 국제적으로 가장 체면을 중시하는 나라는 일본이다. 그들은 정부의 행정비의 예산은 줄이고 줄이면서도, 재외공관의 경비만큼은 매우 풍족하다. 이 점만을 비교해 보아도, 우리는 이미 못나 보인다.

대사관과 영사관은 양 여사가 말하듯이, 본국을 대표하여 '국운의 융성을 경축'하지 않으면 안 될 터임에도, 끝내 '더욱 심해지고 있는 추세'이다. 맹자는 "백성이 족하지 않으면, 군왕이 누구와 더불어 족하리오?"[3]라고 했으니, 인민이 어떤 삶을 영위하고 있는지 상상하고도 남음이 있다. 그러나 작은 나라인 벨기에의 여인들은 어쨌든 단순하여 끝내 용서를 빌었지만, 만약 그녀들이 "나라를 세운 지 수천 년이나 되는 대중화민국"의 국민이 흔히 자신을 속이고 남을 속이는 불치병에 걸려 있다는 것을 정말 알게 된다면, 이것이야말로 면목이 없는 게 아닐까?

만약 그렇다면 어떻게 할까? 그래도 "미소를 머금은 채 흩어"지리라 나는 생각한다.

1) 원제는 「以脚報國」, 1931년 10월 20일 상하이의 『북두』(北斗) 제1권 제2기에 둥화(冬華)
라는 필명으로 발표했다.

2) 양만화(楊緩華)는 쓰촨 푸순(富順) 사람으로, 저명한 서예가이다. 그녀는 1930년에 벨
기에 독립박람회에 중국대표단 비서로 참가한 적이 있다.

3) 원문은 "百姓不足, 君孰與足?"이다. 이 말은 『논어』 「안연」(顏淵)에 나오며, 공자의 제자
인 유약(有若)이 노나라 제후인 애공(哀公)의 질문에 대답한 것이다. 이 글에서 루쉰이
맹자의 말이라 한 것은 틀린 것이다.

당대의 딩사오[1]

상하이의 모던보이가 모던걸을 꾀는 첫 단계는 졸졸 따라다니는 것인데, 용어로는 이것을 '딩사오'^{釘梢}라고 한다. '딩'^釘이란 빠져나가지 못하도록 바짝 들러붙는 것이고, '사오'^梢란 끄트머리 혹은 뒤이다. 문언으로 옮기자면 아마 '추섭'^{追躡}이라 할 수 있을 것이다. '딩사오'의 전문가에 따르면, 그 두번째 단계는 말을 건네 잡담을 나누는 '판탄'^{扳談}이다. 설사 욕을 먹더라도 희망이 있는 것이다. 욕을 하게 되면 말이 오갈 수 있기 때문에, 그래서 '판탄'의 계기가 된다는 것이다. 나는 지금껏 이게 지금의 조계에나 있는 것이라고 여겨 왔는데, 이번에 『화간집』[2]을 보고서야 당대^{唐代}에 진즉 이런 일이 있었음을 알게 되었다. 이 안에 장필[3]의 「완계사」^{浣溪紗} 가락 10수가 있는데, 그 아홉번째는 다음과 같다.

밤에 화려한 수레를 좇아 봉성[4]에 들어가매
동풍이 비스듬히 들추니 수놓은 발이 찰랑찰랑
천천히 아리따운 눈을 돌려 만면에 웃음 짓누나.

기별 아직 오가지 않으니 무슨 수가 있을까
곧장 모름지기 취한 척 따라가야 할 터,
어렴풋이 '너무 경망스러워'라는 말이 들려오네.

이건 분명 현대의 딩사오법에 딱 들어맞는다. 백화시로 옮겨 보면 대충 이런 것이리라.

밤길을 인력거로 날듯이 달리니
동풍에 인도산 비단옷이 휘날려 포동포동한 다리를 드러낸 채
고운 눈길 마구 흘리며 빙그레 미소 짓네.
말 건넬 길 없으니 어찌할꼬?
번지르르한 말로 따라다니는 수밖에.
'못난 놈!'이라 욕하는 말이 들리는 듯하네.

아마 옛 책에는 훨씬 이른 것도 발견될 것이니, 나는 박학한 이의 가르침을 학수고대한다. 왜냐하면 그게 '딩사오사史'를 연구하는 사람에게 대단히 쓸모 있기 때문이다.

주)_____

1) 원제는 「唐朝的釘梢」, 1931년 10월 20일 『북두』 제1권 제2기에 창경(長庚)이란 필명으로 발표했다.

2) 『화간집』(花間集)은 만당(晚唐)과 오대(五代)의 사인(詞人)들의 작품을 수록한 선집이다. 후촉(後蜀)의 조숭조(趙崇祚)가 모두 10권으로 엮었다.

3) 장필(張泌, 930~?)은 화이난(淮南 ; 지금의 양저우揚州) 사람으로, 자는 자징(子澄)이며, 오대 남당(南唐)의 사인이다. 남당의 후주(後主) 이욱(李煜)이 재위하던 때에 감찰어사와 중서사인(中書舍人) 등을 역임했다.

4) 전해 오는 이야기에 따르면, 진(秦)나라 목공(穆公)의 딸 농옥(弄玉)이 통소를 불자 봉황이 내려왔다고 한다. 이로 인해 그녀가 사는 성을 단봉성(丹鳳城)이라 일컬었다. 훗날 봉성(鳳城)은 수도의 별칭으로 쓰였다.

『이브의 일기』 서문[1)]

마크 트웨인(Mark Twain)[2)]은 긴말할 것 없이, 미국문학사를 뒤적여 보기만 하면 그가 전세기 말부터 금세기 초에 걸친 유명한 유머작가(Humorist)임을 금방 알 수 있다. 그의 작품을 보면 기분이 그지없이 상쾌해질 뿐만 아니라, 그의 필명조차도 유머러스한 느낌을 지니고 있다.

그의 본명은 클레멘스(Samuel Langhorne Clemens, 1835~1910)이며, 원래 수로 안내원이었다. 작품을 발표할 즈음에 수량을 잴 때 외치는 부정확한 발음을 자신의 필명으로 삼았다. 그의 작품은 당시 대단한 환영을 받아, 곧바로 우스개 이야기의 대가로 여겨졌다. 그러나 1916년에 출판된 그의 유저『The Mysterious Stranger』는 그가 염세사상을 깊이 품었던 이임을 분명히 입증해 주었다.

애원哀怨을 품고 있으면서도 웃음을 짓는다는 것. 어찌하여 이럴 수 있을까?

우리가 알고 있는바, 미국은 앨런 포(Edgar Allan Poe)를 낳고 호손(N. Hawthorne)을 낳고 휘트먼(W. Whitman)[3)]을 낳았지만, 모두가 이처럼 안팎이 다르지는 않았다. 하지만 이건 남북전쟁[4] 이전의 일이다. 이후 우선 휘트먼이 노래를 부르지 않게 되었다. 왜냐하면 이후 미국은 이미 산업주의사회가 되어, 개성이 하나의 거푸집에 부은 듯 더 이상 자아를 주장할 수 없게 되었기 때문이다. 만약 주장하는 이가 있다면, 박해를 받아야만 했다. 이 당시의 작가가 주의를 기울였던 것은 어떻게 자신의 개성을 발휘해야 할 것인가가 아니라, 어떻게 써야 사람들에게 읽혀지고 원고가 팔리고 명성을 얻을 수 있는가였다. 하우얼스(W. D. Howells)[5]처럼 유명한 작가조차도 문학자가 세상에 받아들여질 수 있는 것은 사람들에게 오락을 주기 때문이라고 여길 정도였다. 이리하여 야성이 길들여지지 않은 일부 작가들은 발붙일 수가 없어, 제임스(Henry James)[6]처럼 외국으로 달아난 이도 있고, 우스개를 이야기한 작가도 있는데, 그가 바로 마크 트웨인이다.

그렇다면 그가 유머작가가 되었던 것은 살기 위함이었으며, 그의 유머에 애원이 담기고 풍자가 담기게 되었던 것은 이러한 삶을 달가워하지 않았기 때문이었다. 이러한 약간의 반항으로 말미암아 현재 신천지[7]의 아이들은 웃으면서 말한다. 마크 트웨인은 우리들의 것이라고.

이 『이브의 일기』(Eve's Diary)[8]는 1906년에 출판된, 그의 만년의 작품이다. 비록 소품에 지나지 않지만, 천진난만함 가운데에 약점을 드러내고 서술 속에 비꼼을 섞어, 당시의 미국 아가씨를 그려 내고 있다. 작자는 모든 여성의 초상이라 여기지만, 그 얼굴에 어린 미소는 분명 나이 든 아낙의 그것이다. 다행히 작자의 숙련된 수완 덕분에 금방 알아차릴 수는 없기에, 생기 넘치는 작품이라 할 수 있다. 아울러 역자는 원작의 풍모를 잘 전달하는 데다가 꾸밈없이 소박하여, 이브에게 중국어로 일기를 쓰게 했다면 아마 이러했을 터이니, 사람들에게 꼭 한 번 읽어 볼 만하다는 느낌을 안겨 줄 것이다.

랄프(Lester Ralph)[9]가 스케치한 50여 폭의 삽화는 부드럽기는 해도 아주 청신하여, 구도를 보기만 해도 금방 중국 청말의 임위장任渭長[10]의 작품을 떠올릴 것이다. 그러나 그가 그린 것은 괴이할 정도로 비쩍 마른 선인仙人이나 협사俠士, 은인隱人들로, 이들 삽화의 건강함에는 훨씬 미치지 못한다. 아울러 현재 중국의 부드럽게 흘러내린 어깨에 곁눈으로 슬쩍 쳐다보는 미인도에 익숙해진 눈을 맑혀 주는 효과도 있을 것이다.

1931년 9월 27일 밤에, 쓰다

주)_____

1) 원제는 「『夏娃日記』小引」, 이 글은 맨 처음 리란(李蘭)이 번역하여 1931년 10월 상하이 후펑(湖風)서국에서 출판한 『이브의 일기』에 수록되었으며, 필명은 탕펑위(唐豊瑜)이다. 리란은 후난 샹인(湘陰) 사람으로, 당시 상하이에서 '좌련' 활동에 참가하면서, 창작과 번역에 종사하고 있었다.

2) 마크 트웨인(Mark Twain, 1835~1910)은 미국의 유머작가이자 소설가이다. 『톰 소여의 모험』(*The Adventures of Tom Sawyer*, 1876)과 『허클베리 핀의 모험』(*Adventures of Huckleberry Finn*, 1885) 등의 모험담으로 작가로서의 명성을 얻었다. 그는 젊은 시절에 미시시피강을 따라 오르내리는 증기선에서 견습생으로 일했는데, 이때의 경험담에서 '깊이가 두 길'밖에 안 되어 가까스로 항해할 수 있는 강을 뜻하는 뱃사람들의 용어인 '마크 트웨인'을 필명으로 사용했다.

3) 앨런 포(Edgar Allan Poe, 1809~1849)는 미국의 시인이자 단편소설가로서, 추리소설, 괴기소설의 선구적 작가이다. 대표작으로 「어셔 가의 몰락」(The Fall of the House of Usher, 1839), 「고자질하는 심장」(The Tell-Tale Heart, 1843), 「검은 고양이」(The Black Cat, 1843) 등이 있다.

호손(Nathaniel Hawthorne, 1804~1864)은 미국의 소설가이며, 대표작으로『주홍글씨』(*The Scarlet Letter*, 1850)가 있다.

휘트먼(Walt Whitman, 1819~1892)은 미국의 시인이자 수필가이며, 대표작으로『풀잎』(*Leaves of Grass*, 1855)이 있다.

4) 남북전쟁은 1861년부터 1865년까지 미국의 연방정부와, 연방에서 탈퇴한 남부의 11개주 사이에 일어난 전쟁을 가리킨다. 이 전쟁은 노예노동에 의한 플랜테이션에 의존하는 남부 경제와 자유민의 노동에 의한 제조업에 의존하는 북부 경제의 차이에서 비롯되었다. 노예소유제를 둘러싸고 첨예하게 대립하던 남부와 북부의 전쟁은 노예제를 반대하는 공화당 후보 링컨(Abraham Lincoln)이 1860년 말에 대통령으로 당선되자 남부의 주들이 연방에서 탈퇴함으로써 시작되었다.

5) 하우얼스(William Dean Howells, 1837~1920)는 미국의 현실주의 작가이자 문학비평가이다. 그의 작품은 이른바 '온화한 현실주의' 수법을 채용하여 계급모순을 회피했다. 대표작으로는『그들의 신혼여행』(*Their Wedding Journey*, 1872),『사일러스 래팜의 출세』(*The Rise of Silas Lapham*, 1885) 등이 있다.

6) 제임스(Henry James, 1843~1916)는 미국 태생의 소설가로서, 19세기 현실주의 문학의 주요 인물로 평가받고 있다. 1876년에 영국으로 이주하였으며, 1915년에 영국 국적을 취득했다. 대표작으로는『여인의 초상』(*The Portrait of a Lady*, 1881)이 있다.

7) 신천지는 당시의 소련을 가리킨다.

8) 『이브의 일기』(*Eve's Diary*)는 마크 트웨인의 코믹단편소설로서, 1905년에『하퍼스 바자』(*Harper's Bazaar*)라는 잡지의 크리스마스호에 발표되었다가 1906년 Harper and Brothers 출판사에서 단행본으로 출간되었다. 이브와 아담의 만남, 에덴에서의 생활, 에덴에서의 타락과 그로부터 40년 후의 이브의 죽음을 그려 내고 있다. 작품은 이브의 무덤에서 술회되는 "비록 어디일지라도 그녀가 있었던 곳, 바로 그곳이 에덴이었노라"는 아담의 말로 끝난다. 이 작품의 왼쪽 페이지마다 랄프의 삽화가 그려져 있는데, 삽화는 총 55폭에 달한다.

9) 랄프(Lester Ralph, 1876~?)는 미국의 화가이다.

10) 임위장(任渭長, 1822~1857)은 저장 샤오산 출신으로 청대의 유명한 화가이다. 원명은 임웅(任熊)이고, 위장은 자이다.

새로운 '여장'[1]

상하이에서 도판을 제작하면 다른 곳보다 수월한 데다 품질도 조금 나은 듯하다. 그래서 일간지의 일요 부록화보나 서점의 무슨 월간화보 따위 역시 다른 곳보다 풍성하게 나오고 있다. 이들 화보 위에는 거물 선생들이 줄줄이 앉아 있는, 무슨 무슨 모임의 개회나 폐회의 기념사진 외에도, 반드시 '여사'가 실려 있기 마련이다.

'여사'의 존안이 사회에 소개되어야 하는 까닭은 무엇일까? 그 설명을 보기만 하면, 금방 알 수 있다. 이를테면 이렇다.

"A 여사, B 여학교 퀸. 취미는 음악"

"C 여사, D 여학교 우등생. 애완견 기름"

"E 여사, F 대학 졸업. G 선생의 다섯째 따님"

그렇다면 옷차림을 살펴보자. 봄에는 모두들 몸에 착 달라붙는 뉴 패션이다. 여름이 되면 바짓단과 소매를 죄다 떼어 버린 채 바닷가에 앉아 '해수욕'이라 일컫는다. 무더위가 한창이니, 그도 그럴 만하다. 가을에 접어들어 날이 서늘해졌지만 뜻밖에도 일본군이 마침 동삼성을 침략한 바람에, 화보에는 하얀 두루마기의 간호복이나 총을 걸친 군장의 여사들이 나타났다.

이런 일은 대단히 극적이기에 독자들을 기쁘게 한다. 중국은 본래 연극 보기를 즐겨, 시골의 무대에는 한쪽에 '연극은 소천지小天地', 다른 한쪽에는 '천지는 대연극장'이라 쓰인 대련이 흔히 걸려 있다. 막이 오르면 시골이라 「건륭제, 강남에 내려오다」[2] 따위는 없고, 「쌍양공주, 적청을 뒤좇다」[3]나 「설인귀, 몰래 결혼하다」[4] 등이 흔한데, 이 속의 여전사를 관객들은 '여장'女將이라 일컫는다. 그녀가 머리에 꿩 꼬리털을 꽂고 손에 두 자루의 칼(혹은 양 끝마다 창끝이 달린 긴 창)을 쥔 채 무대에 나서면, 관객들은 한결 신바람이 났다. 그저 연극을 하는 것뿐임을 뻔히 알면서도 신바람이 났던 것이다.

오랫동안 훈련을 받아 온 군인들은 전고戰鼓가 울리자마자 무저항주의자로 돌변했다. 그러자 멀리 있는 문인학사들은 무슨 '거지들, 적을 물리치다', '백정들, 목숨을 바치다', '대단한 여자들, 나라를 구하다' 따위의 전기식傳奇式 고전을 떠들어 대면서, 징소리를 울려 뜻밖의 인물을 내세워 '국가의 영광을 빛내'고 싶어 한다. 이와 동시에 화보에도 이러한 전기적 삽화가 나타났다. 다만 아직 검선[5]의 번뜩이는 칼날을 꺼내지는 않았으니, 그래도 현실에 들어맞는다고 할 수 있으리라.

하지만 오해하지 말기 바란다. 나는 '여사'들이 모두 규방 안에 틀어박혀 있어야 한다고 말하는 건 결코 아니다. 내가 말하는 것은 정예부대가 무장을 해제하고 미스(Miss)가 총을 든다는 게 너무나 극적일 따름이다.

게다가 증명할 수 있는 사실도 있다. 첫째, 일본의 '중국응징군'의 간호부대의 사진을 본 사람이 아무도 없다. 둘째, 일본군에는 여장女將이 없다. 그렇지만 확실히 이미 시작되었다. 일본인은 업무는 업무, 연극은 연극이지, 결코 한데 뒤섞는 일이 없기 때문이다.

주)_____

1) 원제는 「新的'女將'」, 1931년 11월 20일 『북두』 제1권 제3기에 발표했다.

2) 건륭제는 재위한 60년간 여섯 차례에 걸쳐 양저우(揚州), 쑤저우, 항저우, 후이저우(徽州) 등지의 강남지방을 순시했다. 「건륭제, 강남에 내려오다」(乾隆帝下江南)는 건륭제의 이러한 강남 순시 활동과 관련된 일을 그려 낸 극목이다.

3) 쌍양공주(雙陽公主)는 선선국(鄯善國; 지금의 신장 지역에 있던 서역의 옛 나라)의 공주이며, 적청(狄青)은 북송대의 장수로 자는 한신(漢臣)이다. 「쌍양공주, 적청을 뒤좇다」(雙陽公主追狄)는 황제의 칙명을 받들어 인당국(印唐國)과 상승국(上乘國)을 정벌하러 떠난 적청과 그를 돕는 쌍양공주 두 사람의 만남과 사랑, 이별을 그려 낸 극목이다.

4) 설인귀(薛仁貴, 614~683)는 당나라의 장수이며, 본명은 설례(薛禮)이고 인귀는 자이다. 태종(太宗)이 고구려를 원정할 때 참전하여 공을 세운 이래, 수차례에 걸쳐 고구려를 침략하였으며, 신라를 침략하기도 했다. 「설인귀, 몰래 결혼하다」(薛仁貴招親)는 가난뱅이 설인귀가 고을 유지의 딸과 눈이 맞아 유지 몰래 도망쳐 결혼한 후, 아내의 도움으로 당나라의 장수가 되기까지의 우여곡절을 그려 낸 극목이다.

5) 검선(劍仙)은 검술에 능한 전설 속의 선인(仙人)을 가리키며, 흔히 협객을 가리키기도 한다.

선전과 연극[1]

방금 말한 일본인조차도, 그들이 글을 지어 중국의 국민성을 언급할 때에 글 속에는 흔히 '선전에 능하다'는 항목이 들어 있다. 그들의 설명을 살펴보면, 이 '선전'이라는 두 글자는 일반적인 'Propaganda'가 아니라, '대외적으로 거짓말을 한다'라는 의미인 듯하다.

이 말을 듣고 보니 언뜻 짚이는 데가 있다. 예를 들면, 교육경비를 죄다 써 버렸는데도 학교를 몇 군데 지어 겉치레를 하려 하거나, 전국 사람들 가운데 열에 아홉은 글자를 깨치지 못했는데도 군이 박사를 몇 명 청하여 서양사람들에게 중국의 정신문명을 이야기하게 한다. 지금도 걸핏하면 고문을 자행하고 목을 자르면서도, 서구식의 '모범 감옥'을 몇 곳 가까스로 유지하여 외국인에게 보여 준다. 또한 전방의 적으로부터 멀리 떨어져 있는 장군이 한사코 야단스럽게 전보를 쳐서 "나라를 위해 앞장서겠다"고 떠들어 댄다. 체조수업에도 나가기 싫어하는 학생도련님이 기어이 군복을 입고서 "적을 섬멸하고 조반을 들겠다"고 흰소리친다.

하지만 이러한 것들은 그래도 다소나마 근거가 있다. 어쨌든 학교 몇 군데, 박사 몇 명, 모범 감옥 몇 곳, 전보 몇 통, 군복 몇 벌이 그나마 있지 않은가. 그러니 '거짓말을 한다'라고 해서는 옳지 않다. 이게 바로 내가 말하는 '연극'이다.

그런데 이 일상적인 연극은 진짜 연극보다 훨씬 나쁘다. 진짜 연극은 단지 한때뿐으로, 연극이 끝나면 평상의 상태로 되돌아온다. 양샤오러우가 「단신으로 연회에 가다」[2]를 연기하고 메이란팡梅蘭芳이 「대옥이 꽃장례를 치르다」[3]를 연기할 때에는 무대 위에 있을 때에만 관운장關雲長이고 임대옥林黛玉이며 무대에서 내려오면 보통 사람이 되므로, 별로 큰 폐해가 없다. 만약 그들이 연극을 연기한 후에도 계속 청룡언월도나 호미를 손에 든 채 관운장이나 임대옥을 자처하면서 괴상한 소리를 질러 대고 이런저런 노래를 불러 댄다면, 이건 정말이지 정신이 돌았다고 할 수밖에 없다.

불행히도 '천지는 대연극장'이기에 일상적인 연극을 할 수 있는 사람은 무대를 내려올 때가 별로 없다. 예컨대 양만화 여사는 자신의 타고난 발로 작은 나라인 벨기에 여인의 '중국 여인 전족설'을 일축했다. 체면을 유지하기 위해 책략으로 궁지에서 벗어난 것인데, 이거야 그래도 용인해 줄 만한 일이라 할 수 있다. 그러나 이쯤에서 그만두어야 한다고 나는 생각한다. 그런데 이제 숙소로 돌아가서 글을 쓴다면, 이건 무대 뒤로 들어가서도 청룡언월도를 놓지 않으려는 것이다. 더구나 그 글을 중국의 『선바오』에 보내 발표한 것은 그야말로 청룡언월도를 든 채 줄곧 노래를 부르면서 자기 집까지 온 것이다. 필자는 중국 여인이 이전에 전족을 했었고, 지금도 전족을 하고 있다는 걸 정말로 까맣게 잊어버린 걸까? 아니면 중국인은 모두 이미 스스로 최면에 걸려 전국의 여인이 하이힐을 신고 다니리라 여기고 있다고 생각하는 걸까?

이것은 하나의 예에 지나지 않으며, 비슷한 일은 아직도 매우 많다. 하지만 오래지 않아 날도 밝아질 것이다.

주)_____

1) 원제는 「宣傳與做戲」, 1931년 11월 20일 『북두』 제1권 제3기에 둥화(冬華)라는 필명으로 실렸다.
2) 양샤오러우(楊小樓, 1878~1937)는 안후이 스다이(石埭) 사람으로, 이름은 자쉰(嘉訓)이다. 경극의 무생(武生) 배우로서, 당시 메이란팡(梅蘭芳), 위수옌(余叔岩)과 더불어 삼현(三賢)이라 일컬어졌다. 「단신으로 연회에 가다」(單刀赴宴)는 삼국시대에 촉(蜀)나라의 장수인 관우(關羽)가 오(吳)나라의 연회에 참석한 이야기를 다룬 극목이다.
3) 메이란팡(梅蘭芳, 1894~1961)은 장쑤 타이저우(泰州) 사람으로, 이름은 란(瀾)이고 자는 원화(畹華)이다. 자신만의 예술풍격으로 매파(梅派)를 형성한 경극 대사이다. 「대옥이 꽃 장례를 치르다」(黛玉葬花)는 『홍루몽』 가운데의 일부 이야기를 극화한 극목이다.

알기도 어렵고 행하기도 어렵다[1]

중국의 지금까지의 관례에 따르면, 황제노릇이 편안할 때나 운수 사나울 때나 황제는 늘 문인학사들과 사이좋게 지내려 한다. 편안할 때에는 "무武를 그치고 문文을 닦으시다"[2]라고 하여 분식한다. 운수 사나울 때에는 또한 그들이 진정 '나라를 잘 다스리고 천하를 태평케 하는' 큰 도리를 알고 있다고 여겨 다시 물어본다. 좀더 솔직하게 말한다면, 이거야말로 『홍루몽』에 보이는 이른바 "병세가 위독하다 보니 아무 의사에게나 마구 보이는" 꼴이다.

선통 황제가 퇴위하고서 무료하게 지낼 적에 우리의 후스즈 박사께서 일찍이 이런 임무를 다하였다.[3]

만나 뵌 후 기이하게도 사람들은 어찌된 영문인지 먼저 그들이 서로를 뭐라고 불렀는지 물었다. 박사는 "그는 나를 선생이라 불렀고, 나는 그를 황상이라 칭했다"고 말했다.

그때 국가의 대계 따위는 이야기하지 않은 듯하다. 왜냐하면 이 '황상'께서 나중에 해학적인 백화시 몇 수를 지었을 뿐 끝내 하릴없어지더니,

금란전金鑾殿에서 쫓겨나는 처지가 되고 말았기 때문이다. 요즘은 신세가 펴지는지, 동삼성에 가서 다시 황제가 된다고들 한다.[4] 그런데 상하이에서는 또 '장제스가 후스즈와 딩원장[5]'을 접견했다'는 소식이 전해졌다.

"난징 특전特電 : 딩원장과 후스, 난징에 상경하여 장蔣을 알현했다. 이번 입경入京은 장의 부름에 따른 것으로, 대국大局에 관하여 하문할 일이 있었다.……"(10월 14일자 『선바오』)

지금 그에게 어떻게 불렀는지 묻는 이는 아무도 없다.

왜 그럴까? 이번에 "나는 그를 주석이라 불렀다……"는 것을 알고 있기 때문이다!

안후이대학교 총장인 류원뎬 교수는 '주석'이라 부르지 않았다고 여러 날 감금되어 있다가 간신히 보석으로 풀려났다.[6] 오랜 동향 사람에 옛 동료인 박사[7]는 물론 이 사실을 잘 알고 있었기에, "나는 그를 주석이라 불렀"던 것이다!

그에게 어떤 일들을 '하문'했는지 묻는 이 또한 아무도 없다.

왜 그럴까? '대국'에 관한 일임을 역시 잘 알고 있기 때문이다. 아울러 이 '대국'은 '국민당 일당독재'와 '영국식 자유'라는 논쟁의 번거로움도, '알기는 어려워도 행하기는 쉽다'와 '알기는 쉬워도 행하기는 어렵다'라는 논쟁[8]의 번거로움도 없다. 그래서 박사가 나오시게 된 것이다.

'신월파'의 뤄룽지[9] 박사는 이렇게 말했다. "근본적으로 정부를 재조직하여 …… 갖가지 정견을 대표하는 전국의 각 분야의 인재를 받아들이는 정부를, …… 정치적 의견은 희생시켜도 좋으며 마땅히 희생시켜야 한다."(『선양사건』)

갖가지 정견을 대표하는 인재가 정부를 조직하며, 또한 정치적 의견을 희생시킨다고 하니, 참으로 신묘하기 그지없는 '정부'이다. 하지만 '알기는 어려워도 행하기는 쉽다'가 마침내 '알기는 어렵고 행하기 또한 쉽지 않다'에게 '하문'했다는 것은 하나의 전조前兆이기는 하다.

주)_____

1) 원제는 「知難行難」, 1931년 12월 11일 『십자가두』 제1기에 페이웨이(佩韋)라는 필명으로 발표했다.

2) 원문은 '偃武修文'이며, 『상서』「무성」(武成)에서 비롯되었다. 즉 주(周)나라 무왕(武王)이 상(商)나라를 치고 돌아와 풍(豊)에 이르러 "무(武)를 그치고 문(文)을 닦으시매, 말을 화산의 남쪽으로 돌려보내시고 소를 도림의 들판에 놓으셨다"(乃偃武修文, 歸馬于華山之陽, 放牛于桃林之野)라고 하였다.

3) 선통(宣統) 황제는 청나라 마지막 황제인 애신각라(愛新覺羅) 푸이(溥儀, 1906~1967)이다. 1912년 1월 1일 난징 임시정부가 수립되자, 그는 2월 20일 퇴위를 선포했지만, 당시 체결된 황실우대조건에 따라 고궁(故宮)에 거처하고 있었다. 후스가 푸이를 만난 일은 『노력주보』(努力週報) 제12기(1922년 7월)에 실린 후스의 「선통과 후스」(宣統與胡適)란 글에 밝혀져 있는데, 다음과 같다. "양력 5월 17일 청 황실의 선통 황제께서 전화를 걸어와 이야기를 나누자고 궁에 들어오라고 하셨다. 그때 나는 5월 30일(음력 단오절 전날)에 뵈러 가겠노라 약속했다. 30일 오전 그는 나를 맞으러 태감을 우리집에 보내왔다. 우리는 신무문(神武門)을 따라 입궁하여 양심전(養心殿)에서 황제를 만나 뵈었다. 내가 그에게 허리를 굽혀 절을 하자, 그는 내게 앉으라 했다. …… 그는 나를 '선생'이라 불렀고, 나는 그를 '황상'이라 칭했다. 우리가 나눈 이야기는 대개 문학에 관한 것이었다. …… 그는 백화에 찬성한다면서, 구시도 짓지만 최근에는 신시도 짓는다고 말했다."

4) 푸이는 1924년 펑위샹의 국민군이 베이징에 진주하자, 곧바로 궁궐에서 쫓겨나 톈진(天津)의 일본조계로 옮겨 갔다. 1931년 9·18사변이 발발한 후, 일본제국주의는 그를 꼭두각시로 이용하기 위해 11월에 그를 톈진에서 동북으로 데려갔다. 1932년 3월 만주국(滿洲國)이 수립되자 그는 '집정'(執政)이 되었으며, 1934년 3월에 '강덕'(康德) 황제로 개칭되었다.

5) 딩원장(丁文江, 1887~1936)은 장쑤 타이싱(泰興) 사람으로, 자는 재군(在君)이며, 중국 최초의 지질기구인 중국지질조사소(中國地質調査所)를 창설한 지질학자이다. 베이징대학 교수, 중국지질학회 회장 등을 역임했다. 1921년 후스와 함께 『노력주보』를 운영하

면서 '호인정부'(好人政府)를 제창했다. 1926년에는 쑨촨팡(孫傳芳)에 의해 쑹후상부총
판(淞滬商埠總辦)에 임명되었다.

6) 류원뎬(劉文典, 1889~1958)은 안후이 허페이(合肥) 사람으로, 자는 숙아(叔雅)이다. 일
찍이 동맹회에 참가했으며, 베이징대학, 칭화대학, 안후이대학 문학원 원장 겸 예과주
임 등을 역임했다. 그는 평생 고등교육과 학술연구에 종사했으며, 특히 교감학(校勘學)
방면에서 탁월한 업적을 남겼다. 1928년 11월 29일 그는 안후이대학에서의 소요사태
로 말미암아 장제스에게 불려 갔을 때, 장제스와 입씨름을 벌이다가 '말대꾸한다'는 죄
명으로 경찰국에 감금당한 뒤 12월 7일에야 풀려났다.

7) 후스(胡適)는 안후이 지시(績溪) 사람으로, 안후이 허페이 사람인 류원뎬과는 동향이다.
류원뎬은 1916년 일본 유학을 마치고 귀국한 후 베이징대학 예과에서 교편을 잡았고,
후스 역시 1917년 미국 유학을 마치고 귀국한 후 베이징대학에서 교편을 잡았다. 1921
년 베이징대학에서는 국학연구소(國學研究所)를 설립했는데, 두 사람은 이곳에서 함께
옛 전적을 정리하기도 하였다.

8) '알기는 어려워도 행하기는 쉽다'(知難行易)는 쑨원이 제창한 학설로서, 1918년에 쓴
『쑨원학설』(孫文學說)에 나타나 있다. 이 학설은 '먼저 행한 후에 알게 되'(行先知後)고
'알지 못해도 행할 수 있다'(不知亦能行)고 여겨 당시 혁명당원 내의 위축된 사상을 비
판했지만, 이른바 '선지선각'자의 개인적 역할을 과장하기도 하였다. 훗날 장제스 등은
이 학설을 혁명을 배반한 자신들의 행위에 대한 철학적 논거로 삼았다. 『신월』(新月) 제
2권 제4호(1929년 6월)에는 후스가 지은 「알기는 어렵고 행하기 또한 쉽지 않다」(知難,
行亦不易)가 실렸다. 이 글은 '알기는 어려워도 행하기는 쉽다'의 학설을 비판하면서 이
른바 '전문가 정치'라는 주장을 제기했으며, 장제스 정부에게 "전문가에게 충분히 가르
침을 받을 것"을 요구하고 "이 학설을 수정하지 않으면 전문가 정치는 실현될 리 만무
하다"고 언명했다.

9) 뤄룽지(羅隆基, 1897~1965)는 장시(江西) 안푸(安福) 사람으로, 자는 누성(努生)이다. 그
는 신월파의 주요 성원이며, 일찍이 미국에 유학했다. 그의 저서 『선양사건』(瀋陽事件)
은 9·18만주사변을 평론한 소책자로서, 1931년 9월 량유도서공사에서 출판되었다.

몇 가지 '순통'한 번역[1]

요 몇 년 사이에 죽어라 '경역'을 공격했던 명사는 어느덧 3대가 되었다. 맨 처음은 개조인 량스추 교수, 그 다음은 제자인 자오징선[2] 교수, 최근에는 재전제자인 양진하오[3] 대학생이다. 다만 이 3대 가운데에서도 자오 교수의 주장이 가장 명백하고 철저하다고 할 수 있다. 그 정의精義는——

충실하되 순통치 못할 바에야 충실치 않더라도 순통한 편이 낫다.

이 격언은 약간 기괴하기는 하지만, 독자에게는 효과가 있다. '충실하되 순통치 못한' 번역문은 보는 것만으로도 힘이 들기 때문이다. 책을 통해 마음을 편안케 하고자 하는 독자라면 물론 자오징선 교수의 격언에 탄복할 것이다. '충실치 않더라도 순통한' 번역문은 원문을 대조해 보지 않는 이상 '충실치 않은' 곳이 어디인지조차 알지 못할 것이다. 그러나 원문을 대조해 볼 독자가 중국에 몇이나 될까? 이러한 때에는 독자가 역자보다 훨씬 더 많이 알고 있어야 그 안의 오류를 발견하고 '충실치 않은' 곳을 밝힐 수 있다. 그렇지 않으면 제대로 알지도 못한 채 머릿속에 집어넣는 수밖에 없다.

나는 과학에 대해 그다지 아는 게 없고 외국의 서적도 가지고 있지 않으니 번역본을 보는 수밖에 없는데, 최근 의심스러운 곳을 종종 만나곤 한다. 내키는 대로 몇 가지 예를 들어 보기로 하자. '만유문고'[4] 속의 저우타이쉬안[5] 선생의 『생물학개론』生物學淺說에 다음과 같은 구절이 있다.

최근 닐 및 엘 두 씨의 표에 대한……

내가 알고 있는 바로는 스웨덴에는 Nilson-Ehle[6]이라는 생물학 대가가 있는데, 밀의 유전을 실험하고 있다. 하지만 그는 한 사람이면서 두 개의 성을 한데 쓰고 있으니, '닐슨 엘'이라 번역해야 마땅하다. 이제 '두 씨'라 일컫고 게다가 '및'을 덧붙였으니 순통하기는 하지만, 별개의 두 사람이리라는 의심이 들게 한다. 그러나 이건 조그마한 문제이다. 생물학을 이야기하려면 이들 사소한 것조차도 가벼이 넘기지 말아야겠지만, 잠시 애매한 채로 놓아두자.

올해 3월호의 『소설월보』에 실린, 펑허우성馮厚生 선생이 번역한 「노인」에는 다음과 같은 구절이 있다.

그는 티푸스에서 유행성 감기(Influenza)의 중병으로 변하여……

이 또한 '순통'하긴 하지만, 내가 알고 있는 바로는 유행성 감기는 티푸스에 비해 결코 중하지 않다. 게다가 하나는 호흡계 질환이고 다른 하나는 소화계 질환이니, 아무리 '변'하려 해도 '변'할 수가 없다. '감기' 혹은 '오한'이라야 변할 수 있는 것이다. 그러나 소설은 『생물학개론』과는 다르니, 역시 잠시 애매한 채로 놓아두자. 이번에는 달리 기괴하기 짝이 없는 실험을 읽어 보자.

이 실험은 허딩제와 장즈야오[7] 두 사람이 공역한, 미국의 Conklin의 저서 『유전과 환경』 안의 글이다. 그 번역문은 다음과 같다.

…… 그들은 먼저 토끼 눈 안의 수질髓質의 수정체를 꺼내 가금家禽에 주사하고, 가금의 눈에 일종의 '대정질'代晶質이 생성되어 외부에서 들어온 단백질을 충분히 투시할 수 있게 된 다음에, 다시 가금의 혈청을 추출하여 임신한 암토끼에게 주사했다. 암토끼는 이 주사를 받자 견디지 못한 채 대부분 죽고 말았지만, 이들의 눈이나 수정체에는 어떤 손상도 보이지 않았으며, 이들의 난소 내에 모인 난자에도 아무 손상이 나타나지 않았다. 왜냐하면 이들이 후에 낳은 새끼를 살펴보니, 태어나면서 눈에 결함이 있는 것은 없었기 때문이다.

이 대목의 문장 역시 자못 '순통'하여 이해하기 쉬운 듯하다. 그러나 곰곰이 생각해 보면, 아무래도 이해가 가지 않는 점이 있다. 첫째, '수질의 수정체'란 무엇인가? 왜냐하면 수정체는 수질, 피질皮質의 구분이 없기 때문이다. 둘째, '대정질'이란 또 무엇인가? 셋째, '외부에서 들어온 단백질을 투시'한다는 건 또 어찌된 일인가? 나에게는 대조할 원문이 없으니, 참으로 머리가 아플 따름이다. 이리저리 생각해 보고서야 아마 다음과 같이 번역해야 하지 않을까 하는 생각이 들었다——

그들은 먼저 토끼 눈 안의 장액상獎液狀으로 만들어진 수정체를 (주사하기 쉽도록) 꺼내 가금에 주사하고, 가금이 외부에서 들어온 이 단백질(즉 장액상의 수정체)에 반응하여 '항정질'抗晶質(즉 이 장액상의 수정체에 저항하는 물질)을 생성하기를 기다렸다. 그런 후에 그것의 혈청을 추출하여 임신한 암토끼에게 주사하였다.……

이상은 내키는 대로 뽑은 몇 가지 예에 지나지 않는다. 이밖에도 이것저것 뒤섞여 까맣게 잊어버린 것도 적지 않다. 내가 이해하지 못하는 것들이 많이 있었겠지만, 물론 어물쩍 넘겨 버렸거나 아니면 오류 그대로인 채 나의 머릿속에 집어넣고 말았을 것이다. 그러나 위에서 든 몇 가지 예만으로도 우리는 이렇게 단정할 수 있다. 즉 '충실하되 순통치 못한' 번역은 기껏해야 읽어도 선뜻 이해가 가지 않을 뿐, 가만히 생각해 보면 아마 이해할 수도 있다. 그렇지만 '충실치 않더라도 순통한' 번역은 독자를 미혹케 만들어, 아무리 생각해 보아도 이해할 수가 없을 테니, 만약 이미 이해한 듯한 느낌이 든다면, 그대는 바로 길을 잘못 든 것이다.

주)_____

1) 원제는 「幾條'順'的飜譯」, 1931년 12월 20일 『북두』제1권 제4기에 창경(長庚)이란 필명으로 발표했다.

2) 자오징선(趙景深, 1902~1985)은 저장 리수이(麗水) 출신의 중국희곡연구가, 문학사가이며, 당시 푸단대학 교수, 베이신서국 편집인이었다. 그는 『독서월간』(讀書月刊) 제1권 제6기(1931년 3월)에 실린 「번역을 논함」(論飜譯)이라는 글에서 다음과 같이 기술하였다. "번역서는 독자의 입장을 고려하지 않으면 안 된다. 바꾸어 말해, 우선 독자 측에 중점을 두어야 한다. 번역이 옳은가 그른가는 둘째 문제이고, 가장 중요한 점은 번역이 순

통한가의 여부이다. 만약 번역이 한 군데도 틀린 데가 없지만, 문장이 삐꺽거리고 더듬대고 어물어물 늘어져 읽는 이의 호흡을 끊어 버린다면, 그 해로움은 오역보다 심함에 틀림없다.······ 그러므로 옌푸가 제기한 '충실함'(信), '의미 전달'(達), '우아함'(雅)의 세 가지 조건은 그 순서를 '의미 전달', '충실함', '우아함'으로 해야 한다고 나는 생각한다."

3) 양진하오(楊晉豪, 1910~1993)는 상하이 펑셴(奉賢) 사람으로, 당시 난징중앙대학 학생이었다. 그는 『사회와 교육』(社會與教育) 제2권 제22기(1931년 9월)에 실린 「'번역논전'으로부터 밝힘」(從'鯷譯論戰'說開去)이란 글에서, 당시 맑스레닌주의 저작과 '프로'문학이론의 번역문이 '생경'하여 "많은 사람들의 불만을 사고 있는데, 읽으면 머리가 아프다고 하여 천서(天書)라는 비아냥을 받고 있다"고 지적하였다. 아울러 그는 "번역이 '충실'해야 하는 것은 당연한 일이지만, 첫째로 필요한 것은 '의미의 전달'이어야 한다!"고 주장했다.

4) '만유문고'(萬有文庫)는 상우인서관에서 1929년부터 1934년 사이에 출판한 총서이며, 국내외의 저작 2,000여 종을 펴냈다.

5) 저우타이쉬안(周太玄, 1895~1968)은 쓰촨 신도(新都) 사람으로 저명한 생물학자이다. 1924년에 프랑스의 몽펠리에(Montpellier)대학에서 석사학위를 취득하고 파리대학연구원에서 연구원을 지냈다. 그는 세포학과 강장동물 연구에서 탁월한 업적을 쌓았으며, 1930년에 프랑스 국가이학박사학위를 취득했다.

6) 1908년 닐슨 엘(Herman Nilsson-Ehle, 1873~1949)은 다수의 유전자의 상호작용에 의해 양적 형질변형이 일어난다는 다기인 가설(多基因假說, Multiple Factor Hypothesis)을 제기했다.

7) 『유전과 환경』(遺傳與環境)은 1930년 상하이의 중화학예사(中華學藝社)에서 '학예총서'의 열번째 책으로 출간되었다. 이 글에서 루쉰은 이 책의 역자를 허딩제(何定杰)와 장즈야오(張志耀)라고 밝히고 있으나, 장즈야오는 장광야오(張光耀)의 오기이다.
허딩제(何定杰, 1895~1973)는 후베이 한촨(漢川) 사람으로 뛰어난 유전학자이다. 그는 1917년 우창(武昌)고등사범학교를 졸업한 후 교편을 잡다가 1923년 프랑스의 파리대학에 유학하여 생물학을 전공하였다. 1928년 귀국하여 우한(武漢)대학의 생물학과 교수를 역임하면서 유전학 분야에서 많은 업적을 남겼다.
콘클린(Edwin Grant Conklin, 1863~1952)은 미국의 생물학자이자 동물학자이다. 그의 저서 『유전과 환경』(*Heredity and Environment in the Development of Men*)은 1915년에 프린스턴대학출판부에서 처음 출간되었다.

풍마우[1]

'충실치 않더라도 순통한' 번역 방법을 주장하는 대장 자오징선 선생은 최근 어느 대작도 번역하지 않은 채, 대체로 『소설월보』에 '국외문단소식'[2]을 우리에게 소개하고 있을 따름이다. 이건 물론 아주 고마워할 일이다. 이들 소식이 번역한 것인지, 아니면 소개자가 직접 알아보고 연구한 것인지 우리는 알 길이 없다. 설사 번역한 것이더라도 대개는 출처를 밝히지 않았으니, 조사해 볼 수도 없다. 물론 '충실치 않더라도 순통한' 번역 방법을 주장하는 자오 선생에게는 이쯤이야 신경 쓸 필요가 없으며, 약간 '충실치 않은' 점이 있다면 이야말로 자신의 종지를 관철한 셈이리라.

그럼에도 나는 의심스러운 곳에 부닥치곤 한다.

『소설월보』 2월호에서 자오 선생은 '새로운 대중작가의 근황'을 우리에게 알려 주었다. 그 가운데 하나는 다음과 같다. "그로퍼(W. Gropper)는 이미 서커스의 그림이야기인 『*Alay Oop*』[3]을 탈고했다." 이건 '순통'하기는 하지만, 이 그림책을 보면 서커스만이 아니다. 영어사전을 빌려 서명 아래에 부기된 "Life and Love Among the Acrobats Told Entirely in

Pictures"[4]라는 두 줄의 영문을 조사해 보고서야, 알고 보니 '서커스' 이야기가 아니라 '서커스를 하는 예인들'의 이야기임을 알았다. 이렇게 말하니 물론 약간 '순통하지는 않'다. 그러나 내용이 이런 바에야 달리 생각할 길이 없다. '서커스 예인'이라야 'Love'가 있을 터이다.

『소설월보』 11월호에서 자오 선생은 다시 우리에게 "사이스Frank Thiess가 4부작을 완성하"고 또한 "마지막 권인『반인반우半人半牛의 괴물』(*Der Zentaur*)[5]도 이미 올해 출판되었다"[6]고 알려 주었다. 이번의 'Der'는 눈을 휘둥그렇게 만들었다. 왜냐하면 이것은 저먼German어였기 때문이다. 사전을 뒤적여 보고 싶어도 퉁지同濟학교[7] 외에는 빌려 볼 만한 곳이 거의 없으니, 어찌 감히 딴마음을 먹을 수 있으랴. 그렇지만 그 아래의 명사가 쓰이지 않았더라면 나왔을 텐데, 쓰여 있는 바람에 의심의 병이 도지고 말았다. 아마 그리스에서 비롯되었을 이 글자[8]는 영어사전에도 실려있으며, 이것을 제재로 한 그림도 자주 눈에 뜨인다. 상반신은 사람이고, 하반신은 소가 아니라 말이다. 소와 말은 똑같이 포유동물이니 '순통'하도록 혼용하는 거야 물론 괜찮다고 치자. 하지만 말은 기제류이고 소는 우제류[9]라 약간 다르니 아무래도 구분하는 게 좋으며, '마지막 권이 출판'된 때라고 해서 굳이 '소'라고 할 필요는 없을 것이다.[10]

슬그머니 '소'로 되고 나자, 자오 선생의 유명한 '우유 길'[11]이 연상되었다. 이것은 마치 직역 혹은 '경역'인 듯하지만, 사실은 그렇지 않다. 이 또한 아무 까닭 없이 '소'로 되어 끼워진 것이다. 이 이야기는 사전을 찾아볼 필요도 없이 그림에서도 볼 수 있다. 그런데 그리스신화 속의 최고신인 제우스는 여인을 대단히 밝혔던 신인 모양이다. 언젠가 그는 인간세계에 갔다가 어느 여인과의 사이에 사내아이를 두게 되었다. 짚신도 짝이 있는 법. 제우스의 아내는 강짜가 심한 여신이었다. 이 일을 알게 된 그녀는 탁자와 의자를 내리치듯(?) 한바탕 화를 내더니, 그 아이를 하늘로 데려가 기회를 엿보아 죽이려고 했다. 그러나 아이는 천진난만하여 아무것도 모른 채, 한번은 제우스 아내의 젖이 닿자 빨아 댔다. 깜짝 놀란 그녀가 아이를 밀치자 아이는 인간세상으로 떨어졌다. 아이는 해를 입기는커녕 훗날 영웅이 되었다. 그런데 제우스 아내의 젖은 아이에게 빨린 탓에 하늘로 솟구쳐 은하가 되었다. 이것이 바로 '우유 길'──아니 사실은 '신의 젖 길'이다. 그렇지만 백인은 '젖'이라면 죄다 'Milk'라고 부르고, 우리는 깡통우유 위의 글자에 낯익어 있기에 어쩔 수 없이 오역하는 때가 있다. 그렇다. 이 또한 괴이히 여길 만한 일은 아니다.

그러나 번역에 대해 일가견을 지닌 명사가, 말을 보면 멍해지고 소에 대한 애정이 버릇이 되어 '소 대가리가 말 주둥이와 맞지 않는' 뚱딴지같은 번역을 한다는 것은 아무래도 이야깃거리가 될 만하다.──남의 이야깃거리가 되어 이를 통해 조금이나마 그리스신화를 알게 될 따름이니, 자오 선생의 "충실하되 순통치 못할 바에야 충실치 않더라도 순통한 편이 낫다"는 격언은 터럭만큼도 손해를 입지 않는다. 이를 '난역亂譯 만세!'라 일컫는다.

주)_____

1) 원제는 「風馬牛」, 1931년 12월 20일 『북두』 제1권 제4기에 창경이란 필명으로 발표했다. 풍마우(風馬牛)는 『좌전』 '희공 4년'에 실려 있는바, 초(楚)나라 성왕(成王)이 제(齊)나라의 환공(桓公)에게 전했던 "그대는 북해에 있고 나는 남해에 있으니, 길 잃은 마소가 상대의 영역에 이를 리가 없습니다"(君處北海, 寡人處南海, 唯是風馬牛不相及也)라는

말에서 비롯되었다. 이는 제나라와 초나라는 서로 멀리 떨어져 있기에 소가 길을 잃더라도 남의 영역에 들어갈 리가 없다는 뜻으로, 후에 사물 사이에 아무 상관이 없음을 비유하는 뜻으로 쓰였다.

2) '국외문단소식'은 1931년 1월 제22권 제1기부터 『소설월보』에 마련된 칼럼이다. 자오징선은 이 칼럼의 주요 집필자였다.

3) 그로퍼(William Gropper, 1897~1977)는 유태계 미국 화가이다. 그림책의 제목으로 삼은 'Alay Oop'은 고함을 지르는 소리이다.

4) '서커스 단원들의 삶과 사랑의 이야기'라는 뜻이다.

5) 'Der Zentaur'는 그리스신화에 나오는 반인반마(半人半馬)의 괴물인 켄타우로스(Centauros)이다.

6) 사이스(塞意斯)는 시이스(티스)로 번역해야 옳다. 티스(Frank Thiess, 1890~1977)는 독일의 작가이다. 그의 '청년(Jugend) 4부작'이라 일컬어지는 작품은 『마귀』(*Der Leibhaftige*, 1924), 『세계의 문』(*Das Tor zur Welt*, 1926), 『낙원을 떠나』(*Abschied vom Paradies*, 1927), 『반인반마』(*Der Zentaur*, 1931)이다. 자오징선은 4부작 가운데 『마귀』를 『튼튼한 몸』(健身)으로, 『반인반마』를 『반인반우의 괴물』(半人半牛怪)로 번역했다.

7) 1907년 독일인에 의해 상하이에 설립된 퉁지독어의학교(同濟德文醫學校)는 1917년 중국 정부가 인수하여 퉁지독어의공대학(醫工大學)으로 바뀌었다가 1927년에 퉁지대학(同濟大學)으로 개칭되었다.

8) '그 아래의 명사'와 '이 글자'는 'Zentaur'를 가리킨다.

9) 발굽의 숫자가 홀수인 포유동물을 기제류(奇蹄類), 짝수인 포유동물을 우제류(偶蹄類)라 일컫는다. 말, 코뿔소 등은 전자에 속하고, 소와 돼지, 사슴, 양, 염소 등은 후자에 속한다.

10) 이 부분에는 4부작의 마지막 권이기에 짝수이므로 우제류인 소를 끌어들였으리라는 루쉰의 비아냥이 섞여 있다.

11) 자오징선은 1922년 체호프의 소설 「반카」(Ванька)를 번역하면서 '은하수'를 뜻하는 영어 'Milky Way'를 '우유 길'이라 오역했다.

또 한 가지 '순통'한 번역[1]

이 '순통'한 번역이 나타났던 것은 퍽 오래되었다. 게다가 문학대가와 번역 대이론가는 어느 누구도 거들떠보지 않았다. 그러나 내가 수집한 '순통한 번역 모범문 대성大成'의 원고에서 우연히 이 대목을 넘겨보았기에 다시 한번 언급하기로 한다.

각설하고, 이 대목은 중화민국 19년 8월 3일자의 『시보』[2]에 나온 것인데, 특호로 찍은 「바늘로 두 손을 꿰어……」針穿兩手……라는 제목 아래에 다음과 같은 글로 쓰여져 있다.

공산당에게 잡혀갔다가 몸값을 치르고 창사에서 도망쳐 나온 중국 상인이 하인 두 명과 함께 어제 한커우로 피신해 왔다. 이들 주인과 하인은 모두 선혈이 낭자한 채 벗에게 이렇게 말했다. 창사에 공산당 정탐꾼이 있는 바람에 다수의 부르주아가 29일 새벽에 체포되었다. 우리는 28일 밤에 체포되었는데, 곧바로 바늘로 두 손을 꿰어 저울에 달았노라고. 이렇게 말하면서 두 손을 꺼내 싸맨 천을 풀어 뚫린 구멍을 보여 주었는데,

여전히 선혈이 낭자했다.…… (한커우 2일 전통사[3] 전보)

이것은 물론 '순통'한 글이다. 비록 조금만 주의를 기울여 보면 다소 의심스러운 점이 있긴 하지만. 예를 들어 보자. 첫째, 주인은 부르주아이니 물론 '유혈이 낭자'하겠지만, 두 하인은 아마 가난뱅이일 텐데 똑같이 '유혈이 낭자'한 까닭은 무엇일까? 둘째, 뭘 하려고 '바늘로 두 손을 꿰어 저울에 달았'던 걸까? 설마 무게에 따라 죄명을 정하려 했던 건 아니겠지? 그러나 이렇긴 해도 글은 역시 '순통'하다. 왜냐하면 사회에서는 원래 공산당의 행위가 괴상망측하다고들 말하던 터이다. 하물며 『옥력초전』[4]을 본 사람이라면 누구나 염라대왕의 어느 전각에 저울로 죄인을 다는 방법이 있음을 알고 있다. 그렇기에 '저울에 달았'고 하여도 터럭만큼도 괴이히 여길 만한 일이 아니다. 다만 저울에 달 때에 갈고리를 사용하지 않고 '바늘'을 사용했다는 게 약간 특이해 보일 따름이다.

다행히 같은 날짜의 일본어 신문인 『상하이일보』[5]에서도 전통사의 동일한 전보를 우연히 보고서야, 『시보』의 내용은 역자가 '경역'에 얽매이지 않고 '순통'하고자 하였기에 약간 '충실'치 않게 되었음을 알게 되었다. 만약 약간 '순통치 않더라도 충실하'게 번역한다면, 대략 다음과 같이 해야 할 것이다.

…… 이들 주인과 하인은 공포와 선혈에 물든 경험담을 현지의 중국인에게 이야기했는데, 공산군 가운데에 창사의 상황을 잘 알고 있는 자가 있어 …… 우리는 28일 밤중에 체포되었는데, 끌려갈 때에 팔에 구멍을 내어 철사로 수 명 혹은 수십 명을 한데 꿰었다. 말하면서 피가 배어든

천으로 싸맨 손을 내보였다.……

이제야 분명히 알게 되었다. '선혈이 낭자'한 것은 '이들 주인과 하인'
이 아니라 그들의 '경험담'이며, 두 명의 하인의 손에는 뚫린 구멍이 없다
는 것을. 손을 꿰뚫은 것은 일본어로는 '침금'鍼金이라 쓰여 있지만, 번역
하자면 '철사'이지 '바늘'이 아니다. 바늘은 옷을 짓는 물건이다. '저울로
달았다'는 이야기는 그 어디에도 보이지 않는다.

우리 '우방'의 친한 벗들은 중국의 기괴한 일, 특히 '공산당'의 기괴한
일을 선전하기를 몹시 좋아한다. 4년 전에는 '나체시위'[6]를 실제로 그런
일이 있었던 양 아주 그럴싸하게 이야기했는데, 중국인 역시 덩달아 여러
달이나 떠들어 댔다. 사실 경찰이 철사로 식민지의 혁명당의 손을 꿰어 두
름 엮듯 끌어가는 것은 이른바 '문명' 국민의 행위이지, 중국인은 아직 이
런 방법을 알지 못하고, 철사 또한 농업사회의 산물이 아니다. 당나라로부
터 송나라에 이르기까지 미신 때문에 변화를 방지할 요량으로 쇠줄로 빗
장뼈를 꿰어 매는 방법을 '요인'妖人에게 사용한 적은 있으나, 사용하지 않
은 지 이미 오래되었을뿐더러 아는 이도 거의 없어졌다. 문명국의 국민이
자신들이 사용하는 문명한 방법을 중국에 억지로 이식했지만, 뜻밖에도
중국인은 아직 이처럼 문명하지 못했으며, 상하이의 번역가조차도 이해
하지 못하여 철사로 꿰지는 못한 채 그저 염라대왕전의 방법에 따라 한번
'저울로 달아' 보는 걸로 그치고 말았다.

유언비어를 날조하는 자와 유언비어의 날조를 돕는 자의 정체가 단
번에 드러나고 말았다.

주)_____

1) 원문은 「再來一條'順'的飜譯」, 1932년 1월 20일 『북두』 제2권 제1기에 창경(長庚)이란 필명으로 발표했다.

2) 『시보』(時報)는 1904년 6월 12일(광서光緒 30년 4월 29일) 상하이에서 디바오셴(狄葆賢)이 창간했으며 1939년 9월 1일에 재정 곤란으로 폐간되었다. 이 신문은 무술정변(戊戌政變) 이후 캉유웨이(康有爲), 량치차오 등의 보황당(保皇黨)이 중국 내에서 창간한 최초의 신문이다. 디바오셴(1873~1941?)은 장쑤 리양(溧陽) 사람으로, 탄쓰퉁(譚嗣同), 당재상(唐才常) 등과 교유하면서 변법유신을 선전하였다. 무술정변 실패 후 일본으로 망명하였다가 1900년에 귀국하여 당재상이 이끄는 자립군(自立軍)에 참가했으나, 실패한 후 다시 일본으로 피신하였다. 1904년에 상하이로 돌아와 언론사업에 뛰어들어 『시보』를 창간했다.

3) 전통사(電通社)는 일본전보통신사를 가리킨다. 이 통신사는 1901년에 도쿄에서 창립되었으며, 1936년에 신문연합통신사(新聞聯合通迅社)와 합병되어 동맹사(同盟社)로 되었다. 전보통신사는 1920년에 중국 상하이에 분사를 설립했다.

4) 『옥력초전』(玉歷鈔傳)의 원명은 『옥력지보초전』(玉歷至寶鈔傳)이다. 송나라 때에 "담치(淡痴) 도인이 꿈속에서 가르침을 받았는데, 제자인 물미(勿迷) 도인이 기록하여 세상에 전하였다"고 한다. 이 책은 인과응보의 미신사상을 선전하는 책으로, 모두 8장으로 이루어져 있다. 이 가운데 제2장인 「'옥력'의 그림」('玉歷'之圖像)에 저울로 죄인을 다는 그림이 실려 있다.

5) 『상하이일보』(上海日報)는 일본인이 운영하는 일본어 신문으로, 1904년 7월에 상하이에서 창간되었다. 원명은 『상하이신보』(上海新報)이고 주간이었는데, 1905년 3월에 『상하이일보』로 개칭했다.

6) '나체시위'란 1927년 4월 12일자 『순톈시보』(順天時報)에서 「수치를 깨뜨리다—우한 거리 부녀들의 나체시위」(打破羞恥—武漢街市婦人之裸體游行)라는 뉴스를 게재하여, 당시 국공합작을 유지하고 있던 우한(武漢) 정부를 비방중상한 일을 가리킨다. 이 뉴스를 당시 중국의 일부 언론이 옮겨 실었다. 『순톈시보』는 일본인 나카지마 요시오(中島美雄)가 1901년 10월에 베이징에서 창간한 중국어 신문이다. 처음의 명칭은 『옌징시보』(燕京時報)이며, 1930년 3월에 정간되었다.

중화민국의 새로운 '돈키호테'들[1]

16세기 말엽, 스페인의 문인 세르반테스는 『돈키호테』라는 대작을 지었다.[2] 이 키호테 선생은 무협소설에 홀려 기어이 고대의 떠돌이 협객 흉내를 내려 한다. 그는 낡은 갑주 차림에 비쩍 마른 말을 타고 종자 한 명을 거느린 채 여기저기 떠돌면서, 요괴를 물리치고 못된 자를 없애 선량한 이들을 편안케 하려 한다. 누가 알았으랴만, 당시는 이미 예전의 기풍이 넘치는 때가 아닌지라, 갖가지 우스꽝스러운 일을 일으키고 수많은 고초를 겪을 따름이다. 마침내 꾐에 빠져 중상을 입고 딱한 처지로 돌아와 집에서 죽는데, 죽음을 맞고서야 자신이 무슨 대협객이 아니라 평범한 사람에 지나지 않았음을 깨닫는다.

이 고전은 작년에 중국에서 한 차례 인용된 적이 있었는데, 이 시호를 받은 명사는 조금 못마땅한 모양이다. 사실 이 책상물림은 스페인의 책상물림으로, 예부터 '중용'을 즐겨 입에 담아 온 중국에 존재할 리 만무하다. 스페인 사람들은 사랑에 빠지면 날마다 여인의 창 아래로 가서 노래를 부르고, 구교를 믿으면 이단을 태워 죽이며, 혁명을 일으키면 교회를 짓부수

고 황제를 내쫓는다. 그러나 우리 중국의 문인학자들은 여자 쪽에서 먼저
사내를 유혹했다느니, 여러 종교의 근원은 같다느니, 사당의 재산을 보존
하자느니, 선통宣統이 혁명 후에도 오랫동안 궁중에서 황제로 지내게 하자
고 늘 이야기하지 않았던가?

　기억건대 이전의 신문에 가게 점원 몇 명이 검협劍俠소설에 빠져 수
련한답시고 느닷없이 무당산³⁾으로 떠나려 했던 일이 보도된 적이 있었는
데, 이건 '돈키호테'와 흡사한 일이다. 그러나 그후 뒷소식을 듣지 못한 터
라, 이들 역시 수많은 기행奇行을 행했는지, 아니면 오래지 않아 집으로 되
돌아왔는지 알지 못한다. '중용'의 오랜 관례로 미루어 보건대, 아마 집으
로 돌아왔다고 여기는 게 알맞으리라.

　그 이후의 중국식의 '돈키호테'의 출현은 '청년원마단'⁴⁾이었다. 병사
가 아닌데도, 그들은 한사코 전장으로 떠나려 했다. 정부가 국제연맹에 제
소하겠노라 하는데도, 그들은 굳이 직접 나서려 했다. 정부가 가지 말라고
하는데도, 그들은 기어이 떠나려 했다. 현재 중국에는 어쨌든 조금이나마
철로가 있는데도, 그들은 기어코 한 걸음 한 걸음 걸어가고자 했다. 북방
이 추운데도, 그들은 일부러 겹저고리만을 걸치려고 했다. 전투가 벌어지
면 병기가 매우 중요할 텐데도, 그들은 애오라지 정신만을 중시하려 했다.
이들 모든 게 영락없이 '돈키호테' 그 자체이다. 하지만 결국은 중국의 '돈
키호테'이다. 그래서 그는 단지 한 사람뿐이었지만, 그들은 단체였다. 그
를 배웅한 것은 비웃음이었지만, 그들을 배웅한 것은 환호였다. 그를 맞이
한 것은 의아함이었지만, 그들을 맞이한 것 또한 환호였다. 그는 깊은 산
속에 머물렀지만, 그들은 전루진⁵⁾에 머물렀다. 그는 방앗간에서 풍차와
싸웠지만, 그들은 창저우常州에서 여자들과 시시덕거리고 또 미녀를 만나

기까지 하였으니, 이 무슨 행운일꼬(12월호『선바오』의「자유담」을 보라).
그 고락의 차이가 이와 같으니, 오호라!

그렇다. 동서고금의 소설은 너무나 많다. 이 가운데에는 '관을 지고
따르는' 것도 있고 '손가락을 끊는' 것도 있으며,[6] '진나라의 조정에서 우
는' 것도 있고 '하늘을 향해 맹세하는' 것도 있다.[7] 이런 일을 자주 보고 들
어 익숙해진 탓인지, 물론 관을 메고 손가락을 자르며 쑨원의 무덤에서 울
고 출발을 맹세하지 않을 수 없다. 그러나 5·4운동 당시 후스즈 박사가 문
학혁명을 이야기할 때 이미 "전고典故를 사용하지 말라"[8]고 하였으니, 이
제 실행함에 있어서 사용하지 않아도 더더욱 괜찮을 듯하다.

20세기의 전쟁을 다룬 소설로서 약간 오래된 작품으로는 레마르크
의『서부전선 이상 없다』[9]와 렌의『전쟁』[10] 등이 있으며, 최근의 작품으로
는 세라피모비치의『철의 흐름』과 파데예프의『훼멸』등이 있지만, 이들
작품에는 이러한 '청년단'이 존재하지 않는다. 그렇기에 그들은 모두 실제
로 전쟁을 치렀다.

주)_____

1) 원문은「中華民國的新'堂·吉訶德'們」, 1932년 1월 20일『북두』제2권 제1기에 부탕(不
堂)이란 필명으로 발표했다.

2) 세르반테스(Miguel de Cervantes, 1547~1616)는 르네상스 시기의 대표적인 스페인
작가이다. 그의 대표작인『돈 키호테』(Don Quixote)는 2부로 이루어져 있는데, 1부는
1605년에, 2부는 1615년에 발표되었다.

3) 무당산(武當山)은 후베이 북서부의 스옌(十堰)시 단장커우(丹江口) 경내에 있으며, 태화
산(太和山)이라 일컫기도 한다. 옛 소설에서 이 산은 무공을 수련하는 곳으로 흔히 서술
된다.

4) 1931년 9·18만주사변 이후 장제스가 취한 무저항주의로 인해 일본군은 단기간에 동

북의 거의 모든 지역을 점령했다. 11월에 일본군이 룽장(龍江)을 공격할 때, 헤이룽장성의 대리주석인 마잔산(馬占山)은 이에 저항하여 각계각층의 애국민중의 지지를 받았다. 이때 상하이의 일부 젊은이들은 '청년원마단'(靑年援馬團)을 조직하여 동북지방의 항일군대를 지원하고자 하였다. 그러나 투쟁정신의 결여와 국민당의 방해공작으로 말미암아 이 단체는 흐지부지되고 말았다.

5) 전루진(眞茹鎭)은 상하이 푸퉈구(普陀區) 북서부에 위치해 있는 전루진(眞如鎭)을 가리킨다.

6) 여친(輿櫬)은 '관을 지고 따르다'는 의미로 '목숨을 거는 굳은 마음'을 나타낸다. 『좌전』 '희공 6년'에 "허나라 희공은 두 손을 앞으로 묶고 입에 구슬을 문 채 죽은 사람 모양을 하고, 대부(大夫)는 상복을 입고 사(士)는 관을 지고 있었다"(許男面縛銜璧, 大夫衰絰, 士輿櫬)라는 구절이 있다. 절지(截指)는 '손가락을 자르다'는 의미로 '꿋꿋하고 굳셈'을 나타낸다. 1931년 11월 21일자와 22일자 『선바오』의 보도에 따르면, "'청년원마단'은 관을 지고 시위하였으며, 손가락을 잘라 혈서를 쓴 사람도 있었다"고 한다.

7) '진나라 조정에서 울다'(哭秦庭)는 춘추시대의 초나라 소왕(昭王) 때의 대부인 신포서(申包胥)와 관련된 고사이다. 『사기』 「오자서열전」(伍子胥列傳)에 따르면, 오자서가 오(吳)나라 군대를 이끌고서 초나라를 쳤을 때, 신포서는 진(秦)나라에 들어가 애공(哀公)에게 구원병을 요청하였다. 진나라가 그의 요청을 들어주지 않자, 그는 이레 동안 아무것도 먹지 않은 채 울면서 구원을 호소하였다. 이에 애공은 그의 정성에 감동하여 구원병을 보내 초나라를 도와 오나라를 물리쳤다.

8) 후스는 『신청년』 제2권 제5기(1917년 1월)에 발표한 「문학개량에 관한 변변찮은 나의 견해」(文學改良芻議)에서 문학개량을 위한 여덟 가지 항목을 제기했는데, 이 가운데 여섯번째가 "전고를 사용하지 말자"(不用典)이다.

9) 레마르크(Erich Maria Remarque, 1898~1970)는 독일 소설가로서 제1차 세계대전에 참전한 적이 있다. 1929년에 자신의 체험을 바탕으로 『서부전선 이상 없다』(Im Westen nichts Neues)를 발표하여 세계적인 반전(反戰)작가로 떠올랐으며, 1932년 나치의 박해를 피해 스위스로 이주하였다가 1939년에 미국으로 망명하였다.

10) 렌(Ludwig Renn, 1889~1979)은 독일 소설가로서 제1차 세계대전에 참전한 적이 있으며, 1928년에 자신의 체험을 바탕으로 『전쟁』(Krieg)을 발표하였다. 그는 1928년에 독일공산당에 입당하였으며, 스페인내전에 참전하기도 하였다.

『들풀』영역본 서문[1]

평Y.S.[2] 선생이 벗을 통해 『들풀』의 영역본을 내게 보여 주면서 몇 마디 이야기해 달라고 부탁했다. 아쉽게도 나는 영어를 알지 못하기에 내 나름 대로 몇 마디 하는 수밖에 없다. 하지만 역자가 바라는 만큼의 반밖에 하지 못함을 양해해 주길 바란다.

이 이십여 편의 소품은 각각의 끄트머리에 밝혀 놓았듯이 1924년부터 26년에 베이징에서 지은 작품으로, 정기간행물인 『위쓰』에 잇달아 발표한 것이다. 대부분 그때그때의 어쭙잖은 감상일 따름이다. 당시에는 직설적으로 말하기가 어려운지라 때로 표현이 애매해지기도 했다.

이제 몇 가지 예를 들어 보자. 당시 성행했던 실연시를 풍자하려고 「나의 실연」을 지었고, 사회에 방관자가 많음을 증오하여 「복수」 첫 편을 지었으며, 또한 젊은이의 의기소침함에 놀라 「희망」을 지었다. 「이러한 전사」는 문인학자들이 군벌을 돕는 것에 느낀 바가 있어 지었다. 「마른 잎」은 나를 아끼는 이가 나를 온존하게 하려 하기에 지은 것이다. 돤치루이 정부가 맨손의 민중을 총격한 후에 「빛바랜 핏자국 속에서」를 지었는데, 당시 나는 다른 곳에 피신해 있었다.[3] 펑톈파와 즈리파의 군벌전쟁[4]이 벌어질 즈음에 「일각」을 지었으며, 이후로는 베이징에 거주할 수 없게 되었다.

그러므로 이들 대부분은 기강이 풀린 지옥 가장자리의 파리한 빛깔의 작은 꽃이라 할 수 있으니,[5] 물론 아름다울 리가 없다. 그렇지만 이 지옥 역시 사라져야만 한다. 웅변과 수완을 지녔으되 당시에는 아직 뜻을 얻지 못한 몇 명의 영웅들의 낯빛과 말씨가 내게 가르쳐 준 것이다. 이리하여 나는 「잃어버린 좋은 지옥」을 지었다.

이후로 나는 다시는 이런 것을 짓지 않았다. 나날이 변해 가고 있는 시대는 이미 이러한 글을 허락하지 않으며, 심지어 이러한 감상의 존재마저 허락하지 않는다. 그게 외려 나을지도 모른다고 나는 생각한다. 역본을 위해 쓰는 서문도 이쯤에서 마무리해야 할 것 같다.

11월 5일

주)_____

1) 원제는 「『野草』英文譯本序」, 『들풀』의 영역본 원고는 역자가 상우인서관에 넘겼으나 1932년 1·28상하이사변(上海事變) 당시 불타 버려 출판되지 못했다. 이 서문은 이 책에 수록되기까지 발표된 적이 없다.

2) 펑Y.S.는 『들풀』 영역본의 역자인 펑위성(馮余聲)을 가리킨다. 그는 광둥 사람으로, 이 당시 좌익작가연맹의 성원이었다.

3) 1926년 3·18참사가 일어난 후, 루쉰은 진보적인 학생을 지지한 행위로 말미암아 돤치루이 정부의 제2차 수배자명단에 들어갔다는 소문이 떠돌았다. 그는 벗의 권유에 따라 3월 하순부터 야마모토(山本)의원, 독일의원과 프랑스의원 등지에서 피신생활을 하다가 5월 초에야 집으로 돌아왔다.

4) 1926년 봄 여름에 즈리파(直隸派)에 속한 펑위샹의 군대와 펑톈파의 장쭤린, 리징린(李景林)의 군대가 베이징과 톈진에서 전쟁을 벌였다.

5) 『들풀』의 「잃어버린 좋은 지옥」에 "지옥은 기강이 풀린 지 오래였다. …… 먼 데에 만다라꽃이 봉오리를 틔웠는데 작디작은 꽃떨기가 파리하고 애잔했다"라는 글귀가 있다.

'지식노동자' 만세[1]

'노동자'라는 단어가 '죄인'의 대명사가 된 지 어느덧 꼬박 4년이 되었다. 짓눌러도 소리치는 이 아무도 없고, 마구 죽여도 소리치는 이 아무도 없다. 문학에서 이 단어를 끄집어내기만 하면, 곧바로 수많은 '문인학자'와 '정인군자'가 몰려와 비웃고 욕하며, 이어 또 수많은 그들 제자와 손제자孫弟子들이 몰려와 비웃고 욕해 댄다. 아아, 노동자여, 참으로 영원토록 해방되지 못하리라.

하지만 뜻밖에도 그대를 떠올리게 해준 이가 있다.

뜻밖에도 제국주의 나으리들께서 당국의 도살이 굼뜬 게 아무래도 마땅찮았던지 몸소 나서서 폭파할 것은 폭파하시고 폭격할 것은 폭격하셨다. '인민'을 '반동분자'라 일컫는 것은 당국의 장기이다. 그런데 뜻밖에도 제국주의 나으리들께도 이런 묘수가 있었는지, 무저항의 순종적인 당국의 군관을 '비적'이라 일컬어 크게 '응징'을 가했던 것이다! 이 얼마나 억울한 일인가. 참으로 '순順'과 '역逆'을 가리지 못한 채 옥석玉石을 죄다 불태워 버리는 짓에 개탄하지 않을 수 없다!

이리하여 다시 노동자를 떠올리게 되었다.

이리하여 오래도록 듣지 못했던 '친애하는 노동자여'라는 정다운 함성도 글에 보이고, 오래도록 보지 못했던 '지식노동자'라는 기묘한 직함도 신문지상에 나타났다. 아울러 '연락할 필요를 느꼈'는지, '협회'[2]를 조직하고 판중윈[3]과 왕푸취안[4] 따위의 수많은 신임 '지식노동자' 선생들을 간사로 천거했다.

어떤 '지식'을 지니고 있는지, 무슨 '노동'을 하고 있는지, '연락'하여 무얼 하자는 건지, '필요'는 어디에 있는지, 이러한 것들은 잠시 제쳐 두기로 하자. '지식'이 없는 육체노동자도 어쩌지 못하는 마당이니.

'친애하는 노동자'여! 이들 고귀한 '지식노동자'를 위하여 다시 한번 일어나 행하라! 그들이 전과 다름없이 방안에 앉아 자신의 그 고귀한 '지식'을 '노동'할 수 있도록. 설사 실패할지라도 실패한 것은 '육체'일 뿐, '지식'은 여전히 존재해 있을 터이다!

'지식'노동자 만세!

주)_____

1) 원제는 「'智識勞動者'萬歲」, 1932년 1월 5일 『십자가두』 제3기에 페이웨이(佩韋)라는 필명으로 발표했다.
2) 협회란 지식노동자협회(智識勞動者協會)를 가리킨다. 판중윈 등이 발기하여 조직한 단체이며, 성원은 꽤 복잡하다. 1931년 12월 20일에 상하이에서 창설되었다.
3) 판중윈(樊仲雲, 1901~1990)은 저장 성현 사람으로, 필명은 충위(從予)이다. 1923년에 문학연구회에 가입했으며, 당시 상우인서관의 편집인이었다. 항일전쟁기에는 왕징웨이의 난징국민정부에서 교육부 정무차장(政務次長) 및 중앙대학교 총장을 지냈다.
4) 왕푸취안(汪馥泉, 1899~1959)은 저장 항현(杭縣; 지금의 위항余杭) 사람으로, 이 당시 푸단대학교 교수를 지내고 있었다. 항일전쟁기에는 왕징웨이의 난징국민정부에서 중일문화협회(中日文化協會) 장쑤분회(江蘇分會) 상무이사 겸 총간사를 지냈다.

'우방의 경악'을 논함[1]

조금이라도 지각이 있는 사람이라면 누구나 알고 있을 것이다. 이번 학생들의 청원[2]이 일본의 랴오닝遼寧과 지린吉林의 점령에 대해 난징정부가 속수무책이었기 때문이라는 것을. 난징정부는 그저 국제연맹에 애소할[3] 줄밖에 모르지만, 국제연맹이야말로 일본과 한 패이다. 공부해라, 공부해. 옳은 말이다. 학생은 열심히 공부해야 마땅하다. 하지만 한편으로는 어르신들이 국토를 잃지는 말아야 마음 놓고 공부할 수 있을 게다. 신문이 전하는 바로는, 둥베이대학[4]은 해산되고 펑융대학[5]도 해산되었으며, 일본군은 학생 차림의 사람을 보기만 하면 사살하고 있다고 하지 않는가? 책가방을 내려놓고 청원하러 다닌다는 것은 참으로 이미 처량함의 극치에 다다른 것이다. 그러나 국민당 정부는 12월 18일에 각지의 군정 당국에게 띄운 통전通電에서 다시 그들에게 "관공서를 파괴하고 교통을 가로막으며, 중앙위원을 구타하여 상처를 입히고 자동차를 강탈하며, 통행인 및 공무원을 집단폭행하고 사적인 체포나 고문을 자행하는 등 사회질서를 온통 파괴했다"는 죄명을 뒤집어씌우고서, 그 결과 "우방의 인사는 말할 수 없이 경악하였으니, 이대로 두었다가는 나라꼴이 엉망이 되리라!"고 지적했다.

훌륭한 '우방 인사'로다! 일본제국주의의 군대가 랴오닝과 지린을 점령하여 관공서를 포격해도 그들은 경악하지 않았다. 철로를 가로막고 열차를 폭파하며 관리를 체포·구금하고 인민을 총살해도 그들은 경악하지 않았다. 중국국민당의 치하에서 여러 해 내전이 계속되어도, 일찍이 없었던 수해가 일어나도, 굶주림 때문에 아이를 팔더라도, 목이 잘려 저자에 효수되어도, 남몰래 죽이고 전기고문을 자행해도 그들은 경악하지 않았다. 그런데 학생의 청원 중에 약간의 소요가 일어나자, 그들은 경악했다!

훌륭한 국민당 정부의 '우방 인사'로다! 어떤 자들일까!

설사 위에 언급한 죄상이 정말이더라도, 그런 일들이야 어느 '우방'에나 다 있는 일이다. 그들의 '질서'를 유지하고 있는 그들의 감옥이 그들의 '문명'의 가면을 떼어 낸다. 뭐 짐짓 '경악'한 체하는가?

하지만 '우방 인사'가 경악하자마자, 우리의 국민당 정부는 "이대로 두었다가는 나라꼴이 엉망이 되리라"고 걱정한다. 마치 동삼성을 잃으면 오히려 당국은 더욱 나라다워지고, 동삼성을 잃고서도 소리치는 이가 아무도 없으면 당국은 한결 나라다워지며, 동삼성을 잃고서도 몇 명의 학생이 몇 편의 '상신서'를 올리는 정도라면 당국은 보다 나라다워져서, '우방 인사'의 칭찬을 받고 영원히 '나라'꼴을 유지해 나갈 듯하다.

몇 마디의 전문은 어떠한 당국이고 어떠한 '우방'인지 아주 또렷하게 보여 준다. '우방'은 우리 인민에게 몸이 갈기갈기 찢기더라도 찍소리도 말라고 하고, 조금이라도 '탈선'하는 일이 있으면 도륙을 가하겠다는 것이다. 또한 당국은 우리에게 이 '우방 인사'의 바람을 따르라면서, 그렇지 않으면 "각지의 군정당국에 통전"하여 "즉각 긴급조치를 취하라. 사후에 저지할 길이 없다는 핑계로 책임을 회피하는 일은 용납하지 않겠다"는 것이다!

이는 '우방 인사'가 잘 알고 있기 때문이다. 즉 일본군은 '저지할 길이 없지'만, 학생들은 '저지할 길이 없다'는 게 말이 되는가? 다달이 천팔백만 위안의 군사비와 사백만 위안의 행정비를 어디에 사용하고 있나, '군정 당국'은?

이 글을 쓴 뒤 딱 하루만에 21일자의 『선바오』에 다음과 같은 난징 특전特電이 실려 있는 것을 보았다. "고시원考試院 부원인 장이콴張以寬은 그제 학생에게 끌려가 중상을 입었다고 전했다. 그런데 장씨 본인의 진술에 따르면, 당시 운전수의 오해로 말미암아 군중에 의해 중앙中央대학까지 끌려갔지만, 곧바로 돌아 나와 귀가하였으며 부상한 일은 없었다고 한다. 행정원行政院의 모 비서가 중앙대학에 끌려갔던 것 역시 그 자리에서 풀려나 실종된 일은 없었다." 아울러 '교육소식'란에는 베이징으로 청원하러 떠났다가 죽거나 다친, 이 도시의 일부 학교 학생들의 정확한 숫자가 기록되어 있는데, 다음과 같다. "중공中公 사망 2명, 부상 30명, 푸단 부상 2명, 푸단부중 부상 10명, 둥야東亞 실종 1명(여자), 상중上中 실종 1명, 부상 3명, 원성스文生氏 사망 1명, 부상 5명……"[6] 그렇다면 국민당 정부가 통전에서 말하듯이 학생들이 "사회질서를 깡그리 파괴"한 것이 아니라, 국민당 정부가 여전히 탄압할 수 있을 뿐만 아니라 여전히 무고하고 살육할 수 있음을 알 수 있다. '우방 인사'는 앞으로 '말할 수 없이 경악'할 필요 없이, 오로지 마음 푹 놓으시고 우리 영토를 쪼개 잡수시면 좋을 것이다.

주)_____

1) 원제는 「'友邦驚詫'論」, 1931년 12월 25일 『십자가두』 제2기에 밍써(明瑟)라는 필명으로 발표했다.

2) 1931년 12월에 전국 각지의 학생들이 장제스의 무저항정책에 반대하여 난징으로 청원하는 일이 벌어졌다. 이 학생애국운동에 대해, 국민당 정부는 12월 5일 각지에 일제히 훈령을 내려 청원을 금지토록 하였다. 17일 각지 학생들이 연합하여 국민당 중앙당부에 청원하자, 군경에게 청원 학생들을 체포하고 사살하도록 명령했다. 이로 인해 현장에서 20여 명이 사살당하고 백여 명이 부상당했다. 18일에는 각지의 군정당국에 전보를 보내 청원사건을 긴급히 처리하도록 명령했다.

3) 1931년 9·18만주사변이 일어난 후, 국민당 정부는 여러 차례에 걸쳐 국제연맹에 제소했다. 11월 22일 일본군이 진저우(錦州)에 쳐들어오자, 다시 국제연맹에 진저우를 중립구로 만들자고 제안했는데, 중국군대가 산하이관(山海關) 안의 내륙부로 퇴각하는 것을 조건으로 일본군에게 공격의 정지를 요청하였다. 12월 15일 일본이 진저우를 계속 공격하자 다시 국제연맹에 제소하여, 국제연맹이 간섭에 나서서 일본제국주의의 침략 전쟁의 확대를 저지해 줄 것을 요청했다.

4) 둥베이(東北)대학은 평톈계 군벌인 장쭤린이 설립을 추진하여 1923년 4월에 창설되었으며, 1928년에는 장쉐량(張學良)이 교장을 지냈다. 9·18만주사변이 발발한 후 대학은 폐쇄되었으나, 베이징, 카이펑(開封), 시안(西安) 등지에서 학교를 계속 운영하였으며, 1933년에는 펑융(馮庸)대학을 통합하였다.

5) 펑융(馮庸)대학은 평톈계 군벌인 펑융(1901~1981)이 1927년 선양(瀋陽)에 창설한 대학이다. 펑융은 중국이 내우외환에 시달리는 근본 원인이 낙후된 공업이라고 판단하여 이 대학을 창설하였으나, 1931년 9·18만주사변 직후 일본군에게 점령되어 폐쇄되었다가 1933년에 둥베이대학에 통합되었다.

6) 중공(中公)은 중귀공학(中國公學), 푸단(復旦)은 푸단대학, 푸단부중은 푸단대학 부속실험중학, 둥야(東亞)는 둥야체육전과학교, 상중(上中)은 상하이중학, 원성스(文生氏)는 고등영문학교이다. 이들은 모두 당시 상하이에 있던 사립학교이다.

중학생 잡지사의 질문에 답함[1]

"만약 선생님 앞에 중학생 한 명이 서 있다면, 내우외환이 번갈아 닥치는 이런 비상시대를 맞아 힘써야 할 방침으로 어떤 말씀을 해주시겠습니까?"

편집자께

선생께 한 마디 되묻겠습니다. 우리에게 현재 언론의 자유가 있습니까? 만약 선생께서 '아니오'라고 말한다면, 내가 아무 소리도 내지 않는다고 탓하지는 않으시리라 믿습니다. 만약 선생께서 끝내 "앞에 중학생 한 명이 서 있다"는 명목으로 말해 달라고 요구한다면, 그렇다면 전 이렇게 말하겠습니다. 첫번째로 언론의 자유를 쟁취하도록 힘써야 한다고.

주)_____

1) 원제는 「答中學生雜志社問」, 1932년 1월 1일 『중학생』 신년호에 발표했다. 『중학생』에 대해서는 이 문집의 「『당삼장취경시화』의 판본에 관하여」의 주2)를 참조하시오.

북두 잡지사의 질문에 답함[1]
—창작은 어떻게 해야 좋을까?

편집자께

보내주신 편지의 문제는 미국의 작가나 중국 상하이의 교수에게 부탁할 내용이군요. 그들은 온통 '소설 교정'과 '소설 작법'으로 가득하니 말입니다.[2] 제가 비록 20여 편의 소설을 쓰긴 했지만, 이제껏 '정견'定見을 갖고 있지는 않습니다. 이건 마치 제가 중국말은 할 줄 알아도 '중국어법 입문'을 저술하지는 못하는 것과 같습니다. 그러나 모처럼의 부탁인지라, 제 자신이 겪은 자질구레한 일이나마 아래에 적지 않을 수 없군요——

1. 다양한 일에 주의를 기울이고 많이 본다. 대충 보고는 쓰지 않는다.

2. 써낼 수 없을 때에는 억지로 쓰지 않는다.

3. 특정한 한 사람을 모델[3]로 삼지 않고, 두루 보고서 합친다.

4. 다 쓰고 난 후에는 적어도 두 번은 되읽고, 있으나 마나 한 글자나 문장, 문단은 아낌없이 지운다. 소설의 소재를 Sketch[4]로 줄일지언정,

Sketch의 소재를 소설로 늘리지 않는다.

5. 외국의 단편소설을 읽는다. 거의 대부분은 동유럽 및 북유럽의 작품이며, 일본 작품도 읽는다.

6. 자기 외에는 아무도 이해하지 못하는 형용사 따위를 제멋대로 만들어 내지 않는다.

7. '소설 작법' 등의 말을 믿지 않는다.

8. 중국의 이른바 '비평가' 부류의 이야기는 믿지 않지만, 믿을 만한 외국 비평가의 평론은 본다.

현재 말할 수 있는 것은 이 정도입니다. 이것으로 답변을 대신합니다. 건승하시기를 빕니다!

12월 27일

주)_____

1) 원제는 「答北斗雜誌社問」, 1932년 1월 20일 『북두』 제2권 제1기에 발표했다. 『북두』는 딩링(丁玲)이 편집을 담당한 문예월간으로 좌익작가연맹(左翼作家聯盟)의 기관지 중 하나이다. 1931년 9월 상하이에서 창간되었으며, 1932년 7월에 제2권 제3·4기 합간을 끝으로 총 8기를 발행한 후 정간되었다. 1931년 12월 이 잡지는 '창작 부진의 원인 및 그 출로'라는 제목으로 여러 작가들에게 의견을 구하였는데, 이 글은 이 요청에 대한 답변이다.

2) 당시 소설창작 방법에 관한 서적이 여럿 출판되었다. 예를 들면 화린이(華林一)가 번역한 미국인 해밀턴(Clayton Hamilton, 1881~1946)의 『소설 교정』(小說法程), 쑨량궁(孫俍工)이 펴낸 『소설작법강의』(小說作法講義) 등이 있다.

3) 이 글에서 모델(model)은 작중 인물의 원형을 의미한다.

4) 스케치(sketch)는 속사(速寫)를 의미한다.

소설 제재에 관한 통신[1]

보내온 편지

L. S. 선생님께

이렇게 외람되이 선생님께 폐를 끼치는 심정을 눌러온 지 오래되었습니다만, 저희 마음속의 선생님께서는 가르침을 청하는 열정적인 젊은이를 쌀쌀맞게 대하지는 않으시겠지요. 이렇게 여러 번 생각한 끝에 당돌하나마 문예——특히 단편소설에서의 의문과 망설임을 선생님께 말씀드리게 되었습니다.

　저희는 여러 편의 단편소설을 지은 적이 있습니다. 취한 제재는 다음과 같습니다. 하나는 잘 알고 있는 프티부르주아 젊은이인데, 현 시대에 드러나 있거나 감추어져 있는 그들의 일반적인 약점을 풍자의 예술수법으로 드러낸 것입니다. 다른 하나는 잘 알고 있는 하층 인물——현 시대의 대조류의 충격권 밖의 하층인물인데, 생활의 중압 아래 삶을 도모하는 강렬한 욕망에서 비롯된 몽롱한 반항의 충동을 창작에 그려 넣은 것입니다.──이런 내용의 작품이 현 시대에 대해 뭔가 기여하는 바가 있다고 말할 만큼 의미가 있을까요? 우리는 처음에는 의심하고, 이어 붓을 들어 쓰다가 또 망설이게 되었습니다. 이에 대해 저희에게 부디 가르침을 주십사 하고 선생님께 부탁드립니다. 저희는 문예 면에서의 노력이 당면한 시대에 아무 의미 없는 헛수고가 되는 것을 원치 않기 때문입니다.

저희는 이 시대에 우리의 정력을 의미 있는 문예에 기울임으로써 응당한 도움과 기여를 드러내기로 마음먹었습니다. 저희는 선생님께서 말씀하신, 조금이라도 이름이 나면 샛길로 빠져나가는 그런 문인이 결코 아닙니다. 따라서 지금 선생님께서 저희에게 가르침을 주시고자 한다면, 이 가르침은 저희에게 평생토록 영향을 미칠 것입니다. 비록 많은 프롤레타리아 작가의 창작을 읽어 본 적이 있습니다만, 몇몇 허구의 인물이 몸을 번드치기만 하면 혁명적으로 되도록 하고 싶지는 않습니다. 오히려 몇몇 잘 알고 있는 모델을 포착하여 있는 그대로 진실하게 그려 내고 싶습니다.──이런 경향이 타당한지 어떤지는 별로 자신이 없습니다. 그래서 이 모저모 골똘히 생각하다가 외람되이 선생님께 당돌하게 여쭤 볼 수밖에 없었습니다. 평안하시기를 빕니다!

11월 29일 Ts-c.Y. 및 Y-f.T. 올림

답하는 편지

Y 및 T[2] 선생에게

보내주신 편지를 받고서 미처 답신을 띄우기도 전에, 유행성 감기에 걸려

머리가 무겁고 눈이 부은 바람에 한 글자도 쓰지 못했습니다. 요 며칠 그 럭저럭 나아졌기에 이제야 답장을 씁니다. 똑같이 상하이에 있으면서도 한 달이나 지체하였으니 미안하기 그지없습니다.

두 분의 질문은 단편소설을 쓸 때 어떤 소재를 취해야 하는가의 문제 입니다. 그런데 작자의 입장은 편지의 내용에 따르면 프티부르주아의 입 장입니다. 만약 전투적 프롤레타리아라면 그가 쓴 것이 예술품이 될 만한 것이기만 하다면, 그가 어떤 일을 묘사하고 어떤 소재를 사용하든, 현대 및 미래에 틀림없이 기여하는 바의 의미가 있을 것입니다. 왜냐고요? 작 가 자신이 바로 전투자이기 때문입니다.

그러나 두 분 모두 그 계급이 아닙니다. 그렇기에 붓을 들기에 앞서 보내주신 편지에서 말씀하신 것과 같은 의문이 생겨났던 것입니다. 제 생 각에, 이건 목전의 시대에는 그래도 의미 있는 것입니다. 하지만 만약 영 원히 이런 경향이라면 적절치 않다고 생각합니다.

다른 계급의 문예작품은 대부분이 전투를 벌이고 있는 프롤레타리 아와는 상관이 없습니다. 프티부르주아가 사실 프롤레타리아와 한 패가 아니라면, 그들이 자신의 계급을 증오하거나 풍자하는 것은, 프롤레타리 아 관점에서 본다면, 마치 꽤나 총명하고 재간 있는 공자公子가 집안의 싹 수없는 자제를 미워하는 것처럼 한 집안의 일이니, 끼어들 필요가 없으며 더구나 손익을 따질 일도 아닙니다. 예컨대 프랑스의 고티에(T. Gautier)[3] 는 부르주아를 몹시 증오했지만, 그 자신은 여전히 진정한 의미의 부르주 아 작가였습니다. 가령 하층인물(그들은 현 시대 대조류의 충격권 밖에 있 을 리 없다고 생각합니다만)을 쓴다 할지라도, 이른바 객관이라는 것은 사 실 위층에서 내려다보는 차가운 눈에 지나지 않으며, 이른바 동정이라는 것 역시 공허한 보시에 지나지 않으니, 프롤레타리아에게는 아무 도움이 되지 않습니다. 게다가 훗날의 일 또한 헤아리기 어렵습니다. 역시 프랑스 사람인 보들레르[4]를 예로 들자면, 그는 파리코뮌[5] 초기에는 대단히 감격하여 도움을 주었지만, 세력이 커지자 자신의 삶에 해로우리라 여겨 반동으로 돌아서고 말았습니다.

그렇지만 현재의 중국을 두고 말한다면, 편지에서 언급한 두 가지 제재는 여전히 존재의 의미가 있다고 봅니다. 첫번째의 경우, 같은 계급이 아니면 깊이 알 수가 없으며, 습격을 가하고 가면을 벗기는 면에서 이들의 사정에 어두운 사람보다 훨씬 강력하겠지요. 두번째의 경우, 생활상태가 시대에 따라 바뀌어 후대의 작가들은 보지 못하게 될지도 모르니, 수시로 기록해 둔다면 적어도 이 시대의 기록으로 남을 수 있을 것입니다. 그러므로 현재에든 장래에든 여전히 의미가 있습니다. 그러나 설사 '잘 알고 있'더라도 반드시 '올바르다'고 할 수는 없습니다. 그 의미 있는 점을 파악하고 지적하여 그 의미를 더욱 분명히 하고 확대하는 것, 이것은 정확한 비평가의 임무입니다.

그러므로 두 분은 각자 지금 자신이 쓸 수 있는 제재로 글을 쓰기 시작하면 좋으리라 생각합니다. 하지만 제재는 엄격히 선택해야 하며 깊이 파고들어야 합니다. 의미도 없는 자질구레한 일들로 한 편을 메꾸어 창작이 풍부하다고 기뻐해서는 안 됩니다. 이렇게 써 나가다가는 때가 되면 틀림없이 더 이상 쓸 게 없다고 느끼게 되리라 봅니다.——비록 이런 제재의 인물은 수십 년이 지난 후에도 여전히 잔재로 남아 있겠지만, 그때에는 다른 작가가 다른 견해에 입각하여 그려 내겠지요. 하지만 두 분은 모두 앞을 향해 나아가는 젊은이이며, 시대에 도움을 주고 기여하려는 뜻을 품고 있으니, 그때에도 틀림없이 자신의 삶과 의식을 차츰 극복하여 새로운 길을 발견해 낼 수 있을 것입니다.

요컨대 제가 드리고 싶은 말씀은 이렇습니다. 지금 쓸 수 있는 것은 뭐든 써라, 시세에 영합할 필요는 없다. 물론 돌연변이식의 혁명 영웅을 억지로 만들어 내어 '혁명문학'이라 자처할 필요는 더욱 없다. 그렇지만 이 점에 안주해서도 안 된다. 개혁이 없으면 자신을 매몰시켜——즉 시대에 대한 도움과 기여를 소멸해 버릴 거라는 겁니다. 이로써 답변을 대신합니다.

건승하시기를 빕니다.

12월 25일, L. S. 씀

주)_____

1) 원제는 「關於小說題材的通信」, 1932년 1월 5일 『십자가두』 제3기에 발표했다.
2) Y는 양쯔칭(楊子靑), 즉 사팅(沙汀, 1904~1992)으로 쓰촨 안현(安縣) 사람이다. T는 탕아이우(湯艾蕪), 즉 아이우(艾蕪, 1904~1992)로 쓰촨 신두(新都) 사람이다. 같은 해에 태어나 쓰촨 성립(省立) 제일사범학교 동창이었던 이들은 문학창작의 길을 함께 걸었던 절친한 동지이자 벗이었다. 이들은 죽음까지도 함께하였는바, 1992년 12월 5일 아이우가 세상을 떠난 며칠 뒤인 12월 14일에 사팅 역시 세상을 떠났다.
3) 고티에(Théophile Gautier, 1811~1872)는 프랑스의 유미주의 작가이자 비평가이며, '예술을 위한 예술'의 주창자로 알려져 있다. 그의 대표작으로 장편소설 『모팽 양』(Mademoiselle de Maupin, 1835), 시극 『죽음의 희극』(La Comédie de la Mort, 1838) 등이 있다.
4) 보들레르(Charles Pierre Baudelaire, 1821~1867)는 프랑스의 비평가이자 시인이다. 루쉰은 파리코뮌과 관련된 인물로 보들레르를 들었는데, 이는 루쉰의 착각이다. 보들레르는 1848년의 2월혁명에 적극 참여한 적이 있으나, 파리코뮌이 수립되기 전에 세상을 떠났다. 파리코뮌과 관련된 인물은 베를렌(Paul-Marie Verlaine, 1844~1896)이다. 베를

렌는 파리코뮌이 수립되었을 당시 혁명위원회에서 홍보를 담당했으며, 파리코뮌이 진
압된 후 정치적 탄압을 피하여 파리를 떠났다.

5) 파리코뮌(Commune de Paris)은 1870년 프로이센과의 전쟁에서 패한 프랑스 정부의
   무능함에 반발하여 파리 시민과 노동자들이 봉기를 일으켜 수립한 혁명적 자치정부를
   가리키며, 세계 최초로 노동자계급의 자치에 의해 운영된 민주주의 정부로 평가받고
   있다. 1871년 3월 28일부터 5월 28일까지의 단기간에 존립했지만, 이후 세계적으로 사
   회주의와 공산주의운동에 커다란 영향을 주었다.

번역에 관한 통신[1]

보내온 편지

경애하는 동지께

당신이 번역한 『훼멸』의 출판은 말할 나위 없이 중국 문예생활에 있어서 대단히 기념할 만한 일입니다. 세계 프롤레타리아 혁명문학의 명저를 번역함과 아울러 중국의 독자에게 체계적으로 소개하는 일(특히 소련의 명저를. 왜냐하면 이들 작품은 위대한 10월, 국내전쟁, 5개년계획의 '영웅' 등을 구체적 형상과 예술적 조명을 거쳐 독자에게 제공하기 때문입니다), ─ 이 일은 중국의 프롤레타리아 문학자의 중요한 임무 가운데 하나입니다. 비록 그러나 현재 이 일은 거의 당신과 Z동지[2]만이 힘쓰고 있을 따름입니다. 하지만 이게 개인적인 일이라고 누가 말할 수 있을까요?! 어느 누가?! 『훼멸』과 『철의 흐름』 등등의 출판은 중국 혁명문학가 모두의 책임이라고 여겨야 마땅합니다. 혁명적 문학전선에 처해 있는 각각의 전사, 각각의 혁명적 독자는 마땅히 이 승리를 경축하지 않으면 안 됩니다. 이것이 비록 자그마한 승리에 지나지 않습니다만.

당신의 역문은 분명코 대단히 충실합니다. "독자를 결코 기만하지 않는다"라는 말은 결코 광고가 아닙니다! 이로써 엿볼 수 있듯이, 진지하고 열성적으로 광명을 위해 투쟁하고 있는 사람은 책임을 짊어지려고 애쓰는 자이지 않을 수 없습니다. 20세기의 재자才子나 서구화된 명사는 '최소의 노력으로 최대의' 명성을 얻을 수야 있겠지만, 이런 인물들은 철저히 환골탈태하지 않는 한 끝내 '살롱'(Salon) 속의 발바리에 지나지 않습니다. 요즘 거칠고 제멋대로 행해지는 번역은 이런 자들의 짓거리이거나, 아니면 일부 책장수들의 투기입니다. 당신의 노력 ──나와 모든 이들은 이러한 노력이 집단적으로 이루어지기를 바랍니다만──은 마땅히 계속되고 확대되며 깊어져야 합니다. 그렇기에 저는 당신 자신과 마찬가지로 이 『훼멸』을 읽으면서 그야말로 감격을 금치 못하는 것입니다. 저는 제 자식을 사랑하듯이 이것을 사랑합니다. 우리의 이러한 사랑이 우리의 힘을 증강시키고 우리의 자그마한 사업을 확대시키도록 도움을 줄 것임에 틀림없습니다.

번역은──원본의 내용을 중국의 독자에게 소개하는 것 외에도──중요한 역할을 담당하기도 합니다. 즉 우리가 중국의 새로운 현대 언어를 창조해 내도록 도와줍니다. 중국의 언어(문자)는 너무나 빈약하여 일용품의 명칭조차 없는 경우가 있습니다. 중국의 언어는 그야말로 '몸짓 언어'의 수준을 완전히 벗어나지 못한 상태입니다.── 보통의 일상회화는 거의 아직 '몸짓'과 뗄 수 없을 정도입니다. 물론 세세한 구별이나 복잡한 관계를 나타내는 형용사, 동사, 전치사 등은 거의 없습니다. 가부장적인 봉건 중세의 여독餘毒은 여전히 중국인의 살아 있는 언어를 꽁꽁 얽어매고 있습니다. (노동대중뿐만 아니라!) 이러한 상황 아래에서 새로운 언어를 창조해 내는 것은 대단히 중대한 임무입니다. 유럽의 선진국은 이삼백 년 내지 사오백 년 전에 이미 보편적으로 이러한 임무를 완수했습니다. 역사적으로 비교적 낙후된 러시아조차도 백오륙십 년 전에 '교회슬라브어'[3]를 상당한 정도로 종식시켰습니다. 유럽에서는 부르주아의 문예부흥운동과 계몽운동이 이 일을 해냈습니다. 이를테면 러시아의 로모노소프 …… 푸시킨[4]이 그랬습니다. 중국의 부르주아에게는 이런 능력이 없습니다. 물론 후스즈와 같은 서구화된 명사나 상인 부류가 이 운동을 시작했습니다. 그러나 이 운동의 결과는 그 정치상의 주인과 마찬가지였습니다. 따라서 프롤레타리아는 지속적으로 철저하게 이 임무를 완수하고 이 운동을 지도하지 않으면 안 됩니다. 번역은 확실히 우리가 새로운 자구, 새로운 구법, 풍부한 어휘, 그리고 상세하고도 정밀하며 정확한 표현을 만들어 내는 데 도움을 줄 수 있습니다. 그러므로 우리가 현대 중국의 새로운 언어를 창조해 내는 투쟁을 진행하고 있는 이상, 번역에 대해 절대적 정확함과 절대적 중국 백화문을 요구하지 않을 수 없습니다. 이것은 새로운 문화의 언어를 대중에게 소개하는 일입니다.[5]

옌지다오의 번역은 말할 나위도 없습니다. 그는 이렇게 말했습니다.

번역은 꼭 충실信하고 우아雅하며 의미를 전달達해야 하며
문장은 반드시 하夏·은殷·주周를 따라야 한다.[6]

사실 그는 '우아함'이란 글자로 '충실함'과 '의미의 전달'을 포기해 버렸습니다. 최근 상우인서관은 또다시 '엄역명저'[7]를 번각翻刻하고 있는

데, 이게 '무슨 속셈'인지 모르겠습니다! 이건 실로 중국의 민중과 젊은이들을 우롱하는 짓입니다. 고문의 문언으로 어떻게 '충실'하게 번역할 수 있으며, 현재와 미래의 대중 독자에게 어떻게 '의미를 전달'할 수 있겠습니까!

지금 자오징선趙景深 부류는 또 이렇게 요구하고 있습니다.

설사 틀릴지언정 순통함에 힘쓰고

매끄럽지 않으면서 충실하기만 해서는 안 된다.[8]

자오 나리의 주장은 사실 성황묘에서 서양 이야기를 떠들어 대는 것과 하등 다를 바가 없습니다. 자신이 외국어를 안답시고(?) 약간의 책이나 신문을 보고서 제멋대로 붓을 들어 이른바 순통한 중국문 몇 마디를 갈겨쓰는 것입니다. 이건 명백히 중국의 독자를 속이면서 입에서 나오는 대로 해외의 기이한 이야기를 마구 떠들어 대는 겁니다. 첫째로, 그가 말하는 '순통함'이 조금 '틀릴'지언정의 '순통함'이라면, 이는 물론 중국의 처급한 언어에 영합하여 원래의 의미를 말살하는 방법입니다. 이것은 새로운 언어를 창조하는 것이 아니라, 중국의 야만인의 언어수준을 힘껏 유지하고 새로운 언어의 발전을 애써 가로막는 것입니다. 둘째로, 조금 '틀릴지언정'이라면, 이는 독자의 눈을 가려 독자로 하여금 작자의 원래 의미를 알 수 없게 만드는 것입니다. 그러므로 제가 자오징선의 주장은 우민정책이며 지식을 독차지하려는 학벌주의라고 말하더라도,──이는 조금도 지나친 말이 아닙니다. 나아가 셋째로, 그는 분명코 프롤레타리아 문학에 은근히 반대하고 있습니다(가련하기 짝이 없는 '특수 주구')! 그는 이렇게 남몰래 프롤레타리아 문학의 몇몇 이론저작의 번역과 창작의 번역을 가리켜 프롤레타리아 문학에 반대하고 있습니다. 이것은 프롤레타리아 문학의 적이나 하는 말입니다.

그렇지만 프롤레타리아 문학의 중국어 서적 가운데에는 확실히 '순통'하지 않은 번역이 많이 있습니다. 이것은 우리의 약점이며, 적은 이 약점을 파고들어 공격을 가하고 있습니다. 우리의 승리의 길은 말할 나위도 없이 적군을 맞아 무찌를 뿐만 아니라, 나아가 자신의 대오를 정돈하는 것입니다. 우리의 자아비판의 용감함은 항상 적의 무장을 해제할 수 있습니다. 이제 이른바 번역논쟁의 결론으로서 우리의 동지께서는 다음과 같은 결론을 제기해 주었습니다.

번역은 절대로 오류를 용납하지 않는다. 그러나 때로 번역작품의 내용의 성질에 따라 원작의 정신을 유지하기 위해서는 다소 순통하지 않음을 용인할 수 있다.

이것은 단지 '방어적 전술'에 지나지 않습니다. 플레하노프[9]는 변증법적 유물론자는 마땅히 '수세에서 공세로 전환'할 줄 알아야 한다고 말합니다. 첫째, 우리가 인식하는 이른바 '순통함'은 자오징선 등이 말하는 것과 다르다는 점을 맨 먼저 밝히지 않으면 안 됩니다. 둘째, 우리가 요구하는 것은 절대적 정확함과 절대적 백화입니다. 이른바 절대적 백화란 낭독하여 이해할 수 있는 것을 가리킵니다. 셋째, 지금까지 프롤레타리아 문학의 번역은 아직 이러한 수준에 이르지 못했음을 인정합니다. 우리는 계속 노력하지 않으면 안 됩니다. 넷째, 우리는 자오징선 등의 번역을 들추어, 그들이 '순통'하다고 여기는 번역이 실은 량치차오와 후스즈를 교접하여 나온 잡종——문어도 아니고 백화도 아니며 죽은 것도 아니고 살아 있는 것도 아닌 언어로, 대중에게는 여전히 '순통'하지 않은 것임을 지적해야 합니다.

여기에서 당신이 최근 출간한 『훼멸』을 언급하자면, '정확함'은 이루어 냈지만 '절대적 백화'는 아직 이루지 못했다고 할 수 있습니다.

번역은 절대적 백화를 사용한다고 해서, '원작의 정신을 보존'할 수 없는 것이 결코 아닙니다. 물론 이것은 아주 어려우며 품이 많이 드는 일입니다. 그러나 우리는 절대로 어려움을 두려워해서는 안 되며, 모든 어려움을 극복하도록 힘쓰지 않으면 안 됩니다.

일반적으로 말하자면, 번역뿐만 아니라 자신의 작품조차도 마찬가지입니다만, 현재의 문학가, 철학가, 정론가 및 모든 일반 사람이 현재 중국 사회에 이미 존재하고 있는 새로운 관계, 새로운 현상, 새로운 사물, 새로운 관념 등을 표현하고자 한다면, 거의 모든 사람이 '창힐'[10]이 되지 않으면 안 됩니다. 다시 말해 날마다 새로운 자구, 새로운 구법을 창조해야 한다는 겁니다. 실제의 생활이 이렇게 요구하고 있습니다. 1925년 초에 우리는 상하이의 샤오사두[11]에서 대중을 위해 '파업'罷工이란 자구를 창조해 내지 않았습니까? 이밖에도 '유격대', '유격전쟁', '우경', '좌경', '미파주의'[12]가 있고, 심지어 흔히 쓰이는 '단결', '견결', '동요' 등등의 부류도 있습니다. 이루 헤아릴 수 없이 많은 이들 새로운 자구가 차츰 대중의 구두어 속으로 받아들여지고 있으며, 설사 완전히 받아들여지지는 않았을지라도 이미 받아들여질 가능성을 보여 주고 있습니다. 새로운 구법은 이에 비해 조금 어렵긴 합니다만, 구두어 속에서 구법 역시 이미 커다란 변화,

커다란 진보를 보여 주고 있습니다. 우리 자신이 강연할 때의 언어와 구소설 속의 대화를 견주어 보기만 해도 금방 알 수 있습니다. 하지만 이들 새로운 자구와 구법의 창조는 무의식중에 자연스레 중국 백화의 문법규칙을 따르지 않으면 안 됩니다. 무릇 '백화문' 속에서 이러한 규칙을 위반한 새로운 자구나 새로운 구법 ──즉 입에 담을 수 없는 것 ──은 자연히 도태되어 존재할 수 없습니다.

그러므로 무엇을 '순통'함이라 할 것인가의 문제에 대해서는, 진정한 백화는 진정으로 순통한 현대중국문이라 말해야 할 것입니다. 여기에서 말하는 백화는 물론 '일상의 자질구레한 일'의 백화만이 아니라, 일반 사람들의 일상회화로부터 대학교수의 강연에 이르기까지의 구두어를 가리킵니다. 중국인은 현재 철학, 과학, 예술······ 등을 이야기할 때, 이미 구두어를 지니고 있습니다. 그렇지 않습니까? 만약 그렇다면 종이 위에 써진 언어(문자)는 마땅히 이러한 백화여야 하겠지만, 제법 치밀하고 깔끔하게 짜여진 백화일 따름입니다. 이러한 문자는 현재 글자를 별로 알지 못하는 수많은 일반 대중에게는 여전히 보아도 이해하지 못하는 것입니다. 왜냐하면 이러한 언어는 글자를 깨치지 못한 일반 대중에게는 들어도 역시 이해하지 못하는 것이기 때문입니다.──그러나 첫째, 이러한 상황은 문장의 내용에만 한할 뿐, 문자 자체와는 무관합니다. 따라서 둘째, 이러한 문자는 이미 생명을 지니고 있으며, 이미 대중에게 받아들여질 가능성을 지니고 있습니다. 그것은 살아 있는 언어입니다.

그러므로 써진 백화문이 중국 백화의 문법규칙에 주의를 기울이지 않거나, 중국 백화가 원래 지니고 있는 규칙에 따르지 않은 채 새로운 것을 창조한다면, 이른바 '순통치 않은' 방향으로 쉬이 나아가 버립니다. 이것은 새로운 자구, 새로운 구법을 창조할 때 일반 대중이 구두로 이야기할 때의 습관을 전혀 고려하지 않은 채 문어를 본위로 삼은 결과입니다. 이렇게 써낸 문자는 그 자체가 죽은 언어입니다.

따라서 이 문제에 대해 우리가 자아비판의 용기를 지녀야 하며, 새로운 투쟁을 개시해야 한다고 생각합니다. 당신은 어떻게 생각하십니까?

제 의견은 이렇습니다. 즉 번역은 원문의 본의를 완전히 정확하게 중국 독자에게 소개하여 중국의 독자가 받아들인 개념이 영국이나 러시아, 일본, 독일, 프랑스……의 독자가 원문에서 받아들인 개념과 똑같도록 하지 않으면 안 되며, 이러한 직역은 중국인이 구두로 이야기할 수 있는 백화로 써지지 않으면 안 됩니다. 원작의 정신을 보존하기 위해 '다소 순통하지 않음'을 용인할 필요는 없습니다. 반대로 '다소 순통하지 않음'을 용인하는 것(곧 구두어를 사용하지 않는 것)이 오히려 다소나마 원작의 정신을 상실하게 만들 것입니다.

물론 예술작품에서 언어면의 요구는 훨씬 가혹하며, 일반적인 논문에 비해 훨씬 세밀합니다. 여기에는 사람마다 각기 다른 말투, 다른 자구, 다른 억양, 다른 정서……가 있으며, 게다가 이것은 대화에만 국한되지 않습니다. 그래서 궁핍한 중국 구두어로 대처하지 않으면 안 되는 터라, 철학이나 과학……의 이론저작을 번역하는 것보다 훨씬 어렵습니다. 그렇지만 이러한 어려움은 오직 우리의 임무를 더욱 가중시키는 것일 뿐, 결코 우리의 이 임무를 없애 버리지는 못할 것입니다.

이제 『훼멸』의 역문 가운데의 문제를 몇 가지 제기하는 것을 허락해 주시기 바랍니다. 저는 아직 다 읽지도 못했고, 원문과 대조하여 읽은 것도 고작 몇 단락뿐입니다. 여기에서는 프리체의 서문[13]에 인용된 원문만으로 대조해 보겠습니다. (서문 속의 순서에 따라 번호를 붙여 쓰고 당신의 역문은 인용하지 않았으니, 직접 번호를 좇아 책에서 찾아보시기 바랍니다. 서문의 번역에 일부 착오가 있으나, 여기에서는 언급하지 않겠습니다.)

① 총체적으로 보자면, 그래도 그의 마음속에는 일종의 ——
"새로운, 훌륭한, 힘찬, 선량한 사람에 대한 갈망이 있었기 때문이다. 이 갈망은 몹시도 강했다. 다른 어느 바람에 견줄 수 없을 만큼."
보다 정확하게 하자면 이렇습니다.
"어떤 새로운, 훌륭한, 힘찬, 선량한 사람을 갈망하고 있었기 때문이었다. 이 갈망은 몹시도 강했다. 다른 어느 바람에 견줄 수 없을 만큼."[14]
② "이러한 때 대다수 수억의 사람들이 여전히 이처럼 원시적인 가련한 삶을 지내고 이처럼 조금도 재미없는 무료한 삶을 지내지 않을 수 없는데,—— 어떻게 새롭고 훌륭한 인간 따위를 운위할 수 있단 말인가."[15]
③ "그가 세상에서 가장 사랑하는 것은 시종 그 자신이었다—— 그는 자신의 새하얗고 더러우며 힘없는 손을 사랑하고, 자신의 탄식하는 소리를 사랑하고, 자신의 고통, 자신의 행위—— 심지어 가장 혐오스러운 행위조차도 사랑했다."[16]
④ "이제 끝났어. 모든 게 마치 아무 일도 없었던 양 옛 모습으로 되돌아갔어.—— 라고 화리야는 생각했다.—— 또다시 예전의 길, 그 갈등들은 여전한데.—— 모든 게 그곳으로 가고 있어…… 그렇지만, 나의 신이시여, 이 얼마나 따분합니까!"[17]
⑤ "그 자신은 이제껏 이러한 고뇌를 전혀 알지 못했다. 이것은 우울하고 고달픈, 나이 든 노인의 그것과도 같은 고뇌였다.—— 그는 이렇게 고

뇌에 휩싸인 채 생각에 잠겼다. 어느덧 스물일곱 살이 되었어. 지나간 시간을 되돌이켜 다른 모습으로 보낼 수는 없겠지. 앞으로 뭐 좋은 일은 없을 거야…… (이 부분은 당신의 역문에 오류가 있고, 특히 '순통'하지 않습니다.) 이제 마로즈카는 자신이 평생토록 온 힘을 다해 그러한 길, 그가 보기에 올곧고 분명하며 바른 길을 걸으려고 애써 왔을 뿐이라는 느낌이 들었다. 레빈손, 바클라노프, 두보프와 같은 사람들이 걸었던 것이 바로 이러한 길이었다. 그러나 그가 이 길로 걸어가는 것을 누군가가 가로막고 있는 것만 같았다. 그런데 그는 그 원수가 바로 자신의 마음속에 있으리라곤 언제 한 번이라도 생각해 본 적이 없었다. 그래서 자신의 고통은 보통 사람의 비굴함 탓이라 여겼기에 유난히 통쾌하고도 서글픈 느낌이 들었다."[18]

⑥ "그는 오직 한 가지──일밖에 몰랐다. 그래서 이렇게 바른 사람을 신뢰하지 않을 수 없고 복종하지 않을 수 없었다."[19]

⑦ "처음에 그는 자기 생활의 이러한 면에 대해 이모저모 생각하고 싶지 않았다. 하지만 차츰 기운을 내어 두 장을 썼다. …… 이 두 장에는 뜻밖에도 이런 글자가 많이 있었다──레빈손이 이 글자들을 알고 있으리라고는 아무도 상상치 못했다." (이 부분은 당신의 역문 속에 러시아어 원문보다 부사구가 몇 개 더 많은데, 아마 비슷한 다른 구를 끌어넣은 것이겠지요? 그렇지 않으면 프리체가 비워 놓은 공백을 채워 넣은 건가요?)[20]

⑧ "온갖 고난을 겪어 온 이들 충실한 사람들은 그에게 친근했다. 다른 모든 것보다도 친근하고, 심지어 그 자신보다도 훨씬 친근한 느낌이 들었다."[21]

⑨ "…… 말없이, 그리고 촉촉한 눈으로 밀 타작마당의 낯선 사람들을

바라보았다.──이들을 그는 어서 자신의 친근한 사람으로, 묵묵히 자신의 뒤를 따르고 있는 저 열여덟 명과 같은 사람으로 만들어야만 했다."

(이곳의 마지막 구는 당신의 역문에 오류가 있습니다.)[22]

이들 역문을 일본어 및 독일어 역문과 대조해 보십시오. 정확한 직역인지 아닌지 금방 알 수 있을 것입니다. 제 역문은 중국 백화의 구법과 수사법에 따라 원문을 도치하거나 주어, 동사, 목적어를 중복하기도 했지만, 이밖에는 완전히 직역한 것입니다.

여기에서 한 가지 예를 들어 보겠습니다. 제⑧에서 "…… 심지어 그 자신보다도 훨씬 친근한 느낌이 들었다"라는 구는 자모 하나하나가 러시아어와 똑같습니다. 동시에 입으로 말해 보아도 원문의 말투와 정신이 온전하게 전달되고 있습니다. 그런데 "다른 사람이나 자신보다도 훨씬 친근한 이들"이라는 당신의 역문에는 오류가 있습니다. (아마 일본어나 독일어 역문의 오류이겠지요.) 오류는 다음과 같은 점입니다. 첫째, '심지어'라는 글자를 빠뜨렸다는 점, 둘째, 중국 문언의 문법을 사용하였는지라 이 구의 분위기를 제대로 표현해 내지 못한 점입니다.

이러한 이야기를 이렇게 거리낌 없이 말하자니, 마치 자화자찬하는 듯합니다. 범속한 사람에게야 물론 '무례'한 일이겠지요. 그러나 우리는 이토록 친밀합니다. 만나기 전부터 이토록 친밀했습니다. 이런 느낌으로 인해, 당신에게 이야기할 때는 나 자신에게 이야기를 건네고 나 자신과 의견을 나누는 듯합니다.

나아가 또 하나의 예가 있습니다. 꽤 중요한 것으로, 번역 방법에만 그치지 않습니다. 그것은 제①의 "새로운 …… 사람"의 문제입니다.

『훼멸』의 주제는 새로운 사람의 탄생입니다. 여기에서 프리체 및 파데예프 자신이 사용하고 있는 러시아 글자는 보통 '사람'의 단수형입니다. 인류도 아니고 '사람'의 복수형도 아닙니다. 그 의미는 혁명, 국내전쟁……의 과정 속에서 신식의 사람, 새로운 '형'(Type)——우아한 번역방식으로는 전형이라 합니다만——이 탄생하고 있음을 가리킵니다. 이것은 『훼멸』전체에서 엿볼 수 있습니다. 현재 당신의 역문에는 '인류'라고 써져 있습니다. 레빈손은 새로운 …… 인류를 갈망하고 있다. 이건 다른 주제로 오해하도록 만들 수 있습니다. 마치 일반적으로 온통 사회주의 사회를 갈망하고 있다는 듯이. 그렇지만 사실상 『훼멸』의 '새로운 사람'은 당면한 전투에서의 절박한 임무로서, 투쟁의 과정에서 신식의 인물로 창조되고 단련되며 개조되는 마로즈카, 메치크…… 등등과는 다른 인물입니다. 이들은 현재의 인간, 일군의 인간, 대중 속의 골간이 되는 인간이며, 일반적인 인류, 막연한 인류가 아니라, 바로 군중 가운데 일군의 인간, 지도하는 인간, 인류 전체의 새로운 선배입니다.

이 점은 각별히 지적해 둘 만합니다. 물론 역문의 오류는 단지 글자하나의 오류일 뿐으로, '사람'과 '인류'는 전혀 별개의 글자입니다. 완정본의 책이 여전히 우리 앞에 놓여져 있고, 당신의 후기 역시 『훼멸』의 주제를 매우 정확하게 이해하고 있습니다. 하지만 번역은 정확해야 하며, 글자하나하나 숙고하지 않으면 안 됩니다.

『훼멸』의 출판은 시종 기념할 만한 가치가 있습니다. 당신에게 축하를 드립니다. 제 의견을 헤아려 번역문제에 대하여, 일반적인 언어혁명문제에 대하여 새로운 투쟁을 시작하기를 바랍니다.

1931. 12. 5. J. K.

답하는 편지

경애하는 J. K. 동지께

번역에 관한 당신의 편지를 보고서 무척 기뻤습니다. 작년에 번역의 홍수가 범람한 이래 수많은 사람들이 눈살을 찌푸리고 한탄하였으며, 심지어 가시 돋친 말을 내뱉기도 하였습니다. 저 역시 간혹 책을 번역했던 사람으로서 몇 마디라도 말을 해야 마땅했지만, 지금까지 아무 말도 하지 않았습니다. "쉬지 않고 떠들어 대는 것"[23]은 용감한 행위이겠지만, 내가 받드는 것은 "더불어 말할 만하지 않는데도 그와 더불어 말한다면 말言을 잃게 된다"[24]는 오래된 말씀입니다. 하물며 몰려오는 것의 대부분이 종이로 만든 사람이나 말馬, 귀에 익은 말로 하자면 '유령병'幽靈兵이니, 정말이지 정면으로 통격痛擊을 가할 길이 없습니다. 자오징선 교수 나리를 예로 들어 보겠습니다. 그는 한편으로 오로지 과학적 문예론의 역서가 뜻이 통하지 않는다고 공격하고, 탄압받고 있는 작가가 이름을 감추는 게 우스꽝스럽다고 지적하면서도, 다른 한편으로는 크게 자비심을 발휘하여 이런 역서는 아마 대중이 이해하지 못하리라고 말하고 있습니다. 마치 자신은 날마다 대중을 위하여 골머리를 썩이고 있는데, 다른 역자들이 자신의 진영을 어지럽히고 있다는 듯하다. 이것은 마치 러시아 혁명 이후 구미의 부호의 하인이 구경하러 갔다가 돌아오더니 잔뜩 찌푸린 얼굴로 고개를 설레설레 흔들고, 글을 지어 노동자와 농민이 여전히 얼마나 고생하고 얼마나 굶주리는지 개탄하면서 비참하기 그지없다고 거품을 무는 것과 같다. 흡사 오직 자신이야말로 신세가 뒤바뀌어 노동자와 농민이 모두들 왕궁에 거주하고 기름진 요리를 먹고 안락의자에 누워 행복하게 지내기를 바라 마지 않는 사람인 양하다. 그런데 여전히 고통을 겪고 있으리라 어느 누가 생각이나 했으랴. 그러니 러시아는 안 되고, 혁명은 나쁘다. 아아, 가증스럽기 그지없다. 이처럼 잔뜩 찌푸린 얼굴을 마주하여 당신은 뭐라고 말씀하시겠습니까? 밉살스러운 느낌이 든다면, 제 생각에는 손가락을 들어 종잇장 같은 허세 위에 슬쩍 구멍 하나를 내주면 그만입니다.

자오 나리는 번역을 평론하면서 옌유링[25]을 끌어들여 그를 대신하여 불평을 늘어놓았습니다. 이렇게 말려든 바람에 그는 당신의 편지 속에서 한바탕 야단을 맞았지요. 하지만 제가 보기에 이건 억울한 일입니다. 옌 나리와 자오 나리는 호랑이와 개만큼 차이가 납니다. 아주 명확한 예로서, 옌유링은 책을 번역하기 위해 한漢·진晉·육조六朝에서 불경을 번역했던 방법을 조사한 적이 있습니다만, 자오 나리는 옌유링을 지하의 지기知己로서 내세우면서도 그가 번역한 책을 읽지도 않았습니다. 현재 옌유링이 번역하여 출판한 책들은 대단한 의미가 있지는 않습니다만, 그가 들인 공력은 그 속에서 읽어 낼 수 있습니다. 제가 기억하고 있는 바로, 번역하느라 가장 애쓰고, 또 남들 보기에도 가장 힘들었던 것은 『명학』과 『군기권계론』[26]의 저자 자서이며, 그 다음은 그 본론입니다. 나중에 어찌된 일인지 『권계』權界로 개칭되었는데, 책명조차 난해해졌습니다. 가장 이해하기 쉬운 것은 물론 『천연론』[27]으로, 동성파[28]의 분위기가 물씬 풍겨 글자의 평측에까지 주의를 기울인지라, 고개를 흔들면서 소리내어 읽노라면 음조가 곱고 낭랑하여 저도 모르는 사이에 도취되고 맙니다. 바로 이 점에 탄복하여 동성파의 장로 오여륜[29]은 자기도 모르게 "주周나라와 진秦나라의 제자백가의 수준에 필적하다"고 말했던 것입니다. 그렇지만 옌유링 자신은 지나치게 '의미 전달'達에 치중한 번역 방법이 옳지 않음을 알고 있었습니다. 그렇기에 그는 '번역'이라 일컫지 않고 '후관³⁰⁾ 사람 옌푸가 의역함達恉'이라 적고, 서문에서 한바탕 '충실함, 의미 전달, 우아함' 등의 의론을 펼친 후 끝머리에 "구마라집 법사³¹⁾께서 '나를 모방하면 병폐가 생긴다'라고 말씀하신 적이 있다. 앞으로 학자들이 바야흐로 많아질 터인데, 이 책을 구실로 삼지 않기를 바란다"고 밝혔던 것입니다.³²⁾ 마치 40년이나 이전에 그는 자오 나리가 지기라고 팔아먹으리라 내다보고서 모골이 송연했던 듯합니다. 이 한 가지만으로도 옌과 자오 두 대가는 실로 호랑이와 개만큼 차이가 나니 함께 거론해서는 안 됩니다.

그렇다면 옌푸는 무엇 때문에 이런 술수를 부렸을까요? 답은 이렇습니다. 당시의 유학생은 지금처럼 기세가 등등하지 못했으며, 사회에서는 대체로 서양인은 기계 ──특히 자명종── 밖에 만들지 못하고, 유학생은 고작 꼬부랑말밖에 하지 못하니 '사'士 축에는 끼지 못한다고 여기고 있었습니다. 그래서 그가 곱고 낭랑한 소리를 내자 오여륜 같은 사람조차 그를 위해 서문을 짓고, 이 서문 덕분에 다른 돈벌이가 꼬리를 물고 들어왔던 것입니다. 이리하여 『명학』이 나오고, 『법의』가 나오고, 『원부』³³⁾ 등등이 나오게 된 거지요. 하지만 훗날의 그의 역서는 '의미 전달'이나 '우아함'보다 '충실함'을 약간 더 중시하고 있다고 보여집니다.

그의 번역은 참으로 한·당의 불경 번역사의 축도縮圖입니다. 중국의 불경 번역에서 한말漢末은 질박한 직역이었지만, 그는 이것을 본받지는 않았습니다. 육조六朝는 참으로 '의미를 전달'하면서도 '우아'하였는데, 그의 『천연론』의 모범은 바로 이것입니다. 당唐은 '충실함'을 위주로 하여 얼핏 살펴보아서는 도무지 이해할 수 없지만, 이것은 그의 훗날의 역서와 흡사합니다. 불경 번역의 간단한 표본으로는 금릉각경처³⁴⁾에서 펴낸 세 가지

역본의 『대승기신론』[35]이 있습니다만, 이 또한 자오 나리의 불구대천의 원수입니다.

하지만 우리의 번역은 이렇게 간단하지 않습니다. 우선 대중 가운데 어떤 독자를 위해 번역할 것인가를 정하지 않으면 안 된다고 생각합니다. 이 대중을 거칠게나마 나눠 본다면, (갑) 상당한 교육을 받은 자, (을) 대략이나마 글자를 아는 자, (병) 아는 글자가 거의 없는 자 등입니다. 이 가운데 '병'은 독자의 범주에서 벗어나 있으며, 이들을 계발하는 것은 그림·강연·연극·영화 등의 임무이므로 여기에서는 논하지 않겠습니다. 그러나 '갑'과 '을' 두 부류마저도 똑같은 서적을 사용해서는 안 되며, 읽도록 제공할 만한 알맞은 책이 있어야 합니다. '을'에게 제공하는 것은 아직은 번역을 사용해서는 안 되며, 적어도 개작이고 제일 좋기로는 역시 창작입니다. 그런데 이 창작 또한 그저 독자의 입맛에 영합하여 읽는 사람이 많기만 하면 되는 게 아니어야 합니다. '갑'의 부류의 독자에게 제공되는 역서의 경우, 어떤 것이든 나는 지금에 이르러 '순통하지 않더라도 충실할' 것을 주장합니다. 물론 이 '순통하지 않다'는 것이 '꿇어앉다'를 '무릎 위로 꿇다'로 번역하거나 '은하수'를 '우유 길'로 번역해야 한다는 뜻은 결코 아니며, 찻물에 만 밥을 먹듯이 몇 입에 훌훌 우겨넣지 않아도 괜찮으니 이빨로 자근자근 씹어 볼 필요가 있다는 말이다.

여기에서 다음과 같은 문제가 생겨납니다. 즉 독자가 힘들지 않도록 왜 완전히 중국화하지 않는가? 이토록 힘이 든다면 어찌 번역이라 일컬을 수 있는가? 나의 대답은 이렇습니다. 이 역시 역서라고. 이러한 역서는 새로운 내용을 수입하고 있을 뿐만 아니라 새로운 표현법을 수입하고 있습니다. 중국의 글이나 말은 그 법식이 정말이지 너무나 정밀하지 않습니다. 글을 짓는 비결은 잘 아는 글자를 피하고 허자[36]를 삭제하는 것이며, 그래야 좋은 문장입니다. 말을 할 때에도 때로 뜻이 전해지지 않는데, 이러니 말이 쓸모없어지고 맙니다. 그래서 교사들은 가르칠 때 분필의 도움을 받지 않을 수 없는 것입니다. 이러한 어법의 정밀치 않음은 사고가 치밀하지 못함을, 바꾸어 말하면 두뇌가 약간 미련하다는 것을 입증하고 있습니다. 만약 영원토록 미련한 말을 사용한다면, 설사 읽을 때 줄줄 거침이 없을지라도 결국 얻는 것은 여전히 미련한 그림자입니다. 이 병을 치료하기 위해서는 어쩔 수 없이 계속 수고하면서 낡은 것, 다른 지방의 것, 외국의 것 등의 색다른 구법을 받아들일 수밖에 없으며, 나중에 때가 되면 그것을 자신의 것으로 만들 수 있으리라 생각합니다. 이건 결코 공상이 아닙니다. 먼 예로, 일본의 경우 그들의 문장에는 서구화된 어법이 대단히 흔해졌습니다. 량치차오가 『화문한독법』[37]을 지었던 시대와는 너무나 다릅니다. 가까운 예로, 보내주신 편지에서 말씀하셨다시피 1925년에 대중을 위해 '파업'罷工이란 단어를 만들어 냈습니다. 이 단어는 그때까지 없었던 것이지만, 대중은 이미 모두 이해하고 있습니다.

아울러 '을' 부류의 독자를 위해 번역한 책일지라도 늘 새로운 단어, 새로운 어법을 그 안에 덧붙여야 한다고 생각합니다. 물론 너무 많아서는 안 되겠지만, 간혹 마주치면 생각해 보거나 물어보아 이해할 수 있는 정도를 기준으로 삼습니다. 반드시 이렇게 해야 대중의 언어는 풍부해질 수 있습니다.

누구나 다 이해할 수 있는 책은 현재로서는 있을 리 없습니다. 오직 불교도의 '암'唵[38]만은 '모두가 이해할 수 있다'고 합니다만, 안타깝게도 이 또한 '이해는 제각각'입니다. 수학이나 화학책조차 그 안에 자오 나리도 이해하지 못하는 '용어'가 어찌 없겠습니까만, 자오 나리가 결코 들먹이지 않는 것은 옌유링을 너무나 똑똑히 기억하고 있기 때문일 것입니다.

문예 번역의 경우 '갑' 부류의 독자를 대상으로 한다면, 저는 역시 직역을 주장합니다. 제 자신의 번역 방법은, 예컨대 '산 너머로 해가 진다'山背後太陽落下去了라는 것은 비록 순통하지는 않을지라도 결코 '해가 산 너머로 진다'日落山陰로 고치지 않습니다. 원래 의미는 산을 위주로 하고 있는데, 고치면 해 위주로 바뀌어 버리니까요. 창작이더라도 작가는 이러한 구별을 해야 한다고 저는 생각합니다. 가능한 한 많이 수입하는 한편, 최대한 소화하고 흡수하여 사용할 만한 것은 전하고 남은 찌꺼기는 과거 속에 남겨 둔 채 내버려 두어야지요. 그러므로 현재 '다소 순통하지 않음'을 용인한다는 것을 '방어'라 여겨서는 안 되며, 사실은 '공격'의 일종이기도 합니다. 현재 민중의 구두어는 실로 모두 '순통'합니다. 그러나 민중의 구두어를 위해 수집한 배태상태의 단어 또한 순통해야 합니다. 따라서 저 역시 '순통하지 않음'을 용인하자고 주장하는 사람입니다.

그렇지만 이러한 상황 역시 영원한 것이 아님은 물론입니다. 이 가운데 일부는 장차 '순통하지 않음'에서 '순통함'으로 변할 것이고, 일부는 결국 '순통하지 않음'으로 말미암아 도태되고 축출될 것입니다. 여기에서 가장 중요한 점은 우리 자신의 비판입니다. 보내주신 편지에서 들었던 번역의 예처럼, 제 번역보다 훨씬 '의미 전달'이 뛰어남을 인정하며, 또한 훨씬 '충실'하다고 추정되는지라, 역자와 독자 모두에게 커다란 도움이 될 것입니다. 하지만 이들은 '갑' 부류의 독자만이 이해할 수 있으며, '을' 부류의 독자에게는 대단히 어렵습니다. 이로써도 현재 다양한 독자층에 따라 갖가지 번역 방법이 반드시 있어야 함을 알 수 있습니다.

'을' 부류의 독자를 위한 번역 방법은 곰곰이 생각해 본 적이 없어서 지금 당장은 아무것도 말씀드릴 수가 없습니다. 그러나 대략적으로 말씀드린다면, 지금도 아직은 구어 ── 각지의 갖가지 지방어 ── 와 합치되어서는 안 되며, 일종의 특별한 백화 혹은 어느 지방에 한정된 백화가 될 수밖에 없습니다. 후자의 경우 어느 지방 이외의 독자는 보아도 이해할 수 없습니다. 널리 유포되도록 하고자 한다면 필연코 전자를 사용하려 하겠지만, 그럴 경우 여전히 특별한 백화가 되고 문언의 성분도 늘어나게 됩니다. 저는 어느 한 곳에만 지나치게 한정된 백화의 사용에는 반대합니다. 소설 속에 흔히 보이는 '別鬧'와 '別說'[39]을 예로 들어 보지요. 만약 제가 베이징에 간 적이 없다면, 저는 틀림없이 '따로 소란을 피우다'와 '따로 말하다'의 의미로 이해할 것입니다. 제법 문어에 가까운 '不要'[40]라면 금방 와닿을 텐데 전혀 그렇지 않습니다. 이처럼 한 곳에서만 활용되고 있는 구어는 어쩔 수 없는 경우가 아니라면 피하지 않으면 안 됩니다.

이밖에 장회체 소설의 필법은 눈에 익은 것일지라도 죄다 받아들일 필요는 없습니다. 일례로 "임충은 웃으며 말했다. '알고 보니 넌 알고 있었군.'"과 "'알고 보니 넌 알고 있었군.' ── 임충은 웃으며 말했다."를 들어 보겠습니다. 이 두 가지 가운데 후자는 무언가 서양 분위기가 풍겨 보이지만, 사실 우리가 이야기할 때 자주 사용하여 '귀에 익은' 것입니다. 그러나 중국인에게 소설은 보는 것이기에 아무래도 전자가 '눈에 익다'고 여기며, 책에서 후자의 필법을 보게 되면 오히려 낯선 느낌이 드는 것이지요. 달리 방법이 없으니, 지금은 설서[41]에서 가려내되 느물거리는 것은 빼고, 잡담에 귀 기울이되 산만한 것은 없애고, 민중의 구어를 널리 취하되 그 가운데에서 비교적 모두가 이해할 수 있는 자구를 남겨 이도 저도 아닌 백화를 만드는 수밖에 없습니다. 이 백화는 살아 있는 것이지 않으면 안 됩니다. 살아 있어야 하는 까닭은 이 가운데 일부는 살아 있는 민중의 입에서 취한 것이고, 일부는 이제부터 살아 있는 민중 속으로 주입되어야 하기 때문입니다.

끝으로 당신의 편지 끄트머리에서 든 두 가지 예에 감사드립니다. 1. 저는 "심지어 그 자신보다도 훨씬 친근하다"를 "다른 사람이나 자신보다도 훨씬 친근하다"로 번역했는데, 이것은 독일어와 일본어 두 가지 역본의 표현을 직역한 것입니다. 이건 아마 그들의 어법에 '심지어'라는 간단하면서도 적확하게 이런 어조를 표현하는 글자가 없었기 때문이겠지만, 곰곰이 생각한 끝에 이렇게 서툰 꼴이 되고 말았습니다. 2. '새로운 …… 사람'의 '사람'을 '인류'로 번역한 것은 저의 오류입니다만, 지나치게 천착한 나머지 벌어진 오류입니다. 레빈손이 바라보는 밀 타작마당의 사람들, 이들을 그가 목전의 전투적 인물로 만들려 하고 있다는 점은 저도 명확히 잘 알고 있었지만, 그가 '새로운 …… 사람'을 묵묵히 생각하고 있을 때 저 또한 한동안 생각에 잠기지 않을 수 없었습니다. ① '사람'의 원문은 일본어 역본에서는 '인간'으로, 독일어 역본에서는 'Mensch'로 번역되어 있는데, 이들은 모두 단수이지만 때로는 '사람들'로도 번역할 수 있습니다. ② 그는 현재 "새로운, 훌륭한, 힘찬, 선량한 사람"을 갖고 싶어 합니다만, 그의 바람은 너무나 과분하고 부질없어 보입니다. 그래서 저는 그의 출신을 떠올렸습니다. 그는 상인의 자식이고 지식인입니다. 이로부터 그의 싸움은 계급사회를 거친 후의 무계급사회를 위한 것이라 짐작하고, 그가 가상하고 있는 당면한 사람을 저의 주관적 오류를 좇아 미래로 옮기고, 아울러 '사람들' ── 인류로 번역했던 것입니다. 당신이 지적해 주기 전까지 저는 이 견해를 아주 훌륭하다고 여겨 왔는데, 이제 독자에게 정정한다는 뜻을 속히 밝혀야겠습니다.

요컨대 올해에는 어쨌든 이 기념비적인 소설을 독자 앞에 선보이게 된 셈입니다. 번역하는 동안, 그리고 인쇄하는 동안 꽤 많은 어려움을 겪었건만, 이젠 기억의 저편 너머로 사라져 버렸습니다. 하지만 저는 당신의 편지에서 말씀하신 대로 친아들처럼 이 소설을 사랑하며, 또한 이 소설로 말미암아 이 아들의 자식들을 떠올립니다. 아울러 『철의 흐름』 역시 저는 좋아합니다. 이 두 편의 소설은 거칠기는 하지만 결코 엉터리는 아닙니다. 철의 인물과 피의 전투 앞에서, 시름 많고 앓기 좋아하는 재자才子나 아양 떨고 교태 부리는 가인佳人을 묘사하는 이른바 '미문'美文은 참으로 가뭇없이 사라져 버립니다. 그렇지만 저 역시 당신의 의견과 마찬가지로 이건 단지 조그마한 승리에 지나지 않는다고 생각합니다. 그러므로 많은 사람이 협력하여 적어도 앞으로 3년 안에 내전시대 및 건설시대에 관한 기념비적인 문학서 8종 내지 10종을 더 소개해 주기를 바랍니다. 이밖에도 흔히 프롤레타리아 문학이라 일컬어지고 있지만 아무래도 프티부르주아의 편견(예컨대 바르뷔스[42])과 기독교사회주의[43]의 편견(예컨대 싱클레어[44])을 지니고 있을 수밖에 없는 대표작을 몇 편 번역하여, 어떤 점이 뛰어나고 어떤 점이 뒤떨어지는지 분석과 엄정한 비평을 가함으로써 대비하고 참고하는 데에 도움 주기를 바랍니다. 그렇게 한다면 독자의 견해가 날로 명확해질 수 있을 뿐만 아니라, 새로운 창작가조차도 정확한 본보기를 얻게 될 것입니다.

1932년 12월 28일, 루쉰

1) 원제는 「關於翻譯的通信」, 1932년 6월 『문학월보』(文學月報) 제1권 제1호에 발표했다. 발표 당시에는 「번역을 논함」(論翻譯)이란 제명 아래 'J. K.에게 답하여 번역을 논함'(答J. K.論翻譯)이라는 부제를 붙였다. J. K.는 취추바이(瞿秋白)이다. 취추바이가 루쉰에게 보낸 편지는 「번역을 논함」(論翻譯)이란 제명으로 1931년 12월 11일 및 25일에 『십자가두』 제1, 2기에 실렸다.

   취추바이(1899~1935)는 장쑤 창저우(常州) 사람으로, 중국공산당 초기 지도자 가운데 한 사람이다. 1927년 국민당의 4·12쿠데타가 일어난 후에 개최된 '8·7긴급회의'에서 천두슈의 지도노선이 우경 기회주의로 비판받은 이후 1928년 봄까지 그는 중앙정치국 임시서기를 담당했으나, 그 역시 1928년 6월 모스크바에서 개최된 제6차 전당대회에서 좌경 맹동주의자로 비판을 받았다. 이후 1931년부터 1933년까지 상하이에서 혁명문화운동에 종사하였는데, 이때 루쉰과 교분을 쌓게 되었다.

2) Z동지는 차오징화(曹靖華, 1897~1987)를 가리킨다. 그는 허난 루스(盧氏)현 사람으로, 원명은 차오롄야(曹聯亞)이며, 현대문학 번역가이자 산문가이다. 1920년 상하이외국어학사에서 러시아를 배운 그는 사회주의청년단에 가입하여 모스크바동방대학으로 파견되었으며, 이 당시 소련의 레닌그라드대학에서 교편을 잡고 있었다. 그의 대표적인 역서로는 세라피모비치의 장편소설 『철의 흐름』(鐵流 ; 1931년 삼한서옥에서 출판)이 있다.

3) 교회슬라브어는 11세기부터 17세기에 걸쳐 동부 슬라브인(러시아인, 우크라이나인, 백러시아인)과 남부 슬라브인(불가리아인, 세르비아인, 크로아티아인)이 기도를 올릴 때에 사용한 언어이다. 이 언어는 러시아에서 종교저작 및 학술저작에 널리 사용되었으며, 18세기 이전의 러시아어에 커다란 영향을 미쳤다.

4) 로모노소프(Михаил Васильевич Ломоносов, 1711~1765)는 제정 러시아의 과학자·시인·언어학자이며, 저서로는 『러시아어어법』이 있다. 현대 러시아 문학언어는 그로부터 수립되기 시작하여 푸시킨을 거쳐 기초를 굳건히 다졌다.

   푸시킨(Александр Сергеевич Пушкин, 1799~1837)은 러시아의 시인이자 소설가이며, 대표작으로는 장시 『에브게니 오네긴』(Евгений Онегин, 1823~32), 소설 『대위의 딸』(Капитанская дочка, 1836) 등이 있다.

5) 보내온 편지의 강조는 원저자 즉 취추바이의 것이다.

6) 옌지다오(嚴幾道)는 청말민초의 번역가인 옌푸(嚴復)를 가리킨다. 그는 『천연론』의 「역례언」(譯例言)에서 다음과 같이 밝혔다. "번역에는 세 가지 어려움이 있는바, 충실함, 의미 전달, 우아함이 그것이다. 충실함을 얻기는 매우 어렵다. 충실함을 돌보다가 의미가 전달되지 않으면, 비록 번역하더라도 번역하지 않은 것과 마찬가지이니, 의미의 전달함을 중시해야 한다." "의미의 전달에 이르러야 충실하다고 할 수 있다." "이 세 가지

는 문장의 바른 규범이자, 또한 번역의 모범이다. 그러므로 충실함과 의미 전달 외에도 우아함이 요구된다." 이밖에 오여륜(吳汝綸)은 『천연론』을 위한 서문에서 "옌푸의 번역을 거치면서 헉슬리의 저서가 주나라 말기 제자백가의 수준에 필적하게 되었다"고 하였다.

7) 엄역명저(嚴譯名著)는 옌푸(嚴復)가 번역한 헉슬리의 『천연론』, 애덤 스미스의 『국부론』, 젱크스(Edward Jenks)의 『정치학 약사』(社會通詮), 밀(J. S. Mill)의 『자유론』(群己權界論)과 『논리학 체계』(名學), 몽테스키외의 『법의』, 스펜서의 『사회학 원리』(群學肄言), 제번스(William Stanley Jevons)의 『논리학 입문』(名學淺說) 등을 가리킨다. 이미 출판된 적이 있는 이 책들을 한데 엮어 1920년을 전후하여 상우인서관에서 '엄역명저총간'(嚴譯名著叢刊)이란 이름으로 재발행했다.

8) 이것은 번역에 대한 자오징선의 주장을 요약한 것이다. 이 문집의 「몇 가지 '순통'한 번역」의 주 2)를 참조하시오.

9) 플레하노프에 대해서는 이 문집의 「『예술론』 역본의 서문」을 참조하시오.

10) 창힐(倉頡)은 황제(黃帝)의 사관(史官)으로 알려져 있다. 그는 위로 괴성(魁星)의 둥글고 굽은 형세를 관찰하고 아래로 거북의 등껍데기 모양과 새 발자국 형상을 살펴 글자를 만들었다고 전해진다.

11) 샤오사두(小沙渡)는 상하이 북서쪽의 시캉루(西康路; 지금의 징안취靜安區와 푸퉈취普陀區에 걸쳐 있다)에 위치해 있는, 우쑹장(吳淞工) 강변의 나루터이다. 19세기 말에 일반적인 거주지였던 이 지역은 1920년대에 접어들어 공업지대로 변모하여 많은 제조업체들이 들어섰다. 1920년대의 노동운동이 크게 성장함에 따라, 이 지역은 노동운동의 중심지가 되었다. 그리하여 1925년 2월 9일 이곳의 일본방적공장에서 부당해고에 항의하는 노동자들이 총파업을 일으켰다. 이 당시 파업을 의미하는 어휘로 처음으로 '파공'(罷工)을 사용했는데, 이전에는 '요반'(搖班)이란 어휘를 사용해 왔다.

12) 미파(尾巴)는 꼬리를 의미하며, 미파주의(尾巴主義)는 아무 비판 없이 맹목적으로 남의 뒤만 따르는 태도나 경향으로서의 추수주의(追隨主義)를 의미한다.

13) 프리체(Владимир Максимович Фриче, 1870~1929)는 소련의 문예평론가이자 문학사가이다. 그는 파데예프의 장편소설 『훼멸』을 위해 「대서(代序)―신인의 고사」를 썼다.

14) ①에 대응하는 루쉰의 역문은 다음과 같다. "(그의 마음속에는) 강대한, 다른 어떤 바람에도 견줄 수 없는, 새로운, 아름다운, 강한, 착한 인류에 대한 갈망(이 있었기 때문이다.)"(强大的, 別的甚麼希望也不能比擬的, 對於新的, 美的, 强的, 善的人類的渴望)

15) ②에 대응하는 루쉰의 역문은 다음과 같다. "수억의 사람들이 이토록 원시적이고 가련하며, 무의미하게 곤궁한 삶을 영위하도록 내몰리고 있는 터에, 어떻게 새롭고 아름다운 인류를 운위할 수 있단 말인가?"(當幾萬萬人被逼得只好過着這樣原始的, 可憐的, 無意義地窮困的生活之間, 又怎能談得到新的, 美的人類呢?)

16) ③에 대응하는 루쉰의 역문은 다음과 같다. "그가 온 세상에서 가장 사랑하는 것은 자신이었다,──그의 하얗고 더러우며 가느다란 손, 그의 탄식하는 소리, 그의 고뇌와 그의 행위, 그 가운데의 가장 혐오스러운 일조차도."(他在全世界上, 最愛的還是自己,──他的白晰的, 骯髒的, 纖弱的手, 他的唉聲嘆氣的聲音, 他的苦惱和他的行爲, 連其中的最可厭惡的事)

17) ④에 대응하는 루쉰의 역문은 다음과 같다. "이제 끝났어. 모든 게 이전처럼 되어 버렸어, 마치 아무 일도 없었던 양.──화리야는 이렇게 생각했다.──다시 예전의 길, 이런 생활이야──뭐든 이런……그렇지만, 나의 신이시여, 이 얼마나 따분합니까!"(這算收場了, 一切又都變了先前一樣, 就象甚麼也未曾有過似的,──華理亞這樣想. ── 又是老路, 又是這一種生活, ── 甚麼都是這一種……但是, 我的上帝, 這可多麼無聊阿!)

18) ⑤에 대응하는 루쉰의 역문은 다음과 같다. "그는 자신조차도 생소한──슬픔, 고달픔이 거의 노인과도 흡사한──고뇌를 품은 채 이어 이렇게 생각했다. 벌써 스물일곱 살이 되었어. 하지만 한시라도 지금까지와는 다른 생활을 지낼 수 있는 힘은 없고, 앞으로도 뭐 좋은 일은 만나지 못하겠지…… 마로즈카는 지금 평생의 온 힘을 다해 레빈손, 바클라노프, 두보프와 같은 사람들이 거쳤던, 그가 느끼기에 올곧고 밝고 정당한 길을 걸으려 하였다. 그러나 누군가가 그를 가로막고 있는 듯했다. 그는 이 원수가 그 자신 안에 자리 잡고 있으리라고는 꿈에도 생각하지 못했다. 그는 자신이 사람들의 비겁함으로 인해 고통스러워한다고 여겼으며, 그래서 유난히 유쾌하고도 서글픈 느낌이 들었다."(他又懷着連自己也是生疏的 ──悲傷, 疲乏, 幾乎老人似的 ── 苦惱, 接續着想: 他已經二十七歲了, 但已無力能够來度一刻和他迄今的生活不同的生活, 而且此後也將不會遇見甚麼好處…… 木羅式加現在是拚命儘了他一生的全力, 要走到萊奮生, 巴克拉諾夫, 圖嶓夫這些人們所經過的, 於他是覺得平直的, 光明的, 正堂的道路去, 但好象有誰將他妨碍了, 他想不到這怨敵就住在他自己里, 他設想爲他正被人們的卑怯所懊悩, 於是倒覺得特別地愉快, 而此也傷心)

19) ⑥에 대응하는 루쉰의 역문은 다음과 같다. "그는 오직 한 가지 ── 일밖에 몰랐다. 이렇기 때문에 이렇게 정확한 사람을 신뢰하지 않을 수 없고 복종하지 않을 수 없었다." (他只知道一件事 ── 工作, 因此之故, 這樣的正確的人是不得佛信賴他, 服從他的)

20) ⑦에 대응하는 루쉰의 역문은 다음과 같다. "처음에 그는 이쪽의 생활과 관련된 생각에 몰두하고 싶지 않았다. 하지만 그의 심정은 차츰 끌려들어 갔다. 그의 얼굴은 점점 풀어졌다. 그는 알아보기 힘들 만큼 조그마한 글자로 종이 두 장에 썼다. 그 가운데 수많은 말은 레빈손이 이런 말을 알고 있으리라고는 누구도 상상치 못한 것이었다."(開初, 他是不願意將頭鑽進和這方面的生活相連結的思想里去的, 但他的心情漸被牽引過去, 他的臉漸漸緩和, 他用難認的小字寫了兩張紙, 而其中的許多話, 是誰也不能想到, 萊奮生竟會知道着這樣的言語的)

21) ⑧에 대응하는 루쉰의 역문은 다음과 같다. "오직 크게 손해를 입은 이들 충실한 사람

들만이 지금 그의 유일하고 서로 가장 가까우며 냉대할 수 없는, 다른 사람이나 자신 보다도 훨씬 친근한 이들이었다."(獨有這大受損傷的忠實的人們, 乃是他現在惟一的, 最相接近的, 不能漠視的, 較之別人, 較之自己, 還要親近的人們)

22) ⑨에 대응하는 루쉰의 역문은 다음과 같다. "침묵에 잠긴 축축한 눈으로 밀 타작마당 위의 머나먼 사람들을 바라보았다. 그는 자신을 뒤따르고 있는 열여덟 명과 마찬가지로 어서 그들을 자신의 편으로 만들어야만 했다. 그리하여 그는 울지 않았다."(用了沉黙的, 還是濕潤的眼, 看着這在打麥場上的遠遠的人們, 他應該很快地使他們變成和自己一氣, 正如跟在他後面的十八人一樣, 於是他不哭了.)

23) 원문은 '强聒不舍'. 이 말은 『장자』「천하」(天下)의 "이를 가지고 온 천하를 두루 다니면서 윗사람을 설득하고 아랫사람을 교화하려 하였는데, 천하 사람들이 받아들이지 않았으나 떠들어 대기를 멈추지 않았다"(以此周行天下, 上說下教, 雖天下不取, 强聒而不舍者也)라는 글귀에서 비롯되었다.

24) 원문은 '不可與言而與之言, 失言'. 이 말은 『논어』「위령공」(衛靈公)의 "공자께서 말씀하셨다. '더불어 말할 만한데도 그와 더불어 말하지 않는다면 사람을 잃게 되고, 더불어 말할 만하지 않는데도 그와 더불어 말한다면 말을 잃게 된다"(子曰, 可與言而不與之言, 失人; 不可與言而與之言, 失言)라는 글귀에서 비롯되었다.

25) 옌유링(嚴又陵)은 옌푸를 가리키며, 유링(又陵)은 그의 자이다. 옌푸에 대해서는 이 문집의 「『진화와 퇴화』서언」의 주2)를 참조하시오.

26) 『명학』(名學)과 『군기권계론』(群己權界論)은 모두 밀(J. S. Mill)의 저서로서, 각각 『논리학 체계』(A System of Logic)와 『자유론』(On Liberty)을 가리킨다.

27) 『천연론』(天演論)은 헉슬리의 『진화와 윤리』(Evolution and Ethics, and other Essays)의 일부를 번역한 것이다.

28) 동성파(桐城派)는 청대 문단에서 가장 영향력이 컸던 산문 유파로서, 주요 인물로는 안후이 퉁청(桐城; 지금의 퉁청시 중양현樅陽縣과 안칭시安慶市 일부 지역) 출신의 방포(方苞)·유대괴(劉大櫆)·요내(姚鼐) 등을 들 수 있다. 이들은 선진양한(先秦兩漢)과 당송팔대가(唐宋八大家)의 문장을 전범으로 삼아야 한다고 주장했다. 동성파는 19세기에 접어들어 증국번(曾國藩)에 의해 중흥을 이룬 이후, 오여륜(吳汝綸)·옌푸·린수(林紓) 등에 의해 계승되었다.

29) 오여륜(吳汝綸, 1840~1903)은 안후이 퉁청 사람으로, 자는 지보(摯甫 혹은 摯父)이다. 동성파 후기의 문학가이자 교육가이다.

30) 후관(侯官)은 옌푸의 출신지인, 지금의 푸젠 민허우현(閩侯縣)을 가리킨다.

31) 원문은 '什法師'. 구마라집(鳩摩羅什, 344~413)은 후진(後秦)의 고승으로 불경을 번역했으며, 그의 노력으로 불교사상이 중국에 널리 전파되었다. 중앙아시아의 구자국(龜玆國)에서 태어난 그는 401년 장안(長安)에 도착하여 후진의 요흥(姚興)에 의해 국사

로 봉해졌다. 이후 그는 소요원(逍遙園)에 머물면서 승조(僧肇), 승엄(僧嚴) 등과 함께 불경 번역에 전념하여,『반야경』(般若經),『법화경』(法華經),『아미타경』(阿彌陀經),『유마경』(維摩經) 등74부 384권에 달하는 방대한 경전을 번역했다.

32) 옌푸는『천연론』,「역례언」에서 다음과 같이 서술하였다. "번역문은 심오한 뜻을 밝히기 위하여 때로 단어와 구문의 순서를 바꾸기도 하고 덧붙이기도 한다. 자구의 순서에 얽매여서는 안 되지만, 그 뜻이 원문에서 벗어나서도 안 된다. 이러한 번역은 의역(達恉)이라 일컫고 직역(筆譯)이라 명명하지 않았다. 이는 원문에 없는 설명을 덧붙였기 때문이니, 사실 올바른 번역 방법은 아니다. 구마라집 법사께서 '나를 모방하면 병폐가 생긴다'라고 말씀하신 적이 있다. 앞으로 학자들이 바야흐로 많아질 터인데, 이 책을 구실로 삼지 않기를 바란다."

33)『법의』(法意)는 몽테스키외의『법의 정신』(De l'esprit des lois)을,『원부』(原富)는 애덤 스미스의『국부론』(Inquiry into the Nature and Causes of the Wealth of Nations)을 가리킨다.

34) 금릉각경처(金陵刻經處)는 중국의 유명한 불교문화기구로서, 양런산(楊仁山) 거사가 청나라 동치(同治) 5년(1866) 난징에 창설하였다. 스님의 도량이자 불경 출판 및 유통처였던 이곳은 중국 근대불교의 부흥에 크게 이바지하였다.

35)『대승기신론』(大乘起信論, Mahāyāna śraddhotpada śāstra)은 대승불교의 교리를 담은 경서이다. 이 경서는 고인도의 마명(馬鳴, Aśvaghoṣa)이 지었다고 전해지며, 중국에는 양(梁)나라 진제(眞諦, Paramārtha, 499~569)의 역본과 당나라 실차난타(實叉難陀, 652~710)의 역본이 있다. 금릉각경처에서는 1898년에 이 두 가지 역문을 수록한『대승기신론회역』(大乘起信論會譯)을 출판했다.

36) 허자(虛字)는 어법적 기능만 지니고 있을 뿐 실제의 의미를 지니지 않는 글자로서, 현대중국어의 허사(虛詞)인 개사(介詞), 연사(連詞), 조사(助詞) 등이 이에 해당한다.

37)『화문한독법』(和文漢讀法)은 량치차오가 맨 처음 일본에 망명해 있을 때인 1900년경에 일본어를 학습하는 과정에서 제작하여 출판한 일본어학습 속성교재이다. 이 교재는 일본어의 "문법이 중국과는 정반대로서, 실사(實詞)는 반드시 앞에 오고, 허사(虛詞)는 뒤에 온다"는 등의 일본어 어법을 정리하여 당시 일본유학생들에게 커다란 영향을 미쳤다.

38) 암(唵)은 주술을 행할 때 쓰이는 발어사이다.

39) '別聞'와 '別說'는 모두 금지를 나타내는 표현으로서 '소란 피우지 마라', '말하지 마라'를 의미한다.

40) '不要'는 금지를 나타내는 표현으로서 '別'과 같은 의미를 지니고 있다.

41) 설서(說書)는 흔히 평서(評書), 평탄(評彈), 대고(大鼓), 탄사(彈詞) 등 일종의 설창(說唱) 형식의 곡예(曲藝)를 가리킨다.

42) 바르뷔스(Henri Barbusse, 1873~1935)는 프랑스의 작가로서, 주요 작품으로는 장편 소설 『화선』(火線, *Le feu*, 1916), 『광명』(*Clarté*, 1919) 및 『스탈린전』(*Staline: Un monde nouveau vu à travers un homme*, 1935) 등이 있다.

43) 기독교사회주의(Christian Socialism)는 19세기 중엽 유럽에서 형성된 사회사조의 일종이다. 이는 '네 이웃을 네 몸처럼 사랑하라'와 '무엇이든지 남에게 대접받고자 하는 대로 대접하라'는 기독교의 교리를 기독교인의 행동원리로 삼아 경제적 불평등으로 인한 사회적 소외계층과 빈곤계층의 문제를 해결함으로써 인류의 평화공동체를 구현할 수 있다고 믿는다. 이 사상의 대표적인 인물로는 영국의 모리스(Frederick Denison Maurice, 1805~1872)와 킹슬리(Charles Kingsley, 1819~1875) 등을 들 수 있다.

44) 업턴 싱클레어(Upton Sinclair, 1878~1968)는 미국의 소설가이다. 시카고 식육 공장의 실정을 폭로한 『정글』(*The Jungle*, 1906), 경제적 관점에서 역사상 각 시대의 문예를 해석한 『맘몬아트』(*Mammonart*, 1925), 퓰리처상을 받은 『용의 이빨』(*Dragon's Teeth*, 1942) 등 많은 작품을 남겼다.

현대영화와 부르주아[1]

이와사키 아키라[2] 지음

1. 영화와 관중

영화의 발명은 새로운 인쇄술의 기원이다. 예전에는 활자와 종이를 빌려 운반되고 복제된 사상이 중세의 봉건적·구교적 사회의식을 파멸로 이끌었던 힘을 지니고 있었다.

부르주아 사회의 발흥, 종교개혁 등 이들 중대한 역사적 계기는 이에 의해 열매를 맺었다. 이제 사상의 운반이나 이데올로기의 결정에 있어서 영화가 맡고 있는 임무는 한층 더 적극적이고 의식적인 것이 되었다. 그것은 계급사회의 옹호이자 새로운 '종교개혁'이기도 하다.

이 새로운 인쇄술은 일련의 운동하는 사진을 Zelluloid의 박막 위에 입힘으로써 이루어진 것이다. 그 활자는 개념을 독자에게 전하는 것이 아니라 동작과 구상具象을 부여한다. 이것은 직접적으로 시각적이라는 의미에서 더할 나위 없이 통속적임과 동시에 감명적인 활자이며, 원칙적으로 언어를 갖지 않는다는 의미에서 국제적인 활자이다. 선전·선동의 수단으로서의 영화의 효용은 바로 이 점에 있다.

선전·선동의 수단으로서의 영화를 고찰할 때, 어느 것보다도 중요한 점은 영화와 그 영향 아래에 놓여 있는 대중의 관계이다.

구체적인 숫자로 이것을 묘사해 보겠다.

영국의 영화잡지『*The Cinema*』에 발표된 통계에 따르면, 일주일간의 영화관객 수는 아래와 같이 대단히 많다.

미국

상설 영화관 수	15,000
인구	106,000,000
매주의 관객 수	47,000,000
인구 대비 관객 비율	45%

영국

상설 영화관 수	3,800
인구	44,000,000
매주의 관객 수	14,000,000
인구 대비 관객 비율	33.3%

독일

상설 영화관 수	3,600
인구	63,000,000
매주의 관객 수	6,000,000
인구 대비 관객 비율	10.5%

(Hans Buchner—*Im Banne des Films* S.21.)

아울러 이들 상설 영화관의 수용력 총계는 하루 관객 수의 평균값으로 간주할 수 있는데, 이는 아래의 표와 같다.

상설관과 수용력

	상설관 수	수용 인원
미국	15,000	8,000,000
독일	3,600	1,500,000
영국	3,800	1,250,000

이들 숫자에 365를 곱하면 다음과 같다.

$$8,000,000 \times 365 = 2,920,000,000 \text{ (미국)}$$
$$1,500,000 \times 365 = 547,500,000 \text{ (독일)}$$
$$1,250,000 \times 365 = 456,250,000 \text{ (영국)}$$

이것이 1년간의 대략적인 관객 총수라 할 수 있다.

그러나 이들 숫자는 1925년도의 조사일 뿐, 보다 새로운 통계에 따르면 세계 각국의 상설관 수는 총 약 65,000곳 이상이다.

그 내역은 다음과 같다.

미국	20,000
독일	4,000
프랑스	3,000
러시아	10,000
이탈리아	2,000
스페인	2,000

영국	4,000
일본	1,100

(Léon Moussinac — *Panoramique du Cinéma*, p.17)[*]

이로 볼 때, 미국, 독일, 영국 세 나라의 상설관 수는 약 30%에서 10%의 증가를 보이고 있다. 관객 수에서도 대략 같은 비율로 증가했으리라 여겨진다. 이 세 나라를 제외한 다른 나라에서도 비슷한 증가율을 보이리라 추측된다.

즉 1925년의 통계에 따를지라도 1년간의 영화관객 총수는 이미 미국의 경우 약 29억, 유럽의 경우 20억, 아시아·라틴아메리카·캐나다·아프리카 등은 10억, 총계 59억이라는 꿈만 같은 공상적인 숫자가 되었다.

영화가 지배하는 어마어마한 수의 관객, 그리고 영화 형식의 직접성과 국제성——이들은 영화가 양적, 질적인 면에서 대중에 대한 선전·선동에 쓰이는 기막힌 용기임을 입증하고 있다.

2. 영화와 선전

선전·선동의 수단으로서의 영화의 가치를 올바로 인식하기 위해서는 이른바 '선전영화'라는 익숙해진 용어 및 그 개념의 무의미함을 깨달을 필

---

[*] Moussinac이 든 숫자에는 조사년도가 제시되어 있지 않다. 1927년 말의 통계로 추정된다. 1928년도의 『Film-Daily』 및 기타 조사에 따르면, 미국은 이 숫자보다 2.5% 늘어난 20,500곳의 상설관을 보유하고 있으며, 일본은 10% 늘어나 1,200이 되었으며, 독일은 30% 늘어나 5,267(수용 객석수는 1,876,601)이 되었다. 게다가 이는 이동영화관이나 비상업적 극장을 제외한 숫자이다.[이 글의 본문 각주는 모두 이와사키 아키라의 원주임]

요가 있다.

일본의 멋진 풍경을 외국에 소개하여 관광객을 유치하기 위해 만든 영화, 후지산, 게이샤, 닛코,[3] 온천 등을 우리는 흔히 선전영화라 일컫는다. 이들 선전영화는 때로는 질병의 예방법을 가르치고 우편저금을 장려하고 보험을 권유하는 등의 목적으로 찍은 것이다. 이때 우리는 이들 필름 속에 간직된 목적을 금방 알아차리고서, 폐결핵의 무서움을 깨닫고 저금을 시작하며 생명보험에 가입하게 된다. 그렇지만 공회당이나 초등학교 강당 등을 이용하여 상영하는 선전영화는 흔히 무료이며, 공짜로 보여 주는 바에야 상영하는 측에도 공짜로 보여 줄 만한 이유가 틀림없이 있으리라는 의혹을 곧바로 불러일으킨다. 이러한 선전영화는 목적의식이 금방 간파되어 버린다.

노쇠하고 맹목적인 어머니를 두고 있는 외아들 이치타로一太郎 군은 소집영장을 받고서 어머니를 그녀의 모든 노쇠함과 맹목 속에 남긴 채 "나라를 위해" "가증스러운 원수를 응징"하러 출정한다. 용감하고 굳센 일장기, 만세, 이치타로여! 이러한 군국 미담물美談物을 우리는 자주 관람한다. 그런데 이런 것들은 ×××영화공사에서 제작한 상업영화이며, 상영할 때에도 공회당이나 초등학교 강당의 신세를 지지 않고 명목상의 관람비를 받아 보통의 상설관에서 당당히 상영된다. 이렇게 하면 선량하고 의심 없는 관객들은 이것을 선전영화라고 느끼지 않게 된다. 그들은 자신이 정당한 관람비를 냈다는 사실을 그 영화가 결코 선전영화가 아니라는 것의 증거로 여긴다. 사실 단순한 관객들은 교묘하게 조작된 선전에 선동되고 기만당하면서, 그 기만에 대해 돈까지 지불하고 있는 이중의 기만에 빠져 있음을 깨닫지 못하고 있다.

시민적인 용어 관례상 '선전영화'의 무의미함은 대체로 위와 같다. 왜냐하면 목적이 없는 영화, 따라서 선전영화가 아닌 영화란 환상에 지나지 않기 때문이다.

우리는 현재 제작되고 있는 모든 영화에 대해 그 은미한 목적 — 때로 이것은 의식적으로 목적의 지경에 이르지 않은 채 단지 경향이나 취미의 정도에 그칠 따름이지만, 그 경향이나 취미도 결국 중요한 선전가치를 지닌다 — 을 들추어낼 수 있다. 그것은 혹은 제국주의전쟁으로 나아가는 진군나팔이거나 혹은 애국주의나 군권軍權주의의 고취이거나 혹은 종교를 이용한 반동 선전이거나 혹은 부르주아 사회의 옹호, 혁명에 대한 억압, 노사협조의 제창, 소시민의 사회적 무관심을 낳는 최면제 등이기도 하다. — 요컨대 오로지 자본주의적 질서의 이익을 위해 정성을 다해 마련한 사상적 조작인 것이다.

1928년 모스크바에서 개최된 중앙위원회 석상에서는 영화에 관하여,

영화를 노동자계급의 수중에 두어 소비에트의 교화와 문화의 진보의 임무에 관하여 대중을 지도하고 교육하며 조직하는 수단으로 삼는다.

라는 결의가 이루어졌다. 소비에트 영화의 임무는 곧 세계의 영화시장에서 자본주의적 선전의 솟구치는 물결에 맞서 ×××××선전을 행하는 것이다.

세계는 현재 제2차 세계대전의 준비로서의, 이데올로기 투쟁의 소용돌이 속에 처해 있다. 그리고 영화는 저 59억의 관객과 더불어 이 투쟁의 저울판에 결정적인 무게를 더해 줄 수 있다.

3. 영화와 전쟁

자본주의적 선전영화 가운데에서 가장 중요한 부분을 차지하고 있는 것은 전쟁영화이다.

전쟁이 영화 속에 받아들여진 것은 자못 이르다. 영화가 막 강보에서 벗어났을 때, 우리는 로마, 바빌로니아, 이집트 등의 병사들의 전쟁을 보게 되었다. 이것은 무대에 대한 당시 영화의 유일한 장점이었으며, 자유로운 Location(현지 촬영), 거대한 Set(실내 장치)와 대중촬영을 이용한 광경의 매력을 최대한 끌어내기 위해 강구했던 것이었다. 휘황찬란한 고대의 갑주甲冑, 성벽으로 둘러싸인 도시, 신전, 기괴한 우상, 창, 방패, 불화살, 쇠뇌 등의 이국적인 정조, 그리고 당시로서는 웅장한 장치는 영화에 대해 아직은 유치했던 대중의 눈을 단숨에 현혹시켜 시류를 타게 하였다.

그러나 초기의 이러한 전쟁은 결국 대규모의 서커스나 무술시합 따위의 잡기와 아무 차이가 없었다. 고대 로마나 카르타고 모두 현대영화 관객의 조국은 아니었다. 전쟁 또한 동적이고 선정적인 시각에 의지하여 그들을 흥분시키고 그들에게 흥미를 안겨 주었을 따름이다.

근대의 전쟁을 끌어들이면서 그 안에 의식적인 선전 요소를 분명하게 채워넣은 최초의 영화제작자는 아마도 그리피스(D. W. Griffith)[4]이리라. 그는 미국 남북전쟁을 소재로 한 「민족의 탄생」(*Birth of a Nation*), 「아메리카」(*America*) 등의 영화에서 북군의 영웅주의를 찬미하고, 이른바 합중국의 건국 정신을 정당화하고 미화했다. 이들 영화는 그후에 나온 수많은 호전적인 영화만큼 적극적으로 대외전쟁을 고취하지는 않았지만, 그 목적은 여전히 국민 속에 인종박물관처럼 잡다한 인종을 안고 있는 합

중국과 그 주민에게 확고한 국가 개념과 애국심을 함양하는 데에 있었다. '100%의 미국인'이라는 구호가 널리 유행하여 '미국화' 운동의 유력한 무기가 되었으며, 아일랜드에서 온 순경이나 시실리[시칠리아]에서 온 야채장수에게도, 흑인에게도, 아메리카 인디언에게도 죄다 이 얼굴로 분장시키려고 했다.

'미국화'의 과정은 유럽대전의 발흥, 미국의 참전 및 이에 따른 급속한 제국주의화를 계기로 완성되었다.

미국은 독일에 대한 선전포고와 동시에 백만의 군대를 프랑스에 파송하지 않으면 안 되었다. 이리하여 속성으로 모병이 시작되고, 속성으로 해군의 확장이 시행되었다. 선동적인 행진곡을 연주하는 군악대는 각지 도시의 한길을 오가고, 사거리 어귀에 전단을 붙였으며, 신문 또한 이즈음에만은 '미국 시민'의 의무를 떠들어 댔다. 선동되기 쉬운 젊은이들은 혹은 응모하지 않으면 애인에게 버림받을까 봐, 혹은 삶에 대해 싫증을 느끼고 있던 터였든지, 혹은 '해군에 입대하여 세계를 보겠다'는 갖가지 이유로 모병에 응하였다. 이 당시 미국 정부의 선전은 유사 이래 최대 규모였으며, 또한 최대의 효과를 거두었다.

이 선전전宣傳戰에서 가장 주요한 역할을 담당했던 것은 신문과 영화였다. 이 시기에 본래 의미의 전쟁영화가 비로소 제작되었다.

스페인의 열광적인 반독反獨주의자인 이바녜스(Blasco Ibáñez)의 원작에 따른 「묵시록의 네 기사」(*Four Horsemen of the Apocalypse*), 「우리의 바다」(*Mare Nostrum*)[5]를 대표작으로 삼는 전쟁영화에서, 미국의 지배계급은 독일군이 얼마나 잔인하고 독일 잠수정이 얼마나 비인도적인지 단순한 '성조기 사람들'[6]을 교묘하게 선동했다.

그렇지만 성조기 제국주의가 그 본래의 날카로운 창끝을 드러내기 시작했던 것은 유럽전쟁이 종결된 후 대중의 군국화란 평상시에 끊임없이 조작해야만 한다는 것을 깨달았을 때였다.

1920년대 전반에 전 세계 인류의 두뇌를 절실히 지배했던 것은 무엇보다도 생생한 전쟁의 기억이었다. 그리하여 세계대전이라는 이 중대한 역사적 사건에 알맞게 국민적 서사시의 형태로 예술적으로 재현해 내려는 욕구가 생겨나는 것은 극히 자연스러운 일이었다. 아울러 제작된 영화가 절실히 대중의 흥미와 감정에 치우치는 것 또한 아주 자연스러운 일이었다. 이 유리한 정세를 단숨에 이용한 것이 성조기 제국주의였다. 전쟁의 서사법이 가장 호전적인 선동의 의도 아래 창출되었던 것이다.

전쟁영화의 끊임없는 계열이 탄생했다. 「전장의 꽃」(Big Parade)과 「대공중전」(Wings)[7] 이래 수많은 반동적 전쟁영화는 그 제목을 일일이 헤아릴 수 없을 정도로 많다. 말할 나위도 없이 이들 영화는 전시의 순수한 선동영화만큼 노골적이지는 않지만, 제작방법도 오페라식 연애[8]의 적당한 달콤함을 가미하거나 인도주의적 전쟁비판의 약재를 입혀 삼키기 쉽게 함으로써 제법 자연스럽고 암묵적인 가운데 선전의 목적을 달성했다. 그렇지만 아무리 조심스럽게 가면을 쓰고 있을지라도 그 궁극적인 목적의 소재는 마찬가지로 눈을 가리는 무언가를 대중에게 주어 제국주의적 전쟁의 본질을 깨닫지 못하게 하고 미군의 영웅주의를 찬미하게 하며, 때로는 군대 생활의 홀가분함과 흥미진진함을 선전하기도 한다. (여기에서 이런 유의 전쟁영화에 관한 완전한 목록을 게시하여 대표적인 몇 가지 예로써 나의 서술을 보다 구체화할 지면과 시간이 없음이 못내 아쉽다. 하지만 장래 보충할 기회가 있으리라 믿는다.)

전쟁과 영화에 관하여 서술한 이상의 사실은 물론 단지 미국만의 특수한 현상이지는 않다. 오히려 다른 모든 제국주의 강국에서 다투어 행해지고 있다. 독일은 「대전 순양함」(*Emden*), 「세계대전」(*Weltkrieg*)[9] 등을 우리의 눈앞에 펼쳐보였으며, 프랑스는 「베르덩─역사의 환상」(*Verdun─Vision d'histoire*), 「레퀴파주」(*L'Equipage*)[10] 등을 제작하였으며, 영국은 「여명」(*Dawn*), 일본은 「포연탄우」砲煙彈雨, 「지구는 돌고 있다」地球は迴る와 「울산 근해의 해전」蔚山沖の海戰 등으로써 '군사사상'의 보급에 애썼다.

전쟁영화에 관한 기술을 마치기에 앞서, 몇 가지 예외적인 현상으로서의 반전反戰 경향을 언급하지 않는다면 온당치 않을 듯하다.

「전장의 꽃」의 몇몇 장면에서 비록 지나치다 싶게 감상적이기는 하지만 어쨌든 전쟁을 저주하는 심정에 대한 묘사가 보인다. 그러한 심리는 「전장의 두견새 울음」(*What Price Glory*)[11]에서 훨씬 적극적으로 표명되어 있다. 그러나 이들 영화에서 전쟁에 대한 확고한 비판이나 태도는 결코 확실하지 않다. 채플린(Charlie Chaplin)이 예전에 「종군의 꿈」(*Shoulder Arms*)[12] 가운데에서 전쟁을 희화화한 것과 동일한 정도의 인식을 지니고 있을 따름이다.

이에 비해 기술적으로 대단히 탁월한 전쟁영화 「제국호텔」(*Hotel Imperial*)[13]의 감독 Erich Pommer가 제작한 「철조망」(*Barbed Wire*)[14]은, 마지막에 인류애를 부르짖는 우스꽝스러운 과장만 없다면 제국주의 전쟁을 통렬하게 풍자한 명희극 「유쾌한 군대」(*Behind the Front*)[15]와 더불어 아마도 반전영화의 범주에 들 수 있을 것이다.

4. 영화와 애국주의

애국적 선전영화 또한 세계대전 후의 두드러진 현상이다. 왜냐하면 이러한 영화는 외견상의 차이에도 불구하고 궁극적으로는 제국주의전쟁을 향한 의식적 준비이자 고무이며, 군권주의나 호전성에 있어서 전쟁영화와 본질적으로 연관되어 있기 때문이다.

그렇다면 그 목적은 어디에 있는가?

직접적으로는 집단의 관념[16]이나 국기의 존엄을 선전하고, 간접적으로는 폭력을 부추기고 민심을 우익정당에 기울게 하여, 외국과 자본시장을 쟁탈할 때 즉각 군사행동을 취하는 일을 정당화하려는 것이다.

이러한 영화의 가장 생동적인 영향은 대체로 국회의원 선거나 대통령 선거 기간에 나타나는데, 일례로 독일의 국권당[17]은 특히나 애국주의적 영화 덕분에 많은 표를 얻었다.

예를 들면 「프리드리히 대왕」(*Fridericus Rex*)[18](일본에서는 대폭 줄여 「라인 비창곡」으로 개칭했다)이라 일컬어진 프로이센 발흥의 역사영화는 이 가운데에서도 가장 성공을 거둔 작품이었다. 바로 대전 이후의 물가 폭등 시대[19]에, 게다가 독일혁명의 실패에 뒤따른 반동의 불길이 한창일 즈음, 이것은 부르주아의 교묘한 선전이었다. 빈곤과 기아에 찌든 소시민들은 이 영화에서 프리드리히 대왕의 정예 근위병의 행진을 보고 7년 전쟁의 위풍당당한 승리를 보다가, 지난날 황제의 치세가 떠오르자 무지하고 값싼 감격 속에서 손뼉을 치고 발을 구르면서 휘파람을 불었던 것이다.

이에 뒤이어 국민적 영웅 비스마르크[20]의 전기가 영화화되고 힌덴부르크[21]가 영화화되었다.

「비스마르크」(*Bismarck*)는 오로지 이 영화의 제작을 위해 비스마르크영화사를 설립하고 2부 20여 롤roll의 거작을 촬영했지만, 이 제국주의적 정치가의 일생 중 모든 애국적·선동적인 요소들은 하나도 빠짐없이 그 속에 담겨졌다.*

「힌덴부르크」(*Hindenburg*)는 이 노장군이 대통령으로 당선 ── 이는 「프리드리히 대왕」과 「비스마르크」의 덕을 입은 점이 대단히 많다 ── 되었을 즈음에 인심을 장악하기 위해 제작되었던 것이다.

1927년 봄 독일의 국권당 지도자 중 한 사람으로서 아우구스트 시알 서점의 사실상의 소유자인 후겐베르크(Alfred Wilhelm Franz Maria Hugenberg)[22]가 독일의 대大회사의 하나인 우파UFA사의 재정위기를 틈타 그 회사 주식의 과반수를 사들여 우파사의 총지배인 자리에 앉았다. 이리하여 독일의 영화사업과 그 영향력은 완전히 국권당의 수중에 장악되었다. 후겐베르크는 곧바로 우파사의 제작기획에서 자신의 정치적 주장을 노골적으로 드러냈다. 그 가장 세계적인 일례가 「세계대전」(*Weltkrieg*) 2부작이다.

이에 대해 사회민주당[23]의 내각은 즉각 견제수단을 취하였다. 즉 독일은행으로 하여금 후겐베르크에 맞서서 우파사에 투자하도록 하였던 것

---

* 영화 「비스마르크」가 상영되었을 때 배포되었던 시놉시스에는 다음과 같은 설명이 실려 있다. "우리 영화의 조국적 목적(der vaterlaendische Zweck)에서도 그 내면적 구성과 사건의 시간적 제약을 규정하였다. 그래서 비스마르크의 소년시절은 극히 간략한 발단을 차지하고 있을 뿐이다. (중략) 아울러 이 이야기는 1871년의 독일 건국으로 결말을 짓지 않으면 안 되었다. 왜냐하면 이에 뒤이어 일어난 국내의 분쟁 및 그의 은퇴 등은 음침한 기억을 불러일으켜 관객들을 결합시키기는커녕 오히려 괴리시킴으로써 이 영화 전체의 조국적 목적에 어긋나기 때문이다. 이 영화의 주요 부분은 비스마르크가 정계에 뛰어들었던 1847년부터 1871년까지를 하나의 완성된 드라마로 삼고 있다. (하략)"

이다. 독일의 독점적 대영화사가 국권당의 선전기관이 되지 않도록 하기 위해 취한 부득이한 방법이었다.

「세계대전」*은 축약판이 이미 일본에 소개되어 있는데(루쉰 주 : 상하이에서도 작년에 성황리에 상영되었다), 그것이 어떤 경향과 주장을 지니고 있는지는 아마 지금은 상세히 말하지 않아도 좋을 것이다.

겉으로 표방하기로 「세계대전」은 1914년부터 1917년에 걸친 전쟁 중에 촬영된 각국(대부분 독일과 프랑스)의 사진을 순수한 역사적 객관에 기반하여 편집하고 이것을 필름에 남긴 기록이다.

게다가 오로지 자국 군대의 승리와 용감, 애국만을 묘사하는 미국식 영화에 비한다면, 이것은 사실에 가까운 듯이 보이기도 한다. 그러나 주의 깊은 관찰자라면 금방 알아차릴 수 있었겠지만, 탄넨베르크 전투[24]부터는 늘상 오직 힌덴부르크 장군의 승리만을 반복적으로 여러 차례 보여주고 있다. 아울러 "전시에 여러 번 조국을 구했던 장군은 평화시에도 대통령으로서 조국을 위해 있는 힘을 다하고 있다"라는 자막과 함께 영화도 끝이 난다.**

---

* 「세계대전」이 상영되었을 때 이 영화에 대한 어느 장군의 감상이 신문에 실렸다. "전쟁[이와시키 아키라의 원문에는 '전쟁의 참화'로 되어 있다]은 대단히 두렵지만, 우리는 전쟁을 안다. 전쟁 중에는 자신의 직무를 더럽히는 것보다 더욱 두려워할 만한 운명은 없기 때문이다. 우리의 젊은이들은 전쟁의 공포에 대해 냉정한 침착함과 확고한 의지를 가지고 나아가야 한다. 따라서 이 영화의 처참한 장면은 결코 혐오할 만한 것이 아니라, 오히려 이 영화에 의미를 부여하고 가치를 높여 주는 것이다."

** 이 범주에 속하는 영화로는 「루이 페르디난드 왕자」(Prinz Louis Ferdinand), 「U 9호」(U.9.), 「고양이 다리」(Katzensteg), 「뤼초우의 맹습」(Lützows Wilde Verwegene Jagd), 「쉴의 사관들」(Schillschen Offiziere), 「대전 순양함」(Emden), 「우리의 엠덴」(Unser Emden) 및 기타 독일영화, 「나폴레옹」(Napoléon), 「잔다르크」(Jeanne d'Arc) ── 단 일본에 수입되었던 Karl Dreier의 작품이 아니다 ── 등의 프랑스 영화, 「코로넬과 포클랜드 섬의 해전」(The Battles of Coronel and

5. 영화와 종교

모든 시대를 통하여 종교가 줄곧 지배계급의 어용으로 이용되어 왔다는 것은 벌써 여러 차례 입증되었다.

이것은 동양에서는 사람들에게 불교적인 인종忍從과 현세 멸시를 가르치고, 서양에서는 기독교적 평화주의로 되어, 현존하는 계급사회에 대한 적극적인 개혁을 저지하고자 한다.

20세기에 이르러 종교는 비록 이미 지난날의 권위와 신앙을 잃어버렸지만, 오히려 잃어버렸기 때문에 지배계급에 대한 노예상태도 더욱 노골적이고 인위적이 되었다.

물질문명의 발달이 비교적 뒤진 나라에서는 종교가 여전히 커다란 선전·선동력을 지니고 있다. 그래서 자본주의는 종교와 영화를 결합하여 동시에 이용할 수 있게 되었다.

예컨대 「십계」(*The Ten Commandments*),[25] 「크리스천」(*Christian*),[26] 「벤허」(*Ben Hur*),[27] 「만왕의 왕」(*King of Kings*),[28] 「유다의 왕, 나사렛 예수」(*I.N.R.I.*)[29] 등의 기독교 선전영화, 「아시아의 빛」(*Die Leuchte Asiens*), 「대성일련」大聖日蓮 등의 불교영화는 감격의 눈물과 함께 전 세계의 어리석은 부부와 선량한 남녀의 호주머니에서 확실한 보시를 속여 챙겨, 상업적 면에서 본다면 가장 많은 이익을 거두었던 영화이다. 모든 종파 가운데에서 로마의 가톨릭교회는 영화의 이용에 주의를 기울였으며, 매년 한 차

Falkland Islands) 등의 영국 영화를 들 수 있다.

미국의 경우 「피터 팬」(*Peter Pan*), 「붉은 피부」(*Red Skin*) 등의 동화나 악극에서조차 Stars and Stripes(루쉰 주 : 별과 줄=성조기)의 존엄을 훈도하는 기회로 만들고 있다.

례 영화회의를 열어 그 해 전 세계의 선전계획을 의결하였다.

우리 주위에서 종교의 힘은 이미 거의 인정받지 못하게 되었다. 기껏해야 혼간지本願寺나 니치렌슈日蓮宗[30] 따위가 순회영화단을 조직하여 시골 농민의 신앙을 붙들고자 애쓰고 있을 따름이다. 그렇지만 이 때문에 종교가 세계적으로 무력하다고 추정해서는 안 된다. 소비에트의 문화혁명 과정만 살펴보더라도 종교에 대한 투쟁을 방기해서는 안 되며, 진행되고 있는 사실로써 아마 그간의 정세를 알 수 있을 것이다.[*]

6. 영화와 부르주아

자본주의적 생산방법과 부르주아 정부의 감시에 의해 구속받고 있는 오늘날 영화의 거의 모두가 부르주아의 옹호에 이용당하고 있다는 점은 이미 분명해졌다고 믿는다.

다만 여기에서는 영화와 부르주아의 관계를 좁은 의미로 제한하여, 시민부르주아의 영광과 지배에 직접적으로 이바지하는 영화만을 논하고자 한다.

이러한 영화는 세 가지로 나누어 개괄할 수 있다.

그 첫번째는 봉건적 내지 귀족적 사회에 대항하여 부르주아의 승리를 구가하는 임무를 다하는 영화이다. 따라서 거의 모두가 시민적 사회의 발흥에서 제재를 취한 역사영화이다. ×× 혹은 ××의 야만적 횡포,

---

[*] 최근의 소비에트 영화 「살아 있는 주검」(Der lebende Leichnam)에서도 종교에 대한 투쟁을 분명한 계획으로 취하고 있음을 알 수 있다. [「살아 있는 주검」은 톨스토이의 동명의 극작품을 각색하여 1929년에 페드로 오젭(Fedor Ozep) 감독이 제작한 무성영화이다.—옮긴이]

그 아래에서 도탄에 빠져 신음하는 농민과 공상工商계급. 영화의 일곱번째 롤에 이르러 부르주아는 드디어 봉기하고, 영화적인 절정(Climax)과 장대한 군중 장면(mob scene)이 여기에 전개된다는 것, 이것이 그 전형적인 구성이다. 그러나 대다수의 영화에서 부르주아는 결코 하나의 계급적 총체로서 궐기하는 것이 아니라, 대개는 한 사람의 (흔히 귀족 출신의 젊고, 게다가 미목眉目이 수려한!) 영웅의 지도를 받으며, 그 개인의 영웅주의에 역점이 놓여 있다. 이러한 성격이 가장 두드러진 작품으로 「로빈 후드」(Robin Hood),[31] 「스카라무슈」(Scaramouche),[32] 「연정의 밤」(A Night of Love)[33] 등을 떠올리기만 해도 아마 충분할 것이다. 일본에서의 시대극, 특히 검극劍劇영화 가운데에도 이러한 예가 적지 않다.

그런데 그러한 역사적 시대에 신흥부르주아가 연출했던 혁명적 역할과 현재의 프롤레타리아의 투쟁 사이에는 대단히 커다란 유사성(Analogie)이 존재한다. 만약 작자가 의식적인 강세(Akzent)를 이 점에 집중했다면, 우수한 작품을 만들어 낼 수 있었을 것이다. 예컨대 「곰의 결혼」, 「농노의 날개」, 「스코틴 성」, 「추지의 여행일기」[34] 등은 몇 안 되는 대표이다.

두번째는 프롤레타리아 혁명에 반대하는 영화이다.

「볼가의 선원」(Volga Boatman)[35]은 내무성의 검열 당시 커다란 문제를 야기한 끝에 경시청으로부터 상영 제한이라는 우환을 겪었던 영화이지만, 그 내용은 무엇이었던가?

「대폭동」(Tempest)[36](루쉰 주 : 상하이에서 상영되었을 때의 제목은 「광풍폭우」狂風暴雨였다) 또한 여러 롤에 달하는 에피소드 덕분에 간신히 상영

허가를 받았던 영화이지만, 이 영화는 어떤 주제를 선택하고 있었던가?

이들 영화는 그저 러시아 프롤레타리아 혁명을 배경으로 하고 있다는 점으로 말미암아 금지를 당하거나 갈기갈기 잘려 나갔을 뿐이다. 그렇지만 요컨대 이들 영화는 프롤레타리아 혁명을 통제되지 않는 폭민暴民의 폭동으로 묘사하고 있다. 교육받지 못하고 도덕적이지 못한 농민과 노동자들이 수가 많음을 믿고서 귀족의 성에 쳐들어가 가구를 부수고 아리따운 아가씨를 ××하며 술주정을 부리고 흐르는 피에 광분한다. 이들은 프롤레타리아의 승리에 각별히 포악무도한 가면을 씌우고 오물을 처발라, 소시민을 반혁명으로 바꾸려고 제작된 부르주아의 ××이다. 여기에서 우리는 부르주아 사회를 옹호하고자 제작된 선전영화가 도리어 ×××× ××의 ××에 의해 금지당하는 기괴하고도 유쾌한 현상을 목도하게 된 것이다.

물론 「잔 네이의 사랑」(Liebe der Jeanne Ney)[37]이나 「최후의 명령」(The Last Command)[38]에서 10월혁명이 잘려나간 것은 검열관이 자신이 해야 할 일을 확실히 한 것이다.

마지막으로 「대도회」(Metropolis)[39](루쉰 주 : 상하이에서 상영되었을 때의 제목은 「과학세계」科學世界였다)를 전형으로 삼는 일련의 노사화합 영화이다.

「대도회」에 대해서는 지금 여기에서 구구히 설명할 필요가 없을 것이다. 그것은 "머리와 손 사이에는 심장이 있지 않으면 안 된다"는 슬로건을 내걸었던 사회민주주의자가, 자본가와 노동자는 전쟁에 의해서가 아니라 오직 상호 간의 협력과 사랑에 의해서만 새로운 사회를 건설할 수 있

다고 떠벌리는 바벨탑 이전의 동화이다.[*]

7. 영화와 소시민

부르주아의 영화적 선전은 계급 간의 대립이 차츰 선명하고 결정적으로 첨예해지자 어쩔 수 없이 막다른 지경으로 몰리게 되었다.

사실상 영화는 대다수의 소시민과 프롤레타리아를 관객으로 삼고 있다. 그리고 이들 소시민과 프롤레타리아는 진즉부터 부르주아의 간계를 시나브로 눈치채고 있다. 즉 "지배계급은 자신에게 복종하라는 이데올로기를 선전하는 영화를 제작하고, 이것으로써 프롤레타리아의 호주머니를 터는 수단으로 삼고 있다"는 사실의 진상에 이미 주의를 기울이게 되었던 것이다.

루나차르스키는 소비에트 영화에 관하여 "졸렬한 선동은 오히려 반대의 결과를 초래한다"는 원칙을 밝힌 바 있지만, 여기에서는 오히려 부르주아에게 적용되었다.

노골적인 선전은 중지되었다. 가장 바람직하기로는 영화 관객에게 '계급'이라는 관념이 보이지 않게 만드는 것이다. 적어도 스크린 앞에 앉아 있는 몇 시간만큼은 일체의 사회적 대립을 까맣게 잊게 만드는 것이다.

---

[*] 「*Metropolis*」를 비난하고 공격하여 영웅티를 냈던 영국의 개량주의적 유행 작가인 웰스(H. G. Wells)가 당시의 저서 『*The King Who Was a King—The Book of a Film*』에서 전쟁의 절멸에 관하여 제네바의 정치가들까지도 얼굴을 붉히게 만드는 Demagogie(대중을 농락하는 수단)의 술수를 부린 것은 우스꽝스럽기 그지없다.

이리하여 소시민 영화가 생겨났다.*

소시민 가정극에는 두 가지 특징적인 경향이 있는데 ——

하나는 낭만주의이고

다른 하나는 궤변을 늘어놓는 것이다(Sophistication).

얼핏 보기에 현재의 영화, 특히 극영화는 사실주의적이다. 또한 대다수 사람들은 그러하리라는 환상을 품고 있다. 그러나 사실 극소수의 일류 작품 외에는 현실적인 호소 따위를 담아낸 영화는 전혀 없다.

물론 낭만주의라고는 하지만 19세기 부르주아 혁명의 예술에 특징을 부여했던, 저 화염의 날개를 달았던 낭만주의와는 다르다. 이것은 평범하고 근시안적이며 낙천적인 소시민을 위하여 마련한 것이자, 평범하고

---

* 소시민 영화의 발생에 관해서는 1927년 1월에 저술한 졸고 「영화미학 이전」(映画美学以前)에서 간략하게나마 기술한 적이 있다. 독자의 이해를 돕기 위해 아래의 몇 줄을 발췌하도록 하겠다.
"(전략) 등장인물은 높고 커다란 궁전 속에서 왕좌를 차지하고 있는 부호이다. 부호는 선량하다. 부호의 딸은 아름답다. 소시민 출신의 젊은 남자는 계급투쟁의 배후를 빠져나가 부호의 가족 속으로 상승하려 한다. 그는 단순히 연애에 의지하여 계급의 사다리에 올라선다. 그와 부호의 딸을 위하여 상설영화관의 궁상맞은 악대는 결혼행진곡을 연주한다.
"이렇게 해서 부호는 공경을 받는다. 소시민은 이 급상승의 이야기에 고무되어 부르주아에게 반드시 충성을 다하겠노라 다짐한다.
"그러나 사람들은, 대부분이 프롤레타리아인 사람들은 이것으로는 여전히 만족하지 않는다.
"빈틈이 없는 상인은 손을 쓴다. 그들은 '계급'이라는 관념을 죄다 회피하고자 한다.
"이리하여 가정극이 생겨난다. 그것은 계급대립에 대해서는 철두철미 관객의 눈을 가리고, 상이한 두 계급의 존재조차도 피한 채 쓰지 않으려 한다. 일체의 문제와 경향을 내팽개친 채, 오로지 '얌전한' 소시민의 생활을 그들의 생활권 내에서 묘사하기에 몰두한다. 이들의 '대체로 연애에 관한 매끄러운 이야기'는 때로 모성애를 주제로 하지만, 그중에는 한 사람의 프롤레타리아도, 한 사람의 부르주아도 등장해서는 안 된다. 오직 소시민계급만이 유일한 계급으로서 독재하고 있다.(후략)"

근시안적이며 낙천적인 낭만주의이다. 그것은 텍사스의 농민, 시카고의 회사원, 애리조나의 카우보이, 뉴저지의 우유배달부, 뉴욕의 속기사, 피츠버그의 야구선수, 도쿄의 중학생, 요코하마의 선원 등 그 누구에게도 잘 들어맞는다. 말하자면 Ready-made(기성)의 낭만주의이다. 그 상징적인 형상으로는 콜린 무어(Collin Moore), 노마 시어러(Norma Shearer),[40] 클라라 보(Clara Bow)[41] 등이 1926년부터 차례로 등장했다. 즉 이 정도의 낭만주의이다.

주급 25달러 받는 대졸 출신의 회사원과 밀튼백화점의 귀여운 아가씨의 연애담. 코니아일랜드. 뉴포드형의 경주용 자동차. 재즈댄스. 사냥.

이밖에 이 성조기 낭만주의에 필요한 장치와 분위기에 대해서는 독자가 『Vanity Fair』[42]의 광고란을 보기만 한다면, 더욱 바라기로는 가까운 영화관에 가서 어느 것이라도 좋으니 미국영화를 감상하기만 한다면, 아마 독자 스스로 깨닫게 될 것이다.

이 소시민적 낭만주의는 미국 자본주의가 상승선을 걷고 있다는 공식적인 인식과 불가분의 관계를 맺고 있음을 독자는 알아야 한다. 이 사실은 한편으로는 매년 90억 달러의 국고금을 부르주아의 품에 안겨 주어, 이른바 'Four Hundreds'[43]라고 일컬어지는 유한계급, 금리생활자의 대군을 발생시키고 있다.*

게다가 유한계급, 금리생활자의 대군은 그들 자신의 소비문화나 오락기관을 극단적으로 발달시켰다. 그리고 그 소비문화의 모태에서 모든

---

*1924년의 조사에 따르면, 미국에서 매년 수입이 1만 달러 이상인 사람의 총수는 26만 명에 달한다. 그러나 이것은 이자, 배당금 등의 기업소득은 제외한 채 오직 직접개인수입을 계산한 것이므로 사실상 그 수는 아마 몇십 퍼센트 증가하리라 본다.

문화의 난숙기의 특징인 짐짓 뭔가 있는 척 거드름을 피우기, 통달한 사람인 양 꾸미는 취미, 여기저기 기웃거리기 취미, 풍자, 냉소 등이 생겨났다. 이처럼 지나칠 정도로 세련된 생활감정을 그들은 Sophistication이라 일컬었다. 파리풍을 으쓱거리는 Chic, 그리고 성조기풍으로 해석되는 hard-boiled 따위의 단어는 모두 이와 관련이 있으며 사람들의 사랑을 받고 있다.

채플린은 「파리의 여인」(A Woman of Paris)[44]에서 그 Sophistication의 모범(Prototype)을 확연히 표현해 냈다. 루비치(Ernst Lubitsch)는 「혼인 범위」(Marriage Circle)[45]에서 필름에 그것을 담아냈다. 몬타 벨,[46] 말 싱클레어, 타바디 다라 등의 수많은 후계자들이 영화계의 궤변가 조(調)의 행태를 발휘했다.

그러나 미국은 그 모든 자본주의적 융성에도 불구하고 자체 내부에는 도저히 해소할 수 없는 내적 모순을 안은 채 고민하고 있다. 소비가 뒤따르지 않는 일방적 생산, 투자시장을 잃어버린 대금융자본, 후버 정부[47]의 적극적 외교, 오백만 실업자를 안고 있는 천국 미국은 현재 바야흐로 감출 수 없는 계급적 대립의 정점에 올라서 있다.

이러한 사회정세가 장차 어떻게 미국영화 속에 반영될지, 이것은 대단히 흥미로운 장래의 문제이다.

역자 부기

이 글의 제목은 원래 「선전·선동 수단으로서의 영화」이다. 이른바 '선전· 선동'이란 본래 지배계급 쪽을 가리켜 말한 것이며, '모반'과는 전혀 관계가 없다. 하지만 이들 글자를 현재 많은 사람들, 특히 지배계급 쪽에 있는 사람들은 그다지 좋아하지 않는다. 그 까닭은 이 글의 제7장 '영화와 소시민'의 앞쪽 몇 단락을 보기만 해도 금방 알 수 있다.

이 글은 원래 『영화와 자본주의』 가운데의 일부이다. 그러나 책은 아직 완성되지 않았으며, 이것은 『신흥예술』[48] 제1호와 제2호에 발표된 초고에 근거하여 번역한 것이다. 이 글의 끝머리에 작자가 밝힌 부분이 있는데, 이제 여기에 번역하기로 한다.

나의 『영화와 자본주의』는 원래 이 글에 이어 사회적 도피의 영화, 프롤레타리아 측에서 만든 선전영화 등을 순차적으로 문제 삼고 마무리하고자 하였다. 다만 지금은 부르주아 영화에 대한 위와 같은 연구만으로 잠시 붓을 놓는다.

아울러 이 글은 각각의 항목에 관하여 각기 독립된 연구가 이루어질 수 있을 만큼 광범한 자료를 얼핏 개괄적으로 살펴본 것에 지나지 않으며, 이 점에서 전체적으로 지나치게 상식적으로 되었다. 나 자신 대단히 유감스럽게 생각하고 있음을 밝혀 둔다.

그렇지만 나는 우연히 이 글을 읽고서 내게 매우 유익했다는 느낌을 받았다. 상하이의 일간지에는 영화광고가 매일 대략 두 면이나 차지한 채 출연자 수가 몇만 명이네, 제작비용이 몇백만 위안이네, "대단한 풍류, 낭만, 농염(혹은 애염哀艶), 육욕, 익살, 연애, 열정, 모험, 용감, 무협, 신괴……공전의 대작"이라고 어지러울 정도로 다투어 자랑하니, 마치 보러 가지 않으면 죽어서도 눈을 감지 못할 듯한 기분이 들게 한다. 현재 이 작은 거울로 비추어 보면, 이들 보물이 열에 아홉은 이 글 속에서 언급한 어느 부류인가에 귀납되어 의도가 무엇이고 목적이 무엇인지 분명해진다는 사실을 깨닫게 된다. 다만 이들 영화는 본래 중국인을 대상으로 만든 것이 아니므로 중국에 수입하는 목적 역시 제작 시의 의도와 다르며, 단지 낡은 총과 대포를 무인에게 팔아넘기듯 돈을 많이 빨아들이는 것일 뿐이다. 또한 이들 영화에 대한 중국인의 견해 역시 저들 본국인과는 다르며, 광고 가운데 관객을 끌어당기는 문구를 보면 쉽게 알 수 있듯이 각종 영화로부터 대개는 "대단한 풍류, 낭만, 농염(혹은 애염), 육욕……"만을 볼 뿐이다.

그렇지만 부지불식간에 효과는 있다. 저들의 '용감과 무협' 전쟁 대작을 관람하면 무의식중에 주인이 이토록 무술에 뛰어나니 스스로 노예가 되는 수밖에 없다고 느낄 것이고, 저들의 '대단한 풍류와 낭만'의 애정 대작을 관람하면 아내가 이토록 '육감'적이니 어찌해 볼 도리가 없고—스스로 몸이 추하다고 부끄러움을 느낄 것이다. 비록 백계 러시아 창기를 사서 자위하는 거야 지금이라도 할 수 있는 일이지만. 아프리카 원주민은 백인의 총을 몹시 좋아하고, 미국의 흑인은 늘 백인 여자를 강간하고 싶어 하는데, 화형을 당하더라도 겁먹어 근절되지 않는 것은 저들의 실제적인 '대작'을 보았기 때문이다. 그렇지만 문명과 야만은 다르며, 오랜 문명국 사람인 중국인은 아마 심복하기에 실행에 옮기지는 않을 뿐이다.

나 자신이 이 글을 읽고 나서 이러한 감상을 일으켰기에 일부 독자에게 소개하고픈 생각에 꽤나 품을 들여 번역했다. 원문은 본래 아주 간단했지만, 내가 영화에 문외한인지라 평범한 용어일지라도 조사해 보지 않으면 안 되었다. 이로 인해 남보다 훨씬 힘들었다. 이를테면 몇 편의 제목은 작년의 낡은 신문에서 끄집어냈지만, 찾아내지 못한 것은 '경역'하는 수밖에 없었다. 아마 오역한 곳도 결코 없지는 않을 것이다. 다만 전체적으로 본다면 독자에게 조금이나마 도움이 되리라 믿는다.

작년에 미국의 '무협 스타' 페어뱅크스(Douglas Fairbanks)[49]가 달러를 너무 많이 쌓은 덕에 동양에 놀러 왔다. 상하이의 몇몇 단체가 환영 행사를 준비했다. 중국에는 원래 '배우를 치켜세우는' 기풍이 있는 데다, 당송唐宋 이래로 구차하게 살아가는 소시민은 자신을 대신하여 울분을 풀어 주는 '검협'劍俠을 숭배해 왔다. 그래서 『칠협오의』七俠五義나 『칠검십팔협』七劍十八俠, 『황산괴협』荒山怪俠, 『황림여협』荒林女俠 …… 등이 끊이지 않았으며, 영화를 보면 서양의 『칠협오의』 격인 「삼총사」[50] 등에 탄복을 금치 못했다. 옛 협객이나 서양의 협객이 모습을 감추자, 어쩔 수 없이 서양 협객으로 분장한 서양 배우에 감탄하는 것은 "푸줏간을 지나면서 입을 크게 벌려 씹는 흉내를 내면, 설령 고기를 얻지는 못하더라도 기분은 좋아진다"[51]는 격이다. 이는 마치 메이란팡梅蘭芳을 치켜세우는 것이 그가 분장한 천녀天女나 임대옥林黛玉 등과 무관하다고 말할 수 없듯이, 본시 이상하게 여길 만한 일이 전혀 아니다.

하지만 반대하는 사람들도 있었다. 그가 「월궁보합」(The Thief of Bagdad)[52]에 출연했을 적에 몽고 태자를 때려죽여 중국을 모욕했다는 것이다. 사실 「월궁보합」 가운데 영웅은 도적의 신분으로 계급의 사다리를 두 단계나 뛰어넘은 끝에 부마가 되었는데, 이는 바로 역문 제7장의 주에서 밝혔듯이, 소시민 혹은 프롤레타리아가 "이 급상승의 이야기에 고무되어 부르주아에게 반드시 충성을 다하겠노라 다짐"하게 만드는 녀석이지, 중국을 모욕할 의도가 있는 것이 결코 아니다. 하물며 이야기가 『천일야화』[53]에서 비롯되었고, 페어뱅크스는 작가도 아니고 감독도 아니며, 우리 또한 몽고 태자의 자손이나 노예도 아니니, 달러를 위해 연기를 한 개인에게 이처럼 화를 낼 필요가 없다. 하지만 아무 까닭 없이 화를 내는 일은 중국에서 흔히 있는 관례이기도 하니, 이상하게 여길 일은 아니다.──이런 일이 눈에 익은 사람에게는.

나중에 페어뱅크스가 도착하자 그를 환영하려는 단체가 있었는데 그만 퇴짜를 맞고 말았다. "페어뱅크스 씨의 대변인이 페어뱅크스 씨는 절대로 공식 연회에 참석하지 않는다고 말하"여, 끝내 서양 협객을 우러러볼 영광을 얻지 못했던 것이다. 페어뱅크스가 "일본에 도착한 후 여행일정은 모두 일본 측에서 정하였으며, 도쿄에 도착한 후에는 영화관에 가서 일본 민중과 만났다"(민국 18년 12월 19일자 『선바오』를 보라). 우리 이곳의 몽고왕 자손은 몰락감을 견딜 수 없었는지, 상하이영화조합이 점잖은 척 에두른 편지를 '대예술가'에게 부쳤다. 전문은 연구할 만한 점이 많지만, 여기에서는 지면이 제한되어 있는지라 어쩔 수 없이 일부만을 뽑아 신기로 한다──

기억건대 「월궁보합」의 극중에 몽고 태자가 나오는데, 그의 연기상태가 지극히 졸렬하여 동양의 역사를 모르거나 동양의 민족성을 제대로 알지 못하는 관객들에게 좋지 않은 인상을 심어 줄 수 있어서, 인류상애人類相愛의 진척에 대단히 커다란 장애가 될 수 있습니다. 동방 중화민국 인민의 상태는 결코 연기한 만큼 열악하지 않습니다. 저희 조합의 동인들은 영화예술의 능력이 돌고 돌아 전 세계의 모든 민정民情과 풍속, 지식, 학문을 소개한다는 점, 바꿔 말하면 전 세계인이 서로 사랑하거나 서로 미워하도록 이끌 수 있다는 점을 잘 알고 있습니다. 저희 조합 동인들은 선생을 사랑하기 때문에, 선생이 대예술가이기 때문에, 선생이 남에게 도움 되는 일에 힘쓰시기를 바라고, 다른 사람들처럼 세계에 사실과 달리 소개하여 명성에 누를 끼치는 일이 없기를 바랍니다.

위의 글 가운데 관객에 대한 영화의 역량의 위대함을 지적한 말은 옳지만, 몽고 태자가 '중화민국 인민'이라 여기는 것은 환영에 반대하는 부류와 똑같은 잘못을 저지르고 있다. 특히 잘못된 점은 페어뱅크스에게 "전 세계인이 서로 사랑하도록 이끌어 달라"고 부탁한 내용인데, 그가 성조기 나라에서 돈을 벌어들인 영화배우라는 사실을 망각하고 있다. 이 사소한 사고의 차이로 말미암아 끝내 한껏 굽실거리면서 진실한 "사천여 년의 역사문화의 훈련을 받은 정신"을 세계에 소개해 달라고 그에게 부탁하게 된다——

저희 조합 동인들은 사천여 년의 역사문화의 훈련을 받은 정신을 소리 높여 선생께 알려드리고자 합니다. 우리 중화 인민이 미덕을 존중하고 예의가 도타움은 원래 귀국의 인민과 다르지 않습니다. 아울러 귀국 정부는 늘 세계국제간에 공정한 법도를 지키기에 우리 중화 인민의 경애를 받고 있습니다. 선생께서 이번의 동양 유람 중에 잠시 머무시는 동안 진실한 증거를 이미 목도하셨으리라 생각합니다. 오늘날 우리 중화의 정치정세는 바야흐로 혁명 완수를 위해 반드시 겪어야 할 과정에 있는지라 국내의 전쟁이나 불안정한 소요가 있습니다만, 중화 인민은 선생과 같은 외래 빈객께 응당 갖추어야 할 예절을 잊지 않고 남을 사랑하는 풍도를 드러냅니다. 이러한 정황은 선생께서 친히 보고 듣는 가운데 그 진실함이 밝혀졌을 것입니다. 간혹 이와 다른 언론을 표시하는 일이 있습니다만, 이러한 언론은 선생의 대변인, 그리고 대변인이 자신을 돕도록 발언에 참가시킨 자의, 예절에 맞지 않고 인정을 떼어 놓는 선언이나 발언에 의해 생겨난 것입니다.……

바라옵건대 선생께서는 동양 유람을 마치신 후 깨달은 바의 진실한 정황을 귀국의 동업계에 소개하고 나아가 세계에 소개함으로써 세계의 인류와 중화의 온 사억여 인민이 서로 사랑하여 친근케 하시고, 서로 미워하여 어긋나게 함으로써 세계에 좋지 않은 정황을 초래하는 일이 없도록 하여, 우리 중화 인민이 미국 정부를 경애함과 마찬가지로 선생을 경애하도록 해주십시오.

그러나 여기에서 설명된 정신은 한마디로 말한다면, 우리 몽고왕의 자손은 설사 국내가 전쟁과 소요를 아무리 겪을지라도 서양의 대인께는 지극히 예의 바르다는 것이다. 이것뿐이다.

이야말로 억압받는 낡은 나라 인민의 정신이며, 특히 조계에서의 정신이다. 억압당하기 때문에 스스로 무력하다고 여기고 세계에 선전해 달라고 남에게 부탁할 수밖에 없는데, 이럴 경우 어쩔 수 없이 약간은 아첨하게 된다. 그렇지만 또한 스스로 "사천여 년의 역사문화의 훈련을 받았다"고 여기면서 세계에 선전해 달라고 남에게 부탁할 수 있으므로, 여전히 약간의 오만함이 배어 있다. 오만과 아첨의 결합, 이것이 몰락한 낡은 나라 인민정신의 특색이다.

구미제국주의자는 낡아 못 쓰는 총으로 중국을 전쟁과 소요에 몰아넣더니, 또 낡은 영화로 중국인을 깜짝 놀라게 하고 어리석게 만든다. 더욱 낡아빠진 후에는 다시 내지로 들여가 어리석게 만드는 교화를 확대한다.『영화와 자본주의』와 같은 책은 지금 절대로 없어서는 안 된다고 나는 생각한다.

1930년 1월 16일

L

주)_____

1) 원제는「現代電影與有産階級」, 1930년 3월 1일『맹아월간』제1권 제3기에 L이란 필명으로 발표했다. 루쉰의 번역은 이와사키 아키라의 원문과 비교했을 때 영화 용어나 제목 등에서 다른 점이 있지만, 여기에서는 루쉰의 역문을 그대로 따랐다. 단, 원문과 다른 일부 역문에 대해서는 주석에서 별도로 다뤘다.

2) 이와사키 아키라(岩崎昶, 1903~1981)는 일본의 영화평론가이자 영화제작자이다. 1929년에 일본프롤레타리아영화동맹을 조직하였으며, 제2차 세계대전 후에는 일본영화사(日本映画社)의 제작국장, 도호영화사(東宝映画社)의 제작자를 역임했다. 1934년 일본프롤레타리아영화동맹이 당국의 압력에 의해 해산된 뒤 이듬해에 상하이에 온 적이 있다. 저서로는『영화예술사』(映画芸術史, 1930),『영화와 자본주의』(映画と資本主義, 1931) 등이 있다.

3) 후지산(富士山)은 시즈오카(静岡)현과 야마나시(山梨)현의 경계에 위치해 있는 일본에서 가장 높은 산이다.

게이샤(藝妓, 藝者)는 연회에서 노래와 춤으로 흥을 돋우는 일본의 기녀이다.

닛코(日光)는 도치기(栃木)현에 있는 일본의 중요 관광명소로서, 이곳에는 도쿠가와 이에야스(德川家康)를 모신 신사인 도쇼구(東照宮)가 있다.

4) 그리피스(David Llewelyn Wark Griffith, 1875~1948)는 미국의 영화 감독으로, 세계영화사에서 '영화의 아버지'라 일컬어진다. 영화의 무대화 폐단을 극복한 그는 1910년대에「민족의 탄생」(Birth of a Nation, 1915),「인톨러런스」(Intolerance, 1916) 등과 같은 뛰어난 대작을 제작하였다.

5) 이바녜스(Vicente Blasco Ibáñez, 1867~1928)는 스페인의 현실주의 작가이자 시나리오작가, 영화감독이다. 영어권에서는 제1차 세계대전을 다룬『묵시록의 네 기사』(Los cuatro jinetes del Apocalipsis, 1916)로 작가적 명성을 쌓았다. 이 소설은 1921년 메트로영화사(Metro Pictures Corporation)에서 잉그램(Rex Ingram) 감독에 의해「묵시록

의 네 기사」(*Four Horsemen of the Apocalypse*)라는 제명으로 무성영화로 제작되었다. 「우리의 바다」(*Mare Nostrum*, 1926)는 지중해를 둘러싼 첩보영화이다.

6) 원문은 '花旗人'. 미국의 국기는 별(星)과 줄(條)의 도안으로 이루어져 있는데, 당시 상하이에서는 이 성조기를 '花旗'라 일컬었으며, 넓게는 미국과 관련된 것을 지칭하였다. 이와사키 아키라의 원저에는 '양키들'로 되어 있다. 이 글의 '성조기'는 모두 '양키'의 의미를 지니고 있다.

7) 「전장의 꽃」(*Big Parade*)은 1925년에 제작된 무성영화로서, 제1차 세계대전 당시 프랑스로 파송된 미국 젊은이의 갖가지 경험을 다루고 있다. 「대공중전」(*Wings*)은 1927년에 웰먼(William A. Wellman) 감독이 제작한 무성영화로서, 제1차 세계대전에 참전한 전투기 조종사들의 우정과 사랑을 다루고 있다.

8) 원문은 '樂劇式戀愛'. 이와사키 아키라의 원저에는 '멜로드라마적인 연애'로 되어 있다.

9) 「대전 순양함」(*Unsere Emden*)은 1926년 랄프(Louis Ralph) 감독이 제작한 무성영화이다. 「세계대전」(*Der Weltkrieg*)은 1927년(1부)과 1928년(2부)에 라스코(Léo Lasko) 감독이 제작한 무성영화이다.

10) 「베르덩 ― 역사의 환상」(*Verdun ― Vision d'histoire*)은 1928년에 푸아리에(Léon Poirier) 감독이 제작한 무성영화이다. 「레퀴파주」(*L'Equipage*)는 케셀(Joseph Kessel)의 동명 소설을 각색하여 1928년에 투르뇌르(Maurice Tourneur)가 제작한 무성영화이다.

11) 「전장의 두견새 울음」(*What Price Glory*)은 1926년에 월시(Raoul Walsh) 감독이 제작한 무성영화이다. 1924년에 공연되었던 앤더슨(Maxwell Anderson)과 스탤링스(Laurence Stallings)의 동명의 희곡을 각색한 전쟁코미디물이다.

12) 채플린(Charlie Chaplin, 1889~1977)은 영국의 희극배우이자 영화감독, 영화제작자이다. 「종군의 꿈」(*Shoulder Arms*)은 1918년에 제작된 무성 코미디영화이며, 제1차 세계대전을 풍자한 이 영화에서 채플린은 미군 병사로 출연하였다. 국내에는 「어깨총」이라는 제목으로 소개되어 있다.

13) 「제국호텔」(*Hotel Imperial*)은 1927년에 스틸레르(Mauritz Stiller) 감독이 제작한 무성영화이다(포머Erich Pommer는 제작Produce에 참여). 제1차 세계대전을 배경으로 하는 이 영화는 1917년에 공연된 비로(Lajos Bíró)의 동명의 연극을 각색한 것이다.

14) 「철조망」(*Barbed Wire*)은 1927년에 리(Rowland V. Lee) 감독이 제작한 무성영화이다(포머는 제작 참여). 제1차 세계대전을 배경으로 하는 이 영화는 케인(Hall Caine)의 소설 『노컬로의 여인』(*The Woman of Knockaloe, a Parable*, 1923)을 각색한 것이다.

15) 「유쾌한 군대」(*Behind the Front*)는 윌리(Hugh Wiley)의 단편소설 「전리품」(The Spoils of War)을 각색하여 1926년에 서덜랜드(Edward Sutherland) 감독이 제작한 무성영화이다.

16) 원문은 '團體觀念'. 이와사키 아키라의 원저에는 '國體觀念'으로 되어 있다.

17) 국권당(國權黨)은 독일국가인민당(Deutschnationale Volkspartei, DNVP로 약칭)이
다. 바이마르공화국시대의 보수파 우익정당으로서, 제1차 세계대전이 독일의 패
전으로 끝난 1918년에 독일보수당(Deutsche Konservative Partei)과 자유보수당
(Freikonservative Partei), 그리고 국가자유당(Nationalliberale Partei)의 일부가 연합
하여 창당되었다. 세계적인 대공황이 일어났던 1929년에 히틀러가 이끄는 나치당과
협력관계를 구축하고 1933년에 나치당 등의 보수 우파와의 연합을 통하여 히틀러를
총리로 추대하였다. 그러나 1933년 6월 일당독재체제를 확립한 히틀러에 의해 해산
당하고 말았다.

18) 「프리드리히 대왕」(Fridericus Rex)은 1922년부터 1923년까지 세레피(Arzén von
Cserépy) 감독이 제작한 4부작의 무성영화이다.

19) 원문은 '大戰後的張皇的時代'. 이와사키 아키라의 원저에는 '대전 후의 インフラチオ
ーン'으로 되어 있다.

20) 비스마르크(Otto Eduard Leopold von Bismarck, 1815~1898)는 통일된 독일제국을
건설한 프로이센의 외교관이자 정치가이다. 1862년 빌헬름 1세(Friedrich Wilhelm I)
에 의해 총리에 취임한 후 군비확장을 중심으로 하는 이른바 '철혈정책'을 실시한 끝
에 1871년 보불전쟁에서 승리하여 통일독일제국을 수립하였다.

21) 힌덴부르크(Paul Ludwig von Beneckendorf und von Hindenburg, 1847~1934)는
독일의 군인이자 정치가로, 바이마르공화국의 제2대 대통령(1925~34)을 지냈다. 그
는 제1차 세계대전에서 탄넨베르크 전투에서 러시아군에 대승을 거두어 '탄넨베르크
의 영웅'이라는 명성을 얻었다. 이후 대통령으로 재임하는 중인 1933년 1월에 히틀러
(Adolf Hitler)를 내각 수상으로 임명함으로써 나치 독일의 길을 터 주었다.

22) 후겐베르크(Alfred Wilhelm Franz Maria Hugenberg, 1865~1951)는 독일의 사업가이
자 정치가이다. 1916년 후겐베르크 콘체른을 창설한 그는 방송장악을 위해 보수단체
출판업계에 막강한 영향력을 발휘했으며, 1927년에는 영화사인 UFA의 사장에 오르
는 등 후겐베르크 콘체른을 거대재벌로 성장시켰다. 제1차 세계대전 후 우익정당인
독일국가인민당(DNVP)에 입당하여 1928년에 당수가 되었으며, 세계대공황이 일어
났던 1929년에는 히틀러가 이끄는 나치당과 협력관계를 구축하여 1933년에 경제장
관 및 농림식량장관으로 히틀러의 내각에 들어갔다. 그러나 나치당의 일당독재체제
가 확립되었던 1933년 6월 그는 장관 직위에서 물러났으며, 그가 이끄는 국가인민당
도 해산되고 후겐베르크 콘체른 역시 강제매각되고 말았다.

23) 독일사회민주당(Sozialdemokratische Partei Deutschlands, SPD로 약칭)은 사회민
주주의를 표방하였던 중도 좌파 정당이다. 1863년 5월에 결성된 전독일노동자협회
와 1869년에 창설된 독일사회민주주의노동자당에 뿌리를 두고 있는데, 이 두 조직은

1875년에 합동대회를 개최하여 독일사회주의노동자당으로 통합되었다가 1890년에
독일사회민주당으로 개칭되었다.

24) 탄넨베르크(Tannenberg) 전투는 제1차 세계대전 중 독일을 침공한 러시아 군대가 독
일군에게 참패한 전투이다. 1914년 8월 26일부터 8월 31일까지 벌어진 이 전투에서
러시아 2군은 거의 전멸을 당했다.

25) 「십계」(*The Ten Commandments*)는 1923년에 데밀(Cecil B. DeMille) 감독이 제작한
미국의 무성영화이다.

26) 「크리스천」(*The Christian*)은 케인의 동명소설을 각색하여 1911년에 배럿(Franklyn
Barrett) 감독이 제작한 오스트레일리아의 무성영화이다.

27) 「벤허」(*Ben Hur*)는 월리스(Lew Wallace)의 동명소설을 각색하여 1925년에 니블로
(Fred Niblo) 감독이 제작한 무성영화이다. 이 영화에 앞서 동일한 소설을 각색하여
1907년에 올컷(Sidney Olcott) 감독이 15분짜리로 제작한 무성영화가 있다.

28) 「만왕의 왕」(*King of Kings*)은 1927년에 데밀 감독이 제작한 미국의 무성영화로서, 예
수가 십자가에 처형되기 전의 몇 주일의 삶을 다룬 종교물이다.

29) 「유다의 왕, 나사렛 예수」(*I.N.R.I.*)는 1923년에 로베르트 비네(Robert Wiene) 감독이
제작한 독일의 무성영화이다.

30) 혼간지(本願寺)는 일본의 사원 명칭으로서, 정토진종(淨土眞宗)의 본산이다. 이 명칭은
13세기에 정토진종의 조사로 받들어지는 신란(親鸞, 1173~1262)의 묘당에 대해 가메
야마(龜山) 천황이 '久遠實成阿彌陀本願寺'라 하사한 데에서 비롯되었다.
니치렌슈(日蓮宗)는 불교 종파의 하나로서, 법화종(法華宗)이라고도 한다. 가마쿠라
(鎌倉) 시대 중기에 니치렌(日蓮, 1222~1282)이 창설했으며, 국가주의적 경향이 강한
종파이다.

31) 「로빈 후드」(*Robin Hood*)는 1922년에 드완(Allan Dwan) 감독이 제작한 미국의 무성
영화이다. 원제는 「*Douglas Fairbanks in Robin Hood*」이며, 페어뱅크스(Douglas
Fairbanks)가 로빈 후드 역을 맡았다(이 글의 주 49 참조).

32) 「스카라무슈」(*Scaramouche*)는 사바티니(Rafael Sabatini)의 동명소설을 각색하여
1923년에 잉그램 감독이 제작한 미국의 무성영화이다.

33) 「연정의 밤」(*The Night of Love*)은 1927년에 피츠모리스(George Fitzmaurice)에 의해
제작된 무성영화이다.

34) 「추지의 여행일기」(忠次旅日記, *A Diary of Chuji's Travels*)는 1927년에 닛카쓰다이쇼
군(日活大將軍) 촬영소에서 이토 다이스케(伊藤大輔) 감독이 제작한 시대극으로서, 3
부작의 무성영화이다.

35) 「볼가의 선원」(*Volga Boatman*)은 1926년에 데밀 감독이 제작한 미국 무성영화이다.

36) 「대폭동」(*Tempest*)은 1928년에 테일러(Sam Taylor) 감독이 제작한 미국의 무성영화

로서, 러시아 차르시대의 마지막 며칠을 배경으로 신분이 러시아군 장교로 상승한 농민의 삶을 보여 주고 있다.

37) 「잔 네이의 사랑」(*Die Liebe der Jeanne Ney*)은 1927년에 파프스트(Georg Wilhelm Pabst) 감독이 제작한 독일의 무성영화이다. 국내에는 「그리운 파리」라는 제목으로 소개되어 있다.

38) 「최후의 명령」(*The Last Command*)은 비로(Lajos Bíró)의 동명소설을 각색하여 1928년에 스턴버그(Josef von Sternberg) 감독이 제작한 미국의 무성영화이다.

39) 「대도회」(*Metropolis*)는 1927년에 프리츠 랑(Fritz Lang) 감독이 제작한 독일의 공상과학물 무성영화이다.

40) 노마 시어러(Norma Shearer, 1902~1983)는 1920~30년대에 크게 활약했던 캐나다의 여배우이다. 1931년에 「이혼녀」(*The Divorcee*)로 제3회 미국 아카데미 여우주연상을 수상하고, 1938년에 「마리 앙투아네트」(*The Women, Marie Antoinette*)로 제6회 베니스영화제 여우주연상을 수상했다.

41) 클라라 보(Clara Bow, 1905~1965)는 1920년대 무성영화에서 크게 활약했던 미국의 여배우이다. 대표작으로는 「무지개 너머」(*Beyond the Rainbow*, 1922), 「대공중전」(*Wings*, 1927) 등이 있다.

42) 『베니티페어』(*Vanity Fair*)는 1913년 미국에서 나스트(Condé Montrose Nast, 1873~1942)가 창간한 패션잡지이다. 나스트는 1913년 남성 패션잡지인 『*Dress*』를 인수하여 『*Dress and Vanity Fair*』로 개칭하였다가, 1914년부터는 『*Vanity Fair*』로 약칭하였다. 1920년대 말의 대공황과 이에 따른 광고수입의 감소로 말미암아 1936년에 『보그』(*Vogue*)에 합병되었다.

43) 'Four Hundreds'는 한 사회의 엘리트 계층을 가리킨다. 이 용어는 19세기 중엽 매칼리스터(Ward McAllister)가 "There are only 400 people in New York that one really knows"라고 언급한 데에서 비롯되었는데, 400이란 숫자는 사교계의 명사인 애스터 2세(William B. Astor Jr.) 여사의 무도회장에 초대받을 수 있는 상류층 인사의 수용능력이 400명이라는 사실과 관련이 있다.

44) 「파리의 여인」(*A Woman of Paris*)은 1923년에 채플린 감독이 제작한 미국의 무성영화이다.

45) 루비치(Ernst Lubitsch, 1892~1947)는 독일 태생의 유태계 영화감독으로 그의 도시풍의 코미디는 할리우드에서 가장 뛰어난 감독이라는 명성을 가져다주었다. 그의 「혼인범위」(*Marriage Circle*)는 1924년에 제작된 무성영화이다.

46) 몬타 벨(Monta Bell, 1891~1958)은 미국의 영화감독이자 영화제작자이다. 1923년에 영화계에 배우로 입문한 후 채플린의 조감독으로 활동했으며, 그레타 가르보(Greta Garbo)의 처녀작인 「*Torrent*」로 감독으로서의 명성을 쌓았다.

47) 후버(Herbert Clark Hoover, 1874~1964)는 미국의 제31대 대통령으로 1929년부터 1933년까지 재임하였다. 그는 대공황을 극복하기 위해 대형 토목공사를 추진하여 공공지출을 대폭 늘리는 재정정책을 폈다.

48) 『신흥예술』(新興藝術)은 1929년 11월에 창간된 일본의 문예간행물이다. 다나카 후사지로(田中房次郎)가 편집을 담당하였으며, 도쿄 예문서원(藝文書院)에서 출판되었다.

49) 페어뱅크스(Douglas Fairbanks, 1883~1939)는 미국의 영화배우이자 감독, 제작자이다. 그는 「바그다드의 도적」(The Thief of Bagdad), 「로빈 후드」(Robin Hood), 「조로」(The Mark of Zorro) 등의 무성영화에서 액션스타로 크게 활약했다.

50) 「삼총사」(The Three Musketeers)는 프랑스 작가 알렉상드르 뒤마(Alexandre Dumas père, 1802~1870)가 1844년에 발표한 소설 『삼총사』(Les Trois Mousquetaires)를 각색하여 만든 영화이다. 이 영화는 나라와 시대를 달리하여 여러 편이 제작되었는데, 1914년 헨켈(Charles V. Henkel) 감독과 탤벗(Earl Talbot) 주연의 미국 무성영화, 1916년 스위커드(Charles Swickard) 감독과 글라움(Louise Glaum) 주연의 미국 무성영화, 1921년 시몽 지라르(Aimé Simon-Girard)와 메렐(Claude Mérelle)이 주연한 프랑스 무성영화, 1921년 페어뱅크스가 주연한 미국 무성영화 등이 있다.

51) 원문은 '過屠門而大嚼, 雖不得肉, 亦且快意'이다. 『문선』(文選)에 실린 조식(曹植)의 「오질吳質에게」(與吳季重書)라는 글에 보이며, 본래의 문구는 '過屠門而大嚼, 雖不得肉, 貴且快意'이다.

52) 「월궁보합」(月宮寶盒, The Thief of Bagdad)은 1924년에 미국에서 제작된 무성영화이다. 월시 감독이 『천일야화』(One Thousand and One Nights)를 각색하여 제작하였으며, 페어뱅크스가 주연을 맡았다.

53) 『천일야화』(千一夜話)는 아라비아의 고대민간고사집으로 『아라비안 나이트』(Arabian Nights)라고도 한다.

남강북조집 南腔北調集

南腔北調集
鲁迅

『남강북조집』(南腔北調集)에는 1932년에서 1933년까지 쓴 잡문 51편이 수록되어 있다. 1934년 3월 상하이 동문서점(同文書店)에서 초판을 출판했다. 작가 생전에 총 3판을 찍었다. 이 판본에서는 『『먼 곳에서 온 편지』 서문」을 제외함으로써 전집 13권의 서신 『먼 곳에서 온 편지』 「서문」과의 중복을 피했다.

제목에 부쳐[1]

한두 해 전 상하이에서는 어떤 문학가 한 분이 늘 남을 소재로 삼아 '스케치'라는 명목으로 글을 쓴 일이 있다. 지금 그녀는 이곳을 뜬 모양이지만 그때는 나도 사면 대상이 되지는 못했다. 거기서 하는 말에 의하면, 내가 연설을 무척이나 좋아하는데 정작 강연에 임하면 말이 어눌한 데다 용어도 남강북조南腔北調 식이라는 것이었다.[2] 앞의 둘은 몹시 놀라웠고 뒤의 하나는 감탄 그 자체였다. 사실이 그렇다. 나는 나긋한 쑤저우蘇州 백화白話도 할 줄 모르고 낭랑한 서울말투도 낼 줄 모른다. 그나마 장단도 안 맞고 격마저 떨어지니 실로 남방가락南腔에 북방타령北調인 것이다. 게다가 요 몇 년은 이 결점이 문자로까지 개척되는 추세였다. 『위쓰』語絲가 이미 정간되어 마음대로 지껄일 데가 없어져 자질구레한 글조차 편집자 개개인의 처지와 형편을 감안해야 했으니 말이다. 그리하여 글도 일관성을 기하기가 어려웠다. 말을 할 만한 곳이면 몇 마디를 하고 할 수 없는 데라면 관두었으니 말이다. 영화에서이긴 하지만, 어떤 때 흑인 노예의 얼굴에 분노의 기미가 스칠라치면 으레 같은 신세의 흑인 노예가 가죽채찍을 들고 걸어오고 그러면 얼른 머리를 조아리지 않던가? 나 역시 함부로 나대지 못했던 것이다.

머리를 숙였다 쳐들었다 하다 보니 또 연말이 되었고 인근 몇 집에서는 폭죽을 터뜨리고 있다. 그러고 보니 이 밤이 지나면 '세월이 늘어나니 나이도 늘어가고'가 될 터이다. 다시 정적이 찾아와 이 두 해 동안 쓴 잡문 원고를 유심히 무심히 뒤적이고 있다. 죽 늘어놓고 보니 벌써 책 한 권이 될 만한 분량이다. 순간 예의 그 '스케치'에서의 말이 떠올라『남강북조집』南腔北調集으로 명명함으로써 구상 중인『오강삼허집』五講三噓集[3]의 배필로 삼아주리라 작정을 했다. 서당에서 글을 읽을 때 짝을 맞추고는 했는데, 이 버릇이 지금껏 말끔히 씻기지 않아 가끔은 제목을 정할 때「붓 가는 대로」라느니「내키는 대로」라느니「글쓰기 비결」이니「농간의 계보학」이니 하며 장난을 치게 되는데, 이번에는 그 소란이 책 이름에까지 이르고 말았다. 이는 배울 만한 것이 못된다.

그 다음은 생각해 보니 이렇다. 올해『거짓자유서』한 권을 찍었으니 이것을 인쇄소에 넘기면 내년에 또 한 권이 나오게 된다. 그러자니 우습다는 생각이 들었다. 이 웃음은 약간 악의적인 것이다. 그도 그럴 것이 이때 량스추梁實秋 선생을 떠올렸으니 말이다. 그는 북방에서 교수를 하면서 부간副刊 편집을 맡고 있는데,[4] 어느 똘마니 한 분[5]이 거기에 글을 실어 나와 미국의 멘켄(H. L. Mencken)[6]이 서로 닮았다고 했는데 그 이유가 매년 꼬박꼬박 책 한 권을 내기 때문이라고 했다. 매년 책 한 권을 내면 매년 책 한 권을 내는 멘켄을 닮게 된다는 것인데, 그렇다면 요리를 즐기며 교수질을 하면 진짜로 미국의 배빗과 같아질 수 있게 된다. 머리가 나쁜 것도 전수가 되는 모양이다. 그런데 량 교수는 자기로 인해 배빗이 연루되는 걸

극구 거부하면서 풍문에 기대어 애들이 지어낸 낭설로 치부해 버렸다.[7] 그렇지만 멘켄은 배빗의 반대편에 서 있는 사람인지라, 나를 그에 빗댄다면, 비록 손제자의 입에서 나온 말이라 해도 그 뱃속에는 여전히 배 부자夫子 어른의 혼귀가 장난을 치고 있는 것이 된다. 손가락을 살짝 튕겼더니 군자께서 벌렁 나자빠지시는 걸 보니, 아무래도 나한테는 수완과 안목이 있기는 한 모양이다.

그렇다 해도 이 정도는 사소한 일이다. 굵직한 것을 들자면 작년 1월 8일에 쓴 「"계략한 바 아니다"」를 보면 된다. 이 일을 보는 순간 귀신에 홀린 듯 악몽을 꾼 듯 멍해진 것이 머지않아 만 2년이 된다. 요상한 일들이 수시로 내습해 와도 우리는 수시로 망각해 버린다. 그러니 이들 잡감이나마 곱씹지 않는다면 단평을 쓴 나조차도 전혀 기억할 수가 없다. 일 년에 책 한 권 내는 일은 분명 학자들을 갸웃거리게 만들 수 있다. 하지만 고작한 권일 뿐이고 얇기는 해도 여기에 세상사 편린들을 얼마라도 남기고자 하는 것이니, 중국의 크기와 세태의 급변을 감안한다면 많은 것도 아닌 셈이다.

2년 남짓 쓴 잡문 중 「자유담」[8]에 실은 것 외에 거의 다 여기에 실려 있다. 책의 서발序跋은 몇 구절 건질 게 있다고 판단되는 몇 편만 뽑았다. 이들을 실은 간행물은 『사거리』, 『문학월보』, 『북두』, 『현대』, 『파도소리』, 『논어』, 『선바오월간』, 『문학』 등이다.[9] 대개 필명을 달리하며 투고된 것들이다. 그렇지만 한 편은 발표하지 않았다.

1933년 12월 31일 밤,
상하이 우거 서재에서 적다

주)_____

1) 원제는 「題記」.

2) 상하이의 『출판소식』(出版消息) 제4기(1933년 1월)에 실린 메이쯔(美子)라는 필명의 「작 가스케치(8)·루쉰」을 참조 바람. 이 가운데 이런 대목이 있다. "루쉰은 연설을 무척이 나 좋아하는데 어눌할 뿐 아니라 '남방가락에 북방타령'이다. 하지만 이것이 그를 심오 하고도 익살스럽게 만든 조건 중 하나다."

3) 이 책에 대해서는 이 문집의 「양춘런 선생의 공개서신에 대한 공개답신」을 참조 바람. 이 책은 그 뒤 나오지 못했다.

4) 량스추는 당시 칭다오(靑島)대학 외국어문학부 주임을 맡고 있으면서 톈진(天津) 『이스 바오』(益世報) 「문학주간」(文學週刊) 주간을 겸하고 있었다.

5) 메이셩(梅僧)을 가리킨다. 그는 톈진 『이스바오』 「문학주간」 제31기(1933년 7월)에 발 표한 「루쉰과 H. L. Mencken」이란 글에서 이렇게 말하고 있다. "만켄(즉 멘켄)은 평소 잡지에 실은 글을 귀히 여겨 발표 후 재편집하여 단행본으로 출판한다. 『편견집』(偏見 集)이라 불린 이 책은 그 뒤 계속 출판되어 2집, 3집, 그 끝을 알기 어려웠다. 이는 루쉰 선생의 잡감이 일이 년 주기로 한두 권을 선보이는 것과 같다."

6) 멘켄(Henry Louis Mencken, 1880~1956)은 미국의 문예비평가이자 산문가이다. 그는 자유주의적 입장에서 출발하여 아카데믹하고 젠틀한 '전통적 표준'에 반대하는 한편 모든 모리배들과 사회의 통속적 현상에 반대했다. 그의 주장은 배빗(Irving Babbitt) 등 '신인문주의자'들의 공격을 받았는데 쌍방의 논쟁이 수십 년간 이어졌다. 주요 저작으 로는 『편견집』이 있는데 1919년에서 1927년까지 총 6권을 출판했다.

7) 량스추는 우미(吳宓) 등이 번역한 『배빗과 인문주의』(白璧德與人文主義)의 서문에서 이 렇게 말했다. "나 자신은 여태 배빗의 책을 번역한 적이 없고, 그의 학설을 소개한 적도 없다. …… 하지만 나는 배빗 때문에 원한을 사게 되었다. …… 내가 본 바에 의하면 배 빗을 공격하는 자들 모두가 그의 책을 읽은 적이 없는 사람들이다. 나는 이것이 지극히 불공평한 처사라고 생각한다."

8) 「자유담」(自由談)은 『선바오』(申報) 부간 중 하나다. 1911년 8월 창간되었다. 1933년 1 월부터 루쉰은 이 잡지의 신임 주간 리례원(黎烈文)의 제안에 응해 여기에 지속적으로 잡문을 발표했다. 그 뒤 1월에서 5월까지 발표한 것들은 『거짓자유서』(僞自由書)로 묶 였고, 6월부터 11월까지의 것들은 『풍월이야기』(准風月談)로 묶였다.

9) 『사거리』(十字街頭)는 반월간이던 것이 제3기부터 순간(旬刊)으로 바뀌었다. '좌련'(左 聯) 기관지 중 하나로 루쉰과 펑쉐펑(馮雪峰)이 공동 편집을 맡았다. 1931년 12월 상하 이에서 창간되어 다음 해 1월 국민당 정부에 의해 정간을 당해 겨우 3기를 발행했다. 『문학월보』(文學月報) 역시 '좌련' 기관지 중 하나다. 야오펑쯔(姚蓬子), 저우치잉(周起 應; 즉 저우양周揚)이 이어서 편집을 맡았다. 1932년 상하이에서 창간되어 12월 국민당

정부에 의해 정간당해 겨우 6기를 발행했다.

『북두』(北斗)는 문예월간지로 '좌련' 기관지 중 하나다. 1931년 9월 상하이에서 창간되어 1932년 7월 제2권 제3, 4기 합간을 낸 뒤 정간되었다. 딩링(丁玲)이 주간을 맡았다.

『현대』(現代)는 문예월간지로 스저춘(施蟄存), 두헝(杜衡)이 편집을 맡았다. 1932년 5월 상하이에서 창간되었고, 1935년 3월 종합주간지로 개편되어 왕푸취안(王馥泉)이 편집을 맡았다. 동년 5월 제6권 제4기를 마지막으로 정간되었다.

『파도소리』(濤聲)는 문예주간지로 차오쥐런(曹聚仁)이 편집을 맡았다. 1931년 8월 상하이에서 창간되어 1933년 11월 정간되었다. 총 82기를 발행했다.

『논어』(論語)는 문예반월간지로 린위탕(林語堂), 타오캉더(陶亢德) 등이 편집을 맡았다. 1932년 9월 상하이에서 창간되어 1937년 8월 정간되었다. 총 117기를 발행했다.

『선바오월간』(申報月刊)은 선바오관(申報館)이 편집하고 출판한 세계시사종합잡지로, 문예작품은 많이 싣지 않았다. 1932년 7월 상하이에서 창간되어 1935년 12월 제4권 제12기를 마지막으로 정간되었다.

『문학』(文學)은 월간으로 정전둬(鄭振鐸), 푸둥화(傅東華), 왕퉁자오(王統照) 등이 편집을 맡았다. 1933년 7월 상하이에서 창간되어 1937년 11월 제9권 제4기를 끝으로 정간되었다.

"계략한 바 아니다"[1]

『선바오』 신년 첫 호(1932년 1월 7일자)[2]는 '급보'로 이런 사실을 우리에게 알려 왔다. "천(외교총장 인印 유런)[3]과 요시자와[4]의 우정이 심히 두텁다고들 한다. 외교가의 관측으로는 요시자와가 귀국하면 일 외상에 임명될 터이니, 동성東省 교섭이 천의 개인적 친분으로 인해 바람직한 해결을 얻을 수 있을 것으로 내다봤다."

중국에서는 만사가 '개인적 친분'이라는 것을 익히 보아 온 중국 외교가의 입장에서 이런 '관측'은 그리 이상한 것도 아니다. 그런데 이 '관측'으로부터 또 정부 안에서 '개인적 친분'이 차지하는 중요성을 '관측'해 낼 수 있다.

하지만 동일자 『선바오』는 또 '급보'로 이런 사실을 우리에게 알려 왔다. "3일에 진저우錦州가 무너지자 롄산連山, 쑤이중綏中이 속속 함락을 고했다. 일본 육군 전투부대가 산하이관山海關까지 진격해 역참에 일장기를 걸고는……"

그리고 동일자 『선바오』는 또 '급보'로 '동성 문제에 대한 천유런의 선언'을 우리에게 알려 왔다. "……전일에 이미 장쉐량[5]에게 진저우 고수를 위해 적극 저항할 것, 금후 이 뜻을 견지하여 추호의 변동이 없도록 할 것을 명령했으나 불행히 좌절되고 말았으니 이는 계략한 바 아니다.……"

그런즉 '우정'과 '개인적 친분'은 '국련'國聯[6]이나 '공리', '정의' 따위처럼 무효한 것 같기도 하고, '폭력적인 일본'은 줄창 이것만 들먹이고 있는 중국과는 딴판인 듯하니, 그리하여 "불행히 좌절되고 말았으니 이는 계략한 바 아니다"가 부득이해지고 만 것이다.

어쩌면 애국지사들이 또 상경해서 청원 데모를 하려 들지도 모르겠다. 물론 '애국 열정'이야 '가상하고 갸륵하'지만, 첫째는 물론 '궤도를 이탈'치 말아야 하고, 둘째는 내무부장, 위수사령관 등 여러 대인들과 '우정'이 어떠한지, '개인적 친분'은 또 어떤지를 스스로 생각해 보아야 한다. 만에 하나 '심히 두텁'지가 못하다면, 내무부 쪽 관측에 의하면 '바람직한 해결을 얻기' 어려울 뿐 아니라——내 직언을 용서하시기를——예전대로 "길 가다 발을 헛디뎌 물에 빠져 죽는"[7] 신세가 될지도 모른다.

그러니 가장 좋기로는 가기 전에 그 선언을 빗대어 결말을 지어 두는 것이다. "불행히 '길 가다 발을 헛디뎌 물에 빠져 죽은' 것은 계략한 바 아니다!"라고. 하지만 이 말이 참말임을 또한 깨달아야 한다.

1월 8일

주)＿＿＿＿

1) 원제는 「非所計也」, 1932년 1월 5일 상하이에서 발간된 『사거리』 제3호에 흰허(白舌) 라는 필명으로 발표했다. 이 호의 출간이 지연됨에 따라 3월 5일 출판되었다.

2) 예전엔 새해가 되면 각 신문들이 며칠 휴간을 했다. 그래서 1월 7일에야 신년 제1호가 나왔다.

3) 천유런(陳友仁, 1875~1944)은 광둥(廣東) 샹산(香山; 지금의 중산中山) 사람으로 화교 집 안에서 태어나 1913년 귀국하여 쑨원(孫文)의 비서와 우한(武漢) 국민당 정부 외교부 장 등을 역임했다. 1932년에는 국민당 정부 외교부장을 한 차례 역임한 바 있다. 옛날 관계(官界)나 사교계에서는 자(字)를 불렀지 이름을 부르지 않았다. 문자로써 이름을 불러야 할 경우 이름 앞에 '印'자를 덧붙임으로써 존경을 표시했다.

4) 요시자와 겐키치(芳澤謙吉, 1874~1965)는 일본 외교관으로 주 중국 국민당 정부 공사와 일본 외무대신을 역임한 바 있다.

5) 장쉐량(張學良, 1901~2001)은 자가 한칭(漢卿)으로 랴오닝(遼寧) 하이청(海城) 사람으로 9·18사변 당시 국민당 정부 육해공군 부사령관 겸 동북변방 군사령관이었다. 그는 저항하지 말라는 장제스(蔣介石)의 명령을 받들어 동북 3성을 포기했다. 1936년 12월 12 일 그는 양후청(楊虎城)과 시안사변(西安事變)을 일으켰다가 그 뒤 장제스에 의해 구금 되었다.

6) 9·18사변 뒤 국민당 정부는 일본의 침략에 대해 무저항정책을 취하며 국제연맹(국련) 에 의지하기만 했다. 1931년 9월 22일 장제스는 「나라가 존재하면 더불어 존재하고 나 라가 망하면 더불어 망한다」라는 연설에서 일본 침략에 대해 "잠시 참고 견디는 태도 를 취함으로써 국제 공리의 판결을 기다린다"고 했다. 동년 11월 14일 난징 국민당 제4 차 대표대회가 대외적으로 선포한 선언문에는 또 이런 대목이 있다. "사변 초기에 중국 은 국제연맹에 처리를 요청함으로써 국제간 평화보장기구의 제재를 통해 정의와 공리 가 신장되기를 기대했다."

7) 1931년 9·18사변 이후 각 지역의 학생들은 국민당 정부의 무저항정책에 반대하며 잇 달아 난징으로 청원 데모를 하러 갔다. 12월 17일의 난징 연합시위에서 국민당 정부는 군경을 동원하여 학생들을 살해·체포했는데 어떤 학생은 칼에 찔린 뒤 강에 던져졌다. 다음 날 난징 위수당국은 기자들과 가진 담화에서 희생된 학생이 "발을 헛디뎌 물에 빠 졌다"며 궤변을 늘어놓았다.

린커둬의『소련견문록』서문[1]

10년 전이나 되었을까, 몸이 좋지 않아 외국병원에 진찰을 받으러 갔을 때 대기실에 비치된『주간보』(Die Woche)라는 독일 잡지에서 러시아 10 월혁명에 관한 만화 한 컷을 본 적이 있다. 법관, 교사, 하다못해 의사와 간호사까지 죄다 눈을 부라리며 권총을 거머쥐고 있는 장면이었다. 이것이 10월혁명에 관해 내가 처음 접한 풍자화였는데, 그래도 그렇지 저런 흉악한 몰골은 좀 웃긴다는 생각이 들었다. 그 뒤 서양 사람이 쓴 몇 개의 여행기에서 누구는 잘하고 있다고 하고 누구는 또 틀려먹었다고 하는 것을 보면서 그제서야 슬슬 헷갈리기 시작했다. 아무래도 내 스스로 알아서 판단하는 수밖에 없었다. 이렇게 말이다. 이 혁명이 가난한 자들에게 득이 된다면 부자들에게는 분명 해가 될 것이다. 그리고 어떤 여행자가 가난한 자들 편에 서서 우호적으로 느낀다면, 부자의 계산법으로는 물론 죄다 틀려먹은 것이 된다.

그런데 그 뒤 풍자화 한 점을 더 보았는데 영문으로 된 것이었다. 마분지로 만든 공장, 학교, 육아원 등등이 도로 양쪽에 세워져 있고, 사람들이 길 가운데로 오토바이를 타고 가며 견학을 하는 그림이었다. 이는 소련에 우호적인 여행 작가들을 겨냥해서 나온 것인데, 마치 견학할 때 당신들은 사기를 당한 거야라고 말하고 있는 듯했다. 정치와 경제에 대해 나는 문외한이지만, 작년 소련의 원유와 밀 수출[2]이 자본주의 문명국 사람들을 깜짝 놀라게 만든 사실이 내가 몇 년간 품고 있던 의혹 덩어리를 해소하고 말았다. 내 생각은 이렇다. 체면치레만 하는 나라와 사람 죽이는 일밖에 모르는 인민은 이런 거대한 생산력을 결코 이룩할 수가 없다고, 그러니 그 풍자화가 도리어 뻔뻔한 사기라는 것을 알 수 있다고.

그런데 우리 중국인에게는 실제로 자그만 결점이 있다. 다른 나라가 잘되는 꼴을 못 본다는 게 그것이다. 특히 청당淸黨 사건 뒤, 한창 건설 중에 있던 소련을 언급하는 일이 그랬다. 조금만 언급하면 선전할 속셈이다 아니면 루블을 타 먹었다는 것이었다. 게다가 선전이라는 두 글자가 중국에서는 영 모양새가 말이 아니게 되어 버렸다. 어떤 부호나리의 전보, 어떤 회의의 선언, 어떤 명인의 담화가 발표된 뒤 방귀 냄새 정도도 못 버티고 종적을 감추는 사례를 익히 보아 왔으니 말이다. 그리하여 먼 곳 혹은 미래의 우월성을 강론하는 모든 문자는 죄다 사기다, 소위 선전이라는 것도 제 이익을 위한 새빨간 거짓말의 아호雅號일 뿐이다고 점차 여기게 되었다.

물론 오늘의 중국에서 이 따위 것들은 늘 존재한다. 흠정欽定이나 관허官許의 위력에 기대어 도처에 거침없이 판세를 확장하며 말이다. 그러나 읽는 사람은 의외로 많지 않다. 왜냐하면 선전의 내용이 지금 혹은 나중에 사실로 증명되어야 선전이라 할 수 있기 때문이다. 그런데 지금 중국에서 행해지고 있는 소위 선전은 훗날 거짓말로 판명될 '선전'뿐이다. 더 나쁜 결과는 문자로 기술된 모든 것을 점점 의심하기 시작하여 결국에는 아예 쳐다보지도 않게 만든다는 것이다. 나만 해도 이 영향을 받아서 신구 세 도읍의 위용이니 남북 두 서울의 새 기상이니 하는[3] 신문의 제목만 봐도 몸에 마비가 온다. 뿐만 아니라 이제는 해외 유람기조차 뒤적거릴 마음이 싹 사라져 버리고 말았다.

그래도 이 일 년 동안 경계 태세 없이도 다 읽은 책 두 권을 만나기도 했다. 하나는 후위즈[4] 선생의 『모스크바 인상기』이고, 다른 하나가 바로 이 『소련견문록』이다. 흘린 글씨를 알아보는 능력이 떨어져 읽는 데 애를 먹었지만 "밥벌이를 위해 일을 하지 않으면 안 되었다"라고 밝힌 이 노동 문학가[5]의 견문을 보고 싶어 끝까지 읽었다. 군데군데 통계표를 설명하 는 듯한 대목이 내게는 건조하게 느껴졌지만 다행히 많지는 않아서 끝까 지 읽어 갈 수 있었다. 그 원인은 작가가 친구와 얘기를 나누는 듯 미사여 구와 기교를 동원하지 않고 담담하고 곧은 필치로 말을 이어 갔기 때문이 다. 작가는 일상적인 사람이었고 문장은 일상적인 문장이었으며, 보고 들 은 소련은 평범한 일상의 장소였고, 그 인민은 평범한 일상의 인물이었다. 구상과 배치도 인정에 딱 들어맞았고, 생활도 사람 모양을 닮은 데 불과했 으며 무슨 해괴하고 괴상한 것은 있지도 않았다. 그러니 이 속에서 야한 걸 낚으려거나 기이한 걸 찾는다면 실망을 면하기가 어렵다. 하지만 화장 을 처바르지 않은 맨 얼굴이 도리어 예쁘다는 것을 알아야 한다.

뿐만 아니라 이로부터 세계 자본주의 문명국이 소련을 침공하려는 까닭을 알 수도 있다. 노동자·농민이 모두 사람 같은 삶을 살고 있어서 자 본가와 지주에게는 극히 불리하다. 그래서 반드시 이 노농대중의 모범을 먼저 섬멸하지 않으면 안 된다. 소련이 일상적이 되어 갈수록 그들은 더 두려워지는 것이다. 오륙 년 전 베이징에서는 광둥의 알몸시위 소식이 무성했고 그 뒤 난징과 상하이에서는 또 한커우漢口의 알몸시위 소식이 무성했는데, 이것이 바로 적이 일상적이지 않기를 바란다는 증거다. 이 책의 기술에 의거하면, 소련은 사실상 그들을 실망시켜 버렸다. 왜 그런가? 공처共妻, 살부殺父, 알몸시위 같은 '비일상적인 일'은 분명히 없었고, 오히려 지극히 일상적인 사실들이 있었으니 말이다. '종교, 가정, 재산, 조국, 예교……일체 신성불가침'의 것들을 똥처럼 내던져 버리고 미증유의 참신한 사회제도가 지옥으로부터 솟구쳐 나와 몇 억 군중이 자기가 자기의 운명을 지배하는 인간을 만든 것이 바로 그것이다. 이처럼 지극히 일상적인 일은 '비적의 무리'만이 해낼 수 있다. 그러니 죽여 마땅한 자 '비적의 무리'일진저.

그런데 작가가 소련을 방문한 것은 10월혁명이 발발한 지 십 년 뒤다. 그래서 그들의 '견인과 감내와 용맹과 희생'을 우리에게 알려 줄 뿐 어떻게 고투해서 지금의 결과를 이룩했는지에 대해서는 별로 언급이 없다. 이는 물론 다른 책의 몫일 터이므로 모든 짐을 작가에게 떠넘길 수 없다. 그래도 독자들은 절대 이 점을 간과해서는 안 된다. 그렇지 않으면 인도 『비유경』⁶⁾에서 말한 대로 높은 누각을 지으려고 거꾸로 땅에 기둥을 세우는 꼴이 된다. 그가 지으려 했던 것은 공중에 떠 있는 누각이었다고 하니 말이다.

내가 경계 태세 없이 이 책을 다 읽은 것은 이런 이유 때문이다. 그리고 이 책에 언급된 소련의 약진을 내가 믿는 데에는 또 다른 이유가 있다. 그건 바로 10여 년 전 소련이 왜 안되고 왜 가망이 없는지를 설파한 소위 문명국 인사가 작년 소련의 원유와 밀 앞에서 떨었다는 소식 때문이다. 게다가 나는 확고한 사실을 목격했다. 바로 그들이 중국의 고혈을 빨아먹고 있고 중국의 토지를 침탈하고 있으며 중국의 인민을 죽이고 있다는 사실을 말이다. 그들은 큰 사기꾼이다. 그들이 소련은 글러먹었다, 소련으로 진격해야 한다고 하는 데서 소련의 훌륭함을 알게 된다. 그러고 보니 이 책 한 권이 내 생각의 생생한 증거이기도 한 것이다.

1932년 4월 20일,

상하이 자베이^{閘北} 우거^{寓居}에서 루쉰 적다

주)_____

1) 원제는 「林克多『蘇聯見聞錄』序」, 1932년 6월 10일 상하이 『문학월보』 제1권 제1호 '서평'란에 처음 발표되었다.
   린커둬(林克多, 1902~1949)의 원명은 리징둥(李鏡東) 또는 리핑(李平). 린커둬는 필명으로 저장(浙江) 황옌(黃岩) 사람이다. 고향에서 혁명운동에 종사하다가 1927년 대혁명 실패 후 소련 모스크바 중산대학(中山大學)에서 수학을 했다. 『소련견문록』은 그가 귀국한 뒤 쓴 것으로 1932년 11월 상하이 광화서국(光華書局)에서 출판되었다. 그밖에 역서로 『고리키의 생활』 등이 있다.
2) 소련은 1928년부터 제1차 5개년계획을 실시하여 1931년 원유생산량이 세계 1위에 달했다. 이에 원유와 밀을 대량수출하기 시작하여 때마침 경제위기에 처해 있던 서방국가들을 놀라게 했다. 당시 신문에서 이 소식을 여러 차례 전했는데, 1931년 『동방잡지』(東方雜誌)는 「영미인의 눈에 비친 소련 5개년계획」이라는 보도를 연속적으로 실은 적이 있다.
3) 신구 세 도읍은 난징(南京), 뤄양(洛陽), 시안(西安)을 가리킨다. 당시 국민당 정부는 난징을 수도로 삼고 있었는데 1·28 전쟁 때 뤄양을 행정수도로, 시안을 부속 수도로 정한 바 있다. 남북 두 서울이란 난징과 베이징을 가리킨다.
4) 후위즈(胡愈之, 1896~1986)는 저장 상위(上虞) 사람으로 작가 겸 출판가다. 1931년 에스페란토어 학자 신분으로 모스크바를 방문해서 『모스크바 인상기』(莫斯科印象記)를 썼다. 이 책은 1931년 8월 상하이 신생활서국(新生活書局)에서 출판되었다.

5) 린커뒈는 『소련견문록』에서 자신을 금속노동자라 부르고 있는데, 프랑스와 소련에서 노동에 임한 바 있다.
6) 『백구비유경』(百句譬喩經)을 말한다. 『비유경』(譬喩經)으로 부르기도 하는데, 대승의 교리를 전달하기 위해 지은 우언이 내용을 이룬다. 본문에 인용된 이야기는 이 책의 「삼중루유」(三重樓喩)에 나온다.

우리는 더 이상 속지 않는다[1]

제국주의는 틀림없이 소련을 침공할 것이다. 소련이 더 좋아질수록 더 침공하려고 안달을 부릴 것이다. 왜냐하면 갈수록 그들의 멸망이 임박해 오고 있으니까.

우리는 제국주의와 그 시종들에게 실로 오랜 시간을 속고 살았다. 10월혁명 뒤 그들은 늘 소련이 얼마나 궁핍한지 얼마나 흉악한지 얼마나 문화를 파괴했는지를 얘기해 왔다. 그런데 현재의 사실은 어떠한가? 밀과 석유 수출은 세계를 깜짝 놀라게 하고 있지 않은가? 코앞의 적인 실업당 영수는 겨우 십년 형을 언도받았을 뿐이 아닌가?[2] 레닌그라드와 모스크바의 도서관과 박물관은 폭파되지 않고 그대로이지 않은가? 서유럽과 동아시아에서 세라피모비치, 파데예프, 글랏코프, 세이풀리나, 숄로호프[3] 같은 문학가의 작품을 찬미하지 않은 사람이 없지 않은가? 예술계의 일에 대해서는 잘 모르지만 우만스키(K. Umansky)[4]에 의하면 1919년 한 해 동안 모스크바에서 스무 차례, 레닌그라드에서 두 차례의 전람회가 열렸다고 하니(『*Neue Kunst in Russland*』) 지금의 성황이야 생각해 보면 가히 알 수 있다.

하지만 유언비어를 일삼는 자들은 후안무치한 데다 교묘하기까지 하다. 일단 사실에 의해 그의 말이 거짓임이 판명되면 이내 자취를 감춰 버리고 또 다른 한 무리가 나온다.

얼마 전 팸플릿 하나를 보았는데, 미국의 재정에 부흥의 희망이 보인다는 것이었다. 그 서문에서 하는 말이 소련에서 물건을 사려면 긴 줄을 서야 하는데 지금도 종전과 다름이 없다는 것이었다. 마치 긴 줄을 선 사람들을 위해 불평을 터뜨리며 자비를 베푸는 듯 말이다.

이 일은 그럴 거라고 나는 믿는다. 안으로 한창 건설 중에 있고 밖으로 제국주의의 압박을 받고 있는 소련의 입장에서 많은 물품이 충족되지 못하는 건 당연하다. 그런데 우리는 어떤 나라 실업자들이 길게 줄을 선채 배고픔과 추위를 향해 행진하고 있다는 말을 들었다. 그리고 중국의 인민이 안으로의 전쟁 속에서, 밖으로의 모욕 속에서, 수재 속에서, 착취의 그물 속에서 길게 줄을 선 채 죽음을 향해 들어가고 있다는 말도 들었다.

그런데도 제국주의와 그 노예들은 아직도 우리에게 소련이 얼마나 형편없는가를 이야기하고 있다. 마치 소련이 단번에 천당으로 변해 저마다 행복을 누리기를 바라기라도 하듯이 말이다. 지금에 와서도 이 모양이니 그들은 실망하게 되었고 마음이 편치 않게 된 것이다. 이는 실로 악마의 눈물이라 할 수 있다.

눈을 뜨면 악마의 진면목이 드러날 터, 그러니 징벌하고야 말겠다는 것이다.

그들은 한편으론 징벌하려 들면서 다른 한편으로는 속이려 든다. 그래서 정의니 인도니 공리니 하는 말들이 온 하늘에 나부낀다. 하지만 우린 기억한다. 유럽대전 때 한 차례 나부껴 우리의 수많은 날품노동자들을 속여 그들 대신 전장에서 죽게 만들었고,[5] 이어서 베이징 중앙中央공원에 염치없고 어리석기 짝이 없는 '공리전승'公理戰勝 패방[6]을 세운 사실을. (그런데 그 뒤 또 글자를 바꾸어 버렸다.) 지금은 어떠한가? '공리'는 어디에 있는가? 이 일은 16년밖에 되지 않아서 우리는 기억하고 있다.

　제국주의와 우리 사이에는, 그들의 노예를 제외하고, 우리와 이해가 상반되지 않는 것이 어디에 있는가? 우리의 악성 종양은 그들의 보물이다. 그렇다면 그들의 적은 당연히 우리의 벗이 된다. 그들 자신이 고립무원으로 무너지고 있다 보니 막바지 운명을 만회하기 위해 소련의 발전을 증오하고 있는 것이다. 비방과 저주와 원한을 퍼붓는데도 효력이 없으니 끝내 침공을 준비하지 않을 수 없다. 처치하지 않고서는 잠을 잘 수가 없으니 말이다. 그런데 우리는 무엇을 하고 있는가? 그래도 계속 속아야 하는 것일까?

　"소련은 프롤레타리아계급 독재체제여서 지식계급은 머지않아 굶어 죽을 겁니다." 어느 유명한 기자 양반 하나가 일찍이 내게 이렇게 경고했다. 그렇다면 나 역시 잠을 못 자게 될지도 모른다. 그런데 프롤레타리아계급 독재는 미래의 무계급사회를 위한 것이 아닌가? 누군가 그것을 음해하지 않는다면 성공을 앞당기는 것은 물론 계급의 소멸도 앞당겨질 수 있을 것이고, 그때는 어느 누구도 '굶어 죽는' 일이 없게 될 것이다. 긴 줄이야 일시적으로는 불가피하겠지만 결국 좋아질 것임은 말할 나위가 없다.

　제국주의의 노예들이 싸우겠다면 지들(!)이나 저들 주인을 따라 싸우게 하면 된다. 우리 인민은 그들과 이해가 완전히 상반된다. 우리는 소련 침공을 반대한다. 우리는 소련을 침공하려는 악마를 타도해야 한다. 저들이 달콤한 혀끝을 어떻게 놀려대든 공정한 얼굴을 어떻게 가장하든 말이다.

이것만이 우리 자신이 살길이다!

5월 6일

주)_____

1) 원제는 「我們不再受騙了」, 1932년 5월 20일 상하이『북두』제2권 제2기에 처음 발표되었다.

2) '실업당' 사건을 말한다. 1930년 소련 정부는 과학기술 분야에 종사하는 일부 지식인들이 프랑스 참모부의 사주를 받아 사회주의 경제 건설을 파괴하려 했다고 기소되어 몇몇은 징역을 선고받았지만, 집행은 사실상 유예되었다.

3) 세라피모비치(Александр Серафимович Серафимович, 1863~1949)는 소련의 작가이며, 장편소설『철의 흐름』(Железный поток)이 대표작이다.
    파데예프(Александр Александрович Фадеев, 1901~1956)는 소련의 작가이며, 장편소설『훼멸』(Разгром, 1926), 『젊은 근위대』(Молодая гвардия, 1945) 등을 남겼다.
    글랏코프(Фёдор Васильевич Гладков, 1883~1958)는 소련의 소설가이다. 소련의 경제부흥을 묘사한 장편소설『시멘트』(Цемент, 1925)가 대표작이다.
    세이풀리나(Лидия Николаевна Сейфуллина, 1889~1954)는 소련의 여류 작가로 단편소설 「비료」(Перегной, 1923), 「비리니아」(Виринея, 1924) 등을 썼다.
    숄로호프(Михаил Александрович Шолохов, 1905~1984)는 소련의 소설가로 장편소설『고요한 돈강』(Тихий Дон, 1928~40) 등을 썼다.

4) 우만스키(Константин Уманский, 1902~1945)는 당시 소련 인민외교위원회 신문사 사장이었다. 『Neue Kunst in Russland』(러시아의 새로운 예술)은 그의 저서다.

5) 제1차 세계대전 당시 베이양(北洋)정부는 1917년 8월 14일에 독일에 선전포고를 했다. 여기에 이어 영국과 프랑스는 15만 명의 중국 노동자를 모집하여 프랑스 전장으로 보냈다. 그들은 전선으로 내몰려 주로 참호를 파고 수송 임무를 맡았는데 부상자와 사망자 수가 엄청났다.

6) 제1차 세계대전이 끝난 뒤 영국과 프랑스 등의 협상국은 독일, 오스트리아 등의 동맹국에 승리한 것을 두고 "공리(公理)가 강권(強權)을 이겼다"고 하면서 기념비를 세웠다. 베이양정부도 베이징 중앙공원(지금의 중산공원)에 '공리전승' 패방(牌坊)을 세웠다.

『하프』를 펴내며[1]

러시아문학은 니콜라스 2세[2] 때부터 '인생을 위하여'였다. 그 취지가 연구에 있든 문제해결에 있든 신비나 퇴폐로 빠지는 데 있든 그 주류는 여전히 하나, 인생을 위하자는 것이었다.

　이런 신념은 이십여 년 전 중국의 일부 문예 소개자들의 그것과 합류된다. 도스토예프스키, 투르게네프,[3] 체호프, 톨스토이 같은 이름이 점점 글에 출현했고 그들의 일부 작품이 꾸준히 번역되기도 했다. 그때 '피억압 민족 문학'을 조직적으로 소개한 것은 상하이의 문학연구회였다. 피억압자를 위해 목소리를 높이고 나선 작가가 그들이기도 했던 셈이다.

　이 모든 것을 프롤레타리아 문학으로 보기에는 여전히 거리가 있었다. 소개된 작품이라고 해야 대개 고함·신음·궁핍·고생이었고 기껏해야 약간의 몸부림에 불과했으니 말이다.

　그런데 이것이 일부 사람들의 심기를 건드려 양군兩軍 대토벌 작전을 자초하고 말았다. 창조사는 '예술을 위한 예술'이라는 큰 깃발을 세우고 '자아 표현'이라는 구호를 외치면서 페르시아 시인의 술잔과 '옐로우 북'

문인의 지팡이로 저 '용속한' 무리들을 쓸어버리려 했다.[4] 또 다른 군대는 영국 소설의 신사숙녀 취향과 미국 소설가의 독자수용 '문예이론'의 세례를 받고 돌아온 자들로, 하층 사회의 절규와 신음 소리에 눈살을 찌푸린 채 흰 장갑 속의 섬섬옥수를 휘저으며 일갈하기를 "너희 쌍것들은 '예술의 궁전'에서 꺼질지어다!"라고 했다.

여기에다 중원 천지에 널린 토종 구식 군대가 있었는데, 이들은 소설을 '심심풀이'로 여기는 자들이었다. 자고로 소설이란 '관객'들에게 차 한 잔 뒤의 다식거리나 술 한 잔 뒤의 여흥거리를 제공해야 하는바, 우아하고 초탈해야지 독자의 비위를 상하게 하거나 한아한 흥취를 망치게 해서는 안 된다는 것이었다. 이 고리타분한 설은 의외로 영미에서 유행하던 소설론과 합류하게 되었다. 그리하여 신구 3개 대군이 약속이나 한 듯 '인생을 위한 문학', 즉 러시아문학을 자근자근 짓밟았던 것이다.

하지만 공감하는 자들도 적지 않았다. 그래서 온갖 우여곡절 속에서도 여전히 생장을 멈추지 않았던 것이다.

그런데 정작 본토에서 돌연 쇠락을 맞이하고 말았다. 원래 이 이전에 변혁을 바라던 상당수의 작가가 있었다. 그런데 10월혁명의 도래가 의외로 그들에게 막대한 타격을 입혔던 것이다. 그리하여 메레즈코프스키 부부(D. S. Merezhikovski i Z. N. Hippius), 쿠프린(A. I. Kuprin), 부닌(I. A. Bunin), 안드레예프(L. N. Andreev) 등은 망명했고,[5] 아르치바셰프(M. P. Artzybashev), 솔로구프(Fiodor Sologub) 등은 침묵했다.[6] 구 작가로 여전히 활동하고 있는 자로는 브류소프(Valeri Briusov), 베레사예프(V. Veresaiev), 고리키(Maxim Gorki), 마야코프스키(V. V. Mayakovski), 이 몇 사람뿐이다. 그 뒤 알렉세이 톨스토이(Aleksei Tolstoi) 한 사람이 돌아

왔다.[7] 이외에 별달리 눈에 띄는 새 인물은 없다. 국내 전쟁과 열강의 봉쇄에 처한 문단엔 그리하여 조락과 황량함만 남게 되었다.

1920년경 신경제정책[8]이 시행되면서 제지·인쇄·출판 등의 업종이 번창하게 되었는데, 이것도 문예의 부활에 도움이 되었다. 이 시기 핵심 중추는 문학단체 '세라피온 형제들'(Serapionbrüder)이다.[9]

이 일파의 출현은 표면적으로는 21년 2월 1일 레닌그라드 '예술원'에서 열린 첫번째 집회에서 시작되었다. 회원들은 대개 젊은 문인들이었고, 그 입장은 모든 입장의 부정이었다. 조시첸코는 이렇게 말한 적이 있다. "당쪽 사람들의 관점에서 보면 나는 분명한 자기 철학이 없는 인물이다. 괜찮지 않은가? 내가 나를 볼 때, 나는 공산주의자도 아니고 사회혁명단원도 아니고 제국주의자도 아니다. 난 그저 일개 러시아인일 뿐이다. 게다가 정치에 대해선 재주가 없다. 아마 나와 가장 가까운 것은 볼셰비키일 것이다. 그들과 더불어 볼셰비키가 된다는 것에 나는 찬성한다.…… 그런데 나는 농민의 러시아를 사랑한다."[10] 이는 그들의 입장을 명백히 밝힌 말이다.

당시 이 문학단체의 출현은 분명 경이로운 것이었다. 얼마 지나지 않아 그들은 전국 문단을 거의 석권하다시피 했다. 소련에서 이 같은 비非소비에트 문학이 발흥했다는 사실은 기이함을 자아내기에 충분했다. 하지만 이유는 간단하다. 첫째는 당시의 혁명자들이 한창 사업에 바빠서 그나마 우수한 작품은 이들 청년문인 외에 쓰기가 어려웠다는 것이고, 둘째는 비록 그들이 혁명자가 아니라고는 하나 온갖 세파에 담금질된 터라 그들 손에 묘사된 공포와 전율, 흥분과 감격이 독자들의 공감을 쉽게 얻어 냈다는 것이다. 셋째는 당시 문학계를 지도하던 보론스키[11]가 그들을 지지했다는 것이다. 트로츠키도 지지자 중 한 사람이었는데 그들을 '동반자'라고 불렀다. 동반자란, 혁명에 내포된 영웅주의로 인해 혁명을 받아들여 같이 전진한, 그렇지만 혁명을 위한 투쟁의 철저함이나 죽음을 불사하는 신념은 없는, 그래서 한때 뜻을 같이했을 뿐인 반려자를 일컫는 말이다. 이 명칭은 그때부터 지금까지 쭉 사용되고 있다.

하지만 '문학을 사랑할' 뿐 명확한 이데올로기적 기치가 없었던 '세라피온 형제들'도 점차 단체로서의 존재 의의를 상실해 갔다. 처음엔 느슨하다가 계속 쇠잔해지더니 그 뒤로 다른 동반자들처럼 개별적 역량에 따라 문학적 평가를 받는 지경이 되었다.

사오 년 전 중국에서는 또다시 소련문학을 대대적으로 소개한 적이 있다. 하지만 이들 동반자들의 작품이 다수를 차지했다. 이 역시 그리 이상한 일도 아니다. 첫째, 이들 문학이 상대적으로 먼저 발흥해 서구와 일본에서 상당히 읽히고 있던 터라 중국에서도 중역重譯의 기회가 적지 않았다는 것이다. 둘째는 아마 이 같은 무無입장의 입장이 오히려 소개자의 주목을 쉽게 끌었기 때문일 것이다. 비록 그들이 '혁명문학자'를 자처하긴 했더라도 말이다.

지금까지 나는 동구 문학 소개에 뜻을 두고 있었지만 동반자들의 작품을 몇 편 번역한 적도 있다. 그래서 이번에 열 사람의 단편을 책 한 권으로 묶게 되었다. 그중 세 편은 다른 이의 번역인데 신뢰할 만하다. 아쉬운 것은 편폭의 제한 때문에 유명 작가들을 한 권에 망라하여 깔끔히 한 권으로 묶어 내지 못했다는 점이다. 그래도 차오징화 군의 『담배쌈지』와 『마흔한번째』[12]는 이 결점을 보충할 만하다.

각 작가의 약력과 각 작품의 번역(혹은 중역) 저본은 모두 권말 「후기」에 적어 두었으니 독자께서 관심이 있다면 여기를 찾아보면 된다.

1932년 9월 9일

상하이에서 루쉰 씀

주)_____

1) 원제는 「『竪琴』前記」, 이 글은 1933년 1월 상하이 량유도서공사(良友圖書公司)가 출판한 『하프』(竪琴)에 처음 실렸다.

『하프』는 루쉰이 번역·편집한 소련 단편소설집으로 총 10편을 수록하고 있다. 수록된 작품은 다음과 같다. 자먀친(Евгений Иванович Замятин)의 「동굴」, 조시첸코(Михаил Михайлович Зощенко)의 「쥐」(러우스柔石 번역), 룬츠(Лев Натанович Лунц)의 「사막에서」, 페딘(Константин Александрович Федин)의 「과수원」, 야코블레프(Александр Степанович Яковлев)의 「가난한 사람들」, 리딘(Владимир Германович Лидин)의 「하프」, 조줄리아(Ефим Давидович Зозуля)의 「아크(Ake)와 인성」, 라브레뇨프(Борис Андреевич Лавренёв)의 「별꽃」(차오징화曹靖華 번역), 인베르(Вера Михайловна Инбер)의 「라라의 이익」, 카타예프(Валентин Петрович Катаев)의 「'사물'」(러우스 번역).

2) 니콜라이 2세(Николай II)는 러시아 마지막 황제로 1894년에 즉위하여 1917년 2월혁명 뒤 체포되었다가 10월혁명 뒤 총살당했다.

3) 도스토예프스키(Фёдор Михайлович Достоевский, 1821~1881)는 『가난한 사람들』(Бедные люди, 1846), 『학대받은 사람들』(Униженные и оскорбленные, 1861), 『죄와 벌』(Преступление и наказание, 1866) 등의 중장편소설을 썼고, 투르게네프(Иван Сергеевич Тургенев, 1818~1883)는 『사냥꾼의 수기』(Записки охотника, 1852), 『루딘』(Рудин, 1857), 『아버지와 아들』(Отцы и дети, 1862) 등의 장편소설을 썼다.

4) 페르시아 시인은 오마르 카이얌(Omar Khayyám, 1048~1123)을 말한다. 궈모뤄(郭沫若)는 1924년 그의 시집 『루바이야트』(Rubáiyát)를 번역한 적이 있다. 그의 시는 세속적 생활에 감정을 기탁하고 있는데 술을 예찬한 것이 많다.

'옐로우 북' 문인은 19세기 말 영국의 잡지 『The Yellow Book』 주변에 있던 작가와 예술가를 말한다. 여기에는 화가 비어즐리(Aubrey Vincent Beardsley), 시인 어니스트 다우슨(Ernest Dowson), 존 데이비슨(John Davison), 소설가 허버트 크래캔소프(Hubert Crackanthorpe) 등이 있다. 위다푸(郁達夫)는 『창조주보』(創造週報) 제20, 21기(1923년

9월)에 「The Yellow Book 및 기타」라는 글을 써서 그들의 생애와 작품을 소개했다. 『The Yellow Book』은 1884년 런던에서 창간되었다가 1897년 정간되었다. 이 잡지는 '예술지상주의' 문예관을 제창했다.

5) 메레즈코프스키(Дмитрий Сергеевич Мережковский, 1866~1941)는 시인인 그의 아내 지피우스(Зинаида Николаевна Гиппиус, 1869~1945)와 함께 1920년 프랑스로 망명했다. 쿠프린(Александр Иванович Куприн, 1870~1938)은 1919년 프랑스로 망명한 뒤 1937년 소련으로 돌아왔다. 부닌(Иван Алексеевич Бунин, 1870~1953)은 1920년 프랑스로, 안드레예프(Леонид Николаевич Андреев, 1871~1919)는 10월혁명 뒤 핀란드로 망명했다.

6) 아르치바셰프(Михаил Арцыбашев, 1878~1927)은 1923년 바르샤바로 망명했다. 솔로구프(Фёдор Кузьмич Сологуб, 1863~1927)는 상징파를 대표하는 작가로서 주요 작품은 10월혁명 이전에 쓰였다.

7) 브류소프(Валерий Яковлевич Брюсов, 1873~1924)의 초기 창작은 상징주의의 영향을 받았다. 1905년 혁명 전야에 현실생활에 주목하면서 혁명에 동조하기 시작했다. 10월혁명 후에는 사회·문화 활동에 종사하면서 혁명을 찬양하는 글들을 쓴 적이 있다.

베레사예프(Викентий Викентьевич Вересаев, 1867~1945)는 10월혁명 뒤 장편소설 『막다른 길』(В тупике, 1922) 등을 썼다.

고리키(Максим Горький, 1868~1936)는 10월혁명 뒤 사회·문화 활동에 적극 참가하였으며 장편소설 『아르타모노프 가의 사업』(Дело Артамоновых, 1927), 『클림 삼긴의 생애』(Жизнь Клима Самгина, 1925~36)와 다량의 정치논문을 썼다.

마야코프스키(Владимир Владимирович Маяковский, 1893~1930)는 『레닌』(Владимир Ильич Ленин, 1924), 『좋아!』 등의 시를 10월혁명 뒤에 썼다.

알렉세이 톨스토이(Алексей Николаевич Толстой, 1883~1945)는 1919년 외국에 거주하다가 1923년 귀국했다. 이후 장편소설 『표트르 1세』(Петр I, 1929~45), 『고난의 역정』(Хождение по мукам, 1921~41) 등을 연이어 발표했다.

8) 1921~1928년에 소련이 실행한 경제정책으로 종전에 실행된 '전시 공산주의' 정책과의 차별을 위해 쓰는 용어다. 레닌이 이것의 원칙을 세웠는데, 여기에는 잉여양곡수집제 폐지와 식량세 시행, 상업발전, 외국자본에 임대경영 허용 등의 형식으로 국가자본주의를 발전시키는 등의 정책이 포함된다. 그 결과 공업과 농업을 회복·발전시킴으로써 사회주의 경제의 기초를 수립했다. 1929년부터는 농업합작화 정책과 국가공업화 정책을 실시하기 시작했다.

9) '세라피온 형제들'(Серапионовы братья)은 1921년 룬츠, 조시첸코 등 6인에 의해 만들어졌다가 1926년 자동 해산했다. 이 명칭은 독일 소설가 호프만(E. T. A. Hoffmann)의 단편소설집 제목을 따왔다.

10) 조시첸코(1895~1958)는 '세라피온 형제들' 발기인 중 하나다. 여기에 인용된 대목은 1922년 『문학잡지』(文學雜誌; Литературные записки) 제3기에 실린 「나 자신 및 기타 일에 관하여」에 나온다.

11) 보론스키(Александр Константинович Воронский, 1884~1937)는 문예비평가로 소련 공산당 중앙집행위원회 위원을 역임한 바 있다. 1921~1927년에 '동반자'적 성격의 잡지 『붉은 처녀지』(Красная новь) 주필을 역임하기도 했다.

12) 『담배쌈지』(煙袋)는 소련의 예렌부르크(Илья Григорьевич Эренбург) 등의 단편소설집 으로 차오징화의 번역본이 1928년 베이징 웨이밍사(未名社)에서 출판되었다. 『마흔한 번째』(四十一)는 소련의 라브레뇨프의 중편소설로 차오징화의 번역본이 1929년 웨이 밍사에서 출판되었다.

'제3종인'을 논함[1]

지난 3여 년간 문예에 관한 논쟁은 적막했다. 지휘도指揮刀의 보호 아래 '좌익'의 간판을 내건 채 맑스주의에서 문예 자유론을 발견하고 레닌주의에서 공비 섬멸설을 찾아낸 논객[2]의 '이론' 말고 거의 입도 벙긋하는 자가 없었다. 하지만 '문예를 위한 문예'의 문예라면 여전히 '자유로'웠다. 왜냐하면 그들에겐 루블을 받아먹었다는 혐의가 없었으니 말이다. 그래도 '제3종인', 그러니까 '죽어도 문학을 부둥켜안고 놓지 않으려는 사람'[3]에게 또다시 고통스런 예감이 엄습하는 건 어쩔 수가 없었다. 좌익문단이 자기를 '부르주아계급의 주구'[4]라고 부르지 않을까 하는 예감 말이다.

이 '제3종인'을 대표하여 불평을 터뜨린 것이 잡지 『현대』 제3기, 제6기에 실린 쑤원 선생의 글이다.[5] (여기서 먼저 이 점을 밝혀 둔다. 나는 편의상 잠시 '대표', '제3종인' 같은 단어를 사용한다. 쑤원 선생 등의 '작가군'이 '어쩌면', '다소', '영향' 따위의 비결정적인 단어를 거절하는 것과 마찬가지로 고정적인 명칭을 꺼린다는 것, 그 이유는 명칭이 고정되면 자유롭지 못하기 때문이라는 것을 분명히 알고 있음에도 말이다.) 그의 생각은 이렇다. 좌익 비평가들은 걸핏하면 작가를 '부르주아계급의 주구'라고 하면서 심지어 중립에 서 있는 자를 비중립으로 여기기까지 한다. 일단 비중립이 되면 이내 '부르주아계급의 주구'가 될 가능성이 있다고 생각하는 것이다. '좌익작가'라 불리는 자들은 '좌로 쏠려 창작은 하지 않고'左而不作[6] 또 '제3종인'은 쓰려 하나 감히 쓰지 못한다作而不敢. 그리하여 문단은 공백 상태가 되고 말았다. 하지만 문예에는 적어도 일부 계급투쟁을 넘어선 미래를 위한 것이 있다고 하니 '제3종인'이 끌어안고 있는 진정하고 영원한 문예가 바로 그것이다. 하지만 애석하게도 좌익이론가 때문에 감히 쓸 수가 없다. 왜냐하면 쓰기도 전에 욕을 먹을 거라는 예감이 드니까.

이런 예감이 들 수 있다고 나는 믿는다. 더욱이 '제3종인'을 자처하는 작가라면 더욱 그러기가 십상일 것이다. 그리고 작자의 말대로 이론은 잘 알고 있지만 감정까지 바꾸기는 어려운 작가가 지금 상당수라는 것도 나는 믿는다. 하지만 감정이 변하지 않는 한, 이론을 이해하는 정도는 감정이 이미 변했거나 어느 정도 변한 사람과 상당한 차이가 있을 것이고 따라서 관점도 다를 것이다. 그러므로 쑤원 선생의 관점은 내가 보기에 정확하지 않다.

물론 좌익문단이 성립된 이래 오류를 범한 이론가가 있기도 했고, 작가 중에도 쑤원 선생의 말대로 '좌로 쏠려 창작은 하지 않은' 자도 있고 좌에서 우로 돌아선 자도 있으며 심지어 민족주의문학의 졸개, 책방 주인장, 적의 염탐꾼으로 변한 자도 있다. 하지만 좌익문단을 경멸한 문학가에게 버림받은 좌익문단은 여전히 존재한다. 존재할 뿐 아니라 발전하고 있고, 자신의 결점을 극복하며 문예라는 이 신성한 땅을 향해 진군해 가고 있다. 쑤원 선생은 이렇게 질문한 적이 있다. 3년을 극복하고도 아직도 다 극복하지 못했단 말인가?[7] 내 대답은 이렇다. 그렇다고, 아직도 극복해야 한다고, 30년도 장담할 수 없다고, 하지만 극복하면서 진군하고 있다고, 완전히 극복한 뒤 진군하는 그런 어리석은 일은 없을 거라고. 그런데 쑤원 선생은 이런 '우스갯소리'[8]를 한 적이 있다. 좌익작가는 자본가한테서 원고료를 받지 않느냐고. 지금 내가 참말을 한 마디 해보겠다. 좌익작가는 지금도 봉건적 자본주의 사회의 법률에 억압받고 있고 구금과 살육을 당하고 있다. 그래서 좌익 출판물은 풍비박산이 나서 이제는 몇 개밖에 남아 있지 않다. 어쩌다가 발행된다 해도 작품비평은 매우 드물다. 그러나 어쩌다가 작품비평이 있어도 걸핏하면 작가를 가리켜 '부르주아계급의 주구'라거나 '동반자'는 필요 없다고 하진 않는다. 좌익작가는 하늘에서 떨어진 신병神兵도 아니고, 국외에서 죽으려 들어온 원수도 아니다. 그에게는 몇 걸음이라도 같이할 '동반자'가 필요하다. 뿐만 아니라 길가에 서서 구경하고 있는 관객들까지 불러 모아 함께 전진하려 한다.

그런데 이제 이렇게 물을 것이다. 좌익문단이 지금은 억압 때문에 비평을 많이 발표할 수 없지만, 일단 가능해질 경우 걸핏하면 '제3종인'을 가리켜 '부르주아계급의 주구'라고 하지 않을까? 내 생각에 만약 좌익비평가가 그러지 않겠다고 선서라도 하지 않는 한, 또 나쁜 쪽으로만 생각을 하는 한, 이럴 가능성은 있고 이보다 더 나쁜 경우도 생각할 수 있다. 하지만 이런 예측은 그야말로 지구가 파멸할 날이 있을지도 모르니 먼저 자살을 해버리는 것과 마찬가지로 불필요하다고 나는 생각한다.

하지만 들리는 말에 의하면 쑤원 선생의 '제3종인'들은 미래에 대한 공포 때문에 '붓을 놓았다'는 것이다. 몸소 겪어 본 적도 없고 겨우 마음이 만들어 낸 환영 때문에 붓을 놓았다면 '죽어도 문학을 부둥켜안고 놓지 않으려는' 작가의 포용력이란 얼마나 빈약한가? 사랑하는 두 사람이 미래에 사회로부터 쏟아질 비난을 미연에 방지하기 위해 포용하지 않을 수 있단 말인가?

그러고 보면 이 '제3종인'이 '붓을 놓은' 것은 좌익비평의 가혹함 때문이 아니다. 진정한 이유는 이런 '제3종인'이 될 수 없고, 이런 인간이 될 수 없다 보니 제3의 붓도 있을 수 없어서 붓을 놓네 마네 할 수가 없다는 데에 있다.

계급이 존재하는 사회에 살면서 초계급적인 작가가 되려 하거나, 전투의 시대에 살면서 전투를 벗어나 홀로 서려 하거나, 현재를 살면서 미래에 남길 작품을 쓰려 하는 이런 사람은 마음이 만들어 낸 환영으로 현실세계에서는 존재하지 않는다. 이런 사람이 되겠다는 것은 흡사 제 손으로 머리카락을 뽑으며 지구를 떠나려고 하는 것과 같다. 떠날 수 없으니 초조할 테지만, 이는 누군가가 고개를 내저어서 감히 뽑지 못한 것은 아니다.

따라서 '제3종인'이라 할지라도 분명 계급을 초월할 수 없고(쑤원 선생이 먼저 계급적 비평을 예감했으니 작품이 어찌 계급적 이해를 벗어날 수 있겠는가?), 분명 전투를 벗어날 수 없으며(쑤원 선생이 먼저 '제3종인'의 명의로 항쟁을 제기했다. '항쟁'이란 명의는 필자가 받아들이기 꺼리는 것이긴 하지만), 게다가 현재를 뛰어넘을 수 없다(그가 초계급적이고 미래를 위한 작품을 창작하기 전에 먼저 좌익의 비판에 조바심을 보였다.)

이는 분명 곤경이다. 그런데 이 곤경은 환영이 현실로 될 수 없는 데서 온 것이다. 좌익문단의 방해가 없었다 해도 '제3종인'이 있을 수 없거늘 하물며 그 작품임에랴. 그런데 쑤원 선생은 또 마음속에 거칠기 짝이 없는 좌익문단이라는 환영을 만들어 놓고 '제3종인'이라는 환영을 출현시킬 수 없는 죄와 미래의 문예를 만들어 낼 수 없는 죄를 모두 그것에 떠 넘기고 있다.

좌익 작가들이 뛰어나지 못한 건 확실하다. 하지만 이야기그림連環 圖畵이나 소리대본唱本의 경우 쑤원 선생의 단정대로 그리 미래성이 없지 는 않다.[9] 좌익에게도 톨스토이와 플로베르가 필요하다. 그렇지만 "미래 에 속하는(왜냐하면 그들에게 현재는 불필요하기 때문에) 것들을 창조하 기 위해 노력하는" 톨스토이와 플로베르는 필요가 없다. 그 둘은 모두 현 재를 위해 썼고, 미래는 현재의 미래였으며 현재에 의미가 있어야 미래에 도 의미가 있을 수 있었다. 더욱이 톨스토이는 짤막한 이야기를 써서 농민 들에게 보여 주면서도 '제3종인'을 자처하지 않았으며, 당시 부르주아계 급의 숱한 공격도 끝내 그의 "붓을 놓"게 하지는 못했다. 좌익은 쑤원 선 생의 말대로 "이야기그림이 톨스토이를 낳을 수 없고 플로베르를 낳을 수 없다"는 것을 모를 정도로 우매하지는 않다. 그래도 미켈란젤로나 다빈치 같은 위대한 화가는 낳을 수 있다고 생각한다. 게다가 나는 소리대본과 설 화에서 톨스토이와 플로베르가 탄생할 수 있다고 믿는다. 이제는 미켈란 젤로들의 그림을 두고 누구도 시비할 자가 없지만 따지고 보면 그건 종교 적 선전화요 『구약』의 이야기그림이 아닌가? 게다가 당시의 '현재'를 위 한 것이었다.

총괄하자면, 쑤원 선생의 주장, 즉 '제3종인'은 사기를 치거나 가짜 상 품을 만드느니 차라리 창작에 주력하겠다는 것은 옳다는 것이다.

"스스로를 믿는 용기가 있어야 일할 용기가 생기게 되나니!"[10] 이는 더더욱 지당하신 말씀이다.

하지만 쑤원 선생의 또 다른 얘기로는, 허다한 군소의 '제3종인'들이

또 불길한 조짐 —— 좌익이론가들의 비평 —— 을 예감하고는 '붓을 놓'고
말았다는데!

　　"어찌할 것인가?"

10월 10일

주)＿＿＿＿

1) 원제는 「論"第三種人"」, 1932년 11월 1일 상하이『현대』제2권 제1기에 처음 발표되었
　　다. 1931년 12월 후추위안(胡秋原)은 자신이 주관하는『문화평론』(文化評論) 창간호에
　　「개 문예론」(阿狗文藝論)이란 글을 발표하여 '민족주의문학'을 비판하는 한편 좌익문예
　　는 "예술을 정치의 축음기로 전락시켰으며, 그건 예술의 반역자"라고 공격했다. 1932
　　년 4, 5월에는 또「문예를 침략하지 말라」(勿侵略文藝),「첸싱춘 이론의 청산과 민족주의
　　이론 비판」(錢杏邨理論之淸算與民族文學理論之批評)이라는 두 글에서 '자유인'을 자처하
　　면서 문예는 "죽음에 이르러서도 자유로운 것"이며 "예술은 선전이 아니다"고 주장했
　　다. 이런 주장은 좌익문예계의 반격을 받았다. 뤄양(洛揚; 즉 평쉐펑)은『문예신문』(文藝
　　新聞) 제58기(1932년 6월 6일)에「문예신문에 보내는 편지」(致文藝新聞的信)를 발표하여
　　후추위안의 목적은 "모든 프로혁명문학운동을 공격하는 것"이라고 지적했다. 그 뒤 쑤
　　원(蘇汶; 즉 두헝)이『현대』제1권 제3기(1932년 7월)에「『문예신문』과 후추위안의 문예
　　논쟁에 관하여」(關於"文新"與胡秋原的文藝論辯)라는 글을 발표하여 후추위안의 관점을
　　지지했다. '제3종인'을 자칭한 그는 당시의 수많은 작가(그가 말한 '작가군')들이 붓을
　　놓은 것은 '좌련' 비평가의 '폭력'과 '좌련'의 문단 '패권' 때문이라고 했다. 이리하여 '좌
　　련'도 후추위안과 쑤원 등에 대해 지속적인 반격을 가하게 된다. 이 글은 이런 상황에서
　　쓰여졌다.
2) 후추위안과 일부 트로츠키파 인사들을 가리킨다. 후추위안(胡秋原, 1910~2004)은 후베
　　이(湖北) 황베이(黃陂) 사람으로 당시 퉁지대학(同濟大學) 교수였고『문화평론』주간이
　　었다. 후에 국민당 정부 입법위원을 역임했다. 당시 후추위안은 "진정한 맑스주의자"
　　를 자칭했다. 트로츠키파는 중국 노농홍군을 '비적'이라고 모략했다.
3) 쑤원의「『문예신문』과 후추위안의 문예논쟁에 관하여」에 나오는 말이다. "'지식계급의
　　자유인'과 '자유롭지 못한 당파적인' 계급이 문단의 패권을 다툴 때 가장 고생하는 사
　　람은 이 두 종류의 인간 이외의 제3종인이다. 이 제3종인들이 소위 말하는 작가군이다.

'제3종인'을 논함　335

솔직히 말하면, 작가는 전술한 대로 문학을 부둥켜안고 놓지 않으려는 기질을 약간은 가지고 있다."

4) 이 역시 쑤원의 『『문예신문』과 후추위안의 문예논쟁에 관하여』에 나오는 말이다. "진실로 작가 되기가 어렵도다! …… 그에게는 오직 선동적인 문학이든 폭로적인 문학이든 문학에 한 가닥 생기를 남기겠다는 생각뿐이다. 그런데 또 귀신같은 족집게 지도자들에 의해 어느 계급의 주구로 지목될까 봐 두려움에 떨고 있다."

5) 쑤원(1906~1964)은 본명이 다이커충(戴克崇)으로 저장 항현(杭縣: 지금의 위항餘杭) 사람으로 당시 『현대』 월간 편집자였다. 여기서 말하는 쑤원의 글은 상술한 『『문예신문』과 후추위안의 문예논쟁에 관하여』와 『현대』 제6기(1932년 10월)에 실린 「제3종인'이 나갈 길」("第三種人"的出路)이다.

6) 『논어』(論語)에 나오는 공자(孔子)의 "기술하되 억지로 지어내지 않는다"(述而不作)는 말을 빗대어 만든 조어로, 쑤원의 「제3종인'이 나갈 길」에 나온다. "기만할 용기가 없는 작가는 자신들이 가진 것을 감히 내놓지 못하고 남이 요구하는 것도 내놓지 못한다. 그러니 어찌할 것인가? 붓을 놓는 수밖에. 이는 '강랑(江郎)의 재주가 다했'기 때문이 아니라 감히 붓을 들지 못하기 때문이다. 왜냐하면 충실한 좌익작가가 된 뒤 창작만 하고 좌를 외치지 않으니 차라리 좌만 외치고 창작은 안 하는 게 낫다고 느낄 수 있기 때문이다. 오늘날 좌만 외치고 창작은 하지 않는 좌익작가들이 얼마나 널렸는가!"

7) 이 역시 쑤원의 「제3종인'이 나갈 길」에 나온다. "중국 프롤레타리아계급 문학운동은 이미 3년의 역사를 가지고 있다. 이 3년 동안 이론적 측면에서는 두드러진 진보가 있었지만 작품은 어떠한가? 양적으로도 늘어나지 않았을 뿐 아니라 심지어 질적 측면에서조차 변변한 진전이 보이지 않는다. 물론 근성이니 편견이니 하는 것을 극복해야 한다고 소리 높이는 자가 있기는 하다. 그런데 3년을 극복했는데도 아직 다 극복하지 못했단 말인가?"

8) 이 역시 「제3종인'이 나갈 길」에 나온다. "내 몇 마디 우스갯소리를 용서하시라. 중국이라는 이런 야만적인 국가에서조차 좌익 제공(諸公)들은 반자본주의적 작품을 써 가지고 자본가의 손에서 몇 푼의 원고료와 맞바꾸고 있다."

9) 쑤원은 『『문예신문』과 후추위안의 문예논쟁에 관하여』에서 이렇게 말했다. "그들('좌련'을 지칭)이 제창하는 문예대중화라는 문제를 가지고 말해 보자. 그들은 지금 노동자들이 볼 것이 없어서 케케묵고 봉건의 냄새가 그득한(말하자면 유해한) 이야기그림과 소리대본을 보고 있다고 한다. 그리하여 그들은 작가들이 유익한 이야기그림과 소리대본을 써서 노동자들에게 보여 줄 것을 요구하고 있다. …… 이런 저급한 형식으로 좋은 작품을 만들어 낼 수 있을까? 이야기그림이 톨스토이를 낳을 수 없고 플로베르를 낳을 수 없다는 것은 확실하다. 설마 이를 좌익이론가들이 모른단 말인가? 그들은 결단코 그처럼 어리석지 않다. 그런데 그들에게 플로베르가 무슨 소용이 있을까? 톨스토이가 무

슨 소용이 있을까? 그들이 작가들 보고 플로베르나 톨스토이가 되라고 할 리 만무하다. 설령 그럴 수 있다 한들 그들은 요구하지도 않을 것이다. 적어도 '지금'은 요구하지 않고 있다. 뿐만 아니라 이렇게 요구하지 않는 것이 옳고 변증법적인 것이다. 어쩌면 미래에, 어쩌면 미래에 그들이 양해할 수 있을지는 몰라도 말이다. 그런데 이는 뒷이야기에 불과하다."

10) 이 말과 마지막의 "어쩌할 것인가?"는 「'제3종인'이 나갈 길」에 나온다.

'이야기그림'을 변호하여[1]

예전에 나는 이런 소소한 경험을 한 적이 있다. 어느 날 어느 연회석상에서 이런 말을 내키는 대로 했던 것이다. 활동사진으로 학생을 가르치면 분명히 교원이 하는 강의보다 나을 것이니 미래에는 아마 이렇게 변할지도 모른다고 말이다. 말이 채 끝나기도 전에 한바탕 떠들썩한 웃음 속에 파묻히고 말았다.

물론 이 말에는 많은 문제점이 매복해 있다. 예컨대 첫째는 어떤 영화를 쓰느냐 하는 것이다. 가령 미국식 사업이나 결혼 이야기를 찍은 영화라면 당연히 안 된다. 그런데 나는 분명히 필름을 이용한 세균학 강의를 들은 적이 있고, 몇 마디 말 외에 사진밖에 없는 식물학 서적을 본 적도 있다. 그래서 생물학만이 아니라 역사지리에서도 그것이 가능할 거리고 굳게 믿고 있었던 것이다.

하지만 다수 사람들이 아무렇게나 내뱉은 웃음은 한 자루 백묵과도 같아서 상대방의 콧등을 하얗게 칠하고는 그의 말을 광대의 익살로 만들어 버린다.

며칠 전『현대』에서 쑤원 선생의 글을 보았는데, 그는 중립적 문예론자의 입장에서 '이야기그림'을 한칼에 날려 버리고 있었다. 물론 별생각 없이 언급한 것일 뿐 회화에 관한 전문적인 글은 아니었다. 하지만 청년 예술학도들의 입장에서는 중요한 문제가 될지도 모르므로 재차 몇 마디를 더 해보고자 한다.

　　우리가 익히 보는 미술사의 삽화에는 '이야기그림'이 없고 명인의 작품 전시회에서는 '로마의 저녁노을' 아니면 '시후西湖의 서늘한 밤'이어서 그런 허접한 것들은 '대아지당'大雅之堂에 오르기에는 부족하다고 여긴다. 그런데 이태리 교황청에 들어서면 ── 나는 이태리를 여행할 만한 행복을 누리지 못했으니 내가 들어간 건 물론 지면상의 교황청이다 ── 위대한 벽화는 다 볼 수 있는데, 거의 모두가『구약』,『예수전』,『성자전』 같은 이야기그림이다. 예술사가가 그 가운데 한 대목을 잘라 내어 책으로 찍어 '아담의 창조', '최후의 만찬'으로 제목을 달면 독자들은 이를 허접하다거나 선전을 하고 있다고 여기지 않는다. 하지만 그 원화는 분명 선전적인 이야기그림이다.

　　동방에서도 마찬가지다. 인도의 아잔타 석굴은 영국인이 모사해서 책으로 낸 뒤 예술사에서 빛을 발했고, 중국의『공자성적도』孔子聖跡圖[2]도 명나라 판본이기만 하면 수장가들에게 애지중지되었다. 이 둘 중 하나는 석가모니의 생애이고 하나는 공자의 사적으로, 명백히 이야기그림이다. 게다가 선전인 것이다.

　　삽화의 원래 의도는 책을 장식하여 독자의 흥미를 돋우는 데 있지만, 그 힘은 문자가 할 수 없는 것을 보충해 준다. 따라서 역시 일종의 선전화인 것이다. 그림의 숫자가 늘어날 경우 도상만으로도 문자의 내용을 알 수 있는데, 문자와 갈라놓으면 독립적인 이야기그림이 된다. 가장 두드러진 예가 프랑스의 도레(Gustave Doré)[3]다. 그는 삽화 판화의 대가인데, 가장 유명한 것으로 『신곡』, 『실락원』, 『돈키호테』, 『십자군 이야기』 등이 있다. 독일에서는 모두 단행본으로 출판되었는데(앞의 둘은 일본에서도 출판되었다) 대략적인 해설만 봐도 금방 이 책의 개요를 알 수 있다. 하지만 누가 도레를 예술가가 아니라고 하겠는가?

송나라 사람의 『당풍도』와 『경직도』[4]는 지금도 인쇄본과 석판화를 구할 수 있고, 구영[5]의 『비연외전도』와 『회진기도』는 복인본이 문명서국文明書局에서 발매되었다. 이들 역시 그 당시와 지금의 예술품인 것이다.

19세기 후반부터 판화가 다시 유행했다. 많은 작가들은 그림 몇 점을 모아 만든 '연작'(Blattofolge) 판화첩을 곧잘 찍었다. 이들 연작에는 사건이 하나가 아닌 것도 있다. 이제 나는 청년 예술학도들을 위해 판화사에 지위를 차지하고 있는 몇몇 작가와 연작 작품을 아래에 적시해 두고자 한다.

먼저 거론해야 할 사람은 독일의 콜비츠(Käthe Kollwitz)[6] 부인이다. 그녀의 작품으로는 하웁트만의 『직조공들』(*Die Weber*)을 조각한 6점 판화 외에 3종이 더 있다. 제목만 있고 설명은 없다.

1. 『농민투쟁』(*Bauernkrieg*) 금속판화 7점
2. 『전쟁』(*Der Krieg*) 목판화 7점
3. 『프롤레타리아』(*Proletariat*) 목판화 3점

『시멘트』의 판화로 중국에 알려진 메페르트(Carl Meffert)는 신진 청년작가다. 그의 작품으로는 독일어판 피그네르의 『차르 사냥기』(*Die Jagd nach Zaren* von Wera Figner)[7]를 조각한 5점의 목판화가 있고 별도로 2종의 연작이 있다.

  1. 『그대 자매』(*Deine Schwester*) 목판화 7점, 제시題詩 1점
  2. 『길러낸 제자』(원명 미상) 목판화 13점

  벨기에 사람 마세릴(Frans Masereel)[8]은 유럽대전 시기 로맹 롤랑[9]처럼 전쟁을 반대해 외국으로 망명을 한 인물이다. 그의 작품이 가장 많은데 모두 한 권이고, 제목만 있을 뿐 소제목조차 없다. 최근 독일에서 보급판(Bei Kurt Wolff München)을 찍었는데 권당 3.5마르크 정도이니 쉽게 구할 수 있다. 내가 본 것은 다음의 몇 종이다.

  1. 『이상』(*Die Idee*) 목판화 83점
  2. 『나의 기도』(*Mein Stundenbuch*) 목판화 165점
  3. 『문자 없는 이야기』(*Geschichte ohne Worte*) 목판화 60점
  4. 『태양』(*Die Sonne*) 목판화 63점
  5. 『일』(*Das Werk*) 목판화 몇 점인지는 잊어버렸음
  6. 『어느 한 사람의 수난』(*Die Passion eines Menschen*) 목판화 25점

  미국 작가의 작품으로 시겔의 목판 「파리 코뮌」(*The Paris Commune, A Story in Pictures by William Siegel*)을 본 적이 있는데, 뉴욕의 존 리드 클럽(John Reed Club)에서 출판했다. 그밖에 석판화 한 권이 있는데, 그로퍼(W. Gropper)가 그린 것이다. 자오징선趙景深 교수의 말에 의하면 '서

커스 이야기'[10]가 이것이다. 달리 번역을 하면 '충실하되 순통하지 못하'게 될 터이므로 그냥 원제목을 아래에 옮겨 둔다.

『*Alay-Oop*』(Life and Love Among the Acrobats)

영국 작가에 대해서는 잘 알지 못한다. 작품이 너무 비싸기 때문이다. 그래도 예전에 자그마한 책이 한 권 있기는 했다. 판화 15점에 200자도 안 되는 설명이 달린 것이다. 작가는 유명한 기빙스(Robert Gibbings)[11]인데 500부 한정판이었다. 영국 신사들은 죽어도 재판은 찍지 않으려고 하니 지금은 이미 절판되어 아마 권당 수십 위안은 줘야 할 것이다. 『일곱번째 사람』(*The 7th Man*)이 이것이다.

이상의 내 의도는 이야기그림이 예술로 될 수 있고 이미 '예술의 궁전'에 들어앉아 있다는 것을 사실로써 증명하려는 것이다. 이 역시 다른 문예와 마찬가지로 좋은 내용과 기교가 있어야 함은 말할 나위가 없다.

나는 지금 청년 예술학도들에게 대규모의 유화나 수채화를 팽개치라고 충동질하는 것이 아니다. 단지 이야기그림과 책이나 신문 속의 삽화를 똑같이 중시해서 노력해 주기를 바랄 뿐이다. 유럽 대가의 작품을 연구해야 함은 물론이고 중국 고서에 나오는 수상繡像이나 화본, 그리고 요즘 나오는 낱장 화지花紙에도 더욱 관심을 가져야 한다. 이들 연구와 여기서 비롯된 창작물에 대해 지금의 소위 대작가들이 일부 사람에게서 받곤 하는 그런 찬사를 기대할 수는 없음은 물론이다. 하지만 나는 감히 믿는다. 이것들을 대중들이 보려 할 것이고, 대중들이 감격해할 것이라고!

10월 25일

주)_____

1) 원제는 「"連環圖畵"辯護」, 1932년 11월 15일 『문학월보』 제4호에 처음 발표되었다.

2) 공자의 평생 사적에 관한 이야기그림으로 명나라 당시 목판본, 석판본 여러 종이 있었
다. 현존하는 최초의 목판본은 명나라 초기 것으로 36점의 그림이 실려 있다. 그 뒤 만
력(萬曆) 연간에 112점의 목판본(여조상呂兆祥 편)이 나왔다. 석판본은 취푸(曲阜) 공묘
(孔廟)에 보관된 명나라 만력 연간의 120점 본이다.

3) 도레(Paul Gustave Doré, 1832~1883)는 프랑스 판화가다.

4) 『당풍도』(唐風圖)는 남송의 마화지(馬和之)가 그린 『시경』(詩經) 도판집 중 하나다. 『경
직도』(耕織圖)는 경작과 방직생산 과정을 그린 것이다. 남송의 유송년(劉松年)이 『경직
도』 2권을 그렸고, 루숙(樓璹)이 『경도』(耕圖) 21점, 『직도』(織圖) 24점을 그렸다.

5) 구영(仇英, 1493~약1560)은 명나라 때 화가로 자가 실보(實父), 호가 십주(十洲)로 장쑤
(江蘇) 타이창(太倉) 사람이다. 그가 그린 『비연외전』(飛燕外傳)은 한나라 때 영현(伶玄)
이 쓴 전기소설로 조비연(趙飛燕) 자매의 궁정생활을 묘사한 것이다. 『회진기』(會眞記)
는 당나라 때 원진(元稹)이 쓴 전기소설로 최앵앵(崔鶯鶯)과 장생(張生)의 사랑이야기
를 그린 것이다.

6) 케테 콜비츠(Käthe Schmidt Kollwitz, 1867~1945)는 독일 판화가다. 1936년 루쉰은 '삼
한서옥'(三閑書屋)이라는 명의로 『케테 콜비츠 판화선집』을 출판했다.

7) 메페르트(Joseph Carl Meffert, 1903~1988)는 독일 판화가다. 1936년 루쉰은 '삼한서
옥' 명의로 『메페르트의 '시멘트' 목판화』를 출판했다.
베라 피그네르(Вера Николаевна Фигнер, 1852~1942)는 러시아의 혁명가로 나로드니
키(Народники) 운동을 이끌었고 '차르' 알렉산드르 2세의 암살을 주도했다. 『차르 사냥
기』(Die Jagd nach dem Zaren, 1927)는 그녀의 회상록(Запечатленный труд, 1921~2)
을 독일어로 번역한 것이다.

8) 마세릴(Frans Masereel, 1889~1972)은 벨기에 판화가다. 그에 대해서는 이 문집의 「『어
느 한 사람의 수난』 서문」을 참조 바람.

9) 로맹 롤랑(Romain Rolland, 1866~1944)은 프랑스 작가이자 사회활동가이다. 제1차 세
계대전 중 그는 스위스에 체류하며 전쟁을 반대했다.

10) 이에 대해서는 『이심집』(二心集) 「풍마우」(風馬牛) 및 그와 연관된 주석을 참조 바람.

11) 로버트 기빙스(Robert Gibbings, 1889~1958)는 영국의 판화가다.

욕설과 공갈은 결코 전투가 아니다[1]
—『문학월보』편집자에게 보내는 서한

치잉[2] 형

그저께『문학월보』제4기를 받아서 한번 읽어 보았소. 내가 부족하다고 느끼는 것은 다른 잡지의 요란함을 쫓아가지 못한다는 점 때문이 아니라 아무래도 예전보다 충실하지가 않다는 점이오. 그래도 이번에 몇 분 새로운 작가들을 등단시킨 것은 매우 좋은 일이오. 작품의 질은 잠시 접어 두고라도 최근 몇 년간 간행물에는 이름이 활자로 찍힌 적이 있는 작가가 아니면 실어 주지를 않는 추세인데, 이리 가다가는 신진 작가에게 작품 발표 기회가 없게 되고 말 것이오. 이번에 이런 국면을 타개했으니, 한 월간지 한 기期에 불과하지만 어쨌거나 다소 답답함은 가시었소. 그래서 좋은 일이라고 한 것이오. 그런데 원성[3] 선생의 시 한 수는 매우 실망스럽소.

이 시는 한번 보면 지난 기에 실린 베드니의 풍자시[4]를 보고 지은 것임이 드러나오. 하지만 비교를 한번 해봅시다. 베드니의 시는 '악독함'을 자인하고는 있지만 개중에 심한 것이라 해도 조소에 불과하오. 이 시는 어떻소? 욕설이 있고 공갈이 있으며 또 무료한 공격이 있소. 사실은 이럴 필요가 전혀 없는데도 말이오.

예를 들면 시작은 성姓을 가지고 장난을 치고 있소.[5] 어떤 작가가 스스로 별호別號를 취했다면 거기서 그의 생각을 엿볼 수 있소. 가령 '철혈鐵血', '병든 두견'病鵑' 정도라면 물론 약간의 장난 정도는 무방할 것이오. 그런데 성씨나 적관籍貫으로는 본인의 공과를 결정할 수 없소. 왜냐하면 그건 윗대로부터 전해진 것이어서 자기가 어찌해 볼 도리가 없기 때문이오. 내가 이 말을 한 것이 사 년 전이었소. 당시 누군가가 나를 평하여 "봉건 잔재"라고 했는데, 알고 보니 이런 소재를 들고 나와 한 건 올렸다면서 의기양양해하는 이야말로 대단히 "봉건적"인 자들이었소. 그래도 이 몇 년간 이런 기풍은 잘 보이지가 않게 되었소. 그런데 뜻밖에 지금 다시 부활하고 있으니 확실히 이건 퇴보라고 말하지 않을 수 없소.

더욱 어처구니가 없는 것은 결말의 욕설이오. 요즘 어떤 작품들은 쓸데없이 대화 속에 수많은 욕설을 쓰는 경우가 종종 있소. 마치 이렇게 하지 않으면 프롤레타리아 작품이 아니고, 욕설이 많으면 많을수록 프롤레타리아 작품으로 여긴다는 듯이 말이오. 사실 건실한 노동자·농민 가운데 내키는 대로 남을 욕하는 자는 많지 않소. 그러니 작가가 상하이 건달들의 짓거리를 그들 몸에 덧칠해서는 안 되는 것이오. 설령 남을 잘 헐뜯는 프롤레타리아가 있다 하더라도 그저 나쁜 성미에 불과한 것이오. 그러니 작가가 문예로 시정해 주어야지 한술 더 떠서 미래의 무계급 사회에 한마디만 어긋나도 조상 삼대까지 들먹이며 난리를 피워선 안 되는 것이오. 더욱이 필전筆戰인 만큼 전투나 권투처럼 허점을 노렸다가 일격에 적의 숨통을 제압하는 것은 무방할 것이오. 그런데 줄창 북만 두드리고 함성만 지른다면 이미 『삼국지연의』식 전법일 것이며, 애비 에미 운운하며 거들먹거리며 제 딴에 이겼노라 한다면 실로 '아Q'식 전법이 되고 말 것이오.

그 다음에는 또 '수박을 쪼개버린다'[6]느니 뭐니 하는 따위의 공갈인데, 이 역시 한심한 일이라고 생각하오. 프롤레타리아 혁명은 자신의 해방과 계급의 소멸을 위한 것이지 남을 죽이기 위한 것은 아니오. 설령 마주한 적이라 해도 전장에서 죽지 않았다면 대중의 재판이 있을 터이니, 시인 하나가 붓을 들어서 생사를 판정해서는 안 되는 것이오. 지금 '살인방화'니 뭐니 하는 소문이 떠돌고 있지만, 이건 그저 모함일 뿐이오. 중국의 신문에서는 진실한 말을 볼 수가 없소. 하지만 다른 나라의 예를 보면 금방 알 수 있소. 독일의 프롤레타리아 혁명[7]은(비록 성공하진 못했지만) 함부로 사람을 죽이지는 않았소. 러시아에서는 황제의 궁전조차 불사르지 않고 그대로 두지 않았소? 그런데도 우리의 작가는 혁명적 노동자농민을 무시무시한 귀신얼굴로 그려 놓았으니, 내가 보기엔 경솔하기 짝이 없는 짓이오.

물론 역대 중국의 문단에서 모함, 날조, 공갈, 욕설은 흔히 볼 수 있었소. 큰 역사책을 뒤적거려 보면 쉽사리 이런 글을 볼 수 있소. 이는 지금까지도 응용되고 있을 뿐 아니라 더욱 심해지고 있소. 이런 유산은 발바리 문예가더러 계승하라고 합시다. 우리의 작가들이 힘써 그것을 버리지 않는다면 그들과 '한통속'이 되고 말 것이오.

그렇다고 해서 적에게 웃는 얼굴로 넙죽 절을 해야 한다고 주장하는 것은 아니오. 나는 그저 이 점을 말하고 있을 뿐이오. 전투적인 작가라면 마땅히 '논쟁'에 치중해야 한다는 것 말이오. 시인이 감정을 주체하지 못해 분노해서 조소했다 해도 물론 안 될 것은 없소. 그래도 조소에 그쳐야 하고 화끈한 욕에 그쳐야 하는 것이오. 뿐만 아니라 "기쁨, 웃음, 분노, 욕설이 다 문장이 되"[8]도록 하여 적에게 부상을 입히거나 죽게 만들어야 하오. 그러면서 자신은 비열한 행위를 하지 않고 보는 자도 더럽다고 여기지 않아야 하는 것이오. 이것이야말로 전투적인 작가의 본령이오.

　방금 이런 생각들이 떠올라 써서 부치니 혹 편집에 참고가 될지도 모르겠소. 요컨대, 나는 차후 『문학월보』에 더 이상 그런 작품이 실리지 않기를 간절히 희망한다는 것이오.

　이에 내 생각을 전하며 문안드리오.

12월 10일 루쉰

주)＿＿＿＿

1) 원제는 「辱罵和恐嚇決不是戰鬪」, 1932년 12월 15일 『문학월보』 제1기 제5, 6호 합집에 처음 실렸다.

2) 저우양(周揚, 1908~1989)을 말한다. 후난(湖南) 이양(益陽) 사람으로 문예이론가이자 '좌련' 지도자 중 한 사람이다. 당시 『문학월보』 주간이었다.

3) 윈성(芸生)의 원명은 추주루(邱九如)로 저장 닝보(寧波) 사람이다. 그의 시 「매국노의 진술」(1932년 11월 『문학월보』 제1권 4기 수록)은 '자유인'을 자칭하는 후추위안(胡秋原)의 입장을 풍자하는 것이었다. 거기에는 루쉰이 지적하는 문제들이 내포되어 있다.

4) 베드니(Демьян Бедный, 1883~1945)의 시는 트로츠키를 풍자한 장시 「욕할 겨를이 없네」(沒工夫唾罵)를 가리킨다(취추바이 역, 1932년 10월 『문학월보』 제1권 제3기에 실림).

5) 원래의 시 첫 대목은 이렇다. "나 이제 매국노의 진술서를 쓴다. 그도 성이 후(胡)가라 한다는데 리푸(立夫)라 부르지는 않는다네." 후리푸(胡立夫)는 1932년 '1·28'사변 때 일본이 상하이 자베이를 점령했을 당시의 매국노로 일본이 조직한 '상하이북부 인민 유지회'(上海北市人民地方維持會) 회장을 맡았다.

6) 원래의 시에 이런 말이 있다. "조심하라, 그대 머리통이 단칼에 수박처럼 쪼개질 테니!"

7) 1918~9년에 일어난 독일의 11월혁명을 말한다. 이 혁명은 호엔촐레른(Hohenzollern) 왕조를 전복시키고 사회주의공화국 건립을 선포했다. 그 뒤 사회민주당 정부의 유혈 진압 속에서 실패하고 말았다.

8) 송나라 황정견(黃庭堅)의 「동파선생진찬」(東坡先生眞贊)에 나오는 말이다.

『자선집』서문[1]

내가 소설을 쓰기 시작한 것은 1918년 『신청년』에서 '문학혁명'[2]을 제창하던 무렵이었다. 이 운동은 이제는 문학사 속의 빛바랜 흔적이 되고 말았지만, 그래도 당시에는 의심의 여지가 없는 혁명적인 운동이었다.

『신청년』에 실린 나의 작품은 대체로 전체 내용과 기조를 같이하고 있다. 그래서 나는 이것들을 당시의 '혁명문학'으로 삼을 수 있다고 생각한다.

하지만 당시 나는 '문학혁명'에 대해 별다른 열정을 갖고 있지 않았다. 신해혁명[3]도 봤고 2차혁명[4]도 봤고 위안스카이의 황제 등극[5]과 장쉰의 청조 복귀 음모[6]도 봤고 이런저런 걸 다 보다 보니 회의가 일기 시작했던 것이다. 그리하여 실망한 나머지 몹시 의기소침한 상태였다. 민족주의 문학가가 올해 어떤 신문에서 "루쉰은 의심이 많다"고 했는데 틀린 말이 아니다. 지금도 나는 이렇게 의심하고 있다. 저자들도 제대로 된 민족주의자는 아닐 거야, 그 변화가 한량없을 테니 말이야. 그런데 나는 또 나 자신의 실망에 대해서도 의심하고 있다. 내가 접한 사람과 사건이 몹시 제한적이기 때문이다. 이런 생각이 내게 붓을 들 힘을 주었다.

"절망의 허망함이란 어찌 그리 희망을 닮았는지."[7]

'문학혁명'에 대한 직접적인 열정이 아니었다면 또 무엇 때문에 붓을 들었을까? 생각해 보니 태반은 열정을 품고 있던 자들에 대한 공감 때문이었던 것 같다. 이 전사들이 적막 속에 있기는 하나 생각이 반듯하니 몇 번 소리라도 내질러 얼마간 위세에 보탬이라도 되자, 이것이었다. 애초엔 이랬다. 물론 이 가운데에 구사회의 병의 뿌리를 파헤쳐 치료법을 강구하도록 재촉하고 싶은 바람이 끼어드는 건 어쩔 수 없었다. 그런데 이 바람에 도달하기 위해서는 선구자들과 동일한 보조를 취해야 했다. 그리하여 나는 암흑을 제법 깎아 내고 환한 얼굴을 제법 가장함으로써 작품에 그나마 약간의 화색이 돌게 만들었다. 이것이 얼마 뒤 책으로 묶은 『외침』呐喊으로 총 14편이다.

이 역시 '명령을 받든 문학'遵命文學이라 할 수 있다. 그래도 내가 받든 것은 당시 혁명 선구자의 명령이고 나 자신이 기꺼이 받든 명령이지 황제의 성지聖旨는 결코 아니며 금화나 진짜 지휘도도 아니었다.

그 뒤 『신청년』 단체는 뿔뿔이 흩어졌다. 누구는 출세를 했고 누구는 은퇴를 했고 누구는 전진했다. 동일한 진영의 동료들마저 이렇게 변할 수 있다는 것을 또 한번 경험한 셈이다. 게다가 '작가'라는 직함을 들쓴 채 여전히 사막 속을 떠돌고 있었다. 그래도 여기저기 널린 간행물에 수상록 같은 것을 끄적이는 일은 이미 피할 수가 없었다. 하여 소소히 와 닿는 것이 있으면 단문을 제법 썼다. 좀 거창하게 말하면 산문시인데, 이후 한 권으로 묶어 『들풀』野草이라 이름했다. 그나마 정련된 소재를 얻으면 단편소설로 만들었다. 떠돌이 용사가 되다 보니 진영을 짤 수가 없었던 탓이다.

그래서 기술은 예전보다 향상되었고 생각도 거침이 없는 듯 보였을지라도 전투 의지는 적잖이 식어 있었다. 새로운 전우는 어디에 있을까? 나는 이래선 안 되겠다고 생각했다. 그리하여 이때 쓴 11편의 작품을 묶어 『방황』仿偟이라 이름했다. 이후 다시는 이 모양이 되지 않기를 바라면서.

"길은 까마득히 아득하고 먼데, 나는 오르내리며 찾아 구하고자 하네."[8]

그런데 이 말이 뜻밖에도 흰소리가 되고 말았다. 베이징을 도망쳐 나와 샤먼으로 숨어들어 큼직한 건물에서 『새로 쓴 옛날이야기』故事新編 몇 편과 『아침 꽃 저녁에 줍다』朝花夕拾 10편을 썼을 뿐이니 말이다. 전자는 신화·전설이나 역사적 사실을 다룬 이야기이고, 후자는 회상록에 지나지 않는다.

이 이후 아무것도 쓴 것이 없으니 '텅텅 비고'만 것이다.

굳이 창작이라 부를 만한 건 지금껏 이 다섯 권뿐으로, 단숨에 독파할 수 있는 정도다. 그런데 출판사에서는 나보고 한 권 분량을 선별해 달라고 한다. 이렇게 하면, 첫째 독자의 부담을 줄여 줄 수 있고, 둘째 작가가 직접 선집하면 다른 사람이 한 것보다 각별할 거라고 여겼던 것일 게다. 첫번째에 대해선 이의가 없지만, 두번째에 대해선 좀 난감하다. 그도 그럴 것이 지금까지 나한테는 각별히 공력을 쏟거나 각별히 게으름을 피운 작품이 없기 때문이다. 따라서 특별히 수작으로 골라낼 만한 작품도 없다. 그래서 어쩔 수 없이 제재나 글쓰기 방식이 사뭇 달라서 독자들에게 참고가 될 만한 작품 22편을 골라 한 권으로 묶었다. 다만 독자들에게 '중압감'을 줄 만한 작품은 애써 뽑아냈다. 이는 지금 내 나름대로 갖고 있는 생각 때문이다.

"내 입장에서도 내 젊은 시절처럼 아름다운 꿈을 꾸고 있는 청년들에게 내 안의 고통스런 적막이라 여긴 것을 더 이상 전염시키고 싶지 않았던 것이다."[9]

　하지만 『외침』 때의 고의적인 눈속임 같은 것은 아니다. 왜냐하면 지금이나 미래의 청년들에게 이런 심경이 있지는 않을 거라고 이제 믿게 되었기 때문이다.

1932년 12월 14일,

상하이 우거寓居에서 루쉰 적다

주)＿＿＿＿

1) 원제는 「『自選集』自序」, 1933년 3월 상하이 톈마서점(天馬書店)에서 출판한 『루쉰 자선집』(魯迅自選集)에 처음 실렸다.

　『루쉰 자선집』에는 총 22편의 작품이 실려 있는데 그 목차는 다음과 같다. 「그림자의 고별」, 「아름다운 이야기」, 「길손」, 「잃어버린 좋은 지옥」, 「이러한 전사」, 「총명한 바보, 사람, 종」, 「빛바랜 핏자국 속에서」(이상 『들풀』에서 7편), 「쿵이지」, 「작은 사건」, 「고향」, 「아Q정전」, 「오리의 희극」(이상 『외침』에서 5편), 「술집에서」, 「비누」, 「조리돌림」, 「죽음을 슬퍼하며」, 「이혼」(이상 『방황』에서 5편), 「달나라로 도망친 이야기」, 「검을 벼린 이야기」(이상 『새로 쓴 옛날이야기』에서 2편) 「개·고양이·쥐」, 「무상」, 「판아이눙」(이상 『아침 꽃 저녁에 줍다』에서 3편).

2) '5·4' 시기 낡은 문학에 반대하여 신문학을 제창하고 문언문에 반대하여 백화문을 제창한 운동을 가리킨다. 이는 5·4신문화운동의 중요한 내용이었다.

3) 1911년(신해년) 10월 10일 쑨중산(孫中山)이 주도한 부르주아계급 민주혁명을 말한다. 이로 인해 청나라가 전복되었고 이천여 년 봉건 통치의 역사가 막을 내렸으며 그 결과 중화민국이 탄생했다. 하지만 얼마 뒤 위안스카이에게 정권을 탈취당했다.

4) 1913년 7월 쑨중산이 위안스카이의 독재정치에 반대해서 일으킨 전쟁이다. 이를 1911년의 신해혁명에 대한 상대 개념으로 '2차혁명'이라 부르는데, 위안스카이에 의해 이내 진압되고 말았다.

5) 위안스카이(袁世凱, 1859~1916)는 허난(河南) 샹청(項城) 사람으로 베이양군벌의 영수다. 원래 청나라 대신이었던 그는 중화민국 대총통 직위를 탈취한 뒤 1916년 1월에 황제 체제를 실시하여 스스로를 황제라 칭하면서 연호를 '홍헌'(洪憲)으로 정했다. 이 시도는 동년 3월에 반대에 부딪혀 철회되었다.

6) 장쉰(張勳, 1854~1923)은 장시(江西) 펑신(奉新) 사람으로 베이양군벌 중 하나다. 1917년 6월 그가 안후이(安徽) 독군(督軍)으로 있을 때 쉬저우(徐州)에서 군대를 이끌고 베이징으로 진입하여 7월 1일 캉유웨이(康有爲) 등과 함께 폐위된 황제 푸이(溥儀)를 옹립하려 했지만 7월 12일 실패하고 말았다.

7) 이 구절은 원래 헝가리 시인 페퇴피의 말이다(페퇴피에 대해서는 이 문집의 「망각을 위한 기념」의 주석을 참조 바람). 루쉰은 『들풀』에서 이 구절을 인용한 바 있다.

8) 이 말은 굴원의 「이소」(離騷)의 한 구절이다. 루쉰은 『방황』의 제목글로 이 구절을 인용한 바 있다.

9) 이 말은 『외침』 「서문」에 나온다.

중러 문자 교류를 경축하며[1]

15년 전 서구의 소위 문명국 사람들에게 반半개화 국가로 간주되던 러시아의 문학이 세계문단에서 승리를 거두었다. 15년 동안 제국주의자들에 의해 악마로 간주되던 소련의 문학이 세계문단에서 승리를 거둔 것이다. 여기서 말하는 '승리'란, 그 내용과 기법의 걸출함으로 광범위한 독자층을 확보했을 뿐 아니라 그들에게 유익한 것들을 대량 제공했다는 것을 의미한다.

이는 중국의 경우도 예외가 아니다.

우리는 량치차오梁啓超가 꾸리던 『시무보』時務報[2]를 통해 『셜록 홈즈 탐정록』의 변화무쌍함을 접했고, 또 『신소설』新小說[3]을 통해 과학소설로 명명된 쥘 베른(Jules Verne) 작 『해저 2만 리』류의 신기함을 접했다. 그 뒤 린친난林琴南이 영국인 해거드(H. Rider Haggard)의 소설을 대거 번역했다. 여기서 우리는 또 런던 아가씨의 멋들어진 자태와 아프리카 야생의 기괴함을 접했다. 이때까지도 러시아문학은 전혀 알지 못했다. 속으로는 알고 있었지만 일러 주지 않았던 몇 분 '선각자' 선생은 물론 예외겠지만. 그래도 다른 쪽에선 이미 감응한 자들이 있었다. 당시 그나마 혁명적인 청년치고 러시아 청년들이 혁명적이며 암살의 명수라는 걸 누가 몰랐겠는가? 더욱이 잊을 수 없는 이는 소피아다.[4] 태반은 그녀가 아름다운 아가씨였기 때문에 그랬을지라도 말이다. 요즘 국산 작품에 흔히 보이는 '소피' 같은 이름의 유래가 바로 여기였던 것이다.

당시 ── 19세기 말 ──의 러시아문학, 특히 도스토예프스키와 톨스토이의 작품은 독일문학에 상당한 영향을 미치고 있었다. 그럼에도 이는 중국과는 아무 관련이 없었다. 당시 독일어를 공부하는 사람이 너무 적었기 때문이다. 가장 밀접한 관련을 가진 이는 영미 제국주의자들이었다. 그들은 도스토예프스키, 투르게네프, 톨스토이, 체호프의 선집을 번역하는 한편 인도인 교육용 독본으로 우리의 청년들에게 라마와 크리쉬나(Rama and Krishna)[5]의 대화를 가르쳤다. 하지만 덕택에 그런 선집을 읽을 수 있는 가능성도 생겨났다. 탐정, 모험가, 영국 아가씨, 아프리카 야생의 이야기는 그저 배불리 먹고 마신 뒤 늘어난 몸뚱이나 긁어 줄 수 있을 뿐이었다. 하지만 우리의 일부 청년들은 이미 억압을 감지하고 있었다. 모진 고초만 남은 그들은 발버둥 쳤다. 그래서 박박 긁는 대신 절실한 지향점을 찾고 있을 뿐이었다.

바로 그때 러시아문학을 접했다.

바로 그때 러시아문학이 우리의 스승이자 벗임을 알았다. 그 속에서 피억압자들의 선량한 영혼과 쓰라림과 몸부림을 보았기 때문이다. 여기에다 40년대 작품과 더불어 희망을 불태웠고 60년대 작품과 더불어 슬픔을 공유했다. 당시의 대러시아 제국 역시 중국을 침략하고 있었다는 사실을 우리가 어찌 몰랐겠는가. 하지만 문학으로부터 일대 사실을 알게 되었으니, 세계에는 두 종류 인간, 즉 억압자와 피억압자가 있다는 것이었다.

지금 입장에서 보면 이는 주지의 사실이라 언급할 만한 것도 못 된다. 하지만 당시에는 일대 발견으로 옛사람들이 불을 발견해 어둠을 비추고 음식을 익혀 먹을 수 있게 된 것에 버금가는 일이었다.

러시아의 작품은 점차 중국에 소개되면서 일부 독자들의 공감을 얻어 널리 퍼져 가기만 했다. 엉성한 번역은 차치한다 해도 대작으로『러시아 희곡집』에 실린 10편[6]과『소설월보』증보판『러시아문학 연구』대형본 1권,[7]『피억압민족 문학 특집』2권[8]이 있었다. 이는 러시아문학에서 받은 계발을 통해 문제의식의 범위를 모든 약소민족으로 확대했다는 것을 의미한다. 뿐만 아니라 '피억압'이라는 글자를 또박또박 지적해 내기도 했던 것이다.

그리하여 이제 문인학사들의 토벌에 직면하게 되었다. 혹자는 문학의 '숭고'를 주장하며 쌍것들下等人을 묘사하는 일은 비속한 수작이라고 했고,[9] 혹자는 창작을 처녀에 비유하며 번역은 중매쟁이에 불과하다고 하면서[10] 특히 중역重譯을 혐오했다. 아닌 게 아니라『러시아 희곡집』을 제외하면 당시의 모든 러시아 작품들은 거의 중역이었다.

그래도 러시아문학은 소개되어 널리 퍼져 가기만 했다.

작가들의 이름도 더 많이 알게 되었다. 안드레예프(L. Andreev)의 작품에서 공포를 만나고 아르치바셰프(M. Artsybashev)의 작품에서 절망과 당혹을 접하기도 했지만, 코롤렌코(V. Korolenko)에게서 관대함을 배웠고 고리키(M. Gorky)에게서 반항을 체득했다. 독자대중들의 공감과 사랑은 어느덧 몇몇 논객의 사특한 곡필로 가릴 수 없는 지경이 되었다. 이 위력은 마침내 한때 맨스필드(Katherinr Mansfield)를 숭배하던 신사마저 투르게네프의 『아버지와 아들』을 중역하게 만들었고,[11] '중매쟁이'를 질타하던 작가마저 톨스토이의 『전쟁과 평화』를 중역하게 만들었다.[12]

이 사이에 문인학사와 주구건달 연합군의 토벌이 있었음도 물론이다. 소개자들에 대해 혹자는 루블 때문이라고 했고, 혹자는 투항의 의도가 있다고 했으며, 혹자는 '깨진 징'[13]이라고 비웃었고, 혹자는 공산당이라고 손가락질했다. 그러나 서적에 대한 금지와 몰수가 대부분 비밀리에 이루어졌기 때문에 실제 상황을 열거할 길이 없다.

그래도 러시아문학은 소개되어 널리 퍼져 가기만 했다.

어떤 이들은 『무솔리니 평전』도 번역했고 『히틀러 평전』도 번역했다. 그래도 그들은 현대 이태리 혹은 독일의 백색 대작을 하나도 소개하지 못했다. 『전후』[14]는 히틀러의 卍자 깃발 소속이 아니었고, 『죽음의 승리』[15] 또한 그저 '죽음'으로써 거만을 떨어 댈 뿐이었다. 그렇지만 우리에게 소련문학은 이미 리베딘스키의 『일주일』,[16] 글랏코프의 『시멘트』, 파데예프의 『궤멸』, 세라피모비치의 『철의 흐름』이 있었고, 이밖에 중단편도 상당히 많았다. 이들 작품들은 어용문인들의 온갖 공격 속에서도 독자대중의 품속으로 뚜벅뚜벅 걸어 들어가 변혁과 전투와 건설의 어려움과 성공에 대한 기약을 하나하나 우리에게 일러 주었다.

그런데 한 달 전에 소련에 대한 '여론'이 삽시간에 바뀌었다. 어젯밤의 악마가 오늘 아침의 벗이 된 것이다. 많은 신문들이 소련이 잘하고 있는 점 몇 가지를 거론했다. 물론 어떤 때는 문예를 언급하기도 했는데, '국교 회복'[17]이 그 이유였다. 하지만 경축할 만한 것은 이것이 아니다. 자기 잇속만 챙기는 자는 물에 빠져 목숨이 위태로우면 아무것이나 움켜쥐기 마련이다. '깨진 징'이건 깨진 북이건 상관이 없다. 그에게 '결벽' 따위는 있지도 않은 것이다. 하지만 끝내 죽음에 이르렀건 요행히 뭍에 기어올랐건 시종일관 그는 제 잇속만 챙기는 자다. 손쉬운 예를 하나 들어 보자. 상하이의 '주요 일간지'로 불리는 『선바오』는 달콤한 말로 "소련방문단을 조직하자"고 주장하면서도(32년 12월 28일자 시평) 다른 한편 린커뒤의 『소련견문록』을 '반동 서적'으로 부르지 않았던가?(27일자 뉴스)

경축할 만한 것은, 중러 간의 문자 교류가 중영·중불보다 늦기는 했지만 지난 10여 년 양국의 국교가 단절되었을 때나 회복되었을 때나 우리 독자대중들이 이 때문에 진퇴進退하지 않았다는 것이며, 번역본을 허용했을 때나 금지했을 때나 우리 독자들이 이 때문에 성쇠盛衰하지 않았다는 것이다. 그 추세는 한결같았을 뿐 아니라 확대되기까지 했다. 국교가 단절되고 번역본이 금지되었을 때도 한결같았을 뿐 아니라 단교와 금지에도 불구하고 더욱 확대되기까지 했다. 이로부터 우리의 독자대중들이 줄곧 사특하고 '타산적인 눈'으로 러시아문학을 바라보지 않았음을 알 수 있다. 우리의 독자대중들은 어렴풋이나마 이 위대하고 비옥한 '흑토'[18]에서 무엇이 자라날지를 일찌감치 알고 있었다. 그리고 이 '흑토' 역시 확실하게 무언가를 키워 내어 우리에게 직접 보여 주었다. 인내, 신음, 몸부림, 반항, 전투, 변혁, 전투, 건설, 전투, 성공을 말이다.

지금은 영국의 쇼나 프랑스의 롤랑도 소련의 벗이 되었다.[19] 이는, 우리 중국과 소련 간의 부단한 '문자 교류' 경험이 확대되어 세계와 진정한 '문자 교류'를 맺게 만든 첫 걸음이기도 하다.

이것이 우리가 마땅히 경축해야 할 바다.

12월 30일

주)_____

1) 원제는 「祝中俄文字之交」, 1932년 12월 15일 『문학월보』 제1권 제5, 6호 합본에 처음 발표되었다.

2) 1896년(청나라 광서光緖 22년) 8월 황쭌셴(黃遵憲), 왕캉녠(王康年)이 상하이에서 창간한 잡지로 량치차오가 주간을 맡았다. 1898년 변법유신운동의 주요 진지였다. 1898년 7월 말에 관보(官報)로 개편되었다가 8월 제69기를 끝으로 정간되었다.

3) 1902년(광서 28년) 11월 일본 요코하마에서 창간된 잡지로 량치차오가 주간을 맡았다. 1905년 12월 제2권 제24기를 끝으로 정간되었다. 이 잡지는 창작소설 외에 번역소설도 실었다.

4) 즉 페로브스카야(Софья Львовна Перовская, 1853~1881)를 말한다. 러시아 여성혁명가이자 인민의지당(Народная воля) 지도자 중 한 사람이다. 1881년 3월 1일 차르 알렉산드르 2세의 암살에 개입한 죄목으로 동년 4월 3일 차르 정부에 의해 피살되었다. 청나라 말 중국의 무정부주의자들이 꾸린 『신세기』(新世紀) 제27호(1907년 12월)에 그의 활동 및 사진이 소개된 바 있다.

5) 라마와 크리쉬나는 인도 신화에 나오는 영웅적인 인물이다.

6) 공학사(共學社) 총서 중 하나로 1921년 상우인서관(商務印書館)에서 출판했다. 희곡 10편을 실었는데 그 목록은 다음과 같다. 고골(Николай Гоголь)의 「검찰관」(허치밍賀啓明 역), 오스트로프스키(Александр Островский)의 「소나기」, 투르게네프의 「마을의 달」, 톨스토이의 「어둠의 힘」(이상 3편 경지즈耿濟之 역), 「교육의 열매」(선잉沈潁 역), 체호프의 「갈매기」(정전둬 역), 「이와노프」, 「와니아 아저씨」, 「벚꽃 동산」(이상 3편 경지즈 역), 슈라메크(Fráňa Šrámek)의 「6월」(정전둬 역).

7) 『소설월보』(小說月報) 제12권 증보판으로 1921년 9월에 출판되었다. 여기에는 정전둬의 「러시아문학의 발원시대」, 경지즈의 「러시아 4대문학가」, 선옌빙(沈雁冰)의 「근대 러시아문학가 30인」, 루쉰의 「아르치바셰프」, 궈샤오위(郭紹虞)의 「러시아 미론과 그 문예」, 장원톈(張聞天)의 「톨스토이의 예술관」, 선쩌민(沈澤民)의 「러시아의 서사시」 등의 논문과 루쉰, 취추바이(瞿秋白), 경지즈 등이 번역한 문학작품이 다수 실려 있다.

8) 『소설월보』 제12권 제10기로 1921년 10월 출판되었다. 여기에는 루쉰이 번역한 「근대 체코문학 개관」(체코의 카라세크Jiří Karásek ze Lvovic 작), 「소러시아문학 약론」(독일의 카르펠레스Gustav Karpeles 작), 선옌빙이 번역한 「핀란드문학」(램스던Hermione Ramsden 작), 선쩌민이 번역한 「세르비아문학 개관」(미야토비치Chedo Mijatovich 작), 저우쭤런(周作人)이 번역한 「근대 폴란드문학 개관」(폴란드의 홀레빈스키Jan Holewiński 작) 등의 논문과 루쉰·선옌빙 등이 번역한 핀란드·불가리아·폴란드 등의 문학작품이 다수 실려 있다.

9) 당시 영미에서 유학한 우미 등 일부 신사파들을 가리킨다.

10) 이 말은 『민탁』(民鐸) 제2권 제5호(1921년 2월)에 실린, 궈모뤄가 리스천(李石岑)에게 보낸 서신의 다음 대목이다. "내가 보기에 국내 인사들은 중매쟁이만 중시하지 처녀는 중시하지 않고 번역만 중시하지 창작은 중시하지 않는 것 같다."

11) 천위안(陳源)을 가리킨다. 그는 『신월』(新月) 제1권 제4호(1928년 6월)에 실린 「맨스필드」라는 글에서 영국작가 맨스필드는 "한 시대를 풍미한 미묘하고도 참신한 작가"라고 하며 그녀의 작품을 소개했다. 뒤에 그는 영어판으로 투르게네프의 『아버지와 아들』을 번역해서 1931년 6월 싱하이 싱우인서관에서 출판했다.

12) 궈모뤄는 독일어판으로 톨스토이의 『전쟁과 평화』 일부를 번역해서 1931년 8월 상하이 문예서국(文藝書國)에서 출판했다.

13) 원문은 '破羅'로, '프롤레타리아'의 프로(普羅)와 발음이 비슷해 일부 사람들이 '프로문학'을 야유할 때 부른 말이다(당시는 프롤레타리아계급 혁명문학을 일반적으로 '프로문학'이라 불렀다).

14) 독일 작가 레마르크(Erich Maria Remarque)의 소설 『서부전선 이상 없다』(Im Westen nichts Neues)의 속편이다. 당시 선수즈(沈叔之)의 번역으로 1931년 8월 상하이 카이밍서점(開明書店)에서 출판되었다.

15) 이탈리아 작가 단눈치오(Gabriele D'Annunzio)의 작품으로 1894년에 출판된 이 소설은 팡신(芳信)에 의해 번역되어 1932년 10월 상하이 광화서국에서 출판되었다.

16) 러시아 작가 리베딘스키(Юрий Николаевич Либединский, 1898~1959)가 쓴 이 작품은 당시 장광츠(蔣光慈)에 의해 번역되어 1930년 1월 베이신서국(北新書局)에서 출판되었다. 또 장쓰(江思), 쑤원의 번역본이 있었는데, 1930년 3월 수이모서점(水沫書店)에서 출판되었다.

17) 국민당 정부는 1927년 12월 14일 소련과의 국교 단절을 선언했다가 1932년 12월 12일 국교 회복을 선언했다.

18) 당시 소련의 대명사다. 덴마크의 문예비평가이자 문학사가인 조지 브란데스(Georg Brandes, 1842~1927)는 『러시아 인상기』(Impressions of Russia, 1889)라는 책에서 러시아를 '흑토'라 불렀다.

19) 로맹 롤랑은 러시아 10월혁명 이후 소련에 대해 우호적인 태도를 보이며 1931년 「과거와의 고별」을 발표하여 프롤레타리아계급 혁명을 열렬히 지지했다. 버나드 쇼는 제1차 세계대전 이후 제국주의 전쟁을 규탄하며 러시아 10월혁명에 우호적인 입장을 보였다. 1931년 그는 소련을 방문했다.

꿈 이야기를 듣고[1]

꿈을 꾸는 것은 자유지만 꿈을 말하는 것은 자유롭지가 않다. 꿈을 꾸는 것은 진짜 꿈을 꾸는 것이지만 꿈을 말하는 것은 거짓말을 면하기가 어렵다.

정월 초하루에 『동방잡지』[2] 신년 특대호 한 권을 입수했다. 그 말미에는 '신년의 몽상'이라는 칼럼이 있었는데, '몽상 중인 미래의 중국'과 '개인 생활'이란 물음이 있었고 140여 명의 인사가 답한 내용이 있었다. 기자의 고심을 나는 안다. 언론의 자유가 없으니 차라리 꿈 이야기라도 해보자, 게다가 참말이랍시고 거짓말을 하느니 차라리 꿈 이야기를 하고 있다는 참말을 해보자고 했을 것임에 틀림없다. 반가운 마음에 잠시 뒤적거려 보고는 기자 선생이 크나큰 패착에 이르렀음을 알게 되었다.

이 특대호를 입수하기 전에 투고자 한 사람을 만났다. 그는 나보다 먼저 이 출판물을 봤던지 자기 답안이 자본가에게 가위질을 당했다며 자기가 말한 꿈은 결코 그런 게 아니라고 투덜댔다. 이로써 자본가들은 꿈꾸는 행위 자체를 금지하지는 못하지만 일단 발설하고 나면 권력이 미치는 한 어떻게든 간섭해서 당신에게 자유를 주지 않으려 든다는 것을 알 수 있다. 이 점만 해도 벌써 기자의 큰 패착이다.

꿈을 개작한 이 사안은 잠시 미뤄 두고 다만 문자로 쓰인 몽경夢境을 구경해 보는 데 그치기로 하자. 과연 기자가 말한 대로 응답자 거의 전부는 지식인이다. 일단 모두가 삶의 불안을 느끼고 있다. 그 다음으로는 많은 이들이 미래의 좋은 사회를 꿈꾸고 있는데, "각자 가진 바 능력을 다할 수 있고"라거나 '대동 세계'라거나 하는 데선 제법 '탈선'의 기미가 묻어난다. (마지막 세 마디는 내가 보탠 것이지 기자가 말한 게 아니다.)

그런데 그 뒤 이 기자가 약간 '멍청'해졌는지 어디서 학설 하나를 주워 와 100여 개나 되는 꿈을 달랑 두 부류로 나눠 버렸다. 좋은 사회를 몽상한 꿈은 '도를 실은'載道 꿈이므로 '이단'이고 정통적인 꿈이라면 응당 '뜻을 말해'言志야 한다며 우격다짐으로 '뜻'을 진공상태로 만들어 버렸다.[3] 하지만 공자는 "각자 자기의 뜻을 말해 보지 않겠느냐"며 끝내 증점曾點 편을 들었는데,[4] 이는 그 '뜻'이 공자의 '도'에 들어맞았기 때문이다.

사실 거기에는 기자가 '도를 실었'다고 판단한 꿈은 아주 드물다. 글은 멀쩡히 깨어 있을 때 쓴 것이고 문제 또한 '적성검사'에 가까운 것이어서 응답자 각자가 현재 자기의 직업·지위·신분에 걸맞는 꿈을 꾸지 않을 수 없고(이미 난도질당한 것은 물론 예외다), 설령 어떤 식으로 '도를 실은' 것처럼 보일지라도 미래의 좋은 사회를 '선전'하려는 의도는 없다. 그래서 '모두가 배불리 먹는' 꿈을 꾼 사람, '무계급사회'를 꿈꾼 사람, '대동 세계'를 꿈꾼 사람은 있지만 이런 사회를 건설하기 이전의 계급투쟁, 백색테러, 폭격, 학살, 콧구멍에 고춧가루 물 붓기, 전기고문 등등을 꿈꾼 사람은 아주 드물었던 것이다. 만약 이것들을 꿈꾸지 않았다면, 좋은 사회는 올 리가 없고, 제아무리 광명을 썼다 한들 결국에는 하나의 꿈, 텅 빈 꿈일 것이며, 이를 발설하는 일도 이 텅 빈 몽경 속으로 사람들을 들여보내는 것에 다름 아니다.

하지만 이 '꿈'을 실현하려는 사람들이 있다. 그들은 말이 아니라 실천하고 미래를 꿈꾸며 이런 미래적 현재에 도달하는 데 힘을 쏟는다. 이런 사실이 있음으로 인해 수많은 지식인들로 하여금 '도를 실은' 것처럼 보이는 꿈을 말하지 않을 수 없게 만든 것이다. 그런데 실상은 '도를 실은' 게 아니라 어영부영 '도'에 실려 있는 것이다. 깔끔히 말하자면 '도가 실은' 것이라고 해야 한다.

어쩌다가 '도가 싣는' 지경이 되었을까? 가로되, 현재와 미래의 밥줄 문제가 그 이유일 뿐이라는데.

우리는 아직도 낡은 사고의 속박을 받고 있어서 밥 문제를 입에 올리면 비속하다고 생각한다. 그렇지만 나는 응답자 제위를 경멸하려는 생각은 추호도 없다. 『동방잡지』 기자 역시 「독후감」에서 프로이트의 견해를 인용하며 '정통적인' 꿈은 "각자 마음속 비밀을 드러내면서도 사회적 작용을 동반하지 않는다"고 한 바가 있다. 그런데 프로이트는 억압을 꿈의 토대로 삼는다. 사람은 왜 억압당할까, 이 문제 말이다. 이것이 사회제도, 관습 같은 것과 연결되다 보면 꿈만 꾸는 건 문제가 안 되지만 발설하고 질문하고 분석하게 되면 불온한 것이 되어 버린다. 기자는 미처 이 층위를 생각하지 못했다. 그리하여 자본가의 황금 펜대에 머리를 찧고 만 것이다. 그래도 나는 이제쯤 '억압설'을 끌어와 꿈을 해석하는 일을 거역이라 여기는 사람은 없을 거라고 생각한다.

그런데 프로이트는 돈이 많아 배불리 먹을 수 있어 그랬는지 밥 먹는 일의 어려움은 알지 못하고 성욕에만 관심을 쏟아부었다. 허다한 자들이 그와 처지가 같아서 우레와 같은 박수가 일었다. 아닌 게 아니라 그는 우리에게 이런 사실도 일러 준 적이 있다. 딸아이가 아버지를 더 사랑하고 사내아이가 어머니를 더 사랑하는 것은 이성이기 때문이라고 말이다. 하지만 갓난아기는 남녀를 불문하고 태어난 지 얼마 되지도 않아 입술을 쫑긋대며 머리를 이리저리 돌려 댄다. 이것이 이성과 입맞춤을 하려는 것일까? 아니다. 모두가 알고 있듯이 뭔가를 먹으려는 것이다!

식욕의 뿌리는 성욕보다 더 깊다. 지금은 입만 열면 애인타령이요 입을 닫으면 연애편지 타령을 하면서도 비린내를 깨닫지 못하는 시절이지만, 그래도 우리는 먹는 문제를 쉬쉬할 필요가 전혀 없다. 멀쩡히 깨어 있을 때 꾼 꿈이니 다분히 거짓이 없을 수 없고, 제목이 어쨌거나 '몽상'인 데다 기자 선생의 말대로 우리는 "물질적 수요가 정신적 추구를 훨씬 초과하고" 있으니 Censors[5](역시 프로이트 말을 인용하자면)의 감시가 해제된 것처럼 보이는 이때에 일부를 공개했던 것이다. 사실 이 역시 "꿈속에서 표어를 붙이고 구호를 외친" 수준이라 대단한 것도 아니다. 게다가 어쩌면 상당수가 표면적인 '표어'와 정반대일지도 모른다.

시대는 이처럼 변화하고 밥그릇은 이처럼 고단하니 현재와 미래를 떠올리며 일부 인사들이 이처럼 꿈 타령을 늘어놓을 수밖에 없었으리라. 같은 프티부르주아계급 처지(혹자는 나를 일러 '봉건 잔재'니 '토착 부르주아계급'으로 규정하지만, 나 자신은 잠정적으로 이 계급에 속하는 것으로 해 둔다)이다 보니 피차의 속셈을 능히 알 수 있는 것이다. 그러니 꽁꽁 숨겨 두고 쉬쉬할 필요도 없다.

또 다른 인사들, 그러니까 자기 처지와 아무 상관도 없이 은자를 꿈꾸고 어부나 초부를 꿈꾸는 일부 명사[6]들의 경우도 실상은 밥그릇의 위기를 예감해서 밥줄의 범위를 조정朝廷에서 원림園林으로, 도회지洋場에서 산택山澤으로 확대하려는 것일 뿐이다. 상술한 저들 지향보다는 훨씬 원대하지만 여기서 더 언급하고 싶지는 않다.

1월 1일

주)_____

1) 원제는 「聽說夢」, 1933년 4월 15일 베이핑의 『문학잡지』(文學雜誌) 제1호에 처음 발표되었다.

2) 『동방잡지』(東方雜誌)는 종합잡지로 1904년 3월 상하이에서 창간되었다가 1948년 12월에 정간되었다. 상우인서관에서 출판했으며 주간은 후위즈였다.

3) 『동방잡지』 기자는 '신년의 몽상' 칼럼의 「독후감」(讀後感)에서 이런 말을 했다. "근래에 들어 어떤 비평가는 문학을 '도를 실은' 문학과 '뜻을 말한' 문학 두 부류로 나누었다. 우리의 꿈도 마찬가지 방법으로 '도를 실은' 꿈과 '뜻을 말한' 꿈으로 양분할 수 있다." "'도를 실은' 꿈은 '이단'에 불과하고 '뜻을 말한' 꿈이야말로 꿈의 '정통'이다. 왜냐하면 '꿈'은 개인적인 것이지 사회적인 것이 아님을 우리는 믿고 있기 때문이다. 프로이트의 해석에 의하면 꿈은 한낮에 억압된 의식이 잠잘 때 해방되어 나온 것일 뿐이다. …… 그래서 '꿈'은 의식의 '공개되지 않는' 부분을 대표할 뿐이다. 꿈속에서 설교를 하고 꿈속에서 도를 강의하고 꿈속에서 표어를 붙이고 구호를 외치는 것은 흔치 않은 꿈이다. 적어도 이 꿈은 백일몽이지 밤에 꾼 꿈이 아니므로, 그래서 꿈의 정통으로 칠 수 없는 것이다. 오직 개인적인 꿈만이 사회적 작용 없이 각자의 마음속 비밀을 드러내는데, 이것이야말로 정통의 꿈이다."

『동방잡지』 기자가 "근래에 들어 어떤 비평가는"이라고 한 대목은 저우쭤런을 가리킨다. 그는 『중국신문학의 원류』(中國新文學的源流)에서 중국문학사를 '도를 실은' 문학과 '뜻을 말한' 문학이 성쇠한 역사로 파악했다.

4) "각자 자기의 뜻을 말해 보지 않겠느냐". 이 말은 『논어』 「공야장」(公冶長)에 나오는, 공자가 안연과 계로(자로)에게 한 말이다. 공자가 증점의 편을 들었다는 말은 『논어』 「선진」(先進)에 나온다. "자로, 증석(이름은 점), 염유, 공서화가 공자를 모시고 앉았다. …… 선생님께서 말씀하시기를, '무엇이 나쁘겠는가? 역시 각자 자기의 뜻을 말하는 것이다'

하시자 (증점이) 말하기를 '늦봄에 봄옷이 이미 만들어졌거든 관을 쓴 어른 대여섯과 동자 예닐곱과 함께 기수(沂水)에서 먹을 감고 무우(舞雩)에서 바람을 쐬고 노래하면서 돌아오겠나이다' 하자 공자께서 '아!' 하고 감탄하시며 '나는 증점과 더불어 하겠노라' 하셨다."

5) 원래 의미는 검사관으로, 프로이트(Sigmund Freud, 1856~1939)의 정신분석학에서는 '잠재의식'을 저지하면서 '의식'으로 진입하는 억압의 강도를 표시하는 데 쓰인다.

6) 『동방잡지』 '신년 특대호'에서 '꿈 나령을 한' 일부 국민당 관료들을 가리킨다. 이를테면 당시 철도부 차장이자 중일전쟁 때 매국노로 변신한 쩡중밍(曾仲鳴)은 "어디에 대나무 초가삼간을 지을까"라 했는가 하면, 중국은행 부총재 위환청(俞寰澄)은 "나는 얼마간 지식을 갖춘 자경농이 되고 싶을 뿐이다. 나는 전원생활을 가장 사랑한다"고 했다.

'재난에 맞섬'과 '재난을 피함'에 대하여[1]
— 『파도소리』 편집자에게 부치는 서신

편집자 선생

나는 늘 『파도소리』를 보면서 늘 "쾌재라!"를 부르고 있습니다. 그런데 이번에 저우무자이 선생의 「타인 매도와 자기 매도」[2]라는 글에서 베이핑 대학생들은 "재난에 맞설 수는 없다고 하더라도 최소한 재난을 피해서는 안된다"며 5·4운동 시대식의 예봉이 무뎌진 것을 개탄하는 대목을 접하고는 왠지 목에 가시가 걸린 듯하여 몇 마디 하지 않을 수 없게 된 것입니다. 나는 저우 선생과 정반대로 "재난에 맞설 수 없다면 재난을 피해야 한다"는 주의인데, 그러고 보면 나는 '재난 도피당' 소속인 셈입니다.

저우 선생은 글의 말미에서 "베이징을 베이핑으로 개칭한 데서 온 효험이 아닌지 의심하고 있다"고 했는데 절반은 옳다고 생각합니다. 그 무렵 베이징은 아직 '공화'의 가면을 쓰고 있어 학생들의 소요쯤은 개의치 않았습니다. 당시 집권자는 어제 상하이시 18개 단체가 '상하이 각계 돤段 각하 환영대회'[3]를 베푼 당사자인 돤치루이段祺瑞 선생인데, 그는 군인이었지만『무솔리니 평전』을 읽지는 않았습니다. 그런데 보시다시피 올 것이 오고야 말았습니다. 한번은 청원을 하러 간 학생들에 대고 탕탕 총질을 해댔습니다. 군인들의 정조준 대상은 으레 여학생이었는데, 이는 정신분석학적으로 해석하면 쉽게 설명이 됩니다. 특히 단발머리 여학생이 그 대상이었는데, 이 역시 풍속정돈의 학설로 쉽게 설명이 됩니다.[4] 요컨대 '무수한 학생'들이 죽음을 당했다는 것입니다. 하지만 그래도 추도회를 여는 것은 가능했고, 정부청사 앞으로 몰려가 "타도 돤치루이"를 외치는 것도 가능했습니다. 왜 그랬을까요? 당시엔 아직 '공화'의 가면을 쓰고 있었기 때문입니다. 하지만 보십시오, 올 것이 또 오고야 말았습니다. 지금은 당국黨國의 대교수가 되신 천위안 선생은『현대평론』에서 죽은 학생들을 애도하면서 그들이 몇 푼 되지도 않는 루블 때문에 목숨을 버린 것이 유감이라고 했습니다.[5] 이에 대해『위쓰』가 몇 마디 반격을 하자 지금 당국의 요인이 되신 탕유런唐有壬 선생께서『징바오』晶報에 서신을 써서 이런 언동은 모스크바의 지령을 받은 것이라고 했습니다. 그러니 실로 이때부터 베이핑의 기미가 있게 된 것입니다.

그 뒤 북벌이 성공하여 베이징은 당국에 귀속이 되고 학생들도 연구실로 되돌아가는 시대가 되자 5·4식은 틀린 것이 되고 말았습니다. 왜 그럴까요? 이는 '반동파'에 쉽사리 이용당하기 때문입니다. 이런 나쁜 기질을 교정하기 위해 우리의 정부, 군인, 학자, 문호, 경찰, 끄나풀들은 실로 적지 않은 고심을 했습니다. 훈계로, 총칼로, 신문잡지로, 닦달로, 체포로, 고문으로, 그러다가 작년에 청원하러 간 무리가 죽은 것은 "자기가 발을 헛디뎌 물에 빠진" 것이라며 추도회조차 열지 못하는 시절이 되기에 이르렀습니다. 이제서야 신교육의 효과가 나타난 것입니다.

만약 일본인들이 더 이상 위관㮒闗을 침공하지 않는다면, 천하는 태평해질 것이고 "필히 안을 먼저 안정시킨 뒤 바깥을 내쫓을 수 있으리라"[6]고 저는 생각합니다. 그런데 유감스럽게도 밖으로부터의 환란이 너무 빠르고 너무 빈번합니다. 일본인들이 중국의 제공諸公들의 입장을 너무 고려해 주지 않기 때문입니다. 여기에다 이 때문에 저우 선생의 책망까지 있게 된 것입니다.

저우 선생의 주장을 보면 제일 좋은 것은 '재난에 맞섬'인 듯합니다. 하지만 이는 어렵습니다. 일찌감치 조직이 되고 훈련을 받은 상태에서 전선의 군인이 힘껏 싸우다 인원 손실이 생긴 경우라면 물론 부사령관[7]의 소집령에 응해야 합니다. 그런데 유감스럽게도 작년의 사실에 근거하면 기차조차 무료로 탈 수 없었습니다. 더욱이 평소 배우는 것이 채권론, 터키문학사, 최소공배수 따위니 말입니다. 일본을 치려 해도 칠 수가 없는 것입니다. 대학생들은 중국의 군경과 싸움을 벌인 적이 있지만 "자기가 발을 헛디뎌 물에 빠지고" 만 형편인데, 중국의 군경이 저항조차 못하고 있는 지금 무슨 수로 대학생들이 저항을 한단 말입니까? 우리는 시체로 적의 포구를 막는다느니 뜨거운 피로 왜놈의 총칼을 붙여 버린다느니 하는 비분강개한 시들을 무수히 본 적이 있습니다. 그런데 선생, 이는 '시'가 아닙니까! 실상은 전혀 딴판입니다. 개미보다 더 못하게 죽을 뿐 포구도 막을 수 없고 총칼도 붙일 수 없습니다. 공자 왈, "훈련받지 않은 백성을 전쟁터로 내모는 것을 일러 그들을 버린다고 하는 것이다"[8]라고 했습니다. 나는 공부자 어른에 전적으로 동의하는 건 아니지만 이 말은 옳다고 생각합니다. 나 역시 대학생이 '재난에 맞서는' 것에 반대하는 사람 중 하나니까요.

그럼 '재난을 피하지 않는' 건 어떨까요? 이 역시 전적으로 반대입니다. 물론 지금은 "적이 아직 오지 않았"습니다. 그런데 가령 왔을 경우 대학생들은 맨주먹으로 적을 욕하며 죽어야 할까요, 아니면 집에 숨어 요행히 목숨이나 부지해야 할까요? 제 생각엔 전자가 아무래도 눈부십니다. 어쩌면 장차 열사전의 한 페이지를 장식할시도 모릅니다. 그런데 대국적 견지에서 보면 한 사람이건 십만 명이건 여전히 보탬이 되지 않습니다. 기껏해야 또 한번 '국련'國聯에 보고되는 정도겠지요. 작년에 19로군[9]의 모모 영웅이 적을 해치운 사실을 두고 모두들 덩실대며 법석을 떤 적이 있지만, 이로 인해 전 전선이 백리나 퇴각한 중대한 사실은 잊히고 말았습니다. 사실 이때 중국은 패했습니다. 하물며 대학생들은 무기조차 없습니다. 중국의 신문은 '만주국'[10]의 폭정을 대서특필하면서 개인무기 소장을 허용치 않는다고 떠들어 대지만, 우리 대중화민국 인민이 호신용 무기를 지니고 있으면 어찌될까요. 아마 전 가족이 몰살을 당하겠지요. 선생, 이것이 쉽사리 '반동파에 의해 이용당하는' 것입니다.

사자나 호랑이 식의 교육을 베풀면 발톱과 이빨을 쓸 수 있고 소나 양식의 교육을 베풀면 위급할 때 불쌍한 뿔이나마 쓸 수 있습니다. 하지만 우리가 베푸는 교육은 어떻습니까? 작디작은 뿔조차 지닐 수 없으니 대재난이 닥치면 토끼처럼 도망칠 수밖에 없겠지요. 물론 도망친다고 해도 안전을 보장할 수 없고 어디가 안전하다고 누구도 장담할 수 없습니다. 도처에 사냥개를 번식하고 있으니 말입니다. 『시경』에 나오는 "폴짝폴짝 교활한 토끼, 개한테 붙잡혔네"[11]는 이를 두고 한 말입니다. 그런즉 36계 '줄행랑'이 상책인 것입니다.

요약하자면 제 생각은 이렇습니다. 우리는 대학생들을 너무 높게 봐서도 안 되고 그들을 너무 심하게 나무라서도 안 된다, 중국은 마냥 대학생에게만 의존해선 안 된다, 대학생들이 도망을 친 마당에 이제 이런 점을 생각해 보아야 한다, 앞으로 어떻게 하면 도망만 치지 않아도 되는지, 어떻게 하면 시詩의 대지를 벗어나 진짜 땅을 밟을 수 있는지를.

그런데 선생께서 어찌 여기실지 모르겠습니다. 『파도소리』에 실어서 논의거리로 삼는 건 어떠할지요? 채택 여부는 일임하겠습니다.

부디 건승하시기를.

1월 28일 밤, 뤄우 돈수頓首

추신 : 10여 일 전에 베이핑의 학생 50여 명이 집회를 연 것 때문에 체포되었다는 이야기를 방금 들었는데, 이로써 도망치지 않은 자가 아직 있다는 것을 알 수 있습니다. 하지만 죄명은 "항일을 빙자해 반동을 획책했다"는 것인데, 이로써 또 '적이 아직 오지 않았'어도 '재난을 피하는' 게 제일이라는 것을 알 수 있습니다.

29일 부기

주)_____

1) 원제는 「論'赴難'和'逃難'―寄『濤聲』編輯的一封信」, 1933년 2월 11일 상하이 『파도소리』 제2권 제5기에 뤄우(羅憮)라는 필명으로 처음 실렸다. 애초의 제목은 「36계 줄행랑이 상책이다」(三十六計走爲上計)였다.

2) 저우무자이(周木齋, 1910~1941)는 장쑤 우진(武進) 사람으로 당시 상하이 대동서국(大東書局) 편집을 맡으며 창작에 종사했다. 그의 「타인 매도와 자기 매도」는 『파도소리』 제2권 제4기(1933년 1월 21일)에 실렸는데, 거기서 그는 다음과 같이 말했다. "최근 일본군이 위관을 점령하자 베이핑의 대학생들이 방학을 앞당기기를 요구하고 나섰다.

이것이 받아들여지지 않자 뿔뿔이 제 발로 학교를 떠났다. 적이 당도하기도 전에 풍문만 듣고 멀리 도망간 것은 대단히 기이한 일이다. …… 이치를 따지자면 일본군이 위관을 침략했다면 …… 설사 재난에 맞설 수 없다손 치더라도 최소한 재난을 회피해서도 안 된다."여기까지 쓰고 보니 문득 5·4운동 시기 베이징 학생들의 예봉을 떠올리게 된다. 그런데 눈 깜짝할 사이에 학풍과 기상이 하나같이 변하고 말았다. 나는 '베이징'을 '베이핑'으로 개칭한 데서 온 효험이 아닌지 의심하고 있다." 위관(楡關) 즉 산하이관은 1933년 1월 3일 일본군에게 점령됐다.

3) 된치루이는 '9·18' 이후 국난회의 위원으로 위촉되었다. 1933년 1월 24일 상하이를 방문하자 2월 17일 상하이시 상인연합회 등 18개 단체가 환영회를 개최했다.

4) 돤치루이 정부는 몇 차례 이런 훈령을 반포한 적이 있는데, 1925년 8월 25일 반포한 '학풍정돈령'이 일례다. 1926년 3월 6일 서북변방 독판(督辦) 장즈장(張之江)은 돤치루이에게 전보를 보내 '남녀 간 교제 방지'로써 '풍속을 유지하고 나라의 근본을 세워야 함'을 주장했는데, 돤 정부는 답신을 보내 '갸륵함'을 표시하면서 '근본 정돈'에 착수했다.

5) 3·18참사가 있은 뒤 천위안은 『현대평론』(現代評論)에 발표한 「한담」(閑話)에서 애국학생들이 이용을 당해 스스로 '사지'로 뛰어들었다고 하면서 소위 '적화를 선전하는' 자들은 "직접 혹은 간접적으로 소련의 돈을 받아 쓰고 있다"고 했다(여기에 대해서는 1926년 5월 8일자 『현대평론』 제3권 제74기에 실린 「한담」을 참조 바람).

6) 장제스는 1931년 11월 30일 국민당 정부처장 구웨이쥔(顧維鈞)의 선서취임식 석상에서 내린 '친서훈령'에서 "필히 먼저 안을 안정시키고 통일을 이룬 뒤에야 바깥의 적을 물리칠 수 있다"고 했다(1931년 12월 1일 『중앙일보』中央日報를 참조 바람). 그 뒤 국민당 정부는 적극적 반공, 소극적 항일정책을 일관되게 시행했다.

7) 장쉐량을 가리킨다. 그는 1930년 6월 국민당 정부 육해공군 부사령관에 임명되었다.

8) 『논어』「자로」(子路)에 나오는 말이다.

9) 원래는 국민혁명군 제11군이었는데, 1930년 19로군으로 개편되었다. 장광나이(蔣光鼐)가 총지휘를 맡았고 차이팅제(蔡廷鍇)가 부총지휘 겸 군장(軍長)을 맡았다. 1931년 '1·28'사변이 발발하자 상하이에 주둔하며 일본군의 침공에 용감히 맞서다가 5월 초 중일 '쑹후정전협정'(淞滬停戰協定)에 따라 상하이에서 철수했다.

10) 일본은 중국의 동북지역을 점령한 뒤 1932년 3월 창춘(長春)에 괴뢰정권을 세웠다.

11) 『시경』「소아(小雅)·교언(巧言)」에 나오는 말이다.

학생과 옥불¹⁾

1월 20일자 『선바오』 호외에는 27일자 베이핑발 특보가 실렸다. "고궁²⁾ 유물 운송이 곧 시작된다. 베이닝北寧, 핑한平漢 두 노선에서는 이미 명령을 받고 차량을 채비 중이다. 퇀청 백옥불白玉佛³⁾ 역시 남방으로 운송된다."

29일자 호외에는 또 28일 중양사中央社가 타전한 교육부발 베이핑 각 대학에 보내는 전보가 실렸는데 그 대강은 이렇다. "여러 보도에 의하면 위관이 위급할 당시 베이핑 각 대학에서 시험에 불응하거나 방학을 앞당기는 등의 정황이 상당히 포착되었다고 했는데, 조사를 거쳐 모두 확실한 것으로 드러났다. 곧 중견 국민으로서의 대학생이 경거망동하여 소요를 일삼고 학칙을 파괴한 행위를 어찌 용납할 것인가. 학교 당국이 이런 사실을 보고조차 않고 방관하고 있는 것 역시 옳지 못하다. 해당 학교들은 학생들의 시험 불응과 방학을 앞당긴 정황을 상세히 보고하고 조사·처리할 것이며, 아울러 다음 학기 개학 일자도 보고해 주기 바란다."

30일, '타락문인' 저우둥쉬안周動軒⁴⁾ 선생이 이를 보고 시를 지어 탄식하기를,

적막공성寂寞空城은 의구한데 골동품 수송에 창황하고

두목은 큰소리만 칠 뿐 체면일랑 중견더러 지키라 하네.

소요를 어찌 경거망동이라 하리 도망치며 그저 가련타 하기를

원통하다! 옥불이 아니라서 한 푼 값어치도 없어라.

주)_____

1) 원제는 「學生和玉佛」, 1933년 2월 16일 상하이의 『논어』(論語) 제11기에 둥쉬안(動軒)
   이란 필명으로 처음 발표되었다.
2) 고궁(故宮)은 베이징의 자금성(紫禁城)을 가리킨다. 1933년 일본군이 산하이관을 침공
   하자 17일 국민당 정부는 고궁 소장 유물들을 난징 등지로 옮기기로 결정했다.
3) 베이징 베이하이공원(北海公園) 남문 근처 자그마한 언덕에 둥근 성벽이 있는데, 옛날
   엔 이를 퇀청(團城)이라 불렀다. 금나라 때 전각이 지어지기 시작하여 원나라 이후에 몇
   차례 중건되었다. 퇀청의 승광전(承光殿) 안에 백옥으로 조각한 5척 크기의 불상이 있
   었는데 예술적 가치가 매우 높은 유물이었다.
4) 저자 자신을 가리킨다. '둥쉬안'(動軒)이란 집을 떠났다는 의미다. 1930년 2월 저자는
   중국자유운동대동맹에 발기인으로 참가했는데, 국민당 저장성 당부(黨部)가 중앙당부
   에 '타락문인 루쉰' 지명수배를 '상신'했다는 말을 전해 듣고 3월 19일 거처를 떠나 1개
   월간 도피생활을 했다. '둥쉬안'이란 필명에는 이런 사실이 각인되어 있다.

망각을 위한 기념[1]

1.

몇 자 글이라도 써서 몇 명의 청년작가들을 기념해야지 했던 것이 벌써 오래전 일이다. 이는 다른 이유 때문이 아니다. 다만 지난 2년 동안 비분이 시시로 내 마음을 엄습하는 것이 지금껏 멈추지 않고 있기 때문이다. 이를 빌려서라도 움츠린 몸을 털어 내고 슬픔을 벗어나 좀 가벼워지고 싶었던 것이다. 솔직히 말하면 그들을 잊어버리고 싶었던 것이다.

2년 전 이때, 즉 1931년 2월 7일 밤 혹은 8일 새벽은 우리의 다섯 청년작가가 동시에 살해를 당한 시간이다. 당시 상하이의 어느 신문도 감히 이 사건을 보도하지 못했다. 어쩌면 그러고 싶지 않았는지도 모르고, 어쩌면 그럴 가치가 없다고 여겼는지도 모른다. 다만 『문예신문』에 약간 암시적인 글이 실렸을 뿐이다.[2] 제11기(5월 25일자)에 린망林莽[3] 선생이 쓴 「바이망白莽 인상기」가 그것인데, 그 속에는 이런 대목이 있었다.

그는 제법 시들을 썼고 또 헝가리 시인 페퇴피의 시 몇 수를 번역한 적이 있다. 당시 『분류奔流』의 편집자 루쉰은 그의 투고를 받고 서신을 보내 만나자고 했다. 그런데 그는 유명인과 만나는 걸 꺼려해서 결국 루쉰이 직접 그를 찾아가 그에게 문학 쪽 일을 해보라며 적극 격려해 주었다. 하지만 그는 끝내 골방에 틀어박혀 글을 쓸 수 없어 또다시 자신의 길로 뛰쳐나갔다. 얼마 뒤 그는 또 한번 체포되었다.……

여기에 언급된 우리에 관한 일은 실은 정확하지 않다. 바이망은 그리 거만하지 않았다. 그가 내 거처를 찾아온 적이 있지만 내가 만나기를 요구해서 그랬던 것은 아니다. 나도 생면부지의 투고자에게 경솔하게 편지를 써서 그를 불러들일 만큼 그리 거만하지는 않다. 우리가 만난 건 일상적인 일 때문이었다. 당시 그가 투고한 원고는 독일판 『페퇴피 전기』[4] 번역이었는데, 내가 편지를 보내 원문을 요청했던 것이다. 원문이 시집 앞에 실려 있어 우편으로 보내기가 불편해서 그가 직접 가지고 온 것이다. 만나보니 20세 남짓한 청년으로 용모는 단정하고 안색은 거무스레했다. 당시 나눈 대화는 이미 잊어버렸다. 그저 기억하고 있는 것은, 그가 스스로 성은 쉬徐씨이고 샹산象山 사람임을 밝혔다는 것과, 내가 자네 대리로 서신을 수령한 여자 분 이름이 어찌 그리 괴상한가라고 묻자(어떻게 괴상했는지도 잊어버렸다) 그녀가 그렇게 괴상하고 로맨틱한 이름을 붙이기를 좋아하는데 자기도 그녀와 그리 썩 맞지는 않는다고 대답했던 것뿐이다. 남는 것이라고는 이 정도가 전부다.

밤에 번역문과 원문을 대충 한번 대조해 보고는 몇 군데 오역 외에 고의로 비튼 곳이 한 군데 있다는 걸 알게 되었다. 그는 '국민시인'이란 말

을 좋아하지 않았던 듯 이 글자를 모두 '민중시인'으로 바꿔 놓았던 것이
다. 이튿날 또 그의 편지를 받았는데, 나와 만난 걸 후회하고 있다는 것이
었다. 자기는 말이 많았는데 나는 말도 없고 또 쌀쌀해서 위압 같은 걸 느
낀 듯했다. 나는 즉시 편지를 써서 초면에 말이 적은 것도 인지상정이라
고 해명하면서 아울러 자신의 애증으로 원문을 바꿔서는 안 된다는 뜻도
전했다. 그의 원서가 나한테 있었던 터라 내가 소장하고 있던 두 권짜리
선집을 그에게 보내주면서 몇 수를 더 번역해서 독자들에게 제공하는 것
이 어떻겠냐고 물어보았다. 아니나 다를까 몇 수를 번역해서 직접 가지고
왔다. 우리는 처음 때보다 이야기를 많이 나누었다. 이 전기와 시는 그 뒤
『분류』 제2권 제5호, 즉 최종호에 실렸다.

우리의 세번째 만남은 어느 더운 날로 기억된다. 누군가 문을 두드
리는 자가 있어 나가서 열어 보니 바로 바이망이었다. 두툼한 솜옷을 입
고 땀을 뻘뻘 흘리고 있는 모습에 피차 웃음을 금치 못했다. 이때서야 그
는 자기가 혁명자임을 내게 이야기하는 것이었다. 체포되었다가 방금 출
소했는데 의복과 서적은 물론 내가 그에게 보낸 책 두 권까지 전부 몰수당
했다고 했다. 몸에 걸친 두루마기는 친구에게서 빌린 것인데, 겹옷이 없어
긴 옷을 입다 보니 어쩔 수 없이 그리 땀을 흘리게 되었다는 것이었다. 내
생각에는 아마 이것이 바로 린망 선생이 말한 "또 한번 체포되었다"에서
의 그 한번일 것이다.

나는 그의 석방이 너무 기뻐 서둘러 원고료를 지급하고 그에게 겹옷
한 벌을 사 주었다. 그래도 그 두 권의 책은 뻐아팠다. 경찰들 손에 떨어졌
으니 그야말로 진주를 어둠 속에 내던진 격이었다. 그 두 권은 사실 흔해
빠진 책이다. 한 권은 산문이고 한 권은 시집인데, 독일판 번역자의 말에

의하면 이는 그가 수집한 것으로 본국 헝가리에서도 이렇게 완전한 판본은 아직 없다는 것이었다. 하지만 '레클람 세계문고'(Reclam's Universal-Bibliothek)[5]에 들어 있어 독일에서는 아무 데서나 구할 수 있고 가격도 1위안이 채 안 되었다. 그렇지만 내게는 보물이었다. 30년 전, 그러니까 내가 페퇴피를 열렬히 사랑하던 무렵 특별히 마루젠서점丸善書店[6]에 부탁해 독일에서 사 온 것인데, 당시 책값이 너무 싸서 점원이 중개를 해주지 않으면 어떡하나 하며 조마조마한 심정으로 입을 열었으니 말이다. 그 뒤로 대개 곁에 두고 있었는데, 일에 따라 바뀌는 게 사람 마음인지 이미 번역할 생각이 없어지고 말았다. 이번에 당시 나처럼 페퇴피의 시를 열렬히 사랑하는 청년에게 이것을 보내 주기로 작정하면서 좋은 안착지를 찾아준 셈이라고 자부하고 있던 차였다. 그래서 이 일을 정중히 대접하느라 러우스柔石에게 부탁해 직접 가져다주게 했던 것이다. 그런데 뜻밖에 '세 줄박이'三道頭[7] 집단의 손에 떨어지고 말았으니, 어찌 억울하지 않겠는가!

2.

내가 투고자를 집으로 불러들이지 않은 것은, 실은 겸손 때문만은 아니다. 그 가운데에는 일을 좀 덜어 보자는 요소도 다분히 있다. 지금까지의 경험에 비추어 볼 때 청년들, 특히 문학청년들은 십중팔구 감각이 예민하고 자존심도 강해서 조심하지 않으면 쉽게 오해를 불러일으킬 수도 있다는 것을 알고 있다. 그래서 고의로 회피한 때가 많았던 것이다. 만나는 일을 두려워할 정도니 감히 부탁을 하는 건 말할 필요도 없다. 그래도 그때 상하이에서 감히 내키는 대로 이야기를 나누고 감히 사사로운 일을 부탁할 수 있는 청년이 딱 한 사람 있기도 했는데, 그가 바로 바이망에게 책을 갖다 준 러우스다.

나와 러우스의 첫 만남이 언제 어디서였는지는 잘 모르겠다. 베이징에서 내 강의를 들은 적이 있다고 말한 적이 있는 것으로 보아, 그렇다면 8, 9년 전일 것이다. 상하이에서 어떻게 왕래를 하게 되었는지도 잊어버렸다. 당시 그는 징윈리景雲裏에 살고 있었고 내 거처와도 불과 너댓 집밖에 떨어져 있지 않았으니 어떻게 시작되었는지도 모른 채 왕래를 트게 되었을 것이다. 대략 첫번째였던 것 같은데, 성은 자오趙씨에 이름은 핑푸平復라고 내게 이야기했던 것 같다. 그런데 언젠가 또 고향 토호향신들의 위세가 대단하다는 것을 이야기하면서 어느 신사紳士가 자기 이름을 좋아해 제 자식에게 붙여 주려고 자기더러 이 이름을 못 쓰게 했다는 말을 한 적도 있다. 그러고 보면 그의 원래 이름이 '핑푸平福'가 아니었나 싶다. 평온하고 유복한 것이어야 향신의 의중에 딱 들어맞았을 테니 말이다. '푸復'자라면 그리 열심을 보였을 리가 없다. 그의 고향은 타이저우台州 닝하이寧海다. 이는 그가 가진 타이저우 특유의 기질를 보면 금방 알 수 있다. 게다가 제법 어수룩한 데가 있어서, 어떤 때는 문득문득 방효유8)를 떠올리며 그에게도 이런 모습들이 있지 않았을까 하게 만들었던 것이다.

그는 집에 틀어박혀 문학을 했다. 창작도 하고 번역도 했다. 왕래가 늘어남에 따라 우리는 말이 통하기 시작했다. 그리하여 별도로 같은 뜻을 가진 청년 몇 사람과 조화사朝華社를 설립하기로 약조했다. 목적은 동유럽과 북유럽의 문학을 소개하고 외국 판화를 수입하는 것이었다. 우리 모두가 강건하고 질박한 문예를 길러 내야 한다고 생각하고 있었으니 말이다. 잇달아 『조화순간朝花旬刊』을 냈고 『근대 세계 단편소설집』을 냈고 '예원조화'藝苑朝華를 냈다. 모두 이 기준을 좇은 셈이었다. 다만 그 가운데『후키야고지 회화선』蕗谷虹兒畵選 한 권은 상하이 바닥의 '예술가'를 소탕하기 위해, 즉 예링펑葉靈鳳이라는 종이호랑이의 실체를 폭로하기 위해 낸 것이다.

하지만 러우스 자신은 돈이 없었으므로 2백 위안 남짓한 돈을 빌려 인쇄비로 충당했다. 종이를 사는 것 외에 대부분의 원고 작업과 인쇄소로 달려가거나 도안을 만들거나 교열을 보는 따위의 잡무는 모두 그에게 돌아갔다. 그러나 곧잘 여의치가 않아서 그 이야기를 할 때면 눈살이 찌푸려지곤 했다. 그의 옛 작품을 보면 모두 비관적인 분위기를 띠고 있지만 실제로는 그렇지가 않다. 그는 사람들의 선량함을 믿었다. 어떤 때는 내가 사람이 어떻게 사람을 속이는지, 어떻게 벗을 파는지, 어떻게 피를 빠는지 등등을 이야기하면 그는 이마를 번쩍이며 놀랍다는 듯 근시인 눈을 동그랗게 뜨고 이렇게 항의하는 것이었다. "그럴 리가요? 설마 그 정도는 아니겠죠?……"

그런데 조화사는 얼마 되지도 않아 문을 닫고 말았다. 그 이유는 자세히 밝히고 싶지 않다. 어쨌거나 러우스의 이상은 처음부터 대못에 머리를 찧고 말았다. 기력이 허사가 된 건 물론이려니와 그밖에 백 위안을 빌려 종이 값을 지불해야만 했다. 그 뒤로 그는 "사람 마음은 위태롭다"[9]는 내 설에 대한 회의가 줄어들어 어떤 때는 "진짜 이럴 수가 있단 말입니까?……"라며 탄식을 하기도 했다. 그래도 그는 여전히 사람들의 선량함을 믿었다.

그리하여 그는 자기 몫인 조화사의 잔본들을 명일서점明日書店과 광화서국에 보내 몇 푼의 돈이라도 건질 수 있기를 희망했다. 그런 한편 빚을 갚기 위해 기를 쓰고 번역에 임했다. 이것이 바로 상우인서관에서 발매한『덴마크 단편소설집』과 고리키의 장편소설『아르타모노프 가의 사업』이

다. 이 번역 원고도 어쩌면 작년 사변 때 불타 버렸는지도 모른다.[10]

그의 어수룩함도 점점 바뀌어 급기야 동향 여성이나 여자 친구와 감히 길을 걸어 다니게도 되었다. 그래도 늘 최소한 서너 자 거리는 유지하고 있었다. 이는 그리 좋은 방법이 아니었다. 가끔 길에서 마주치면 전후 또는 좌우 서너 자 거리에 젊고 아름다운 여성이 있으면 그의 친구가 아닐까 의심을 품게 되었으니 말이다. 그런데 그는 나와 같이 길을 걸을 때면 가급적 바짝 붙어서 거의 나를 부축하다시피 하며 걸었다. 내가 자동차나 전차에 받혀 죽을까 봐 말이다. 내 쪽에서도 근시인 그가 남을 돌본다는 것이 마음에 걸려, 피차가 허둥지둥 한걱정을 하며 길을 가기가 일쑤였다. 그래서 부득이한 일이 아니면 그와 함께하는 외출은 가급적 삼가했다. 그가 힘에 부쳐하는 걸 보면 나도 힘이 부쳤으니 말이다.

구도덕이건 신도덕이건 자기가 손해를 봐도 남에게 이롭다면, 그는 이것을 골라내어 스스로 등에 짊어졌다.

마침내 그에게 결정적인 변화가 일어났다. 한번은 내게 분명한 어조로 말을 한 적이 있다. 차후 작품의 내용과 형식을 전환해야겠다고 말이다. 내 말은 이랬다. 그거 어려울걸. 가령 칼을 쓰는 데 익숙한 사람한테 이번엔 봉을 쓰라고 하면 어떻게 잘할 수 있겠나? 그의 대답은 간결했다. 배우고자 한다면요!

그의 말은 결코 빈말이 아니었다. 정말로 새로 배우기 시작했던 것이다. 그 무렵 그는 친구를 하나 데리고 나를 방문한 적이 있는데, 그가 바로 펑젠馮鏗 여사다. 이야기를 좀 나누었지만 끝내 그녀에 대해서는 거리감을 지우지 못했다. 로맨틱한 데가 있어 성과를 내는 데 조급해한다는 의구심이 들었던 것이다. 게다가 근래에 러우스가 대하소설을 쓰려고 하는 것도 그녀의 주장에서 나온 게 아닐까 하는 의구심도 생겼다. 하지만 또 내 자신에 대해서도 의심해 보았다. 어쩌면 지난번 쇠라도 동강 낼 듯한 러우스의 대답이 실은 내 게으른 주장의 상처를 정면으로 찔러서 나도 모르게 그녀 쪽으로 노여움을 옮기고 있는 게 아닐까? 사실 나는 내가 만나기를 무서워하는 신경과민과 자존심으로 무장한 문학청년들보다 나은 데도 없는데 말이다.

그녀는 체질이 약했고 예쁘지도 않았다.

3.

좌익작가연맹이 성립된 뒤에야 내가 알던 바이망이 바로 『척황자』拓荒者에 시를 쓰고 있는 인푸殷夫임을 알게 되었다. 어느 한 차례 대회가 열렸을 때 나는 미국의 신문기자가 쓴 중국 여행기의 독일어 번역본을 그에게 주려고 가지고 갔다.[11] 독일어를 연습할 수 있으리라는 생각뿐 별다른 깊은 뜻은 없었다. 하지만 그는 오지 않았다. 그래서 또 러우스에게 부탁할 수밖에 없었다.

그런데 얼마 되지 않아 그들은 모두 체포되었다. 내 책 한 권이 또 몰수되어 '세 줄박이' 집단의 손에 떨어지고 말았다.

4.

명일서점이 잡지를 내겠다고 해서 러우스에게 편집을 의뢰하자 그가 응했다. 서점에서는 내 저서와 역서를 출판할 요량으로 그에게 인세 지급

방법을 문의해 달라고 부탁을 했다. 나는 베이신서국과 주고받은 계약서 한 부를 베껴서 그에게 주었다. 그는 이를 주머니에 넣고 총총히 떠났다. 1931년 1월 16일 밤의 일이었다. 뜻밖에 그것이 나와 그의 마지막 만남이 자 영원한 이별이 되고 말았다.

이튿날 그는 어느 모임에서 체포되었다. 주머니에는 아직도 내 출판 계약서가 그대로 들어 있었다. 그 때문에 관청에서는 나를 찾고 있다고 했다. 출판계약서는 명명백백하지만, 나는 그런 명명백백하지 않은 데에 변명하러 가고 싶지 않았다. 『설악전전』 속에 한 고승의 이야기가 떠올랐다. 그를 체포하려던 아전이 절 문 앞에 막 도착했을 때 그는 '앉아서 가고'坐化 말았다. 그러면서 그는 "하립何立이 동쪽에서 오니 나는 서쪽으로 가려네"라는 게송을 남겼다.[12] 이는 노예가 꿈꾼 고해를 벗어날 그나마 유일한 방법이다. '검을 든 협객'을 기대할 수 없다면 가장 자유로운 방법은 오직 이것뿐인 것이다. 나는 고승이 아니어서 열반의 자유는 없고 삶에 대한 미련이 아직도 많다. 그리하여 나는 도주했다.[13]

이날 밤 나는 벗들의 해묵은 서찰들을 태우고 여자와 아이를 껴안은 채 어느 객잔으로 갔다. 며칠도 안 되어 밖에서는 내가 체포되었다느니 피살되었다느니 말들이 분분히 나돌았지만 러우스의 소식은 의외로 드물었다. 혹자는 순포巡捕가 그를 명일서점에 끌고 가서 편집자인지 여부를 물은 적이 있다고 했고, 혹자는 순포가 그를 베이신서국에 끌고 가서 러우스인지 여부를 물은 적이 있는데 손에 수갑이 채워진 걸 보면 죄상이 위중하게 보였다고도 했다. 그래도 어떤 죄상인지에 대해서는 누구도 알지 못했다.

그가 구금되어 있던 중에 나는 그가 동항인[14]에게 보낸 두 차례 서신을 본 적이 있다. 첫번째는 이랬다.

나는 35인의 동범(7인은 여자)과 어제 룽화^{龍華}에 왔네. 어젯밤 족쇄를 채웠는데, 정치범에게는 족쇄를 채우지 않는 종전의 기록을 깬 모양이네. 사안이 극히 중대해 조만간 나가기는 어려울 듯, 서점은 형이 나를 대신해서 맡아 주기를 바라네. 아직은 괜찮아서 인푸 형에게 독일어를 배우고 있다네. 이 일을 저우^周 선생에게 전해 주게. 저우 선생께선 염려 치 마시라고, 모두가 아직 고문은 받지 않고 있으니. 경찰과 공안국이 몇 차례 저우 선생의 주소를 물었지만 내가 어찌 알겠나. 염려 마시게. 건강하시기를!

1월 24일 자오사오슝^{趙少雄}

이상은 앞면이다.

양철 밥그릇 두세 개가 필요하네.
면회가 안 되면 물건을
자오사오슝에게 전해 달라고 해주시길.

이상은 뒷면이다.

그의 마음은 조금도 변함이 없이 독일어를 배우고자 더욱 노력하고 있었다. 여전히 나를 생각하는 것도 길을 걸을 때와 마찬가지였다. 그런데 그의 서신 속의 어떤 말은 잘못되었다. 정치범에게 족쇄를 채운 것은 그들이 처음이 아니다. 그가 지금까지 관청이란 데를 너무 고상하게 봐서 지금까지 문명적이었다가 자기들부터 혹형이 시작되었다고 여긴 것이다. 사실은 그렇지 않다. 아닌 게 아니라 두번째 편지는 딴판이어서 문장이 몹시 참혹했다. 펑 여사의 얼굴이 부어올랐다는 말도 있었는데, 애석하게도 이 편지는 베껴 두지 못했다. 그때는 풍문도 더욱 가지각색이어서 뇌물을 먹이면 나올 수도 있다는 설도 있었고 이미 난징으로 압송되었다는 설도 있었지만 어느 하나 확실한 것이 없었다. 그리고 편지와 전보로 내 소식을 묻는 것도 많아져 어머니조차 베이징에서 마음을 졸여 몸져눕고 말았다. 그래서 할 수 없이 일일이 답장을 보내 이를 바로잡지 않으면 안 되었다. 이렇게 대략 20일이 흘렀다.

날씨는 더 추워졌다. 러우스가 있는 거기엔 이부자리가 있을까? 우리한테는 있건만. 양철 밥그릇은 벌써 받았을까?⋯⋯ 그런데 갑자기 믿을 만한 소식이 전해졌다. 러우스는 23인과 더불어 이미 2월 7일 밤 아니면 8일 새벽에 룽화경비사령부에서 총살되었다는 것이었다. 그의 몸엔 10발이 명중되었다.

그랬었구나!⋯⋯

어느 깊은 밤 나는 객잔의 뜰 한가운데에 서 있었다. 주위엔 낡은 집기들이 쌓여 있었고 사람들은 모두 잠들어 있었다. 내 여자와 아이까지도. 나는 내가 좋은 벗을 잃어버렸다는 것, 중국이 좋은 청년을 잃어버렸다는 것을 침중히 느꼈지만 비분 속에 이를 잠잠히 가라앉혔다. 하지만 오래된 습관이 잠잠함 속에서 머리를 쳐들어 아래 몇 구절을 모아 냈다.

긴 밤에 길이 들어 봄을 보낼 제
처자를 거느린 몸 귀밑머리 희었구나
꿈속에 어리는 어머니 눈물
성 위로 나부끼는 대왕의 깃발

벗들이 혼백 됨을 차마 볼 수 없어
노여움에 칼숲을 향해 시를 찾을 뿐
다소곳이 읊어 본들 쓸 곳이 없고
달빛만 물처럼 검은 옷을 비추네.

마지막 두 구절은 그 뒤 빈말이 되고 말았다. 끝내 일본의 어느 가인歌
人[15]에게 이를 써서 보내고 말았으니.

그러나 당시 중국에서는 쓸데가 없었던 게 확실하다. 구금이 통조림
보다 더 엄밀했으니 말이다. 러우스가 연말에 고향에 돌아가 한동안 머물
렀다 상하이로 돌아왔을 때 친구에게 질책을 당한 일을 나는 기억한다.
그는 분개하며 내게 말했다. 두 눈을 실명한 모친이 며칠만 더 있으라고
붙잡는데 어떻게 올 수 있겠느냐고. 나는 이 눈 먼 모친의 그리워하는 마
음과 러우스의 간절해하는 마음을 안다. 『북두』가 창간되었을 때 나는 러
우스에 관한 글을 쓰고 싶었다. 하지만 그럴 수 없었다. 그리하여 「희생」
이라는 콜비츠(Käthe Kollwitz) 부인의 목판화 한 점을 고르는 데 그쳤다.
어느 어머니가 슬픔에 가득 찬 모습으로 자식을 바치고 있는 것인데, 내
개인의 마음속에 남아 있는 러우스에 대한 기념인 셈이다.

같이 수난을 당한 네 청년문학가 가운데 리웨이썬李偉森은 만난 적이
없다. 후예핀胡也頻도 상하이에서 한 번 만난 적 있지만 몇 마디 이야기를
나눈 정도다. 비교적 친했던 이는 바이망, 즉 인푸인 셈이다. 그는 나와 서
신 왕래도 있었고 투고도 한 적이 있지만 지금 찾아보니 아무것도 남아 있
지 않다. 생각해 보니 17일 밤에 모두 불태워 버린 게 분명하다. 당시에는
체포된 자 중에 바이망도 있다는 것을 미처 몰랐으니 말이다. 하지만 저

『페퇴피 시집』만은 남아 있다. 뒤적거려 봤지만 역시 아무것도 없다. 다만 「Wahlspruch」(격언)라는 시 옆에 펜으로 쓴 네 줄의 역문이 있다.

생명은 실로 귀중하고

애정은 더욱 고귀하지만

자유를 위해서라면

둘 모두를 팽개치리라!

또한 둘째 페이지에 '쉬페이건'徐培根[16]이라는 세 글자가 적혀 있다. 혹시 그의 본명이 아닐까.

5.

재작년 오늘, 나는 객잔에 피신해 있었지만 그들은 형장으로 걸어갔다. 작년 오늘, 나는 포성 속에서 영국 조계로 도피했지만 그들은 어디인지도 모를 지하에 이미 묻혀 있었다. 그리고 금년 오늘, 비로소 나는 내 본래 거처에 앉아 있고 사람들은 모두 잠들었다. 내 여자와 아이조차도. 나는 내가 좋은 벗을 잃어버렸다는 것, 중국이 좋은 청년을 잃어버렸다는 것을 또 침중히 느끼지만 비분 속에 이를 잠잠히 가라앉힌다. 하지만 뜻밖에 오래된 습관이 잠잠한 바닥으로부터 머리를 쳐들어 위의 글자들을 긁적이게 만든다.

쓰려 해도 중국의 오늘 현실에서는 여전히 쓸 곳이 없다. 젊은 시절 상자기向子期의 「옛날을 생각하며」思舊賦를 읽고 어째서 달랑 몇 줄만 남기면서 운을 떼자마자 끝을 맺어 버리는지 몹시 의아했다.[17] 하지만 이제는 이해하게 되었다.

젊은이가 늙은이를 기념하는 글을 쓰는 게 아니라, 지난 30년 동안 내가 목도한 수많은 청년들의 피가 켜켜이 쌓여 숨도 못 쉬게 나를 억눌러 이런 필묵으로나마 몇 줄 글을 쓰게 만드니, 진흙에 자그만 구멍을 뚫고 구차하게 목숨을 연명해 가고 있는 셈이다. 이는 어떤 세계일까. 밤은 한참 길고 길도 한참 멀다. 차라리 잊어버리고 입을 다무는 게 더 나은지도 모른다. 그래도 나는 안다. 내가 아니어도 미래의 그 누군가가 그들을 기억해 내고 다시금 그들의 시대를 이야기할 날이 있을 거라는 것을.……

2월 7일~8일

주)_____

1) 원제는 「爲了忘却的記念」, 1933년 4월 1일 『현대』 제2권 제6기에 처음 발표되었다.
2) '좌련' 소속 다섯 작가가 체포되어 살해당했다는 소식은 『문예신문』 제3호(1931년 3월 30일)에 「지옥의 작가인가 인간세상의 작가인가?」라는 제하의 글을 통해 독자가 편집자에게 전하는 형식으로 세상에 알려졌다.
3) 러우스이(樓適夷, 1905~2001)를 가리킨다. 저장 위야오(餘姚) 출신으로 작가이자 번역가다. 당시 '좌련'의 일원이었다.
4) 페퇴피 샨도르(Petőfi Sándor, 1823~1849). 헝가리의 혁명가이며 시인이다. 1848년 오스트리아의 지배에 저항하는 전쟁에 참여하였고, 1849년 오스트리아를 도운 러시아 군대와 싸우던 중 희생되었다. 그의 작품은 사회의 추악한 면을 풍자하고 피압박민족의 고통스런 생활을 묘사하고 있으며, 자유를 쟁취하기 위한 인민들의 봉기를 고무하고 있다. 『용사 야노시』(János Vitéz), 「민족의 노래」(Nemzeti Dal) 등을 썼다.
5) 독일의 레클람 서점이 1856년에 출판하기 시작한 문학총서다.
6) 일본 도쿄에 있는 서양서적을 전문으로 취급하던 출판사다.

7) 상하이 공공조계 순경을 지칭하던 말이다. 제복 소매에 人자를 뒤집은 세 줄 표식이 있다고 해서 이렇게 불렀다.

8) 방효유(方孝孺, 1357~1402)는 저장 닝하이(寧海) 출신으로 명나라 건문제(建文帝) 주윤문(朱允炆) 때의 시강학사(侍講學士), 문학박사(文學博士)였다. 건문 4년(1402) 건문제의 숙부 연왕(燕王) 주체(朱棣)가 거병하여 난징을 함락한 뒤 스스로 황제를 자처(즉 영락제永樂帝)하며 그에게 즉위조서를 기초하도록 명령했다. 그는 끝까지 이에 불복하다가 끝내 살해되었다. 이때 10족이 멸문을 당했다.

9) 『상서』(尙書) 「대우모」(大禹謨)의 "인심(人心)은 위태롭고 도심(道心)은 쇠퇴하다"라는 구절의 일부다.

10) 1932년 '1·28'사변 당시 일본군의 폭격으로 상우인서관의 원고와 장서들이 대량 소실된 일을 말한다.

11) 미국기자 애너 루이스 스트롱(Anna Louise Strong)이 쓴 『중국기행』(*China-Reise*, Neuer Deutscher Verlag, Berlin 1928)을 말한다. 1930년 12월 2일 루쉰은 이를 구입해 이듬해 1월 15일에 바이망에게 주었다.

12) 『설악전전』(說嶽全傳)은 청나라 강희(康熙) 연간에 나온 연의(演義)소설이다. 전채(錢彩)가 편집하고 김풍(金豊)이 증보하여 모두 80회 분량이다. 이 가운데 제61회에 진강(鎭江) 금산사(金山寺)의 도열(道悅) 화상에 대한 이야기가 나온다. 그가 악비(嶽飛)에게 동정을 보낸 일로 인해 진회(秦檜)는 심복 하립(何立)을 보내 그를 잡아 오게 하였다. 경내에서 '단에 앉아 설법을 하고' 있던 도열은 하립을 보자마자 게송 하나를 읊고는 열반에 들고 말았다.

13) 러우스가 체포된 뒤 루쉰은 1931년 1월 20일 가족들과 함께 황루루(黃陸路) 화위안좡(花園莊)에 피신해 있다가 2월 28일 돌아왔다.

14) 왕위허(王育和, 1903~1971)를 가리킨다. 저장 닝하이 출신으로 닝하이중학 교원을 역임한 바 있다. 당시 그는 상하이 영풍양행(永豊洋行) 직원이었는데 자베이 징원리 28호에서 러우스와 함께 살고 있었다. 러우스는 감옥의 밥 나르는 사람을 통해 그에게 편지를 전했다. 이 편지는 저우젠런(周建人)을 통해 루쉰에게 전달되었다.

15) 야마모토 하쓰에(山本初枝, 1898~1966)를 가리킨다. 1932년 7월 11일자 일기에 의하면 루쉰은 이 시를 쪽지에 써서 우치야마서점을 통해 그녀에게 보냈다.

16) 바이망의 큰 형이다. 젊은 시절 독일에서 유학했으며 국민당 정부 군정부(軍政部) 항공서장을 역임한 바 있다.

17) 상수(向秀, 약 227~272)를 말한다. 자기(子期)는 자(字)다. 허네이(河內; 지금의 허난 우즈武陟) 사람으로 위진(魏晉) 시기 문학가다. 혜강(嵇康), 여안(呂安)과 교류했다. 「옛날을 생각하며」(思舊賦)는 혜강과 여안이 사마소(司馬昭)에게 살해당한 뒤 쓴 추도문으로 총 156자이다.

누구의 모순?[1]

쇼(George Bernard Shaw)는 세계를 주유하고 있는 것이 아니라 전 세계 신문기자들의 몰골을 유람하고 있는 중이다.[2] 이 과정에서 전 세계 신문기자들의 구술시험에 응했다. 하지만 그는 낙제를 하고 말았다.

그는 환영받기를 원치 않았으나 신문기자들은 한사코 그를 환영하려 했고 그를 방문하려 했다. 방문해서는 또 얼마간 시답잖은 농담을 늘어놓았다.

그는 이리 피하고 저리 피했지만 그들은 한사코 이리 쫓고 저리 찾아다녔다. 찾아낸 다음에는 한 통 문장을 휘갈겨 한사코 그가 자기광고에 능하다는 점을 말하려 했다.

그는 말을 꺼렸지만 그들은 한사코 그와 이야기를 나누려 했다. 그가 말을 아끼자 한사코 그를 잡아당겨 말을 늘어놓게 했다. 그래서 말을 많이 했더니 신문에서는 또 감히 그대로 싣지도 못하면서 그가 말이 많다고 또 타박을 했다.

그가 말한 것은 참말이건만 한사코 그가 우스갯소리를 하고 있다고 우기면서 그를 향해 낄낄대고는 도리어 그가 웃지 않는다고 타박을 했다.

그가 말한 것은 직설이건만 한사코 그가 풍자를 하고 있다고 우기면서 그를 향해 낄낄대고는 제가 똑똑한 줄 아는 모양이라고 타박을 했다.

그는 본래 풍자가가 아니건만 한사코 그를 풍자가라고 우겼다. 그러면서 또 풍자가를 멸시하고 그러면서 또 무료한 풍자로 슬쩍 그를 풍자해 보려 했다.

그는 본래 백과사전이 아니건만 한사코 그를 백과사전으로 만들어 놓고 이런 질문 저런 질문을 해댔다. 대답을 듣고 나서는 또 투덜거렸는데, 마치 자기가 그보다 더 많이 알고 있다는 투다.

그는 본래 놀러 왔건만 한사코 그더러 고담준론을 하라고 윽박질렀다. 몇 마디를 하자 이를 듣고는 또 기분이 상해 그가 '빨갱이를 선전'하러 왔다고 말했다.

혹자는 그를 멸시했다. 맑스주의 문학가가 아니라는 이유였다. 하지만 만약 맑스주의 문학가였다면 그의 사람됨을 멸시하여 그를 쳐다보려 하지도 않았을 것이다.

혹자는 그를 멸시했다. 노동자가 되려 하지 않는다는 이유였다. 하지만 만약 노동자가 되었다면 상하이에 올 수도 없었을 것이고, 그의 사람됨을 멸시하여 그를 만나지도 않았을 것이다.

혹자는 또 그를 멸시했다. 실천적인 혁명가가 아니라는 이유였다. 하지만 만약 실천가였다면 뉴란[3]과 같이 감옥에 갇혔을 것이고, 그의 사람됨을 멸시하여 그를 들먹이고 싶지도 않았을 것이다.

그는 돈이 많으면서도, 한사코 사회주의를 운운하고, 한사코 노동자가 되려 하지 않으면서, 한사코 유람을 다니고, 한사코 상하이에 와서, 한

사코 혁명을 운운하고, 한사코 소련을 거론해서, 한사코 사람들을 불편하게 만드니……

그리하여 가증스러운지고.

키가 큰 것도 가증스럽고, 나이가 많은 것도 가증스럽고, 수염이 하얀 것도 가증스럽고, 환영을 즐기지 않는 것도 가증스럽고, 방문을 피하는 것도 가증스럽고, 여사[4]에게 호감을 갖는 것조차 가증스러운 것이다.

하지만 그는 가고 말았다. 사람들에게 '모순'으로 공인된 쇼, 이 분 말이다.

하지만 내 생각으로는 좀 참고 이러한 쇼를 잠정적으로 오늘날의 세계적 문호로 간주해 두자. 입방아와 모략으로 문호를 타도할 수는 없다. 게다가 모두가 입방아를 찧을 수 있는 견지에서 봐도 역시 그가 존재하는 것이 좋다.

왜냐하면 모순에 찬 쇼가 몰락할 때, 혹은 쇼의 모순이 해결될 때가 바로 사회적 모순이 해결될 때이기도 하니까. 이는 장난이 아니다.

2월 19일 밤

주)_____

1) 원제는 「誰的矛盾」, 1933년 3월 1일 『논어』 제12기에 처음 발표되었다.
2) 버나드 쇼(George Bernard Shaw, 1856~1950)는 제1차 세계대전이 발발한 뒤 제국주의 전쟁을 질타하며 러시아 10월혁명에 동조했다. 그의 작품 대부분은 자본주의의 위선과 죄악을 폭로·풍자하고 있다. 1931년 소련을 방문한 뒤 1933년 세계일주에 나섰는데, 2월 12일 홍콩을 들러 17일 상하이에 도착했다.
3) 뉴란(牛蘭, Noulens, 1894~1963)의 본명은 야코프 루드니크(Jakob Rudnik)로 우크라

이나 출신이다. 1927년 11월 코민테른에 의해 중국에 파견되어 비밀공작에 종사했다. 이때 사용한 가명이 뉴란인데 공개된 그의 신분은 '범태평양산업동맹' 상하이사무국 비서였다. 1931년 6월 15일 뉴란 부부는 상하이 공공조계 경무처에 체포되었는데, 8월 국민당 당국으로 이첩되어 난징 감옥에 수감되었다. 이듬해 5월 '민국을 위해한' 죄로 재판을 받았다. 이에 그는 7월 2일부터 단식투쟁에 들어갔다. 쑹칭링(宋慶齡), 차이위안페이(蔡元培) 등은 '뉴란 부부 구명위원회'를 조직하기도 했다. 1937년 8월 일본군의 난징 폭격이 시작되자 탈옥하여 1939년 귀국했다. 거기서 그는 소련 적십자회 대외연락부 부장, 대학교수 등을 역임했다. 그의 부인 타티아나 모이센코(Tatiana Moissenko, 1891~1964)도 귀국 후 언어연구와 번역 일에 종사했다.
4) 원문은 '夫人'으로 쑨중산의 미망인 쑹칭링을 가리킨다.

쇼와 '쇼를 보러 온 사람들' 인상기[1]

나는 쇼를 좋아한다. 그의 작품이나 전기를 읽고 감탄해서가 아니라 그
저 어디선가 몇몇 경구를 본 적이 있고, 또 누구에게선가 곧잘 그가 신사
들의 가면을 벗겨 내고는 한다는 말을 듣고 좋아하게 된 것이다. 또 한 가
지는, 중국에도 늘 서양신사 흉내를 내는 인물들이 있는데 그들이 대체로
쇼를 좋아하지 않기 때문이다. 어떤 때는 나한테 혐오받는 사람들에게 혐
오받는 사람이 바로 좋은 인물임을 알게 되니 말이다.

이제 이 쇼가 중국에 도착한다. 그렇지만 일부러 찾아가 그를 만나 볼
생각은 조금도 없다.

16일 오후 우치야마 간조[2] 군이 가이조샤의 전보를 내게 보여 주며
쇼를 한번 만나 보는 게 어떻겠냐고 했다. 정 그리 나를 만나게 하고 싶으
면 한번 만나 보겠노라고 말해 주었다.

17일 새벽 쇼는 벌써 상하이에 상륙했다. 그런데 누구도 그가 숨어
있는 곳을 알지 못했다. 그렇게 반나절이 지났다. 아무래도 만나기는 어
려울 성싶었다. 오후가 되어 차이蔡 선생[3]의 서신을 받았는데, 쇼가 지금

쑨係 부인[4] 댁에서 점심을 들고 있으니 나더러 얼른 오라는 것이었다.

나는 쑨 부인 댁으로 뛰어갔다. 객청 건너 작은 방으로 들어가자 쇼는 원탁의 상석에 앉아 다섯 사람과 함께 밥을 먹고 있었다. 일찍이 어디선가 사진을 본 적이 있어 그런 건지 세계적인 명사라는 말을 하도 많이 들어서 그런 건지 모르겠지만 문호구나 하는 느낌이 번쩍 들었다. 그런데 사실 특별한 구석은 있지도 않았다. 그래도 새하얀 수염과 건강한 혈색, 온화한 표정은 초상화 모델을 했더라면 도리어 이름을 날렸겠다는 생각이 들게 만들었다.

오찬은 절반쯤 진행된 듯했다. 채식이었고 간단했다. 백러시아 신문에서는 시중꾼이 숫자를 헤아리기 어려웠다고 억측을 한 바 있지만,[5] 주방장 한 사람만이 요리를 나르고 있었다.

쇼는 많이 먹지 않았다. 어쩌면 초장에 이미 배를 채웠는지도 모르겠다. 도중에 젓가락을 사용했는데 손에 익지 않아 좀처럼 집지를 못했다. 하지만 신통하게도 점점 젓가락질이 교묘해지더니 마침내 무언가 하나를 꼭 집었다. 그리하여 만족스러운 듯 좌중을 둘러보는 것이었다. 그러나 아무도 그의 성공을 알아채지 못했다.

식사를 하고 있는 쇼를 보면서 나는 그가 풍자가라는 걸 조금도 느끼지 못했다. 이야기도 그저 그랬다. 이를테면 친구는 오래도록 왕래할 수 있어서 가장 좋은 존재지만 부모형제는 자기가 선택한 것이 아니므로 헤어지지 않으면 안 된다는 따위였다.

오찬이 끝나고 사진 세 장을 찍었다. 나란히 서니 내가 작구나 하는 느낌이 들었다. 30년만 젊었더라도 몸을 늘이는 체조라도 해보련만…….

두 시쯤엔 펜클럽(Pen Club)[6] 환영회가 있었다. 자동차로 같이 이동했는데, '세계학원'이라 불리는 양옥 저택이었다. 2층으로 올라가자 문예를 위한 문예가, 민족주의 문학가, 사교계의 별, 연극계 대왕 등등 50여 명이 벌써 자리를 하고 있었다. 그를 빙 둘러싸고 각양각색의 일들을 질문했다. 마치 『브리태니커 대백과사전』을 열심히 뒤적이는 것처럼.

쇼도 몇 마디 연설을 했다. 제군들도 문학인이니 이런 재주는 모두 알고 있을 것이다, 연출자의 경우 현장에 있다 보니 나같이 글만 쓰는 사람보다는 더 잘 알 것이다, 그밖에 무슨 할 말이 있겠나, 아무튼 오늘 나는 동물원의 동물 신세가 되고 말았는데 이제 이미 보았으니 이 정도면 되지 않겠나 등등의 내용이었다.

모두가 웃음을 터뜨렸는데, 또 풍자라고 생각한 것 같았다.

메이란팡 박사[7]와 다른 명인의 문답도 있었지만 여기서는 생략한다.

그 다음은 선물 증정 예식이었다. 미남자라는 칭호를 받은 사오쉰메이[8] 군이 증정한 선물은 점토로 자그맣게 빚은 전통연극의 검보[9]를 곽에 담은 것이었다. 또 하나는 연극용 의상이라고 했는데 종이에 단단히 싸여 있어 보지는 못했다. 쇼는 기쁜 마음으로 받았다. 뒤에 장뤄구 군이 쓴 글에 근거하면 이때 쇼가 몇 마디를 물었고 그도 슬쩍 찔러 주었는데 애석하게도 쇼가 알아먹지를 못했다는 것이다.[10] 그런데 나도 알아먹지 못했다.

누군가가 채식을 고집하는 이유를 물었다. 이때 사진을 찍는 사람이 늘어 내 담배연기가 방해가 되겠다 싶어 바깥으로 나왔다.

신문기자들과의 회견 약속이 있어 3시쯤 다시 쑨 부인 댁으로 갔다. 40~50여 명이 일찌감치 진을 치고 있었지만 절반밖에 들어가지 못했다. 기무라 기[11] 군과 문인 너댓, 신문기자로는 중국인 여섯에 영국인 하나,[12] 백러시아인 하나, 그밖에 사진사 서넛이 전부였다.

후원 잔디밭에서 쇼가 가운데 서고 기자들이 반원으로 늘어선 채 세계 유람을 대신하여 기자 몰골 전람회가 열렸다. 쇼는 또 각양각색의 질문을 받았다. 마치 『브리태니커 대백과사전』을 열심히 뒤적이는 것처럼.

쇼는 말을 하고 싶지 않은 듯했다. 그런데 말이 없으면 기자들이 가만히 두지 않자 마침내 입을 열었다. 말이 늘어나자 이번에는 기자 쪽에서 받아 적는 분량이 점점 줄어들었다.

내 생각에 쇼는 진정한 풍자가가 아니다. 저리도 말이 많으니 말이다.

시험은 대략 4시 반쯤 끝났다. 쇼도 피곤한 것 같아서 나는 기무라 군과 함께 우치야마 서점으로 돌아갔다.

이튿날 신문기사는 쇼의 말보다 훨씬 더 뛰어났다. 같은 시간 같은 장소에서 같은 말을 듣고 쓴 기사가 각자 달랐다. 흡사 영어 해석도 듣는 이의 귀에 따라 다양하게 변하는 것처럼 말이다. 이를테면 중국 정부에 관해 영어판 신문에서의 쇼는 중국인들이 자기들이 존경하는 사람을 선출해서 통치자로 삼아야 한다고 했고,[13] 일본어판 신문에서의 쇼는 중국 정부가 몇 개나 된다고 했으며,[14] 중국어판 신문에서의 쇼는 좋은 정부가 반드시 인민의 환심을 얻는 것은 아니라고 했다.[15]

이 점에서 보자면 쇼는 풍자가가 아니라 하나의 거울이다.

그런데 신문에서의 쇼에 대한 평가는 대체로 나빴다. 사람들 각자 자기가 좋아하고 이익이 되는 풍자를 들으러 갔는데 동시에 자기가 혐오하고 손해를 보는 풍자까지 듣고 말았으니 말이다. 그리하여 각자 풍자로 풍자하기를, 쇼는 일개 풍자가에 불과하다고 했던 것이다.

풍자 경기라는 이 점에 있어서 나는 그래도 쇼 쪽이 위대하다고 생각한다.

나는 쇼에게 아무것도 묻지 않았다. 쇼도 나에게 아무것도 묻지 않았지만. 그런데 뜻밖에 기무라 군이 나보고 쇼 인상기를 써 달라고 한다. 나는 남들이 쓴 인상기를 보면서 한눈에 그 사람의 진심을 꿰뚫어 보는 듯한 대목 앞에서 늘 그 관찰의 예민함에 경탄을 금치 못한다. 내 경우 관상술에 관한 책조차 읽어 본 적이 없다. 그래서 설령 명인을 만난다 해도 나보고 그 인상을 도도히 읊어 보라고 하면 실로 궁색해지고 만다.

그래도 일부러 도쿄에서 상하이까지 와서 한 청탁이니 이런 글이나마 부쳐 대접이라 치부할 수밖에.

1933년 2월 23일 밤

(3월 25일, 쉬샤가 번역한 『가이조』4월 특집 원고를 필자가 재교정)

주)_____

1) 원제는 「看蕭和 "看蕭的人們" 記」. 이 글은 일본 가이조샤(改造社) 특약 원고로 일본어로 쓰여져 1933년 4월호 『가이조』(改造)에 발표되었다. 그 뒤 쉬샤(許霞 ; 즉 쉬광핑許廣平)의 중문 번역과 루쉰의 교정을 거쳐 1933년 5월 1일 『현대』 제3권 제1기에 발표되었다.

2) 우치야마 간조(內山完造, 1885~1959)는 당시 상하이에서 일본서적을 취급하는 우치야마 서점을 운영하고 있었다. 1927년 10월 루쉰과 면식을 튼 이후 지속적으로 교류했다.

3) 차이위안페이(蔡元培, 1868~1940)를 가리킨다. 저장 사오싱(紹興) 출신의 근대 교육가로 당시 중국민권보장동맹 지도자 중 한 사람이었다.

4) 쑨원의 미망인 쑹칭링을 가리킨다.

5) 『상하이샤바오』(上海霞報, Shanghai Zaria)를 가리킨다. 1932년 2월 19일자 '문예평론' 란에서 이런 기사가 실렸다. "그제 버나드 쇼를 환영하는 오찬은 풍성하기 그지없었다. …… 차려진 음식이 훌륭했음은 물론이고 식탁 주변에는 셀 수 없을 정도의 시중꾼들이 대기하고 있었다."

6) 국제적인 작가단체로 1921년 런던에서 창립되었다. 중국지회는 차이위안페이가 이사장을 맡았는데, 1929년 12월 상하이에서 창립되었다가 그 뒤 자진 해산했다.

7) 메이란팡(梅蘭芳)은 미국 방문 당시 퍼모나대학 및 사우스캘리포니아대학에서 명예문학박사학위를 받은 적이 있다.

8) 사오쉰메이(邵洵美, 1906~1968)는 저장 위야오 사람으로 시인이자 진우서점(金屋書店) 운영자였다. 『진우월간』(金屋月刊) 주간을 맡으며 유미주의 문학을 제창했다. 시집으로 『꽃 같은 죄악』(花一般的罪惡) 등이 있다.

9) 검보(臉譜)는 중국의 전통 연극에 쓰이는 배우들의 얼굴 분장을 말한다. 등장인물의 특징과 성격이 이 분장에 드러나 있다.

10) 장뤄구(張若穀, 1905~1960)는 장쑤 난후이(南滙; 지금은 상하이로 편입) 사람이다. 그는 1933년 2월 18일자 『다완바오』(大晚報)에 「버나드 쇼와 함께한 50분」이란 글에서 쇼에게 선물을 증정하던 순간을 이렇게 기술하고 있다. "펜클럽 동인들은 희랍식 코를 한 샤오쉰메이에게 대표로 큰 유리틀을 받쳐 들게 했다. 그 안엔 열 몇 개의 베이핑 특산품 점토 검보가 담겨 있었는데, 붉은 얼굴의 관운장, 흰 얼굴의 조조, 긴 수염의 남자, 머리를 싸맨 여자 등등 가지각색으로 매우 예뻤다. 쇼 노인은 재미있다는 듯 긴 흰 수염이 자기와 닮은 것 하나를 가리키며 미소를 지은 채 물었다. '이건 중국의 어르신입니까?' '어르신이 아니라 무대 위의 노친네입니다.' 나는 그에게 이렇게 말했다. 그는 듣지 못한 듯 여전히 웃음을 띠며 여자 검보를 가리키며 말했다. '이건 어르신의 딸이 겠죠?'" 그의 말에 따르면 자신이 말한 '무대 위의 노친네'는 쇼를 풍자한 말이었다.

11) 기무라 기(木村毅, 1894~1979)는 당시 가이조샤 기자였다. 그는 취재를 위해 버나드 쇼보다 먼저 상하이에 도착해서 루쉰에게 버나드 쇼에 관한 글을 『가이조』에 써 줄 것을 요청한 바 있다.

12) 다케우치 요시미(竹內好)의 『루쉰 문집』(魯迅文集) 주석에는 미국인이라고 되어 있다.

13) 상하이 『노스차이나 데일리뉴스』 1933년 2월 18일자에 1단으로 실린 관련 기사는 이렇다. "피억압민족과 그들이 어떻게 해야 하는지에 관해 답하면서 버나드 쇼 선생은 이렇게 말했다. '그들은 자신의 문제를 스스로 해결해야 합니다. 중국도 응당 그래야 하고요. 중국 민중은 스스로를 조직해야 합니다. 뿐만 아니라 그들에게 선출된 자는 자신의 통치자여야지 무슨 광대나 봉건제왕이어서는 안 됩니다.'"

14) 상하이 『마이니치신문』 1933년 2월 18일에 1단으로 실린 보도는 이렇다. "중국기자가 물었다. '중국 정부에 관한 선생의 생각은 어떠신지요?' '내가 알기로 중국에는 정부가 여러 개인데 어느 정부를 말하는지요?'"

15) 『상하이에 온 버나드 쇼』「정치의 요철거울」에 인용된 내용에 의하면 당시 상하이의 중국어 신문들은 버나드 쇼의 다음의 발언을 보도한 바 있다. "금일 중국에 필요한 것은 양호한 정부입니다. 좋은 정부와 좋은 관료가 반드시 일반 민중에게 환영받는 것이 아니라는 점을 알아야 합니다."

『상하이에 온 버나드 쇼』 서문[1]

요즘 말하는 '사람'이란 몸뚱이 밖으로 무언가를 두르고 있기 마련인데, 비단, 모포, 갈포葛布 모두 가능하다. 가난 끝에 거지가 되어도 최소한 너덜대는 바지 하나는 있어야 하고, 야만인으로 불리는 자들에게도 아랫배 전후로 풀잎가리개 정도는 있어야 한다. 만일 공공 대중 앞에서 스스로 홀랑 벗어 버리거나 남에게 벗김을 당하기라도 하면, 이를 일러 사람 꼴이 아니라고 하는 것이다.

꼬락서니는 아닐지언정 그래도 보겠다는 사람은 있다. 서서 보는 자도 있고, 따라다니며 보는 자도 있으며, 신사숙녀들처럼 일제히 눈을 가린 채 손가락 사이로 훔쳐보는 자도 있다. 그러니까 남의 알몸을 구경하려 하면서 도리어 자기의 옷매무새에 신경을 쓴다는 것이다.

사람이 하는 말도 대체로 비단이나 풀잎가리개로 둘러싸여 있다. 가령 이것들을 벗겨 버리면, 이를 듣는 것을 좋아하기도 하고 무서워하기도 한다. 좋아하기 때문에 에워싸고, 두려워하기 때문에 자기들의 노고를 줄여 줄 수 있는 이름을 특별히 부여하여 이런 말을 일삼는 자를 '풍자가'라고 부른다.

버나드 쇼가 상하이에 오자 그 열기와 떠들썩함이 필냐크(Boris Pilniak)와 모랑(Paul Morand)은 물론 타고르마저 능가했다.[2] 나는 그 이유가 다음에 있다고 생각한다.

그 한 층위는 "독재가 사람들을 냉소적으로 만든다"[3]는 것이다. 그나마 이는 영국의 일이니 예로부터 "길에서 곁눈질만 하는"[4] 사람들에게는 어림도 없다. 그런데 시절도 끝내 달라져 서양 풍자가의 '유머'나 한번 들어 보자며 모여 모두가 한바탕 낄낄거리고 말았다.

다른 한 층위는 여기서 거론하고 싶지가 않다.

그래도 먼저 자기 옷은 조심을 해야 한다. 그리하여 각자의 희망이 달라지기 시작했다. 절름발이는 그가 지팡이 들기를 주장할 것을 원했고, 문둥이는 그가 모자 쓰기에 찬성해 주기를 희망했으며, 지분을 처바른 이는 그가 본처를 풍자해 주려니 했고, 민족주의 문학가들은 그에 기대서 일본 군대를 굴복시키려 했다. 그런데 결과는 어떠한가? 입방아를 찧어 대는 것만 봐도 그리 흡족하지 않음을 알 수 있다.

쇼의 위대함은 또 여기에 있었다. 영국계, 일본계, 백러시아계 신문들이 약간의 유언비어를 대동하면서 마침내 총공격에 돌입했다. 그가 제국주의에 이용당하지 않으리라는 것을 알았기 때문이다. 중국신문의 경우는 많은 말이 필요치 않다. 원래가 서양 나리의 똘마니였으니 말이다. 이렇게 장구한 세월을 똘마니 노릇이나 하다 보니, '무저항'이나 '작전상'이 아니면 그들 군대 앞을 얼씬거릴 수조차 없다.

쇼가 상하이에 도착한 지 만 하루도 되지 않았건만 이리도 말들이 많다. 만약 다른 문인이었다면 이러지는 않았을 것이다. 이는 작은 일이 아니다. 그래서 이 책은 중요한 문헌임에 분명하다. 전반부 세 부분에서는 문인, 정객, 군벌, 건달, 주구들이 보인 각양각색의 면모를 평면거울에 비추었다. 쇼가 요철거울이라는 것에 대해서는 나도 잘라 말하기 어렵다.

여파는 베이핑까지 흘러가 대영제국의 기자에게 교훈 하나를 주었다. 중국인들의 환영을 쇼가 달가워하지 않는다는 사실 말이다. 20일자 『로이터 통신』은 베이핑 신문들에 쇼에 관한 기사가 대거 실린 것을 두고 "중국 전통에 내재된 고통불감증을 족히 증빙할 만하다"고 했다.[5] 후스 박사는 더욱 초탈한 자태로 애써 접대를 하지 않는 것이 도리어 가장 고상한 환영이라고 했다.[6]

"때리는 것은 때리지 않는 것이요, 때리지 않는 것이 때리는 것이다."[7]

이는 실로 큰 거울이다. 사람들로 하여금 큰 거울을 마주하고 있는 듯 느끼게 만드는 큰 거울이다. 비추고 싶건 비추고 싶지 않건 그 속에서 온갖 거드름이 감추고 있는 진상을 드러내니 말이다. 상하이 일각에서만 해도 붓과 혓바닥이 베이핑의 외국기자나 중국학자들처럼 세련되지는 못하더라도 그 양식이 벌써 제법 된다. 옛날부터 전해 오는 검보에도 한계가 있는 법이니, 수록된 적이 없거나 뒤에 발표된 것이라 해도 얼추 이 족보 속에 종합했다.

1933년 2월 28일 등불 아래서, 루쉰

주)_____

1) 원제는 「『蕭伯納在上海』序」, 1933년 3월 상하이 야초서옥(野草書屋)에서 출판한 『상하이에 온 버나드 쇼』에 처음 실렸다.
   『상하이에 온 버나드 쇼』는 취추바이와 루쉰이 편역(編譯)했으며 버나드 쇼가 상하이에 체류할 당시에 발표된 기사와 평론을 모은 책이다. 이 책의 「머리말」에서는 이 책을 만든 주요 의도가 이를 "거울로 삼아 여기에서 진짜 버나드 쇼와 각종 인물의 진면목을 보려는" 데 있다고 밝히고 있다.

2) 타고르는 1924년 4월에, 필냐크는 1926년에, 모랑은 1931년에 각각 중국을 방문한 적이 있다.

3) 이는 영국 철학자 존 스튜어트 밀(John Stuart Mill, 1806~1873)이 한 말이다.

4) 『국어』(國語) 「주어」(周語)에는 주나라 려왕(厲王)이 극악무도한 짓을 일삼자 "나라 사람들이 감히 말도 못하고 길에서 곁눈질만 했다"는 구절이 있다. 삼국 시기 오(吳)나라의 위소(韋昭)는 이 구절을 "감히 말도 못하고 그저 멀뚱멀뚱 바라볼 뿐이었다"라고 주석하고 있다.

5) 1933년 2월 20일 버나드 쇼는 상하이로부터 베이핑에 도착했는데, 이날 영국 『로이터 통신』은 이런 기사를 송출했다. "오늘 아침 정부 기관지(국민당 정부 기관지)에 대규모 전투가 확산되고 있다는 소식이 실려 있음에도 불구하고 여전히 버나드 쇼의 베이핑 도착에 관한 기사가 많은 비중을 차지하는 걸 보면 중국인이 전통적으로 가지고 있는 고통불감증을 증빙하기에 족하다."

6) 후스(胡適)의 이 말은 1933년 2월 20일자 『로이터 통신』의 다른 보도에 보인다. "버나드 쇼가 베이핑에 도착하기 전날 후스는 글을 써서 이런 말을 했다. 버나드 쇼 같은 특별한 손님에 대한 가장 고상한 환영은 혼자 다니며 만나고 싶은 사람은 만나게 하고 보고 싶은 것은 볼 수 있도록 적당히 내버려 두는 것이다."

7) 송나라 사람 장뢰(張耒)가 쓴 『명도잡지』(明道雜誌)에는 이런 대목이 있다. "전중승(殿中丞) 구준(丘浚)은 말이 많은 사람이었다. 일찍이 항주에서 산(珊) 선사(禪師)를 만난 적이 있는데, 산은 그를 보고는 매우 거만한 태도를 보였다. 조금 뒤 주장(州將)의 자제가 그를 만나러 왔는데, 선사는 계단을 내려가 공손한 예로써 그를 맞이했다. 이에 준은 마음이 상했다. 자제가 물러가자 선사에게 물었다. '스님은 저는 그렇게 거만하게 맞이하더니 주장의 자제는 어찌 그리 공손히 맞이하시오?' 선사는 이렇게 답했다. '환대는 환대가 아니요, 환대가 아닌 건 환대이외다.' 그러자 준이 벌떡 일어나 선사를 몇 대 갈기고는 느긋하게 말하기를 '스님은 탓하지 마시오. 때리는 건 때리는 게 아니요, 때리지 않는 건 때리는 거외다.'"

중국 여인의 다리에서 중국인의 비중용을 추정하고 또 이로부터 공부자에게 위장병이 있었음을 추정함
— '학비'파의 고고학(1)[1]

옛날의 유자儒者들은 여인을 거론하는 일에 흥미가 없었지만 어떤 때는 여인을 즐겨 거론하곤 했다. '전족'을 예로 들어 보자. 명청明淸 시기 고증의 기미가 있는 저작 속에는 이것의 기원 연대에 관한 글들이 종종 있다. 왜 이처럼 하찮은 일을 고구考究하는지에 대해서는 여기서 거론치 않겠다. 총괄하면 양대 파벌로 나눌 수 있는데, 조기早期 기원파와 만기晩期 기원파가 그것이다. 조기파는 전족을 찬성하는 눈치다. 일이란 오래되면 될수록 좋은 것이니, 그래서 그들은 맹자의 어머니 역시 작은 발의 여인이었다는 증거를 고증해 내려 한다. 이와 반대로 만기파는 전족에 대해 그다지 열의를 보이지 않는다. 설에 의하면 아무리 일러도 송나라 말년을 넘지 않는다는 것이다.

사실은 송나라 말년이라 해도 오래된 셈이다. 그런데 묶지 않은 발이 모양도 더 오래되었고 학자는 응당 '귀고천금'貴古賤今할 것인즉 전족 배척이 애고愛古로 되었던 것이다. 그런데 전족 반대라는 고정관념을 미리 품고 증거를 날조한 자도 있었다. 명나라 초기의 재자才子였던 양승암楊升

^庵 선생의 경우가 그러하다. 심지어 그는 한나라 사람을 대신해 『잡사비신』^{雜事秘辛}이라는 책을 써서 당시의 발이 '바닥은 평평하고 발가락은 모아진' 형태였다는 걸 증명하기까지 했다.[2]

그리하여 또 어떤 자는 이를 전족 조기 기원설의 자료로 삼아 기왕 '발가락이 모아졌'다면 전족으로 볼 수 있다고 했다. 그런데 이는 저능아임을 스스로 감수해야 할 이야기라 여기서 평을 가하지는 않겠다.

내 견해에 비추어 보면 이상 양대 파의 주장은 모두 옳기도 하고 틀리기도 하다. 지금은 골동품이 많아져 우리는 한당^{漢唐} 시대 그림도 볼 수 있고 진당^{晉唐} 시대 고분에서 발굴한 토용도 볼 수 있다. 거기에 드러난 여인의 발을 보면 코가 둥근 신발도 있고 네모난 신발도 있는데, 이로써 전족을 하지 않았다는 것을 알 수 있다. 옛사람들은 지금사람들보다 총명해서, 졸라맨 발을 큰 신발에 넣고 솜을 쑤셔 박은 뒤 뒤뚱거리며 걷지는 않았던 것이다.

그렇지만 한나라 때에 '이사'[3]라는 게 있었던 건 확실하다. 코는 뾰족하고 평상시엔 신지 않았던 것 같은데, 춤을 출 때는 이게 아니면 안 되었다. 걷기가 시원스러웠을 뿐 아니라 '담각'[4]처럼 발차기를 할 때도 치마에 지장을 받지도 않았을뿐더러 심지어 치마를 걷어찰 정도였다. 당시의 마나님들이 물론 춤을 추지 않았던 건 아니지만 춤꾼은 대부분 창녀들이었다. 그래서 대체로 창기들이 '이사'를 신었는데, 오래 신다 보면 '발가락이 오므라들'기 마련이었다. 하지만 기녀의 복장은 규수들의 대성지성선사^{大成至聖先師}인 법, 이는 지금도 마찬가지다. 이사를 상용하는 것은 요즘 하이힐을 신는 것에 버금가므로 염한[5]시대를 살았던 '모던걸'의 예라 할 수 있다. 그리하여 명문가 숙녀들의 신발 코도 뾰족해지기 시작했다. 처음엔 창기가 뾰족하더니, 그 뒤 모던걸이 뾰족해졌고, 다시 그 뒤 대갓집 규수가 뾰족해졌다가, 마지막으로 '서민 가의 딸내미'[6]마저 일제히 뾰족해졌다. 이들 '딸내미'들이 할머니가 되었을 무렵 이사제도가 각단脚端을 통일한 시대로 접어들게 된 것이다.

민국 원년에 '소생'이 베이징을 관광할 적에, 베이징 여인들이 남자가 멋있는지(필자: 지금의 소위 '모던'으로 여겨짐) 여부를 판단할 때 발부터 시작해서 머리까지 올라간다는 말을 들었다. 그래서 남자는 양말에도 신경을 써야 했으니 깔끔하고 정돈된 발은 더 말할 필요가 없다. 이것이 바로 '발싸개 포'包脚布가 있게 된 까닭이다. 창힐倉頡이 문자를 만든 것에 대해 우리는 알고 있지만, 이 포를 누가 만들었는지는 아직 연구된 바가 없다. 그래도 최소한 "예로부터 있어 왔노라"古已有之가 있었으니 당나라 사람 장작의 『조야첨재』朝野僉載[7]가 그것이다. 여기에는 무후武后 시절 어떤 선비가 발을 꽁꽁 싸매고 가는 것을 보고 사람들이 웃음을 터뜨렸다는 대목이 나온다. 이로써 성당盛唐 시절에 이미 이런 장난이 있기는 했지만 심하지 않았거나 널리 보급되진 않았다는 것을 알 수 있다. 하지만 마침내 널리 보급되고 만 것 같다. 송나라에서 청나라에 이르기까지 면면히 이어졌는데 민국 원년의 혁명 이후 뒤집혔는지 어쩐지는 잘 모르겠다. 왜냐하면 나는 고'고'학 전공자이니 말이다.

하지만 몹시 기이한 것은 왜 그랬는지 모르겠지만(필자: 이 대목은 약간 학자의 태도를 상실한 듯하다) 발에 대해서 여사들이 뾰족한 것도 모자라 억지로 그것을 '작게' 만들기 시작했다는 것이다. 최고의 모범은 세 치三寸를 한도로 삼기에 이르렀다. 이리 되다 보니 이제 이사와 코가 네모난 신발은 동시 구매를 할 필요가 없게 되었다. 경제적 관점에서 보면 이는 나쁘지 않다. 그러나 위생적 관점에서 보면 약간의 '과도함'은 불가피하다. 바꾸어 말하면 '극단으로 가고' 만 것이다.

우리 중화민족은 늘 '중용'과 '중용'을 행하는 인민임을 자처하곤 하는데, 사실은 상당히 과격하다. 적을 대할 때를 예로 들어 보자. 어떤 때는 힘으로 굴복시키는 것도 모자라 "악을 제거하는 데는 철저해야 한다"[8]고 하고 죽이는 것도 모자라 "고기는 먹고 가죽은 깔고 자"[9]야 한다고 한다. 그런데 어떤 때는 또 겸허함이 이런 지경에 이른다. "침략자가 들어오겠다면 들어오게 놔 둬라. 아마 그들은 10만 중국인을 죽일 것이다. 괜찮다. 중국인은 얼마든지 널렸다. 우리한테는 충당할 자원이 더 있다." 이는 참으로 진짜 바보인지 가짜 멍청이인지를 분간할 수 없게 만든다. 더욱이 여인의 발이 확고한 증거다. 작지 않으면 그만이지만 작다면 세 치는 되어야 한다며 차라리 걷지도 못하고 뒤뚱거리는 게 낫다고 하니 말이다. 분개하며 변발을 잘라 버린 뒤 전족도 같이 해방을 맞았다. 노老 신당新黨의 어머니들은 가죽신발에 솜을 쑤셔 넣는 번거로움을 감안하여 잠시나마 그녀의 여식들에게 자연 그대로의 발을 가져다주었다. 하지만 우리 중화민족은 끝내 '극단'적이었다. 얼마 되지 않아 지병이 재발하여 일부 여사들이 별도의 양식을 생각해 냈다. 가늘고 새까만 기둥으로 발뒤꿈치를 지지하게 하면서 그더러 지구를 떠나게 만들었던 것이다. 결국 자신의 발에게 요술을 부리지 않을 수 없게 만든 것이다. 과거로 미래를 예측해 볼 때 이 점은 자신할 수 있다. 네 왕조(여전히 왕조가 있다면) 뒤에는 전국 여인의 발가락이 아랫다리와 일직선이 될 거라고.

그런데도 성인은 왜 '중용'을 부르짖었을까? 가로되, 모두가 중용적이지 않기 때문이다. 사람은 부족한 데가 있어야 그것의 필요성을 떠올린다.

가난한 교원이 처를 부양하지 못하게 되면, 그제서야 여자 독자적 밥벌이 설의 합리성을 느끼게 되고 여기에 덧붙여 남녀 평등론에 고개를 끄덕이게 된다. 부자가 살이 쪄서 천식으로 숨을 헐떡이게 되면 그제서야 골프를 치면서 운동의 필요성을 주장하게 된다. 평소 우리는 하나밖에 없는 머리와 배를 우대해야 한다는 사실을 잊어버리지만, 일단 두통이 오고 설사가 나면 그제서야 그것들을 떠올리고는 휴식이 중요하니 소식을 해야 되니 떠들어 댄다. 만약 누군가가 이 말을 듣고 무턱대고 이 사람을 위생론자로 단정해 버리면, 사소한 실수 하나로 큰 코를 다치는 꼴이 되고 만다.

거꾸로 위생론자가 아니면서도 그가 위생을 운운한다면 이는 그동안 위생을 고려하지 않았다는 것의 표현이다. 공자 왈, "중도를 행하는 자를 얻어 함께할 수 없다면, 반드시 미친 자나 고집 센 자라도 함께할 것이다. 미친 자는 진취적이고, 고집 센 자는 싫으면 하지 아니하는 바가 있으니!"[10]라고 했다. 공자는 교제 범위가 넓은 사람이라 어쩔 수 없이 미친 자나 고집 센 자와 함께할 수밖에 없었다. 이것이 바로 그가 이상 속에서 '중용, 중용'을 끙끙거린 이유다.

위의 추정에 오류가 없다면, 우리는 한 걸음 더 나아가 공자 만년에 위장병이 생기고 말았으리라는 추정이 가능해진다. "썬 것이 반듯하지 않으면 먹지 않았다", 이는 이 노선생의 완고한 규칙이었다. 그렇지만 "밥은 흰 쌀밥을 싫어하지 않았고 회는 잘게 썬 것을 싫어하지 않았다"는 조항은 상당히 희귀한 구석이 있다. 그는 백만장자나 엄청난 인세를 받는 문학가가 아니었으므로 이런 사치는 생각할 수도 없다. 위생과 소화의 용이함 때문이 아니라면 이를 설명할 도리가 없는 것이다. 더욱이 "생강 먹는 일을 끊지 않았다"[11]면 또 위를 따뜻하게 하는 일을 빼놓을 수 없다. 왜 하필이면 이처럼 유독 위를 우대하며 염념불망念念不忘 잊지 못했던 것일까? 가로되, 위장병이 있었기 때문이다.

이렇게 말할 수 있을지도 모르겠다. 집에만 있고 거동을 잘 하지 않는 사람들은 쉽게 위장병에 걸리는데, 공자는 열국을 주유하며 왕공王公들을 들락거렸으니 병이 날 리 없다고 말이다. 이는 요즘만 알고 옛날은 알지 못하는 오류를 범하는 것이다. 당시는 미국산 밀가루[12]가 아직 수입되기 전이라 토종 맷돌로 간 맥분에는 회나 모래가 다량 함유되어 있었다. 그래서 요즘 면에 비해서 중량감이 있었다. 그리고 신작로가 닦이기 전이어서 황톳길은 요철이 아주 심했다. 공자가 걸으려 했다면 그리 심각하진 않았겠지만 불행히도 그는 한사코 수레를 고집했다. 위에 무거운 음식을 담은 채 수레에 앉아 울퉁불퉁한 길을 가다 보니 흔들흔들 덜컹덜컹 위가 요동을 치고 이에 따라 소화력도 감퇴되어 자주 통증을 느꼈을 것이다. 그러니 매끼 생강을 먹지 않을 수 없었던 것이다. 그러니 그 병명은 '위 확장'임에 틀림없다. 그때가 '만년'이었으니, 대략 주周 경왕敬王 10년 이후였을 것이다.

위의 추정은 간략하긴 해도 '책을 읽다 행간을 얻은' 결과물이다. 하지만 공功에 급급하여 억측을 한다면 '의심이 많은' 오류에 함몰되기가 십상이다. 예를 들어 보자. 2월 24일자 『선바오』에는 다음과 같은 내용의 난징발 전보가 실려 있다. "중앙집행위원회는 각급 당부黨部 및 인민단체에 '충효인애신의화평'忠孝仁愛信義和平[13]이라는 편액을 제작하여 강당 중앙에 걸어 둠으로써 계발을 돕도록 영을 내렸다." 이것을 보고 나서 절대로 각 요인들께서 '여덟째 덕목을 망각'[14]했다고 모두를 나무란 것으로 추정해서는 안 된다. 또 3월 1일자 『다완바오』[15]에는 다음과 같은 뉴스가 실려 있다. "쑨孫 총리 부인 쑹칭링 여사는 귀국하여 상하이에 거주한 뒤부터 정치에 관한 일체 관심을 끊고 오직 사회단체 조직에 대해서만 매우 열심을 보이고 있다. 본보 기자가 입수한 보고서에 의거하면, 전일 누군가가 우정국을 통해 쑹 여사에게 공갈사기 편지 □(필자: 원래 결락)건을 부쳤다. 본 시당국은 우정국 주재 사찰처 사찰원을 파견·조사케 하여 공갈사기 편지를 억류한 뒤 여러 경로를 거쳐 시 정부에 보고했다." 이것을 보고 나서도 절대로 총리 부인 쑹 여사의 서신이라 할지라도 늘 우정국에서 당국이 파견한 요원에 의해 사찰을 당한다고 추정해서는 안 된다.

비록 '학비파의 고고학'이라 할지라도 역시 '학'에서 멀리 떨어져 있지 않다. 내용은 '고고'에 국한한다.

3월 4일 밤

주)_____

1) 원제는 「由中國女人的腳, 推定中國人之非中庸, 又由此推定孔夫子有胃病 ─ '學匪'派考古學之一」, 1933년 3월 16일 『논어』 제13기에 허간(何幹)이란 필명으로 처음 발표되었다. '학비'(學匪)는 1925년 베이징여자사범대학 사건 때 일부 사람들이 루쉰, 마위짜오(馬裕藻) 등 진보적인 교원을 지칭하던 용어다. 『화개집속편』의 「학계의 삼혼」에는 이런 대목이 있다. "학계에서 관리의 말투가 시작된 것은 작년의 일로, 무릇 장스자오(章士釗)를 반대하는 무리는 곧 '토비'(土匪), '학비'(學匪) 혹은 '학곤'(學棍)이라는 칭호를 얻게 되었다." "그런데 듣지도 보지도 못한 학비라는 말이 급기야 나오고 말았으니 하는 말이지만, 작년에 학계에 망조가 든 것은 새삼스런 일도 아니다."

2) 『잡사비신』은 동한(東漢)시대 무명씨의 필기소설이다. 실은 명나라 사람 양신(楊愼: 호가 승암)이 이를 가탁하여 지은 것이다. 이 가운데 동한 환제(桓帝)가 양영(梁瑩)을 비(妃)로 간택하는 이야기가 있는데, 거기서 양영의 발을 묘사하는 대목은 이렇다. "길이는 여덟 치에 종아리와 발등엔 예쁘게 살이 올랐고 바닥은 평평하고 발가락은 모아졌는데 비단 버선을 꽉 졸라매어 미묘하게 마감한 것이 마치 꿈속 같았다." 양신은 이 책의 발문(跋文)에서 "내가 일찍이 전족의 기원을 고구해 보았지만 결과를 얻지 못했다. '비단 버선을 꽉 졸라매어 미묘하게 마감한 것이 마치 꿈속 같았다'고 했으니 전족이

후한 때 이미 있었음을 알 수 있다"고 하면서 전족 조기 기원설을 지지하고 있다. 양신(1488~1554)은 쓰촨(四川) 신도(新都) 사람으로 학자이며 한림학사를 지낸 바 있다.

3) 이사(利屣)는 춤출 때 신던 신발을 말한다.『사기』(史記)「화식열전」(貨殖列傳)에는 다음과 같은 대목이 있다. "조(趙)나라 정(鄭)나라 미인들은 얼굴을 아름답게 꾸미고 거문고를 연주하며 긴 소매를 나부끼고 경쾌한 발놀림으로 춤을 추어 보는 이의 눈과 마음을 유혹한다."

4) 담각(潭脚)은 권법 중에 하나다. 청나라 때 산둥(山東) 용담사(龍潭寺)의 어느 승려에게서 비롯되었다 해서 '담각'이라 불렀다.

5) 옛날에 음양가(陰陽家)는 금목수화토(金木水火土) 오행이 상생상극하는 순환의 원리로 왕조 교체를 설명했는데, 이 경우 한나라는 불(火)에 속하므로 옛날에는 이를 '염한'(炎漢)이라 불렀다.

6) 원문은 '小家碧玉'이다. 남조(南朝)시대 악부「벽옥가」(碧玉歌)에는 "벽옥은 서민 집 여식이라, 감히 귀인을 넘볼 수 없어"라는 대목이 나온다. 벽옥은 원래 인명이었는데, 이후 평범한 서민 집 여식을 '소가벽옥'이라 불렀다.

7) 당나라 때의 일화나 자질구레한 이야기들을 기록한 책이다. 그런데 이 책에는 루쉰이 인용한 이 일에 대한 기록이 보이지 않는다. 장작(張鷟, 약658~약730)은 선저우(深州) 루쩌(陸澤) 사람으로 당나라 때의 문학가다. 감찰어사 등을 역임한 바 있다.

8)『상서』「태서」(泰誓)에 나오는 말이다.

9)『좌전』(左傳) '양공(襄公) 21년'조(條)에 나오는 말이다.

10)『논어』「자로」에 나오는 말이다.

11) 이상 공자의 식성에 관한 구절은『논어』「향당」(鄕黨)에 나온다.

12) 원문은 '花旗白麵'이다. 당시엔 미국 국기를 '화기'(花旗)라 불렀다. 이는 미국을 지칭하는 말이기도 했다.

13) 당시 국민당 요직에 있던 다이지타오(戴季陶) 등이 제창한 '8덕'이다. 1933년 2월 13일 국민당 당국은 각급 당부(黨部) 및 기관단체에 영을 하달해 이 편액을 제작해 강당 중앙에 걸도록 지시했다. 동월 20일 국민당 정부 교육부는 또 이것을 '소학공민훈련표준'으로 삼는다고 선포했다.

14) 원문은 '忘八'로 전통 왕조시대 유행하던 속어다. 봉건도덕의 요체인 효(孝), 제(悌), 충(忠), 신(信), 예(禮), 의(義), 염(廉), 치(恥)의 여덟번째 '치'(부끄러움)를 망각했다는 의미인데, '부끄러움을 모른다'는 의미로 사용되었다.

15)『다완바오』(大晚報)는 1932년 2월 12일 상하이에서 장쯔핑(張資平)에 의해 창간되었다. 그 뒤 국민당 재벌 쿵샹시(孔祥熙)에게 인수되었다가 1949년 5월 25일 정간되었다.

나는 어떻게 소설을 쓰게 되었는가?[1]

나는 어떻게 소설을 쓰게 되었을까? 그 내력은 『외침』 서문에서 이미 대략적으로 밝힌 바 있다. 여기서 약간 보충해야 할 것은 내가 문학에 마음을 둘 당시의 상황이 지금과는 판이했다는 점이다. 중국에서 소설은 문학축에 끼지도 못했고 소설을 쓰는 사람도 문학가로 불릴 수 없었다. 그러니 이 길로 출세를 하려는 사람이 있을 턱이 없었다. 나 역시 소설을 '문원'文苑에 들이밀어 보려던 것은 아니었다. 그저 그것의 힘을 이용해서 사회를 개량하고 싶었을 뿐이다.

그나마 창작은 생각도 못했고 관심을 둔 건 소개와 번역이었다. 더욱이 단편, 특히 피억압민족 출신 작가의 작품을 중시했다. 당시 배만론排滿論이 한창 성행하던 터라 일부 청년들이 절규하고 반항하는 그 작가들에쉽게 동조할 수 있었던 것이다. 그래서 '소설작법' 같은 것은 한 권도 읽지 않았지만 단편소설은 꽤나 읽었다. 내가 좋아해서 그랬기도 했지만, 태반은 소갯거리를 찾기 위함이었다. 문학사와 비평도 읽었는데, 이는 작가의 사람됨이나 사상 파악을 통해 중국에 소개 여부를 결정하기 위함이었다.

학문 같은 것과는 아무런 관계가 없었다.

추구하던 작품이 절규와 반항이었으므로 아무래도 그 방향이 동유럽으로 쏠렸다. 그래서 본 것으로는 러시아, 폴란드, 발칸의 여러 작은 나라 작가 것이 특히 많았다. 인도와 이집트 작품도 열심히 찾아본 적은 있지만 여의치가 않았다. 당시 가장 애독한 작가는 러시아의 고골(N. Gogol)과 폴란드의 셴케비치(H. Sienkiewitz)[2]로 기억한다. 일본 작가로는 나쓰메 소세키와 모리 오가이가 있었다.[3]

귀국 후 학교일로 더 이상 소설을 쓸 겨를이 없었다. 이렇게 오륙 년이 지났다. 왜 다시 손을 댔을까? 이것도 『외침』 서문에 밝혔으니 언급할 필요가 없다. 다만 스스로 소설가의 재능이 있다고 여겨 소설을 쓴 게 아니라는 것만은 분명하다. 당시 베이징의 회관[4]에 살고 있었기 때문에 논문을 쓰자니 참고서가 없고 번역을 하자니 저본이 없어 할 수 없이 소설 비슷한 걸 써서 책임을 무마하려던 것일 뿐이다. 이것이 바로 「광인일기」다. 의존한 것이라고 해야 예전에 읽은 백여 편의 외국작품과 약간의 의학적 지식이 전부였고 그외에 준비한 것은 아무것도 없었다.

그런데 『신청년』 편집자의 독촉이 잇달았다. 몇 번 독촉을 받고 한 편을 썼는데, 여기서 천두슈陳獨秀 선생을 떠올리지 않을 수 없다. 가장 집요하게 나를 다그친 자가 그였으니 말이다.

물론 소설을 쓰기 시작하면서 얼마간 내 주관이 없을 수 없었다. 이를테면 '왜' 소설을 쓰는가 라는 문제가 그렇다. 나는 십 몇 년 전부터 '계몽주의'를 품어 왔던 까닭에 '인생을 위해서'여야 했고 게다가 인생을 개량하는 것이어야 했다. 예전에 소설을 '심심풀이 책'으로 부른 것을 나는 증오한다. 게다가 '예술을 위한 예술'을 '소일거리'의 신식 별칭에 불과한 것으로 간주한다. 그래서 나는 가급적 병태적 사회의 불행한 사람들 속에서 제재를 찾았다. 병의 원인을 드러내어 치료에 대한 생각을 불러일으키려는 의도였다. 그래서 장황하고 수다스러운 글을 극구 피했다. 의미가 전달되면 충분하지 그 이상의 수식은 필요치 않다는 것이 내 생각이었다. 중국의 옛 연극에서는 배경을 쓰지 않고 설날에 아이들에게 파는 화지花紙[5]에는 주요 인물만 그려져 있는데(요즘 그림에는 배경이 있는 것도 많지만), 내 목적에는 이 방법이 적절하다고 깊이 믿고 있었던 것이다. 그래서 나는 풍월을 묘사하지 않았고 대화도 장황하게 하지 않았다.

다 쓰고 나면 두 번은 읽어 보았다. 스스로 입에 달라붙지 않으면 몇 글자를 증감해서 술술 읽히도록 했다. 들어맞는 입말이 없으면 차라리 옛말을 썼다. 누군가 알아 줄 사람이 있기를 희망하면서 말이다. 나만 안다든가 나도 모르면서 억지로 만든 자구는 되도록 쓰지 않았다. 많은 비평가 가운데 이 대목을 알아본 자는 딱 한 사람뿐이었다. 나를 Stylist라고 부르기는 했지만.[6]

쓴 사건은 대개 어느 정도 보고 들은 데서 연유하지만 있는 사실 그대로 쓰지는 않았다. 일단을 뽑아서 내 생각을 거의 완전히 드러낼 수 있을 때까지 고치고 펼쳐 나갔다. 마찬가지로 인물 모델도 한 사람만 그대로 쓴 적은 없다. 왕왕 입은 저장浙江에서, 얼굴은 베이징에서, 의상은 산시山西에서, 이런 식으로 한 인물에 버무리곤 했다. 혹자는 나의 어떤 작품은 누구를 씹고 있고 또 어떤 작품은 누구를 씹고 있다고 하는데 전혀 근거 없는 소리다.

그런데 이렇게 글을 쓰고 보니 난점이 생겼다. 도중에 붓을 놓기가 어렵다는 게 그것이었다. 단숨에 쓰게 되면 인물이 점차 살아나서 자신의 소임을 다한다. 그런데 도중에 마음을 쓸 일이 생겨 한동안 붓을 놓은 뒤 다시 쓰게 되면 성격이 변할 수도 있고 상황도 애초 예상과 달라질 수 있다. 이를테면 내가 쓴 「부저우산」不周山이 그런 경우인데, 애초 의도는 성性의 발동과 창조, 쇠망까지의 과정을 써 보자던 것이었다. 그런데 도중에 신문에서 도학자연하는 비평가 한 분[7]이 애정시를 공격하는 글을 보고 마음속으로 안되겠다 싶은 생각이 들었다. 그래서 소설 속의 꼬마 하나를 여왜女媧의 가랑이 사이로 달려가게 만들었다. 그럴 필요가 없었는데 이 때문에 전체 구도가 엉망이 되고 말았다. 이 대목을 간파한 자는 나 말고 없었던 것 같다. 우리의 대비평가이신 청팡우成仿吾 선생도 이것을 최고의 작품이라고 언급했으니 말이다.

전적으로 한 사람만 뼈대로 삼는다면 이런 병폐는 안 생기겠다고 생각하지만 아직 실험해 본 적은 없다.

누구의 말인지 잊어버렸지만, 아무튼 한 인물의 특징을 가장 간결하게 그리려면 그의 눈을 그리는 것이 제일이라고 한다.[8] 지극히 옳은 말이라고 생각한다. 가령 두발 전부를 그린다고 할 때 아무리 미세하게 그려 본들 하등 의미가 없다. 늘 이 방법을 배워 보려고 하지만 애석하게 잘 배워지지 않는다.

생략 가능한 곳은 억지로 채우지 않았고, 잘 써지지 않을 때는 억지로 쓰지 않았다. 당시 내게는 별도의 수입이 있어 글을 팔아 생활을 하지 않아도 되었던 터여서 이를 통례로 삼기는 어려울 테지만 말이다.

또 한 가지는 매번 글을 쓸 때 갖가지 비평을 아예 묵살했다는 것이다. 당시 중국의 창작계는 물론 유치했지만 비평계는 더 유치해서 하늘에 닿을 만큼 띄우지 않으면 땅에 내동댕이치는 일이 다반사였다. 여기에 눈을 두고 있다가는 스스로 비범한 작가를 자처하거나 자살로 천하의 죄를 사해야 할 지경이었으니 말이다. 비평은 나쁜 곳을 나쁘다 하고 좋은 곳은 좋다고 해야 작가에게 유익하다.

그래도 외국의 비평은 늘 보았다. 나에게 은혜도 원한도 질투도 가지고 있지 않았기 때문이다. 비평 대상이 남의 작품이기는 했지만 거울로 삼을 만한 곳이 있었다. 물론 그 비평가의 당파성을 동시에 유념하면서 말이다.

이상은 십 년 전의 일이다. 그 뒤엔 쓴 것도 없고 나아간 것도 없다. 편집자 선생은 나보고 이런 내용의 글을 써 달라고 했지만 어떻게 가능할지. 어수선하기가 이럴 따름이니.

3월 5일 등불 아래서

주)_____

1) 원제는 「我怎麼做起小說來」, 1933년 6월 상하이 톈마서점에서 출판한 『창작의 경험』(創作的經驗)에 처음 발표되었다.

2) 센케비치(Henryk Sienkiewicz, 1846~1916)는 폴란드 작가다. 그의 작품은 주로 폴란드 농민의 고통스런 생활과 이민족 침략에 반대한 폴란드인들의 투쟁을 그리고 있다.

3) 나쓰메 소세키(夏目漱石, 1868~1916)와 모리 오가이(森鷗外, 1862~1922)는 일본의 소설가이다.

4) 베이징 쉬안우먼(宣武門) 외곽 난반제(南半截) 골목에 있는 '사오싱회관'(紹興會館)을 말한다. 루쉰은 1912년 5월부터 1919년 11월까지 여기서 거주했다.

5) 민간에서 유행하던 새해용 목판화를 말하는데, '저팔계 데릴사위로 맞기', '쥐들의 결혼' 등의 제재가 많았다.

6) 여기서 언급된 이는 리진밍(黎錦明, 1905~1999)으로 보인다. 그의 「양식 묘사와 중국의 신문예를 논함」(『문학주보』文學週報 제5권 제2기, 1928년 2월 합본 참조)이라는 글에는 이런 대목이 있다. "서구의 작가는 양식을 집필의 첫번째 실마리로 본다. 이른바 양식주

의자(Stylist)라는 사람까지 있다. …… 우리의 신문예는 루쉰, 예사오쥔(葉紹鈞) 두세 사람의 작품에서 양식 수양이 보이는 것을 제외하면 나머지 대부분은 그것을 마음대로 붓 끝에 걸어 두고 있는 것처럼 보인다."

7) 후멍화(胡夢華, 1901~1983)를 가리킨다. 당시 난징의 둥난대학(東南大學) 학생이었던 그는 1922년 10월 24일 『시사신보』(時事新報) 「학등」(學燈)에 「『혜초의 바람』을 읽고 나서」(讀了『蕙的風』以後)를 발표하여 왕징즈(汪靜之)의 시집 『혜초의 바람』(蕙的風) 속의 어떤 애정시는 '타락하고 경박한' 작품으로 '부도덕한 혐의'가 있다고 질타했다.

8) 이는 동진(東晉)의 화가 고개지(顧愷之)의 말이다. 남송(南宋) 유의경(劉義慶)의 『세설신어』(世說新語) 「교예」(巧藝)에는 이런 구절이 있다. "고장강(顧長康; 즉 고개지)은 화공인데 여러 해 동안 눈을 그리지 않았다. 사람들이 그 까닭을 묻자 그가 답하기를 '손발이 곱건 밉건 본시 묘처(妙處)와는 무관하다. 영혼의 포착(傳神寫照) 여부는 바로 이 속에 있다.'"

여인에 관하여[1]

국난 기간에는 여인들도 특별한 수난들을 받는 모양이다. 일부 정인군자들은 여인들이 사치를 즐기고 국산품은 거들떠보지 않는다고 나무란다. 춤이나 육감肉感 등등 여성과 관련된 모든 것이 죄상이 되었다. 사내들이 죄다 고행의 수도승이 되고 여인들이 죄다 수도원에 들어가면 국난을 구할 수 있다는 듯이 말이다.

사실 그것은 여인의 죄상이 아니라 그들의 불쌍함이다. 이 사회제도는 그들을 각종각양의 노예로 떠밀어 넣고는 각종 죄명을 그들의 머리 위에 씌운다. 서한西漢 말년에는 하다못해 여인의 '옆으로 틀어 내린 머리'와 '눈물 얼룩 화장'[2]도 망국의 징조였다. 한나라를 망하게 한 것이 어찌 여인이었으랴! 그러고 보면 여인의 몸단장에 탄식을 하며 불만을 비치는 자들을 보게 되면 당시 통치계급의 형편이 대체로 신통치 않았다는 것을 알 수 있다.

사치와 음탕은 썩어 붕괴되어 가는 사회의 한 현상이지 결코 원인이 아니다. 사유제도 하의 사회는 본래 여인을 사유재산으로 삼고 상품으로 삼는다. 모든 국가, 모든 종교는 해괴망측한 규칙들을 만들어 여인을 불길한 동물로 간주하고 위협해서 노예처럼 복종시킨다. 그러면서 또 그들을 고등계급의 장난감으로 삼는다. 꼭 지금의 정인군자들처럼 그들은 여인의 사치를 탓하고 정색을 하며 풍속 유지를 외친다. 그러면서도 동시에 육감적인 허벅지를 몰래 감상하는 것이다. 아라비아의 어느 옛 시인[3]은 이런 말을 했다. "지상의 천당은 성현들의 경전과 말 잔등과 여인의 가슴팍에 있다"고. 이는 솔직한 자술서다.

물론 각종각양의 매음은 으레 여인의 몫이다. 하지만 매매는 쌍방이 하는 것이다. 음란을 사는 음탕한 남자가 없다면 음란을 파는 창녀가 어디 있겠는가. 그러니 문제의 근원은 여전히 음란을 사는 사회에 존재한다. 이 근원이 하루만 존재해도, 다시 말해 주동적인 구매자가 하루만 존재해도, 소위 말하는 여인의 음탕과 사치는 하루 동안 소멸될 수 없다. 남자가 소유주였던 시절, 여인들은 제 몸도 남자의 소유품에 불과했다. 아마 이 때문이었겠지만, 집안 재산을 아끼는 마음이 부족했던지 여인들은 곧잘 '패가망신의 요물'이 되곤 했다. 더욱이 이제 매음의 기회가 이리도 많아지자 가정을 지키던 여인들은 자기 지위의 위험을 직감했다. 민국 초년에 내가 들은 바로, 상하이의 유행은 '창싼'長三, '야오얼'幺二[4]로부터 첩으로 전해졌다가, 첩에서 다시 부인·마님·아가씨로 전해졌다. 이런 '가족'人家人 다수는 자기도 모르는 사이에 창기와 경쟁을 하던 중이었다. 물론 그들은 자기 몸을 힘써 장식했고, 남자의 마음을 사로잡을 수 있는 모든 것을 장식했다. 이 장식의 대가는 비쌌다. 게다가 하루가 다르게 값이 오르기 시작했다. 물질적인 면에서는 물론 정신적인 면에서까지.

미국의 어느 백만장자는 이런 말을 했다. "우리는 공비共匪를 무서워하지 않는다(원문에는 匪자가 없지만, 삼가 법령을 좇아 개역을 했다). 우리의 처자들은 머지않아 우리를 파산시킬 것이니 노동자들의 몰수를 기다릴 것도 없다." 중국에서는 어쩌면 노동자들이 '제때에 올' 것만 유독 두려워하고 있는지도 모른다. 그래서 고등 중국의 남녀들은 저리도 서둘러 낭비하고 향유하며 통쾌해하고 있는 것이다. 그러니 국산품이거나 말거나 풍속을 교화하거나 말거나 무슨 상관이 있겠는가. 하지만 입에는 풍속유지, 근검절약이 붙어 있지 않으면 안 된다.

4월 11일

주)_____

1) 원제는 「關於女人」, 1933년 6월 15일 『선바오월간』 제2권 제6호에 뤄원(洛文)이란 필명으로 처음 발표되었다.

　이 글과 뒤의 「진짜 돈키호테와 가짜 돈키호테」, 그리고 『거짓자유서』 속의 「왕도시화」, 「억울함을 호소하다」, 「곡의 해방」, 「마주보기경」, 「영혼을 파는 비결」, 「가장 예술적인 국가」, 「안과 밖」, 「바다까지 드러내기」, 「대관원의 인재」, 그리고 『풍월이야기』 속의 「중국 문장과 중국인」 등 12편의 글은 모두 1933년 취추바이가 상하이에 있을 때 쓴 글이다. 그 가운데 어떤 것은 루쉰의 견해에 근거하여 혹은 루쉰과의 의견교환을 거친 뒤 완성되었다. 루쉰은 이 글들에 자구(字句)상의 수정을 가해(몇 편은 별도로 제목을 바꾸었음) 옮겨 쓰게 한 뒤 자신의 필명으로 『선바오』(申報) 「자유담」(自由談) 등에 발표했다. 그 뒤에 다시 이것들을 나누어 자신의 잡문집에 수록했다.

2) 『후한서』(後漢書) 「양기전」(梁翼傳)에는 다음과 같은 대목이 있다. 동한(東漢) 순제(順帝) 때 대장군 양기의 처 손수(孫壽)는 "자색이 반반하고 요태를 잘 부렸다. 눈물자국이 나는 화장을 했으며 머리를 옆으로 비스듬히 틀어 내렸다."

3) 무타나비(Mutanabbi, 915~965)를 가리킨다. 그가 만년에 쓴 무제의 서정시 한 편의 마지막 구절은 이렇다. "아름다운 여인은 내게 잠시의 행복을 주고, 그 뒤 한 떨기 황량함이 우리를 갈라놓았네. 이 세계 가장 좋은 곳은 준마의 안장 위, 그리고 경전이야말로 언제나 가장 좋은 반려라네!"

4) 예전 상하이 기원(妓院)의 기녀들 등급을 가리키는 말이다. '창싼'은 1급 기녀를, '야오얼'은 2급 기녀를 가리킨다.

진짜 돈키호테와 가짜 돈키호테[1]

서양 기사도의 몰락은 돈키호테 같은 바보를 탄생시켰다. 사실 그는 아주 순박한 책상물림이다. 칠흑 같은 밤 그가 칼을 쥐고 풍차와 싸움을 벌이는 대목을 보면 그 바보스러움이 우습고 불쌍할 지경이다.

하지만 이는 진짜 돈키호테다. 중국의 강호파江湖派와 건달 종자들은 돈키호테 식의 순박한 자들을 우롱하면서도 자기는 또 돈키호테의 자태를 가장한다. 『유림외사』儒林外史 속의 몇몇 공자公子는 협객과 검선劍仙을 흠모했지만, 결과는 이런 가짜 돈키호테한테 속임을 당해 은자銀子 몇백 량에 피가 뚝뚝거리는 돼지머리 하나만 달랑 들고 왔다. 그러고 보면 그 돼지는 협객의 '철천지원수'君父之讐였던 셈이다.

진짜 돈키호테의 바보스러움은 아둔함에서 기인하지만, 가짜 돈키호테는 고의로 바보 얼굴을 남에게 지어 보이며 그들의 아둔함을 착취하려 한다.

그러나 중국의 일반 백성이 이 정도 수법조차 분간할 수 없을 만큼 그리 아둔하지는 않다.

지금 중국의 가짜 돈키호테들이 대도大刀로 나라를 구할 수는 없다는 것을 어찌 모르겠는가. 그럼에도 한사코 춤사위를 펼치며 매일 "몇백 몇 천의 적을 죽였다"고 떠들어 대고 있고, 또 "대도 99자루를 특별 제작하여 전선의 장병들에게 증정하자"고 하는 자도 있다.[2] 그러나 돼지를 잡으려다 보니 또 비행기 의연금이 아쉬웠다.[3] 그리하여 "무기가 불량하다"고 선전함으로써 한편으로 점진적 퇴각 혹은 '적을 유인해 깊이 끌어들임'[4]의 불가피함을 역설하면서 한편으로 또 이를 빙자해 돼지 도살 경비를 갈취한다. 그런데 안타깝게도 그 선배로 자희태후가 있고 위안스카이도 있다. 청나라 말의 해군 부흥 의연금으로 이허위안頤和園을 지었고,[5] 민국 4년의 '반일' 애국저금은 당시 혁명군 토벌 비용으로 충당되었으니 말이다.[6] 그렇지 않았다면 신발명품을 발견한 것이 될 뻔도 했는데.

저들이 '국산품 운동'으로 민족공업이니 뭐니 하는 걸 진흥시킬 수 없다는 것을 어찌 모르겠는가. 국제 재물신이 중국의 목구멍을 틀어막고 있어 숨조차 쉬지 못할 판국에 '국산품' 따위가 이 재물신의 손바닥을 빠져나올 리 만무하다. 하지만 '국산품의 해'[7]는 선포되었고 '국산품 상점'은 세워졌으니 과연 그럴듯했다. 마치 항일구국이 가면을 쓴 매판자본에 기생해서 돈 푼이나 챙기고 있는 듯이 말이다. 이 돈은 돼지·개·소·말의 몸뚱이를 쥐어짜낸 것이다. '생산력 증가', "노자勞資가 일치 합작하여 국난을 극복하자"는 목소리가 들리지 않는가? 원래는 어린 백성들을 사람 취급도 하지 않았다. 하지만 어린 백성들이 돼지·개·소·말이 되어 '구국의 책임'을 져야 한다니! 그 결과는 뻔하다. 돼지고기는 가짜 돈키호테의 식량이 되고 돼지머리는 내걸려 '후방 교란'의 본보기가 될 뿐이다.

저들이 '중국 고유문화'니 뭐니 하는 것으로 제국주의를 저주해 죽일 수 없다는 것을 어찌 모르겠는가. '불인불의'不仁不義나 금광명주金光明呪를 몇천만 번 읊어 본들 지진을 일으켜 일본을 바닷속에 가라앉힐 수는 없다.[8] 하지만 저들은 고의로 '민족정신'의 회복을 소리 높이 외치고 있다. 마치 조상으로부터 무슨 비결을 얻은 것처럼 말이다. 그 의미는 명백하다. 어린 백성더러 머리를 파묻고 마음을 다스리며 수신 교과서나 열심히 읽으라는 것이다. 이 고유문화에서 의심은 설 자리가 조금도 없다. 이것이 바로 악비岳飛식의 명령만 받들 뿐 저항하지 않는 충忠이자[9] 국련 나리들께 고분고분하는 효이며, 돼지머리는 자르고 돼지고기는 먹으면서도 주방은 멀리하는 인애仁愛이자[10] 인신매매 계약을 준수하는 신의이며, '적을 유인해 깊이 끌어들이는' 평화인 것이다. 뿐만 아니라 고유문화의 바깥에서 또 '학술구국'이니 뭐니 하는 것을 제창하고 있는데, 서양철학자 피히테의 말을 끌고 오는 따위의 심보가 또 이 같지 않은 적이 있었던가.[11]

가짜 돈키호테의 바보상은 실로 울 수도 웃을 수도 없는 지경이다. 만약 가짜 천치 가짜 멍청이를 진짜 천치 진짜 멍청이로 생각해서 정말로 우습고 불쌍하게 여긴다면, 그 바보스러움이 약도 구할 수 없는 지경이 되고 말 것이다.

4월 11일

주)_____

1) 원제는 「眞假堂吉訶德」, 1933년 6월 15일 『선바오월간』 제2권 제6호에 뤄원이란 필명으로 처음 발표되었다.

2) 1933년 4월 12일자 『선바오』에는 상하이에 사는 왕수(王述)라는 자가 대도 99자루를 특별 제작하여 당시 시펑커우(喜峰口) 등지를 방위하던 쑹저위안(宋哲元) 부대에 증정

했다는 기사가 실려 있다.

3) 1933년 3월 1일 국민당 정부는 항공구국 비행기 의연금을 모집하기로 결정했다. 뒤이어 중국항공구국회(뒤에 중국항공협회로 개명)를 조직하여 각지에서 항공복권을 발행하여 모금에 응하기를 호소했다.

4) 9·18사변 뒤 국민당 정부는 '무저항'정책을 취해 끊임없이 국토를 잃어 갔다. 그럼에도 이를 작전상 '적을 유인해 깊이 끌어들이는' 것이라고 궤변을 늘어놓았는데, 이런 식의 선전은 당시의 관방 신문에 그득했다. 이를테면 1933년 2월 6일자 난징의『구국일보』(救國日報) 사설에는 이런 대목이 있다. "정부로 하여금 작전상 잠시 베이핑을 버림으로써 적을 깊이 끌어들여 한데 모아서 섬멸해야 할 것이며 …… 고로 우리의 주장은 정부가 장졔량을 엄하게 질책하여 그로 하여금 무력으로 반동적 운동을 제지케 해야 한다는 것이다. 부득이한 경우 유혈도 불사해야 한다."

5) 자희태후(慈禧太後, 1835~1908), 즉 서태후는 1888년(광서 14년) 베이양 함대 건설용 해군경비 백은(白銀) 8천만 량을 이허위안 건설 비용으로 썼다.

6) 1915년 5월 9일 위안스카이가 일본이 제출한 '21개조'안을 수용하자, 베이징, 상하이 등지에서는 반일구국을 위해 구국저금 운동을 발기하면서 아울러 구국저금단을 조직했다. 하지만 저금단은 위안스카이에 의해 좌지우지되어 그가 장악하고 있던 중궈은행(中國銀行)과 쟈오퉁은행(交通銀行)으로 이 돈이 들어갔다. 이 돈은 그가 황제로 등극하는 데 활동경비로 유용되었다.

7) 1933년 상하이 공상업계에서는 이 해를 '국산품의 해'로 지정하며 새해 첫날 행진대회를 개최했다. 아울러 '국산품 상점'과 '중화국산품판매합작협회'를 조직하는 한편『국산품주간』(國貨週刊)을 출판하고 '국산품구국'을 선전했다.

8) 9·18 이후 상하이, 베이핑 등지의 국민당 요인들은 너도나도 '금광명도장'(金光明道場) 같은 이른바 '불법구국'(佛法救國) 활동을 연명으로 발기했다. 1932년 7월 16일자 상하이『시사신보』는「금광명도장 다이지타오 선생 '염불구국'을 발기」라는 제목으로 이 활동을 보도했다.

9) 악비는 금나라에 맞서 탁월한 공을 세우고 있었다. 하지만 화해를 주장하던 송나라 고종은 간신 진회(秦檜)의 참언(讒言)을 믿어 하루에 12번을 연속해서 금패(金牌)를 내려 악비를 전선에서 끌어내린 뒤 '모반'이라는 죄명으로 그를 하옥해 죽게 만들었다.

10) 『맹자』(孟子)「양혜왕상」(梁惠王上)에 이런 말이 나온다. "군자는 금수를 대함에 있어서도 그 산 모습을 보고서는 그들의 죽는 꼴을 차마 보지 못하며, 그 죽는 소리를 듣고서는 그 고기를 차마 먹지 못하기에 군자는 푸줏간을 멀리하는 것입니다."

11) 피히테(Johann Gottlieb Fichte, 1762~1814)는 과학기술로 독일민족을 강화해야 한다고 주장하면서 민족지상주의를 역설했다.

『서우창 전집』 제목에 부쳐[1]

내가 처음 서우창 선생을 만난 것은 『신청년』을 어떻게 꾸려갈지 의논하는 모임에 두슈 선생이 나를 초청했을 때였다. 이렇게 그를 알게 된 셈이다. 당시 그가 공산주의자인지 어떤지는 알지 못했다. 요컨대 내게 준 인상은 좋았다는 것이다. 성실하고 겸손하고 온화했으며 말이 많지 않았다. 『신청년』 동인들 가운데는 이런저런 식으로 싸움을 좋아하고 자기 세력을 키우려는 자들도 적지 않았지만, 그는 끝까지 그런 법이 없었다.

그의 생김새는 꽤나 형용하기 어렵다. 고아한 면이 있는가 하면 질박한 면도 있고 또 범속한 면도 있다. 그래서 선비 같은가 하면 관리 같기도 하고 또 상인 같기도 했다. 이런 상인은 남방에서는 본 적이 없지만 베이징에는 있다. 고서점이나 지물포 주인장이 그렇다. 1926년 3월 18일 돤치루이 일파는 맨손으로 청원을 하러 간 학생들에게 한 차례 발포를 했다. 그도 군중들 속에 있다가 군인에게 붙잡혀 뭐하는 자냐는 질문에 그는 '장사꾼'이라 대답했다. 군인은 "그럼 여기서 뭐하러 얼쩡거려? 꺼져!" 하면서 그를 밀어 버렸다. 이렇게 그는 목숨을 보전한 셈이다.

교원이라 말했다면 그때 죽었을 것이다.

하지만 이듬해에 그는 결국 장쭤린에 의해 살해되고 말았다.

돤 장군은 42명을 도륙했는데, 그중에 몇이 내 학생이어서 아픔이 적지 않았다. 장 장군은 10여 명을 도륙했는데, 가까이에 기록이 없어 분명히 말할 수는 없지만 내가 아는 자로 서우창 선생이 유일했다. 샤먼夏門에서[2] 이 소식을 들은 뒤 계란 모양의 얼굴과 가느다란 눈과 수염, 남색 두루마기, 검은색 마고자가 시시각각 눈앞에 어른거렸다. 그 가운데로 어렴풋이 교수대가 보였다. 아픔은 적지 않지만 예전보다는 빛이 바랬다. 이는 지금까지 가져온 나의 편견이다. 동년배의 죽음을 보는 것이 청년들의 죽음을 보는 것보다 더 슬플 리 없으니 말이다.

이번에 베이핑에서 공식적인 장례식을 거행한다는 말을 듣고[3] 꼽아 보니 살해된 지 이미 7년이 지났다. 응당 그랬어야 했다. 당시 장군들이 늘 어놓은 그의 죄상이 뭔지는 모르겠지만, 아마 '민국을 위해危害한다'는 정도였으리라. 하지만 겨우 7년밖에 안 되는 이 짧은 시간 동안 사실이 철석같이 증명하지 않았는가. 민국 4개 성省[4]을 잘라서 줘 버린 장본인은 리다자오가 아니라 그를 살육한 장군이었음을!

그렇다면 공식적인 장례식은 마땅히 얻어 낼 수 있다. 하지만 또 신문에서 베이핑 당국이 노제를 금지시키고 참가자들을 체포했다는 뉴스를 접했다. 왜 그랬는지는 나도 모르지만, 이번에는 아마 '치안 방해'였으리라. 과연 그랬다면 철석같은 반증이 실로 더 신속히 오고 말았다. 보라. 베이핑 치안을 방해한 것이 일본군인지 인민인지를!

혁명의 선구자들의 피는 이젠 그리 희귀한 것도 아니다. 내 경우만 해도 7년 전에는 몇 사람을 위해 격앙에 찬 공론空論을 적잖이 발표하기도 했다. 하지만 그 뒤로 전기고문, 총살, 참수, 암살 등등의 이야기를 하도 많이 듣다 보니 신경이 점점 마비되어 눈도 깜짝 않게 되었고 아무런 말도 하지 않게 되었다. 내 생각으로는 신문의 보도대로 조리돌림 당하는 사형수의 머리통을 구경하려고 '인산인해'를 이룬 사람들은 아마 꽃등花燈 경기를 구경할 때보다 더 흥분하지는 않을 것이다. 피가 너무 많이 흘렀다.

그렇지만 뜨거운 피 말고도 서우창 선생에게는 남긴 글이 있다. 불행히 이 글들에 대해 나는 무슨 말을 하기가 어렵다. 피차 부여잡고 있던 문제가 달랐으니 말이다. 『신청년』 시대 나는 그와 전선을 같이한 동료였지만 그의 글을 깊이 있게 읽지는 않았다. 이를테면 기병은 다리를 놓는 데 생각을 집중할 필요가 없고 포병은 말을 부리는 일에 신경을 분산할 필요가 없었던 것이다. 그때는 이런 생각이 틀리지 않는다고 여겼다. 그래서 지금 말할 수 있는 것도 이런 정도에 불과하다. 첫째, 그의 이론은 지금 보면 물론 치밀하지 못하다. 둘째, 설령 그렇다 할지라도 그가 남긴 글은 영원히 살아 있을 것이다. 왜냐하면 이는 선구자의 유산이자 혁명의 역사상 금자탑이기 때문이다. 이미 세상을 떴거나 아직도 살아 있는 사기꾼들이 반복해서 낸 문집들은 벌써 생명을 다해 상인들조차 '본전도 챙기지 못하고' 2, 30% 할인해서 내다 파는 마당이 아닌가?

과거와 현재의 철석같은 사실로써 미래를 예측하면 불을 보듯 환해지리니!

1933년 5월 29일 밤, 루쉰 삼가 적다

이 글은 T선생⁵⁾의 요청에 의해 쓴 것이다. 그가 관계하고 있는 G서국에서 전집 출판을 준비하고 있기 때문이다. 정의情誼상 거절할 수가 없어 이 글을 써서 얼마 뒤『파도소리』에 실었다. 그런데 그 뒤 전집 원고에 권한을 가진 이가 별도로 C서국에 출판을 의뢰했다는 말을 들었는데 지금까지 출판되지 않고 있다. 잠시 출판이 여의치가 않은 것일 게다. 함부로 제기題記를 쓴 맹랑함을 후회하고 있지만, 내 문집 속에 남기기로 했다. 이 일을 여기 기록해 둔다.

12월 31일 밤, 부기

주)_____

1) 원제는 「『守常全集』題記」, 1933년 8월 19일『파도소리』제2권 제31기에 처음 발표되었다. 서우창(守常) 즉 리다자오(李大釗)의 원고는 리러광(李樂光)에 의해 수집·정리되었다. 1933년 상하이 군중도서공사(群衆圖書公司)는 이 가운데 30편을『서우창 전집』(守常全集)이라는 제목으로 출판할 계획을 세워 루쉰에게 원고를 청탁했지만 국민당 치하의 현실에서 출판되지 못했다. 1939년 4월 베이신서국이 '사회과학연구사'라는 명의로 초판을 찍었지만 조계 당국에 의해 몰수되었다. 1949년 7월 베이신서국은『서우창 문집 상권』(守常文集·上冊)으로 이름을 바꿔 다시 출판했다.
리다자오(1889~1927)는 자가 서우창으로 허베이(河北) 라오팅(樂亭) 사람이다. 맑스·레닌주의를 중국에 최초로 전파한 장본인이자 중국공산당 발기인 중 한 사람이다. 베이징『천중바오』(晨鐘報) 총주간, 베이징대학 교수 겸 도서관장,『신청년』편집 등을 맡은 바 있다. 그는 5·4운동을 주도했고, 1921년 중국공산당 창당 이후에는 줄곧 북방 지구당 사업 책임을 맡았다. 1924년 중국공산당을 대표하여 쑨중산과 국공합작(國共合作) 협상에 임하여 쑨중산이 '소련과의 연대, 공산당과의 연대, 노동자·농민 원조' 3대 정책을 확정하고 국민당을 개조하는 사업에 중요한 작용을 했다. 1927년 4월 6일 베이징에서 펑톈(奉天)계 군벌 장쭤린(張作霖)에 의해 체포되어 28일 판홍제(范鴻劫), 루유위(路友於), 탄쭈야오(潭祖堯), 장이란(張挹蘭) 등 19명과 함께 살해되었다.
2) '광저우(廣州)에서'가 되어야 한다. 루쉰은 1927년 1월 16일 샤먼을 떠나 18일 광저우에 도착했다.

3) 1933년 4월 베이징에서 공산당 주도 하에 리다자오의 장례식이 거행되었다. 4월 23일 쉬안우먼 외곽 샤셰제(下斜街)에서 샹산 완안(萬安)공동묘지로 향하던 운구행렬이 시쓰파이러우(西四牌樓)를 지날 무렵 국민당 군경 특무대가 '치안 방해'라는 명목으로 장례식을 금지시켰다. 이때 발포로 다수가 부상을 입었고 40여 명이 그 자리에서 체포되었다.

4) 동북 지방의 랴오닝, 지린(吉林), 헤이룽장(黑龍江) 3개 성과 당시의 러허성(熱河省; 성도省都는 청더承德)을 가리킨다. 국민당 당국의 '무저항' 정책으로 인해 장쉐량이 산하이관 이남으로 철군하자 일본은 1931년 '9·18'로부터 이듬해 2월까지 동북 전 지역을 점령했다. 1933년 3월에는 다시 러허성을 점령했다.

5) 차오쥐런(曹聚仁, 1900~1972)을 가리킨다. 당시 그는 상하이 지난대학(暨南大學) 교수 겸 『파도소리』 주간이었다. 다음에 있는 G서국은 군중도서공사를, C서국은 상우인서관을 가리킨다.

김성탄에 대하여[1]

청나라 때의 필화사건文字獄을 이야기하면서 김성탄[2]을 끌어들이는 사람도 있는데 실은 썩 적당하지가 않다. 그의 '문묘文廟에서의 통곡'은 비근한 예를 들자면 재작년 『신월』에서 삼민주의三民主義를 끌어들여 자기변호를 한 것과 다르지 않다. 그런데 교수직은커녕 목이 잘리고 말았는데, 이는 그가 벌써부터 관료신사들에게 못된 놈으로 찍혔기 때문이다. 현상만 가지고 일 자체를 논한다면 도리어 본질을 호도하게 된다.

청나라 중엽 이후 그의 명성에도 적잖은 호도가 있다. 그가 소설이나 전기傳奇를 들고 나와 『좌전』, 『두시杜詩와 동렬에 둔 것은 사실 원굉도[3] 일당이 뱉은 침을 수습한 것에 불과하다. 게다가 그의 손을 거친 뒤 원작의 진실한 대목이 곧잘 우스갯소리가 되어 버렸고 구성과 문체도 팔고문 작법 쪽으로 끌려가고 말았다. 이 음덕은 한 무리의 사람들을 『홍루몽』紅樓夢 같은 것에서 복선을 찾고 흠집을 들추어내는 그런 진흙탕에 빠트리고 말았다.

자칭 고본을 얻었다며 『서상기』 자구를 함부로 뜯어고친 사건[4]은 차치하고서라도 『수호전』의 뒷부분을 잘라 내어[5) '혜숙야'嵇叔夜[혜강] 같은 이가 나와 송강宋江 같은 무리를 쓸어버리기를 몽상한 것만 봐도 여간 멍청한 것이 아니다. 떠돌이 도적을 증오해 그랬다고는 하지만 어쨌거나 그는 관료신사에 가까운 자여서 어린 백성들이 떠돌이 도적에 대해 절반만, 다시 말해 '도적'이 아니라 '떠돌이'만 증오한다는 것을 끝내 생각하지 못했던 것이다.

백성들은 떠돌이 도적을 무서워함은 물론이고 '떠돌이 관료'도 무서워한다. 기억하기로 민국 원년 혁명이 있은 뒤 내 고향에서는 어쩐 일인지 현 지사가 늘 바뀌곤 했다. 매번 바뀔 때마다 농민들은 수심에 찬 얼굴로 이렇게 말했다. "이를 어쩐다? 굶주린 오리 한 마리가 또 왔으니!" 지금껏 그들은 "욕심은 채우기 어렵다"는 옛 가르침은 몰라도 "성공하면 왕이 되고 실패하면 도적이 된다"는 성어에 대해서는 훤하다. 도적이란 떠도는 왕이고, 왕은 떠돌지 않는 도적이다. 간단히 말하면 '앉은뱅이 도적'인 것이다. 중국의 백성들은 줄곧 자기를 '개미백성'蟻民라 불렀는데, 비유의 편의성이라는 견지에서 잠시 소로 승격시켜 보도록 하자. 일단 철기군鐵騎軍이 닥치면 털과 피까지 먹어치워 발굽과 뼈다귀만 낭자하다. 그러니 모면할 수 있다면 당연히 모면하고 싶다. 그런데 만약 기꺼이 그들을 풀어놓고 알아서 들풀을 갉아먹으며 목숨을 부지케 하면서 젖을 짜내 이 '앉은뱅이 도적'들을 배불리 먹여 그 뒤 싹쓸이라도 하지 않게 된다면, 그들은 하늘이 내린 복으로 여길 것이다. 그 차이는 '떠돌이'냐 '앉은뱅이'냐에 있을 뿐 '도적'이냐 '왕'이냐에 있지 않다. 명나라 말기 야사를 뒤적여 보면 이자성이 베이징에 입성했을 때 베이징 민심은 그가 떠날 때처럼 그리 불안하지 않았다는 것을 알 수 있다.[6)

송강은 산채에 근거해 집들을 털기는 했지만 부자를 털어 가난한 자들을 구제했다. 김성탄은 마땅히 동관童貫, 고구高俅 일당의 끄나풀 앞에 한 사람씩 머리를 조아리며 결박을 받아야 했다고 말했지만 그들은 납득하지 못했다. 그래서 『수호전』이 꼬리 잘린 잠자리가 되었을지언정 촌것들은 여전히 「무송武松이 홀로 방랍方臘을 사로잡다」[7] 같은 연극을 보려 하는 것이다.

그런데 이는 예전의 일이고, 지금은 또 새로운 경험이 생긴 것 같다. 풍문에 의하면 쓰촨에 민요 한 수가 있는데 내용은 대략 이렇다는 것이다. "도적이 오면 빗질하는 것 같고, 군대가 오면 참빗으로 훑는 것 같고, 관리가 오면 면도질하는 것 같다."[8] 자동차와 비행정은 그 가치가 가마와 마차를 훨씬 능가하고 조계와 외국은행 역시 개항 이래 새로 등장한 것인지라 털을 말끔히 깎고 근육을 깡그리 발라낸다 한들 영원히 채울 수 없다. 그러니 어린 백성들이 '앉은뱅이 도적'의 무서움을 '떠돌이 도적'의 위에 두는 것을 탓할 수는 없는 것이다.

사실이 이러한 것들을 가르쳐 준 이상, 이제 남은 길은 그들로 하여금 자기의 역량을 생각하도록 만드는 것뿐이다.

5월 31일

주)_____

1) 원제는 「談金聖嘆」, 1933년 7월 1일 상하이 『문학』 제1권 제1호에 처음 발표되었다.
2) 김성탄(金聖嘆, 1608~1661)은 우현(吳縣; 지금의 장쑤) 사람으로 명말청초의 문인이다. 『서상기』(西廂記), 『수호전』(水滸傳)을 개작하기도 했다. 청나라 사람 왕응규(王應奎)의 『유남수필』(柳南隨筆)에는 이런 대목이 있다. 청나라 순치(順治) 18년(1661), "대행황제

(大行皇帝 ; 즉 순치제)의 조서가 장쑤에 하달되자 순무(巡撫) 이하 모든 관리가 부(府) 소재지에 모였다. 여러 유생들이 오(吳) 현령의 불법 사실을 폭로했다. 순무 주국치(朱國治)는 현령과 가까운 사이였다. 그리하여 유생 다섯이 체포되었다. 다음 날 여러 유생들이 문묘(文廟)에 몰려가 곡을 했는데, 13명이 불손하다는 죄명으로 다시 체포되었다. 이 가운데에 성탄도 있었다. 이때 해적이 강남을 침범했는데, 의관을 차린 자로서 적에 투항한 자는 반역죄로 엄벌에 처해졌다. 조정에서는 대신을 파견하여 그들을 심문하고 치죄케 했다. 이에 성탄과 17명의 유생들은 반역죄를 받아 참수를 당했고 가산도 몰수당했다. 들은 바에 의하면 성탄은 죽음에 임박해 크게 탄식했다고 한다. '목을 잘리는 건 지극한 고통이요 가산을 몰수당하는 것도 지극한 고통이다. 성탄이 뜻밖에 이런 변을 당하게 되었으니 참으로 기이하도다!' 그리하여 한 번 웃음을 터트린 뒤 형을 받았고 그 처자 역시 변방으로 추방되었다."

3) 원굉도(袁宏道, 1568~1610)는 후베이 궁안(公安) 사람으로 명나라 때 문학가다. 그는 「상정」(觴政) 등의 글을 통해 소설, 희곡, 민가의 지위를 높이 평가했으며, 「독서」(讀書)라는 시에서 「이소」(離騷), 『장자』(莊子), 『서상』(西廂), 『수호』(水滸)를 『분서』(焚書)와 동일한 반열에 두었다.

4) 『서상기』(西廂記)는 원나라 때의 잡극으로 왕실보(王實甫)가 지었다. 김성탄의 『서상기』 주석은 구 판본에 의거해 근거가 명확한 것도 있지만, 임의적으로 고친 대목도 상당히 많다. 이를테면 마지막의 "작금의 영명하신 당성주(唐聖主)께 감사드린다"를 "작금의 수렴(垂簾) 쌍성주(雙聖主)께 감사드린다"로 고쳤는데, 이는 순치제와 그의 모친인 황태후에게 아첨하는 말이었다.

5) 명나라 중엽 이후에는 100회본과 120회본 등 여러 판본의 『수호전』이 나돌았다. 명나라 숭정(崇禎) 14년(1641)경에 김성탄은 71회 이후 부분을 전부 삭제해 버렸다. 또한 '영웅이 악몽에 놀라 깨다'의 결말 부분을 위조했을 뿐 아니라 제1회를 서문으로 고쳐 70회본으로 만들어 버리기도 했다.

6) 이자성(李自成, 1606~1645)은 산시(陝西) 미즈(米脂) 사람으로 명말 농민반란군의 영수다. 숭정 2년(1629)에 봉기하여 숭정 17년(1644) 3월에 베이징에 입성해 명나라를 멸망시켰다. 그 뒤 명나라 장수 오삼계(吳三桂)가 청나라 군대를 산하이관 안으로 끌어들이자 패배하여 베이징에서 철수했다. 청나라 초기 팽손이(彭孫貽)가 쓴 『평구지』(平寇誌) 등 야사의 기록에 의거하면, 이자성은 베이징에 입성할 때 "방을 붙여 이렇게 백성들을 안심시켰다. '대원수가 입성하면 추호도 백성을 범하지 않을 것이다. 감히 백성들의 재물을 노략질하는 자가 있으면 능지처참할 것이다.' …… 민간에서는 크게 기뻐하여 예전처럼 편안히 지냈다." 뒤에 이자성이 베이징을 빠져나갈 때 "궁에 불길이 일자 백성들은 '적'들이 도주하면서 마구 도륙을 내는 줄 알고 저마다 기물을 운반하여 골목 어귀를 가로막았고 심지어 목석으로 문을 지지해 놓기도 했다."

7) 과거 민간에서 유행하던 연극이다. 『수호전』 100회본과 120회본에 의하면 방랍을 사로잡은 이는 노지심(魯智深)이다.

8) 『논어』 제17기에 실린 「빗, 참빗, 면도칼, 가죽 및 기타」라는 글에는 이런 대목이 있다. "근일 신문에 쓰촨에서 유행하는 민요가 실려 있다. 군대, 비적, 관료들이 백성들을 착취하는 참혹상이 묘사되어 있는데, 가히 민국의 치적에 대한 반영이라 할 만하다. 동요의 내용은 이렇다. '비적은 빗으로 빗고, 군대는 참빗으로 훑고, 군벌은 면도칼로 깎고, 정부는 힘줄을 뽑고 가죽을 벗기네.'"

다시 '제3종인'을 논함[1]

다이왕수[2] 선생이 멀리 프랑스에서 우리에게 편지 한 통을 보내왔다. 여기서 그는 프랑스 A.E.A.R.(혁명문예가협회)이 지드[3]의 참여를 끌어내어 3월 21일 대회를 소집해 독일 파시스트에게 맹공을 퍼부은 상황을 서술하고 있다. 아울러 지드의 연설을 소개하면서 이를 6월호 『현대』에 발표했다. 프랑스 문예가가 이처럼 정의를 위해 발언을 하는 행위는 늘 있어 왔다. 멀리로는 드레퓌스에 대한 졸라의 변론[4]과 아나톨 프랑스가 졸라의 장례식에서 행한 연설[5]이 그렇고, 가까이로는 로맹 롤랑의 반전활동이 그렇다. 그런데 이 일이 내게 절절한 기쁨으로 다가온 것은, 이 문제가 당면한 문제이고 나 역시 파시스트를 증오하는 한 사람이라는 점 때문이다. 그런데 다이 선생은 이 사실을 보고하는 동시에 아울러 중국 좌익작가들의 '어리석음'과 군벌스러운 만행을 지명하고 있는데, 이에 대해 몇 마디를 좀 해보고 싶다. 그렇다고 변명을 늘어놓겠거니 하며 오해하지 마시기 바란다. 중국에서도 소위 '제3종인'으로부터 독일의 피억압자한테서 같은 성원을 얻기를 기대하는 건 결코 아니니 말이다. 중국의 언론출판물 탄압,

서점 폐쇄, 작가 구금살해 같은 것은 기실 독일의 백색공포가 있기 훨씬 이전의 일이다. 게다가 전 세계 혁명적 문예가들의 항의를 받은 적도 있다.[6] 지금 말하고자 하는 것은 그 통신에서 짚어 두지 않으면 안 될 몇 가지 사항에 불과하다.

그 통신은 지드의 저항운동 가담 사실을 기술한 뒤 이렇게 말한다.

프랑스 문단에서 지드는 '제3종인'이라고 말할 수 있다. …… 1891년에서 …… 시작해 지금까지 그는 시종 자신의 예술에 충실한 사람이었다. 하지만 자기 예술에 충실한 작가가 반드시 부르주아계급의 '식객'인 것은 아니다. 프랑스의 혁명작가들에게 이런 어리석은 견해(어쩌면 총명한 책략이라고 말하는 게 더 나올지도)는 없다. 그 때문에 지드는 열렬한 환영을 받으며 군중들 사이에서 발언을 했던 것이다.

말인즉슨 이렇다. '자기 예술에 충실한 작가'가 곧 '제3종인'이다, 그러나 중국의 혁명작가들은 '어리석어'서 이런 사람을 전부 '부르주아계급의 식객'이라고 손가락질한다, 여기서 이미 지드를 통해 증명한 것은 '반드시 그렇지는 않다'는 것이다.

여기에는 답해야 할 두 가지 문제가 있다.

첫째는, 중국의 좌익이론가가 '자기 예술에 충실한 작가'를 모두 '부르주아계급의 식객'이라고 손가락질했는지 여부다. 내가 알고 있는 바에 의하면 전혀 그렇지 않다. 좌익이론가들이 얼마나 '어리석'건 간에 다음의 사실도 못 알아보는 정도는 아니다. '예술을 위한 예술'이 발흥할 무렵은 기존의 사회적 규칙들을 뒤엎던 때였는데, 신흥 전투적 예술이 출현할 즈음 그 낡은 간판을 들고 명으로 암으로 이를 방해하다가 반동으로 된 자가 비단 '부르주아계급의 식객'들만이 아니라는 사실 말이다. '자기 예술에 충실한 작가'의 경우도 모두 한통속으로 간주하지는 않았다. 왜냐하면 어떤 계급의 작가를 불문하고 모두 '자기'를 가지고 있고, 이 '자기'는 그가 속한 계급의 일인이며, 따라서 자기 예술에 충실한 사람은 곧 자기가 속한 계급에 충실한 작가인바, 부르주아계급에서도 이러하고 프롤레타리아계급에서도 이러하기 때문이다. 이는 지극히 명백하고 초보적인 사실이어서 좌익이론가도 이를 모를 리 없다. 그런데 이 분, 즉 다이 선생은 '자기 예술에 충실'하다는 것을 '예술을 위한 예술'과 슬쩍 바꿔 버림으로써 좌익이론가의 '어리석음'을 하늘마저 찌를 지경으로 만들어 놓고 말았다.

둘째는, 지드가 중국에서 말하는 소위 '제3종인'인지 여부다. 나는 지드의 책을 읽어 본 적이 없어 작품에 대해서는 비평할 자격이 없다. 그렇지만 나는 창작과 연설은 비록 형식은 다르지만 담고 있는 생각은 결코 다르지 않을 거라고 믿고 있다. 다이 선생이 소개한 연설 가운데 두 대목을 인용해 보자.

누군가 제게 이렇게 말할지도 모릅니다. "소련에 있어도 이럴 것이다"고 말입니다. 그건 가능한 일입니다. 그렇지만 목적은 완전히 다릅니다. 게다가 새로운 사회 건설이라는 견지에서 보자면, 그리고 줄곧 억압을 받아 왔고 줄곧 발언권을 가지지 못한 사람들에게 발언권을 주는 견지에서 보자면, 오류를 바로잡으려다 정도를 지나치는 것은 부득이한 일입니다. 내가 왜, 어쩌다가 이 속에서 내가 있는 저쪽이 반대하는 일을 찬동할 수 있을까요? 그것은 바로 독일의 공포정책 속에서 내가 가장 개탄하고 가장 증오하는 과거의 재연을 보았고 소련의 사회 건설 속에서 미래의 무한한 약속을 보았기 때문입니다.

이는 비록 동일한 수단일지라도 목적의 상이함으로 인해 찬성 혹은 반대가 나뉜다는 사실을 명명백백히 말해 주고 있다. 소련의 10월혁명이 있고 나서 예술에 치중하던 '세라피온 형제들'이라는 단체는 '동반자'로 불리기도 했다. 그런데 그들은 그리 적극적이지 않았다. 중국의 경우 '제3종인'에 관한 글은 금년에 벌써 전문책자 한 권이 나왔을 정도다.[7] 한 번 검토를 해보면 '제3종인'을 자칭하는 모든 언론에 이와 조금이라도 가까운 의견이 있기나 할까? 만약 없다면 나는 감히 단정적으로 말하겠다. "지드는 '제3종인'이라 말할 수 없다"고.

하지만 지드는 중국의 '제3종인'과는 다르다는 내 말과 꼭 마찬가지로, 다이왕수 선생 역시 중국의 좌익작가와 프랑스의 좌익작가 사이에서 현명함과 어리석음의 차이를 현격하게 느낀다. 그는 대회에 참가해서 독일의 좌익예술가를 위해 의분을 펼친 뒤, 중국 좌익작가의 멍청하고 난폭한 행위를 또다시 떠올렸다. 그리하여 말미에 이르러 개탄을 금치 못하고 있다.

나는 우리나라가 독일 파시스트의 만행에 대해 어떤 표명이 있었는지 여부에 대해서는 모른다. 꼭 우리의 군벌들처럼 우리의 문예가 역시 집안싸움에 용감하다. 프랑스 혁명작가들이 지드와 손을 잡고 있을 무렵 우리의 좌익작가는 아직도 소위 '제3종인'을 유일한 적으로 삼자고 하고 있을 것임에 틀림없다.

여기서 답을 할 필요는 없겠다. 사실이 멀쩡히 존재하기 때문이다. 여기의 우리도 얼마간 표명을 했었으니 말이다.[8] 그래도 프랑스에서와 같을 수 없으니 그래서 상황도 달랐다. 간행물에서도 "소위 '제3종인'을 유일한 적수로 삼자"니 뭐니 하는 글은 오랫동안 보지 못했고 더 이상 집안싸움도 하지 않았으며 군벌 행세를 하지도 않았던 것이다. 다이 선생의 예상은 물거품이 되고 말았다.

하지만 중국의 좌익작가는 다이 선생의 의중에 있는 프랑스 좌익작가처럼 현명한 것일까? 나는 그렇지 않을 뿐 아니라 그래서도 안 된다고 생각한다. 만약 소리가 완전히 사그라들지 않았을 때라면, '제3종인'에 대한 토론은 반드시 새로 제기되고 전개되어야 한다. 다이 선생은 프랑스 혁명작가들의 말 못할 고충을 간파하고는 이런 위급한 때에 '제3종인'과 제휴하는 것이 '총명한 책략'일 것이라고 생각한다. 그렇지만 나는 '책략'에만 기대는 것은 쓸모없는 일이라고 생각한다. 진정성 있는 견해가 있어야 총명한 행위도 있다. 지드의 강연만 해도, 그는 결코 정치에 초연하지 않았고 무턱대고 그들을 '제3종인'이라 칭하면서 환영하지도 않았으니 고충이 달리 있을 필요가 없었다는 것을 알 수 있다. 그런데 중국의 소위 '제3종인'은 아직도 너무 복잡하다.

'제3종인'이란 말은 원래 갑과 을이 대립하거나 서로 싸우고 있는 현장 바깥에 서 있는 사람을 의미할 뿐이다. 그런데 현실에서는 그런 자가 있을 수 없다. 인체도 뚱뚱한 사람과 야윈 사람이 있으니, 이론적으로는 뚱뚱하지도 야위지도 않는 사람이 있어야 한다. 하지만 현실에는 그런 사람이 없다. 비교를 해보면 뚱보에 가깝지 않으면 말라깽이에 가까울 것이니 말이다. 문예에 있어서 '제3종인'도 마찬가지다. 어느 한쪽으로 쏠리거나 치우치지 않은 듯 보여도 실제로는 상당히 편향되어 있기 마련이다. 평소에는 의식적·무의식적으로 가리고 있지만 절박한 사고를 당하게 되면 금세 분명히 드러난다. 지드의 경우 좌편향을 분명히 드러낸 것처럼 다른 사람 역시 몇 마디 말 속에 분명히 드러난다. 그래서 이 어지럽게 뒤섞여 있는 군중 속에서도 혹자는 혁명과 더불어 전진하고 공감하는 데 반해 혹자는 기회를 틈타 혁명을 중상하고 누그러뜨리고 곡해하는 것이다. 좌익 이론가는 이를 분석해야 할 임무를 가지고 있다.

만약 이것이 '군벌'들의 집안싸움과 같다면, 그렇다면 좌익이론가는 이 집안싸움에 더 박차를 가해야 한다. 그리하여 진영을 확실히 나누고 등 뒤에서 쏜 독화살을 뽑아내야 한다!

6월 4일

주)_____

1) 원제는 「又論 '第三種人'」, 1933년 7월 1일 『문학』 제1권 제1호에 발표되었다.

2) 다이왕수(戴望舒, 1905~1950)는 저장 항현 사람으로 시인이다. 그의 「프랑스 통신―문예계의 반파시스트운동에 관하여」는 『현대』 제3권 제2기(1933년 6월)에 실려 있다.

3) 앙드레 지드(André Gide, 1869~1951)는 프랑스 소설가다. 1932년 초에 쓴 『일기초』(日記抄)에서 그는 "현재 및 미래에 발생할 수많은 사건에 대해, 더욱이 소련의 상태에 대해 매우 깊은 관심을 갖고 있다"고 했다. 아울러 맑스주의에 대한 '흥미'를 표시하기도 했다.

4) 에밀 졸라(Émile Zola, 1840~1902)는 프랑스 작가다. 1894년 프랑스의 유태계 장교 드레퓌스(Alfred Dreyfus)는 군사당국의 무고를 받아 군사기밀 누설죄로 종신형을 언도받았다. 이 일이 각계 진보인사들의 불만을 야기했다. 1897년 졸라는 이 사안의 자료를 면밀히 검토한 뒤 드레퓌스에게 혐의가 없음을 확신하고는 대통령 포르(Félix Faure)에게 「나는 고발한다」는 공개서신을 보내 프랑스 정부, 법정, 참모부가 법률과 인권을 위반했다고 고발했다. 이로 말미암아 그는 1년형과 벌금형을 언도받았다. 이 일로 그는 영국 런던으로 망명길에 올랐다.

5) 드레퓌스 사건에서 아나톨 프랑스(Anatole France)는 졸라와 함께 드레퓌스를 변호했다. 1902년 10월 5일 졸라 장례식장에서 행한 연설에서 그는 졸라 생전의 정의로운 행동을 높이 평가하면서 졸라에 대한 당국의 박해를 비판했다. 1906년 7월 19일 드레퓌스 안건이 기각된 뒤, 프랑스 '인권동맹'이 주최한 졸라에 대해 '감사와 경의를 표시'하는 추모집회(졸라의 묘소 앞에서 거행)에서 그는 두번째 연설을 했다. 이 연설에서 그는 졸라를 '위대한 공민'이라 칭하며 무고에 빠진 죄인들을 잊지 말 것과 '정의와 양심의 길을 따라 전진할' 것을 호소했다. 아울러 프랑스 국회를 향해 '졸라 추모관' 건립 법안을 제출해 줄 것을 요구했다. 그 뒤 졸라의 시신은 몽마르트 공원묘지에서 프랑스 '팡테온'으로 이장되었다.

6) 1931년 국민당 정부가 러우스 등의 혁명작가를 살해하자 소련의 파데예프, 프랑스의 바르뷔스(Henri Barbusse), 미국의 싱클레어(Upton Sinclair) 등의 작가들이 연명으로 「중국국민당에 살해된 중국혁명작가를 위한 혁명작가국제연맹 선언」을 발표(『문학도보』文學導報 제1권 제3기)하여 국민당의 만행에 항의를 표명한 바 있다.

7) 쑤원이 편찬한 『문예자유논변집』(文藝自由論辯集)을 말한다. 여기에는 '제3종인' 자신들이 쓴 글과 이들을 비판한 글 20편이 수록되어 있다. 1933년 3월 상하이 현대서국(現代書局)이 출판했다.

8) 1933년 5월 13일 루쉰은 쑹칭링, 양싱포(楊杏佛) 등과 함께 상하이 독일영사관에 「독일 파시스트의 민권억압과 문화박해에 대한 항의서」를 전달하고 이를 『선바오』에 발표했다.

'꿀벌'과 '꿀'[1]

천쓰陳思 선생

『파도소리』에 실린 「꿀벌」[2]에 대한 평론을 읽었습니다. 읽고 난 뒤 두 가지 의견이 떠올라 몇 자 적어 전문가의 판정을 들어 보고자 합니다. 그렇다고 다시 논쟁을 벌이겠다는 것은 아닙니다. 『파도소리』가 이런 소송을 벌이는 장소는 아니니 말입니다.

마을사람들이 벌떼에게 불을 지른 것은 다른 이유가 있어서이지 계급투쟁의 표현은 아니라고 하셨는데, 나도 그럴 수 있다고 생각합니다. 그런데 꿀벌이 충매화蟲媒花에 해가 되는지 혹은 풍매화風媒花를 훼손하는지 여부에 대해서도 역시 그럴 수 있다고 생각합니다.

곤충은 충매화의 수정을 돕는데, 해가 전혀 없지는 않지만 이로움도 있습니다. 기초 생물학에서도 좋은 게 확실하다는 겁니다. 그런데 이는 일상적인 상태에서의 일입니다. 가령 벌은 많은데 꽃의 개체수가 적다면 상황은 확 달라집니다. 꽃가루를 채집하거나 배를 채우기 위해 꽃 하나에 몇 마리 심지어 십여 마리가 한꺼번에 들이닥칠 수 있습니다. 다투다 보니 꽃잎에 손상을 주고 배가 고프다 보니 꽃술을 물어뜯습니다. 일본의 과수원에서는 이런 피해사례가 있었다고 하더군요. 그들이 풍매화로 가는 것도 배고픔 때문입니다. 이때는 꿀을 만드는 일은 이미 뒷전이어서 꽃가루를 먹고 그냥 가 버립니다.

그래서 내 생각에는 꽃의 개체수가 꿀벌의 수요를 충족시킨다면 천하가 태평하겠지만 그렇지 않으면 '반동'이 생길 수 있습니다. 예를 들어 볼까요. 개미는 진딧물을 보살피는데, 만약 그들을 한 곳에 가둬 놓고 별도의 먹을거리를 주지 않으면 진딧물을 잡아먹을 수 있습니다. 사람은 쌀이나 보리를 먹고 살지만, 기근이 닥치면 초근목피를 먹는 것도 같은 이치입니다.

중국에서는 지금까지 양봉을 해왔는데 어찌 이런 폐단이 없었겠습니까? 가장 쉬운 답은 적었기 때문이라는 것입니다. 근래에는 양봉이 좋은 돈벌이가 된다며 이 일을 하는 사람이 갈수록 많아지고 있습니다. 그런데 중국의 꿀값은 구미보다 턱없이 싸서 꿀을 파느니 차라리 벌을 파는 게 낫습니다. 또한 신문이 바람을 넣어 양봉으로 이익을 보려는 자들이 대거 출현하는 바람에 벌을 사는 자가 꿀을 사는 자보다 더 많아지기도 했습니다. 이런 까닭에 양봉의 목적이 꿀 생산이 아니라 번식에 있게 된 것입니다. 그런데 종자번식 사업이 생태의 균형을 깨트려 마침내 벌은 많은데 꽃의 개체수가 적은 현상이 생겨 상술한 난리가 일어나게 된 것입니다.

요컨대, 만약 벌꿀의 용도를 확장하면서 과수원과 농장 같은 것을 개간하는 방안은 강구하지 않고 오로지 벌 종자만 팔아 눈앞의 이익만 도모한다면, 양봉사업은 머지않아 막다른 길에 도달하고 말 것이라는 겁니다.

관심을 가진 자들이 유념을 했으면 하는 차원에서 이 서신을 발표해 두었으면 합니다. 이만 줄입니다. 평안하시기를.

6월 11일 뤄우

주)_____

1) 원제는 「'蜜蜂'與'蜜'」, 1933년 6월 17일 『파도소리』 제2권 제23기에 뤄우라는 필명으로 처음 발표되었다.

2) 장톈이(張天翼)가 쓴 단편소설이다. 어느 양봉장에 벌은 많은데 꽃의 개체수가 줄어들어 급기야 벌떼가 농민들의 농작물에 피해를 입혀 집단적인 항의가 일어나는 내용이다. 소설이 발표된 뒤 천쓰(陳思; 즉 차오쥐런)가 『파도소리』 제2권 제22기(1933년 6월 10일)에 「꿀벌」이라는 글을 발표했는데, 여기에는 이런 대목이 있다. "장톈이 선생이 「꿀벌」을 쓰게 된 동기는 아마 우시(無錫)의 마을사람들이 화이(華繹)의 벌떼에 불을 지른 이야기였을 것이다. 그것은 토호열신과 그 지역 건달불량배들이 갈취가 여의치 않자 일으킨 보복 차원의 거동이지 우시의 농민과는 전혀 무관하다. 뿐만 아니라 그때는 개자리 꽃이 한창 피어날 때여서 벌떼가 꿀을 채취하면 농사에 더 유리하다. 그러니 농민들이 반대할 이유가 없다. 향촌 간의 투쟁은 단순한 노사 간의 투쟁과는 다르다. 만약 투쟁의 요소를 자세히 분석하지 않으면 오류에 빠지고 말 것이다. 장톈이 선생께서는 이 글을 보고 실제로 한번 연구·조사해 보기를 바란다."

경험[1]

옛사람에 의해 전수된 경험 가운데 어떤 것들은 귀중하기 그지없다. 왜냐하면 수많은 희생을 치르고 나서 뒷사람에게 커다란 유익함을 남겼기 때문이다.

우연히 『본초강목』本草綱目[2]을 뒤적이다가 문득 이런 생각이 들었다. 이 책은 흔한 책이지만 그 속에는 풍성한 보물이 들어 있다. 물론 터무니없는 기록도 더러 있겠지만 대부분 약물의 효용은 장구한 경험을 거친 뒤에 이 정도를 알 수 있게 된 것이다. 더욱 놀라운 것은 독약에 관한 기술 부분이다. 줄곧 옛 성인을 공경해 온 우리는 신농神農 황제께서 홀로 모든 약물을 맛보았다고 생각한다. 하루에도 일흔두 번이나 중독되었지만 매번 해독법이 있어 죽지 않았다고 말이다. 이런 전설은 이제는 먹혀들지 않는다. 모든 문물은 역사 속의 이름 없는 자들에 의해 점진적으로 이룩되었다는 것을 사람들은 이미 알고 있다. 건축, 조리, 어로와 수렵, 농경 등등 그러지 않은 것이 없다. 의약 역시 그렇다. 그러고 보면 이는 참 대단한 일이다. 옛사람들은 병이 나면 처음에 이것저것 맛보지 않을 수 없었을 것이다. 독을 먹은 자는 죽고, 무관한 걸 먹은 자는 효험을 못 봤고, 어쩌다가 증상에 맞는 것을 먹은 자는 병이 나아, 그리하여 그것이 어떤 병에 좋은 약이라는 것을 알게 된 것이다. 이렇게 쌓여 가면서 곧 초창기 기록이 있게 되었고 그 뒤 점차 방대한 책이 되었는데, 『본초강목』 같은 것이 그러하다. 게다가 이 책 속의 기록에는 중국 것만이 아니라 아랍인들의 경험도 있고 인도인들의 경험도 있다. 그러니 그 전에 소용된 희생의 크기가 어느 정도인지는 더욱 짐작할 만하다.

하지만 많은 사람들의 경험을 거친 뒤 도리어 후세 사람들에게 나쁜 영향을 준 것도 있다. 이를테면 "자기 집 앞 눈이나 쓸지 남의 집 기와 위 서리는 상관 마라"는 속담이 바로 그 일례다. 위급한 자를 구하다가 자칫 잘못해 쉽게 모함을 당해 온 데다가 "관아 문이 활짝 열려 있어도 돈 없는 자는 들어오지 말지어다"라는 나쁜 경험의 총체인 가결歌訣까지 있다 보니, 그리하여 자기와 상관이 없는 일이면 손을 씻고 멀찌감치 서 있게 된 것이다. 내 생각에 의하면, 애초의 사회는 이처럼 무관심하진 않았지만 표독스런 자가 권력을 잡고 이로 인해 수많은 희생이 나오자 그 뒤 자연스레 모두가 이 길로 나아가게 되었을 것이다. 그래서 중국, 특히 도시에서는 길 가다 병이 발작해 쓰러지거나 인력거가 뒤집혀서 부상을 당해도 빙둘러서 구경만 하거나 심지어 재밌어하는 사람은 널려 있어도 팔을 걷어붙인 채 도우려고 나서는 사람은 극히 적은 것이다. 이것이 바로 희생으로 맞바꾼 폐해다.

요컨대, 경험으로 얻은 결과가 좋든 나쁘든 커다란 희생이 따라야 하고 사소한 일이라도 놀랄 만한 대가를 지불하지 않을 수 없다는 것이다. 예를 들면 요즘의 신문 독자들은 무슨 선언, 전보, 강연, 담화 따위에 대해 아무리 그것이 사륙변려체[3]로 된 숭고한 담론이라 해도 하등 관심도 갖지 않는다. 심지어 관심도 없을 뿐 아니라 보고 난 뒤 웃음거리로밖에 삼지 않는다. 이것이 '문자를 창제하고 의복을 지어 입은' 것만큼 중요하랴만, 이 조금조금의 결과는 광대한 땅 수많은 사람들의 생명과 재산을 대가로 요구한다. 생명, 물론 그것은 다른 이의 생명이지만, 만일 자기 것이라면 이 경험은 얻을 수가 없다. 따라서 모든 경험은 산 자만이 얻을 수 있다. 내가 죽음을 겁낸다는 누군가의 비아냥거림[4]에 걸려들어 자살하거나 목숨을 내던지지 않고 이것을 써야 하는 것은 바로 이 때문이다. 뿐만 아니라 이 역시 소소한 경험의 결과이기도 하다.

6월 12일

주)_____

1) 원제는 「經驗」, 1933년 7월 15일 『선바오월간』 제2권 제7호에 뤄원이라는 필명으로 처음 발표되었다.

2) 명나라 때 이시진(李時珍)이 30여 년의 시간을 들여 쓴 약물학 저작으로 총 52권이다.

3) 사륙변려체(四六騈儷體)는 두 마리 말이 나란히 달리듯이 4자, 6자로 짝을 지어 대구를 만든 문체를 말한다. 변려문이라고도 한다.

4) 량스추는 『신월』 제2권 제11기에 발표한 「루쉰과 소」(魯迅與牛)라는 글에서, 1930년 4월 8일 중국자유운동대동맹의 4·3참사(난징에서 영국인이 중국노동자를 살상한 사건) 지원 집회에서 어느 노동자가 조계 경찰의 총에 맞아 죽은 일을 빌려 루쉰을 이렇게 비웃었다. "자유운동대동맹은 루쉰 선생이 제일 먼저 서명·발기했다. …… 이 일이 발생한 뒤 루쉰 선생을 위해 걱정하는 사람들이 상당히 있었다. 왜냐하면 '질펀한 선혈'을 흘린 자가 대체 어느 분인지 알지 못했기 때문이다. …… 다행히 얼마 되지 않아 사실이 밝혀졌는데, 죽은 이는 '공농혁명적 실제 행동에 참가'한 '좌익작가'가 아니라 어느 '용감한 노동자'였던 것이다. …… 루쉰 선생의 '고기 불매주의'(不賣肉主義)는 이보다 훨씬 전에 언명되었다." 파루(法魯) 역시 1933년 6월 11일 『다완바오』 「횃불」(火炬)에 발표한 「도대체 자유를 원하기나 하는 것인가?」라는 글에서 이런 식으로 빈정거리고 있다. 이에 대해서는 『거짓자유서』 「후기」를 참조 바람.

속담[1]

거칠게 생각해 보면, 속담은 한 시대 한 국민의 생각들이 모인 결정체 같아 보이지만 실은 일부 사람들의 생각에 불과하다. 이제 "자기 집 앞 눈이나 쓸지 남의 집 기와 위 서리는 상관 마라"는 것을 예로 들어 보자. 이는 피억압자들의 격언인데, 권력 잘 받들고 세금 잘 내고 기부금 잘 내고 본분 잘 지키고 태만하지 말고 불평하지 말고 특히 쓸데없는 일에 상관하지 마라는 것을 가르치고 있다. 그러고 보면 억압자는 이 속에 없는 셈이다.

독재자의 반대쪽 얼굴은 노예다. 권력을 쥐고 있을 때는 무소불위지만 세력을 잃고 나면 노예근성이 넘친다. 손호[2]는 특등 폭군이었지만 진晉나라에 항복한 이후 식객幇閑 신세였고, 송宋나라 휘종[3]은 재위 시 안하무인이었지만 포로가 된 뒤 온갖 굴욕을 마다하지 않았다. 주인노릇을 할 때에는 모든 이를 노예로 부리다가도 주인이 생기게 되면 어김없이 노예를 자처한다. 이는 만고불변의 진리다.

그래서 억압을 당할 때에는 "자기 집 앞 눈이나 쓸지 남의 집 기와 위 서리는 상관 마라"는 격언을 신봉하던 인물이 일단 득세해서 남을 능멸

할 정도가 되면 행위가 확 달라져 "자기 집 앞 눈은 쓸지 않고 도리어 남의 집 기와 위 서리를 상관하게" 된다.

　지난 20여 년간 우리는 다음과 같은 일들을 늘 보아 왔다. 장군은 원래 군대를 조련하고 싸움을 하는 자다. 이 군대가 국내안정安內용이건 외세척결攘外용이건 어쨌거나 그의 '집 앞 눈'은 군 통치다. 하지만 그는 한사코 교육을 간섭하고 도덕을 선도한다. 교육자는 원래 교육을 담당하는 자다. 그의 업적이 어떻든 어쨌거나 그의 '집 앞 눈'은 교육업무다. 하지만 그는 한사코 '활불'活佛을 참배하고 한의國醫를 소개한다. 어린 백성은 군대를 따라다니며 잡역부로 충당되고, 동자군童子軍은 집집을 다니며 모금을 한다. 두목은 위에서 함부로 행하고 개미백성蟻民들은 아래에서 마구 부딪힌다. 그 결과 각자 집 앞은 꼴이 엉망이고 집집이 기와 위도 진창이 되고 말았다.

　여인들이 팔과 종아리를 드러내는 것이 현인들의 마음을 산란하게 만들었는지 허다한 이들이 수군대며 금지를 주장한 적이 있고 얼마 뒤 금지를 명시한 문서도 있었다는 것을 나는 기억한다.[4] 뜻밖에 금년에 들어서는 또 "의복은 신체를 가리면 족하지 치렁치렁 천을 허비할 일이 무엇이며 …… 시절의 어려움을 고려하면 그 후환을 상상조차 할 수 없다"며 난리다. 쓰촨성 잉산營山현 현장은 그리하여 공안국公安局에 명령을 내려 군인들로 하여금 행인들 두루마기 아랫단을 일일이 잘라 버리게 했다.[5] 두루마기가 원래 거추장스러운 물건이긴 하지만, 두루마기를 안 입거나 아랫도리를 자르면 '시절의 어려움'에 도움이 될 거라고 여기는 것은 일종의 특별한 경제학이다. 『한서』에는 "입에 하늘의 법령을 머금고 있다"[6]는 구절이 있는데, 이를 일러 한 말이다.

사람에겐 자기 자신의 생각과 견해만이 있을 뿐, 자기가 속한 계급의 테두리를 벗어날 수는 없다. 그러고 보니 또 무슨 입에 담지 말아야 할 계급을 제창한 듯하지만 사실이 그렇다. 속담이 전 국민의 생각이 아니라고 한 것은 이런 이유 때문이다. 옛날의 수재秀才는 스스로 모르는 게 없다고 생각했다. 그리하여 "수재는 문 밖을 나서지 않아도 천하의 일을 안다"는 새빨간 거짓말까지 있게 되었고 어린 백성들이 참말이라고 믿어 점점 속담으로 유행하게 된 것이다. 사실 "수재는 대문을 나서도 천하의 일을 모른다". 수재는 수재의 머리와 수재의 눈을 가졌을 뿐이거늘 어떻게 천하의 일을 분명히 보고 명석히 생각할 수 있겠는가. 청나라 말에는 '유신'에 뜻을 두느라 늘 '인재'들을 외국에 보내 시찰을 하게 했다. 지금 그들의 기록을 보면, 그들이 제일 신기하게 여긴 것은 무슨 관館에 있는 밀랍 인형이 산 사람과 마주보고 장기를 둘 줄 안다는 것이었다.[7] 난하이南海의 성인 캉유웨이는 걸출한 인물이다. 그는 11개국을 유람하다가 마침내 발칸에 이르러 외국에서 늘 '시해'가 일어나는 까닭을 깨닫고 말았다. 하여 가로되, 궁궐 담이 너무 낮기 때문이란다.[8]

6월 13일

주)_____

1) 원제는 「諺語」, 1933년 7월 15일 『선바오월간』 제2권 제7호에 뤄원이라는 필명으로 처음 발표되었다.

2) 손호(孫皓, 242~283)는 삼국 시기 오(吳)나라의 마지막 황제다. 『삼국지』(三國誌) 「오서(吳書)·삼사주전(三嗣主傳)」에 의하면, 그는 재위 시 '거칠고 거만하기 짝이 없어' 늘 아무 이유도 없이 신하와 궁녀들을 죽였다. 진(晉)나라에 항복한 뒤 귀명후(歸命侯)에 봉

해져 기꺼이 희롱을 받아 냈다. 『세설신어』(世說新語) 「배조」(排調)에는 이런 대목이 있다. 한번은 "진 무제(武帝)가 손호에게 물었다. '듣자 하니 남쪽 사람들은 「그대의 노래」(爾汝歌)를 즐겨 짓는다던데 지을 수 있겠는가?' 술을 마시고 있던 손호는 잔을 든 채 무제에게 말했다. '지난날에는 그대와 이웃이었으나 오늘은 그대의 신하로 되었으니 그대에게 술 한 잔을 올려 그대의 만수무강을 축원하나이다!'"

3) 송 휘종(徽宗, 1082~1135), 즉 조길(趙佶)은 재위 시 흉포하고 잔인했을 뿐 아니라 사치와 음란을 즐겼다. 정강(靖康) 2년(1127) 금(金)나라 군대에 포로가 되어 '혼덕공'(昏德公)에 봉해졌고 그 권속은 '궁중 노비로 전락'했다. 온갖 모욕 속에서도 그는 끊임없이 '금나라 군주'에게 신하를 자청하면서 '감사의 뜻을 표시'했다(『정강패사』靖康稗史 「신음어」呻吟語 참조).

4) 1933년 5월 광시(廣西) 민정청(民政廳)은 소매가 팔꿈치를 덮지 않고 치마가 무릎을 덮지 않는 모든 여자는 전부 단속 대상이라는 법령을 공표한 적이 있다.

5) 당시 쓰촨 군벌 양썬(楊森)이 '짧은 옷 입기 운동'을 제창하자 그의 관할 하에 있던 잉산현(營山縣) 현장 뤄샹주(羅象翥)는 「두루마기 금지령」을 공표한 바 있다. 여기에 인용된 부분은 이 금지령의 한 대목이다. 거기에는 또 이런 말도 있다. "4월 16일부터 공안국이 파견한 요원들이 가위를 들고 성 안팎을 순찰하다가 금지령을 장난으로 여겨 여전히 두루마기를 입고 있는 자를 만나면 봐주지 않고 그 자리에서 옷을 잘라 버릴 것이다. 만약 감히 항거하는 자가 있으면 즉각 현으로 끌고 가서 벌을 받게 할 것이다. 절대 관용은 없다."(상하이의 『논어』 제18기, 1933년 6월 1일)

6) 이 말은 『후한서』 「주목전」(朱穆傳)에 나온다. "지금의 내시와 측근들은 나라의 권력을 훔쳐 왕작(王爵)을 손에 쥐고 입에는 하늘의 법령을 머금고 있다. 입을 놀리면 굶주린 노예를 계손씨(季孫氏)보다 더 부자로 만들고 숨을 쉬면 이윤(伊尹)과 안회(顔回)를 걸왕(桀王)과 도척(盜蹠)으로 만든다."

7) 이 이야기는 청나라 시절 각국의 정치를 시찰하던 예부상서 대홍자(戴鴻慈)의 『출사구국일기』(出使九國日記; 1906년 베이징 제일서국第一書局 출판)에 나온다. 이 책의 '병오년(1906) 정월 21일' 기록에는 파리의 밀랍 인형관을 참관한 상황이 나온다. "오후에 밀랍 인형관을 참관했다. 거기에는 밀랍으로 만든 사람들이 매우 많았는데 앉아 있기도 하고 서 있기도 한 것이 마치 산 사람 같았다. 가장 기묘한 것은 어떤 인형이 장기판 앞에서 사람과 장기를 두는 것이었다. 상대가 그를 속이느라 고의로 말을 제대로 놓지 않으면 자기도 멈춘 채 말을 쓰지 않는 것이 마치 마음에 들지 않는다는 투였다. 그가 여전히 그러고 있으면 손으로 말들을 쓸어버리는 것이었다. 교묘함이 이 지경에 이르니 실로 감탄할 일이로다!"

8) 캉유웨이는 1904년에서 1908년까지 이탈리아, 스위스, 오스트리아, 헝가리, 독일, 프랑스, 덴마크, 스웨덴, 벨기에, 네덜란드, 영국 등 11개국을 여행했다. 여기서 언급된 내용

은 그가 쓴 「구동아련(歐東阿連) 5개국 유람기—세르비아 수도 베오그라드를 유람하며」에 나온다. "왕궁은 3층으로 예쁜 노란색이었고 거리에 인접해 있는 것이 여느 부호의 저택 정도였다. 예전에 세르비아 내전 당시 군주를 시해했다는 말을 듣고 그 손쉬움에 놀란 적이 있는데, 지금 이를 보니 난민들이 그냥 건물로 밀고 들어가면 충분히 시해를 할 수 있을 것 같았다. 이는 우리나라 벽촌에서 부잣집을 터는 것보다 어려운 일도 아니었다. 중국 자금성처럼 넓고 삼엄했다면 어찌 그리 경각에 시해를 할 수 있었겠는가?"(『불인잡지휘편』不忍雜誌彙編 제2권 제4를 참조 바람)

그래, 전부 등급을 하나씩 낮춰 보자[1]

『문학』제1기에 실린 『『도서평론』상의 문학서 부문 결산』[2]은 아주 재미있고 의미 있는 결산서다. 이 『도서평론』[3]은 '우리의 유일한 비평잡지'이면서 우리의 교수, 학자 분에 의해 조직된 유일한 연합군이기도 하다. 하지만 문학 부문에는 역주본에 관한 비평이 태반을 점하고 있는데, 여기에는 그 「결산」에서 지적된 각종 외에 절박한 요인도 있다. 그러니까 우리 학술계와 문예계 종사자들이 대체로 자기 실력보다 한 등급 높게 평가되고 있다는 게 그것이다.

교열자는 조판에 정통하면서도 글자를 많이 알아야 한다. 하지만 지금의 출판물을 보면 '己'(기)와 '已'(이), '戮'(륙)과 '戳'(착), '剌'(랄)과 '刺'(자)가 많은 눈들 속에서 구별이 되지 않는다. 판형작업은 식자공의 일인데도 상관도 하지 않는 탓에 교열자의 어깨 위로 넘어간다. 그가 더 이상 상관하지 않는다면 모두와 상관없는 일이 된다. 글을 쓰는 사람 역시 우선 글자를 알아야 한다. 그런데 글들을 보면 곧잘 '戰慓'(전표)가 '戰慄'(전율)이 되고 '已竟'(사경)이 '已經'(이경)이 될 뿐 아니라 '몹시 아리따운'非常頑艷은 질투로 사람을 죽이는 상황이 되고, '한창 좋을 나이다'年已鼎盛는 이미 환갑 줄에 접어든 것이 되고 만다. 역주서의 경우는 물론 '억지번역'硬譯 아니면 오역이다. 이를 질책하고 교정하느라 아홉 권의『도서평론』중 문학 부문 책이 절반을 점하게 되었으니, 이것이 바로 확고한 증거다.

이런 오류투성이 책의 출현은 대체로 사회적 수요를 겨냥해 서둘러 투기를 한 데 그 원인이 있다. 그렇지만 한편으로는 능히 소임을 다할 수 있는 사람이 자기 가치를 폄하해 품은 많이 들고 이윤은 적게 남는 일을 하지 않으려는 것에도 원인이 있다. 그렇지 않다면 이런 역주가는 그저 대학에 머리를 처박고 교수들의 지시를 삼가 경청하는 것이 제격이다. 능히 오역을 하지 않을 수 있는 자들이 제 몸을 청결히 하느라 멀리 떠난 탓에 출판계는 황량하게 변했고 급기야 졸병들로 하여금 대원수의 인장을 내건 채 번역의 천하를 능욕하게 만들었던 것이다.

그런데 능히 소임을 다할 수 있는 역주가는 어디로 갔을까? 그들 역시 한 등급 도약을 해 교수가 되고 학자가 되었음은 말할 필요도 없다. "세상에 영웅이 없으니 풋내기가 이름을 날리는구나."[4] 그리하여 학생에나 어울릴 법한 종자들이 공허를 틈타 덕분에 역주가 행세를 하게 된 것이다. 허나 매사는 그 규칙이 동일한 법, 역주가에나 어울릴 법한 종자들은 높은 자리에 웅크린 채 의젓이 설법을 늘어놓고 있다. 듀이John Dewey 교수에겐 실증주의가 있고 배빗Irving Babbitt 교수에겐 인문주의가 있지만, 그들에게서 자잘한 것들을 챙겨 온 자들은 중국의 변방을 질책하는 학자가 되었으니, 이 역시 확고한 증거가 아닌가?

중국의 번역계를 정화하려면 전부 등급을 하나씩 낮춰 보는 것이 가장 좋다. 그때 정말로 능히 유쾌하게 소임을 다할 수 있는지 여부에 대해서는 여전히 자신할 수 없지만.

7월 7일

주)_____

1) 원제는 「大家降一級試試看」, 1933년 8월 15일 『선바오월간』 제2권 제8호에 뤄원이란 필명으로 처음 발표되었다.
2) 푸둥화가 쓴 것으로 『문학』 제1권 제1호(1933년 7월)에 실려 있다. 이 글은 『도서평론』 (圖書評論) 제1기에서 제9기까지 발표된 22편의 문학서평에 대해 분석, 비평을 가하고 있다.
3) 『도서평론』은 1932년 9월에 창간된 월간잡지로 류잉스(劉英士)가 주간을 맡았다. 난징 도서평론사에서 출판되었다. 량스추, 뤄자룬(羅家倫) 등은 이 잡지를 통해 당시 출간된 외국문학 번역서에 대한 평론을 발표했는데, 곧잘 역문의 개별 오류를 들추어내어 "황당하기 그지없다", "무슨 말인지 도통 알 수가 없다", "독약보다 더 심하다", "나쁜 짓거리로 남의 집 자제들을 그르친다" 등등의 말로 질타했다.
4) 『진서』(晉書) 「완적전」(阮籍傳)에 나오는 말이다. 완적이 "일찍이 광무(光武)에 올라 초한(楚漢)이 싸웠던 전장을 바라보며 탄식하기를 '세상에 영웅이 없으니 풋내기가 이름을 날리는구나!'라고 했다."

모래[1]

근자의 독서인들은 툭하면 중국인이 쟁반 위의 흩어진 모래 같아서 어찌해 볼 도리가 없다고 탄식을 하면서 애꿎은 책임을 대중에게 돌린다. 이는 대부분의 중국인들에게는 억울한 일이다. 무지렁이 국민은 배우지 못해서 사리가 어두울지는 모르겠지만, 일단 자기와의 이해관계를 알게 되면 단결하지 않은 적이 없다. 예전에는 궤향跪香,[2] 민란, 반역이 있었고, 지금은 청원 같은 것도 있다. 그들이 모래알처럼 된 것은 통치자의 '통치'가 성공한 것으로, 고상한 말로 하면 '치적'이 된다.

그렇다면 중국에는 모래가 없는가? 있기는 있지만 무지렁이 국민이 아니라 크고 작은 통치자들이다.

사람들은 또 "벼슬을 해서 재물을 모은다"升官發財는 것을 늘상 이야기한다. 사실 이 두 가지 일은 병렬할 수 없는 것이다. 벼슬을 하려는 것은 재물을 모으기 위함일 뿐이니 벼슬은 재물에 이르는 실마리에 불과하다. 그래서 관료는 조정에 의지하지만 조정에 충성하지 않고, 서리胥吏들은 관아에 의지하지만 관아를 사랑하지 않는다. 두목이 청렴한 명령을 내려도 졸개들은 한사코 귀를 막고 '속임수'로 대응한다. 그들은 모두 사리사욕에 눈이 먼 모래알이어서 자기를 살찌울 만한 때다 싶으면 살을 찌운다. 게다가 알갱이 하나하나가 황제여서 존귀를 자처할 만한 데다 싶으면 존귀를 자처한다. 혹자는 러시아 황제 차르를 '모래황제'沙皇로 번역하는데, 이 일당에게 추서하기에 가장 적절한 존호尊號다. 재물은 어떻게 생기는가? 무지렁이 국민들의 고혈을 쥐어짜면 된다. 만약 무지렁이 국민이 단결이라도 하게 되면 재물 모으기는 여간 어렵지가 않다. 그렇다면 당연히 온갖 방법을 짜내 그들을 흩어진 모래로 만들어야 한다. 모래황제가 무지렁이 국민을 다스리다 보니, 그리하여 전 중국이 '쟁반 위의 흩어진 모래'가 되고 만 것이다.

하지만 사막 밖에는 단결한 자들이 있다.[3] 그들은 "무인지경에 들어가듯" 걸어 들어왔다.

이것이 바로 사막에서의 일대 사변이다. 이때에 옛사람이 두 구절 지극히 적실한 비유를 남겼으니, "군자는 원숭이와 두루미가 되었고, 소인은 벌레와 모래가 되었다"[4]가 그것이다. 그 군자들은 흰 두루미처럼 허공으로 날아가지 않고 원숭이처럼 나무를 탔다. "나무가 쓰러지면 원숭이는 흩어진다"지만 또 다른 나무가 있으니 그들이 고생을 할 리 만무하다. 땅에 남은 것은 무지렁이 국민인 땅강아지와 개미, 진흙과 모래인데, 이들은 짓밟을 수도 있고 도륙할 수도 있다. 이들이 모래황제를 당해 내지도 못하는데 무슨 수로 모래황제를 이긴 자를 당해 낼 수 있단 말인가?

하지만 이때 어떤 자가 기어이 또 붓과 혀를 놀리며 무지렁이 국민들을 향해 준엄한 질문을 던지고 나섰다. "장차 어찌 국민을 자처하시려고", "국민에게 묻노니 장차 어찌 뒷감당을 하시려고"? 느닷없이 '국민'을 기억해 내고는 일체 다른 말도 없이 그저 그들보고 적자만 메우라고 하니, 손발 묶인 사람 보고 도둑을 잡으라는 것과 무엇이 다른가?

그런데 이것이 바로 모래황제가 쌓은 치적의 배후이고, 원숭이 울음과 두루미 흐느낌의 일대 결말이며, 부귀영화의 막바지에 필연적으로 취하게 되는 최후의 수작이다.

7월 12일

주)_____

1) 원제는 「沙」, 1933년 8월 15일 『선바오월간』 제2권 제8호에 뤄원이란 필명으로 처음 발표되었다.
2) 옛날 가난해서 하소연할 데 없는 사람들이 손에 향불을 들고 관아 앞이나 길거리에 엎드려 '청원'을 하거나 억울함을 호소하던 방식 중 하나이다.
3) '단결한 자들'이나 그 아래의 '모래황제를 이긴 자'는 일본제국주의를 가리킨다.
4) 『태평어람』(太平御覽) 권916에 인용된 고본 『포박자』(抱樸子)에는 이런 구절이 있다. "주(周)나라 목왕(穆王)이 남방 정벌에 나섰다가 군대가 전멸하자 군자는 원숭이와 두루미가 되었고 소인은 벌레와 모래가 되었다."

문학사에 보내는 편지[1]

편집자 선생

『문학』 제2호에 우스[伍實][2] 선생이 쓴 「중국을 찾은 휴스」[3] 첫머리에 이런 대목이 있더군요.

……쇼 옹[翁]은 명사여서 우리네 명사의 초청을 받을 자격이 충분하다. 게다가 명사만이 명사를 초청할 수 있는 법이어서 루쉰 선생과 메이란 팡 선생을 한자리에 모이게 할 수 있는 천재일우의 기회를 비로소 얻게 만들었다. 휴스는 어떤가? 우리네 명사의 심중에 자리하는 그런 명사가 아닌 데다가 설상가상 피부색마저 그들을 꺼리게 만들었으니!

그렇습니다. 쇼를 만난 건 나 혼자만이 아니지만 나는 쇼를 만나고 난 뒤 대소 문호들에게 지금까지 조롱과 매도를 당하고 있습니다. 가장 최근 것이 나와 메이란팡을 하나로 싸잡은 이 명문입니다. 하지만 그때는 초청자가 나를 초대해서 간 것이었습니다. 이번의 휴스 초청은 통지를 받지도 못했습니다. 시간이며 주소며 어느 하나 알지도 못하는데 어떻게 간단 말입니까? 설령 초청을 했는데 가지 않았다 하더라도 그럴 만한 사정이 있을 겁니다. 그러니 붓과 혀로 토벌을 개시하기 전에 대충이라도 검토해 보아야 할 듯합니다. 알리지도 않았으면서 안 왔다고 질책을 하고, 안 왔으니 내가 흑인을 경멸한다고 단정해 버리니 말입니다. 글을 쓴 자는 독자들이 사실을 잘 모르니까 믿을 거라고 믿고 있겠지요. 그래도 나 자신은 내가 그렇게 영악하고 비열한 사람이라는 것이 아직도 믿어지지가 않는군요!

모함을 받고 모욕을 당하는 건 일상사라 나도 대수롭게 여기지는 않습니다. 익숙해졌으니까요. 그래도 그건 타블로이드 신문이었고 적이었습니다. 대충 식견을 갖춘 자는 그냥 한 번 보면 아니까요. 그러나 『문학』은 번듯한 간판을 내걸고 있고, 또 나도 동인 중 한 사람입니다. 그런데 어찌하여 근거도 없이 꾸며 내어 조롱을 퍼붓는 것이 이 지경에 이르렀단 말입니까? 설마 영악하고 비열한 노인이 문학의 무대 위에서 한바탕 춤을 춰서 관중들에게 즐거움을 주고 구토를 자아내게라도 해야 한단 말입니까? 나는 아직 이 정도의 배역은 아니라고 자신합니다. 나는 당장이라도 이 무시무시한 무대를 뛰어내릴 수 있습니다. 그때는 뭐라고 모함하고 조롱하고 욕을 하건 피차 아무런 상관이 없게 되겠죠.

우스 선생은 알고 보니 가명이더군요. 그도 분명히 명사입니다. 휴스를 초청하고도 명사 아닌 자마저 입장할 수 없게 만들었으니 말입니다. 그렇지만 그가 만약 상하이의 이른바 문단에 서식하는 여우나 쥐와 다르다면, 인신공격을 감행할 때 얼마라도 책임을 지면서 자신의 존재와 상관이 있는 이름을 밝히고 진실한 몰골을 내게 보여 줘야 했을 것 같습니다. 이는 정국과 무관하고 위험도 없습니다. 더욱이 우리는 원래 아는 사이므로 만나면 온갖 겸양을 떨어 댈지도 모르니 말입니다.

마지막으로, 이 편지를 『문학』 제3호에 발표해 주실 것을 요구합니다.

7월 29일 루쉰

주)_____

1) 원제는 「給文學社信」, 1933년 9월 1일 『문학』 제1권 제3호에 처음 발표되었다.
2) 푸둥화(博東華, 1893~1971)를 말한다. 저장 진화(金華) 사람으로 번역가이자 당시 『문학』 편집자 중 하나였다.
3) 휴스(Langston Hughes, 1902~1967)는 미국의 흑인작가다. 1933년 7월 소련을 방문했다가 귀국하는 도중에 상하이를 방문했다. 이때 상하이의 문학사(文學社), 현대잡지사(現代雜誌社), 중외신문사(中外新聞社) 등이 그를 위해 초청모임을 열었다.

번역에 관하여[1]

금년은 '국산품의 해'여서 '미국산 밀'[2] 외에 서양 냄새가 나는 것이면 모두가 타도의 대상이다. 쓰촨에서는 한창 명령에 따라 행인들의 장삼長衫 밑단을 자르고 있지만, 상하이의 어느 강개하신 분은 양복을 혐오한 탓에 두루마기와 마고자를 추억했다. 번역도 액운을 당해 어느 애매한 인사는 '억지번역'硬譯과 '마구잡이번역'亂譯의 주범이 되고 말았다. 그런데 내가 본 바에 의하면 이런 '비평가'들 가운데 역으로 '좋은 번역'을 요구하는 자는 하나도 없었다.

창작은 확실히 번역보다 살가운지라 해결이 쉬울 수 있다. 하지만 조심하지 않으면 여기에도 '억지창작'과 '마구잡이창작'의 병폐가 발생하기 쉬운데, 이는 번역보다 훨씬 더 해악이 크다. 우리의 문화적 낙후함은 숨기려야 숨길 수가 없다. 창작역량이 당연히 양코배기보다 떨어지다 보니 작품의 상대적인 박약이 필연적인 추세가 되었다. 게다가 또 시시각각 외국에서 방법을 취하지 않을 수 없다. 그래서 번역과 창작은 함께 제창되어야지, 한쪽을 억압해 창작을 시대의 총아로 만들고는 그냥 내버려 둠으로써 빈약해지게 해서는 안 된다. 예전에 불매운동이 벌어지던 해에 있었던 일이 기억난다. 국산품 업자가 외국의 가루치약을 수입해서 두 병을 세 병으로 만든 뒤 상표를 붙여 국산품으로 둔갑시켰는데, 이 일로 구매자들은 삼분의 일 이상 손해를 보았다. 또 땀띠약이 있었는데, 모양은 영판 서양 것이었지만 가격은 절반이나 쌌다. 하지만 이것에 큰 결함이 있었으니, 약을 발라도 아무 효과가 없었다. 그리하여 구매자들은 몽땅 그 돈을 날리고 말았다.

번역에 치중함으로써 창작에 거울이 될 수 있다. 다시 말해 창작을 촉진하고 고무한다는 것이다. 그런데 몇 년 전 '억지번역'을 공격한 '비평가'가 있었는데, 오래된 부스럼 딱지를 긁느라 크기가 고약 위 사향만 하게 줄었다. 그리고는 작아졌으니 진귀하다고 자부했던 것이다. 하지만 이런 기풍이 널리 전해져 금년에는 또 허다한 신출 논자들이 경박하게 서양 물건을 사들이기 시작했다. 군인들의 비행기 대량 구입에 시민들이 필사적으로 의연금을 낸 것에 비하면, 소위 '문인'이란 자들은 얼마나 한심한 인간들인가.

나는 중국에 좋은 번역가가 많이 나오기를 요구한다. 만약 불가능하다면 '억지번역'을 지지한다. 그 이유는 여기에 있다. 중국에는 다양한 독자층이 있는데 그들이 가진 것이 전부 사기꾼의 물건은 아닐 것이고 얼마간 받아들일 수 있는 자는 있기 마련이므로 어쨌거나 빈 쟁반보다는 유익할 것이라는 점 말이다. 게다가 나 자신은 지금까지 번역에 고마움을 느끼고 있다. 예를 들면 쇼의 명예 훼손이나 지금 한창 제기되고 있는 제재의 적극성 문제[3]는 서양 물품 속에서는 이미 명확한 답을 얻은 것들이다. 전자에 관해서는 독일의 비트포겔(Karl Wittvogel)[4]이 「쇼는 어릿광대다」

에서 이렇게 말한 적이 있다.

쇼가 프롤레타리아 혁명에 뜻이 있느냐 여부는 여기서 중요한 문제가 아니다. 18세기 프랑스의 대철학자들은 결코 프랑스대혁명을 바라지 않았다. 비록 그러기는 했지만 그들 모두는 사회변혁은 필연이라는 그런 정신상의 붕괴를 이끈 중요 세력이었다. (류다제劉大傑 번역, 『상하이에 온 버나드 쇼』에 게재)

후자에 관해서는 엥겔스가 민나 카우츠키(Minna Kautsky, 즉 현존하는 카우츠키의 어머니)에게 보낸 편지에서 이미 극명히 제시된 바 있는데, 지금의 중국에 대해서도 상당한 의의를 가진다.

그밖에 또 오늘날과 같은 조건 하에서 소설은 대체로 그 독자가 부르주아층입니다. 그래서 제가 보기에 현실의 상호관계를 정직하게 서술해 내기만 하면, 그 위를 덮고 있는 허위의 환영을 깰 수 있고, 부르주아 세계의 낙관주의를 뒤흔들 수 있으며, 현존 질서의 영원한 지배에 대해 의구심을 불러일으킬 수 있습니다. 그러면 사회주의 경향의 문학은 그 사명을 충분히 다한 것입니다. 설령 작가가 이때 특정한 해결방안을 제시하지 못하거나, 때론 자기가 어느 편에 서 있는지조차 모른다 할지라도 말입니다. (일본의 우에다 스스무上田進 원역, 『시소』思想 134호에 게재)

8월 2일

주)_____

1) 원제는 「關於翻譯」, 1933년 9월 1일 『현대』 제3권 제5기에 처음 발표되었다.

2) 1933년 6월 국민당 정부는 '공산당 토벌'을 진행하기 위해 재정부장 쑹쯔원(宋子文)이 미국의 부흥금융공사와 워싱턴에서 '면화밀가루차관' 협정을 조인했다. 이때 받은 차관 5천만 달러 가운데 1/5은 미국산 밀가루 구입에, 4/5는 미국산 면화 구입에 쓰였다.

3) 1933년 8월 『문학』 제1권 제2호 '사설'란에 실린 「문단은 어디로 가고 있는가」라는 글에 이런 대목이 있었다. "그 다음은 '제재의 적극성' 문제다. 지금 어떤 사람들은 프티부르주아계급 생활을 묘사하면 제재에 '적극성'이 없다고 생각한다. 노농대중의 생활을 써야만 비로소 적극성이 있다는 것이다. 또한 대중생활의 고통을 묘사하는 데 그치거나 그들이 어떻게 착취와 억압을 당하는지를 묘사하는 데 그쳐도 적극성이 있다고 말할 수 없다고 생각한다. 그들의 투쟁과 투쟁의 승리를 그려 내야만 한다는 것이다. 소위 '제재의 적극성'이란 도대체 이렇게 이해되어야 하는 것인가, 아니면 별다른 이론이 있는 것인가? 이 또한 당면한 문제 중 하나이니 활발한 토론을 통해 창작자에게 참고가 될 수 있기를 기대한다."

4) 비트포겔(Karl August Wittfogel, 1896~1988)은 독일의 중국문제 연구가로 1934년 미국에 정착했다. 저서로 『중국의 경제와 사회』(*Wirtschaft und Gesellschaft Chinas*, 1931), 『동양적 전제주의』(*Oriental Despotism: A Comparative Study of Total Power*, 1957) 등이 있다.

『어느 한 사람의 수난』서문[1]

'연환화'連環畫라는 이름은 이제는 익숙해져 바꿀 필요가 없다. 그런데 사실 이는 '연속화'連續畫라고 불러야 한다. '두루마리처럼 끝이 없어서'가 아니라 시작이 있고 끝이 있는 그림이기 때문이다. 예로부터 전해지는 「장강무진도권」長江無盡圖卷이나 「귀거래사도권」歸去來辭圖卷 같은 소위 '장권'長卷[2]도 이 부류인데, 한 폭으로 이어 만든 데에 지나지 않는다.

　이런 화법의 기원은 매우 이르다. 이집트 벽화에 새겨진 파라오의 공적이나 '사자의 서'에 그려진 명부세계는 그 자체가 이미 이야기그림이니 말이다. 다른 민족의 경우도 고금에 걸쳐 존재했다는 것은 상세히 논할 필요가 없다. 이는 보는 이에게 매우 유익하다. 그냥 슥 보면 당시 상황을 제법 알 수 있기 때문이다. 이는 익히 배우지 않으면 이해할 수 없는 글과는 비교가 되지 않는다. 19세기 말 서구의 화가들 중 상당수가 이런 그림을 즐겨 그렸다. 그리고는 제목을 붙여서 화첩으로 제작했는데, 그렇다고 해서 이야기가 반드시 연속될 필요는 없었다. 그림으로 서사를 하게 된 것은 비교적 이후의 일이다. 이를 가장 많이 한 사람이 바로 마세릴이다.

내 생각에 이는 영화와 밀접한 관련이 있는 것 같다. 한편으로 그림으로 문자이야기를 대체하면서 동시에 연속성으로 활동적인 영화를 대체했으니 말이다.

마세릴(Frans Masereel)은 유럽대전을 반대했던 사람이다. 그 자신의 말에 의하면, 그는 1899년 7월 31일 플랑드르 지방의 블랑켄베르그(Blankenberghe in Flandern)에서 태어났다. 어린 시절은 매우 행복했다. 놀기 좋아하고 공부는 잘 안했으니 말이다. 취학 연령에 접어들어 겐트(Gent) 소재 예술학원에서 반년을 공부했다. 그 뒤 독일, 영국, 스위스, 프랑스 등을 떠돌았다. 가장 좋아한 곳은 파리였는데, 그는 거기를 '인생의 학교'라 불렀다. 스위스 체류 시절 신문에 늘 그림을 투고해 사회의 숨은 악을 적발하곤 했는데, 로맹 롤랑은 그것을 도미에(Daumier)나 고야(Goya)와 비교하기도 했다.[3] 그런데 가장 많이 그린 것은 목판화 책 속의 삽화와 전부 그림으로 표현한 이야기들이다. 그는 파리를 지독하게 사랑했다. 그래서 작품이 곧잘 낭만적이고 기괴하고 인정에 기반함으로써 이로 인해 경이롭고 해학적인 효과를 거두었다. 오직 이『어느 한 사람의 수난』(*Die Passion eines Menschen*)만이 사실적인 작품으로 다른 이야기 그림과는 차이가 있다.

이 이야기 25점에는 한 글자도 설명이 없다. 그래도 그냥 보면 이런 점을 알게 된다. (1) 책상과 의자 외에 아무것도 없는 방에 한 여자가 임신을 한 채 있다. (2) 출산을 한 뒤 쫓겨나게 되는데, 그녀를 쫓아낸 자가 고용주인지 부친인지는 알 수 없다. (3) 그래서 그녀는 어쩔 수 없이 거리를 방황한다. (4) 마침내 다른 사람과 결혼을 하게 되고, 예전의 아이는 부랑아 집단에 들어가 거리의 난봉꾼이 된다. (5) 제법 성장해 목공일을 배우지만 그렇게 육중한 작업은 아이가 감당하기에는 무리다. (6) 결국 그는 한 마리 들개처럼 내침을 당하게 된다. (7) 배고픔을 채우기 위해 그는 빵을 훔치다가 (8) 현장에서 치안을 유지하는 순경에게 체포된다. (9) 그리하여 감옥에 들어갔다가 (10) 기한을 채우고 출소를 한 뒤 (11) 이번에는 시내 번화가를 배회할 차례가 되지만 (12) 운 좋게도 도로 보수 일을 얻게 된다. (13) 그렇지만 종일 곡괭이를 휘두르느라 피로에 찌들어 있던 중에 (14) 이때 어쩌다가 나쁜 친구들 무리에 들어가게 된다. (15) 그는 유혹을 받고 기녀를 만나서 (16) 춤을 추러 간다. (17) 그런데 돌아오는 길에 또 회한이 일어 (18) 공장에 들어가 노동자가 될 작심을 한다. 게다가 매일 아침 책을 보며 독학을 한다. (19) 이런 환경 속에서 그는 진정으로 사랑하는 동지를 만나게 된다. (20) 그런데 노사 간에 충돌이 일어나게 되고, 그는 노동자들이 연합하여 자본가와 싸울 것을 소리 높여 호소한다. (21) 그리하여 앞으로는 프락치에게 사찰을 당하고 (22) 뒤로는 군경에게 탄압을 당하다가 (23) 프락치의 이간질에 의해 체포되고 만다. (24) 수난당한 '신의 아들' 예수상 앞에서 이 '사람의 아들'은 재판을 받는다. (25) 물론 사형이다. 그는 서서 병사들의 발포를 기다리고 있다!

예수는 부자가 천국에 들어가는 것은 낙타가 바늘구멍 들어가기보다 더 어렵다고 했다. 그런데 이 말을 한 당사자 자신도 그때 수난(Passion)을 당하고 말았다. 지금 구미의 부호들은 거의가 예수의 신봉자지만 수난자는 가난뱅이들 몫으로 돌아온다.

이것이 바로 『어느 한 사람의 수난』 속에 서술된 내용이다.

1933년 8월 6일, 루쉰 적다

주)_____

1) 원제는 「『一個人的受難』序」, 1933년 9월 상하이 량유도서인쇄공사(良友圖書印刷公司)
   가 출판한 『어느 한 사람의 수난』에 처음 발표되었다.
2) 좁고 긴 가로 폭의 그림을 말한다.
3) 도미에(Honoré Daumier, 1808~1879)는 프랑스의 풍자화가이고, 고야(Francisco Goya,
   1746~1828)는 스페인의 풍자화가다. 둘 다 판화에 능했다.

『파도소리』를 경축하며[1]

『파도소리』의 수명이 이렇게 긴 것은, 생각해 보면 좀 기괴한 느낌이 든다.

재재작년과 재작년, 소위 작가라는 자들이 어쩌고저쩌고 하는 모임을 만들어 어쩌고저쩌고 하는 문학을 표방하더니 작년엔 감감무소식이 되었고 금년에는 타블로이드 신문으로 포장을 바꾸어 소식을 팔고 있다. 소식이 어디에 그리도 많단 말인가. 그리하여 유언비어를 만들어 냈다. 예전의 소위 작가들은 흑막소설黑幕小說을 두름으로 엮을 수 있었지만 지금은 두름조차 엮을 수가 없어 자잘한 것들을 독자들의 머리에 쑤셔 넣으며 소식이나 비담 따위를 자신들의 학문체계로 삼고 있다. 이 공적의 포상으로는 원고료 말고도 소식상이 있는데, "양 머리를 내걸고 개고기를 파는" 것도 과거지사가 되었고 지금은 '인육을 팔고' 있다.

그리하여 '인육을 팔'지 않는 간행물이나 작가들이 팔려야 할 물목이 되고 말았다. 이 역시 기이하달 수도 없다. 중국은 농업국인데도 밀은 미국에서 사 오기로 약정되어 있고 내다 파는 것은 어린아이들밖에 없다. 한 근에 몇백 원만 한다면 오랜 문명국의 문예가들이 피를 팔 수밖에 없는 것은 당연하다. 니체가 말하지 않았던가. "나는 피로 쓴 책을 사랑한다"고.

하지만『파도소리』는 아직 존재한다. 바로 이것이 내가 "생각해 보니 좀 기괴한 느낌이 든다"고 한 것이다.

이는 행운이면서 약점이기도 하다. 지금의 상황을 보면 그 존재를 공식적으로 허가받거나 암묵적으로 공인되는 모든 것은 일부 사람들에 의해 고갯짓을 당하기가 십상이다. 어떤 자가 나를 이렇게 비판한 적이 있다. 당신이 지금껏 살아 있는 걸 보면 무슨 훌륭한 사람이 아니라는 걸 족히 알 수 있다고. 이는 진실이다. 민국 원년의 혁명 이래 지금까지 훌륭한 사람들이 얼마나 많이 살해를 당했는지 알 수도 없지만 누구 하나 정확한 결산서를 쓰지 못하고 있다. 이 사실이 또 나를 잘못 가르치고 말았다. 설령 내가 죽는다 한들 그들에게 소식이나 한탕 팔아 유언비어 날조용 거리나 되겠지, 내가 피살된 것이 돈이나 여자관계 때문이라고 말이야. 그래서 살생부에 이름이 올랐을지언정[2] 들보에 목을 매거나 약사발을 들이키지는 않았던 것이다.

『파도소리』에는 늘 맨주먹으로 싸움을 하거나 죽기 아니면 살기 식의 글들이 있는데, 나와 상반되는 이런 기질은 요행히 살아남은 원인이 되지 못한다. 내 생각에 요행이면서 약점이기도 하다고 한 그 지점은 걸핏하면 옛날로 현재를 논증하면서 학구적인 분위기를 풍기는 데 있다. 중국인들은 '사천여 년 유구한 역사'를 떠벌리지만, 건망증이 너무 심해서 민족주의 문학가조차 칭기즈 칸을 조상이라고 여길 정도다.[3] 그러니 옛날을 운운하는 것이 가당치도 않은 짓임을 알 수 있다. 상하이의 모리배들은 더욱 그럴 필요가 없다. 그들이 흥미를 느끼는 것은 그저 오늘자 복권 당첨이나 이웃과의 사랑싸움뿐이다. 안목이 원대한 자라도 어느 명사가 언제

산천을 유람했는지 어느 부호가 누구랑 사이가 좋은지 따위에만 관심이 있고 고상한 자는 무슨 학계의 뒷담화나 문단의 소식만 기웃거린다. 요컨대, 이미 생명을 산산이 조각내고 만 것이다.

이것이 『파도소리』의 판로를 가로막았을 수 있다. 하지만 일면 『파도소리』를 장수케 한 요인이기도 하다. 고상을 떨던 문인학사들은 이제 더욱 영악해져 더 이상 자기 주인에게 알랑거리거나 흔적을 남기지도 않는다. 그들은 그저 암전暗箭을 설치해 놓고 똥 빗자루를 거머쥔 채 납작 엎드려 있어야 할 노예들을 감독하며 누군가가 고개를 쳐들기라도 하면 화살을 쏘아 대고 똥을 뿌려 댄다. 그 결과 끝내 이들을 납치나 암살의 제물이 되게 만들어 이로써 민국의 국민을 일률적으로 '평등'하게 만들지도 모를 일이다. 『파도소리』의 판로가 시원찮았던 것은 그들에게서 잠시 목숨을 건진 것이기는 하지만 '측량할 수 없는 위엄' 때문이라 말하기는 어렵다. 이 역시 고래로 있어 온 일이니 말이다.

나는 『파도소리』를 애독한다. 그리고 이 정도도 괜찮다고 생각한다. 하지만 근자에 들어 정치를 거론하네 마네 하는 모습을 보면 더욱 분수를 모르는 지경이 된 것 같다. 그러니 나의 그 충고는 '까마귀를 표식으로 삼은'[4] 간행물에 대해서는 아마 효력을 보기가 어려울 성싶다.

그렇다면 '경축' 역시 '헛된 경축'일 터, 그저 나도 하나를 보고 하나를 본 걸로 할 수밖에.

옛사람의 시에 "전란으로 집집이 주검이 넘쳐 나니"[5]라고 했거늘, 진정 그렇도다!

8월 8일

아닌 게 아니라 11월 25일자 『파도소리』에 「휴간사」가 실렸는데, 그 첫머리가 이렇다. "11월 20일 오후, 본간은 영을 받들어 등록증을 반납한다. '백성 역시 수고롭기만 하니, 조금이나마 편안했으면.'[6] 우리는 얼마 동안 쉴 생각이다.……" 진실로 이는 캉유웨이가 말한 "불행히 내 말 속에 있었도다" 같은 상황이니, 어찌 기이하고 기이하지 않은가.

12월 31일 밤, 부기

주)_____

1) 원제는 「祝『濤聲』」, 1933년 8월 19일 『파도소리』 제2권 제31기에 처음 발표되었다.
2) 1933년 1월 루쉰은 중국민권보장동맹에 가입해 집행위원으로 선출되었다. 이로 인해 국민당의 분노를 불러일으켰다. 동년 6월 동맹의 부회장 양싱포가 암살을 당했고, 루쉰 역시 블랙리스트에 올랐다.
3) 여기서 말하는 '민족주의 문학가'는 황전샤(黃震遐)를 가리킨다. 이에 관해서는 『이심집』의 「'민족주의문학'의 임무와 운명」을 참조 바람.
4) 『파도소리』는 제1권 제21기부터 표지에 까마귀 문양을 사용했다.
5) 당나라 두보(杜甫)의 시 「백마」(白馬)의 한 구절이다. "전란으로 집집이 주검이 넘쳐 나니, 울부짖는 눈물이 싸락눈 같다."
6) 『시경』 「대아(大雅)·민로(民勞)」의 한 구절이다.

상하이의 소녀[1]

상하이 생활에서 유행하는 옷을 입으면 촌티가 흐르는 옷보다 편리한 데가 있다. 만약 전통 복장을 했다면 공공전차 차장은 당신 말을 듣고 차를 세우지 않을 것이고, 공원의 수위도 유달리 꼼꼼히 입장권을 검사할 것이며, 대저택이나 대객청의 문지기는 당신을 정문으로 들이지 않을 것이다. 그래서 어떤 자는 쪽방에 살면서 빈대를 먹을지언정 양복바지는 매일 밤 베개로 눌러 양쪽 단의 선과 각을 빳빳이 살려야 한다.

하지만 더 편리한 것은 유행하는 여인이다. 상점에서 가장 흔히 보게 되는 풍경은 아무리 머뭇거리거나 미적거려도 점원이 끝까지 참는다는 것이다. 그래도 시간이 너무 길어지면 필요조건은 있어야 하는데, 약간 경박스런 자태로 몇 마디 시시덕거림을 받아야 하는 게 그것이다. 그렇지 않으면 끝내 예의 그 하얀 눈깔을 불러내고 만다.

상하이 생활에 익숙한 여성은 일찍이 자기에게 부여된 이런 영광을 분명히 자각하고 있었다. 동시에 이 영광에 내포된 위험도 잘 알고 있다. 그래서 유행하는 모든 여자에게는 과시하면서도 고수하고 물색하면서도 방어하는 기색이 드러나는 것이다. 마치 모든 이성의 친구이자 모든 이성의 적인 양 좋아하면서도 분노하는 것이다. 이런 기색은 아직 성년이 안 된 소녀에게까지 전염되었다. 우리는 그녀들이 점포에서 물건을 사면서 고개를 삐딱하게 한 채 엷은 분노를 가장하고 있는 모습을 종종 보게 된다. 마치 큰 적을 마주하고 있는 듯이 말이다. 물론 점원들은 성년 여성에게 하던 대로 똑같이 시시덕거린다. 그리고 그녀들도 벌써 이 시시덕거림의 의미를 훤히 알고 있다. 요컨대, 그녀들이 대체로 조숙하다는 것이다.

하지만 우리는 신문에서 늘 여아 유괴와 심지어 소녀 능욕에 관한 뉴스를 접하기도 한다.

『서유기』西遊記 속의 마왕은 사람을 잡아먹을 때 동남동녀童男童女가 아니면 안 되었다. 뿐만 아니라 인간 가운데 대관부호들 역시 어린 여자아이를 시봉侍奉, 방종縱欲, 고상떨기, 불로장생, 보양의 재료로 삼아 왔다. 어디 맛난 거나 좀 먹어 볼까 하면 금세 애저[새끼 돼지]와 새싹 차가 떠오르는 것처럼 말이다. 이제는 이런 현상이 벌써 상인과 노동자에게서도 보인다. 그래도 이는 사람들의 생활이 순탄치 못한 결과인 만큼, 주린 백성이 초근목피를 파먹는 것에 비교되어야지 대관고작들의 음탕한 변태행각과 같이 논할 수는 없다.

그렇지만 요점을 말하자면, 중국에선 소녀조차 위험지대에 들어섰다는 것이다.

이 위험지대가 그녀들을 더 조숙하게 만들어, 정신은 이미 성인인데도 지체는 여전히 아이다. 러시아 작가 숄로호프는 이런 유형의 소녀를 이렇게 묘사한 적이 있다. 아직 어린아이인데도 눈은 이미 어른이 되어 버렸다고. 하지만 우리 중국의 작가에게는 별도의 찬양법이 있었으니, 이른바 "쪼끄만 것이 아리땁고 영롱키도 하여라"가 그것이다.

8월 12일

주)_____

1) 원제는 「上海的少女」, 1933년 9월 15일 『선바오월간』 제2권 제9호에 뤄원이란 필명으로 처음 발표되었다.

상하이의 어린이[1]

상하이 조계 외곽의 신작로 베이쓰촨로北四川路 일대는 전쟁으로 인해 작
년에는 태반이 썰렁하더니 금년 들어 다시 시끌벅적함을 회복했다. 점포
들은 프랑스 조계에서 옮겨 왔고 극장은 벌써 영업을 개시했으며 공원 부
근에서도 손을 잡고 길을 걷는 연인들을 늘 볼 수 있다. 이는 작년 여름에
없었던 풍경이다.

살림집들이 있는 골목으로 들어서면 똥오줌을 받는 변기와 행상의
먹을거리, 떼를 지어 날아다니는 파리들을 볼 수 있다. 아이들은 무리를
지어 재잘대고 격렬한 장난질에 고난도의 욕설들, 이는 실로 혼돈의 소우
주다. 하지만 일단 대로로 들어서면 생기발랄하게 장난치며 길을 가는 외
국 아이들만 눈에 비칠 뿐 중국의 어린이는 거의 볼 수가 없다. 그래도 전
혀 없지는 않다. 옷차림이 남루하고 정신이 위축되어 그림자처럼 남에게
억눌려 눈에 잘 띄지 않을 뿐이다.

중국의 중류 가정에서 아이를 교육하는 방법에는 대개 두 가지뿐이
다. 첫째는 멋대로 날뛰도록 내버려 두면서 조금도 상관하지 않는 것이

다. 남을 욕하는 건 물론이요 남을 때리는 것 역시 안 될 것이 없다. 그래서 집 안이나 집 앞에서는 폭군이요 패왕이지만, 밖에 나가면 거미줄을 잃은 거미처럼 금세 아무 힘도 못 쓴다. 둘째는 종일토록 냉대하거나 질책하고 심지어 매타작을 하는 것이다. 그래서 주눅이 들어 눈치나 살피는 모습이 영판 노예요 꼭두각시다. 하지만 부모들은 이를 치장하여 가로되 '말 잘 듣는다'고 하며 교육의 성과라고 여긴다. 이런 아이들은 밖에 내놓으면 잠시 새장을 나온 새처럼 날지도 지저귀지도 못하고 뛰어오르지도 못한다.

이제야 중국에서도 어린이용 그림책이 나왔다. 그 속의 주인공은 물론 어린이다. 하지만 그림 속의 인물은 대체로 거칠고 멍청하고 심지어 건달 모양의 못돼먹은 고집쟁이가 아니면 구부정히 머리를 숙이고 유순히 눈을 내리깐 생기라고는 전무한 얼굴의 '훌륭한 아이'다. 비록 화가의 재능 부족일지라도 이는 어린이를 모델로 삼은 것이고 또 어린이가 본받아야 할 모델로 제공될 것이다. 다른 나라의 아동용 그림책을 한번 보자. 영국은 침착하고 독일은 씩씩하며 러시아는 웅숭깊고 프랑스는 산뜻하며 일본은 총명한 것이 중국처럼 무기력한 기상은 조금도 없다. 그 나라의 기풍을 보는 것은 시문으로도 가능하고 회화로도 가능하다. 뿐만 아니라 사람들에게 중시되지 않는 아동용 그림책으로도 가능하다.

완고하고 비열함, 우둔하고 꽉 막힘, 이 모든 것은 사람을 몰락과 나락으로 몰아넣기에 충분하다. 유년기의 상황이 곧 미래의 운명이다. 우리의 새 인물들은 연애를 이야기하고 핵가족을 이야기하고 자립을 이야기하고 향락을 이야기하지만, 정작 자녀를 위해 가정교육이나 학교교육, 사회개혁의 문제를 제기하는 사람은 매우 드물다. 예전 사람들은 "자손을

위해 소나 말이 되는" 것밖에 몰랐는데 이는 물론 잘못된 것이다. 그런데
현재만 돌볼 뿐 미래를 생각지 않으면서 "자손들이 소나 말이 되도록 내
버려 두는" 것은 더 큰 잘못이라고 말하지 않을 수 없다.

8월 12일

주)_____

1) 원제는 「上海的兒童」, 1933년 9월 15일 『선바오월간』 제2권 제9호에 뤄원이란 필명으
   로 처음 발표되었다.

'논어 1년'[1]
─ 이를 빌려 다시 버나드 쇼를 논하며

『논어』論語가 창간 1년을 맞이했다며 위탕[2] 선생이 나보고 글을 쓰라고
명했다. 이는 실로 '학이일장'學而一章[3]이라는 제목을 주고 나보고 백화팔
고白話八股 한 편을 지으라는 것과 꼭 같다. 방법이 없는지라 할 수 없이 그
냥 쓰기로 했다.

    솔직히 말하자. 그가 제창하는 것을 나는 늘 반대한다. 예전에는 '페
어플레이'가 그랬고, 지금은 '유머'가 그렇다. 나는 '유머'를 좋아하지 않
는다. 그리고 이는 원탁회의를 즐기는 국민이나 떠들어 댈 수 있는 놀이
일 뿐 중국에서는 의역意譯조차 가능하지도 않다는 것이 내 생각이다. 우
리에게는 당백호唐伯虎가 있고 서문장徐文長이 있다.[4] 그리고 가장 유명한
김성탄金聖嘆도 있다. "참수란 지극히 고통스런 일이건만 뜻밖에 성탄이
그것을 얻었으니 참으로 기이하도다!" 이것이 참말인지 우스갯소린지 사
실인지 뜬소문인지 알 수 없지만, 어쨌거나 결론은 첫째 성탄이 결코 반
항을 한 역도가 아님을 공언했다는 것이고, 둘째 백정의 잔혹함을 한갓
우스개로 치부해 버림으로써 큰 수확을 거두었다는 것이다. 우리에게는

이런 것밖에 없으니 '유머'와는 하등의 연줄도 없다.

더욱이 작자의 성씨만 잔뜩 늘어놓고[5] 집필자는 몇 되지도 않는 것이 중국의 옛날 예법이다. 이런 예법 하에서 매달 두 권의 '유머'를 내겠다고 하니 얼마간 '유머'스런 냄새를 면할 수 없다. 이런 냄새가 사람을 비관으로 몰고 가고 여기에 염증을 더하여 나로 하여금 『논어』에 대해 시큰둥하도록 만든 것이다.

하지만 『쇼 특집호』[6]는 훌륭하다.

거기에는 다른 데서 싣기를 꺼려하는 글이 실려 있고 다른 데서 고의로 왜곡한 이야기들이 폭로되어 있다. 그래서 지금까지 명사들이 투덜대고 영세 관료들이 한을 품어 밥 먹고 잠잘 때조차 잊지 못하게 만들었던 것이다. 증오가 오래가고 증오하는 자가 많다는 것은 그 효력이 크다는 증거다.

셰익스피어는 '연극의 성인'이지만 그를 거론하는 사람은 그리 많지 않다. 5·4시대에 입센을 소개했을 때에는 도리어 명성이 괜찮았는데, 올해 쇼를 소개하자 그만 사단이 나서 지금도 씩씩거리고 있는 자가 있다.

그의 히죽거림이 냉소인지 악소인지 조소인지 구분이 안 되어서일까? 결코 그런 것이 아니다. 그의 웃음 속 가시가 자기들 아픈 데를 찔러서일까? 전부 그런 것도 아니다. 레비도프가 언명한 대로, 입센은 위대한 의문부호(?)이고 쇼는 위대한 감탄부호(!)이기 때문이다.[7]

그들의 관객 중 신사숙녀가 대다수라는 것은 말할 필요도 없다. 신사숙녀들은 체면을 끔찍이도 사랑하는 종족이다. 입센은 그들을 등장시켰고 은폐된 걸 약간 까발리기는 했지만 결론을 덧붙이는 법이 없이 차분히 말한다. "한번 생각해 봅시다, 대체 이것들이 무엇인지?" 신사숙녀들의 존엄이 제법 흔들린 것은 확실하지만 그래도 어쨌거나 거드름을 피우며 물러나 집에 돌아가 생각할 여유를 주면서 체면도 보존해 주었다. 집에 돌아가 생각을 했는지 어떻게 생각했는지는 그다지 문제가 되지 않는다. 그래서 그가 중국에 소개되어 들어온 뒤 큰 탈 없이 지낼 수 있었고 반대자가 찬성하는 자보다 적을 수 있었다. 그러나 쇼는 그렇지가 않았다. 그는 그들을 등장시켜 가면과 화려한 의상을 찢어발긴 뒤 마침내 귀를 잡아당기며 대중들에게 손가락질로 말한다. "보시오, 이건 구더기요!" 교섭할 겨를이나 감출 방도마저 일체 주지 않는다. 이때 웃을 수 있는 자는 그에게 지적당할 병통이 없는 아랫것들뿐이다. 이 점에서 쇼는 아랫것들과 가깝고 윗분들과는 꽤나 멀다.

이제 어떡한단 말인가? 어느 정도의 옛날 방식은 여전히 존재한다. 즉, 모두가 일치단결하여 격앙된 목소리로 그가 부자니 가식덩어리니 '명사'니 '교활'하니 떠들어 대면서 최소한 자기들과 별 차이가 없거나 더 나쁜 놈이라고 우기는 게 그것이다. 자기는 누추한 측간에 살지만 그는 큰 측간에서 기어 나왔으므로 그 역시 한 마리 구더기라며 소개한 것들이 멍청이니 칭찬하는 것들은 악질이니 해대는 것이다. 하지만 내 생각에 쇼 역시 한 마리 구더기라면 그래도 그는 위대한 구더기다. 이는 수많은 감탄부호 가운데서도 유독 그만이 '위대한 감탄부호'인 것과 꼭 같다. 예를 들어 여기에 한 무더기 구더기들이 있다고 하자. 하나같이 족족 신사숙녀, 문인학사, 고관대작을 자처하며 서로 고개를 끄덕이고 온화한 표정으로 절하고 사양하며 천하태평을 구가하고 있다면, 그 전체가 아무런 고하도 없는 평범한 구더기인 것이다. 그런데 만약 한 마리가 불쑥 뛰쳐나와 큰소리로 "이것들은 알고 보면 죄다 구더기야!"라고 일갈한다면, 그렇다면——물론 그 역시 측간에서 기어 나왔지만——우리는 그를 특별하고도 위대한 구더기로 인정하지 않을 수 없다.

구더기에도 크고 작음이 있고 좋고 나쁨이 있다.

생물은 진화하고 있다는 것이 다윈에 의해 밝혀짐으로써 우리는 우리의 먼 조상이 원숭이와 친척지간이라는 것을 알게 되었다. 하지만 그때 신사들의 방법도 지금과 모양이 똑같았다. 그들 모두가 도리어 다윈을 원숭이의 자손이라 불렀으니 말이다. 광둥 중산대학에서 뤄광팅羅廣廷 박사가 수행 중인 '생물 자연발생' 실험이 아직 성공하지 못했으므로,[8] 비록 체면 사나운 일일지언정 잠시 인류가 원숭이의 친척임을 인정해 두기로 하자. 그런데 같은 원숭이의 친척 가운데서도 다윈은 또 위대하다고 말하지 않을 수 없다. 그 이유는 아주 간단할 뿐 아니라 평범하다. 그가 원숭이 친척인 가계를 기피하지 않으면서 인류가 원숭이의 친척임을 지적해 냈기 때문이다.

원숭이의 친척에도 크고 작음이 있고 좋고 나쁨이 있다.

그런데 다윈은 연구에는 뛰어났지만 남을 욕하는 데는 재주가 없었다. 그래서 신사들에게 반세기나 조소를 당했다. 그를 위해 투쟁한 이는 '다윈의 맹견'을 자칭한 헉슬리였다.[9] 그는 해박한 지식과 인상적인 문장으로 좌충우돌 아담과 이브의 자손을 자처하는 자들의 마지막 보루를 공략했다. 지금은 누구를 가리켜 개라고 하면 모던한 것으로 변해 쌍욕을 하는 게 된다. 그런데 같은 개라 해도 동렬에 놓고 논할 수는 없다. 어떤 개는 고기를 먹고, 어떤 개는 썰매를 끌고, 어떤 개는 군대를 위해 탐지견 노릇을 하고, 어떤 개는 경찰을 도와 사람을 잡고, 어떤 개는 장위안張園에서 경주를 하고,[10] 어떤 개는 거지를 쫓아다니며 밥을 빌어먹는다. 부자들을 즐겁게 하는 발바리와 눈 더미에서 사람을 구하는 맹견을 한번 비교해 보면 어떨까? 헉슬리 같은 사람은 인간 세상에 공을 세운 한 마리 훌륭한 개인 것이다.

개에도 크고 작음이 있고 좋고 나쁨이 있다.

그런데 이를 알려면 먼저 판별을 해야 한다. "유머는 익살과 엄숙함 사이에 존재한다."(위탕의 말) 익살과 엄숙함의 차이를 모를진대 어찌 이 '사이'를 알겠는가? 우리는 공자의 문도門徒라는 문패를 내걸고 있지만 의외로 장자의 사숙제자다. "이 역시 하나의 시비是非요, 저 역시 하나의 시비다"는 데서는 시是와 비非를 구분하려 들지 않는다. "주周가 나비를 꿈꾼 것일까, 아니면 나비가 주를 꿈꾼 것일까?" 여기선 꿈과 생시마저 명쾌하게 구분되지 않는다. 생활은 혼돈混沌스러워야 한다. 만약 그의 얼굴에 일곱 개의 구멍을 뚫는다면 어찌될 것인가? 장자께서 가로되, "이레 만에 혼돈이 죽었다"고 했다.

이러니 어찌 감탄부호를 용납할 수 있겠는가?

게다가 웃음도 용납할 수 없다. 사숙의 선생은 아이들이 분노하거나 슬퍼하는 것을 불허하고 기뻐하는 것도 불허한다. 황제가 웃고 싶지 않으면 노예에게 웃음은 허락되지 않는다. 그들이 웃을 줄 알게 되면 울 줄도 알고 성낼 줄도 알고 소란을 떨 줄도 알게 될까 봐 말이다. 하물며 앉아서 인세나 챙기면서 일 년 내내 "소음과 원성과 악다구니만 듣고 있는" 자들임에랴!

이로써 중국에 '유머'가 있을 수 없다는 것을 알 수 있다.

이로써 『논어』에 대한 내 비관이 신경과민에서 비롯된 것이 아니란 것도 알 수 있다. 인세를 받는 자도 이러하거늘 온 하늘에 폭탄이 난무하고 들판엔 강물이 넘실대는 곳에 사는 사람들이 '유머'를 입에 담기를 어찌 희망할 수 있으랴? '소음과 원성'조차 있을 것 같지 않으니 '태평성세의 소리'는 물론 더욱 말할 수가 없다. 어쩌면 미래에 원탁회의에 자리를 나란히 할 자도 있을 것이다. 하지만 어디까지나 손님이고, 주인과 손님 사이에는 '유머'가 필요치 않다. 간디가 매끼 식사를 거부하자 주인이 발행하는 신문에선 그에게 채찍을 안겨야 한다는 말들이 이미 나돌았으니.

이로써 인도에도 '유머'가 없다는 것을 알 수 있다.

가장 맹렬히 그 주인들을 채찍질한 사람이 버나드 쇼다. 그래서 우리 중국의 일부 신사숙녀들이 그를 증오해 마지않는 것이다. 이는 실로 버나드가 "뜻밖에 그것을 얻었으니 참으로 기이하도다!"인 것이다. 하지만 이는 『효경』孝經을 창간하는 데 좋은 빌미가 되기도 한다. "이것이 사대부의 효다"고 하니 말이다.

『중용』과 『대학』이 이미 새로 나왔으니 『효경』도 머지않아 틀림없이 나올 것이다.[11] 그렇다면 별도로 『좌전』도 있어야 한다. 이런 세월에 어찌 『논어』가 잘 꾸려질 수 있겠는가. 25권이면 벌써 "이 역시 기쁘지 아니한가"가 될 법도 했건만.

8월 23일

주)_____

1) 원제는 「論語一年—借此又談蕭伯納」, 1933년 9월 16일 『논어』 제25기에 처음 발표되었다.

2) 린위탕(林語堂, 1895~1976)을 말한다. 푸젠(福建) 룽시(龍溪; 지금의 룽하이龍海) 사람으로 당시 『논어』, 『인간세』(人間世), 『우주풍』(宇宙風) 등 잡지의 주간을 맡으며 '유머'가

있고 '한적'하며 '성령'(性靈)이 번득이는 소품문을 제창했다. 1936년 미국으로 이주했다가 1966년 타이완에 정착했다.

3) 『논어』의 첫번째 장의 제목이다. 옛날의 팔고문(八股文)은 일반적으로 『논어』 등 유교 경전 속의 문구로 제목을 삼았다.

4) 당백호(1470~1524)와 서문장(1521~1593)은 모두 명나라 때의 문학가이자 화가다. 옛날 민간에선 그들에 관한 우스개 일화가 적잖이 퍼져 있었다.

5) 예전에 어떤 잡지들은 자기 진영의 위세를 과시하기 위해 항상 표지에 집필자 명단을 잔뜩 늘어놓곤 했다. 『논어』는 제2기부터 표지 하단에 '장기 집필자' 20여 명의 명단을 늘어놓았다.

6) 1933년 3월 1일 출판한 『논어』 제12기 '버나드 쇼 중국방문 특집호'를 말한다.

7) 레비도프(Михаил Юльевич Левидов, 1891~1942)는 소련 작가다. 그는 「버나드 쇼의 희극」이라는 글에서 이런 말을 했다. "쇼와 입센을 대비해 말하는 것 역시 자연스러운 일이다. 왜냐하면 입센과 쇼는 부르주아계급 희곡창작의 정점이기 때문이다. 하지만 이 정점 ── 입센 ── 은 짙고도 영원한 안개에 의해 감추어져 있다. 입센이라는 이 천재적인 의문부호(?)에게는 대답할 문제도 없고 해결할 의문도 없다. …… 쇼 ── 이 위대한 감탄부호(!) ── 라는 이 정점은 투쟁화된 사상의 찬란한 광선에 의해 도금되었다. 그가 제기한 의문 역시 태반은 윤리도덕에 관한 것으로, 이는 이 의문을 해결한 것과 마찬가지다. 왜냐하면 의문의 해결은 의문의 정확한 제기 속에 내포되어 있기 때문이다. 마치 나비가 번데기 속에 내포되어 있는 것처럼 말이다."

8) 뤄광팅은 종 불변론으로 다윈의 진화론을 반대했다. 그는 자칭 '과학적 실험'을 통해 '생물 자연발생의 기적'을 발견했다고 주장하며 이렇게 말했다. "이로써 추론해 보자면 유인원, 소, 돼지…… 등의 생물 역시 고대 어느 시기 어느 지점의 환경에 적응하여 태어난 것이지 몇천억조 년의 진화를 거쳐 있게 된 것이 아니다."

9) 다윈(Charles Darwin, 1809~1882)이 『종의 기원』을 발표하여 공격을 받게 되자 헉슬리(Thomas Huxley, 1825~1895)는 그를 적극적으로 변호하고 나섰다. 1859년 11월 23일 다윈에게 보낸 편지에서 그는 이렇게 말했다. "짖어 대고 으르렁거리는 저 악랄한 개들 앞에서 당신은 당신의 벗들에게 어쨌든 아직도 얼마간 전투성이 남아 있다고 생각해야 합니다. …… 나는 나의 발톱과 이빨을 예리하게 갈며 준비를 하고 있습니다."

10) 장위안(張園)은 예전 상하이의 공공위락장소다. 원래는 우시 출신 장(張)씨의 개인 화원이어서 이렇게 불렀다. 당시 상하이에는 개 경주 경기장으로 이위안(逸園), 선위안(申園), 밍위안(明園) 등이 있었다.

11) 당시 상하이에서는 유가 경전의 이름을 따서 『중용』 반월간(1933년 3월 창간), 『대학』 월간(1933년 8월) 등의 잡지가 창간되었는데, 루쉰은 이를 비꼬고 있다.

소품문의 위기[1]

한 달 전이나 되었을까, 어느 신문에서 누군가의 부고를 본 적이 있다. 그는 '자잘한 장식품'을 수집하는 명인이라 했는데 말미에는 이 자의 죽음으로 '자잘한 장식품' 수집가가 중국에서 멸종될지도 모른다는 은근한 탄식까지 곁들여 있었다.

그런데 아쉽게 당시 그리 유념을 하지 않아서 그 신문과 수집가의 이름은 잊어버리고 말았다.

요즘 새로운 청년들은 '자잘한 장식품'이 뭔지 아마도 잘 모를 것이다. 그런데 만약 구식 가정에 태어나 한때 먹물장난을 좀 해본 자라면, 그리고 파락호破落戶가 아니어서 쓸모없는 것이라고 고물상에 팔아먹지만 않았다면, 여전히 먼지가 잔뜩 앉은 폐물더미 속에서 자그마한 경대나 영롱하고 정교한 조약돌, 대나무 뿌리에 새긴 인형, 옛날 옥돌에 조각한 동물, 파랗게 녹슨 구리로 주조한 세발 두꺼비 같은 것을 찾아낼 수 있을 것이다. 이런 것들이 소위 말하는 '자잘한 장식품'이다. 예전에는 서재에 그것들을 진열해 놓았을 때는 제각기 아호雅號가 있었다. 이를테면 그 세발 두꺼비는 '섬여연적'蟾蜍硯滴 따위로 불러야 했는데, 마지막 수집가는 분명 알고 있었겠지만 지금은 그것들의 영광과 함께 소실될 처지가 되고 말았다.

이런 물품은 물론 가난한 사람들의 것이 아니다. 그렇다고 대관부호 댁에 진설되어 있던 것도 아니다. 그들에게 필요한 것은 구슬옥을 묶어 만든 분재나 오채五彩 회화가 그려진 자기병이었다. 그건 그저 소위 사대부들의 '고상한 노리개'에 불과했다. 그러자면 밖에는 최소한 몇십 무畝 기름진 전답이 있어야 하고 집에는 몇 칸 그윽한 서재가 있어야 했다. 상하이 같은 객지에 잠시 기거할 때도 생활은 우아했다. 객잔에 방 한 칸을 장기 임대해 책상 하나에 침대 하나를 갖추어 놓고 아편을 피운 뒤 느긋한 마음으로 그것들을 만지작거리며 감상했다. 하지만 이런 경지는 이제 이미 세계의 험악한 조류에 휩쓸려 엉망이 되어서 마치 사나운 파도 위에 떠 있는 쪽배 신세가 되고 말았다.

하지만 소위 말하는 '태평성세'에도 이 '자잘한 장식품'은 그리 중요한 물품이 되진 못했다. 정방형 상아 판에 새긴 「난정서」蘭亭序2)가 지금까지 '예술품'으로 칭해지고 있지만, 이걸 만리장성 벽에 걸어 놓거나 윈강雲岡 팔불상八佛像 발밑에다 모셔 둔다면 너무 작아서 잘 보이지도 않을 것이다. 설령 열의를 가진 자가 애써 그것을 가리킨다 해도 관중들에게 희극적인 느낌만 자아낼 수 있을 뿐이다. 하물며 모래바람이 덮치고 맹수 떼가 득실거리는 이때에 누가 그리 한가한 여유가 있어 호박부채나 비취가락지를 감상할 것인가. 그들에게 눈으로 즐길 것이 필요하다면 그것은 모래바람 속에 우뚝 솟은 대건축물일 것이며 견고하고 웅대해야지 정교하니 어쩌니 할 필요는 없다. 그들에게 만족을 느낄 것이 필요하다면 그것은 비수와 투창일 것이며 예리하고 진실해야지 우아하니 어쩌니 할 필요는 없다.

'자잘한 장식품'에 대한 미술적 요구라는 이 환몽은 박살이 난 지 이미 오래다. 그 신문에 글을 쓴 자도 이를 직감했다. 하지만 문학적인 '자잘한 장식품', 즉 '소품문'小品文에 대한 요구는 오히려 날로 왕성해지고 있다. 이를 요구하는 자들은 나지막한 속삭임과 가녀린 신음에 기대어 거칠 대로 거칠어진 사람의 인심을 야들야들하게 연마할 수 있다고 생각한다. 바로 이는 사람들이 『육조문혈』六朝文絜[3]에 몰입하느라 황허 둑이 터진 뒤 자기가 지금 물에 잠겨 겨우 수면으로 드러난 나뭇가지를 끌어안고 있다는 사실을 망각하게 만들 생각인 것이다.

이때 필요한 것은 몸부림과 싸움밖에 없다.

소품문의 생존 역시 몸부림과 싸움에 의존해야만 한다. 진晉나라 때의 청담淸談은 그 시대와 함께 모두 사그라들고 말았다. 당나라 말 시풍이 쇠하자 소품이 빛을 발했다. 그런데 나은羅隱의 『참서』讒書는 거의 전부가 항쟁과 격분에 관한 이야기다. 피일휴皮日休와 육구몽陸龜蒙은 은자를 자처했고 다른 이들도 은자라 불렀다. 그러나 『피자문수』皮子文藪와 『입택총서』笠澤叢書 속의 소품문을 보면 결코 세상일을 잊지 않았으며 엉망진창 속의 광채요 예봉이었다는 것을 알 수 있다. 명나라 말의 소품[4]은 퇴폐의 기운이 감돌지만 전부가 음풍농월을 일삼았던 것은 아니다. 그 가운덴 불평도 있고 풍자도 있으며 공격도 있고 파괴도 있다. 이러한 작풍이 만주 군신의 마음속 병을 건드리기도 했던 것이다. 그리하여 학살을 부추기는 무장武將들의 칼끝과 식객 문신文臣들의 붓끝을 무수히 허비한 뒤 건륭乾隆 연간에 이르러 이를 억눌러 버렸던 것이다. 그리고 난 뒤 '자잘한 장식품'들이 출현했다.

'자잘한 장식품'은 당연히 크게 발전할 수 없었다. 5·4운동 시기에 이르러 또다시 널리 퍼졌는데, 그리하여 산문 소품이 거의 소설, 희곡, 시보다 우위를 점할 정도였다. 이 가운데에는 물론 몸부림과 싸움도 포함되어 있었다. 그런데 늘 영국의 수필(Essay)투를 모방했기 때문에 그래서 유머스럽고 점잖은 분위기를 제법 갖추기도 했다. 글쓰기가 아름답고 세밀한 것도 있었다. 이는 구문학에 대해 벌인 시위로, 구문학이 자처하는 특장을 백화문학도 못 쓰는 게 아니라는 것을 보여 주기 위함이었다. 이후의 길이 더욱 선명한 몸부림과 싸움이라는 것이 명백해졌다. 왜냐하면 이는 원래 '문학혁명'과 '사상혁명'에서 싹을 틔운 것이기 때문이다. 그런데 지금의 추세는 구문학과의 합치점, 즉 점잖고 아름답고 치밀한 것들을 특별히 제창하는 쪽으로 흐르고 있다. 그러니까 그것을 '자잘한 장식품'으로 만들어 고상한 자들의 노리개로 제공하면서 아울러 청년들이 이 '자잘한 장식품'을 어루만지며 놀게 함으로써 그들의 사나움을 나긋함으로 만들 생각인 것이다.

하지만 지금은 이미 책상이 없다. 아편은 이미 전매품이 되었지만 아편도구는 금지품목이 되었으니 그걸 피우기란 여간 어렵지가 않다. 전쟁지구나 재난지역 사람들에게 감상케 할 요량이라면, 더욱 기괴한 환몽이라는 것을 누구나 다 안다. 이런 소품들이 상하이에서 한창 성행해 차관茶館이나 주점의 이야깃거리가 되었고 신문 가판대를 온통 채우고 있다. 하지만 이는 화류계 여자가 더 이상 골목에서 손님을 끌며 사업을 못하게 되자 어쩔 수 없이 지분을 처바르고 야밤 신작로 위를 절뚝거리고 있는 형국에 다름 아닌 것이다.

소품문은 이렇게 위기에 이르렀다. 그런데 여기서의 위기란 의학에서 말하는 '고비'(Krisis) 같은 것으로 생사의 갈림길을 말한다. 여기서 그냥 그대로 죽을 수도 있고 회복될 수도 있다. 사람을 마취하는 작품은 마취하는 자와 마취된 자와 더불어 사라지고 말 것이다. 살아남은 소품문은 비수여야 하고 투창이어야 하며 독자들과 함께 생존의 혈로를 죽여 낼[5] 수 있는 것이어야 한다. 물론 그것 역시 사람들에게 쾌락과 휴식을 줄 수 있다. 하지만 이는 '자잘한 장식품'은 아니고 위로와 마비는 더욱 아니다. 그것이 사람들에게 주는 쾌락과 휴식은 휴양이자 노동과 싸움에 임하기 전의 준비인 것이다.

8월 27일

주)_____

1) 원제는 「小品文的危機」, 1933년 10월 1일 『현대』 제3권 제6기에 처음 발표되었다.
2) 진(晉)나라 때 왕희지가 쓴 「난정집서」(蘭亭集序)를 말한다. 전문은 324자다.
3) 육조 시대의 변려문 선집으로 총 4권이다. 청나라 때 허련(許槤)이 편찬했다.
4) 명나라 말기 원굉도(袁宏道), 종성(鐘惺), 장대(張岱) 등의 소품문을 가리킨다.
5) 원문은 '殺出'이다. 의미의 순통함을 고려한다면 '만들어 낼'이나 '개척해 낼' 정도가 되어야겠지만, 루쉰은 여기서 굳이 '죽여 낼'이라고 쓰고 있다. 여기에는 잘 죽여야 잘 살릴 수 있다는 평소 그의 생각이 반영되어 있다.

9·18[1]

날씨가 흐리더니 정오가 되자 비바람이 심하게 몰아친다. 저녁신문을 보니 이 기념일을 기념하는 글이 벌써 실려 있는데 비바람을 소재로 삼고 있다. 내일 신문에는 분명 천편일률적인 작품들이 더 실릴 것이다. 빈말은 사실을 이길 수 없는 법, 잠시 그 기사들을 일별해 보기로 하자.

다이지타오, '어떻게 구국할 것인가'를 강연   (중앙中央통신)

난징 18일 : 국부國府에서는 18일 아침 기념식을 거행했다. 이 자리에는 린썬林森, 다이지타오戴季陶, 천사오콴陳紹寬, 주자화朱家驊, 뤼차오呂超, 웨이화이魏懷 및 국부 직원 등 4백여 명이 참석했다. 린썬이 주석으로 행사를 주도했고 이어서 다이지타오가 "어떻게 구국할 것인가?"라는 강연을 했다. 대략 내용은 이렇다. 오늘은 9·18 2주년 기념일이다. 우리는 깊이 통탄한 뒤 구국의 목적에 도달할 수 있는 방법을 생각해야 한다. 구국의 길은 매우 많다. 도덕구국, 교육구국, 실업구국 등등이 그러하다. 최근엔 또 소위 항공운동 및 절약운동이 있다. 전자의 동기는 국방과 교통

건설에 있다. 이후 우리는 근본적인 차원에서 국력을 증강할 방법을 강구해야지 외국에서 비행기를 사 오는 것만 능사라고 생각해서는 안 된다. 절약운동의 경우는 모름지기 소극적인 측면에서는 소비를 절약하자는 것이고 적극적인 측면에서는 돈을 생산에 투여하자는 것이다. 이처럼 국가가 위급한 시기에 우리는 각자 자기의 직무상 역량을 다해야 하고, 총리의 일관된 정책에 근거하여 삼민주의三民主義를 온전히 실시해야 한다.

우징헝, 기념의의를 강연 (중앙통신)

난징 18일 : 18일 아침 8시 중앙에서는 9·18 2주년 기념대회를 거행했다. 이 자리에는 중앙위원 왕자오밍汪兆銘, 천궈푸陳果夫, 사오위안충邵元冲, 주페이더朱培德, 허야오쭈賀耀祖, 왕치王祺 등등 및 중앙 공작인원 6백여 명이 참석했다. 왕자오밍이 주석으로 행사를 주도했고, 우징헝吳敬恒이 정성단결과 국력충실을 9·18 기념의의로 삼아야 한다는 요지의 강연을 했다. 천명한 바가 심히 많았고 애국의 길을 시정하기도 했다. 어조에 심히 경계심이 묻어났다. 9시에 해산했다.

한커우의 묵념과 유흥 금지 (일본연합통신)

한커우 18일 : 9·18 기념일 한커우 중국인 거리에서는 집집마다 조기가 게양되었다. 성시省市 양쪽의 당부黨部에서는 오전 10시에 기념식을 거행했다. 각 극장과 주점 등은 일률적으로 영업을 정지했다. 오전 11시에 전 시민이 5분간 묵념을 했다.

광저우 민중행진 금지

광저우 18일 : 각급 공공서와 공공단체는 금일 아침 일제히 9·18 국치 기념대회를 거행했다. 중산기념당에서도 아침에 기념의례를 거행했다. 연설자 모두가 일본의 중국 침략을 규탄했고, 전 성이 일제히 기적을 울림으로써 민중들에게 이를 일깨웠다. 또한 행사 도중 비행기가 전단을 살포했다. 유독 민중대행진만이 당국의 금지로 실현되지 못했다.

도쿄 기념제 견마犬馬에까지 이르다

(일본연합통신)

도쿄 18일 : 도쿄에서는 금일 9·18 기념식을 거행했다. 오후 1시 히비야日比穀 공회당에서는 전몰군인 유가족 위로 모임이 거행되었고, 쓰키지築地 혼간지本願寺에서는 군견·군마·군용 비둘기 등에 대한 위령제가 거행되었다. 재향군인들은 오후 6시 대회를 열었고, 야스쿠니진자靖國神社에서도 전몰군인 추도회가 거행되었다.

그런데 상하이는 어떤가? 먼저 조계를 보자.

비바람이 소침함을 배가하다

금일 시 전체는 잔잔한 비바람이 엄습하고 침침한 운무가 뒤덮어 암담한 분위기를 한층 두드러지게 만들었다. 하지만 자동차와 인력거가 시 전체를 주유하고 있는바, 9·18 특유의 이상 징후는 전혀 찾아볼 수 없다. 작년 오늘과 비교해 보면 다소 소침한 감마저 든다. 하지만 이는 중국의 민중이 이미 둔감해졌다는 것을 의미하지 않는다. 이는 어쩌면 중국의 민중이 과거의 표어와 구호가 미덥지 않다는 것을 깨닫고는 오직 길을 찾는 데에 몰두하고 있는 것이 아닐까? 그래서 오늘 난스南市, 자베이閘北, 조계租界 지구 상황은 유례없이 평안하다. 도로와 도로 사이 요충지에 경무 당국이 파견한 경찰 정탐들이 삼엄한 경비를 펼치고 있는 것 외에 딱히 기술할 만한 것이 없다.

·

이상은 『다메이완바오』大美晚報[2]에서 본 것인데, 중국인에게 축복을 내리고 있다. 중국인 거주지구의 상황은 『다완바오』에 실린 기사를 보아야 한다.

금일 9·18

중국인 거주지구 경비

첩보에 의거해 공안국이 반동행위를 방지

금일은 '9·18'로 일본이 둥베이東北를 침략해서 점령한 국난 2주년 기념일이다. 시 공안국장 원훙언文鴻恩이 어제 첩보를 입수했는데, 거기에는 반동분자들이 국난 기념을 빙자하여 무지한 노동자를 비밀리에 소집해서 이 기회를 틈타 질서교란을 선동할 것이라는 등의 말이 있었다. 보고서를 검토한 뒤 원 국장은 작년의 '9·18'에 준하여 특별경비 방안을 실시하도록 각 지구 부대에 훈령을 하달했다. 또한 금일 아침 10시에 국장 사무관 앞에서 전체 직원 및 경찰총대 제3중대 경관들을 소집하여 '9·18' 국난기념을 거행하면서 동시에 2주년 기념식을 병행할 것을 공안국 각 부처에 통고하는 한편, 감찰장 리꽝쩡李光曾에게 공문을 하달해 전체 감찰원과 남녀 사찰요원을 중화로中華路, 민궈로民國路, 팡빈로方濱路, 난양차오南陽橋, 탕자완唐家灣, 세차오斜橋 등에 나누어 파견하여 각 지구 소속 경관들과 함께 각 요충가도 및 조계와 중국인 거주지구 접경지대에서 오전 8~11시, 11시 반~오후 3시, 오후 3시~6시 반 3교대로 행인에 대해 검문·검색을 실시하도록 했다. 난스南市의 다지로大吉路 종합체육장, 후시滬西의 차오자두曹家渡, 싼자오창三角場, 자베이의 탄쯔완譚子灣 등 지역에도 모두 대규모 순찰경관을 파견하여 집회와 행진을 금지시키도록 했다. 더욱이 즈짜오쥐로制造局路 서쪽, 쉬자후이徐家滙 지구 내 주요가도는 특별히 주목하고 있다. 만약 사고가 발생하여 제지를 할 수 없을 시 즉각 리위안로麗園路 쪽 시 보안처 제2단장에게 보고하여 처치하도록 조치했다. 모든 공장 지구에는 2인 1조로 인력이 고정 배치되었고 홍색차紅色車 순찰대가 시내 도처를 돌며 순찰을 하고 있는데 그 형세가 몹시 장엄하다. 공안국 정찰대장 루잉盧英은 정찰반장 천광옌陳光炎, 천차이푸陳才福, 탕빙샹唐炳祥, 샤핀산夏品山에게 공문을 하달해 각자 정찰원들을 인솔하여 차오자두, 바이리난로白利南路, 자오저우로膠州路 및 난스 종합체육장 등 지역에 잠입하여 반동분자들의 행동을 엄밀히 염탐함으로써 난동의 싹을 미연에 방지하도록 했다. 공동조계 및 프랑스조계 두 지역 경무처 역시 중국·서양 정찰원들을 파견해 수사에 착수케 함으로써 반동을 방지하고자 했다.

'홍색차'는 닭장차인데 중국인 전용이다. 하지만 중국인이 보기에는 도리어 '그 형세가 몹시 장엄하게' 다가온다. 그 이틀 전(16일)에 나온 『생활』生活[3]에 「2년의 교훈」이란 글이 실린 것으로 기억하는데 거기에는 이런 내용이 있다.

둘째, 우리는 누가 친구이고 누가 적인지를 안다. 히틀러는 독일민족사회당 대회에서 이렇게 말했다. "독일의 적은 나라 밖에 있는 것이 아니라 나라 안에 있다"고. 베이핑 정화위원회 주석 황푸黃郛는 이렇게 말했다. "공산당과 같이 항일을 한다는 설은 실로 오류다. 공산당과 외세 토벌을 구시구당救時救黨의 상책으로 삼아야 한다." 우리는 이렇게 말해야 한다. "민족의 적은 제국주의만이 아니라 민족의 이익을 팔아넘기는 제국주의의 주구들이기도 하다"고. 민족 반제의 진정한 장애가 어디에 있는지는 지난 2년의 사실보다 더 명백히 가리키는 것이 있는가?

여기에 피부에 와 닿는 주석 하나를 추가해 둔다. 분명하고도 확고한 증거는 상하이 중국인 거주지구의 '홍색차'라고! 이것이 이날 하루의 대교훈이라고!

매년 벌어지는 이런 상황도 세월에 묻혀 버리고 말 것이다. 오늘밤 이를 기록해 기념문에 갈음한다. 만약 중국인이 끝내 멸종에 이르지 않는다면, 이로써 우리의 후래자後來者들에게 전해질 수 있도록.

이 밤에 적다

주)_____

1) 원제는 「九一八」, 이 글은 이 책에 수록되기 전까지 간행물에 발표된 적이 없다.
2) 미국 자본으로 출판된 영자 신문이다. 1929년 4월 상하이에서 창간되었다. 1933년 1월 중국어판을 증보했다가 1949년 5월 정간되었다.
3) 1925년 10월 상하이에서 창간되었다가 1933년 12월 국민당 당국의 밀령에 의해 정간되었다.

붓 가는 대로[1]

9월 20일자 『선바오』에는 자산嘉善 지방의 뉴스 하나가 실렸는데, 간추려 보면 이렇다.

본 현 다야오향大窯鄕 주민 선허성沈和聲과 그 아들 린성林生이 악명 높은 비적 스탕샤오디石塘小弟에게 납치되어 몸값으로 삼만 위안을 강요받았다. 중류층인 선씨 일가는 미적거리며 아직 결단을 내리지 못하고 있다. 그런데 어찌 알았으랴. 이 비적 일당이 선씨 부자와 장쑤 쪽에서 납치한 인질에게 딩펑丁棚 북부 베이당탄北蕩灘 지역에서 엄청난 혹형酷刑을 가할 줄을. 그 방법이 천을 온 등에 붙이고 그 위에 생 옻칠을 해서 적당히 마르기를 기다렸다가 천 한쪽 끝에서부터 살가죽을 벗기는 것인데, 그 고통이 폐부를 찔러 살려 달라는 아우성이 차마 들을 수 없는 지경이었다. 마침 그곳 주민이 이 광경을 목도하고는 하도 불쌍하고 억장이 무너져 그 참상을 있는 그대로 선씨 집안에 알려 주며 속히 가서 몸값을 치르지 않으면 살아올 가망이 없다고 했다고 한다. 비적 일당의 혹독한 수법은 실로 듣는 이를 까무러치게 만들 정도다.

　'혹형'에 관한 기사는 각 지역 신문에서 늘 볼 수 있다. 그런데 우리는 그것을 볼 때만 '혹독하다' 느끼지, 이내 잊어버리고 만다. 진짜로 일일이 기억해 두기 어려운 것도 사실이다. 하지만 혹형의 방법은 어느 날 갑자기 발명된 것이 아니라 그것을 가르쳐 준 스승이나 조상이 분명히 있다. 이를테면 스탕샤오디가 사용한 것은 전통적인 방법인데, 사대부들은 좀체 보려 하지 않지만 아랫것이라면 대개 알고 있는 『설악전전』說嶽全傳 ── 일명 『정충전』精忠傳이라 불리는 ── 에 그것이 나온다. 진회秦檜가 악비嶽飛에게 '매국노'를 자인하라며 고문할 때 쓴 방법이 그것인데, 사용한 재료는 삼베 줄과 물고기 부레풀이었다. 생 옻칠이라고 한 것은 정확한 게 아닐 것이다. 이것은 쉽게 마르지 않기 때문이다.

　'혹형'을 발명하고 개량한 자는 혹리와 폭군이다. 이는 그들의 유일한 사업이었을 뿐 아니라 연구 고찰할 여유도 있었다. 이는 백성을 위협하기 위한 것이었으며 간사한 자를 제거하기 위한 것이기도 했다. 하지만 『노자』老子가 제대로 말하고 있듯이, "되나 말을 만들어 용량을 재려 하면 되나 말마저 훔쳐 버리니……"[2] 처형될 자격이 있는 자 역시 이를 '표절'하려 들었다. 장헌충張獻忠이 사람 가죽을 벗긴 일은 듣는 이를 까무러치게 만들 정도가 아니었던가? 그런데 그 전에 이미 '역신'逆臣 경청景淸의 가죽을 벗긴 이가 계셨으니 영락永樂황제가 그이시다.

　노예들은 '혹형' 교육을 익히 받아 온 터라 사람한테는 응당 혹형을 써야 한다고만 알고 있다.

　하지만 혹형의 효과에 대해서는 주인과 노예의 의견이 엇갈린다. 주인과 그 식객들은 다수가 식자층이어서 혹형을 적대자에게 가하면 어떤 고통을 줄 수 있는지 추측할 수 있었다. 그래서 고심참담 문장을 지어 한 걸음 더 밀고 나갔다. 노예들은 틀림없이 우매해서 '자기 생각을 남에게 미루어 헤아릴' 수 없고 "제 몸의 느낌을 공감하는" 것은 더욱 미루어 생각할 수 없다. 그에게 권력이 있다면 물론 기성의 방법을 쓸지도 모르겠지만, 그 의도는 식자층이 짐작하는 것처럼 그리 참혹하지 않다. 세라피모비치는 『철의 흐름』에서 농민이 어느 귀족의 딸을 죽인 일을 묘사하고 있는데, 그녀의 어머니가 처절히 울음을 터트리자 그는 의아하다는 듯 이렇게 말한다. 뭐 울 것까지야. 우리는 숱하게 아이들을 죽이고도 눈물 한 방울 흘리지 않았는데. 그는 잔혹한 것이 아니다. 여태까지 사람의 목숨이 그처럼 귀중한 줄을 몰랐기 때문에 이상하게 느꼈던 것이다.

노예들은 개돼지 취급을 받는 데 익숙해 있어 남들도 개돼지와 다름없는 줄만 안다.

노예나 반^半노예를 부리는 복 많은 자들이 줄곧 '노예의 반란'을 두려워한 것은 전혀 이상한 일이 아니다.

'노예의 반란'을 방지하려고 한층 더 '혹형'을 가했지만 이로 인해 '혹형'은 더욱 말로에 이르렀다. 요즘 세상에서 총살은 더 이상 기이한 일이 아니고, 목을 잘라 시체를 늘어놓는 일도 민중들에게 일시적인 눈요기나 제공할 수 있을 뿐이다. 그리고 겁탈, 납치, 난동은 여전히 줄지 않고 있고 게다가 비적패들조차 사람들에게 혹형을 가하기 시작했다. 가혹한 교육은 가혹한 것을 보고도 더 이상 가혹하다고 느끼지 못하게 만든다. 이를테면 아무 이유도 없이 민중 몇 명을 죽이면 예전에는 모두가 떠들어 댔지만 이제는 그저 매일 먹는 밥상을 쳐다보는 것처럼 되어 버렸다. 통치

를 잘 받은 결과 인민들은 가죽이 두꺼워져 감각이 없는 문둥이처럼 되고
말았다. 그렇지만 문둥이 가죽이 되었다는 바로 이 사실 때문에 또 잔혹
을 밟고 전진할 수 있는 것이다. 이 역시 혹리와 폭군들이 예상하지 못했
던 것이다. 설령 예상했다 한들 뾰족한 방법도 없었겠지만.

9월 20일

1) 원제는 「偶成」, 1933년 10월 15일 『선바오월간』 제2권 제10호에 뤄원이란 필명으로 처
   음 발표되었다.
2) 『장자』(莊子) 「거협」(胠篋)에 나오는 말이다. 그러므로 본문의 『노자』는 『장자』가 되어
   야 한다.

내키는 대로[1]

지질학적으로 고생대의 가을이 어떠했는지는 잘 알 수 없지만 지금과 별반 다르진 않았을 것이다. 재작년이 스산한 가을이었다면 올해는 처량한 가을이다. 그렇다면 지구의 나이는 천문학자들이 예측한 가장 짧은 나이보다 훨씬 더 짧을 것이다. 그런데 인간사는 여간 빠르게 변하지 않는다. 이 변화 속의 사람들, 특히 시인들은 남다른 가을을 느낀다. 그는 비장하고 처연한 언어로 이 느낌을 평범한 사람들에게 전해 준다. 그럼으로써 피차 그럭저럭 때울 수 있게 하면서 천지간에 늘 새로운 시가 존재하게끔 하기도 하는 것이다.

재작년 가을은 실로 비장한 가을이었던 것 같다. 시민들은 의연금을 냈고, 청년들은 목숨을 내놨으며, 나팔소리 북소리도 시인들의 붓끝에서 용솟아 올라 진짜로 "붓을 던지고 종군할"[2] 것만 같았다. 하지만 시인의 감각은 예민한 것이어서 국민들이 맨주먹뿐이라는 것을 모르지 않았다. 그래서 모두의 수난을 찬미하는 수밖에 없었는데, 이 때문에 비장함 속에는 일말의 공허함이 깔려 있었다. 내가 기억하고 있는 것은 사오관화邵冠華

선생의 「깨어나라 동포여」(『민국일보』_{民國日報}에 게재)의 한 대목이다.

> 동포여, 깨어나라
> 약자의 심장을 걷어차고
> 약자의 머리를 걷어차고
> 보라, 보라, 보라,
> 동포들의 피가 분수처럼 솟구치는 것을,
> 동포들의 육신이 갈기갈기 찢기는 것을,
> 동포들의 시체가 줄줄이 내걸리는 것을.

나팔소리와 북소리는 전선에서 진군할 때 '사기를 북돋우는' 것이다. 그런데 "두 번 만에 쇠퇴하고 세 번 만에 고갈될"[3] 것이라면, 진군의 태세가 전혀 되어 있지 않은 곳이라면, 그것은 완전히 '김을 빼는' 영약이다. 팽팽히 조여 있던 마음이 이로 인해 느슨해져 버리는 것이다. 그래서 나는 일찍이 그것을 '곡소리'에 비유하여[4] 이것이 죽음을 보내는 비결이자 장례식의 결말이라고 했던 것이다. 이로부터 산 자들은 별개의 세상에서 편안하고 즐거이 살아갈 수 있으니 말이다. 역대의 문장 중에 '적'을 '황제'로 만들고 '역적'을 '우리 왕조'로 칭한 이런 비장한 글이 바로 그 사이에 있는 '나비경첩'인데, 물론 지은이가 반드시 한 사람일 필요는 없다. 하지만 시인이 보기에는 이런 말이 '미친 개 짖는 소리'[5]로 들렸던 모양이다.

그런데 실상은 평론보다 더 무자비하다. 겨우 이 2년 만에 왕년의 의용군은 이미 '비적'이라는 칭호를 얻었고, 일부 '항일영웅'은 일찌감치 구쑤_{姑蘇}에 거처를 잡았으며, 여기에다 의연금 모금에 대한 문제도 불거졌다.[6] 9·18 기념일에 중국인 거주 지역에서는 홍색차가 무장한 순포를 따라다니며 순찰을 돌았는데, 이 홍색차는 적이나 매국노를 구금할 '의도'가 아니라 '기회를 틈타 난동을 부릴 의도'를 가진 '반동분자' 전용으로 미리 예비해 둔 보좌였다. 날씨도 실로 음침한 데다 광풍에 폭우가 쏟아졌는데, 신문에선 이를 '태풍'이라며 중국을 위한 천지의 흐느낌이라 했다. 하지만 천지간을 살아가는 인간에게 이 하루는 의외로 '평안'히 지나갔다.

그리하여 비록 약간의 참담함은 있었지만 아주 '평안'한 가을이 되었는데, 꼭 탈상 날 상갓집 풍경 같았다. 그런데 이 풍경이 또 시인과 궁합을 맞추고 말았다. 「깨어나라 동포여」의 작가가 쓴 「가을의 황혼」(『시사신보』 게재)에서 나는 구슬프되 홀가분한 그런 어조를 들었다.

나는 가을이 되면 감상에 젖곤 한다. 가을날 황혼 무렵이면 눈물이 나는 것이다. 나는 나의 다친 마음이 가을바람의 파동에 떨려 퍼져 가고 있음을 느낀다. 동시에 나라는 사람의 환경은 왠지 가을에 가장 어울릴 것만 같다. 미세하게 가을을 어루만지면 대자연이 발하는 소리의 파동, 내 운명이 나를 가을의 사람으로 만들었음을 나는 안다.……

지금 중국에서는 미행이 한창 유행이다. 무뢰한이 모던걸을 미행하거나 정탐꾼이 혁명 청년들을 미행하는 일이 그렇다. 하지만 문인학사들을 미행하는 일은 좀처럼 보이지 않는다. 가령 시험 삼아 몇 달 혹은 몇 년 정도 그들 뒤를 밟아 보면 어떨까. 그러면 상황에 맞춰 감정을 바꾸며 족족 옳은 말만 해대는 시인이 얼마나 부지기수인지를 알 수 있을 것이다.

살아 있는 사람은 당연히 살아가고자 한다. 빛나는 전통의 노예도 참고 견디며 살아가고자 한다. 하지만 자기가 노예임을 직시하며 참고 견디고 불평하고 몸부림치는 한편 몸부림의 '의도'를 몸부림의 실행으로 밀고 가는 자는, 설령 잠깐 실패해서 여전히 족쇄와 수갑이 들씌워 있다 할지라도, 그는 단순한 노예에 불과하다. 만약 노예생활에서 '아름다움'을 찾아내어 그것을 찬미하고 어루만지고 도취한다면, 그는 그야말로 구제불능의 노예가 되어 자기와 남을 영원히 이 생활에 안주하게 만든다. 노예의 무리에도 이런 차이가 있기 때문에, 그래서 사회에 평안과 불안의 차이가 생겨났고 문학에 마취적인 것과 전투적인 것의 구분이 분명히 드러났던 것이다.

9월 27일

주)_____

1) 원제는 「漫興」, 1933년 10월 15일 『선바오월간』 제2권 제10호에 뤄원이란 필명으로 처음 발표되었다.
2) 『후한서』 「반고전」(班固傳)에 나오는 말이다.
3) 『좌전』 '장공'(莊公) 10년'조에 나오는 말이다.
4) 이에 관해서는 『이심집』에 실려 있는 「'민족주의문학'의 임무와 운명」을 참조 바람.
5) 사오관화가 루쉰을 공격한 말이다(1933년 9월 『신시대월간』(新時代月刊) 제5권 제3기에 실린 「루쉰의 미친 개 짖는 소리」 참고).
6) '항일영웅'은 마잔산(馬占山), 쑤빙원(蘇炳文) 등을 가리킨다. 9·18사변 뒤 그들은 둥베이에서 일본군에게 저항한 적이 있어 '항일영웅'이라는 칭호를 얻었다. 각지에서 의연금을 모아 그들을 위로하기도 했다. 그런데 얼마 뒤 그들은 패퇴하여 군대를 떠나게 되었다. 그 뒤 유럽을 떠돌아다니다가 1933년 독일에서 귀국길에 올라 6월 5일 상하이에 도착했다. 마잔산은 모간산(莫幹山)에 잠시 거주한 뒤 화베이(華北)로 향했고, 쑤빙원은 쑤저우에서 눌러살았다. 마잔산은 상하이에서 담화문을 발표하여 그들이 둥베이에서 항일에 임할 때 의연금을 170여만 위안밖에 받지 못했다면서 8월 2일 그 명세서를 제시했다. 이는 애초에 집계된 2,000만 위안과는 너무 차이가 나서 여론이 한참 시끄러웠다. 당시 이에 대해 조사를 벌이자는 운동이 있었지만 아무런 결과도 얻지 못했다.

세상물정 삼매경¹⁾

인간세상은 참 어려운 동네다. 어떤 사람을 보고 "세상물정에 어둡다"고 하면 물론 칭찬이 아니지만 "세상물정에 밝다"고 해도 역시 칭찬이 아니니 말이다. '세상물정'은 흡사 "혁명^{革命}이란 혁^革하지 않으면 안 되지만 너무 혁^革해도 안 된다"는 것처럼 어두워도 안 되지만 너무 밝아도 안 되는 것이다.

하지만 내 경험에 의거하면 "세상물정에 밝다"는 악명을 얻는 것은 그 까닭이 "세상물정에 어두운" 데에 있다.

이제 내가 이런 말로 청년들을 계도한다고 가상해 보자.

"만약 자네가 사회적인 불평등을 마주하게 되면 절대 나서서 옳은 말을 해선 안 되네. 그러면 도리어 바가지를 쓰거나 심지어 반동분자로 지목당할 수 있거든. 만약 자네가 억울한 일을 당하거나 모함을 받은 사람을 만나게 되면 그가 설령 좋은 사람이라고 해도 절대 나서서 그를 위해 해명하거나 변호해서는 안 되네. 그러면 자네는 그의 친척이니 뇌물을 받아먹었니 하며 오인을 받을 수 있거든. 만약 그가 여자라면 그녀의 애인으로 의심받을 테고, 그가 꽤나 이름 있는 자라면 그의 일당으로 의심받게 될 테니 말이야. 나를 예로 들어 볼까. 아무 상관도 없는 여성에게 서신집 서문을 하나 써 줬더니 사람들이 그녀를 내 첩이라고 하지를 않나,[2] 과학적 문예이론을 약간 소개했더니 소련으로부터 루블을 받아먹었다고 하지를 않나 말이야. 친척과 돈은 오늘날 중국에선 관계가 실로 엄청나거든. 사실이 가져다준 교훈인 데다 익히 보아 왔으니 누구도 이 관계를 벗어날 수 없다고 여기는 거야. 하긴 크게 탓할 일도 아니지만 말이야."

"그런데 말이야, 어떤 자들은 진짜로 그렇게 믿는 게 아니라 그저 장난 삼아 재미있어서 그러거든. 설령 누군가가 유언비어 때문에 능지처참을 당했다고 쳐. 명나라 말의 정만[3]처럼 말이야. 자기랑 아무 상관이 없으면 재밋거리로 삼기 마련이거든. 이때 자네가 나서서 시시비비를 따지면 모두 기분을 잡치게 만드는 거야. 결국 자네는 재수 없는 일을 당하게 되겠지. 이 역시 내 경험이야. 10여 년 전 교육부 '관료'[4] 노릇을 하고 있을 때인데, 동료들이 늘 하는 말이 모 여학교 학생은 불러내서 기생으로 데리고 놀 수 있다는 거야.[5] 그 기관의 주소와 문패까지 또박또박 일러 주면서 말이야. 한번은 우연히 이 거리를 지나게 되었어. 사람이란 나쁜 일에 대해서는 기억력이 아주 비상하거든. 그 일이 떠올라서 문패를 유심히 봤어. 그런데 거기엔 자그마한 공터에 큰 우물 하나와 다 쓰러져 가는 오두막 한 채밖에 없는 거야. 산둥 사람 몇이 살면서 물을 파는 곳이라나. 그러니 별도 용도를 만들어 볼 수가 없는 거지. 얼마 뒤 그들이 다시 이 이야기를 꺼낼 때 내가 본 것을 말해 주었어. 그랬더니, 어라, 웃음을 싹 거두며 썰렁하니 흩어져 버리는 거야. 그 뒤 두세 달 동안 나랑 말도 안 했어. 이일 뒤에야 나는 깨달았지. 내가 그들 기분을 잡쳐 놓았구나, 그래선 안 되는 거였어."

"그래서 말이야, 가장 좋은 건 시비곡직을 따지지 말고 남들 가는 대로 그냥 따라가는 거야. 그런데 더 좋은 건 입을 열지 않는 거야. 더더욱 좋은 건 마음속 시비판단의 표정을 얼굴에조차 드러내지 않는 것이고…….'

이것이 처세법의 정수다. 황허黃河 물이 발아래까지 들이치지 않고 폭탄이 옆에 떨어지지 않는 한 험한 꼴 당하지 않고 일생을 건사할 수 있다. 그런데 내가 우려하는 것은 청년들이 내 말을 곧이곧대로 듣지 않는다는 것이다. 중년, 노년이라면 아마 내가 자기 자식들을 잘못 가르치고 있다고 여길 것이다. 오호라, 그렇다면 일편 고심苦心이 허사였단 말인가.

하지만 지금 중국을 요순시대와 같다고 말하면, 이 또한 '세상물정'을 논한 것이 된다. 귀로 듣고 눈으로 보는 것은 제하고 신문을 한 번 보기만 해도 사회에 불평이 상당하고 사람들에게 억울한 일이 상당하다는 것을 알 수 있다. 그런데 이런 일들에 대해 동업자나 동향인, 동족이 몇 마디 하소연을 하는 일 외에 이해관계가 없는 사람이 의분에 차서 내지르는 소리는 별로 들어 보지 못했다. 이는 모두가 입을 열려고 하지를 않거나, 혹은 자기와 아무 상관이 없다고 여기거나, 혹은 '자기와 아무 상관없다고 여기는' 생각조차 전무한 것임에 분명하다. '세상물정'에 밝아서 '세상물정에 밝다'는 것을 자각하지 못할 정도가 되어야 진정 '세상물정에 밝은' 것이 된다. 이는 중국 처세법의 정수 중에 정수다.

이뿐만이 아니다. 청년들을 계도한 내 말을 보고 속으로 마뜩찮게 여기는 인물에 대해 여기서 잠깐 반박할 것이 있다. 그는 내가 교활하다고 생각한다. 그렇지만 내 말 속에는 물론 나의 교활함이 드러나 있고 무능함도 드러나 있지만 다른 한편 사회의 암흑도 드러나 있다. 그가 단지 개인을 질책하는 것이라면 가장 적당한 방법이 될 테지만, 만약 사회까지 겸해서 질책한다면 일어나 싸우지 않을 수 없다. 남의 '세상물정에 밝음'을 질책하면서 '세상'을 기피하여 말하지 않는 것, 이는 더욱 '세상물정에 밝은' 수법이다. 만약 자기가 자각하지 못한다면 더더욱 밝은 것이 되니, 삼매三昧[6]의 경지로부터 그리 멀지 않구나.

그렇지만 모든 일은 일단 말로 발설되면 말 부스러기[7]가 떨어지는 법이니 더 이상 삼매에 들어설 수 없다. '세상물정 삼매경'을 운운한즉 '세상물정 삼매경'이 아닌 것이다. 삼매의 진제眞諦는 행동에 있지, 말에 있지 않다. 그런데 방금 내가 '행동에 있지, 말에 있지 않다'고 함으로써 또 진제를 잃게 되었으니, 삼매의 경지로부터 훨씬 더 멀어지고 말았구나.

모든 선지식善知識은 마음으로 그 뜻을 아나니, 옴![8]

10월 13일

주)＿＿＿＿＿

1) 원제는 「世故三昧」, 1933년 11월 15일 『선바오월간』 제2권 제11호에 뤄윈이란 필명으로 처음 발표되었다.

2) 진수쯔(金淑姿, 1908~1931)를 가리킨다. 1932년 청딩싱(程鼎興)은 죽은 아내 진수쯔를 위해 서신집을 간행하면서 루쉰에게 서문을 써 달라고 부탁을 한 일이 있다. 이 서문은 뒤에 『집외집』에 「『수쯔의 편지』 서문」이란 제목으로 수록되었다.

3) 정만(鄭鄤, 1594~1639)은 장쑤 우진(武進; 지금의 창저우시常州市) 사람으로 명나라 천계(天啓) 연간의 진사다. 숭정(崇禎) 때 온체인(溫體仁)이 그를 불효죄로 무고하여 능지처참당했다.

4) 천위안이 루쉰을 공격한 말이다. 1926년 1월 30일 베이징 『천바오부간』(晨報副刊)에 실린 「즈모(志摩)에게」를 참조 바람.

5) 1925년 베이징여자사범대학 사건 때 천위안은 여대생들은 '불러다 데리고 놀 수 있다'

고 한 바 있다. 1926년 초 베이징 『천바오부간』, 『위쓰』 등에는 이 문제를 논하는 글들
이 자주 실렸다.

6) 산스크리트어 Samādhi의 음역으로 불교 수신 방법 중 하나다. 정신을 고도로 집중한
상태를 말한다.

7) 원문은 '언전'(言筌), 즉 '말의 통발'이다. 『장자』 「외물」(外物)의 다음 대목에서 온 말이
다. "통발은 물고기를 잡기 위한 것이니 물고기를 잡고 나면 통발을 잊어야 한다. ……
말은 뜻을 밝히는 것이니 뜻을 밝히고 나면 말을 잊어야 한다. 나는 언제 말을 버릴 줄
아는 사람과 더불어 말을 해볼 수 있으려나."

8) 산스크리트어 'om'의 음역이다. 불교 경전의 발성어(發聲語)다.

낭설의 명가[1]

쌍십가절에 탕쩡양[2]이란 함자를 가진 문학가 선생께서 『시사신보』에 글을 실어 광복 무렵 항저우^{杭州}에서 있었던 일화를 우리에게 들려주었다. 그는 당시 항저우에서는 방위군으로 주둔하던 수많은 만주인들이 죽었다고 했다. 그런데 그 구별 방법이 만주인은 '九'(주^{jiu})를 '鉤'(거우^{gou})로 읽기 때문에 '九百九十九'를 말해 보라고 해서 마각을 드러내면 그만 목을 날려 버렸다는 거였다.

물론 이는 자못 용맹스럽고 재미난 이야기다. 그런데 애석하게도 낭설이다.

중국인 가운데 항저우인은 비교적 문약^{文弱}한 사람들이다. 전^錢대왕[3]이 치세하던 시절 입을 게 없을 정도로 착취를 당해 인민들은 달랑 기와조각 하나로 아랫도리를 가릴 지경이었다. 하지만 그들은 세금을 내라고 족쳐도 고라니같이 울부짖는 것 외에 딴말은 하지도 못했다. 그렇지만 이는 송나라 사람의 필기^{筆記}에 나오는 것이라 낭설일지도 모른다. 그래도 송명^{宋明}의 마지막 황제가 몰락한 부호들을 데리고 황혼을 지고 도도히 항저우로 도망 온 것은 사실이다. 구차하게 목숨을 부지하면서도 모두에게 강건한 기백을 가지라고 했으니 실로 딱한 노릇이었다. 지금도 시후西湖 변에는 흔들흔들 팔자걸음을 걷는 양반들이 아직도 많다. 건달에게조차도 저장 동쪽지방처럼 '사생결단' 식의 싸움은 드물다. 물론 군벌이 뒷배를 봐준다면 행패가 남다를 수 있겠지만, 당시엔 감히 사람을 죽이는 기풍은 있지도 않았고 또 살인을 즐기는 자들도 없었다. 노련하고 진중한 탕저셴湯蟄仙 선생을 도독都督으로 천거한 것만 봐도 유혈사태가 있지 않았다는 것을 알 수 있다.

그렇지만 전쟁은 있었다. 혁명군이 만주군 진영을 포위하고는 총을 쏘며 진입했는데, 어떤 때는 그 안에서 치고 나오기도 했다. 하지만 포위라고 해서 촘촘한 정도는 아니었다. 내가 아는 사람은 낮에는 밖에서 싸돌아다니다가 밤이면 만주군 진영에 잠자러 들어가곤 했으니 말이다.

그랬다 하더라도 주둔군은 끝내 궤멸되었고 만주인들도 항복을 했다. 가옥을 공공 용도로 충당한 적은 있어도 살육을 한 일은 없다. 식량은 당연히 대주지 않았다. 그래서 저마다 살아갈 방도를 구하게 되었는데, 처음엔 그럭저럭 괜찮았지만 뒤에는 화를 당했다.

어째서 화를 당했을까? 낭설이 생겨서다.

항저우의 만주인은 원래 시후 변에서 유유자적하며 고상한 생활을 했다. 식량을 대주지 않자 총명한 이들은 어쩔 수 없이 장사를 하게 되었는데, 그리하여 떡을 파는 자도 있었고 채소를 파는 자도 있었다. 항저우 사람들은 예절 바르고 남을 차별하지도 않았으니 장사도 나쁘지 않았다. 그런데 조상 대대로 전해져 온 낭설이 생겨났다. 만주인들이 파는 물건에 독이 들어 있다는 것이었다. 이는 순식간에 한인들로 하여금 그들을 피하기

급급하게 만들었다. 그래도 만주인들이 독으로 자기를 해칠까 봐 그런 것이지 자기가 만주인을 해치려고 했던 것은 아니다. 그 결과 그들이 파는 떡이나 채소는 전혀 팔리지가 않아 독을 넣을 수 없는 가구를 거리에 내놓고 팔지 않으면 안 되었다. 가구가 다 팔리자 막다른 골목인지라 가망이 없어지고 말았다. 이것이 항저우에 주둔하던 만주인들의 마지막 장면이다.

웃음 속에는 칼이 있을 수 있다. 평화를 사랑한다고 자처하는 인민에게도 피를 안 보고 살인을 하는 무기가 있을 수 있는데 낭설이 그것이다. 그런데 남을 해코지하면서 자기도 해코지해서 피차를 어리둥절하고 긴가민가하게 만든다. 옛일은 접어 두고 지난 50년 동안의 일만 보더라도, 갑오^{甲午}전쟁에서 패한 뒤 이홍장에 대한 해코지가 있었다. 그의 아들이 일본의 부마라는 것이었는데 그렇게 반세기나 그를 욕했다.⁴⁾ 경자^{庚子}년 의화단 난이 있은 뒤에는 또 양코배기들이 약물을 만드느라 눈알을 파낸다며 마구 그들을 죽였다. 독약을 넣는다는 학설은 신해^{辛亥}년 광복 무렵 항저우에서 생겼다가 근래 배일^{排日}의 시절에 다시 부활했다. 매번 낭설이 떠돌 때마다 늘 누군가가 독약을 탄 첩자로 몰려 누구에게 아무 까닭 없이 맞아 죽은 일을 나는 아직도 기억한다.

낭설 명가의 자제는 낭설로 사람을 죽이는가 하면 낭설에 의해 죽기도 한다.

숫자로 한족과 만주족을 구분하는 방법은, 항저우에서 들은 바에 의하면 후베이 징저우^{荊州}에서 나왔다고 하는데, 그들에게 1, 2, 3, 4 숫자를 6까지 읽혀 보아 '六'을 상성^{上聲}으로 읽으면 죽여 버렸다는 것이다. 하지만 항저우는 징저우에서 너무 멀기 때문에 이 말도 일종의 낭설이 아닌지 모르겠다.

어떤 때는 나도 뭐가 낭설이고 뭐가 참말인지 분명히 구분할 수가
없다.

10월 13일

주)_____

1) 원제는 「謠言世家」, 1933년 11월 15일 『선바오월간』 제2권 제11호에 뤄원이란 필명으로 처음 발표되었다.

2) 쌍십가절(雙十佳節)은 1911년 10월 10일의 신해혁명을 말한다. 이 혁명으로 청나라가 무너지고 중화민국(中華民國)이 세워졌다.
탕쩡양(湯增敭, 1908~?)은 저장 우싱(吳興) 출신으로 '민족주의문학'을 주장한 사람이다. 이 일화는 1933년 10월 10일자 『시사신보』에 실린 「신해혁명 일화」에 나온다.

3) 전류(錢鏐, 852~932)를 가리킨다. 오대(五代) 시기 오월국(吳越國)의 왕이었다. 송나라 사람 정문보(鄭文寶)가 쓴 『강표지』(江表誌)에는 이런 대목이 나온다. "양절(兩浙) 지방의 전씨는 자신의 권세만 믿고 지독하게 세금을 긁어모았다. 세금을 한 말이라도 덜 내는 자는 대부분 죄를 받았다. 서창(徐瑒)은 월나라에 사절로 가서 이런 말을 한 바 있다. '삼경부터 새벽까지 노루 울음소리가 요란하게 들려서 역리(驛吏)에게 물었더니 현의 아전들이 세금을 받고 있다고 했다. 향민들은 대부분 알몸이었으며 갈포(葛布) 옷을 입은 자들은 모두 대껍질로 허리를 졸라맸다. 집행관들은 혹독하기가 그지없어 가난하다 해도 가산을 천금이나 쌓아 둘 정도였다.'"

4) 이홍장(李鴻章, 1823~1901)은 청말의 베이양 대신이자 양무파(洋務派)의 영수다. 1894년 청일전쟁이 발발하자 그는 강화를 주장했다. 전쟁에서 패한 뒤 그는 일본과 굴욕적인 '시모노세키 조약'을 맺었다. 이순딩(易順鼎)은 「나라를 망친 간신을 탄핵하는 상소」에서 이렇게 말했다. "이홍장은 비록 간신이기는 하나 아직 그의 아들 리징팡(李經方)처럼 그리 심하지는 않사옵나이다. 리징팡은 이전에 사절로 일본에 가서 …… 그가 얻은 첩은 왜왕 무쓰히토(睦仁 ; 메이지明治 천황)의 외조카이옵나이다. …… 안으로 간신이 원수를 도왔기에 오랑캐가 중국을 범하게 되었고, 바깥으로 원수가 간신을 도왔기에 나라를 농단하게 된 것입니다." 리징팡은 이홍장의 조카인데, 일본 여성을 첩으로 삼은 적이 있다.

여성해방에 관하여[1]

공자는 이렇게 말했다. "오직 여자와 소인은 양육하기가 어렵다. 가까이 하면 불손하고 멀어지면 원망한다."[2] 여자와 소인이 한 부류로 귀납되고 있지만, 그의 어머니를 포함했는지 여부는 알 수 없다. 훗날의 도학자들은 어머니에 대해 어쨌거나 표면적으로는 공경한 셈이다. 하지만 그렇다 하더라도 중국의 어미 된 여성은 자기 아들 이외의 모든 남성들로부터 여전히 경멸을 받고 있다.

신해혁명 뒤 유명한 선페이전沈佩貞[3] 여사는 참정권을 위해서 의사당 문을 지키는 수위에게 한 대 걸어차인 적이 있다. 그런데 나는 그가 스스로 넘어진 게 아닌지 의심한다. 가령 우리 남자들 보고 걸어차 보라고 한다면 한 대로 끝나지는 않을 것이 분명하다. 이것이 여자 됨의 편리한 대목이다. 또 있다. 요즘 일부 마님들은 잘나가는 남자들과 나란히 설 수 있고 부두나 연회장에서 사진을 찍을 수도 있다. 혹은 기선이나 비행기가 출항하기 전 선체의 이물에 술병을 깨트리기도 하는데[4](아가씨가 아니면 안 되는지에 대해서도 뭐라 말하기가 어렵다. 그리 상세히 알고 있지 않으므로),

이 역시 여자 됨의 편리한 대목이다. 이밖에 또 각종 직업이 생겨났다. 여공은 임금도 싸고 말을 잘 들어서 공장주에게 애용된다는 점은 논외로 치더라도 다른 것들은 대체로 그냥 여자이기 때문이다. 그래서 비록 '꽃병'으로 불린다 해도 한편으로는 "모든 접대는 전부 여자를 씀"이라는 영광스런 광고가 늘 있는 것이다. 남자들이 이렇게 갑자기 벼락출세를 하려면 원래의 남성성에만 의존해서는 안 된다. 최소한 개가 되지 않으면 안 되는 것이다.

이것이 5·4운동 이후 여성해방을 제창한 이래의 성적표다. 그렇지만 우리는 늘 직업여성의 고통 어린 신음과 신식 여성에 대한 평론가들의 비아냥거림을 듣는다. 규방을 걸어 나와 사회에 이르렀지만, 또다시 모두에게 농담거리나 되고 담론을 유발하는 신자료가 되고 말았다.

이는 그녀들이 사회에 도달했지만 여전히 남의 '양육'에 기대고 있기 때문이다. 남에게 양육되려면 그의 잔소리를 들어야 하고 심지어 모욕도 당해야 한다. 공부자의 잔소리를 보면 '양육'을 하자니 '어렵다'는 것이지 '가까이하면'이나 '멀리하면'은 타당한 이유가 아님을 알 수 있다. 이는 요즘 사내대장부들의 일반적인 탄식이기도 하다. 동시에 여자의 일반적인 고통이기도 한 것이다. '양육'과 '피양육'의 경계를 소멸시키지 못한다면 이 탄식과 고통은 영원히 소멸시킬 수 없다.

개혁되지 못한 이 사회에서 모든 독자적인 신양식은 간판에 불과해서 사실상 예전과 별개가 아니다. 새장에 갇힌 새 한 마리를 꺼내 대나무 장대 위에 세워 놓는다면 지위가 변한 것 같지만, 사실은 똑같이 남의 노리개나 되고 물 한 모금 좁쌀 한 톨을 먹는 데도 남의 명령을 따라야 한다. "밥 한 끼를 얻어먹으면 남의 부림을 당해야 한다"는 속담이 바로 이것이다. 따라서 남자와 동등한 경제권을 얻지 못한다면 여자에게 주어지는 그 어떤 화려한 명목도 모두 빈말이 된다. 물론 생리적이고 심리적인 측면에서 남녀 간에 차이가 있을 수 있다. 동성이라 하더라도 피차 차별은 있기 마련이니 말이다. 하지만 지위는 동등해야 한다. 지위가 동등한 뒤라야 비로소 참된 여자와 남자가 있을 수 있고, 그때서야 비로소 탄식과 고통을 소멸시킬 수 있는 것이다.

진정한 해방이 있기 전에는 싸움이다. 이는 여자도 남자와 똑같이 총을 들어야 한다거나 아이에게 젖을 물리는 일조차 남자들에게 절반을 떠넘겨야 한다는 말은 아니다. 눈앞의 잠시간의 위치에 안주하지 말고 사상 해방, 경제권 등등을 위해 부단히 싸워야 한다는 말일 뿐이다. 사회를 해방시켜야 자기를 해방시킬 수 있다. 그렇지만 오직 여성에게만 부과된 현존의 질곡을 위한 싸움도 여전히 필요함은 물론이다.

나는 여성문제를 깊이 생각해 본 적이 없다. 만약 나보고 몇 마디를 해야 한다고 하면 이런 빈말밖에 없다.

10월 21일

주)_____

1) 원제는 「關於婦女解放」, 이 글이 신문에 발표되었는지 여부는 알 수 없다.
2) 『논어』 「양화」(陽貨)에 나오는 말이다.
3) 저장 항저우 사람으로 신해혁명 시기 '여자북벌대'를 조직했다. 민국 초년에는 위안스카이 총통부(總統府) 고문을 역임한 바 있다.
4) 기선이나 비행기가 첫 출항을 하기 전에 고위관리의 가족이나 여류 명사가 오색 리본을 묶은 샴페인 병을 기체에 던져 깨트림으로써 축하를 표시하는 의식은 당시 서양으로부터 전해졌다.

불¹⁾

인류에게 불을 가져다준 프로메테우스는 하늘의 계율을 어김으로써 지옥에 떨어진 셈이다. 그런데 나무를 비벼 불을 얻은 수인씨^{燧人氏2)}는 절도죄를 범하지 않았을 뿐 아니라 신성한 사유재산──그 당시 나무는 공공재산이었다──을 파괴하지도 않은 것 같다. 하지만 수인씨도 잊히고 말아 지금 중국인들은 화신보살^{火神菩薩3)}만 공양할 뿐 수인씨를 공양하는 모습은 볼 수가 없다.

화신보살은 방화만 관장할 뿐 점화는 관장하지 않는다. 불이 났다 하면 모두 그의 몫이다. 이 때문에 모두가 그를 공양함으로써 농간을 덜 부리기를 바라는 것이다. 하지만 그가 농간을 부리지 않는다면 여전히 공양을 받을 수 있을까, 그대 생각은?

점화는 너무 평범하다. 예로부터 지금까지 불 잘 켜는 것으로 이름을 날린 명인은 들어 보지 못했다. 인류가 수인씨로부터 불 켜는 일을 배운 지 오륙천 년의 시간이 흘렀는데도 말이다. 방화는 그렇지 않다. 진시황이 방화──책만 태웠을 뿐 사람은 태우지 않았다──를 했고, 항우도 관중^關

^中에 들어가 방화——그가 태운 건 아방궁이지 민가가 아니다(? 고증을 요함)——를 했다.…… 그러나 로마의 어떤 황제는 불을 놓아 백성을 태워 죽였고, 중세 정교^{正敎}의 수도사는 이교도를 땔감으로 썼는데 간혹 기름을 붓기도 했다. 이들 모두는 한 시대를 풍미한 영웅이다. 오늘날의 히틀러가 바로 산 증인이다. 그러니 어찌 공양하지 않을 수 있겠는가. 하물며 지금은 진화의 시대여서 화신보살도 대대로 '부뚜막을 건너뛰고'⁴⁾ 있으니 말이다.

예를 들어 보자. 전등도 없는 데에 사는 어린 백성들은 국산품 애용의 해니 어쩌니 하는 것에는 관심이 없다는 듯 너나없이 외국의 석유를 사서 밤에 불을 켠다. 이때 어슴푸레하고 누르스름한 광선이 종이창에 비치는 모습은 얼마나 궁색한가! 안 된다, 이렇게 불을 켜게 해서는 안 된다! 만약 그대들이 광명을 찾으려면 이런 석유 '낭비'를 금하지 않으면 안 된다. 석유는 응당 들판에 들고 가서 분무기에 넣고 쫙쫙 뿌려야 하고……그러면 큰 불길이 몇십 리를 퍼져 나가 곡식과 수목과 가옥——더욱이 초가집——은 삽시간에 날리는 재로 변하고 말 것이다. 그래도 성에 차지 않으면 소이탄과 유황탄을 비행기로 퍼부으면 된다. 그러면 상하이 1·28 당시의 대화재처럼 몇 날 몇 밤을 타오를 것이다. 이쯤 되어야 위대한 광명이 아니겠는가.

화신보살의 위풍은 이렇다. 그러나 이렇게 말하면 그는 또 인정하지 않는다. 들리는 말에 의하면 화신보살은 원래 어린 국민들을 보우하는 존재라는 것이다. 화재의 경우 어린 국민들의 조바심 부족이나 약탈차 저지른 방화를 탓해야 한다는 것이다.

누가 알까? 역대 방화의 명인들이 늘 이렇게 말해 왔지만 이걸 믿은

자가 아무도 없었음을.

우리는 이런 것을 보았을 뿐이다. 점화는 평범한 일이고 방화는 굉장한 일이어서 점화는 금지를 당하고 방화는 공양을 받는다는 것 말이다. 하겐베크 서커스단[5]을 보지 못했는가. 밭 가는 소를 잡아 호랑이를 먹이는 것이 원래 이 시절의 '시대정신'이니.

11월 2일

주)

1) 원제는「火」, 1933년 12월 15일『선바오월간』제2권 제12호에 뤄원이란 필명으로 처음 발표되었다.
2) 전설상의 황제로 나무를 비벼 불을 얻고 음식을 익혀 먹는 방법을 가르쳤다고 알려져 있다.
3) 전설상의 불의 신으로는 축융(祝融), 회록(回祿) 등이 있다. 이들의 이름은 화재의 대명사로 쓰인다.
4) 말의 앞발굽 아래의 틈을 '부뚜막 문'이라 부르는데, 말이 질주할 때 뒷발굽이 앞발굽 앞에 발자국을 찍는 것을 일러 '부뚜막을 건너뛴다'고 한다. 이로써 아들이 아버지를 능가하는 사태를 비유한다.
5) 1933년 10월 상하이에서 하겐베크(Carl Hagenbeck) 서커스단이 공연을 한 적이 있다.

목판화 복인을 논함[1]

마세릴의 이야기그림 4종이 출판된 지 얼마 되지도 않았는데, 신문에선 벌써 여러 비평들이 나돌고 있다. 이는 미술책이 출간된 이래 일찍이 없던 성황이다. 이로써 이 책에 대한 독서계의 관심이 매우 크다는 것을 알 수 있다. 그런데 논의의 요점은 작년과 다르다. 작년의 경우 이야기그림을 미술로 볼 수 있느냐 하는 것이었는 데 반해, 지금은 이들 그림을 이해하는 난이도 문제가 그 쟁점이 되고 있다.

출판계의 진행 상황은 평론계만큼 그리 민첩하지 못하다. 사실상 마세릴의 목판화 복인은 이야기그림도 예술이 될 수 있다는 점을 증명하고 있다. 지금 사회에는 여러 독자층이 있고 출판물도 다양하지만 이 4종의 그림은 지식인층이 그 대상이다. 그런데 어찌하여 많은 대목이 이해가 안 되는 것일까? 나는 경험의 차이에서 비롯된다고 생각한다. 같은 중국인이라 하더라도 항공구국航空救國이나 '알까기'下蛋를 본 적이 있는 사람의 경우 책에서 이것을 보면 금방 이해가 된다. 그런데 지금까지 이런 성대한 장면을 몸소 마주친 적이 없는 사람이라면 그것들을 그저 연이나 잠자리로 간주할지도 모른다.

자칭 '중국문예연감사'[中國文藝年鑒社]라는 데서 익명의 인사들이 『중국문예연감』이라는 것을 만든 적이 있는데, 거기의 '조감'에는 이런 대목이 있다. 내가 쓴 「'이야기그림'을 변호하여」가 이야기그림의 예술적 가치를 쑤원 선생에게 일러 주기는 했지만 "자기도 의식하지 못하는 사이에 독일판화 같은 그런 예술작품을 중국에 들여온다고 했을 때 일반대중에게 이해될 수 있을지 여부, 다시 말해 대중예술이 될 수 있을지 여부의 문제를 간과해 버렸다. 게다가 여기에 대한 답은 대중화라는 정언명제에 대해 직접적인 의의가 없다." 실로 이는 『중국문예연감』을 낼 수 있는 선별가가 아니면 할 수 없는 총명한 말이다. 왜냐하면 본시 "독일판화를 중국에 들여온다면 일반대중에게 이해될 수 있을지 여부"를 토론하는 자리도 '아니'었기 때문이다. 내가 변호한 것은, 이야기그림은 예술이 될 수 있으니 청년 예술학도들은 왜곡된 말에 현혹되지 말고 창작에 임하다 보면 점차 대중화된 작품을 만들 수 있다는 정도였다. 가령 정말로 내가 편찬자가 바라는 대로 독일판화가 중국의 대중예술이 될 수 있는지 여부를 무슨 '의도를 가지고' 말했다면, 적어도 '저능아'의 무리에 편입되어야 마땅하다.

그런데 설사 그렇다 해도 이렇게 물어야 한다. "독일판화 같은 그런 예술작품을 중국에 들여온다면 일반대중에게 이해될 수 있을까 없을까?" 그렇다면 나도 이렇게 대답할 수 있다. 입체파, 미래파 등등의 기괴한 작품이 아니면 충분히 이해될 수 있을 것이라고. 이해되는 내용은 『중국문예연감』보다는 많을 것이고, 『시후십경』[西湖十景]보다도 적지 않을 것이다. 풍속습관은 피차가 다른 법이니 어떤 것들은 당연히 모호할 수 있다. 그래도 이것은 인물, 이것은 집, 이것은 숲 정도는 충분히 이해할 수 있고, 상하이를 와 본 적이 있다면 그림 속의 전등, 전차, 공장도 금방 이해할 수 있다. 더욱 적당한 것은 그려진 것이 이야기여서 말로 소통하기가 쉽고 기억하기도 쉽다는 점이다. 옛날의 아인雅人들은 부녀자나 속인들을 일러 그림을 보면 꼭 이게 무슨 이야기인지 묻는다고 했는데 참으로 웃기는 일이다. 중국에서 아속雅俗은 바로 여기에 나뉜다. 아인들은 곧잘 그가 좋다고 여기는 그림의 내용을 발설하지 않지만 속인들은 묻지 않고는 못 배긴다는 점 말이다. 이 점에서 보면, 이야기그림은 속인들에게 적당하다. 그런데 나는 「'이야기그림'을 변호하여」에서 그것이 예술이며 아인들의 고결함에 손상을 입힌다는 점을 이미 증명한 바 있다.

하지만 지식층에 국한한다 하더라도 마세릴의 작품을 소개하는 것만으로는 충분하지 않다. 같은 목판화라도 조각법이 다른 것도 있고 생각이 다른 것도 있는가 하면 글자가 있는 것도 있고 없는 것도 있다. 그러니 몇 종을 찍어내 보아야 외국의 현대 이야기그림의 대강이나마 엿볼 수가 있는 것이다. 그리고 인쇄된 목판화가 진실에 가까워야 보는 이에게 도움이 된다. 가장 불행한 자들은 중국의 청년 예술학도들이다. 이 점은 늘 생각하는 바다. 외국문학을 공부하면 원서를 볼 수 있지만 서양화를 공부하는 경우 대체로 원화를 볼 수가 없으니 말이다. 물론 복인판은 있겠지만, 큰 벽화를 엽서만 한 크기로 줄여 놓았으니 어떻게 진상을 볼 수 있겠는가? 크기는 상당한 관계가 있다. 가령 우리가 코끼리를 돼지만 하게 줄여 놓고 호랑이를 쥐만 하게 줄여 놓는다면 어떻게 원래의 기백을 느낄 수 있겠는가? 목판화는 소품이 대다수이기 때문에 복인을 한다 해도 큰 차이가 나지 않는다.

그런데 이는 일반 지식층 독자들에게 소개하는 경우에 국한된다. 예술학도들을 고려한다면 아연판 복인으로도 충분치 않다. 아주 세밀한 선은 아연판으로는 쉽게 사라져 버린다. 굵은 선이라 해도 산성수 침식의 정도에 따라 다르다. 침식이 적으면 너무 굵어지고 침식이 지나치면 너무 가늘어지는데, 중국에는 이런 제판 작업에 능한 명장이 아직도 많지 않다. 꼼꼼히 하겠다면 콜로타이프판을 사용하는 수밖에 없다. 내가 복인한 『시멘트 판화』 250장은 중국에서 가장 먼저 시도한 것이다.[2] 스저춘 선생은 『다완바오』 부간 「횃불」에서 "어쩌면 그것은 루쉰 선생이 인쇄한 콜로타이프판 목판화와 마찬가지로 개인소장용 고급인쇄본으로서 희귀본에 속하는지 모르겠습니다"[3]라고 함으로써 그 일을 조롱하고 있다. 나는 어떤 청년이 이 '희귀본' 옆에서 이렇게 말하는 것을 직접 들은 적이 있다. 250부만 찍었다고 쓰여 있는 것은 사기야, 분명히 많이 찍었을 거야, 많이 찍고도 적게 얘기하는 건 책값을 올리려는 데 불과해.

그들 자신이 '개인소장용 고급인쇄본'이라는 가소로운 일을 해본 적이 없으니 이런 조롱과 매도를 탓할 수만도 없다. 나는 그나마 믿을 만한 목판 복인본을 예술학도들에게 제공하려는 생각으로 원화를 이용해 콜로타이프판을 만들었을 뿐이다. 그런데 이 판은 한 번 만들면 300장밖에 찍을 수 없어서 많이 찍으려면 별도의 판을 만들어야 한다. 판 하나를 만들 때마다 1장에서 많게는 300장까지 가능하고 제작비는 3위안이 드니까, 300장에서 600장까지 찍으면 6위안이 필요하고 900장이면 9위안, 그밖엔 종이 값만 추가된다. 만약 큰 출판사나 큰 기관이라면 12,000장도 쉽게 찍어 낼 수 있다. 하지만 나는 일개 '개인'에 불과하다. 게다가 많이 팔리지도 않는 책을 그것도 '고급인쇄'를 했으니 당연히 금전적 부담을 피할 수가 없다. 그러니 1판만 찍을 수밖에. 그래도 요행히 책이 이미 동이 난 것을 보면 그래도 보는 사람이 있었던 모양이다. 그리고 일반 독자들을 위해 미리 아연판으로 복사해서 번역본 『시멘트』에 끼워 두었다. 하지만 편집자 겸 비평가들은 이를 언급할 가치도 없다고 여기고 있으니.

사람이 엄숙함을 멀리하기 시작하면 청년을 지도하는 일조차 농담으로 삼을 수 있다. 하지만 겨우 10여 장을 찍더라도 진지하게 몇 번이나 생각해 본 사람도 있다. 별말도 없이 말이다. 이번에 이 글을 쓰게 된 것은, 콜로타이프판 1판에 300장을 찍는 것은 제판 작업에서 일반적인 일이지 고의로 '희귀본'을 만들려는 것이 아님을 청년 예술학도들에게 설명하려는 데 있다. 아울러 유익한 일을 하는 '개인'이 더 많이 생겨서 책임지지도 않는 말에 속지 말고 모두가 '고급인쇄본' 제작에 임했으면 하는 바람 때문이기도 하다.

11월 6일

주)＿＿＿＿

1) 원제는 「論翻印木刻」, 1933년 11월 25일 『파도소리』 제2권 제46기에 뤼준(旅隼)이란 필명으로 처음 발표되었다.
2) 이 판화집은 1933년 9월 '삼한서옥'명의로 루쉰이 자비 출판했다.
3) 이는 스저춘이 「추천인의 입장」이란 글에서 한 말이다. 루쉰은 이 글을 『풍월이야기』 속의 「헛방」 '비고'에 수록했다.

『목판화 창작법』 서문[1)]

동서를 불문하고 모든 목판화의 도판은 화가가 그림을, 각수가 조각을, 인쇄수가 인쇄를 담당해 왔다. 이는 중국이 가장 빨랐지만 역시 오랫동안 쇠퇴를 겪어 왔다. 청나라 광서 연간에 영국인 프라이어[2)]가 편찬한 『격치휘편』格致彙編의 경우 이미 중국인 각수가 삽도를 새길 수 있는 상황이 아니었다. 정밀한 작업이 요구되었기 때문에 영국으로부터 도판을 운송해 왔던 것이다. 그것이 이른바 '나무목판화', 즉 '복제 목판화'인데, 인도인들에게 읽히기 위해 만든 영어책의 기법을 그 뒤 중국인용 영어책 삽화에 이전시킨 것이므로 같은 종류이다. 당시 나는 어린아이였는데, 이 그림들을 보고 그 섬세함과 생동감에 깜짝 놀라 보물로 삼았다. 이것 말고도 서양에는 화가 한 사람이 제작을 전담한 판화가 있다는 것을 요 몇 년 사이에 알게 되었다. 원화에 목판을 사용할 경우 '창작 목판화'라 불렸는데, 각수와 인쇄수의 손을 빌리지 않고 예술가가 전 과정을 직접 창작한 작품을 말한다. 지금 우리에게 소개하려는 것이 바로 이것이다.

　왜 소개하려는가? 내 개인적인 생각에 의하면, 첫째 잘 즐길 수 있기 때문이다. 즐긴다고 하면 물론 엄숙함과 거리가 멀어 보이겠지만, 한동안 책을 베끼고 글씨를 쓰다 보면 누구라도 눈을 좀 쉴 겸 창밖 하늘이라도 보고 싶지 않겠는가. 이때 벽에 그림이라도 한 폭 걸려 있다면 어찌 더 좋지 않겠는가? 명화를 입수할 힘이 있는 인물이라면 물론 그럴 필요가 없겠지만, 그렇지 않다면 복제품이니 축소판이니 하는 것보다는 차라리 원판 목판화가 훨씬 낫다. 진실됨을 잃지 않는 데다가 품도 덜 드니 말이다. 물론 혹자는 "'금아'今雅로써 나라를 세우려 하느냐"[3]며 질책할지도 모르겠지만, '고아'古雅에 비겨 보면 어쨌거나 '고' '금'의 구별은 이미 존재하는 것이 아닌가?

둘째는 간단함 때문이다. 지금은 가격이 너무 올라서 청년 예술학도가 그림 한 폭을 그리려면 캔버스와 안료를 사는 데 큰돈이 든다. 완성했다 한들 전시할 길이 없으면 혼자 감상할 수밖에 없다. 목판화는 큰돈이 들지 않는다. 도장 새기는 일처럼 그저 나무 위에 이리저리 칼질을 몇 번 하면──너무 쉽게 말한 감이 있지만──창작이 된다. 작자도 이로부터 창작의 희열을 얻을 수 있는 것이다. 이것을 찍어서 똑같은 작품을 사람들에게 나누어 주면 많은 이로 하여금 동일하게 창작의 희열을 느끼게 할 수 있다. 요컨대, 다른 작법의 작품과 비교해 볼 때 보편성이 상당히 크다는 것이다.

셋째는 유용성 때문이다. 이는 '즐김'과 충돌하는 것 같지만 사실은 완전히 그렇지도 않다. 즐기는 것이 무엇인지를 보아야 하는 것이다. 마작은 아무리 해도 발전의 여지가 없지만, 화약으로 폭죽을 만들어 노는 일은 이를 더 밀고 나가다 보면 총포 제작으로 이어진다. 대포는 실용적인 것에 불과한 셈이지만 안드레예프는 돈이 있으면 이를 자신의 정원에 감춰 두고 놀이로 삼곤 했다. 목판화는 원래 중산 부호들의 예술이었지만 간행물의 장식, 문학이나 과학 교과서의 삽화로 쓰이면서 대중의 것으로 되기도 했다. 이에 대해서는 많은 말이 필요치 않다.

실로 이는 현대중국에 꼭 들어맞는 예술이다.

그럼에도 지금까지 목판화에 관한 책 한 권이 없었으니 이것이 그 첫 번째 책이다. 간략하나마 독자들에게 이미 대의는 밝혔다. 이로부터 발전해서 길이 더 넓어질 것이다. 제재도 풍부해질 수 있고 기교도 세련될 수 있다. 새로운 방법을 취하고 여기에 옛날 중국의 장점을 덧붙인다면 새로운 길을 개척할 희망도 있다. 그때 작가들 각자가 자신의 재주와 심득한 바로써 공헌을 한다면 중국의 목판화계에는 불꽃이 일어날 수 있다. 이 책이 비록 이 때문에 한 떨기 별빛에 불과할지라도 역사적인 의의는 충분하다.

1933년 11월 9일, 루쉰 적다

주)_____

1) 원제는 「『木刻創作法』序」, 이 글은 이 책에 수록되기 전까지 발표된 적이 없다.

2) 프라이어(John Fryer, 1839~1928)의 중국 이름은 '傅蘭雅'이다. 영국의 선교사로 1861년(청나라 함풍鹹豊 11년)에 중국으로 건너와 베이징 동문관(同文館)에서 영어를 가르친 적이 있다. 1875년(광서 원년) 상하이에 공동으로 '격치서원'(格致書院)을 세웠다. 이듬해 서양 자연과학 저작들을 절록해서 출판하는가 하면 과학정보 자료집인 『격치휘편』(格致彙編; 계간)을 출판했다. 이 잡지는 단속(斷續)을 거듭하며 1892년까지 28권이 출판되었다. 이 잡지에는 아주 세밀하게 조각한 삽화가 상당량 들어 있다.

3) 이는 스저춘이 「『장자』와 『문선』」에서 루쉰을 조롱하며 한 말이다. "신문학자들 가운데는 목판화를 만지작거리는 사람도 있고 판본을 연구하는 사람도 있고 장서기록표를 모으는 사람도 있고 백화로 된 서간집의 서문을 변려체로 쓰는 사람도 있고 심지어는 책상에 작은 장식품들을 진열하는 사람도 있다. 펑(豊) 선생(곧 루쉰)의 의견에 따라 말하면, 그들은 "금아'(今雅)를 가지고 이 세상에 발을 붙이고자 한다'는 말인가?" 루쉰은 이 글을 『풍월이야기』 속의 「과거에 대한 그리움」 이후(상) '비고'에 수록했다.

글쓰기 비결¹⁾

요즘도 나한테 편지를 써서 글쓰기 비결을 물어 오는 사람이 있다.

우리는 늘 이런 말을 듣는다. 권법을 가르치는 사부가 한 가지 비기秘技를 남기는 것은 제자가 다 배우고 난 뒤 자기를 때려죽이고 영웅을 자처할까 봐 그런 것이라고. 사실상 이런 일이 전혀 없지는 않다. 봉몽逢蒙이 예羿를 죽인 일이 바로 그 선례다.²⁾ 봉몽 사건은 오래전 일이지만 그런 고풍은 근절되지 않았고 거기에 그 뒤의 '일등병'一等病까지 보태졌다. 과거는 폐지된 지 오래건만 지금까지도 '유일'을 다투고 '최초'를 다투려 하니 말이다. '일등병'이 있는 사람들에게 사부 노릇을 하는 것은 위험하다. 권법을 다 가르치고 나면 곧잘 타도됨을 면할 수 없으니 말이다. 그래서 이 새로운 사부가 제자를 가르칠 때에는 그의 선생과 자기를 전철로 삼아 반드시 한 가지 비기, 심지어 서너 가지 비기를 남겨 둔다. 이리하여 권법도 "대代가 갈수록 시원찮아지게" 되었다.

그밖에 의사에게는 비방秘方이 있고 요리사에게는 비법秘法이 있으며 과자집 주인에겐 비전秘傳이 있는데, 들리는 말에 의하면 자기 집안의 밥

줄을 보전하기 위해 딸한테는 전수하지 않고 며느리한테만 전수함으로써 다른 집에 흘러 들어가지 않게 한다는 것이다. '비밀'은 중국에선 매우 보편적인 것이어서 국가대사에 관한 회의조차도 으레 '내용은 극비'에 부쳐 사람들이 알지 못하게 한다. 그런데 유독 글쓰기에는 비결이 없는 듯하다. 있다면 작가마다 자손에게 전수했을 터인데, 조상으로부터 대물림된 작가는 보기가 드무니 말이다. 물론 작가의 자녀들은 어릴 적부터 서적과 지필을 익히 보아 왔을 터이므로 안목이 좀더 넓을 수 있겠지만, 그렇다고 글쓰기로 이어지는 것은 아니다. 요즘 출판물에선 '부자父子작가'니 '부부夫婦작가'니 하는 명칭을 자주 보게 되는데, 진짜로 유언이나 연애편지를 통해 무슨 비결 같은 것을 비전할 수 있는 모양이다. 사실 이는 낯간지러운 장난이며 정치판의 논리를 글 쓰는 데에 써먹는 것에 불과하다.

그렇다면 글쓰기엔 정말로 아무 비결이 없을까? 그렇지만도 않다. 예전에 나는 고문古文 짓는 비결을 몇 마디 거론한 적이 있는데, 글 전체에 내력이 있어야지 옛사람이 이미 써 놓은 것을 가져와서는 안 된다는 것이었다. 다시 말해, 전체 글은 자기가 쓴 것이지만 또 전부 자기가 쓴 것은 아니며 사실상 개인은 아무것도 말하지 않는 것이 되어야 한다는 것이다. 그러니까 '모든 일엔 출처가 있'어야 하지만 또 '실제 근거를 찾을 수 없'어야 한다는 것이다. 이렇게 하면 "대체로 큰 과오는 면하게 된다". 간단히 말하자면, "오늘 날씨는 말이야, 하하하……"가 되어야 한다는 것이다.

이는 내용에 관한 것이다. 수사법에도 약간의 비결이 있다. 첫째 몽롱해야 하고, 둘째 알아먹기 어려워야 한다. 그 방법은 글귀를 축약하고 어려운 글자를 많이 쓰는 것이다. 예를 들어 진秦나라 때 일에 관한 글을 쓴다고 하자. "秦始皇乃始燒書"(진시황내시소서)[3]라고 쓰면 좋은 문장이라

할 수 없다. 이리저리 글자를 뒤집어봐서 간신히 이해할 수 있어야 비로소 좋은 문장이 된다. 이때엔 『이아』爾雅, 『문선』文選이 쓸모가 있다. 사실 남이 알아먹지 못하게 하려면 『강희자전』康熙字典을 좀 찾아봐도 무방하다. 이제 그 문장을 "始皇始焚書"(시황시분서)로 손을 보면 제법 '옛' 맛이 난다. 다시 "政俶燔典"(정숙번전)으로 고치면 그야말로 반고班固, 사마천司馬遷의 필치마저 띠게 되어 설령 쫓아온다 한들 잘 이해할 수가 없게 된다. 그래도 이렇게 한 편 한 권이 만들어지면 '학자'로 불릴 수 있는 것이다. 내 경우 반나절을 끙끙대면 겨우 한 구절이 나올까 말까 하니 잡지 투고에나 제격인 것이다.

우리의 옛날 문학대사들은 늘 이런 손장난을 쳤다. 반고 선생의 "紫色蛙聲, 餘分閏位"(자색와성, 여분윤위)[4]는 네 마디 긴 구절을 여덟 자로 축약한 것이고, 양웅揚雄 선생의 "蠢迪檢柙"(준적검합)은 "動由規矩"(동유규구)라는 쉬운 네 글자를 어려운 글자로 바꿔 놓은 것이다. 『녹야선종』綠野仙蹤[5]에서는 훈장선생이 '꽃'을 노래한 것을 두고 이렇게 기록한 대목이 있다. "媳釵俏矣兒書廢, 哥罐聞焉嫂棒傷."(식채초의아서폐, 가관문언수봉상) 첫번째 구절을 풀이하면, 며느리가 꽃을 꺾어 비녀로 삼았는데 예쁘긴 해도 아들이 손에서 책을 놓을까 걱정이라는 것이다. 두번째 구절은 좀 난해하다. 그의 형이 꽃을 꺾어 왔는데 화병이 없어 물항아리에 꽂고 향기를 맡고 있노라니 그 형수가 못된 버릇을 예방하느라 몽둥이로 꽃과 항아리를 박살내 버렸다는 내용이다. 이는 동홍冬烘 선생에 대한 조소인 셈이다. 하지만 그 방법은 양웅이나 반고와 다를 바 없다. 다름이 있다면 고전古典을 사용한 게 아니라 신전新典을 사용했다는 정도다. 이른바 이 '다름'이 『문선』 같은 것들을 나리마님遭老, 나리도련님遭少들의 심안心眼 속에서 영험한 위력을 갖도록 만들었다.

몽롱하게 쓴 것이 소위 말하는 '좋은' 것인가? 답하자면 꼭 그런 것도 아니다. 알고 보면 그것은 추함을 가리는 것에 불과하다. 그래도 "수치를 아는 건 용감함에 가깝다"[6]고 했으니 추함을 가렸다면 좋은 것처럼 보일 수도 있다. 모던걸들이 머리를 늘어뜨리거나 중년부인이 면사포를 쓰는 것들은 모두 몽롱술이다. 의복의 기원에 대한 인류학적 해석으로 세 가지 설이 있다. 그 하나는 남녀가 성적 수치심을 가리기 위해서라는 것이고, 다른 하나는 이와 반대로 그것을 이용해 자극을 주기 위해서라는 것이며, 또 다른 하나는 사람이 늙으면 신체가 쇠약해 보기가 추해지므로 그걸 가리기 위해서라는 것이다. 수사학적 견지에서 보자면 나는 마지막 입장에 동의한다. 지금도 늘 사륙변려체로 우아하게 쓴 제문, 만장, 선언, 전보를 보게 되는데, 만약 우리가 사전을 찾고 분류서[7]를 뒤적여 그것의 겉장식을 벗겨 내고 백화문으로 번역해 놓으면 남게 되는 것은 어떤 물건일까!?

알아먹지 못하는 것이 좋은 점도 있다. 어디에 좋은가? 그건 바로 '알아먹지 못함' 자체에 있다. 그런데 우려되는 것은 사람들이 좋고 나쁨을 말할 수 없도록 기가 막히게 쓰는 것이다. 그래서 차라리 '알아먹기 어렵게' 쓰는 것이 낫다고 하는 것이다. 그러면 약간은 알아먹을 것이고 한바탕 공력을 쏟고 나면 제법 많이 알아먹기도 할 테니 말이다. 예로부터 우리는 '어려움'을 숭배하는 기질을 가지고 있다. 매끼 밥 세 공기를 먹으면 누구도 이상하게 여기지 않지만, 매끼 열여덟 공기를 먹는 자가 있으면 정중히 그 일을 필기해 둔다. 손으로 바늘귀를 꿴다면 누가 쳐다보지도 않지만, 발로 바늘귀를 꿴다면 천막을 치고 돈벌이도 할 수 있다. 그림 한 장이야 신기할 것도 없지만 그걸 통에 넣고 구멍을 뚫어 서양경西洋鏡으로 만들면, 입을 헤벌린 채 열심히 구경을 해댈 것이다. 게다가 같은 일이라 해도 공력을 들여 이룩한 일은 힘들이지 않고 이룩한 일보다 더 귀중하다. 예를 들어 어느 절에 가서 불공을 드린다고 하자. 산속의 절은 평지에 있는 절보다 더 귀중하다. 삼보일배三步一拜 끝에 도착한 절과 가마를 타고 단숨에 도착한 절은 설령 같은 절이라 해도 도착한 자의 마음속에선 그 귀중함의 정도차가 엄청나다. 난해한 글쓰기가 귀중한 것은 독자들로 하여금 삼보일배 끝에 겨우 약간의 목표에 도달할 수 있게 만드는 비법에 있다.

여기까지 쓰고 보니 내가 한 말이 고문 작법 비결뿐 아니라 기만적인 고문 작법 비결이 되고 말았다. 그런데 나는 백화문을 쓰는 일도 이와 별반 다르지 않다고 생각한다. 여기서도 벽자僻字를 섞을 수 있고 몽롱함이나 난해함을 더해서 변검술사變臉術師의 눈속임 수건을 펼칠 수 있으니 말이다. 만약 논조를 뒤집으면 그게 바로 '백묘'白描인 것이다.

'백묘'에는 어떠한 비결도 없다. 만약 있다고 해야 한다면 눈속임과 정반대의 논조, 즉 이런 것에 불과할 따름이다. 진의眞意가 있을 것, 분식粉飾을 없앨 것, 장난 덜 칠 것, 그리고 잘난 체하지 말 것.

11월 10일

주)_____

1) 원제는 「作文秘訣」, 1933년 12월 15일 『선바오월간』 제2권 제12호에 뤄원이란 필명으로 처음 발표되었다.
2) 『맹자』 「이루하」(離婁下)에 나오는 말이다. "방몽(逄蒙)이 예(羿)에게 활쏘기를 배웠는데 예의 방법을 다 익힌 뒤 천하에 자기를 능가할 자는 예밖에 없다고 생각해서 예를 죽였다." 여기서 방몽은 봉몽(逢蒙)으로도 쓴다.
3) "책을 태우는 일은 진시황으로부터 시작되었다"는 의미이다.

4) 『한서』(漢書) 「왕망전」(王莽傳)에 나오는 말이다. 왕망의 '왕위 찬탈' 사건을 가리킨다. 이후의 주석에 따르면, "왕망이 왕이 되라는 천명을 받지 못한 것은 세월의 여분이 윤달로 되는 것과 같다는 것을 말한다."

5) 청나라 사람 이백천(李百川)이 지은 장편소설이다. 여기서의 '꽃' 이야기는 제6회에 나온다.

6) 『예기』(禮記) 「중용」(中庸)에 나오는 말이다.

7) 원문은 '類書'. 동일한 분야의 책을 한데 모아 일정한 방식에 따라 분류함으로써 검색의 편의성을 도모하도록 한 책을 말한다. 『태평어람』(太平御覽), 『예문유취』(藝文類聚), 『사문유취』(事文類聚) 등등이 있다.

농간의 계보학[1]

중국인들은 또 기형적이고 괴상한 것을 상당히 좋아하고, 뒤에서 못된 짓을 하는 습성을 가지고 있으며, 보리에서 꽃이 피는 것보다는 고목나무에서 빛이 나는 것을 보기를 더 즐긴다. 그런데 그들은 지금까지 보리에서 꽃이 피는 것을 본 적도 없다. 이리하여 괴상한 태아와 기형아가 언론의 좋은 재료가 되어 생물학적 상식의 위치를 바꾸어 버렸다. 최근 광고에서 보이는 것으로, 머리 둘 달린 뱀처럼 머리 둘에 팔이 넷인 태아도 있고, 아랫배에 다리 하나가 더 나온 세 다리 사나이도 있다. 물론 괴상한 태아도 있을 수 있고 기형아도 있을 수 있겠지만, 조화의 재주란 한계가 있는 것이어서 그 아이가 얼마나 괴상하고 기형적이든 간에 한계가 있기 마련이다. 등이 맞붙고 배가 맞붙고 골반에 옆구리 심지어 머리가 맞붙은 쌍둥이가 있긴 하겠지만 머리가 엉덩이에서 솟아날 수는 없고, 엄지가 붙었거나 손가락이 여섯이거나 사지가 부족하거나 젖꼭지가 더 달린 아이는 있을 수 있겠지만 "두 개를 사면 하나를 덤으로 주는" 상술처럼 두 다리 외에 다리 하나가 더 생기는 경우는 없다. 하늘은 실로 농간을 부리는 데 있어서는 사람을 따라가지 못하는 것이다.

그런데 사람의 농간이 하늘을 뛰어넘는다 하지만 사실상 그 재주 역시 한계가 있다. 농간의 핵심은 그냥 싸질러서는 안 된다는 것, 즉 반드시 함축적이어야 한다는 데 있다. 그냥 싸지르기만 하면 그 속내가 훤히 드러나 한계가 생기게 되므로 차라리 함축의 심원함이 낫다는 것이다. 그리고 영향 또한 이로 인해 모호해지고 마니 말이다. "이로움이 있으면 반드시 폐단이 있는 법", 내가 '한계'라 한 것은 이를 두고 한 말이다.

청淸나라 사람의 필기筆記에서는 늘 나양봉[2]의 『귀취도』를 거론하고 있는데, 그 묘사가 소름이 돋을 정도다. 뒤에 그 그림을 문명서국文明書局이 출판했는데, 하나는 말라깽이에 하나는 땅딸보, 하나는 불어터진 꼬락서니여서 기괴한 구석이라곤 찾아볼 수가 없으니 차라리 필기나 보는 게 더 나았다. 소설에서의 귀신 묘사는 공을 들였다 해도 사람을 놀라게 할 정도는 아니다. 내가 가장 무섭다고 느낀 것은 진晉나라 사람이 쓴 이목구비도 없이 계란 같은 혼돈混沌의 얼굴을 한 산중여귀山中厲鬼다.[3] 오관五官이야 어쨌거나 오관일 뿐이니 아무리 고심 경영을 해서 흉악하게 만든다 해도 오관의 범위를 벗어날 수가 없다. 그런데 그것을 무슨 영문인지도 모르게 혼돈으로 만들어 버렸으니 독자들 역시 영문도 모른 채 그저 무서워할 수밖에. 하지만 그 '폐단'은 인상의 모호함에 있다. 그래도 '시퍼런 얼굴에 툭 튀어나온 이빨'이나 '코와 입에 피가 줄줄거리는' 걸 쓰는 미련한 아저씨들보다는 훨씬 총명하다.

중화민국 사람들이 죄상을 선포할 때면 대체로 조항이 열 개다. 하지만 결과는 대체로 아무 효험도 내지 못한다. 예로부터 나쁜 인간이 부지기수였지만 열 개 조항이란 이런 데 불과한 것이어서 경각심이나 실천을 끌어내는 일은 절대 불가능했다. 낙빈왕駱賓王이 쓴 「무조 토벌 격문」討武曌檄에 나오는 "입궁 후 질투를 드러냈고 용모를 다듬는 데 뒤지려 하지 않았고 소매로 얼굴을 가린 채 험담에 능해 여우처럼 비위를 맞추며 군주를 잘도 홀렸다"는 구절은 아마 온갖 심혈을 기울인 것이겠지만, 전하는 말에 의하면 이를 본 무후武后는 그저 방긋 웃고 말았단다. 그렇다. 이럴 따름이니, 또 어찌하겠는가? 만천하에 성토하는 격문은 왕왕 그 힘이 귓속말보다 못한 법, 하나는 분명하고 하나는 예측할 수 없으니 말이다. 그때 낙빈왕이 대중 앞에 나서서 눈살을 잔뜩 찌푸린 채 고개를 저으며 "극악하도다, 극악하도다"를 연발할 뿐 극악무도한 실례를 거론하지 않았더라면 그 효력은 격문보다 더 나았으리라. '광풍문호'狂飇文豪 가오창훙[4]이 나를 공격할 적에 비열한 구석이 많아 까발리기만 하면 패가망신시킬 수 있다고 큰소리치고는 끝내 까발리지 않았던 것도 농간의 묘리를 깊이 터득한 처사였다. 그래도 의외로 큰 효험이 없었던 것은 포괄성에 부수된 '모호함'의 폐단 때문이다.

이 두 예를 제대로 이해하면 치국평천하의 방법을 알게 된다. 사람들에게 방법이 있다고만 하고 무슨 방법인지는 명백하고 피부에 와 닿게 밝히지 않는 것이다. 일단 발언을 하면 말이 있게 되고 말이 있다 보면 행동과 대조해 볼 수 있으니, 그래서 차라리 슬쩍 내비치면서 측량할 수 없게 만드는 것이 더 낫다는 것이다. 측량할 수 없는 위엄은 사람을 기죽게 만들지만, 측량할 수 없는 묘책은 사람들에게 희망을 준다. 기근이 들 때 병이 나고 전쟁을 할 때 시를 짓는 일은 치국평천하와 하등 상관도 없지만, 그 영문 모름 속에 치국평천하의 묘책이 있지나 않을까 의심하게 만든다. 하지만 관례에 비추어 볼 때 그 '폐단'이란 묘책이란 것이 알고 보면 무대

책이 아닐까 하는 의심을 모호함 속에서 하게 만든다는 것이다.

농간에는 기술도 있고 효험도 있지만 한계가 있다. 그래서 그것으로 큰일을 이룬 자가 예로부터 있지 않은 것이다.

11월 22일

주)_____

1) 원제는 「搗鬼心傳」, 1934년 1월 15일 『선바오월간』 제3권 제1호에 뤄우라는 필명으로 처음 발표되었다.
2) 나양봉(羅兩峰, 1733~1799)은 청나라 때의 화가로 본명은 나빙(羅聘)이고 호가 양봉이 다. 『귀취도』(鬼趣圖)는 세태를 풍자한 그림인데, 당시 적지 않은 문인들이 이 작품을 거 론했다.
3) 이 이야기는 남조(南朝) 시기 송(宋)나라 사람 곽계산(郭季産)의 『집이기』(集異記)에 나 온다. "중산 유현(劉玄)은 월성(越城)에 살고 있었다. 날이 저물자 홀연 한 사람이 검은 잠방이를 입고 오는 것이 보였는데, 불을 켜 비춰 보니 얼굴엔 일곱 개 구멍이 없는 것 이 우악스럽기 그지없었다." (루쉰의 『고소설구침』古小說鉤沈에 의거)
4) 가오창훙(高長虹)은 『광풍』(狂飆) 제17기(1927년 1월)에 발표한 「나는 화석의 세계를 벗 어났다」라는 글에서 이렇게 말했다. "만약 기타 자질구레한 일에 이르기까지 광풍사가 노골적으로 원한을 갚고자 한다면 루쉰은 심신이 교대로 병에 시달려야 할 뿐 아니라 그 명성도 갈기갈기 찢어지고 말 것이다! 우리는 청년이고, 우리가 가진 것은 동정이 다. 그래서 우리는 결코 심하게 하지는 않는다."

가정은 중국의 근본이다[1]

중국인이 스스로 술을 빚은 것은 스스로 아편雅片을 키운 것보다 이르다. 그런데 우리는 지금 허다한 자들이 드러누워 구름을 삼키고 안개를 토해 내고 있다는 소리만 들을 뿐 외국의 수병처럼 온 거리를 싸지르며 술주정을 하는 자는 보기가 힘들다. 당송唐宋시대의 축구는 이미 오래전에 실전 되어서 일반적인 오락은 집에 숨어 마작麻雀으로 밤을 새는 게 고작이다. 이 두 가지 사례를 통해서 볼 때 우리가 백주대로에서 점점 집안으로 숨어 들고 있다는 것은 의심의 여지가 없다. 옛날 상하이의 어떤 문인이 일찍이 이를 개탄한 바가 있어 연聯을 하나 낸 뒤 대구를 만들 수 있는 사람을 수 소문하라고 했는데 그 내용은 이런 것이었다. "三鳥害人雅雀鴿."(새 세 마 리가 사람을 해치니 까마귀, 참새, 비둘기가 그들이다) 여기서의 '비둘기'鴿 는 경품인데 고상한 말로 하면 복권이다. 당시엔 이를 '흰비둘기표'白鴿票 라 불렀던 것이다. 그런데 대구를 맞춘 사람이 있었는지 어쨌는지는 알 수 가 없다.

그렇지만 우리 역시 결코 현상에 만족하지 않았다. 몸은 쪽방에 있을

지언정 정신은 우주 밖으로 퍼져 나갔으니, 아편을 빠는 자는 환몽에 겨워했고 마작을 땡기는 자들은 좋은 패에 마음을 앗겼다. 처마 밑엔 폭죽을 놓았으니, 이는 천구天狗의 아가리로부터 달을 구출해 내기 위함이었다. 검선劍仙은 서재에 앉아 홍 하고 소리를 내지르자 한 줄기 흰 빛이 천만 리 밖의 적을 쓸어버렸다. 그런데 춤을 추던 검은 귀가하여 원래 콧구멍을 뚫고 들어갔는데 다음번에 사용하기 위함이었다. 이를 일러 천변만화도 그 근본을 벗어나지 못한다고 하는 것이다. 그래서 학교는 가정에서 자제들을 끌어내 사회의 인재로 만드는 곳이지만, 세상이 시끄러워 문을 열 수 없을 때가 되면 여전히 "엄중한 관리와 단속을 가장에게 넘긴다"를 운운하는 것이다.

"골육이 땅으로 돌아오니 운명이로다. 혼백이 가지 않는 것이 없구나, 가지 않는 것이 없구나!"[2] 사람이 귀신으로 변하면 제멋대로 할 수 있으리라. 그러나 산 사람은 여전히 종이 집을 불살라야 들어가 살기를 청할 수 있고, 호사스런 무리에게는 여전히 마작탁자나 아편쟁반이 있어야 한다. 신선이 된다는 것, 이 변화는 엄청나다. 그런데도 유劉씨 댁 마님은 한 사코 집에 미련이 남아 "집을 뽑아 하늘로 들어올려"야 한다고 고집을 피워 닭과 개마저 모두 데리고 올라갔다. 그리고 난 뒤에도 여전히 집안일을 보며 개와 닭을 먹였던 것이다.[3]

고금의 우리는 현상에 대해서 실제로 변화가 있기를 바라면서 그 변화를 승인하기도 했다. 귀신으로 변할 도리는 없지만 신선이 되는 것은 더욱 멋진 일이다. 하지만 집에 대해서만은 죽어도 놓으려 하지를 않는다. 화약을 폭죽 만드는 데나 쓰고 나침반을 묏자리 보는 데나 쓰게 된 것은 아마도 여기에 원인이 있을 것이다.

지금은 화약이 허물을 벗고 폭격탄, 소이탄燒夷彈이 되어 비행기에 실려 있지만, 우리는 그저 집에 앉아 그것이 떨어지기를 기다릴 수밖에 없다. 물론 비행기를 탄 사람도 제법 있겠지만, 그에게 있어서의 원정遠征은 귀가를 좀더 서두르기 위함이다.

집은 우리가 살 곳이면서 우리가 죽을 곳이기도 하다.

12월 16일

주)_____

1) 원제는 「家庭爲中國之根本」, 1934년 1월 15일 『선바오월간』 제3권 제1호에 뤄우라는 필명으로 처음 발표되었다.
2) 『예기』 「단궁하」(檀弓下)에 나오는 말이다.
3) 동진(東晉) 사람 갈홍(葛洪)의 『포박자』(抱樸子)에 실려 있는 회남왕(淮南王) 유안(劉安)에 관한 전설이다. 여기서의 '유씨 댁 마님'은 유안의 부인을 말한다. 『후한서』의 「선인당공방비」(仙人唐公房碑)에도 이와 유사한 이야기가 나온다.

『총퇴각』 서문[1]

중국에서는 이미 오래전에 이미 소설류를 '심심풀이 책'이라 불렀다. 50년 전까지 이는 대체로 사실이었다. 종일의 고생을 대가로 살아가는 사람에게는 소설을 볼 겨를이 없었으니 말이다. 그래서 무릇 소설을 보는 자라면 반드시 여가가 있어야 했고, 여가가 있는 이상 고생하며 살아갈 필요가 없다는 것을 알 수 있으니. 청팡우 선생은 일찍이 이를 잘라 말하기를 "유한有閑은 곧 유전有錢이다!"[2]고 했다. 사실이 그렇다. 경제학적 관점에서 보면 현 제도 하에서 '한가'閑暇는 아마도 '부'富의 일종일 것이다. 그렇지만 가난한 자들도 소설을 좋아한다. 그들은 글자를 몰라 차관茶館에 '설서'說書를 들으러 가는데, 100회回 정도의 방대한 책도 매일 조금조금씩 들어 나가는 것이다. 그래도 온종일 일하는 사람에 비하면 그들 역시 그나마 한가한 편이다. 그렇지 않다면 또 차관에 갈 겨를이 어디 있으며 찻값을 치를 여윳돈이 어디 있을 것인가?

구미의 소설이라고 해서 예전에 이렇지 않은 적이 있었을까. 뒤에 생활이 어려워져서 생계 유지를 위해 여가를 줄이면 더 이상 그렇게 빈둥거릴 수가 없다. 그저 어쩌다가 머리나 식힐 요량으로 책을 빌려 보지만 또 끝없는 잔소리를 참을 수 없고 시간까지 죽이게 되니, 그리하여 단편소설이 행운을 만나게 되었다. 이러한 서양 문단의 추세도 옛사람이 말한 '유럽풍 보슬비'歐風美雨[3]를 따라 중국을 뚫고 들어왔다. 그래서 '문학혁명' 이후 탄생한 소설은 거의가 단편이다. 그렇지만 작가의 역량이 큰 틀을 구성하기 어려웠다는 점도 물론 큰 원인이었다.

게다가 책 속의 주인공도 변했다. 옛날 소설의 주인공은 용맹한 장군이나 책사, 의협심 강한 도적이나 탐관오리, 요괴나 신선, 재자才子나 가인佳人이었는데, 뒤에는 기녀, 오입쟁이, 무뢰한, 노예 같은 것으로 변했다. '5·4' 이후의 단편소설에는 대체로 신지식층이 등장한다. '유럽풍 보슬비' 속에 나부끼는 무언가를 그들이 먼저 직감했기 때문이다. 하지만 옛날의 영웅과 재자 기풍을 벗어날 수 없었다. 그러나 지금은 다르다. 모두가 나부끼는 무언가를 벌써 감지했고, 더 이상 특별한 사람의 운명에 귀를 세우지 않는다. 모 영웅이 베를린에서 넓적다리를 치며 하늘을 바라보거나 모 천재가 태산에서 가슴을 치며 피눈물을 흘리는 것에 그 누가 고개를 돌리겠는가? 더 넓고 더 깊게 느끼게 되었다는 것을 그들은 알아야 한다.

이 한 권의 책은 우리 시대의 산물이다. 여기에는 허물 자국이 선명히 드러나 있다. 인물도 영웅이 아닐 뿐 아니라 풍광도 따뜻하거나 아름답지 않다. 하지만 중국의 눈동자를 찍어 내고 말았다. 내가 보기에 작가가 공장을 묘사한 것은 농촌을 묘사한 것에 못 미친다. 어쩌면 내가 예전에 농촌에 익숙해서 그런지도 모르겠다. 그게 아니면 작가가 농촌에 익숙한 탓일 것이다.

1933년 12월 25일 밤, 루쉰 적다

주)_____

1) 원제는 「『總退卻』序」. 이 글은 이 문집에 수록되기 전까지 간행물에 발표된 적이 없다. 『총퇴각』은 거친(葛琴, 1907~1995)이 쓴 단편소설집으로 1937년 3월 상하이 량유도서 인쇄공사에서 출판되었다. 7편의 단편소설을 싣고 있는데, 루쉰이 서문을 쓸 때의 편수 와는 차이가 있다. 거친은 장쑤 쉬안싱(宣興) 사람으로 '좌익작가연맹' 소속의 여성작 가였다.

2) 이는 리추리(李初梨)가 루쉰을 비꼴 때 인용한 말이다. 『삼한집』의 「서언」을 참조 바람.

3) 서세동점(西勢東漸)의 현실을 비유적으로 표현한 말이다.

양춘런 선생의 공개서신에 대한 공개답신[1]

『문화열차』^{文化列車[2]}가 궤도를 이탈해서 내 책상 위까지 돌진해 왔다. 12월 10일자로 발차한 제3기^期였다. 덕분에 요즘 이런 잡지가 있다는 것을 알게 되었고, 양춘런[3] 선생이 내게 답변을 요구하며 보낸 공개서신도 보게 되었다. 이런 공개서신은 원래 꼭 답할 필요는 없다. 기왕 공개한 이상 그 목적은 내가 아니라 모두에게 보이자는 데 있기 때문이다. 그렇지만 내가 답변을 해도 무방하다. 이때의 목적 역시 모두에게 보이자는 데 불과하다. 그렇지 않다면 본인에게 직접 부치면 그만 아니겠는가? 이런 까닭으로 답변에 앞서 편지 원문을 아래에 베껴 둘 필요가 있다.

루쉰 선생

리수^{李儵} 선생(리유란^{李又燃} 선생의 필명인지 차오쥐런 선생의 필명인지 모르겠지만)[4]의 「거짓자유서를 읽고」를 읽었는데 말미쯤에 이런 대목이 있었습니다.

"루쉰의 『거짓자유서』를 읽으며 루쉰 선생이라는 사람을 생각했다. 그날 루쉰 선생이 식사를 하고 있었는데 음식을 씹을 때 근육이 당겨지고 늑골마저 움찔거리는 것을 보고 루쉰 선생이 이제 늙었구나! 하는 생각이 들어 나도 모르게 가슴이 아려 왔다. 예전에 선친의 늙은 모습을 보고 이런 느낌이 들었던 것 같은데, 지금 루쉰 선생의 늙은 모습을 보고 다시 한번 이런 기분이 들었던 것이다. 이 모든 것은 사마의司馬懿 무리가 기뻐할 일이거늘 하물며 측근에서 일찍이 변심한 위연5)임에랴."(이 마지막 구절은 한 글자도 틀림이 없이 원문 10자 그대로인데 확실히 오묘한 문장입니다!)

이 대목은 두 가지 감상을 금치 못하게 만들었습니다. 그 하나는 우리의 경애하는 루쉰 선생께서 늙었구나 하는 것이고, 다른 하나는 우리의 경애하는 루쉰 선생이 어째서 제갈량諸葛亮인가, 선생의 '측근'인 '일찍이 변심한 위연'은 어디서 왔는가, 프롤레타리아계급 대중이 언제부터 아두6)가 되었는가 하는 것입니다.

첫번째 감상은 저를 몹시도 두렵게 만들었습니다! 우리의 경애하는 루쉰 선생께서 늙으셨다니 이 얼마나 혼백을 뒤흔드는 일입니까! 기억하기로 『외침』이 베이징에서 처음 출판되었을 때(아마 10년 전일 겁니다) 그것을 봉독한 뒤 저는 얼마나 경모의 염을 느꼈는지 모릅니다. 그리하여 글을 써서 소개하고 찬양했는데, 그 글은 장둥쑨張東蓀 선생이 주간으로 있던 『학등』學燈에 실린 바 있습니다. 당시 선생에 대한 저의 경애는 창조사의 네 분 군자를 훨씬 뛰어넘는 것이었습니다. 그 뒤 1928년 선생께서는 『위쓰』에 글을 실어 우리를 조롱했습니다. 쌍방의 논쟁이 인정사정을 두지 않았다지만 그래도 논쟁은 논쟁일 뿐 개인적인 경애는 예전과 다름없었습니다. 1930년 가을 선생의 50세 생일 경축모임에 저는 축하자의 일원으로 참가했습니다. 뿐만 아니라 선생과 더불어 다정하게 이야기도 나누면서 내심 영광이라 느꼈던 것입니다. 좌익작가연맹의 한 차례 대회가 어느 일본 동지의 집에서 열렸을 때 저는 또 선생님을 뵙고 기쁘기 한량없었습니다. 그러나 금년에 제가 공산당을 탈당한 후 좌우로부터 협공을 받고 있을 무렵 『예술신문』藝術新聞과 『출판소식』에 선생께서 저에게 '코웃음'을 쳤다는 소식이 실려 있었는데, 거기서 하는 말이 책 제목을 『베이핑에서의 다섯 차례 강연과 상하이에서의 세 차례 코웃음』北平五講與上海三噓으로 달아 저에게 '코웃음으로 습격을 가할' 것이며 게다가 저를 량스추, 장뤄구와 동렬에 둘 것이라고 했습니다. 이것이 저의 반감을 자아내게 만들었습니다. 그래서 「신유림외사新儒林外史 제1회」라는 글을 쓰게 된 것입니다. 그래도 「신유림외사 제1회」에서는 선생께서 출진해서 교전할 때 대도大刀를 썼다는 말로 반격적인 풍자를 가했을 따름입니다. 그 속에 선생의 글을 끌어오는 기분이나 태도는 하나같이 선생을 경애하는 것이었습니다. 선생께서 저에게 '코웃음'으로 습격하는 것은 적을 오인하는 것이라는 게 그 요지였습니다. 대작 『먼 곳에서 온 편지』兩地書를 봉독한 뒤에 쓴 소개 글에서도 공경의 염이 넘쳤던 것이지 조롱하거나 매도하는 문구는 조금도 없었습니다. 그러나 선생께서는 「나의 종두」我的種痘7)라는 글에서 오해를 하신 듯 저를 향해 두세 발 싸늘한 화살을 쏜 뒤 선생의 늙음을 공격하는 자가 있다고 특별히 말씀하셨습니다. 저의 경우 선생이 늙었다고 느끼지 못했을뿐더러 그 글에서도 선생이 늙었다고 공격하지 않았습니다. 선생 자신이 늙었구나 하고 느끼신 거겠지요. 버나드 쇼는 연세가 선생보다 더 많고 수염도 선생보다 더 희끗하지만 늙지 않았는데, 선생께선 어찌 이처럼 늙었구나 하고 느끼시는지요? 저는 지금껏 선생께서 늙었다고 느껴 본 적이 없습니다. 저는 그저 선생께서 청년 같다고 느꼈을 뿐, 게다가 선생께서 영원히 청춘이시기를 바라고 있습니다. 하지만 리수 선생의 글을 읽고 저는 두렵고 또 놀랐습니다. 알고 보니 선생께서는 정말 늙으셨던 것입니다. 리수 선생은 선생의 늙은 모습을 보고는 '가슴에 신맛이 저미는 것을 금치 못했'고 마치 자기 선친의 늙은 모습을 보았을 때 느꼈던 그런 기분이 들었다고 했습니다. 저 역시 때때로 제 연로한 부친을 생각하기는 하지만 남들이 저를 공격하는 것처럼 그렇게 '효자'가 되고 싶지는 않습니다. 그래도 천성인지라 때로 감흥을 주체하지 못해 상념에 젖을 따름입니다. 그래서 리수 선생의 글을 보고도 제 부친까지는 연상하지 못했던 것입니다. 하지만 선생께서 늙으셨다니 저는 두렵고 놀랐습니다. 이 두려움과 놀라움은 우리가 경애하는 문단의 선배가 늙으셔서 생리적인 이유 때문에 장차 사업을 중단하게 되리라는 것이었습니다. 이 경애의 심리와 관념에 기초하여 저는 금년 들어 선생에 대한 반감을 산산조각 내 버리고 충심으로 선생께 가르침을 청할 것입니다. 그러니 선생께서는 '코웃음'이나 싸늘한 화살 같은 것은 삼가시고 엄숙한 태도로 상대방을 감복시켜 줄 것을 간곡히 희망하는 바입니다.

두번째 감상은 저로 하여금 …… 이는 리수 선생의 일인지라 여기서 선생의 맑은 귀를 어지럽히기를 원치 않습니다.

만일 이 서신에 대해 화답할 가치가 있다고 느끼신다면 이곳 『문화열차』 편집자에게 부쳐서 발표하게 해주시기를 부탁드립니다. 그렇지 않다면 선생께서 글을 쓰셔서 저에게 엄정한 비판을 해주셔도 좋습니다. 발표 공간이 어디가 되더라도 환영합니다.

이에 충심으로 공경하며 문안드림과 아울러 건강을 축원하는 바입니다.

1933년 12월 3일, 양춘런 삼가 올림

끝으로 한 마디를 덧붙입니다. 저의 이 편지는 지극 정성에서 나온 것이지, 제가 선생께 필묵송사^{筆墨訟事}를 걸어 새끼귀신이 되고 말았다고 귀신 자식들에게 욕을 먹고 난 뒤 선생께 화해를 구함으로써⋯⋯'큰 귀신'이 되려는 의도에서 나온 게 아니라는 점 말입니다. 춘런 추백.

이하는 내 답신인 셈이다. 서신의 형식이니 의례히 시작은 이렇다.

춘런 선생

선생께서 내게 보낸 편지는 대답할 가치가 없습니다. 나는 선생의 '감복'을 바라지도 않거니와 선생에 대해 내가 비판할 필요도 없습니다. 지난 2년여간의 문자가 이미 자신의 모습을 아주 분명히 그려 놓았으니 말입니다. 물론 나는 '귀신 자식'들의 헛소리를 결코 믿지 않습니다. 그런데 나는 선생도 믿지 않습니다.

이는 선생의 말이 똑같이 발바리 식의 왈왈거림이라는 말은 결코 아닙니다. 아마 선생은 스스로 영원히 성실한 사람이라고 여길 겁니다. 그런데 촉급한 변화와 고심 어린 도피로 인해 밑바닥이 드러나 그럴듯한 말로 둘러대기도 어렵게 되다 보니 마침내 쓸데없는 소리가 되고 말았고, 그래서 듣는 이의 심중에서도 무게를 상실하게 된 것입니다. 예컨대 선생의 이 편지는 대략이라도 자기 깜냥을 안다면 쓸 필요가 없는 것입니다.

선생은 먼저 내게 "어째서 제갈량인가?"라고 물었는데, 물음도 참 요상합니다. 리수 선생은 내가 만나 본 적이 있습니다. 차오쥐런 선생이 아닙니다. 리유란 선생인지 여부에 대해선 딱히 말하기가 어렵습니다. 유란 선생은 예전에 만난 적이 없으니 말입니다. 내가 "어째서 제갈량일"까요? 남들

논의에 대해서는 대신 답할 수도 없거니와 답할 필요도 없습니다. 그렇지 않으면 온종일 답장만 써야 할 테니까요. 혹자는 또 나를 "사람 무리 속의 좀벌레"[8]라고 합니다. "왜?" 그래도 그냥 둬 버립니다. 그래도 내가 아는 바에 의하면 위연의 변심은 제갈량 사후의 일입니다. 나는 아직도 살아 있으니 제갈량의 직책은 내게 들이댈 수 없습니다. 그래서 "프롤레타리아계급 대중이 언제 아두가 되었는가?"라는 문제도 허사가 되고 말았습니다. 그런 쓸데없는 소리는, 『삼국지연의』나 우즈후이吳稚暉 선생의 말을 아직도 기억하고 있다면 입 밖에 내지 못했을 겁니다. 책에서도 다른 사람에게서도 인민을 아두라고 말한 적은 없습니다. 그러니 이제 마음을 놓으시지요. 그런데 선생은 '프티부르주아계급 문학혁명'[9]의 깃발 아래 서서 아직도 '프롤레타리아계급 대중'이니 어쩌니 하고 있는데, 자기 눈으로 이런 글자들을 보고 부끄럽거나 우습다고 느끼지 못한단 말입니까? 더 이상 이런 글자를 들먹이지 않는 것이 어떠할런지요?

그 다음은 내 늙음이 선생의 '혼백을 뒤흔든' 사건인데, 참 희한하게도 '혼백을 뒤흔들'어 댑니다. 내가 불로장생 단약이라도 가지고 있지 않은 바에야, 자연의 법칙이 나보고 늙어 가야 한다고 하는 건 조금도 해괴한 일이 아닙니다. 그러니 선생께선 좀 진정하시는 게 좋겠습니다. 게다가 향후 나는 죽어야 합니다. 이 역시 자연의 법칙이니 제발 '혼백을 뒤흔들'지 마시기를 미리 밝혀 두는 바입니다. 그렇지 않으면 점점 신경이 쇠약해져 한층 더 쓸데없는 소리나 늘어놓게 될 것이니 말입니다. 내가 설령 늙어서 설령 죽는다 해도 결코 지구를 관 속에 가지고 들어가지는 못할 겁니다. 그것은 아직도 젊고 아직도 존재하며 희망은 바로 미래에 있으니 현재에는 아직까지 선생의 깃발을 꽂을 수도 있습니다. 이 대목은 내가 감히 보증하니,

역시 마음을 놓고 사업에 임하시는 게 어떠할런지요?

　그리하여 '세 번 콧방귀' 문제를 거론하지 않을 수 없게 됩니다. 이 일은 있었지만 신문에 실린 것과는 좀 다릅니다. 당시 어느 호텔에서 여러 사람이 한담을 나누던 중 몇 사람의 글에 이야기가 가닿았습니다. 내가 이런 말을 했던 건 분명합니다. 콧방귀 한 번 쳐버리면 그만이지 반박할 가치가 뭐 있겠느냐고 말입니다. 이 몇 사람 가운데 선생도 있었습니다. 내 말의 의미는 이랬습니다. 선생은 그 번지레한 '고백'[10]에서 농민의 순후함과 프티부르주아계급 지식인의 동요와 이기심을 분명히 고백했으면서도 또 프티부르주아계급 혁명문학의 깃발을 세우려고 하니, 이는 자기가 자기 뺨을 때리는 격이라고 말입니다. 그래도 입 밖에 내지 않고 헤어졌으니 그걸로 마무리가 된 셈입니다. 그런데 이리저리 나뒹굴다가 퍼져 나가 그랬는지 아니면 당시 신문기자가 그 자리에 있어서 그랬는지 몰라도 얼마 뒤 신문에 대서특필이 되었습니다. 독자 보고 알아맞혀 보라고 하면서까지 말입니다. 지난 오륙 년간 나에 관한 기사가 엄청났습니다. 비방이건 칭송이건 거짓이건 진실이건 일체 아랑곳하지 않았습니다. 왜냐하면 내겐 변호사를 선임해서 늘 광고를 내 달라고 할 거금도 없었을뿐더러 각종 간행물을 일일이 뒤적거릴 겨를도 없었기 때문입니다. 더욱이 신문기자가 독자들을 뒤흔들려고 과장적인 수단을 꽤나 동원한다는 것은 주지의 사실입니다. 심지어 통째로 날조를 하기도 하니까요. 예를 들면 선생께서는 아직 '혁명문학가'였던 시절에 '소기자'小記者라는 필명으로 어느 신문에 글을 써 내가 난징 중앙당부中央黨部의 문학 장려금을 타서 크게 연회를 베풀어 아이의 첫돌을 경축했는데 뜻밖에도 위다푸 선생으로 하여금 죽은 아들에 대한 기억을 떠올리게 만들어 슬픔에 젖게 했다고 하지 않았습니까.[11] 그 문장이 하도 살아 있는 듯 꿈틀거려 태어난 지 불과 일 년밖에 안 되는 갓난쟁이마저 나와 더불어 핏자국 세례를 당하게 만들 정도였습니다. 하지만 이 일은 전부 창작해 낸 것이라는 걸 나도 알고 다푸 선생도 압니다. 그러니 기자 겸 작가이신 양춘런 선생 귀하께서도 당연히 모르시지는 않을 것입니다.

당시 나는 한 마디도 안 했습니다. 어째서일까요? 혁명가가 목적을 달성하기 위해 어떤 수단도 사용 가능하다고 한다면 그것도 나쁘지는 않다고 생각합니다. 그래서 설령 내 죄악이 몹시도 중해서 혁명문학의 제일보를 내게 칼을 들이대는 것으로 시작해야 한다면 나도 감히 이를 악물고 참을 겁니다. 죽지 않았다면 들풀 속으로 물러들어가[12] 상처의 혈흔을 내 스스로 말끔히 핥아 내지 결코 약을 발라 달라고 남을 귀찮게 하지는 않을 겁니다. 그렇지만 사람은 성인이 아닌지라 성가시고 발끈할 때도 있는 것입니다. 하긴 나도 선생'들'을 조롱한 적이 있습니다. 이런 글은 뒤에 하나도 빼놓지 않고 『삼한집』三閑集에 수록해 두었습니다. 하지만 선생'들'이 날조한 유언비어와 공격한 문자의 숫자와 비교해 본다면 십분의 일도 못 되지 않습니까? 비단 이뿐만 아니라 언젠가 강연에서도 예링펑 선생이나 선생에게 조소를 퍼부은 적도 있습니다. 선생들께서 '전위'란 이름을 내걸고 위풍당당하게 출정할 때 내가 그 깃발의 제물이 되었습니다. 그런데 몇 합合을 싸워 보지도 못하고 전선으로부터 기어 나왔을 때 실로 웃음을 금하기가 어려웠던 것입니다. 계급의 입장에서건 개인의 입장에서건 나에겐 웃을 수 있는 권리가 있습니다. 하지만 나는 오만하게 무슨 '양심'이니 '프롤레타리아계급 대중'이니 하는 이름을 빌려 적을 능욕하고 제압한 적은 지금껏 없었습니다. 이어서 반드시 다음과 같은 사실을 밝혔으니까요. 이는 나와 그 사이의 개인적 원한이 있기 때문이라고 말입니다. 선생, 이래도 아직 양보가 충분치 않단 말입니까?

그런데 내가 책임을 지려야 질 수도 없는 신문기사가 선생께 '반감'을 일으키고 말았습니다. 그럼에도 불구하고 여전히 파격적인 우대를 들씌워서서 「신유림외사」[13]에서는 상으로 내 손에 대도 한 자루를 쥐어 주셨습니다. 예의상 응당 내가 감사를 드려야겠지만 사실상 연회를 크게 베풀었다는 것과 마찬가지입니다. 내겐 대도도 없고 달랑 '금불환'金不換이라는 붓한 자루뿐입니다. 이것도 루블을 받지 않았다는 것을 널리 알리려는 것이 아니라 어릴 적부터 5푼밖에 하지 않는 붓에 익숙해졌다는 말일 뿐입니다. 일찍이 이 붓으로 선생을 집적거린 적은 있지만 고전 운용과 마찬가지로 그냥 붓을 갖다 대기만 하면 흥취가 일어나는 것에 불과할 따름이지 특별히 보복의 염을 담은 악의는 아니었습니다. 그런데도 선생은 나에게 또 '세 발의 싸늘한 화살'을 뒤집어씌웠습니다. 여기에 대해선 선생을 탓할 수 없습니다. 천위안 교수가 뱉은 가래침일 뿐이니 말입니다.[14] 하지만 설령 내가 보복을 하고 있다 치더라도 상술한 이유 때문에라도 '원한으로 은덕을 갚는'[15] 대오 속으로 걸어 들어가지는 않을 겁니다.

소위 『베이핑에서의 다섯 차례 강연과 상하이에서의 세 차례 코웃음』이라는 것에 대해서 말하자면 지금까지 쓰지 않았습니다. 들리는 말에 의하면 베이핑에서 『오강』五講이라는 책이 출판되었다고 하는데, 내가 쓴 것이 아닐뿐더러 그 책을 본 적도 없습니다. 그런데 기왕 소동이 일어난 이상 앞으로 아예 써 버릴지도 모르겠습니다. 만약 쓰게 된다면 책 제목을 『오강삼허집』五講三噓集으로 할 생각입니다. 그래도 후반부는 신문에서 말한 그 세 분이 되지는 않을 겁니다. 선생은 량스추, 장뤄구 두 분 선생과 한 편이 되는 것을 수치로 여기는 모양인데, 내가 보기에는 나란히 서도 선생께 별반 모욕이 되지 않습니다. 다만 장뤄구 선생은 그나마 급級이 떨어지고 꽤나 천박해서 '코웃음'거리조차 못 되는지라 다른 분으로 바꿀까 합니다.

선생에 대해서는, 지금 이 시각 내 생각에 따르자면, 아마 그리 나쁘게 쓰진 않을 겁니다. 나는 선생이 혁명이라는 시장에서 소매상일지언정 간사한 장사꾼은 아니라고 생각합니다. 내가 말하는 간사한 장사꾼 가운데 한 부류는 국공합작國共合作 시절의 부호들입니다. 그때 소련을 칭송하고 공산을 찬양하는 것이 하늘을 찌를 정도였는데 청당淸黨 시기가 되어서는 공산 청년과 공산의 혐의가 있는 청년들의 피로 자기 손을 씻으며 여전히 부호로 살았습니다. 시세가 변해도 그 부호됨은 변치 않았습니다. 또 한 부류는 혁명의 용장들입니다. 그들은 토호를 죽이고 지방의 악덕인사를 타도하는 데 극렬함이 대단했습니다. 그러다가 한 번 발을 헛디디자 "사특함을 버리고 바름으로 돌아간다"면서 '토비'를 욕하고 동인을 죽이는 데도 극렬함이 대단했습니다. 주의主義는 바뀌어도 여전히 그 용맹함을 잃지 않았던 것입니다. 선생은 어떠할까요? '고백'에 의하면 혁명 여부는 몸소 겪은 고락에 좌우된다고 하셨습니다. 다소 투기적인 기미가 없진 않았지만, 그래도 홱 돌아서서 도매상은 하지 않고 겨우 '제3종인'이 되어 혁명당보다 더 나은 생활을 해보려고 힘을 쏟았습니다. 기왕 혁명전선에서 물러난 이상 자기 변호와 확실한 '제3종인'이 되기 위해서는 어쨌거나 얼마간의 참회가 있어야 했는데, 이는 통치자 쪽에서 보면 상당히 유익한 대목이었습니다. 그런데도 '좌우협공의 그때'를 만나게 된 것은 아마도 저쪽에서 선생의 영업면적이 너무 협소한 것을 꺼린 탓일 겁니다. 은행 직원이 구멍가게 점원을 업신여기는 것처럼 말입니다. 선생은 억울하셨겠지만 '제3종인'

의 존재를 믿지 못하는 자들이 유독 좌익만이 아니라는 게 선생의 경험으로 증명되었으니 이 역시 큰 공덕이기도 합니다.

평심으로 논하자면 선생은 실패한 셈이 아닙니다. 비록 스스로 '협공'을 당하고 있다고 느끼시겠지만, 요즘 같은 때에 그 자리에서 사람을 죽일 권한이 없는 사람치고 뉘라서 공격을 받지 않겠습니까. 생활은 물론 고단하시겠지요. 그래도 살육당하고 구금당하는 자들에 비한다면 실로 천양지차라 하겠습니다. 글도 아무 데나 발표할 수 있으니 봉쇄당하고 억압당하고 금지당하는 작가에 비한다면 역시 엄청난 자유를 누리고 계시는 것입니다. 부호나 용장에 비한다면야 당연히 한참 떨어질 겁니다. 이건 선생이 결코 간사한 장사꾼이 아니기 때문입니다. 이것이 선생의 고충이자 선생의 이점이기도 한 것입니다.

말이 이미 너무 많아져 이만 끝내겠습니다. 요컨대, 나는 예전과 마찬가지로 유언비어를 만들거나 거짓말을 함으로써 선생을 특별히 공격하지는 않을 겁니다. 그렇다고 지금부터 태도를 바꾸는 일도 없을 겁니다. 본인의 '반감'이나 '공경' 같은 것에 대해선 추호도 생각지 않습니다. 그러니 선생도 내가 "생리적인 이유 때문에 사업을 중단하게 되리라"고 해서 나를 양해하지 말기를 바랍니다.

이에 답하며 문안드립니다.

1933년 12월 28일 루쉰

주)_____

1) 원제는 「答楊邨人先生公開信的公開信」, 이 글은 이 책에 수록되기 전까지 간행물에 발표된 적이 없다.

2) 1932년 12월 1일 상하이에서 창간되어 1934년 3월 25일 제12기로 정간된 문예 잡지다. 팡한장(方含章), 천롼허(陳鑾合)가 편집을 맡았다.

3) 양춘런(楊邨人, 1901~1955)은 광둥 차오안(潮安) 사람으로 1925년 중국공산당에 입당해서 1928년 태양사(太陽社)에 참가했다가 1932년 좌익진영을 떠났다.

4) 리수(李儵)는 차오이(曹藝, 1909~2000)로 차오쥐런의 동생이다. 리유란(李又燃)은 리유란(李又然, 1906~1984)으로 저장 츠시(慈溪) 출신의 작가다.

5) 위연(魏延, ?~234)은 삼국시대 촉나라 대장군이다. 『삼국연의』 제105회에는 "공명이 위연에게 반역의 기질이 있는 것을 알아차리고 매번 참수하려 했지만, 그 용맹함을 가련히 여겨 잠시 남겨서 썼다"라고 쓰여 있다. 제갈량이 죽은 지 얼마 되지 않아 그가 반란을 일으켰다. 장사(長史) 양의(楊儀)는 제갈량이 생전에 준비해 둔 계책에 따라 그를 죽여 버렸다.

6) 아두(阿鬥)는 유비(劉備)의 아들이자 촉나라 후주(後主) 유선(劉禪, 207~271)의 어린 시절 이름이다.

7) 『집외집습유보편』에 실려 있음.

8) 이는 『사회소식』(社會消息) 제5권 제13기(1933년 11월)에 '선'(莘)이란 필명의 「『거짓자유서』를 읽고」에서 루쉰을 조롱한 말이다.

9) 양춘런은 『현대』 제2권 제4기(1933년 2월)에 발표한 「프티부르주아계급 혁명문학의 기치를 치켜들며」라는 글에서 이렇게 말했다. "프롤레타리아계급은 이미 프롤레타리아계급 문학의 깃발을 세웠을 뿐 아니라 공고한 진영도 갖추었다. 우리는 이 광대한 소시민과 농민대중을 깨우치게 하기 위해, 우리 역시 프티부르주아계급 문학의 깃발을 치켜들고 동지들에게 호소하고 대오를 정비해서 우리의 진영에 주둔하도록 해야 한다. …… 우리 역시 문예에 계급성이 있다는 것을 승인한다. 뿐만 아니라 어느 한 계급에 속하는 작가의 작품은 아무리 무의식적이라 해도 그가 속해 있는 계급의 이익을 옹호한다는 것도 승인한다. 우리는 프티부르주아계급 작가다. 우리 역시 눈앞의 프티부르주아계급인 소시민과 농민대중의 이익을 옹호하기 위해 투쟁한다."

10) 양춘런이 혁명에 등 돌리며 쓴 「정당생활의 참호를 떠나면서」(1933년 2월 상하이 『독서잡지』讀書雜誌 제3권 제1기에 수록)라는 글을 가리킨다. 이 가운데에 이런 말이 있다. "나 자신을 돌이켜 보면 아버지는 늙고 집은 가난하고 동생은 어리고, 반평생을 떠돌아다녔지만 아무것도 이룬 것이 없다. 혁명은 언제나 성공할지. 우리집 식구들은 지금 굶어서 더 이상 살아갈 수 없는 지경이다. 장차 혁명이 성공한다 해도 후난, 후베이 소비에트 지구의 상황으로 미루어 본다면, 우리 가족은 역시 굶어 죽거나 거지가 될 수밖에 없다. 그리하여 청산이 남아 있는 한 땔나무 걱정은 없는 법, 제집 식구를 돌보아야겠다고 생각했던 것이다. 병중에 누워 생각에 생각을 거듭한 끝에 이성적 판단에 의해 나는 중국공산당을 떠나기로 했다."

11) 이는 양춘런이 1930년 자신이 꾸리는 『백화소보』(白話小報) 제1호에 '문단의 소졸'이
란 필명으로 발표한 「루쉰 첫돌 축하연을 벌이다」라는 글을 가리킨다. 이 글에는 이
런 대목이 있다. "그날은 묘하게도 루쉰 대선생님께서 현 국민정부 교육부 대학원 장
려금을 탄 날이어서 첫돌 축하연을 열게 되었다. …… 이날 루쉰 대선생님의 첫돌 축
하연에 참석한 내빈들은 하나같이 상하이의 명인, 대학자들, 대소 문학가들이었다. 안
후이대학(安徽大學)에서 보직을 맡고 있던 위다푸 선생도 이 기쁜 소식을 듣고 안칭부
(安慶府)로부터 밤을 이어 배를 타고 동쪽으로 내려왔다. 위 선생은 작년에 아들 범이
(虎兒)를 낳았는데, 이날 위 부인이 아이를 안고 참석함으로써 연회장 분위기를 한층
뜨겁게 만들었다. 술잔이 세 순배 돈 뒤 위 선생이 먼저 일어나 축사를 하자 일동이 루
쉰 대선생님에게 축하의 잔을 올렸다. 루쉰 대선생님은 겸손하게 답사를 했다. 아들놈
이 장차 용이 될지 개가 될지 알 수 없으므로 오늘 여러분들의 축사는 외람되다는 것
이었다. 그러자 좌중에서 양샤오(楊驍) 어르신과 바이웨이(白薇) 여사가 이구동성으
로 분명히 용이 될 거라고 외쳤다. 그런데 이 한 마디가 위 선생의 마음을 다치게 만들
었다. 작년에 불행히 요절한 그의 아들 이름이 용이(龍兒)였으니!"

12) 원문은 '退進'이다. 여기서 루쉰은 '물러나'라고 하지 않고 굳이 '물러들어가'라고 하
고 있다. 이때의 '들풀'도 그의 산문시집 『들풀』과 겹쳐 있다.

13) 양춘런이 류쓰(柳絲)란 가명으로 루쉰을 공격한 글로 1933년 6월 17일자 『다완바오』
「횃불」에 실려 있다. 여기서 그는 자신에 대한 루쉰의 비판이 '손에 대도를 쥐고' '시비
도 가리지 않고' '마구 찍고 마구 죽이는' 것이라고 했다.

14) 천위안은 「한담의 한담에 대한 한담이 이끌어 낸 편지 몇 통」(1926년 1월 30일자 『천바
오 부간』)에서 "그의 글은 몇 발 싸늘한 화살을 쏘지 않는 것이 한 편도 없다"고 했다.

15) 『예기』 「표기」(表記)에 나오는 말이다.

부록

『이심집』에 대하여
『남강복조집』에 대하여

『이심집』에 대하여

'이심'二心이란 원래 '딴마음을 먹다'라는 의미에서 '특정인에 대한 불충不
忠 혹은 신념의 저버림'을 가리킨다. 그다지 좋을 리 없는 이 말을 이 문집
의 제명으로 삼은 데에는 루쉰 나름의 까닭이 있다. 이 문집의 「서언」에서
밝히고 있듯이, 루쉰은 "『삼한집』三閑集의 예를 본떠 그 뜻을 슬쩍 틀어 이
책의 이름으로 삼기"로 하였던 것이다. 『삼한집』의 예란 '삼한'三閑이 루쉰
의 글쓰기 취향을 '한가閑暇, 한가, 세 개의 한가'라고 비난했던 청팡우成仿
吾의 비평에 대한 비틀기였음을 가리킨다. 그렇다면 『이심집』이란 제명은
『삼한집』과 마찬가지로 루쉰이 자신을 비난하는 논적의 말을 비틀어 사
용하고 있음을 보여 준다.

주지하다시피, 루쉰은 1928년에 당시 프롤레타리아 혁명문학을 창
도했던 창조사 및 태양사의 성원들과 혁명문학과 관련된 갖가지 문제를
둘러싸고 한바탕 논전을 치렀다. 이 논전은 루쉰에 대한 비판이 인신공격
에 가까울 정도로 치열했지만, 이 논전을 거치는 동안 루쉰은 자신의 논적
들이 이론적 근거로 삼았던 맑스주의 문예이론을 접하게 된다. 그리하여

그는 1928년 『문예정책』(즉 『소련의 문예정책』)을 번역하고, 1929년에는 루나차르스키의 『문예와 비평』을 번역·출간하고, 1930년에는 플레하노프의 『예술론』을 번역·출간하였다.

이들 서적을 번역하여 문단에 소개하는 과정은 루쉰 자신이 맑스주의 문예이론을 학습하고 수용하는 과정이라 할 수 있다. 그러나 당시 문단 내에서는 루쉰의 맑스주의 문예이론의 수용 자체를 혁명문학파에 대한 투항이라 간주하고, 심지어 문단의 이신貳臣, 즉 '두 임금을 섬긴 불충한 신하'라고 비난하였다. 루쉰은 바로 이러한 논적들의 비난에 맞서 '조금이나마 상이한 의견을 품고서 딴마음을 지니는 것' 자체가 자신과 같은 계급인 논적에게는 가증스러운 반역이겠지만, "오직 신흥하는 프롤레타리아만이 미래가 있다"고 확신함으로써 논적의 비난에 전혀 개의치 않는다. 그렇다면 루쉰에게 있어서 『이심집』이란 자신의 계급을 뛰어넘은 글쓰기이자, 세계에 대한 새로운 인식에 기반한 글쓰기이다.

『이심집』은 루쉰이 1930년부터 1931년까지 쓴 잡문 37편을 수록하고 있으며, 권말에 「현대영화와 부르주아」라는 번역문 1편을 덧붙였다. 1930년부터 1931년까지의 이태 동안은 중국현대사에서 정치뿐만 아니라 문화 등 사회 전반에 걸쳐 좌우의 이데올로기적 긴장과 대립이 첨예해지기 시작하는 단계라 할 수 있으며, 동시에 1931년 9월의 만주사변이 보여 주듯이 일본제국주의의 군사적 침략이 노골화되었던 시기라고 할 수 있다.

1928년 6월 난징의 국민정부는 통일대업을 완수하였노라 선포하였지만, 북벌전쟁의 수행으로 팽창된 군대의 감축과 군사 분야에 대한 중앙정부의 통제 강화라는 커다란 과제를 안고 있었다. 군대 감축과 재편을 위한 논의를 위해 1929년 1월에 열린 편견회의編遣會議에서 장제스蔣介石는 군사적 주도권을 확보하였다. 이에 대해 불만을 품은 옌시산閻錫山과 펑위샹馮玉祥 등의 군벌들은 1929년부터 1930년 중반까지 반장反蔣전쟁을 전개하였지만 모두 패배하고 말았다. 다른 군벌에 대한 군사적 우위를 확보한 이후, 장제스는 전국 곳곳에서 근거지를 확보하여 세력을 넓혀 가던 공산당에 대해 공격을 가하기 시작하였다. 이른바 '위초전'圍剿戰이라 일컬어진 이 포위토벌전은 1930년 12월부터 이듬해 1월까지(제1차 포위토벌전), 1931년 봄(제2차 포위토벌전), 1931년 여름(제3차 포위토벌전)에 걸쳐 지속적으로 전개되었지만 유격전으로 맞서는 공산군에게 결정적 승리를 얻어 내지 못하였다. 이러한 가운데 공산당은 1931년 11월 장시성江西省 루이진瑞金에서 중화소비에트공화국 임시정부의 수립을 선포하였다.

이처럼 장제스는 압도적인 군사력으로 공산당을 공격하는 한편, 문화정책 면에서도 특히 혁명적이거나 진보적인 문화활동에 대해 강력한 제재를 가하였다. 문화활동에 대한 탄압은 1930년 12월에 공포된 「출판법」出版法에서 가장 두드러지는데, 신문·잡지·서적 및 기타 모든 출판물들은 심의를 거쳐 인가를 획득한 후 출판하도록 하였으며, 이 법을 위반할 경우 벌금, 압수 및 발간정지와 실형 등에 처하도록 하였다. 이 법안을 뒤이어 1931년 1월에는 「긴급조치법」危害民國緊急治罪法, 같은 해 10월에는 「출판법 시행세칙」 등 언론 및 출판의 자유를 억압하는 법안들이 잇달아 공포되었다. 혁명적 혹은 진보적 출판물에 대한 제재 외에도, 진보적인 문화기구에 대한 사찰과 봉쇄, 혁명적 혹은 진보적 문인에 대한 협박과 암살 등이 행해졌는데, 1931년 초에 일어난 이른바 '좌련 5열사'의 체포 및 총살은 이러한 폭압적 문화정책의 맥락 위에 있었다고 할 수 있다.

국민당과 공산당의 군사적 충돌, 국민당에 의한 폭압적 문화정책 등은 사회 전반을 좌우 이데올로기의 첨예한 대립 속으로 몰아넣었으며, 좌우 이데올로기적 대립은 이데올로기 진영의 '편 가르기'와 확장을 통하여 진영 간의 논쟁으로 치달았다. 1920년대 말 이후 격심해진 좌우 이데올로기의 대립은 문단에도 그대로 투영되었으며, 문단 내에서의 이데올로기적 스펙트럼은 크게 좌익작가연맹과 민족주의문학파, 신월사 등으로 나뉘었다. 이들 세 부류는 각각 공산당을 포함한 좌파와 국민당을 포함한 우파, 그리고 중도적 지식인을 포함한 자유주의자를 대표한다고 할 수 있다. 이들 가운데, 좌익작가연맹은 문학의 여러 측면을 둘러싸고 신월사 및 민족주의문학파와 치열한 논쟁을 벌였다.

『이심집』에서의 루쉰의 글쓰기는 바로 좌우 이데올로기가 첨예하게 맞서는 지점 위에 놓여 있다. 「러우스 약전」, 「중국 프롤레타리아 혁명문학과 선구자의 피」와 「암흑 중국의 문예계의 현상」이 1931년 2월 7일에 희생된, 러우스柔石를 포함한 '좌련 5열사' 사건과 국민당의 폭압적 문화정책에 대한 비판적 글쓰기라면, 「문예신문사의 물음에 답함」, 「찌꺼기가 떠오르다」와 「새로운 '여장'」은 일제의 군사적 침략이 노골화하였음에도 불구하고 국공 간의 내전에만 골몰한 채 '선안내후양외'先安內後攘外 정책만을 앞세우는 국민당의 정책에 대한 비판적 글쓰기이다. 또한 「경역」과 '문학의 계급성'」, 「습관과 개혁」, 「좌익작가연맹에 대한 의견」, 「우리에게는 비평가가 필요하다」, 「'호정부주의'」, 「'집 잃은' '자본가의 힘없는 주구'」 및 「고문을 짓는 비결과 착한 사람이 되는 비결」 등이 신월사의 문학론에 대한 비판이라면, 「'민족주의문학'의 임무와 운명」과 「암흑 중국의 문예계의 현상」은 민족주의문학파에 대한 비판이라 할 수 있다.

그러나 무엇보다도 『이심집』에서 주목해야 할 것은 문학의 계급성 및 번역에 대한 루쉰 나름의 치밀하면서도 설득력 있는 글쓰기이다. 루쉰의 「'경역'과 '문학의 계급성'」은 량스추梁實秋의 「문학은 계급성을 지닌 것인가?」에 대한 비판이다. 량스추는 인간은 누구나 희노애락의 인성을 지니고 있으며, 이 기본적인 인성을 표현하는 예술이 바로 문학이라고 주장한다. 이에 대해 루쉰은 "문학에는 계급성이 있으며, 계급사회에서는 문학가가 스스로는 '자유'롭고 계급을 초월한다고 여기더라도, 무의식적으로는 끝내 자기 계급의 계급의식에 지배받고 있다"고 주장한다. 아울러 루쉰은 자신의 '경역'硬譯을 '사역'死譯이라 비판하면서 "(원저의) 구문을 바꾸어 독자가 이해할 수 있도록 만드는 것이 가장 중요한 일"이라고 주장하는 량스추의 번역론에 대해, 「'경역'과 '문학의 계급성'」에서 '문법과 구문, 어휘의 쓰임'이 약간은 생경하겠지만 새로운 구문을 만들어 내야 한다고 반박한다. 또한 '충실하되 순통치 못할 바에야 충실치 않더라도 순통한 편이 낫다'는 자오징선趙景深의 번역관에 대해, 「몇 가지 '순통'한 번역」, 「풍마우」 및 「또 한 가지 '순통'한 번역」 등을 통하여 그 오류를 지적하고 있다. 특히 「번역에 관한 통신」에서는 번역의 대상과 목적에 따른 번역의 방법에 대한 루쉰의 고민을 엿볼 수 있다.

옮긴이 이주노

『남강북조집』에 대하여

『남강북조집』에는 1932~3년간에 쓴 51편의 잡문이 실려 있다. 이들은 1편을 제외하고 모두 신문이나 잡지에 발표된 것들이다. 대부분 읽기가 수월치 않은 글들이지만 그렇다고 무슨 거창한 고담준론이 있는 것도 아니다. 어디까지나 그날그날의 세상 잡사를 다룬 잡문일 뿐이고, 잡문의 본질은 일상과 시사, 현장에 있기 때문이다. 여느 잡문집이 그렇듯 여기에도 당시 사회의 일그러진 모습이 다양한 얼굴로 드러나 있다. 왜곡상이 다양한 만큼 이를 담아내는 형식 역시 들쑥날쑥하다. '남강북조'라는 제목은 '남북'南北과 '강조'腔調를 조합한 일종의 말놀이로, '남방가락에 북방타령' 정도의 의미이다. '강조'란 전통 연극에 쓰이는 곡조를 말하는데 지방에 따라 이것이 모두 달랐다. 따라서 '남강북조'란 '얼렁뚱땅', '내키는 대로', '상황에 맞춰', '맥락도 없이' 등을 의미하게 되는데, 서두에서 밝히고 있는 대로 이는 누군가가 루쉰의 화법을 조롱한 말이었다. 문집을 엮는 과정에서 이를 제목으로 삼음으로써 기어이 앙갚음을 해주고 있는데, 여기서도 집요한 싸움꾼으로서 그의 면모가 묻어난다.

『남강북조집』은 여타 문집에 비해 비교적 가볍다. 내용으로 봐도 그렇고 형식으로 봐도 그렇다. 일단 1932년에 쓴 글 자체가 많지 않다. 아마도 새해 벽두 상하이사변 발발과 우치야마서점으로의 피신, 베이징 방문 등 생활 조건 자체가 불안정했던 탓일 것이다. 이 해 쓴 잡문 가운데 십여 편이 여기에 실려 있고, 그 외 『집외집』, 『집외집습유』, 『집외집습유보편』 등에 흩어져 있는 몇 편이 전부이다. 1933년에는 집필 양이 대폭 늘어난다. 그러나 『선바오』 「자유담」에 발표한 것들을 『거짓자유서』와 『풍월이야기』로 묶어 담론장의 최전선으로 전진 배치한다. 그 외에 남은 것이 여기에 수록된 글들인데, 그러다 보니 밀도 있는 글이 상대적으로 많지 않다. 몇 편을 제외하고는 글의 구성도 다소 헐거우면서 산만하다. 게다가 왠지 모르게 목소리에도 독기와 골기가 다소 완화된 느낌이다. 루쉰 스스로 그 원인을 할 말을 할 수 없는 현실 탓으로 돌리고 있지만, 검열로만 설명되지 않는 모종의 속사정이 있었던 듯도 하다. 주력 부대가 빠져나간 전선의 후방 풍경이 이러했을까.

　그렇다고 해서 담론의 후방이 안온할 리 만무하다. 문집에 실린 현실은 여전히 위태롭고 살풍경하고 거짓투성이다. 여기에 실린 51편의 글을 내용별로 분류해 보면 다음과 같은 목록이 가능해진다.

　① 소련의 고립 상황을 알리면서 제국주의의 만행을 비판한 글.

　② 일본의 남침에 대응하는 국민당의 태도를 비판한 글.

　③ 국민당의 강압적인 문화정책을 비판한 글.

　④ 국민당 언저리의 어용문인들을 비판한 글.

　⑤ 좌익문단 내부의 사상투쟁을 다룬 글.

⑥ 목판화, 이야기그림 등 문예 대중화에 관한 글.

⑦ 잡다한 문화비평.

⑧ 책의 서문과 발문.

⑨ 서신.

먼저, 위의 목록에서 두드러지는 것은 제1차 세계대전 이후 일련의 국제정세에 관한 글들이다. 그러므로 이들을 제대로 이해하기 위해서는 적어도 다음의 상황들, 즉 베르사유 체제를 둘러싼 두 세력 간의 대립, 국제연맹(문집에 자주 등장하는 '국련')의 결성과 활동, 소련에서 제3인터내셔널(코민테른)을 중심으로 세계혁명론의 확장, 세계적인 대공황, 이를 타개해기 위한 국제자본의 자기변용, 이에 편승한 민족주의의 자기확장, 그 산물로서 독일과 이탈리아에서 파시즘의 출현, 코민테른을 중심으로 한 반파쇼 인민전선의 제기 등등에 대한 이해가 전제되어야 한다. 당시 유럽의 정세는 중국의 상황과 직간접적으로 연관되어 있다는 점에서 더 이상 남의 이야기가 아니었다. 더욱이 좌익문예운동의 중심부에 서 있던 루쉰의 입장에서 제국주의의 준동과 이들 국가들의 소련 봉쇄는 능히 세계사의 본질을 꿰뚫어 보기에 충분한 것이었다(여기에 관해서는 국제정세에 정통한 취추바이瞿秋白의 역할이 간과되어서는 안 된다. 두 사람의 본격적인 교류는 1931년 후반부터 시작되었다). 이처럼 새로이 획득된 인식의 높이를 엿볼 수 있는 글로는 「런커뒤의 『소련견문록』 서문」, 「우리는 더 이상 속지 않는다」, 「중러 문자 교류를 경축하며」 등등이 있다.

다음으로 주목할 것은 일본의 전면적 침략과 이에 대한 국민당 당국의 이중적인 태도를 비판하는 글들이다. 이들은 당시의 긴박한 정세의 산물로, 적어도 다음과 같은 사건의 다발 위에 서 있다. 1931년 일본에 의한 만주국 수립, 이에 대해 국민당 당국의 국제연맹 제소, 이를 조사하기 위한 국제연맹의 리턴조사단 파견, 이 조사를 호도하면서 전략적 우위를 확보하기 위해 일본이 국제 여론의 시선을 상하이사변과 러허熱河사변으로 유도, 한편 국민당 당국에 의한 대대적인 공산당 토벌과 이를 뒷받침하기 위한 "먼저 안을 안정시킨 뒤 바깥을 물리친다"先安內後攘外는 전략의 수립, 이로 인해 불가피했던 일본의 전면적인 남하에 대한 수세적이고 미온적인 태도, 그 결과 직면한 전국적인 반발, 그리고 이를 무마하기 위해 실시한 일련의 강압적인 조치들 등등의 현실이 그렇다. 문집에 실린 「"계략한 바 아니다"」, 「'재난에 맞섬'과 '재난을 피함'에 대하여」, 「학생과 옥불」, 「진짜 돈키호테와 가짜 돈키호테」, 「모래」, 「9·18」, 「내키는 대로」 등등의 글을 읽어 보면 이러한 현실들의 본질과 허구성이 보다 선명히 드러난다.

다음으로 주목할 만한 것은 당시 문단의 정치적·문화적 스펙트럼과 그 내면풍경을 엿볼 수 있는 글들이다. 1930년대 초반의 문단은 정치적으로 좌익작가연맹을 대표로 하는 좌익문단과 민족문학 진영을 대표로 하는 우익문단, 이 가운데 어느 곳에도 속하고 싶어 하지 않는 '제3종인'으로 분포된다. 그러나 이 이면의 문화적 층위에서는 사뭇 다른 지형도가 안받침되어 있다. '문인'의 존재론이라는 구도와 '자유'自由와 '풍월'風月이라는 쟁점이 그것인데, 이 두 층위는 복잡하고 미묘하게 얽혀 당시 문인들의 정신세계를 형성한다. '제3종인 논쟁', '소품문' 논쟁, '문인상경'文人相輕과 문인의 '인격'을 둘러싼 논쟁 등등은 이처럼 뒤틀린 단층들의 분출이었던 셈인데, 이는 버나드 쇼의 중국 방문이라는 계기를 통해 훨씬 더 분명히 드러난다. 이 점을 보아 내기 위해서는 「'제3종인'을 논함」, 「꿈 이야기를 들고」, 「누구의 모순?」, 「쇼와 '쇼를 보러 온 사람들' 인상기」, 「『상하이에 온 버나드 쇼』서문」, 「다시 '제3종인'을 논함」, 「'논어 1년」, 「소품문의 위기」, 「양춘런 선생의 공개서신에 대한 공개답신」 등등의 글을 꼼꼼히 읽어 볼 필요가 있다.

마지막으로 주목할 만한 것은 문예의 대중화에 관한 몇 편의 글과 생활세계의 정치학에 관한 몇 편의 글이다. 전자는 당시 좌익작가연맹의 문예 대중화 노선과도 연관되지만 무엇보다도 루쉰 문예관의 토양이 어디에 있는지를 확인할 수 있다는 측면에서도 주목을 요한다. 이런 관점에서 「'이야기그림'을 변호하여」, 「『어느 한 사람의 수난』서문」, 「목판화 복인을 논함」, 「『목판화 창작법』서문」 등등의 글들을 읽어 보면 의외의 의미를 건질 수 있다. 후자는 자칫 사소해 보이지만 잡문의 거처가 어디인지를 확인할 수 있게 한다는 측면에서 의미가 적지 않다. 「'꿀벌'과 '꿀'」, 「경험」, 「속담」, 「상하이의 소녀」, 「상하이의 어린이」, 「여성해방에 관하여」, 「불」, 「가정은 중국의 근본이다」 등등의 생활비평을 통해 눈여겨 볼 대목은 다름 아닌 잡문의 시선이다.

그러고 보면 문집의 제목 '남방가락에 북방타령'은 루쉰식 복수復讎 전략의 일환이지만, 다른 한편 잡문의 시선이 보여 주는 폭과 높이에 대한 일종의 알레고리인지도 모른다. 다시 말해, 그것은 제1차 세계대전 이후 세계사적 힘의 역학과 자본의 운동 논리를 반영해 주는 중국판 축소경이 면서 동시에 안팎의 모순이 중첩되어 있던 1930년대 중국사회에 대한 일종의 확대경인 셈이다.

옮긴이 공상철

지은이 루쉰(魯迅, 1881.9.25~1936.10.19)

본명은 저우수런(周樹人), 자는 위차이(豫才)이며, 루쉰은 탕쓰(唐俟), 링페이(令飛), 펑즈위(豊之餘), 허자간(何家幹) 등 수많은 필명 중 하나이다.

저장성(浙江省) 사오싱(紹興)의 명문가에서 태어나 어린 시절 조부의 하옥(下獄), 아버지의 병사(病死) 등 잇따른 불행을 경험했고 청나라의 몰락과 함께 몰락해 가는 집안의 풍경을 목도했다. 1898년부터 난징의 강남수사학당(江南水師學堂)과 광무철로학당(礦務鐵路學堂)에서 서양의 신학문을 공부했고, 1902년 국비유학생 자격으로 일본으로 건너갔다. 고분학원(弘文學院)에서 일본어를 공부하고 센다이 의학전문학교(仙臺醫學專門學校)에서 의학을 공부했으나, 의학으로는 망해 가는 중국을 구할 수 없음을 깨닫고 문학으로 중국의 국민성을 개조하겠다는 뜻을 세우고 의대를 중퇴, 도쿄로 가 잡지 창간, 외국소설 번역 등의 일을 하다가 1909년 귀국했다. 귀국 이후 고향 등지에서 교원 생활을 하던 그는 신해혁명 직후 교육부 장관 차이위안페이(蔡元培)의 요청으로 난징 중화민국 임시정부의 교육부 관리를 지냈다. 그러나 불철저한 혁명과 여전히 낙후된 중국 정치·사회 상황에 절망하여 이후 10년 가까이 침묵의 시간을 보냈다.

1918년 「광인일기」를 발표하면서 본격적인 작품 활동을 시작한 그는 「아Q정전」, 「쿵이지」, 「고향」 등의 소설과 산문시집 『들풀』, 『아침 꽃 저녁에 줍다』 등의 산문집, 그리고 시평을 비롯한 숱한 잡문(雜文)을 발표했다. 또한 러시아의 예로센코, 네덜란드의 반 에덴 등 수많은 외국 작가들의 작품을 번역하고, 웨이밍사(未名社), 위쓰사(語絲社) 등의 문학단체를 조직, 문학운동과 문학청년 지도에도 앞장섰다. 1926년 3·18 참사 이후 반정부 지식인에게 내린 국민당의 수배령을 피해 도피생활을 시작한 그는 샤먼(廈門), 광저우(廣州)를 거쳐 1927년 상하이에 정착했다. 이곳에서 잡문을 통한 논쟁과 강연 활동, 중국좌익작가연맹 참여와 판화운동 전개 등 왕성한 활동을 펼쳤으며, 55세를 일기로 세상을 등질 때까지 중국의 현실과 필사적인 싸움을 벌였다.

옮긴이 이주노(『이심집』)

서울대학교 중어중문학과에서 「현대중국의 농민소설 연구」로 박사학위를 받았고, 현재는 전남대학교 중어중문학과에 재직 중이다. 지은 책으로는 『중국현대문학의 세계』(공저, 1997), 『중국현대문학과의 만남』(공저, 2006) 등이 있고, 옮긴 책으로는 『역사의 혼, 사마천』(공역, 2002), 『중국 고건축 기행 1, 2』(2002), 『중화유신의 빛, 양계초』(공역, 2008), 『서하객유기』(전7권, 공역, 2011), 『걸어서 하늘 끝까지』(공역, 2013) 등이 있다.

옮긴이 공상철(『남강북조집』)

고려대학교 중어중문학과를 졸업하고 동 대학원에서 『京派 문학론 연구』(1999)로 박사학위를 받았으며, 현재는 숭실대학교 중어중문학과에 재직 중이다. 지은 책으로는 『중국을 만든 책들』(2011), 『중국 중국인 중국문화』(공저, 2005)가 있고, 옮긴 책으로는 『페어플레이는 아직 이르다』(공역, 2003)가 있다.

루쉰전집번역위원회 명단(가나다 순)

공상철, 김영문, 김하림, 박자영, 서광덕, 유세종,
이보경, 이주노, 조관희, 천진, 한병곤, 홍석표